Jürgen Seidler

Die Urne im See

Ein Bodensee-Krimi

Kampa

www.kampaverlag.ch
Lektorat: René Stein
Satz: Tristan Walkhoefer, Leipzig
Gesetzt aus der Stempel Garamond LT / 240135
Druck und Bindung: Friedrich Pustet, Regensburg
Auch als E-Book erhältlich
ISBN 987 3 311 12066 7

Prolog

Der Mann, der einen schwarzen Schwimmanzug und eine gelbe Badekappe trug, watete schwer atmend durch das flache Wasser am Ufer. Als er sich aufrichtete, holte er tief Luft, wischte sich mit der Hand über das feuchte Gesicht. Unter seinen Augen waren dunkle Schatten, auch hatte er sich seit ein paar Tagen nicht mehr rasiert, aber für einen Moment war er stolz. Er drehte sich um, schaute zurück auf die deutsche Seite des Sees, stützte die Hände in die Hüften. Er hatte es wieder einmal geschafft, den Untersee zu durchschwimmen, von Wangen auf der deutschen Seite auf die schweizerische Seite, die dortige Ruine von Burg Neuburg in Mammern als Peilmarke vor Augen. Zunächst musste man Richtung Osten schwimmen, sonst trug einen die mächtige Strömung des Rheins weg, der hier durch den Ausläufer des Bodensees floss und gegen die man am Ziel nicht ankam. Er und sein Sohn hatten diese Strecke oft geschafft, meist früh am Morgen, wenn noch kein Schiffsverkehr war. Wenn die Sonne sich langsam über die Schweizer Hügel schob und ihnen ins Gesicht schien, hatten sie dieses Gefühl, eine magische Grenze zu überqueren.

Der Schweizer Bestattungsunternehmer, ein kleiner Mann mit glatt rasiertem Gesicht im schwarzen Anzug, wartete in seinem unscheinbaren Auto auf ihn und staunte nicht schlecht, als der Mann tropfnass auf ihn zukam. Er zeigte ihm seinen Ausweis. Sie wechselten nicht viele Worte, er hatte zuvor alles bezahlt, die Einäscherung, die Urne, den Papierkram. Er unterschrieb ein Formular, bestätigte, die Urne erhalten zu haben, steckte sie in die kleine Schwimmboje, die er hinter sich herziehen würde, und stapfte wieder zurück zum Seeufer. Der Mann vom Beerdigungsinstitut rückte seine Brille zurecht, kniff die Augen zusammen, schüttelte den Kopf über die Verrücktheiten der Deutschen, stieg in sein Auto und fuhr davon.

Die erste Wegstrecke über den See hin ging meistens ganz gut, für den Rückweg brauchte es Kraft, Geduld und Zähigkeit. Man konnte einen Krampf in den Waden oder Oberschenkeln bekommen, dann musste man sich umdrehen, ausruhen, sich treiben lassen und warten, bis der Schmerz nachließ. Wenn man mit einem Krampf in die Rheinströmung geriet, bestand die Gefahr, bis Öhningen oder gar bis Stein am Rhein abgetrieben zu werden. Wenn man hingegen zu zweit schwamm, konnte der andere Schwimmer so lange helfen, bis es wieder ging.

Er blickte zur anderen Seite, dort wo das gelbe Häuschen mit dem Walmdach stand, in dem er so viel Zeit verbracht hatte, früher mit seinen Eltern und später mit Sandra, seiner Frau, seiner Tochter Lisa und mit Marc, seinem Sohn. Irgendwo dort am Ufer wartete seine Mutter auf ihn, ob Sandra und Lisa kommen würden, wusste er nicht.

Langsam legte er sich wieder ins Wasser, kraulte ein paar Züge, ohne viel Krafteinsatz. Das Wasser war noch nicht richtig warm, aber auch nicht mehr kalt. Das getaute eisige Schneewasser aus den Alpen, das der Rhein im Frühjahr mit sich brachte, hatte den Bodensee schon wieder verlassen. Für den April war es bereits ziemlich warm.

Es würde das letzte Mal sein, dass er gemeinsam mit seinem Sohn den See queren würde. Die Urne mit Marcs Asche schwankte leicht, er spürte das Gewicht des Gefäßes. Wenn er auf der anderen Seite wieder aus dem Wasser stieg, würde er die Schwimmboje abnehmen, die Urne öffnen und die Asche in den See streuen. Dann konnte Marc seine letzte Reise über den großen Fluss antreten, seine Reste würden sich in den Rheinfall bei Schaffhausen stürzen und sich durch das ganze Land, bis nach Holland und in die Nordsee verteilen. Sie hatten davon geträumt, wie sie die große Rheintour angehen würden, lange bevor Marc den Kontakt zu ihm abgebrochen hatte.

Das Wasser vor ihm glänzte jetzt, die Sonne hatte die Wolken aufgerissen und tanzte auf den kleinen Wellen vor ihm. Böen von Wind zauberten raue Muster auf den See. Möwen hatten ihn entdeckt, segelten über ihm, aber er war keine interessante Beute für sie.

Es war merkwürdig, aber nach ein paar Hundert Metern hörte er Marc lachen. Er hatte völlig vergessen, wie heiter sein Sohn lachen konnte, wie warm es ihm dabei wurde, wie es ihm gelang, dass man sich frei und leicht fühlte. Einmal hatte er ein Holztablett in den Garten getragen, darauf eine Kanne mit Apfelsaft, Gläsern, zwei Tassen Kaffee und frisch gebackenem Kuchen, als sein Telefon klingelte, damals noch so ein Knochen von Gerät, das er auf das Tablett gelegt hatte. Also balancierte er das Tablett auf die rechte Hand, drückte mit der Linken auf die Sprechtaste und führte den Hörer ans Ohr. Eine Redakteurin meldete sich, fragte ihn, ob sie zu dem schweren Verkehrsunfall rausfahren und darüber berichten sollte oder ob es ausreichen würde, wenn sie die Polizeinachricht abdrucken würden. Er ärgerte sich über die Unselbstständigkeit der jungen Frau, die sich immer beim Chef – also ihm – absichern wollte, bevor sie auch nur eine Zeile schrieb. Als er so in den Garten trat, wo alle am Tisch saßen und auf ihn warteten, übersah er die Stufe und legte sich der Länge nach auf den Boden. Die Gläser klirrten, das Telefon zerschellte auf der Treppe, und der Kuchen flog im hohen Bogen durch die Luft, drehte sich und platschte in ein Blumenbeet. Wie herzlich Marc da lachte. Er steckte Lisa und ihn an, nur Sandra machte zuerst ein finsteres Gesicht, aber als sie die Kinder lachen gesehen hatte, konnte auch sie nicht anders und stimmte in das Gelächter über seine Ungeschicklichkeit mit ein.

»Ich weiß gar nicht, wann wir aufgehört haben zu lachen, Marc.«

»Als es nichts mehr zu sagen gab?«

»Ach komm! Mit Lisa spreche ich doch auch.«

»Ihr streitet. Sie hat dich einen Lügner genannt.«

»Hat sie das? Wirklich?«

»Sie hat es dir ins Gesicht gesagt.«

»Stimmt.«

»Vielleicht hättest du mich auch beschimpfen sollen.«

»Du warst irgendwann einfach nicht mehr da.«

»Es fühlte sich an wie ein Gefängnis.«

»Aber die ganze Welt …«

»… lag vor meinen Füßen. Ja, das hast du immer gesagt. Aber ich war eingesperrt.«

»Trotz deiner Musik.«

»Sie hat mir ermöglicht, aus dem Fenster zu schauen. Durch die Gitter.«

»Das wusste ich nicht.«

»Du wusstest vieles nicht, Papa.«

Die Erinnerung unterbrach ihn in seinen Schwimmbewegungen, er trieb einfach im Wasser, dann griff er die Schwimmboje mit der Urne, öffnete sie und nahm das ungewöhnliche Gefäß in die Arme. Es sollte die letzte Umarmung seines Sohns werden. Ursprünglich wollte er zusammen mit den drei Frauen, die auf ihn warten sollten, die Asche im See verstreuen. Doch es war ihm, als ob Marc zu ihm sprechen und ihn bitten würde, ihm ganz nah zu sein. Er öffnete den Deckel, und sogleich breitete sich eine graue, trübe Blase um ihn aus, mit der er im Wasser trieb. Der Vater schwamm mit der Asche seines Sohnes durch den See, ganz innig und verbunden.

Ein dunkler Schatten tauchte unter ihm auf, eine Irritation aus der Tiefe, wie ein großer Fisch. Er begann wieder zu schwimmen, kurz dachte er an einen Wels, aber eigentlich war es hier nicht tief genug für die ganz großen Fische.

Plötzlich spürte er an einem Bein einen Stich. Er drehte sich, fasste an die Stelle, wischte darüber hinweg. Sein Handrücken streifte etwas Hartes, das sich löste. Der Schatten unter ihm verschwand, aber ein kalter, lähmender Schmerz begann sich in ihm auszubreiten. Es fühlte sich an, als ob eine Nadel in seinem Neoprenanzug steckte. Er griff hinter sich und zog an der Leine, mit der man den Reißverschluss des Schwimmanzugs am Rücken öffnen konnte. Seine Muskeln fühlten sich wie gelähmt an, es fiel ihm immer schwerer, sich überhaupt noch zu bewegen. Mit Mühe gelang es ihm, sich aus dem Anzug zu schälen, der von der Seeströmung erfasst wurde. Schon hatte er aufgehört zu schwimmen. Die völlige Bewegungslosigkeit ergriff ihn, er war komplett erstarrt, zwar konnte er noch atmen, aber auch das fiel ihm immer schwerer. Er lag auf dem Rücken, wie ein Treibholz, blickte in den Himmel über sich. Sein Gehirn arbeitete noch, konnte begreifen, dass er jetzt sterben würde, aber er konnte nicht schreien oder sich dagegen wehren. Nur der helle Himmel war über ihm. Eine leichte Welle drehte seinen Körper auf die Seite, dann auf den Bauch. Seine Augen glotzten in das grüne Wasser, seine Lungen füllten sich mit Wasser, dann setzte auch die Atmung aus. Sein Körper zuckte nicht mal mehr, als er einfach über den See trieb. Längst war ihm die Asche des Sohns davongeeilt und hatte sich mit dem Wasser vereint.

Mittwoch

Emma Zäringer bückt sich und hebt die Blätter der Erdbeeren an, aber die Früchte sind noch grün. Die Reihen der Pflanzen ziehen sich über die schwarze Erde. In einigen Wochen werden sich wieder Helfer in ihren kleinen Wagen, auf denen grüne Sonnendächer aufgebaut sind, tief bücken, die roten, süßen Früchte pflücken und in Schalen aus Pappe legen. Frisch vom Feld. Es sieht aus, als ob es in diesem Jahr eine gute Ernte wird.

Sie richtet sich auf und blickt über die Felder und über die Gewächshäuser ihres Vaters. Der Obst- und Gemüsehof Zäringer steht auf einer Anhöhe, Südlage. Unten verläuft die Hauptstraße, dann kommen weitere Pflanzungen, vor allem Apfelbäume, wenige Häuser, schließlich der See und auf der gegenüberliegenden Seite das Schweizer Ufer, mit einem sanften Landrücken wie hier. Als sie einmal in Berlin bei einer Freundin eingeladen war, die in einem fünfzehngeschossigen Hochhaus lebt, konnte man auf eine achtspurige Straße hinabschauen und auf der anderen Straßenseite eine weitere Ansammlung von Häusern in unterschiedlicher Höhe sehen. Sie standen nur etwas näher als die Schweizer Seite des Sees. Wie der Rhein, der durch den Untersee fließt, strömen Tag und Nacht die Autos über die Straße, und wie hier auch wechseln die Jahreszeiten von hell zu grau. Sie fand das damals faszinierender als die sanfte grüne Landschaft, in der sie aufgewachsen war. Die Härte der Stadt sprach sie an, weil sie zu den Kriminalfällen passte, mit denen sie täglich zu tun hatte. Die heitere Landschaft hier bezeichnet man als schön, ideal für Aquarelle. Das Obst schmeckt saftig und würzig, die Luft ist gut, aber das eigentliche Leben passt nicht immer dazu. Auch hier gibt es Tote, Morde, Einbrüche, Schießereien, Vergewaltigungen, Hunger, Vertreibung, auch hier war einst der Krieg nicht weit.

Emma stemmt die Hände in ihre Hüften, wie eine Bäuerin, die noch viel vor sich hat. Sie ist schlank, trägt weite Jeans, ein ausgewaschenes T-Shirt, die Füße stecken in Gummistiefeln, ihre schwarzen, lockigen Haare sind hinter dem Hinterkopf zusammengehalten. Sie hat die dunklen Augenbrauen und Wimpern über den großen braunen Augen heute nicht geschminkt. Das macht sie nur, wenn sie Dienst hat. Drüben werden von den Spargelfeldern die dunklen Plastikplanen abgewickelt. Sie sieht Bernhard, ihren Vater, wie er ein paar junge Männer anweist, die ihm zur Hand gehen. In den nächsten Tagen werden sie sich Handschuhe überziehen, die Erde um die hellen Stangen freilegen, die Eisen in die Erde schieben und den Spargel stechen. Ihr Vater hat ihr gesagt, dass er sich freut, weil sie ihre letzten Tage, an denen sie noch von ihrem Dienst freigestellt ist, bei ihm auf der Höri verbringt, der Halbinsel im Bodensee zwischen Radolfzell und Stein am Rhein, dem Grenzort in der Schweiz. Aber er muss, wie immer, jeden Tag hart arbeiten. Jedes Mal bietet sie ihm ihre Hilfe an, aber sie ist für ihn nur eine Handlangerin, keine Gemüsebäuerin. Sie geht zurück zur Halle, in der sich Kisten mit erdigem Gemüse stapeln. Er hat sie gebeten, den frischen Spinat zu waschen. Sie zieht sich die Gummischürze an, nimmt den Schlauch, steckt den Sprühkopf auf und beginnt mit der Arbeit. Das kräftige dunkle Grün leuchtet, die Blätter verbreiten einen intensiven Geruch. Ihr Geruchssinn hat sich spürbar verbessert, nachdem er nach einer Corona-Erkrankung nur langsam wieder zurückkam. Manchmal fühlt sie sich wie ein junger Hund, der die Welt mit der Nase erlebt.

Die Handarbeit tut ihr gut. Inzwischen kommt sie

gerne zurück auf den Gemüsehof ihres Vaters. Sie genießt es, abends mit ihm draußen zu sitzen, wenn es Brot, Käse, Wurst und Bier gibt und sie zusammen über den See schauen.

Bei ihm muss sie sich nicht erklären, sie kann einfach bei ihm sein, die einfachen Dinge tun, ein wenig mithelfen, Brot schneiden, Teller abspülen. Manchmal kauft sie ein und kocht etwas. Seit ihre Mutter Klara vor zehn Jahren gestorben ist, sagt sie Bernhard zu ihm.

Sie hatten ihr, als sie zwölf Jahre alt war, gesagt, sie wären nicht ihre leiblichen Eltern. Ihre Mutter sei eine Frau, die in Italien lebe, und ihr Vater ein Mann in Deutschland. Diejenigen, zu denen sie »Mutti« und »Papi« sagte, würden Adoptiveltern heißen und sie Adoptivtochter. Sie haben damals versucht, sehr offen mit ihr zu sprechen, obwohl es sich sehr umständlich und schwierig anhörte, was sie zu sagen hatten. Aber das war es vermutlich auch für sie. Sie berichteten von der Arbeiterin aus Italien, die schwanger war, aber nicht mit einem Kind nach Hause kommen durfte, die Klara und Bernhard bat, die Emma zu adoptieren. Wo der Vater steckte, wussten weder ihre Adoptiveltern noch die Frau aus Italien.

Kurz vor ihrem Tod beschwor Klara sie, nach Italien zu fahren und die Frau, ihre leibliche Mutter, zu besuchen. Ein paar Monate nach der Beerdigung hatte sie sich dann aufgemacht und war nach Neapel gereist.

Bernhard fragte nicht, wie es auf der Reichenau war, in der psychiatrischen Klinik, gegenüber der Bodenseeinsel, wo sie zeitweise eine Therapie durchstehen musste. Zwangsweise, auf Anordnung des Polizeipräsidenten in Konstanz. Weil sie zwei italienische Mafiatypen von Konstanz bis Stuttgart verfolgt hatte, auf der Autobahn, mit hundertachtzig bis in die Stuttgarter Innenstadt, wo es dann eine Schießerei gab. Bis endlich das SEK auftauchte, hatte sie den einen der Männer erschossen, den anderen verletzt und verhaftet. Sie konnte nicht ahnen, dass es so ausgehen würde. Der schöne Antonio, der für einige Nächte ihr Liebhaber gewesen war, hatte das Feuer auf sie eröffnet, und sie hatte zurückgeschossen. Es war nie eine wirkliche Liebe zwischen ihnen, nur dieser erotische Reiz, ein Drängen und ein tiefes Verlangen. Wenn sie sich von seinem Körper löste, zog sie sich einfach an, nahm ihre Tasche und ging wieder. Da war kein Zögern bei ihr, die Pistole lag ohne Zittern in ihrer Hand. Vermutlich dachten die beiden Männer, sie würde sich aus Angst vor ihren Waffen verstecken. Eigentlich hätte Antonio es besser wissen müssen. Sie fürchtete sich nicht, sie war keine Frau, die Angst hatte. Sie stellte sich den Kämpfen, die auf sie zukamen. Meistens trug sie ihre Wut in eine Auseinandersetzung, aber schnell kam der klare Kopf zurück und sie handelte. Luigi, der andere, sitzt im Knast. Die Ballistik ergab, dass sie von den beiden Männern angegriffen worden war und sie zu Recht zurückgeschossen hatte, um sich zu verteidigen. Aber es würde ein Gerichtsverfahren geben, vermutlich würden Antonios Angehörige aus Süditalien anreisen. Davor fürchtet sie sich am meisten. Sie würde bald seiner schwarz gekleideten Mutter begegnen, die sie dann verfluchen wird.

Sie hatte es geliebt, bei den beiden Pizza und Spaghetti zu essen, bis sie aufflogen, weil sie für die kalabrische 'Ndrangheta Drogengeld wuschen, wie schon so viele andere italienische Restaurants zwischen Konstanz und Singen. Als sie anrückten und sie verhaften wollten, den netten Luigi und den gut aussehenden Antonio, die eigentlich gar nicht wirklich so hießen, machten die beiden auf einmal einen auf Gangster, sprangen in ihren SUV und jagten davon. Nicht mit ihr. Sie ärgerte sich maßlos, fühlte sich von den Typen verarscht und setzte ihnen nach. Ohne Sören, ihren Ex und Vorgesetzten, den sie einfach neben dem Polizeiwagen stehen ließ. Ja, sie sah ein, sie hatte emotional reagiert, nicht nach Vorschrift gehandelt, sie hatte sich und andere gefährdet. Aber für die Polizei war es trotzdem ein Erfolg. Es konnte gezeigt werden, wie gefährlich die italienische Mafia war, die sich seit zwanzig Jahren in den netten italienischen Lokalen an der Grenze zur Schweiz festgesetzt hatte. Die Schießerei, von der groß berichtet wurde, lenkte davon ab, dass die Ermittler all die Jahre schlichtweg geschlafen hatten und die Mafia ihnen allen bis heute auf der Nase herumtanzte.

Ihr war klar geworden, welche Wut in ihr steckte, als sie den beiden nachjagte, die Waffe zog und zurückschoss. Da gab es keinen Zweifel in ihr. Die Therapeutin, mit der sie sprechen musste, stellte ihr alle möglichen Fragen zu ihren Beziehungen, zu ihren Eltern, die nicht ihre Eltern waren. Emma antwortete ehrlich zerknirscht. Aber es blitzte der Gedanke an ihre leibliche italienische Mutter auf. Es war mehr eine Ahnung, eine Frage, die sie sich in ihrem Leben bisher nicht gestellt hatte. Was wäre aus ihr geworden, wenn sie in Neapel aufgewachsen wäre? Auf welcher Seite hätte sie gestanden? Wäre sie auch Polizistin geworden oder eine reiche Gangsterbraut? Hatte sie vielleicht deswegen wie eine Wahnsinnige gehandelt und die beiden Männer verfolgt? Sie würde sich in den Griff kriegen. Die Therapeutin hatte ihr versprochen, eine gute Prognose zu schreiben.

Ihre Chefs schlugen ihr vor, sich freiwillig in den Kriminaldauerdienst nach Singen versetzen zu lassen. Der Schichtdienst und die tägliche Spurensicherung, meistens bei Einbrüchen und ungeklärten Todesfällen, sollten sie disziplinieren. Sie hatte zugestimmt, benommen und in einem Anflug von Reue, die ungefähr dreißig Minuten anhielt.

Bernhard fragte sie, ob sie schon eine Wohnung in Singen gefunden hatte. Sie verneinte, noch nicht, sie werde sich darum kümmern, aber eigentlich wollte sie auch weiterhin in Konstanz wohnen. Er bot ihr an, vorübergehend in ihr altes

Zimmer zu ziehen. Sie bedankte sich, wollte es sich überlegen. Die Strecke von hier nach Singen ist tatsächlich kürzer als von Konstanz, von wo aus sie fünfundfünfzig Minuten brauchen würde.

Sie geht in die Küche, das Kaffeepulver duftet. Es erinnert sie an ihre Adoptivmutter, an Klara, die jeden Morgen als Erstes, wenn sie in die Küche kam, die Blechdose aus dem Schrank nahm, die Filtertüte in den Filtereinsatz steckte, Wasser auffüllte und den Schalter der Kaffeemaschine drückte. Kurz danach zischte und tropfte es. Die Kaffeemaschine ist längst kaputt, Bernhard brüht sich seine morgendliche Tasse Kaffee von Hand auf, so wie sie jetzt auch. Auf dem Küchentisch liegt Wahlwerbung für die Bürgermeisterkandidaten von Radolfzell. Bald soll ein neuer Rathauschef gewählt werden. Sie schaut auf das Foto des Amtsinhabers Gerhard Braun, ein Mann Anfang fünfzig, der versucht gewinnend zu lächeln, aber trotzdem angespannt wirkt. Er will die Stadt mit einer grünen Zukunft beglücken. Von den Gegenkandidaten gefällt ihr Ruth Wölzner, eine Frau, die in ihrem Alter sein dürfte. Sie trägt die blonden Haare offen, schaut der Leserin direkt in die Augen, sie wirkt verletzlich, freundlich, wirbt für einen Neuanfang, will anpacken und die Stadt verändern. Emma interessiert sich nur wenig für Politik. Die Bürgermeister in den Städten hier haben lange Amtsperioden, umweht von einer traditionellen Autorität, die sie aus den mittelalterlichen Rathäusern beziehen.

Als sie aus dem Fenster blickt, sieht sie, wie ein Kollege vom Polizeiposten Gaienhofen aus seinem Auto steigt. Emma ist noch im Nachthemd, macht das Fenster auf, ruft ihm zu, sich einen Moment zu gedulden, eilt nach oben, zieht BH sowie einen Pulli an und öffnet dem jungen Mann die Haustür.

»Ich mach Kaffee. Willst du auch einen?«, fragt Emma.

»Grad nicht so günstig«, sagt der Kollege mit dem schwarzen Bart, »ich wollte dich fragen, ob du mitkommen könntest. Wir haben da eine Leiche.«

Emma sieht den Mann staunend an.

»Am Seeufer. Unten in Wangen«, ergänzt er.

»Aber ich bin noch gar nicht im Dienst«, bringt sie hervor.

»Ja, schon, aber wir glauben, du kennst den.«

»Wen soll ich kennen?«, fragt Emma.

»Die Leiche, also den Toten.«

Emma schaut in das ernste Gesicht des jungen Mannes mit dem Bart, entscheidet sich. »Moment, zwei Minuten.«

Sie geht ins Badezimmer, bindet die Haare ordentlich zusammen, schüttet sich Wasser ins Gesicht. In der Küche nimmt sie die Tasse mit dem heißen Kaffee in die Hand, anschließend steigt sie in ihre Gummistiefel.

Dann setzt sie sich zu dem uniformierten Mann in den Einsatzwagen. Sie erfährt, dass der Polizist mit dem Bart Philipp Reiser heißt. Warum sie nicht den KDD, den Kriminaldauerdienst, verständigt haben, fragt sie, und woher sie wissen, dass sie auf dem Hof ihres Vaters ist. Philipp zuckt nur mit der Schulter.

»Man kennt dich halt«, meint er, »du gehst doch zum KDD nach Singen, oder?«

Emma lehnt sich zurück, trinkt von ihrem Kaffee, schaut aus dem Autofenster. Eigentlich wissen die Leute hier immer alles von allen. Deswegen wollte sie von hier weg, aus dieser geschwätzigen Enge, wo sich dunkle Geheimnisse, Bosheit und Neid in schöne, liebliche Landschaft einkleiden. Als junge Frau hat sie sich nach irgendeiner Erlösung gesehnt, nach großen Gefühlen, nach Offenheit, nach Klarheit, auch wenn diese sich als graue Kälte herausstellen würde. Aber sie ist nicht weit gekommen. Nach zwei Semestern Jura und Philosophie an der Humboldt-Universität in Berlin kehrte sie zurück. Sie war ziemlich beeindruckt von den historischen Gebäuden, von der alten Bibliothek, die man »Kommode« nennt, gegenüber dem Hauptgebäude, Unter den Linden. Das Fach rechtswissenschaftliche Fallbearbeitung gefiel ihr, weil es hier konkret um Praxis ging. Doch die Jura-Kommilitonen, die eigentlich nur um sich selbst kreisten, die schon bei Beginn ihres Studiums wussten, wie sie ihr Leben verbringen würden, irritierten sie. Interessanter waren die Philosophie-Studenten, die sich mit der Frage beschäftigten, was Wahrheit ist. Sie besuchte Seminare zu Recht und Angst und zu Rassismus. Sie lebte allein in einem kleinen Zimmer im Studentenheim, fand kein Zimmer in einer Wohngemeinschaft und verbrachte ihre Zeit mit dem Lesen von Fachbüchern für Zivilrecht, Strafrecht und Öffentliches Recht, mühte sich ab mit Hegel und Heidegger, schrieb Klausuren, bestand einige, fiel bei anderen durch. Sie ging öfters ins Kino, manchmal in einen Club. Sie merkte, wie ihr die Stadt die Energie aussaugte, wie sie sich zunehmend leer fühlte. Es war einfach öde. Bald begriff sie, ihr Ausflug in die große Stadt würde scheitern. Sie beschloss, den Kampf mit sich und ihrem Leben anders aufzunehmen. Emma war mit Menschen aufgewachsen, die jeden Tag mit den Händen in der Erde gruben. Sie war ebenfalls gut im Anpacken, wenn auch nicht unbedingt auf dem Gemüsehof, aber möglicherweise war sie besser darin, das Recht durchzusetzen und die Wahrheit selbst herauszufinden. Anstatt Theorie zur Tat schreiten, anstatt philosophische Phrasen dreschen Erfahrung sammeln. Der Entschluss, Polizistin zu werden, reifte ein paar Tage, dann ließ sie Berlin hinter sich.

Ihre Eltern hatten schon gehofft, sie würde es sich noch einmal überlegen und Gemüsebäuerin werden. Aber sie war in dieser schönen Erde nicht verwurzelt, nicht gelassen genug. So begann vor siebzehn Jahren ihre Laufbahn als Polizistin.

Am Morgen war eine Frau mit ihrem Hund an der lang gezogenen Bucht des Seeufers unterwegs gewesen, als es den Hund zum Ufer zog. Neben dem einzigen Pfahlbau, der in Erinnerung an die hiesigen Bewohner der Jungsteinzeit errichtet wurde, stehen einige dichte Büschel Schilf am Ufer.

Die Frau wollte ihr Tier zurückhalten, aber dann sah sie diese gelbe Kappe im Wasser und ein Stück Haut. Die Wellen spielten um einen Körper, der sich über den runden Kieseln leicht im Wasser bewegte. Sie erschrak, nahm ihr Telefon aus der Jackentasche und rief die Polizei an. Bald darauf trafen Philipp und sein Kollege David König ein. Die beiden schoben vorsichtig die Schilfhalme zur Seite, sahen den toten Körper im Wasser schaukeln, überlegten nicht lange und zogen den Mann an Land. Philipp erkannte ihn gleich. Es war der Vater von Marc, einem ehemaligen Schulkameraden, den er aus den Augen verloren hatte. Die beiden jungen Polizisten sperrten die Fundstelle mit Flatterband ab und entschieden sich, Emma Zäringer zu holen, die würde wissen, was zu tun ist. David sollte so lange Wache am Flatterband halten.

Emma drückt die leere Kaffeetasse David König in die Hand, Philipp reicht ihr blaue Gummihandschuhe. Dann tritt sie zu der Leiche, geht in die Hocke, neigt den Kopf und schaut dem Toten ins Gesicht. Mit einem Ruck richtet sie sich wieder auf, ihr Atem geht schnell. Das hat sie nicht erwartet. Es ist Volker. Mit einer idiotischen gelben Badekappe auf dem Kopf, auf der »Seequerung 2018« steht. Emma schließt für einen kurzen Moment die Augen, riecht das Seewasser und die schwarze nasse Erde im Schilf. Dann beugt sie sich noch einmal zu dem toten Mann. Ja, das ist er. Volker Schwendner, umstrittener Chefredakteur. Sie wendet sich zu den beiden Kollegen, die gebannt auf sie warten.

»Ihr habt alles richtig gemacht«, sagt sie leise. »Macht genügend Fotos, zertrampelt möglichst wenig. Philipp, ruf in

Singen an. Die sollen kommen. Sofort. David, wir brauchen einen Arzt.«

David schaut sie an und nickt, weiß aber nicht, was er zuerst machen soll.

»Einen Arzt. Wen haben wir in der Nähe?«

»Ich glaub, Dr. Schwarz.«

»Ruf den an. Lass dich nicht abwimmeln. Er soll sofort kommen und sich die Leiche ansehen. Den Tod feststellen. Der liegt bestimmt schon seit gestern im Wasser«, sagt sie zu dem jungen Mann.

»Was glaubst du, was mit dem passiert ist?«, fragt Philipp.

Diese Frage stellt sie sich noch gar nicht. Das würde noch kommen.

»Woher wusstest du, dass ich den Mann kenne?«, will sie von ihm wissen.

»Na ja, ich bin mit seinem Sohn Marc in die Schule und war manchmal bei denen zu Hause«, berichtet Philipp.

Emma schaut ihn an, wartet, bis er weiterspricht.

»Der Marc mochte seinen Vater nicht besonders … er hat halt erzählt, dass sein Vater alle schönen Mädchen in der Gegend flachgelegt hat.« Er druckst herum. »Da ist, glaube ich, auch mal dein Name gefallen.«

»Erstaunlich, was man sich so erzählt«, bringt sie hervor, geht ein paar Schritte und sieht sich die Szenerie an. Das gekräuselte Wasser, das Schilf bewegt sich leicht. Daneben der Nachbau eines Häuschens auf Pfählen, die Wände aus Lehm, das Dach mit dichtem Schilf bedeckt. Zwei Schwäne schwimmen vorbei. Volker Schwendner in der Badehose mit der gelben Badekappe liegt auf den Kieseln am Ufer. Eine Schwere legt sich auf sie, sie atmet tief ein. Inzwischen haben sich einige Leute aus dem Dorf eingefunden, die neugierig tuscheln und zu ihr hinschauen. Ein Hund hechelt und zieht an seiner Leine, er würde gerne an der Leiche schnüffeln.

Ob alle im Dorf wissen, dass Volker der erste Mann war, mit dem sie geschlafen hat? Drei Jahre waren sie ein Paar, für Teenager eine ziemlich lange Zeit. Volker war vier Jahre älter, schon über zwanzig, sie hatte noch zwei Jahre bis zum Abitur. Für sie war es die erste Liebe, für Volker eine weitere Eroberung.

Sie winkt Philipp zu sich her. Er berichtet, dass die Kollegen in spätestens einer Stunde hier eintreffen werden. Sie weist ihn an, die Leiche mit einer Folie abzudecken. Als das getan ist, kommt er wieder zu ihr zurück. Sie nickt ihm zu, er soll mit ihr mitkommen, zum alten Haus der Schwendners, nicht weit von hier.

Sie setzt sich erneut neben ihn in das Polizeifahrzeug, dirigiert ihn die Hauptstraße zurück. Sie fahren an dem Gedenkstein vorbei, der an die zerstörte jüdische Synagoge erinnert. Das Gebetshaus der jüdischen Landgemeinde wurde 1938 von SS-Schergen aus Radolfzell zerstört, die Juden ins KZ Dachau deportiert oder gleich ermordet. Auf dem Grundstück, wo einmal die Synagoge stand, ist heute ein Campingplatz. Sie biegen auf eine schmale Straße ein.

Zum etwas abseits stehenden Haus der Familie Schwendner führt ein schmaler Weg. Wie eine dunkle Wollmütze sitzt das Walmdach auf dem gelblich verputzten, in die Jahre gekommenen Haus. Die Hecke zur Zufahrt hin ist geschnitten, dicht und grün. Sie schieben ein eisernes Gitter zur Seite, betreten das Grundstück, auf dem ein glänzender tiefblauer Porsche parkt. Einige Gartenbeete und ein Rasenstück erstrecken sich bis zum See. Ein flacher, schmaler Sandstrand ist rechts und links von Schilf begrenzt, die Krone eines umgefallenen Baums liegt dekorativ im Wasser. Die Hinterseite des Hauses wurde umgebaut und mit großen, bodentiefen Fenstern bestückt, die auf eine breite Holzterrasse führen. Zwei Liegestühle aus Mahagoni stehen einladend neben einem kleinen Tischchen, auf dem gerade ausreichend Platz ist für zwei Gläser und eine Flasche Champagner.

Emma war lange nicht mehr hier, über zwanzig Jahre nicht. Sie hat nur kurz, um die Umbauten des Hauses zu der Seeresidenz eines wohlhabenden Mannes zu verdauen, bevor sie von den Geräuschen einer Harke abgelenkt wird. Überrascht schaut Emma sich um, sie hatte nicht erwartet, jemanden anzutreffen. Aber hier sind immer irgendwo Menschen. Als Polizistin ist sie meistens froh darüber. In den Blumenbeeten steht eine ältere Frau mit geblümter Schürze, die den Boden bearbeitet. An ihren Händen trägt sie Gummihandschuhe, um die grauen Haare ein Kopftuch.

»Frau Schwendner?«, ruft ihr Emma zu, doch die Frau hört sie nicht, sie bückt sich und pult ein paar Steine aus der Erde. Erst als Emma und ihr Kollege nah bei ihr stehen, wendet sie sich den Besuchern zu. Ein Zeitsprung geschieht, ohne ein entsprechendes Geräusch zu machen.

»Emma! Ja, was machst du denn hier? Und der Polizist. Den kenn ich doch auch? Moment kurz, ich mach mal das Ding an.« Frau Schwendner zieht ihre Gummihandschuhe aus und fasst sich mit einer Hand an ihr Ohr.

»Ich höre schlecht, weißt du. Das ist ja eine Überraschung. Mensch, wie lang ist das her! Willst du zum Volker? Der ist nicht da.« Emma, die gerade begreift, dass sie jetzt die Todesbotin sein wird, blickt ernst in das offene Gesicht der alten Frau. Sie servierte ihr immer ein Glas frischen Apfelsaft, wenn sie mit dem Rad ihren Sohn Volker besuchen kam. Von den Blüten der Kirschbäume, die früher hier standen, ging immer in dieser Jahreszeit ein süßer Geruch aus. Volker roch auch so, nach den Kirschen in diesem Garten. Offenbar mussten die Bäume einer Liegewiese Platz machen.

»Können wir uns mal kurz setzen, Frau Schwendner?«, fragt Emma. Sie blickt sich zu dem jungen Polizisten hinter sich um, der sich am liebsten verkriechen würde. Eigentlich wäre es seine Aufgabe, die Todesnachricht zu überbringen, schließlich wurde die Leiche in seinem Abschnitt gefunden, und sie ist nicht im Dienst. Sie bereut es schon, hierhergekommen zu sein. Was für eine blöde Idee. Ihre Vergangenheit legt sich wie eine seifige Blase um sie. Die Frau hält die Harke fester, als sie merkt, dass Emma nicht auf eine Plauderei aus ist.

»Ist etwas passiert?«, fragt sie, »ich hab hier noch zu tun …«

Doch dann lässt sie das Gartengerät fallen und geht vor Emma her zu den Deckchairs auf der Terrasse. In einen lässt sie sich langsam seitlich hineingleiten. Es sieht unbequem aus, wie die Frau da sitzt, mit dem Po tiefer als die Knie. Emma nimmt ihr gegenüber Platz.

»Wir haben den Volker gefunden. Im Wasser. Er ist tot. Es tut mir sehr leid, Frau Schwendner.«

Sie hat die kurzen Sätze klar und präzise abgeliefert, wie sie es schon oft gemacht hat. Doch hier ist es anders, Emma greift spontan nach den Händen der Frau, die ganz warm sind. Sie spürt einige raue Stellen, dazwischen weiche Haut, wie kalte Seen in einem warmen Land. Es braucht einige Atemzüge, bis die schreckliche Information bei ihr ankommt. Ihr Herzschlag bleibt gleichmäßig und langsam.

»Was? Der Volker?«, fragt sie leise und schaut suchend in die Augen von Emma. »Bist du sicher? Im Wasser?«, erkundigt sie sich. Emma nickt. Philip hinter ihr atmet hörbar ein. Frau Schwendner zieht ihre Hände von Emma zurück und hält sie sich vors Gesicht. Als sie sie wieder wegnimmt, hat sie Tränen in den Augen und stemmt sich von dem Liegestuhl hoch.

»Kommt, wir gehen rein. Hier kann man ja nicht einmal richtig sitzen«, sagt sie. Es klingt verärgert, weil ihr Sohn die guten alten Klappstühle, die hier früher standen, ausrangiert hat. Frau Schwendner geht voraus, vorsichtig setzt sie einen Fuß nach dem anderen auf, Emma bleibt dicht hinter ihr, falls sie stolpert oder zusammenbricht, wird sie sie auffangen. Sie gehen durch eine Seitentür und betreten die Küche, wo sie ein graues Monstrum mit spiegelnden schwarzen Flächen empfängt. Frau Schwendner in ihrer alten Hausfrauenschürze und dem Kopftuch wirkt hier völlig aus der Zeit gefallen, als ob sie sich in einen Hochglanzkatalog verirrt hätte. Zum Glück gibt es noch einen hölzernen Küchentisch, um den vier Thonet-Freischwinger stehen.

Sie setzt sich schwer auf einen der edlen Stühle. Auch Emma nimmt Platz, nur Philipp bleibt stehen.

»Ist er ertrunken?«, fragt die Frau.

»Es sieht so aus«, antwortet Emma.

Frau Schwendner reagiert nicht, schaut durch das Fenster auf das Beet, wo sie gerade noch geharkt hat, und auf den See dahinter. »Ich kümmere mich ein wenig um den Garten.«

»Sie wohnen nicht mehr hier?«

»Du kannst ruhig Charlotte zu mir sagen. Wie früher.«

»Du wohnst nicht mehr hier, Charlotte?«

»Schon lange nicht mehr. Das Haus und der Garten waren mir zu viel. Die sind ja dann alle weg. Ich hab jetzt eine kleine Wohnung. Das ist gut so.«

»Und Volker? Wohnt der noch hier?«

»Nein. In Konstanz. Der kommt nur manchmal am Wochenende her. War gestern Freitag?«

»Gestern war Dienstag«, erklärt Emma.

»Stimmt. Er wollte am Dienstag kommen. Er hat sich wohl freigenommen. Wir waren verabredet.« Sie schüttelt den Kopf. »Ist es heute passiert?«

Emma dreht sich zu Philipp um.

»Das können wir noch nicht sagen. Die Leiche, also der Körper … Vermutlich gestern«, bringt er hervor.

»Eigentlich war er ein guter Schwimmer. Früher ist er immer mit meinem Enkel rüber in die Schweiz und zurück«, meint Frau Schwendner.

»Mit Marc«, kommentiert Philipp.

»Ja, mit dem Marc. Bist du mit ihm zur Schule? Jetzt sind beide tot. Furchtbar. Hast du es der Sandra auch schon gesagt?« Sie schaut in die erstaunten Gesichter von Emma und Philipp.

»Was ist mit Marc passiert?«, will Philipp wissen.

»Na, der ist an einem Berg abgestürzt. Vor zwei Wochen? In der Schweiz irgendwo. Das war ganz furchtbar für den Volker.«

Jetzt setzt sich auch Philipp auf einen der Küchenstühle.

»Das tut mir sehr leid, Charlotte. Die Familie, das ist seine Frau. Gibt es noch mehr Kinder?«, will Emma wissen.

Frau Schwendner nickt. »Die Lisa, die wohnt noch bei meiner Schwiegertochter. Sandra ist Tierärztin in Radolfzell. Warst du noch nicht bei ihr?«

»Nein, wir sind zuerst hierher gefahren.«

»Der war allein hier. Siehst du ja, so protzig alles. Es muss immer das Teuerste sein. Ich weiß nicht. Vermutlich, um seine Frauen zu beeindrucken. Er wollte sogar ein Motorboot kaufen, damit er direkt von Konstanz hierher kann, übern See. Verrückt, was das Geld mit manchen macht.« Charlotte Schwendner ist jetzt ganz verloren und zart, sie schaut aus dem Fenster, über die Wiese, auf das Schilf, das Wasser, auf die Hügel in der Schweiz.

Emma schaut sich um. Die moderne Küche öffnet sich zu einem Wohnraum, wo eine tiefe, moderne Ledercouch steht, dekoriert mit Kissen, die vermutlich aus Marokko stammen. Auf einem Glastischchen liegen Zeitschriften und ein schwerer Kunstband. An einer Wand steht ein schwarzes Klavier, wie ein Statement für die besondere Wertschätzung der Kultur. Als sie ihn noch kannte, spielte Volker kein Instrument, schon gar nicht Klavier. Ein breiter Bildschirm hängt dicht neben dem Instrument. Hier wurde eine mondäne Einrichtung in ein altes Haus gedrückt. Sei beeindruckt, sagt hier alles, du betrittst das Reich eines weltgewandten Mannes, der sich ein teures Wochenendhaus in der Provinz leisten kann. Ein Haus direkt am See.

Früher, als sie hier zu Besuch war, gab es eine hölzerne Eckbank mit grünen Polstern. Auf dem Tisch lag immer eine Tischdecke. Hier wurde zu Abend gegessen, es gab Brot, Tomaten, Gurken und Wurst, dazu Apfelsaft. Der alte Herr Schwendner, der bei der Raiffeisen Genossenschaft in Radolfzell tätig war, trank Bier. Volker mochte nicht mit Emma am Tisch seiner Eltern sitzen, das war ihm viel zu offiziell. Zwar galt sie als seine Freundin, aber für ihn war es eben nur eine Freundin, und es sollte nicht so aussehen, als ob sie so richtig zusammen wären. Emma mochte Frau Schwendner, die ihr gleich das Du angeboten hatte, weil sie die Tochter von den Zäringers war. Mit Emmas Mutter Klara war Charlotte zur Schule gegangen.

Emma drängt es nach oben zu gehen, wo Volker sein Zimmer hatte, wo das schmale Bett stand, auf dem sie oft mit ihm lag und knutschte. Mehr machten sie hier selten, aus Furcht, Charlotte könnte hereinplatzen und eine Aufgabe für Volker haben.

Sie steht auf, Philipp starrt auf den Tisch, die alte Frau ist in ihren Gefühlen und Gedanken versunken.

»Kann ich mal schauen, wie es jetzt oben aussieht?«, fragt sie Frau Schwendner, doch die reagiert nicht auf sie.

»Wenn ich mich hier umschaue, ist das rein privat«, sagt sie leise zu Philipp, der sie auch nur traurig ansieht.

Von einem Flur im Zentrum des Hauses gehen die Türen in den Wohnraum und die Küche ab. Von hier kommt man auch zu der hölzernen Treppe ins obere Stockwerk. Das Knarren der Stufen erinnert sie daran, wie Volker meistens versuchte, sie direkt in sein Zimmer zu schleusen, ohne dass seine Mutter oder sein Vater Wind davon bekamen. Als sie vor seinem früheren Zimmer steht, zieht sie den Ärmel ihres

Pullovers über ihre Hand und öffnet die Tür. Aus dem Zimmer des Jungen, in den sie verliebt war, ist ein Gästezimmer geworden, wie in einem Hotel, ziemlich unpersönlich. Sie schaut durch die kleine Dachgaube in den grauen Himmel, auf das Polizeiauto vor dem Haus und die Landstraße weiter oben am Hang. In diesem Zimmer hat er sie mit Musik beschallt, die ihr zunächst ziemlich fremd war. Hier hörte sie zum ersten Mal Black Eyed Peas, Linkin Park und Eminem. Er bewegte sich in dem kleinen Raum wie ein Hip-Hopper zu dieser Musik, was sie meistens ziemlich lächerlich fand. Aber die treibenden Rhythmen gefielen ihr, auch wenn sie von den Texten nicht so viel verstand. Bis er dann von Pink »Get the Party Started« spielte, was sie sofort begriff. Er machte das Fenster auf, zündete einen Joint an und rauchte – und dann bewegten sie sich eng aneinander vor dem schmalen Bett zu der Musik, die von jungen Frauen erzählt, die ihr eigenes Ding machen und tanzen gehen. Das Tollste an Volker war sein Auto, was ihre Möglichkeiten, von den Dörfern und den Obstwiesen wegzukommen, enorm steigerte. Zwar gab es in dem alten Peugeot nur ein Radio, auf dem sie SWR3 hörten, aber manchmal nahmen sie einfach seinen tragbaren CD-Player mit, stellten ihn auf die Rückbank und fuhren los. Sie überquerten den Schweizer Zoll bei Stein am Rhein, kurvten über schmale Straßen bis nach Zürich, wo er ein paar Leute in einem besetzten Haus kannte. Wie sich herausstellte, waren diese »Leute« zwei Frauen, beide in Lederjacken. Die eine hieß Lenya, den Namen der anderen hat sie vergessen. Die beiden schauten sie an wie ein exotisches Tierchen, das er aus einem Zoo befreit hatte. Sie grinsten sie herablassend an, strichen sich ihre verfilzten Haare hinter die Ohren, an denen mehrere Piercings glänzten, und gaben Volker links und rechts Küsschen, so wie Schweizer es machen. In den besetzten alten Fabrikanlagen wurde Kultur ohne Kommerz gefeiert, seltsame Bands traten auf, es gab Ausstellungen und eine

Volksküche, wo man für wenig Geld Kürbissuppe und Brot bekam. Sie tanzten stundenlang, bis sie verschwitzt auf ein altes Sofa fielen und sich küssten. Emma erinnert sich, wie sie einmal nebeneinander in einer improvisierten Bar eingeschlafen waren, und als sie aufwachte, wurde es draußen hell. Sie erschrak, sie musste unbedingt zur Schule. Schon zweimal hatte sie eine Verwarnung kassiert, weil sie unentschuldigt gefehlt hatte. Sie rüttelte Volker wach und drängte ihn, sie sofort nach Radolfzell ins Gymnasium zu bringen. Er gab mächtig Gas und fuhr bei geöffnetem Fenster, um wach zu bleiben. Es fühlte sich an, als ob sie zusammen wie nach einem Banküberfall flüchten würden. Tatsächlich schafften sie es rechtzeitig zu Schulbeginn anzukommen. Ihre Haare waren verklebt, sie roch ganz verwegen nach Rauch und Bier. Ihre Freundin Maja schaute sie misstrauisch an, quetschte sie aus, und sie gab bereitwillig Auskunft, genoss das tiefe Gefühl von Freiheit, das sich in ihr ausbreitete. Volker hatte ihr die Tür zu einer anderen Welt aufgestoßen, die es in Städten gab, die weit weg von hier lagen. Aber bald machte er diese Tür wieder zu. Er erklärte ihr, nach Frankfurt ziehen zu müssen, um Literaturwissenschaften zu studieren. Hey, wir sind beide noch so jung, sagte er ihr. Bald erfuhr sie, dass er mit der Frau aus Zürich zusammenlebte, der Lenya mit den verfilzten Haaren, die bei der FAZ ein Volontariat absolvierte. Emma fuhr ihm sogar nach Frankfurt hinterher, um ihn zur Rede zu stellen. Aber als sie endlich die Adresse gefunden hatte und vor der Haustür stand, kam sie sich völlig lächerlich vor. Sie starrte auf das Klingelschild, auf dem »Schwendner« neben einem anderen Namen stand. Wenn sie klingeln würde und zu den beiden in die Wohnung ging, würden die sich vermutlich kaputtlachen über sie, die Provinzmaus. Sie drehte sich um, stand einige Minuten völlig erstarrt, wie eingefroren, dann schüttelte sie sich und machte sich zurück auf den Weg zum Frankfurter Hauptbahnhof. In der riesigen

Bahnhofshalle lief sie an den vielen Gleisen vorbei, las die Ziele der Züge, die nach Berlin, nach Mailand, nach Paris, nach Köln fuhren, und stieg dann in den nach Stuttgart mit Anschluss nach Singen. Erst heute hat sie Volker wiedergesehen. Als Leichnam.

Sie geht aus dem kleinen Zimmer, schaut durch die offen stehende Tür des Schlafzimmers. Hier riecht es muffig. Es sieht vernachlässigt aus, in den Ecken knäueln sich Staubflusen; unaufmerksam, traurig und lieblos. Auf dem breiten Bett liegen Männer-Unterwäsche und ein paar Socken, auf dem Boden Sneakers. Die Tür eines Kleiderschranks steht offen. Dort hängen Hemden und Hosen. Sie geht näher, schaut hinein und entdeckt ganz hinten zwei bunte Sommerkleider. Über einer Stuhllehne hängt eine Anzugjacke. Am Fenster steht ein kleiner Schreibtisch, darauf eine ältere Spiegel-Ausgabe, ein Kriminalroman von Patricia Highsmith, Kassenbons, eine Uhr mit metallenem Armband und ein schwarzer Laptop. Der Computer liegt auf einer Schreibunterlage aus schwarzem Kunststoff. Irgendwie steht der Laptop etwas schräg, leicht angekippt, als würde etwas darunter liegen. Sie hebt das Gerät hoch, klappt das schwarze Rechteck aus Plastik um und entdeckt darunter eine Ansammlung von beschriebenen Notenblättern. Offenbar sind es Briefe, die an Volker gerichtet sind. Die Seiten sind fast alle auf die Größe von schmalen DIN-A5-Briefumschlägen gefaltet. Zwischen den Blättern stecken lose Kopien von Überweisungsträgern, alte Eintrittskarten zu Konzerten, Kinobesuchen und Quittungen von Abendessen in Restaurants.

Um Fingerabdrücke zu vermeiden, fasst sie den Fund erneut nur mit dem Ärmel ihres über die Finger gezogenen Pullovers an. Ein Foto kommt ihr entgegen. Es zeigt Volker neben einem Jungen im Alter von etwa fünfzehn Jahren. Volker und der Junge, vermutlich sein Sohn Marc, tragen schwarze Neoprenanzüge, bei denen die Beine und die Arme frei sind.

Auf dem Kopf eine gelbe Schwimmkappe mit der Aufschrift »Seequerung 2018«, die sie ja bereits kennt. Sie haben eine Art Medaille umhängen, die vermutlich ihre Teilnahme bestätigt. Beide strahlen in die Kamera. Erstaunlich, dass es so ein richtiges Foto auf Papier gibt, vermutlich wurde es von den Veranstaltern aufgenommen. Emma nimmt einen der älteren Briefe in die Hand.

Lieber Papa,

Chopin und Schumann gingen mir gut von der Hand, aber das Publikum im Hörihotel war nicht begeistert. Haben sie sich gelangweilt? Ich habe mich nicht verspielt, war nicht zu langsam, nicht zu schnell. Die Musik floss wie der Rhein durch unseren See. Du hast mich anschließend gelobt, vielen Dank dafür. Aber es fühlte sich falsch an. Ich wurde betrogen, weiß aber nicht genau, um was …

Dein Marc

Beklemmend, wie sie in diese Welt gezogen wird. Warum schreibt ein Sohn seinem Vater Briefe auf Notenblättern? Will er ihm damit zeigen, dass er die linierten Seiten nicht mehr braucht?

Das Badezimmer gleich nebenan ist wie in einem französischen Hotel gestaltet. Das Waschbecken besteht aus einer Granitschale, die Armaturen sind ein Imitat aus dem neunzehnten Jahrhundert. In den Zahnputzgläsern aus Kristall stecken eine blaue und eine rote Zahnbürste; in einem Holzschrank, der so tut, als wäre er alt, warten Kosmetika. In der Haarbürste einer Frau haben sich braune glatte Haare um die Borsten gewickelt. Die Glastigel mit den Cremes sind nicht gerade billig. Sie beugt ihre Nase etwas tiefer, aber sie kann den Geruch der Frau, die hier zu Gast ist, nicht richtig einordnen. Irgendwie riecht es leicht nach Holz. Als sie sich aufrichtet, sieht sie sich im Spiegel. Sie hält sich erschrocken eine Hand vors Gesicht und schaut zwischen den gespreizten Fingern durch. Ihre dunklen Haare sind von einigen weißen Strähnen durchzogen. Sie sollte dringend zur Friseurin und vielleicht beginnen, sich die Haare zu färben. Auf ihrer Stirn zeigen sich zwei kleine Falten, erste Querstriche, wie mit einem Messer eingeritzt. Unter den Augen prangen matte dunkle Stellen. Ihre Lippen haben heute noch keine Farbe. Sie überlegt, sieht sich nach einem Lippenstift um, lässt es dann aber. Das Strahlen der jungen Frau, die hier vor über zwanzig Jahren in den Spiegel geblickt hat, wäre trotzdem erloschen. Den Mann aus diesem Haus, in den sie sich verknallt hatte, gibt es nicht mehr. Die Frau, in deren Gesicht sie blickt, hat ihren ersten Liebhaber überlebt und den letzten erschossen. Vielleicht ist sie ja so eine Art Todesengel für Männer, die sich mit ihr einlassen. Oder es liegt einfach daran, dass sie heute Vormittag ganz ungeschminkt und ungewaschen aufgebrochen ist. Das angemessene Gesicht, um einen toten Mann zu finden.

Sie geht noch einmal zurück in das Schlafzimmer, nimmt das Konvolut von Briefen und Erinnerungszetteln an sich, steckt es sich hinten in ihren Hosenbund und zieht den Pulli darüber. Sie ist nicht im Dienst, und es gibt keine Ermittlung zu Volker Schwendners Ableben. Es verstößt gegen alle Vorschriften, aber die Neugier, mehr über diesen Mann und seine Kinder zu erfahren, ist einfach größer.

Als sie wieder zurück an den Tisch kommt, hat Charlotte Schwendner Tränen in den Augen. Langsam dreht sie ihr den Kopf zu.

»Du bist doch Polizistin, Emma. Ich glaub nicht, dass der Volker einfach so ertrunken ist. Der war doch völlig gesund. Seit drei Jahren hat er auf einmal viel Geld und hier alles umgebaut. Das passt doch nicht. Da stirbt man doch nicht einfach. Oder?«

»Das kann ich dir nicht sagen, Charlotte.«

»Vielleicht wegen Marc? Dass ihn das so mitgenommen hat?«

»Es tut mir sehr leid«, sagt Emma. Sie stimmt Charlotte zu, es passt nicht zusammen, aber sie sagt es nicht.

»Sollen wir dich nach Hause bringen?«

»Nein, nein. Ich hab noch im Garten zu tun. Den Pflanzen ist es egal, ob einer stirbt. Es wäre schön, wenn du mal bei mir vorbeikommst. Und grüß deinen Vater.«

Emma verspricht es und macht sich mit dem jungen Polizisten wieder auf den Weg.

Am Fundort der Leiche sind inzwischen zwei Kollegen vom Kriminaldauerdienst eingetroffen. Ein Mann und eine Frau in Uniform stehen mit David zusammen, Philipp geht gleich auf sie zu und berichtet ihnen. Die vier Polizisten drehen sich zu Emma um, die sich abseits hält, am Auto lehnt und auf die Folie schaut, unter der der Leichnam von Volker liegt. Durch den Besuch in seinem alten Zimmer ist er wieder lebendig geworden, zumindest ein wenig. In ihrem Rücken spürt sie die Briefe an Volker auf ihrer Haut. Ein Leichenwagen kommt angefahren, zwei Männer laden einen Metallsarg aus und gehen zu den Polizisten. Sie tragen schwere Schuhe, damit sie nicht ausrutschen, wenn sie einen Menschen zur letzten Ruhestätte abholen. David und Philipp müssen die Folie als Sichtschutz hochhalten, hinter der der tote Volker in den Sarg gelegt wird. Noch immer stehen ein paar Leute zusammen, die das Geschehen aufmerksam beobachten und besprechen. Bestimmt weiß schon das ganze Dorf, dass hier Volker Schwendner ans Ufer gespült wurde. Die schwarz gekleideten Männer tragen den Metallsarg zurück und schieben ihn in ihr Fahrzeug. Würdevoll und mechanisch sind ihre Bewegungen. Emma schaut ihnen zu, als die Frau vom KDD neben sie tritt.

»Sie bringen ihn nach Singen. Kühlkammer«, sagt sie und

streckt Emma eine Hand hin. »Ich bin die Anne. Anne Koskowick«, stellt sie sich vor.

»Emma Zäringer. Dann sind wir Kolleginnen. Ab Morgen.«

»Ich hab dich mir ganz anders vorgestellt«, meint Anne.

»Aha«, antwortet Emma irritiert.

Anne lacht. »Man hat uns erzählt, dass du einen Italiener abgeknallt hast.«

»Da dachtest du, da kommt 'ne Irre. Ich hab noch nicht gefrühstückt und bin nicht geschminkt. Im Lauf des Tages lauf ich dann zu voller Form auf und treib alle in den Wahnsinn«, versucht es Emma, und Anne lacht erneut.

»You are welcome! Du hast auch gleich die Mutter des Toten informiert?«

»Das war Zufall. Ich wollte eigentlich nur sehen, ob er da noch wohnt. Mehr privat.«

»Der Kollege Reiser war ja dabei.«

»Philipp«, bestätigt Emma.

»Du kennst die Familie?«, will Anne wissen.

»Ich kenn die Mutter und weiß, dass Volker Schwendner mit einer Tierärztin in Radolfzell verheiratet ist. Sie haben zwei Kinder, also nur noch eins, eine Tochter. Der Sohn, Marc, ist wohl vor Kurzem in der Schweiz tödlich verunglückt.«

»Na, da bist du doch schon richtig drin im Fall.«

»Ist es denn ein Fall?«, fragt Emma nach, »was hat der Arzt gesagt.«

»Der hat nur den Tod bestätigt. Der ist hier Hausarzt. Ich kenne mich nicht so aus mit Wasserleichen, aber ich schätze, der Mann treibt seit gestern im See. Waschhautbildung, Totenflecke am Bauch. Keine sichtbaren äußeren Verletzungen.«

»Die Mutter sagte, er wäre gestern angekommen. Sie wollten sich treffen«, erzählt Emma.

»Und was denkst du? Du kommst doch von der Kripo.« Emma fühlt sich wie erwischt und herausgefordert, obwohl sie der Kollegin nur ganz sachlich berichtet. Anne Koskowick ist eine kräftige Frau, durchtrainiert, etwa in ihrem Alter, kurze helle Haare, die hochstehen. Die Uniform liegt eng an ihrem Körper an, wie eine zweite Haut. In der Nase steckt ein kleines Piercing, ein schmaler Ring. Am Hals ist ein Tattoo zu sehen, drei kleine Tauben flattern hintereinander her, als ob sie wegfliegen wollten. Emma schaut auf die Vögel. Wenn die Haut am Hals pulsiert, bewegen sich die Tauben.

»Vermutlich ist er einfach ertrunken, als er über den See geschwommen ist. Er hat das früher mit seinem Sohn zusammen gemacht.«

»Deswegen die Badekappe.«

»Ja, aber ... Seine Mutter meint, es würde nicht passen, dass er das Haus da ausbaut und dann plötzlich stirbt. Er scheint Geld zu haben.«

»Er war Chefredakteur bei unserer geliebten Regionalzeitung.«

»Aber da verdienst du nicht so viel ...«

»Anyway. Ich muss nur wissen, ob ich die Leiche freigeben kann.«

»Es gibt ja noch eine Leichenschau«, meint Emma.

»Du meinst, das dauert noch? Hm ... Sag mal, wo du da schon so drinsteckst. Könntest du auch bei seiner Frau vorbeifahren und sie informieren?«, fragt Anne, »mit ihm hier. Mit Reiser.«

Emma schaut in das klare Gesicht von Anne, auf der Stirn stehen zwei senkrechte Falten, wie Ausrufezeichen.

Emma nickt. »Aber ich muss erst mal ...«

»Cool. Dann sehen wir uns morgen zweiundzwanzig Uhr. Du beginnst in der Nachtschicht. Ich freu mich auf die Zusammenarbeit.« Sie streckt Emma erneut ihre Hand hin. Der Händedruck ist trocken und hart. Dann dreht Anne sich um, geht auf Philipp Reiser zu, sagt ihm, was als Nächstes für ihn ansteht. Ihre Bewegungen haben etwas Zackiges. Ob sie mit ihr gut arbeiten kann?

Sie sitzen wieder im Auto. Philipp lässt den Kollegen David König beim Polizeiposten in Gaienhofen aussteigen und fährt mit Emma weiter. Sie will noch kurz beim Obsthof vorbei.

Die Briefe auf den Notenblättern verstaut sie in ihrem Zimmer. Nachdem sie sich umgezogen, etwas Wimperntusche aufgetragen und ihrem Vater Bescheid gesagt hat, sitzt sie wieder neben Philipp. Sie trägt eine schwarze Jeans, einen dunklen Pulli, dunkle Sneakers, keinen Lippenstift.

»Kennst du Anne gut?«, fragt Emma.

Philipp betrachtet sie einen Augenblick, bevor er den Wagen startet. »Wir haben manchmal miteinander zu tun«, antwortet er.

»Sie wirkt tough.«

»Ich glaub, sie macht Kampfsport.«

»Aha.«

»Und du?«

»Ich halt mich auch fit, danke der Nachfrage«, meint Emma. Vielleicht war das schnippisch, fällt ihr auf. Egal, er soll sie zu dieser Sandra Schwendner fahren, sie will das hinter sich bringen. Sie hat keine Lust, über sich zu reden. Das hat sie eigentlich nie, aber sie blickt zu ihm hin, ob er vielleicht eingeschnappt ist. Sein Bart, am Hals ausrasiert und gepflegt, steht ihm gut. Dunkle Augenbrauen, die Haare an den Seiten sehr kurz geschnitten und oben etwas länger, so wie die meisten Männer das jetzt tragen. Sie schätzt ihn auf etwa fünfzehn Jahre jünger.

»Lebst du allein?«, durchbricht sie das Schweigen.

»Na ja, meistens. Ich hab eine Wohnung, seit ich hier den Polizeiposten leite.«

»Manchmal besucht dich deine Freundin.« Sie schaut, wie er reagiert, ob er unsicher wird.

»Ähm. Ja.«

»Was macht sie? Ist sie auch Polizistin?«

Ihre direkten Fragen verwirren ihn.

»Nein. Sie studiert in Freiburg. Physik.«

»Wirklich? Das ist gut. Dann ist sie ziemlich schlau.«

Er grinst. »Das ist sie.«

Es klingt ein wenig stolz.

»Ich wollte hier immer weg. Hat nicht geklappt«, sagt sie.

»Du bist doch in Konstanz.«

»In Berlin ist man weg oder in Kiel. Aber doch nicht in Konstanz. Außerdem, ab morgen bin ich in Singen, also fast zurück«, hält sie ihm entgegen.

Auf der anderen Seeseite ist Radolfzell zu sehen, eine kleine Stadt, die sich um ein großes Münster schart. Sie fahren durch das Dorf Moos, kommen auf die lange Allee mit den Pappeln, dann durch die Außenbezirke der Stadt, vorbei an zahlreichen Einfamilienhäusern, die alle irgendwie gleich aussehen und doch ganz individuell wirken wollen.

Sie halten vor einem Haus, eine Art zu große Schuhschachtel mit Giebeldach. Die Fenster, die bis zum Boden reichen, sind zur Hälfte mit Gardinen verhängt, damit niemand einen Blick darauf werfen kann, was in der Tierarztpraxis Dr. Sandra Schwendner vor sich geht. Auf dem breiten Parkplatz vor dem Haus stehen fünf kleine blaue Schilder mit der Aufschrift »Tierarzt«, doch kein einziges Auto parkt davor. Heute keine Sprechstunde für Hunde und Katzen. Sie klingeln mehrmals, ein Gesicht erscheint über einer der Gardinen, und eine junge Frau in T-Shirt und grauen Jogginghosen öffnet. Als sie Philipp in Polizeiuniform vor sich stehen sieht, zögert sie einen Moment, dann ruft sie ohne Begrüßung ins Haus: »Mama!«

»Bist du Lisa Schwendner?«, fragt Emma, um das Mädchen aufzuhalten.

»Ja«, kommt von ihr, »meine Mutter kommt gleich.« Sie ist genervt, weil sie nach dem wiederholten Klingeln an die Tür gegangen ist und jetzt Fragen beantworten muss. Hinter ihr erscheint Sandra Schwendner im offenen weißen Arztkittel, um den Hals eine Perlenkette, ihre Füße stecken in flachen Schnürschuhen. Sie lächelt verbindlich, nickt ihrer Tochter zu, die sich umdreht und weggehen will.

»Warte, wir müssen mit Ihnen beiden reden«, hält Emma die junge Frau zurück.

»Reiser, Polizei Gaienhofen. Meine Kollegin Kommissarin Zäringer. Könnten wir kurz reinkommen? Wir müssten Ihnen etwas, äh, mitteilen.«

»Guten Tag. Eigentlich haben wir gerade geschlossen«, antwortet Frau Schwendner lächelnd. Emma geht auf die Frau zu, betritt den Flur, Philipp folgt ihr.

»Lassen Sie uns bitte reingehen«, sagt Emma, jetzt etwas freundlicher. Sandra Schwendner geht nun voraus, ihre Tochter folgt ihr mit finsterer Miene. Sie kommen in einen Wohnraum, der hinter den Praxisräumen liegt und sich zu einem weiten Garten öffnet. Hier wachsen Bambusgräser und Ginkgobäume. Das Mädchen fläzt sich auf eine moderne Couch, mehr eine Sitzlandschaft, wie aus einer Werbebeilage. Die Frau setzt sich konzentriert auf einen der drei kleinen Sessel davor. Emma nimmt ihr gegenüber Platz, Philipp bleibt wieder neben ihr stehen.

»Wir müssen Ihnen mitteilen, dass wir heute Vormittag die Leiche von Volker Schwendner an einem Seeufer in Wangen aufgefunden haben«, überbringt Emma ihre traurige Botschaft. Sie hat sich den Satz nicht vorher überlegt, aber er klingt, als ob ein Messer auf einen Steinboden fällt.

»Es tut mir sehr leid«, sagt sie noch.

»Was?! Scheiße!«, kommt von Lisa. Sandra Schwendner springt auf, setzt sich zu ihrer Tochter, legt einen Arm um sie.

»Das ist ja … furchtbar«, sagt sie. »O Gott!«

»Was heißt denn am Ufer? Im Wasser?«, will Lisa wissen. Ihre Fragen sind aggressiv.

»Ja, er ist angeschwemmt worden. Es könnte sein, dass er ertrunken ist«, erklärt Emma ruhig und sachlich.

»Scheiße. Das gibt's doch nicht!«, ruft Lisa aus.

»Ach, meine Arme«, tröstet ihre Mutter. Emma kommt der Verdacht, dass sie Kinder, denen ihr Meerschweinchen gestorben ist, genau gleich tröstet.

»Dann waren es nur noch zwei. Fuck, ey!«

Lisa ärgert sich über den Tod ihres Vaters, zeigt aber keine Trauer. Emma wundert sich nicht nur darüber, sondern auch über ihre laute Art. Eine seltsame Weise, den Tod des Vaters aufzunehmen. Frau Schwendner steht auf, stellt sich vor eines der hohen Fenster und schaut in den gepflegten Garten. Sie atmet hörbar tief ein, sehr beherrscht.

»Wann haben Sie ihn zuletzt gesehen, Frau Schwendner?«, erkundigt sich Emma.

»Vor etwa zwei Wochen? Wann war er hier, Lisa?«

Lisa hält sich an ihren Knien fest, krümmt sich, ihre Anspannung lässt nach. Sie legt sich auf die Seite.

»Wohnt er denn nicht hier?«, möchte Philipp wissen.

»Nein, er ist meistens in Konstanz, bei der Zeitung«, erklärt die Frau.

»Oder bei einer seiner Freundinnen«, fügt Lisa an. Sie spricht jetzt leise, mehr zu sich.

»Wir, äh, leben nicht mehr zusammen.«

»Sind Sie noch verheiratet?«, fragt Emma nach.

»Das schon«, ergänzt Sandra Schwendner.

»Jetzt kriegst du das Haus am See«, fügt Lisa hinzu.

»Ich bitte dich, Schatz. Das ist nicht passend.«

»Und du brauchst dich nicht mehr scheiden zu lassen.«

»Entschuldigen Sie bitte meine Tochter.«

Emma dreht sich zu Philipp um. Sie würde gerne seine

Hand nehmen, um sich an ihm hochzuziehen, aber sie steht einfach auf.

»Der eine stürzt sich vom Berg runter. Der andere ersäuft im See. Passt zu dieser Familie«, sagt Lisa leise. Erneut setzt sich ihre Mutter zu ihr, streichelt die Tochter ungelenk. Das hat sie länger nicht mehr gemacht. Lisa schlägt die Hand der Mutter weg.

Emma gibt Philipp ein Zeichen, sie verabschieden sich, gehen zusammen zur Tür, durch den stillen Flur der Tierarztpraxis. Es riecht nach Hundefutter und Desinfektionsmittel, an den Wänden hängen Fotografien von spielenden, glücklichen Tieren.

Emma dreht sich zu Sandra Schwendner um, bevor sie aus dem Haus tritt. Sie kann nicht sehen, wie sehr der Tod ihres Mannes die Frau berührt. Das Gesicht der Witwe ist undurchdringlich. Ob sie froh ist, dass es zu Ende ist? Bestimmt hat sie viele Kämpfe mit Volker ausgetragen. Wie stark quält sie der Tod des gemeinsamen Sohnes?

»Ich melde mich wieder«, sagt Emma.

Dann dreht sie sich um, hinter ihnen wird die Tür geschlossen.

Als sie im Auto sitzen, starren sie vor sich hin. Philipp schüttelt den Kopf. »Was war das denn?«, fragt er Emma.

»Familie?«, fragt sie zurück.

»Was hat das Mädchen über Marc gesagt?«

»Dass es Suizid war«, antwortet Emma, »es klang, als hätte sie dafür Verständnis.«

Philipp streicht sich mit der rechten Hand mehrmals über seinen Bart. Emma stellt sich vor, wie seine Hand ihr übers Gesicht streicht. Dann lässt er das Auto an.

Es tut mir leid, Papa. Ich war voll drauf. Zu. Aber ich habe geliefert. Oder? Ich weiß schon, du hast dich echt reingehängt für diesen Auftritt. Dir war es so wichtig, dass ich da auftrete. Aber eigentlich war es mir egal. Scheißegal. Ich habe das den Leuten im Saal gesagt. Man beschimpft sein Publikum nicht. Ich weiß das auch. Aber es waren doch wirklich alles Hackfressen. Stinkende reiche Arschlöcher. So möchte ich nie werden, und ich möchte auch nicht von ihnen abhängig sein. Nicht von ihrem Geld. Und auch nicht von deinem Geld.

Ein Kontoauszug, der die Überweisung an den Lieferanten eines Klaviers festhält. Die Summe: 2400 Euro.

Mit Bleistift wurde auf der Rechnung eines Tauchclubs in der oberen Ecke der Name »Lisa« vermerkt. Es wurden 420 Euro für einen PADI Open Water Diver Kurs, fünf Tage am roten Meer, bezahlt.

Donnerstagabend

Emmas Vater hat sich eine klare Routine zugelegt. Er steht immer um sechs Uhr auf, an Markttagen um vier Uhr, brüht sich eine Tasse Kaffee auf, isst eine Scheibe Brot mit Marmelade, dann macht er sich an die Arbeit, geht in eines der Gewächshäuser, setzt sich auf den Traktor, fährt auf ein Feld oder hat in der Halle zu tun. Die Arbeit endet nie. Die Erde, in der er täglich mit seinen Händen gräbt, hat sich tief in die Furchen seiner Finger eingefressen. Abends beendet er um sieben Uhr sein unablässiges Tun zwischen all den Menschen und Pflanzen. Eine halbe Stunde später trinkt er ein Bier, schneidet zwei Scheiben Brot ab, manchmal brät er sich ein Spiegelei. Immer gibt es entweder Tomaten, Radieschen, Gurke oder Salat. Wenn Emma zu Besuch ist und ihr Dienst es zulässt, essen sie zusammen. Manchmal trinkt sie auch ein Bier, lieber aber ein Glas Wein. Wenn es warm ist, so wie heute, setzen sie sich an den Plastiktisch hinter dem Haus. Wenn sie in den Abend schaut, hat sie das Gefühl, die Augen zu entspannen. Auf der schwarzen Oberfläche des Sees, weit dahinten, sind Lichter unterwegs, Boote. Würde Volker noch leben und hätte er sich ein eigenes Motorboot zugelegt, wäre er dort draußen. Neben sich eine junge Frau, der er angesagte Musik vorspielt. Die ersten Mücken kommen und landen auf ihrer Haut. Manchmal schlagen sie nach den Insekten oder zucken einfach ein wenig, damit sie sie in Ruhe lassen. Aber es sind penetrante, selbstmörderische kleine Tierchen, benebelt von menschlichen Ausdünstungen. Das irre Surren der Schnaken gehört zu diesem Ort, zu dem abendlichen Ausatmen der Felder und der weichen Luft.

Bernhard trinkt von seinem Bier, schmiert etwas Butter auf sein Brot, blickt auf. Er erwartet ihren Bericht über die Ereignisse des heutigen Tages.

»Stimmt das? Ihr habt den Schwendner gefunden? Den Volker?«, fragt er. Sie trinkt von ihrem Bier.

»Er lag im Wasser, vermutlich seit vorgestern.«

»Der war ein hohes Tier bei der Zeitung.«

»Schon seltsam. Ich hab ihn nie mehr gesehen, seit damals. Obwohl wir in der gleichen Stadt gearbeitet haben«, meint Emma. Sie nimmt sich ein Radieschen. Es ist knackig und scharf.

»Er hat sich in anderen Kreisen bewegt.«

»Hast du gewusst, dass er angefangen hat, das Haus unten am See umzubauen? Sieht teuer aus.«

Bernhard schüttelt den Kopf. »Man soll nicht schlecht über Tote reden, aber er war ein Idiot. Meiner Meinung nach«, kommentiert er.

Er war sogar ein richtiges Arschloch, könnte sie ergänzen, aber sie macht es nicht.

»Die Mama und du. Wart ihr eigentlich immer zusammen? Seid ihr euch treu gewesen?«

Bernhard hört auf zu essen und blickt sie erstaunt an. Er weiß, seine Tochter liebt es, Fragen zu stellen, die einen verwirren. Das hat sie vermutlich von ihm gelernt.

»Wie kommst du denn jetzt darauf?«

Emma nimmt sich noch ein Radieschen und bricht ein Stück von dem dunklen Brot ab. Es ist nicht mehr ganz frisch, aber schmeckt noch. Bernhard überlegt, wie er ihr antworten soll. Ihr keine Antwort zu geben, ist keine Option. Sie würde immer wieder darauf zurückkommen, so hartnäckig wie sie ist.

»Klara war eine attraktive Frau«, sagt er.

»Also hatte sie andere Liebhaber?«

»Das hat mich nie interessiert.«

»Hattest du andere Frauen?«

Bernhard trinkt von seinem Bier und schneidet sich ein Stück Gurke ab. Er runzelt die Stirn und beschließt, auf diese Frage nicht zu antworten. Das ist schließlich seine Sache.

»Es geht mich nichts an«, sagt Emma, »du hast recht. Ich habe euch als zwei glückliche Menschen in Erinnerung und bin dir und Mama wahnsinnig dankbar dafür. Aber was ich nicht verstehe: Wie geht das? Wie habt ihr das gemacht? Warum kann ich das nicht? Warum können andere das nicht?«

Bernhard legt seine harte, kräftige Hand auf ihren Arm.

»Es ist eigentlich nicht so schwer«, sagt er, »man muss einander geradeaus in die Augen schauen. Reden muss man und ab und zu … das ist auch wichtig.«

»Reden und miteinander schlafen. So geht das? Das hättest du mir mal früher sagen sollen.«

Bernhard lacht. »Du bist doch sonst so schlau«, meint er.

»Nicht in puncto Beziehungen. Da bin ich richtig dumm.«

»Ist er ertrunken? Natürlicher Tod? Oder gibt es eine Obduktion?«, lenkt Bernhard ab. Mit Emma über ihre Liebesfragen zu reden, interessiert ihn nicht. Soll sie doch einfach mal heiraten und ein Kind bekommen, dann hätte er wenigstens einen Enkel oder eine Enkelin.

Emmas Adoptivvater vertreibt sich seine Abende meistens mit der Lektüre von Kriminalromanen. Hat er schon gemacht, als sie ein Kind war. Er sitzt gerne in einem Ledersessel, legt sich ein Kissen auf den Bauch und darauf dann sein Buch, bevor er sich die Lesebrille auf die Nase setzt. Mehr als eine Stunde lesen schafft er meistens nicht, dann fallen ihm die Augen zu. Die Stehlampe mit gefaltetem beigem Schirm verbreitet ein gelbes Licht um ihn herum. Er könnte auch in einem anderen Jahrhundert sitzen. Zeitlos. Manchmal schaltet er das Radio ein. Doch wenn er zu lange nach einem Sender suchen muss, auf dem Jazz gespielt wird, gibt er auf. An der Wand hängt ein Fernsehgerät, das angeschafft wurde, als Klara mit der Krebserkrankung kämpfte. Sie verbrachte viel Zeit, benebelt von Morphium, vor der Glotze. Könnte sein, dass Bernhard das Gerät nicht mehr anmacht, weil es ihn an seine todkranke Frau erinnert. Oder weil er einfach schon immer lieber ein Buch in die Hand nahm und selbst bestimmen wollte, was und wie viel er las. Früher kamen die Bücher als monatliche Sendungen ins Haus, als Abonnement für Krimis und Thriller. Aber dann fand er das Angebot uninteressant, die Geschichten alle ähnlich. Vor allem ärgert ihn, wenn er schon nach ein paar Seiten weiß, wie die Sache ausgeht. Emma ist klar, warum sie Polizistin geworden ist und nicht Gemüsegärtnerin.

»Ich kann es dir noch nicht sagen. Es ist komisch«, antwortet sie ihm.

»Irgendwelche Fakten, die gegen Ertrinken sprechen?«

»Noch nicht, Herr Kommissar Zäringer.«

»Ich bin für eine Obduktion«, meint er.

»Sein Sohn, Marc, hat sich umgebracht. Noch nicht lange her«, berichtet sie.

»Du meinst, Volker hat ’nen Herzkasper bekommen? Beim Schwimmen? Aus Trauer?«, fragt und schüttelt den Kopf. Nein, das glaubt er nicht.

»Könnte doch sein«, antwortet Emma.

»Wie hat der Sohn sich umgebracht?«, fragt er nach.

»Vom Berg runtergesprungen. In der Schweiz«, informiert Emma.

»Das klingt aber dramatisch. Welcher junge Mann kraxelt auf einen Berg, um dann runterzuspringen? Stand der unter Drogen, oder war er depressiv?«, fragt Bernhard nach.

»Das weiß ich doch nicht!«

»Ich würde da ansetzen«, meint ihr Vater.

»Was liest du gerade?«

Darauf antwortet er nicht, will nicht abgelenkt werden.

»Also Doppelmord, deiner Meinung nach. Erst der Sohn, dann der Vater. Und das Motiv?«, fragt sie.

»Bin ich die Polizistin oder du? Ein wenig arbeiten musst du schon selbst, dafür wirst du bezahlt«, meint Bernhard und kaut genüsslich auf seinem Brot.

»Von deinen Steuern!«, ergänzt sie, »danke Papa. Das hilft mir wirklich weiter. Ich muss gleich los. Sie haben mich zur Nachtschicht eingeteilt. Ich freue mich so richtig.«

Er grinst, ihm gefällt, wenn sie Gefühle zeigt, wenn er sie necken kann.

Sie steht auf, räumt ihr Bierglas, ihr Brett und das Messer zusammen.

»Guten Start«, ruft er ihr hinterher.

»Mal schauen. Bis morgen dann. Tschüss«, verabschiedet sie sich.

Ihr Schließfach, in dem ihre Waffe liegt, hat die Nummer vier, eine gute Zahl, wie sie findet. Als sie ankommt, drückt ihr Anne, ihre neue Vorgesetzte, den Schlüssel dazu in die Hand und zeigt ihr auch ihren Spind mit gleicher Nummer, wo die Uniformjacke, die Schutzweste und der Gürtel hängen.

Anne reicht ihr die Dienstkleidung, eine dunkelblaue Bluse und eine Hose, die in durchsichtiger Plastikfolie eingepackt sind.

»Check. Sollte passen, zieh dich um und rüste dich aus«, fordert Anne sie auf, »dann geht's los.« Emma nimmt das Paket in die Hand, hält die Bluse mit den Schulterklappen hoch. Dort sind zwei Sterne angebracht.

»Frau Polizeioberkommissarin Zäringer, willkommen beim Kriminaldauerdienst in Singen«, sagt Anne und streckt ihr nun die Hand entgegen, »ich stelle dir gleich die Kollegen vor.«

Emma hat länger keine Polizeikleidung mehr getragen. Bei ihrem bisherigen Dienst bei der Kriminalpolizei in Konstanz, Abteilung Straftaten gegen das Leben, gegen die sexuelle Selbstbestimmung, schwere Körperverletzung und schwerer Diebstahl brauchte sie das nicht. Ihr Job begann, nachdem die Kollegen im Funkwagen und der KDD den Tatort gesichert hatten. Sie trug fast immer ihre Alltagskleidung im Dienst.

Nachdem sie sich umgezogen und sich die neue Dienstwaffe eingesteckt hat, tritt Emma in einen hellen, mit Neonlicht erleuchteten Raum. Ihr ist es, als ob sie dem neuen Polizeipräsidenten vorgestellt werden würde.

Anne zeigt auf drei Männer, alle Anfang dreißig, die auf ihren schwarzen Bürostühlen vor ihren Bildschirmen hin- und herwippen und sie anblicken. Oder abchecken, wie sie aussieht und was sie draufhat.

»Also, hier schlägt das Herz. Hier schreiben wir unsere Berichte. Das da ist der Malte, der Hans und der da, das ist Jacky, der als Jakob zur Welt kam. Die lernst du alle noch kennen. Jungs, das ist die Emma Zäringer. Ich muss sie nicht mehr vorstellen, sie wird die Frauenquote bei uns so richtig nach oben drücken.«

Emma weiß nicht, was sie sagen soll, bleibt einfach stehen, überlässt sich der zwanghaften Energie der neuen Chefin, die sie jetzt zu einem Schreibtisch dirigiert, vor dem ein älterer Bürostuhl steht.

»Dein Computer kommt morgen. Die Tagschicht richtet dir den ein.«

Emma setzt sich wie ein Schulmädchen am ersten Tag auf den Bürostuhl an den leeren Tisch. Sie wischt über die Tischplatte. Hier wird sie also ihre Nächte verbringen, alle drei Wochen im Schichtdienst und unter Neonlicht Berichte schreiben. So sieht also ihr Straflager aus. Geschieht ihr recht, hätte sie den Antonio mal nicht erschossen. Um ihn trauert vielleicht eine Schwester, eine Mutter, ein Vater. So genau weiß sie das nicht. Andererseits, sagt sie sich immer wieder, ist das eine Art Berufsrisiko, wenn man bei der Mafia ist und mit einer Kommissarin ins Bett geht.

Ein Telefon klingelt, und der Polizist, der als Jakob zur Welt kam, nimmt ab. Er hat sein langes Haar mit einer Haarspange, die ihm quer über den Kopf geht, gebändigt. Er hört zu und sagt dann: »Verstanden. Konstanzerstraße … Okay, wir kommen.«

Dann verkündet er, die Funkstreife sei einer Frau zur Hilfe gekommen, die seit drei Tagen keinen Kontakt zu ihrem Vater hatte und das Schlimmste befürchtet. Sie haben die Wohnungstür aufgebrochen und einen Toten aufgefunden. Auf der Toilette. Er blickt Emma an, als ob sie an dem Vorfall Schuld trägt. Anne, die nur darauf gewartet hat, in die Nacht zu starten, winkt Emma zu, die artig ihre Warteposition verlässt.

Mit Annes Wagen, einem schwarzen Opel Kombi, das Chrom der Felgen glänzt, fahren sie durch das dunkle Singen. Die Innenstadt wurde mit einer riesigen Fußgängerzone beglückt, hier gibt es nur spärlich beleuchtete Schaufenster, kaum Wohnungen. Auf der anderen Seite der Bahnlinie stehen die großen Fabriken, die Aluminium-, die Maggi- und die Georg-Fischer-Werke. Sie fahren an den Ruinen einer alten Konzerthalle vorbei, die vor ein paar Jahren abgebrannt ist. Sie erinnert sich, hier war sie einmal mit Volker. Es spielte eine Heavy-Metal-Band, die Männer auf der Bühne hatten wilde Gesichtsbemalungen, machten seltsame Geräusche und spielten so laut, dass sie das Gefühl hatte, ihr würde unablässig in den Magen geschlagen. Volker reichte ihr Ohrstöpsel, fand es großartig, ließ sie hinter sich zurück und schwamm durch die schwitzende, kreischende Menge. Sie hielt es nicht aus und hörte dem Konzert von draußen zu, wo es immer noch laut genug war. Später stritten sie sich, weil er sie allein gelassen hatte, es ihr zu laut war und sie die Musik nicht mochte.

»Hier war ich manchmal«, sagt Emma.

»Voll geile Konzerte«, stimmt ihr Anne zu, »ein Feuerwehrmann hat die Halle abgefackelt. Wusstest du das? Total weich in der Birne, der Typ! Der hat ein paar Papiertonnen angezündet. Zack, das Ding brannte sofort ab. Seine Kollegen konnten nichts mehr retten.«

In der Konstanzerstraße sehen sie den Funkwagen mit blinkendem Blaulicht vor einem der Wohnblocks stehen, die meisten sind fünf Stockwerke hoch. Sie sind nicht weit von den großen Fabriken entfernt. Die Frau, die die Polizei gerufen hat, sitzt zusammengesunken, müde und rauchend auf einer steinernen Treppenstufe vor der Wohnung. Die Haustür wird bewacht von einem uniformierten Polizisten. Anne geht dynamisch voraus, in der Hand trägt sie eine schwarze Tasche, in der alle notwendigen Utensilien für die Spurensicherung enthalten sind. Sie begrüßt den Kollegen, Emma bleibt kurz stehen und blickt auf die Frau, die ihren Vater verloren hat. Dann schließt sie sich Anne an. Bevor sie die kleine Wohnung betritt, stülpt sie sich blaue Plastikschoner über die Schuhe und zieht sich Gummihandschuhe an.

Auf der Toilettenschüssel sitzt ein älterer Mann mit heruntergelassener Hose. Sein Oberkörper lehnt an der Wand, der Kopf ist vornübergebeugt. Er trägt ein ärmelloses Unterhemd, seine Haare sind weiß und dünn, hängen in Strähnen vom Kopf. Auf dem rechten Oberarm ist ein Tattoo zu sehen, ein Anker, um das ein Seil gewunden ist – das Symbol für Sicherheit in stürmischen Zeiten. Beide Frauen erfassen die Situation, es gibt nicht viel zu sagen. Anne entnimmt ihrer Tasche eine Plastikplane und breitet sie auf dem Boden aus. Sie ziehen den Leichnam von der Kloschüssel und legen ihn seitlich ab. Emma inspiziert im Licht einer Taschenlampe den Körper. Anne hält Abstand, ihr Gesichtsausdruck ist gequält, sie hält sich ein Handgelenk vor die Nase.

»Sieht nach Infarkt aus. Ich kann keine Einwirkung von Gewalt erkennen«, stellt Emma fest.

Wenn sie einen Tatort betritt, ist sie völlig konzentriert auf die Situation. Ihre Emotionen kann sie zur Seite schieben, wenn sie einen Toten nach Spuren untersucht.

»Habt ihr Diensthandys für die Fotos, oder nehmt ihr eure eigenen?«, will sie wissen.

»Die eigenen«, antwortet Anne knapp, nimmt ihr Telefon heraus und fotografiert den Fundort der Leiche.

Emma geht zu dem Polizisten, der vor der Tür steht, und fragt ihn, wann der Arzt da sein wird. »Bestimmt gleich«, bekommt sie zur Antwort. Die Frau auf der Treppe blickt sie fragend an, doch Emma geht wieder in die Wohnung zurück. Sie schaut sich im Wohnzimmer um, wo im Fernsehen die Wiederholung eines alten Tatorts läuft. Sie schaltet das Gerät mit der Fernbedienung aus. Auf dem Couchtisch liegt ein Heft mit Kreuzworträtseln. Auf der aufgeschlagenen Seite ist die Hälfte der Kästchen ausgefüllt. Das Wort für Verbrecherorganisation in Neapel wurde gesucht. Die Antwort, Camorra, hat der Mann richtig eingetragen, auch Frust als Lösung für Enttäuschung stimmt. Ob er nach dieser Zeile auf die Toilette ging?

Neben der leeren Flasche Rothaus Tannenzäpfle steht ein benutztes Glas. Sie sieht sich in der Küche um. Schmutziges Geschirr, ein Teller mit Resten von Tomatensoße und ein Topf mit einem hölzernen Kochlöffel liegen in der Spüle. Sie riecht, aber es hat sich kaum Schimmel gebildet. Im Schlafzimmer des Mannes steht ein breites Bett, darauf aber nur eine schmale Decke und ein Kopfkissen.

Emma streift sich die Handschuhe ab, geht vor die Tür und setzt sich neben die Frau auf die Treppe, die ihre Zigarette neben sich ausgedrückt hat.

»Er wohnt noch nicht lange hier. Nachdem er in Rente ging, ist er hier eingezogen«, sagt die Frau.

»Es tut mir sehr leid. Hat er in Singen gearbeitet?«

»Ja, bei Maggi. So ziemlich sein ganzes Leben.«

»Gibt es noch andere Verwandte? Eine Frau? Haben Sie Geschwister?«

»Einen Bruder. Mutti wohnt in Villingen. Sie sind geschieden.«

Emma schaut in das Treppenhaus hinunter, das eine steinerne Kälte durchzieht, bitter und nackt. Irgendwann wird sie auch einmal auf einer Treppe sitzen und um den Tod ihres Vaters Bernhard trauern. Aber er wird nicht auf dem Klo sterben, abgearbeitet und mit Infarkt. Vermutlich wird sie oder eine von den Feldarbeiterinnen ihn morgens auf seinem Lesesessel finden. Das Herz wird aufgehört haben zu schlagen, während er las, mitten im Satz.

Ein kleiner dicker Mann, mit abstehenden Haaren, runder Brille, in einem beigefarbenen Mantel, kommt schnaufend die Treppe hoch und stellt sich dem Polizisten an der Tür vor.

»Doktor Wiese«, sagt er nur und geht in die Wohnung. Zu Emma und zur Tochter des Verstorbenen dringen aus der Wohnung ein paar Worte und Geräusche, dann ist der Mann zurück.

»Sind Sie …?«, fragt er die Frau, die nur nickt.

»Herzliches Beileid. Sieht nach Infarkt aus. Natürlicher Tod. Sie können den Bestatter anrufen, wenn Sie …«, sagt er zu ihr. Die Frau schaut ihn nicht an, fischt eine weitere Zigarette aus der Schachtel und zündet sie an. Der Arzt dreht sich um und tappt die Treppe runter. Der Rauch der Zigarette folgt ihm wie ein Flaschengeist.

Jetzt kommt auch Anne aus der Wohnung und zieht Handschuhe und die blauen Überschuhe aus.

»Herzliches Beileid.« Und dann zu Emma: »Wir sind jetzt hier fertig.«

»Liegt er im Bad?«, fragt die Frau. Anne antwortet nicht, Emma schaut sie an.

»Sollen wir ihn auf sein Bett legen?«, fragt Emma, was zu einem gequälten Gesichtsausdruck bei Anne führt.

»Natürlicher Tod«, ergänzt Emma.

»Wie lang darf er hier noch bleiben?«, fragt die Frau.

»Sechsunddreißig Stunden. Aber rufen Sie vorher den Bestatter an«, informiert sie Anne.

»Dann könnte Fred noch kommen, das ist mein Bruder. Wäre schön, wenn Sie ihn aufs Bett legen könnten.«

Emma nickt Anne zu, die genervt ist. Die beiden Frauen ziehen sich wieder ihre Handschuhe an und gehen zurück ins Bad. Sie schlagen die Plastikfolie um den toten Körper. Emma packt ihn an den Beinen, Anne unter den Armen. Sie heben ihn hoch und tragen ihn durch den kleinen Flur. Der Mann ist schwer, die Folie rutscht an den Fingern, der Körper droht auf den Boden zu gleiten. Sie schaffen es, ihn auf sein Bett zu hieven, und schlagen die Folie zurück. Beide halten den Atem an, der Geruch ist beißend. Emma deckt ihn zu. Er liegt auf der linken Körperseite, wie schlafend, fast friedlich.

»Jesus! Ich hoffe das wird nicht zur Gewohnheit«, pflaumt Anne Emma an, als sie wieder im Auto sitzen.

Emma blickt stumm auf die roten Rücklichter des Autos vor ihnen. Was soll sie Anne antworten? Dass es ihr Spaß macht, stinkende Leichen herumzuschleppen? Dass sie die Klappe halten soll? Gestern ein Toter, heute ein Toter.

»Es ist ja nicht gerade selten, dass die Leute auf dem Klo sterben. Wenn wir jedes Mal den Bestatter spielen …«, poltert Anne weiter. Sie beschleunigt ihren Wagen, biegt auf eine Hauptstraße ein.

»Hast du Kinder?«, fragt Emma.

»Yes. Finn. Er ist sechs«, antwortet Anne stolz.

»Wenn du auf dem Klo …«, versucht es Emma.

»Bullshit. Das ist einfach nicht unser Job. Das machst du bei der Kripo doch auch nicht. Leichen schleppen.«

Anne drückte wieder aufs Gas ihres getunten Opels.

»Da hast recht. Du wirst nicht auf dem Klo sterben, sondern vermutlich in einem Autowrack oder bei einem Flugzeugabsturz«, kommentiert Emma.

»Da sagst du etwas Wahres«, stimmt ihr Anne zu. Sie greift das Lenkrad fester, gibt Gas und überholt das Auto vor ihnen.

Freitag

Emma schafft es, ein paar Stunden zu schlafen. In den Morgenstunden hat es angefangen zu regnen, das offene Fenster fängt an zu klappern, und nachdem sie es zugemacht hat, kann sie nicht wieder einschlafen.

Nach dem Toten, noch vor Rückkehr auf die Wache, wurden sie zu einem Einbruch gerufen. Diebe hatten das Rolltor einer Garage hochgestemmt und fünf Elektroräder geklaut. Eines der E-Bikes verfügte über ein GPS-System, das zu einer Diebstahlwarnung bei der Besitzerin führte, die sofort die Polizei alarmierte. Eigentlich eine Sache der Schutzpolizei, aber sie waren gerade in der Nähe. Emma packte das Blaulicht aufs Dach, und Anne konnte jetzt richtig zeigen, was in ihrem getunten Auto steckte. Als sie ankamen, standen fünf Frauen Anfang dreißig in Shirts und kurzen Hosen vor ihnen. Sie sahen ziemlich derangiert aus, hatten einen Junggesellinnenabend verbracht und wollten am nächsten Tag noch einen Ausflug auf ihren schicken schnellen Rädern machen. Wie ausgesetzte Kinder standen sie da, frierend und orientierungslos. Auf der Straße vor dem Haus lagen die roten Plastikscherben der abgeschlagenen Rücklichter, in denen die Diebstahltracker der E-Bikes deponiert waren. Doch die zusätzliche Diebstahlsicherung im teuren Fahrrad der Braut zeigte auf dem Mobiltelefon, wie sich ein roter Punkt Richtung Schweizer Grenze bewegte. Sie rasten los, verfolgten den roten Punkt. Anne war in ihrem Element, Emma hellwach, gab kurze Befehle. Sie fand eine Möglichkeit, ihnen den Weg abzuschneiden. Schnell fuhren sie frontal auf den

Transporter zu und stellten sich quer zur Straße. Das Blaulicht schickte seine Strahlen über die dunklen Felder neben der Landstraße, und Emma zielte mit ihrer neuen Pistole auf die Windschutzscheibe. Die Diebe hielten brav an und stiegen mit erhobenen Händen aus. Zwei Männer, um die vierzig Jahre alt, in Jogginganzügen, ergaben sich ohne Schwierigkeiten. Anne legte ihnen Handschellen an. Die beiden Kollegen der Schutzpolizei, die sie schon einmal in dieser Nacht getroffen hatten, kamen und übernahmen die Verhafteten und den Transporter mit den geklauten Rädern. Anne und Emma fuhren zurück zu den fünf Frauen, die zusammengekauert auf Sofa und Sesseln saßen und lagen. Etliche leere Flaschen Sekt und Bier standen herum. Sie gaben der Braut das Mobiltelefon zurück, die sehr froh war, dass die Nacht diese gute Wendung genommen hatte, denn sie hatte schon begonnen, ihre Heirat infrage zu stellen. Ihre Freundinnen machten sich über sie lustig. Die Braut sei zu geizig gewesen, ihre alten Teller zu zerschlagen. Den Brauch, das alte Leben symbolisch zu beenden, um Unglück von der Ehe fernzuhalten, hatte sie als Aberglauben abgetan. Jetzt lachten sie, weil Anne und Emma ihnen das Glück zurückgebracht hatten. Eine der Frauen kramte eine letzte Flasche Sekt hervor. Sie wollte mit den beiden Polizistinnen anstoßen, doch die lehnten ab. Es mussten noch Spuren und Fotos an dem Rolltor genommen werden. Später auf der Wache setzte sich Emma neben Anne und schrieb mit ihr zusammen den Bericht über die Ereignisse dieser ersten gemeinsamen Nachtschicht.

Während sie Kaffee in die Filtertüte häuft, überlegt Emma, ob Anne eine der Frauen werden könnte, die sie einladen würde, sollte sie jemals heiraten. Doch bei ihrem Glück mit Männern würden in der Nacht vor ihrer Hochzeit keine Fahrräder gestohlen, sondern der Bräutigam erschossen werden.

Sie blättert in der *Bodenseezeitung*, in der bereits ein Nachruf auf Volker steht, den toten Chefredakteur. Es wird von einem hochgeschätzten Kollegen gesprochen und dem geliebten Familienvater, der erst vor wenigen Wochen den Tod seines Sohnes Marc betrauern musste. Die Polizei würde vermuten, dass Schwendner beim Schwimmen im Untersee an Herzversagen verstorben sei. Es wird die Karriere von Volker Schwendner beschrieben, der in Frankfurt bei einer großen Tageszeitung begann und schließlich auf der bekannten Henri-Nannen-Schule seine journalistische Ausbildung abschloss. Stationen bei der deutschen Presseagentur, für die er auch aus dem Nahen Osten berichtete, und bei diversen Tageszeitungen folgten. Bevor er Chefredakteur bei der *Bodenseezeitung* in Konstanz wurde, schrieb er für den *Spiegel* und für die *BILD*. Es fühlt sich seltsam für Emma an, die Karriere von Volker Schwendner nach so vielen Jahren nachgereicht zu bekommen.

In der zweiten Nacht beim Kriminaldauerdienst wird es nicht besser. Diesmal ist es eine tote Frau in einer Dachgeschosswohnung in Radolfzell, zu der sie gerufen werden. Anne und Emma fahren in Singen los, schnell erreichen sie die mittelalterliche Altstadt am Untersee. Sie biegen in eine schmale Straße ein, die Höllengasse heißt. Das blinkende Blaulicht der Kollegen, die als Erstes am Tatort eingetroffen sind, weist ihnen den Weg. Vor dem Einsatzwagen des Polizeipostens Radolfzell nimmt ein großes Feuerwehrauto die ganze Breite der Höllengasse ein.

Hinter der Fassade des alten Hauses wurde ein neues Gebäude mit modernen Wohnungen errichtet. Es gibt sogar einen Fahrstuhl. Anne und Emma eilen das steinerne Treppenhaus hoch, ziehen sich ihre Überschuhe und Handschuhe an und gehen an den beiden Kolleginnen vom Polizeiposten und einem älteren Mann in einem rot-weiß gestreiften Morgenmantel vorbei. Neben dem Mann liegt ein roter Feuerlöscher, dessen schwarzer Schlauch wie ein langer Finger auf die Wohnungstür zeigt. Die Augen des Mannes starren ins Leere, struppige schwarze Haare stehen von seinem Kopf ab, auf seinem Gesicht sind dunkle Streifen von Ruß. Ein beißender Geruch nach Verbranntem empfängt sie. Ein gelbes Licht liegt über der Wohnung, die von einem großen, offenen Raum mit Küche, Esstisch und Sitzgruppe dominiert wird. Von der Hälfte der Einrichtung sind nur noch verbrannte Reste übrig. Ein Teil des Raums ist mit Löschschaum bedeckt, die Dachfenster sind gekippt und stehen offen. Vor dem Serviertresen der Küchenzeile liegt eine junge Frau, Mitte dreißig. Sie trägt Jeans, einen dunklen Pulli, helle Socken, auf einem Fuß steckt eine Birkenstocksandale, die andere Sandale liegt neben ihr. Ihr Körper ist gekrümmt, der rechte Arm umklammert den Bauch, der linke Arm ist weggestreckt. Durch den Pullover ist aus den Stichen an der Körpervorderseite Blut gesickert. Der helle Teppichboden um sie herum ist rot durchtränkt, auch Spritzer sind zu sehen.

Ihre blutige linke Hand hält den Griff eines silbrigen Wasserkochers fest, dessen Deckel aufgeklappt ist. Die leeren Augen sind auf die Verwüstungen des Raums gerichtet, ihr dichtes braunes Haar fällt ihr ins Gesicht. Das Feuer wurde gelöscht, noch bevor es sie erreichen konnte. Emma beugt sich zu der Frau, schaut ihr ins Gesicht. Sie sieht erschrocken aus. Sie hat es nicht geschafft, mit dem Wasserkocher ihren Mörder von sich abzuhalten. Durch die Dachfenster erreicht sie ein Windhauch frischer Luft, der den beißenden Brandgeruch überlagert. Emma richtet sich auf, die professionelle Konzentration auf den Tatort stellt sich bei ihr ein.

Anne fordert am Telefon die Kriminaltechnik aus Singen an, beschreibt kurz die Situation, dann wendet sie sich an Emma.

»Sieht nach …«, sie will das Wort nicht einfach aussprechen.

»Totschlag aus, vielleicht auch Mord«, ergänzt Emma, »rufst du die Kollegen in Konstanz an?« Während Anne der Kripo in Konstanz Bescheid gibt, schaut sich Emma ruhig um. Sie vermeidet es, in den Löschschaum zu treten, und macht Fotos mit ihrem Mobiltelefon. Von dem Wohn- und Küchenraum geht eine Tür in ein Schlafzimmer ab, eine weitere Tür führt in das Bad. Im Schlafzimmer brennt Licht. Auf dem Bett liegen eine dunkle Hose, eine zusammengefaltete Bluse und ein helles Tuch. Neben dem Bett steht ein offener kleiner Koffer, in der Größe eines Handgepäcks. In dem Koffer liegen Unterwäsche, ein Beutel, in dem elegante Schuhe stecken, und ein Ladekabel. Neben dem Bett, auf der linken Seite, ist ein kleiner Nachttisch, darauf ein bunter Karton mit Kosmetiktüchern, Augentropfen, eine Lesebrille, ein Kerzenständer und ein leeres Wasserglas. In einer kleinen Schublade findet sie eine Packung Kondome. Neben dem Bett liegen ein Buch und die letzte Ausgabe des *Spiegel*. Sie macht den Schrank auf, in dem ordentlich einige Blusen und Kleider hängen, die Hosen, auch die Jeans, auf Bügeln. Sie geht mit der Nase etwas näher und nimmt den Geruch der Frau auf, die hier lebte, es ist ein leicht exotischer Duft nach Sandelholz. In den Schubladen liegt einfache, praktische Unterwäsche und Socken. Zwei teure BHs und Höschen haben ein eigenes Fach bekommen. An der Wand eine Schwarz-Weiß-Fotografie einer tanzenden Frau in einer Bar. Es sieht aus, als hätte sie dieses Bild in einem Einrichtungshaus gekauft. Vor den zwei Fenstern in der Dachschräge sind die Rollos heruntergezogen.

Im Badezimmer nebenan knipst Emma das Licht an. An den Wänden große hellgraue Kacheln, der Boden ist mit fast schwarzen Steinfliesen belegt. Auf den hohen Glasscheiben, die die Dusche bilden, haften helle Schlieren. In den Ecken, auf den dunklen Fliesen, sammeln sich kleine Wollmäuse, eine Mischung aus Haaren und Staub. Hier wurde länger nicht mehr sauber gemacht. Auf einer Ablage neben dem Waschbecken steht ein offener Kulturbeutel, in dem bereits einige Kosmetika verstaut sind. Auch hier wieder der holzige Geruch.

Emma geht zurück zu ihrer Kollegin Anne.

»Sie hatte vor wegzufahren«, sagt sie ihr, »hast du ein Telefon oder einen Computer gesehen?«

Anne verneint. Sie ist über ihr Mobilgerät gebeugt, auf dem sie herumtippt.

»Paula Bajorath. Hier.« Sie hält Emma das Bild einer hübschen jungen Frau entgegen, die strahlend in die Kamera schaut. »Sie ist … sie war Redaktionsassistentin bei der *Bodenseezeitung*. Seit einem Jahr.«

»Scheiße«, entfährt es Emma. Sie kniet sich erneut neben die Leiche, schnuppert an ihr und tastet vorsichtig deren Hosentaschen ab. Aber sie hat kein Telefon eingesteckt.

»Könnte die Freundin von dem toten Chefredakteur sein«, überlegt Emma.

»Den du am See gefunden hast?«

»Ich hab ihn nicht gefunden.«

»Wie kommst du denn darauf?«, will Anne wissen. Weil der Sandelholzduft der Kosmetika in Volker Schwendners Badezimmer dem in dem Bad hier entspricht. Sie tippt sich nur an den Nasenflügel, das internationale Zeichen für Intuition.

»Wir sollten seine Leiche auf keinen Fall freigeben«, erwidert Emma. Anne schaut sie skeptisch an.

»Wann kommen die aus Konstanz?«, fragt Emma nach.

»Keine Ahnung. Wir sind KDD, nicht die Kripo«, mahnt Anne.

»Schon klar. Wenn du einverstanden bist, spreche ich mal mit dem Mann, der das Feuer gelöscht hat. Vielleicht hat er ja jemanden gesehen.«

Anne spricht in ihr Telefon, gibt das Datum und die Uhrzeit an, beschreibt den Tatort, die Tote, die auf dem Boden liegt.

Emma dreht sich noch einmal um, bevor sie aus der Wohnung geht. Hinter dem Schaum des Feuerlöschers steht ein längliches Sideboard, daneben, unter einem der Dachfenster, ein kleiner Schreibtisch und ein Bürocontainer mit Schubladen. Irgendwo dort muss die Frau ihre persönlichen Gegenstände aufbewahrt haben. Es wird Sache der Kriminaltechnik sein, sich die Schubladen genauer anzuschauen und die Spuren zu sichern.

Sie fragt die Kollegin, die vor der Tür Wache hält, nach dem älteren Mann, der sie angestarrt hat. Er wohnt ein Stockwerk tiefer, macht ihr die Tür auf, bittet sie aber nicht herein, dreht sich nur um und geht voraus. Er trägt weiter den Morgenmantel, die Haare stehen immer noch ab, aber er hat sich den Ruß aus dem Gesicht gewaschen. Die Einrichtung hat die Anmutung von Secondhand, die Wände sind grau; es sieht aus, als würde der Mann hier schon etwas länger leben. Ein mattes blaues Licht schimmert neben einer angelehnten Tür hervor. Überall hängen Gemälde an den Wänden, die sie im Halbdunkel nicht genauer betrachten kann. Der Mann geht in die Küche voraus, wo er sich schwer auf einen Stuhl fallen lässt. Auf dem Küchentisch brennt eine Nachttischlampe, daneben steht eine angebrochene Flasche Rotwein und ein halb volles Glas. Unter dem Licht der Lampe liegt ein altes Buch. Emma sieht unbekannte Schriftzeichen mit vielen Bögen und Punkten auf den aufgeschlagenen Seiten. Der Mann legt die Hände vor sich auf den Tisch, als wären sie zwei Fremdkörper, die nichts mit ihm zu tun haben. Emma setzt sich ihm gegenüber und schaut ihn an. Eine ganze Weile sagen sie beide nichts, dann wendet sich der Mann an sie. Seine Stirn legt sich in Falten, er dreht leicht den Kopf und schaut sie an. Er atmet tief ein.

»Lesen Sie auf Arabisch?«, fragt sie als Erstes.

»Das ist Persisch«, sagt der Mann.

»Aha …«

»Abū Saʿīd-i Abū l-Chair oder kurz Abū Saʿīd, ein Mystiker. Er hat Liebesgedichte geschrieben.«

»Das sind Liebesgedichte?«, fragt Emma erstaunt.

Er zieht das Buch zu sich her und beginnt mit einer Stimme zu sprechen, die rau und tief klingt, wie aus einem anderen Jahrhundert. Sein Zeigefinger, mit einem langen Fingernagel, wandert von rechts nach links, folgt den Schriftzeichen im Buch.

»Als er gefragt wurde, was es heiße, ein Liebender zu sein, gab er zur Antwort:

Was immer du im Kopf hast, vergiss es.
Was immer du in der Hand hältst, gib es her.
Was immer dein Schicksal zu sein hat, stelle dich ihm.«

Er schaut noch eine Weile auf die Seiten des Buchs, dann blickt er auf Emma. Er zeigt mit dem Finger nach oben, zur Decke.

»Es hat gerumpelt. Streit. Ein Mann und sie«, erzählt er.

»Kannten Sie Ihre Nachbarin gut?«

»Paula.« Wieder starrt der Mann vor sich hin. »Nein, ich kannte sie nicht.« Er spricht leise, als ob er es im Nachhinein bedauert.

»Haben Sie den Mann gesehen? Wussten Sie, wer das ist?«

Er schüttelt den Kopf.

»Der Feueralarm ging los. Uiuiui. Ein schreckliches Geräusch …« Er hebt den Kopf, als wolle er nachhören, ob der Feueralarm wirklich aus ist.

»Sie saßen hier?«, fragt Emma nach. »Sie waren noch wach?«

»Die Tür ging oben auf. Der Aufzug. Ich höre den Aufzug und wieder, noch lauter: Uiuiui!«

Jetzt steht der Mann von seinem Stuhl auf.

»Ich öffne meine Wohnungstür, gehe nach oben. Rauch. Rauch. Uiuiui. Es brennt!« Er ruft laut: »Frau Paula! Frau Paula!«

Es ist, als ob er auf seiner inneren Leinwand noch einmal sieht, was er erlebt hat. Er greift sich einen großen imaginären Gegenstand.

»Der Feuerlöscher«, sagt er, »Ich gehe rein und schschschsch. Das Sofa steht in Flammen. Es ist heiß, sehr heiß. Aber ich schschsch …«

»Sie haben das Feuer gelöscht«, kommentiert Emma.

»Paula kommt nicht. Ist sie weggerannt? Weil es brennt? Paula?!! Der Rauch. Die Dachfenster.«

Er zeigt, wie er sie aufstößt. Dann dreht er sich um und erschrickt, macht zwei Schritte rückwärts. Er starrt auf den Boden, zeigt auf die imaginierte Leiche der Frau.

»Sie liegt da. Voller Blut.« Er setzt sich wieder auf seinen Stuhl und schaut Emma an. Sein Gesicht ist ein einziges trauriges Fragezeichen.

»Ja, Frau Bajorath ist tot«, sagt Emma.

»›Ich bin die Paula‹, so hat sie sich vorgestellt. Im Treppenhaus. ›Sehr angenehm‹, habe ich gesagt. Vor einem Jahr ist sie eingezogen. Meistens kam sie sehr spät nach Hause.«

»Die Stimme des Mannes. Kam sie Ihnen bekannt vor? Haben Sie ihn schon einmal gehört?«

»Nein. Diesen nicht. Er hat dauernd was befohlen, das klang immer so: ›Ung! Har! Los! Uuuu!‹«

»Aber Sie haben nicht verstanden, um was es ging?«

»Ich hab Abū Saʿīd gelesen. Nicht so einfach.« Er zeigt auf das Buch.

»Also, Sie wissen nicht, ob sie einen festen Freund hatte? Ein Mann zum Beispiel, der öfters mal vorbeikam?« Emma nimmt ihr Telefon heraus, tippt und scrollt, bis sie ein Foto des Chefredakteurs der *Bodenseezeitung* gefunden hat. »Haben Sie diesen Mann schon mal hier gesehen?«

Er nickt. »›Mein Bekannter‹, hat sie gesagt.«

Emma steht auf, und auch der Mann steht auf und verbeugt sich vor ihr.

»Sie sind eine Polizistin. Ihr Schicksal.«

»Hm ... Vielen Dank. Herr ... Wie war Ihr Name?«

»Bahram Zahar.«

»Herr Zahar. Es könnte sein, dass Sie noch mal befragt werden von meinen Kollegen, anderen Polizisten.«

Er macht eine großzügige Geste, als ob ihm alle Polizisten willkommen sind.

»Ich werde aussagen«, meint der Mann, »und unterschreiben.«

Emma verlässt den seltsamen Nachbarn wieder.

»Na, Kollegin«, sagt ein Mann, der die Treppe hochkommt. Sie schaut in das müde, unrasierte Gesicht von Sören Matusch, das sich aus dem kalten Licht des Treppenhauses schält. Er ist zehn Jahre älter als sie, kurzes graues dichtes Haar, schwarze Lederjacke, helle Sneakers, kleiner Bauchansatz unter einem grauen Pulli.

»Na«, sagt sie nur, »grüß dich.«

»War ja klar«, meint er.

»Was?«

»Das ich dir bald wieder übern Weg laufe.«

»Lässt sich nicht vermeiden«, sagt sie zu ihm. Die Antwort gerät etwas spitz.

»Du siehst müde aus«, kommentiert er, als sie sich gegenüberstehen.

»Du auch, Sören.«

Dunkle Augenringe liegen um seine hellen Augen, die sie scharf und aufmerksam anschauen.

Er zuckt mit den Schultern und steigt weiter nach oben. Mit ihm hatte sie die längste Beziehung ihres Lebens, sechs Jahre waren sie zusammen. Mit ihm wollte sie eine Familie gründen, ein Kind haben, alles so richtig spießig. Aber der Mann ist Alkoholiker. Seine brutalen Räusche, seine Wut, die sich auch gegen sie richtete, waren nicht besonders förderlich für ihre Beziehung. Auch nicht die Prügelei. Wenn er im Suff auf sie losging, überwältigte sie ihn, schlug zurück, legte ihm Handschellen an. Wozu war sie Polizistin. Alles nicht so wirklich ideal für eine Beziehung, trotz gutem Sex, tollen Gesprächen, wenn er wieder nüchtern aus der Kur zurückkam, in die ihn der Polizeipräsident regelmäßig schickte. Als er endlich zu den Anonymen Alkoholikern ging, war es für sie beide zu spät. Sie glaubte nicht mehr, dass er sich ändern würde, und spürte in sich eine Angst vor ihm, trotz all der Gefühle, die da noch irgendwo lauerten. Nicht entschärfte Minen in einer Grenzlandschaft.

Sie geht ihm nach, sieht die geschmeidige Bewegung seiner breiten Schultern unter dem schwarzen Leder. Er zieht sich blaue Handschuhe an, bewegt die Finger, geht in die zerstörte Wohnung, blickt auf die Leiche der Frau. Anne geht auf ihn zu.

»Hey, Matusch, ich …«, versucht sie es. Aber er hebt nur die Hand und bringt sie zum Verstummen. Er braucht diesen ersten eigenen Moment, um einen Tatort in sich aufzunehmen, um sich selbst ein Bild zu machen. Bevor ihn die Kollegen vollquatschen. Matusch beugt sich zu der Frau am Boden, sieht in ihre leblosen Augen. Dann richtet er sich auf, beachtet Anne nicht weiter, macht einen Schritt auf Emma zu.

»Sie ist erstochen worden. Und?«, fragt er Emma.

Sie stellt sich demonstrativ neben ihre Kollegin. »Die Tote ist Paula Bajorath. Sie hat bei der *Bodenseezeitung* als Journalistin gearbeitet, als Assistentin des Chefredakteurs Volker Schwendner«, beginnt Emma.

»Den die Kollegin Zäringer hier vorgestern in Wangen tot aus dem See gefischt hat. Strange«, ergänzt Anne.

»Bitte. *Zwei* Tote? Warum weiß ich das nicht?«, rumpelt Matusch los.

»Bei Schwendner sieht's nach Ertrinken aus. Bisher«, erklärt Anne.

»Jetzt wohl nicht mehr. Wo ist die Leiche? Bei euch? In Singen?«

»Yep«, bestätigt Anne.

»Die möchte ich auch sehen«, kommt von Matusch.

»Der Nachbar, der hier unter Paula Bajorath wohnt, ein Herr Bahram Zahar, hörte, wie sich ein Mann mit ihr gestritten hat. Dann ging der Feueralarm los. Nach seinen Angaben hat die unbekannte Person die Wohnung verlassen, den Aufzug geholt und ist darin verschwunden. Der Feueralarm heulte weiter, er ging nach oben, nahm den Feuerlöscher und hielt auf die Flammen drauf. Dann entdeckte er die Tote und rief bei der Polizei an«, berichtet Emma.

»Glaubst du ihm?«, fragt Sören.

»Na ja, er liest Bücher in Persisch. Liebesgedichte.«

»Liebesgedichte. In Persisch?«, fragt Matusch. Auch Anne blickt sie erstaunt an.

»Jesus. Der Feueralarm geht los, er fühlt sich gestört …«, legt Anne los. Doch Matusch hebt erneut die Hand.

»Immer erst die Fakten bitte. Also?«

»Die Frau hier war dabei, ihren Koffer zu packen, einen kleinen Koffer, Handgepäck, für ein, zwei Tage. Kosmetik stand noch im Bad. Ich vermute, sie wurde unterbrochen und hat den Täter in die Wohnung gelassen. Keine Einbruchspuren. Es kam zum Streit. Nach Aussage von Herrn Bahar hat ihr der Unbekannte mit lauter Stimme Befehle erteilt«, fährt Emma fort.

»Was denn für Befehle?«

»Er konnte es nicht genau verstehen, aber es kam zum Streit. Es sieht so aus, als ob er ein Küchenmesser aus dem Schneideblock nahm. Eines der Messer fehlt«, sie zeigt auf die Küchenzeile, »Paula greift sich den Wasserkocher und versucht, ihn damit abzuwehren. Doch sie kann ihn nicht aufhalten. Er ist richtig wütend, er sticht zu. Mehrmals. Sie fällt. Er nimmt ihren Laptop, ihr Handy an sich, steckt auch die vermutliche Mordwaffe ein. In irgendeine Tasche oder Tüte. Dann versucht er die Wohnung anzuzünden. Als er das Feuer sieht und der Alarm losgeht, weiß er nicht mehr, was er tun soll, er gerät in Panik und flüchtet. Dann kommt der Nachbar von unten und löscht«, fasst Emma die Ereignisse aus ihrer Sicht zusammen.

»Das war mehr als die Fakten«, meint Matusch. Emma redet weiter.

»Er wollte etwas unbedingt von ihr. Und wenn er ihren Computer mitgenommen hat, muss es etwas mit ihrer Arbeit zu tun haben. Sie war Journalistin. Und vermutlich die Geliebte des Chefredakteurs.«

»Ah ja? Wie kommst du denn darauf?«

Emma zuckt nur mit der Schulter.

»Wenn wir ihre DNA haben, finden wir sie bestimmt auch in seiner Wohnung und in seinem Badezimmer«, sagt sie nur.

»Fuck, ey. Aber der Schwendner kann es nicht gewesen sein. Ein anderer Geliebter vielleicht«, überlegt Anne. Emma und Matusch schauen sie kühl an.

Die Kriminaltechniker aus Singen betreten die Wohnung, streifen sich ihre weißen Schutzanzüge über, nehmen ihre Koffer in die Hand und treten zu den drei Ermittlern. Anne begrüßt die Kollegen und überlässt ihnen und dem Mann aus Konstanz den Tatort.

»Wir haben den Löschschaum und die Bereiche, wo es gebrannt hat, nicht betreten. Es fehlen Handy, Computer und ein Küchenmesser. Der Mann, der hier gelöscht hat, wohnt hier drunter. Nach seiner Aussage gab es jemanden, der mit der getöteten Paula Bajorath in Streit geriet«, erklärt Emma und folgt Anne. Ihre Aufgabe ist in ihrer neuen Funktion beim KDD erledigt, aber sie zögert, schaut sich nach Matusch um.

»Ich komm morgen nach Singen. Wegen dem anderen Toten«, sagt er ihr.

»Es gibt noch ein Haus in Wangen.«

»In deinem Dorf? Kanntest du ihn?«, fragt Matusch nach.

»Ganz früher mal. Ich hab seine Mutter über seinen Tod informiert. Auch seine Frau Sandra und Tochter Lisa.«

»Zusammen mit dem Kollegen vom Polizeiposten Gaienhofen«, fügt Anne Koskowick hinzu.

»Aha. Na dann. Wir reden morgen«, grummelt Matusch und geht hinter einem der Kriminaltechniker her ins Schlafzimmer der Toten.

Emma tritt hinter Anne aus dem Haus in die Höllengasse. Gegenüber stehen junge Leute vor einem Irish Pub und rauchen. Sie scheinen sich nicht besonders für den Polizeieinsatz zu interessieren, dafür sind sie viel zu sehr mit sich selbst beschäftigt.

Samstag

Sie hat noch nicht viel geschlafen, als es an ihrer Zimmertür klopft. Ohne die Augen zu öffnen, ruft sie: »Ja.«

Bernhard schaut in ihr Zimmer. »Die alte Frau Schwendner steht unten. Du solltest kommen«, sagt er leise und geht wieder.

Emma macht einen tiefen Atemzug, kommt zu sich, schaut auf die Uhr, stöhnt, steht auf, geht ins Bad nebenan, kommt zurück, zieht sich an. Sie tappt durch den dunklen Flur über knarzende Dielen die hölzerne Treppe nach unten, schaut in die Küche. Kein Kaffee. Sie lässt sich ein Glas Wasser aus der Leitung, trinkt in großen Schlucken.

Vor dem alten Fachwerkhaus steht eine Holzbank, dort sitzen Charlotte Schwendner und ihr Vater nebeneinander. Neben der Frau liegt eine große Plastiktüte.

»Guten Morgen, Charlotte«, begrüßt Emma die alte Frau Schwendner. Sie setzt sich neben Bernhard.

»Sie hatte Nachtschicht«, erklärt er.

»Ihr habt es schon auch schön hier«, sagt Charlotte. Und als die beiden Zäringers nichts dazu sagen, nur leicht nicken, meint sie: »Die Klara war so eine fleißige Frau. Ich hab sie sehr gemocht.«

Emma weiß, dass ihr Vater nichts davon hält, wenn andere Leute Kommentare zu seiner verstorbenen Frau abgeben. Nur Emma darf das, und sie macht es selten genug. Sie hat sich auch nach zehn Jahren nicht mit ihrem Tod abgefunden. Bernhard und sie sprechen selten darüber, wie sehr diese Frau sie beide geprägt hat, wie wichtig sie war. Ihr Vater steht auf.

»Also Charlotte, ich muss wieder … Jetzt ist Emma ja da.

Schön, dass du mal wieder vorbeigeschaut hast«, sagt er, hebt die Hand, dreht sich um und geht.

»Das ist ein großes Haus. Und der ganze Hof. Macht er das alles allein?«, fragt Charlotte.

»Er hat seine Leute«, antwortet Emma.

»Du wolltest nicht einsteigen? Er wird doch auch bald siebzig. Oder?«

Emma will nichts dazu sagen, schaut über den Hang, hinunter zum See. Der Kleintransporter eines Lieferdienstes brettert über die Landstraße. Der Fahrer hat sein Fenster geöffnet, dumpfe Rhythmen klingen dem Auto hinterher.

»Aber du und der Bernhard, ihr habt einander. Das ist schön. Nicht so wie der Volker und der Marc.«

Charlotte seufzt, dann kommen die Tränen. Ein leises Schluchzen durchläuft die alte Frau. Emma rückt näher an sie, legt einen Arm um ihre Schultern. Sie weint leise, wischt sich mit dem Handrücken übers Gesicht, nimmt sich ein Taschentuch, trocknet ihr Gesicht, schnäuzt sich.

»Tut mir leid, Emma. Es ist nicht richtig, wenn der Enkel und der Sohn vor einem sterben.«

»Was war denn mit dem Marc?«, fragt Emma vorsichtig.

»Er war so ein begabtes Kind. Du hast ja das Klavier gesehen. Unten. Volker hat es ihm hingestellt. Du hättest hören sollen, wie der Marc darauf gespielt hat. Es war wie aus einer anderen Welt. Aber dann, ich weiß es doch auch nicht. Er hörte auf zu spielen. Ich glaub, es hatte was mit Drogen zu tun. Er kam manchmal zu mir, völlig überdreht, hat geredet wie ein Wasserfall.«

Sie schüttelt den Kopf.

»Er ging in Radolfzell zur Schule?«

»Nein, in Salem! Ja, ins Internat. Drüben, bei Überlingen. Der Volker hat bezahlt. Vielleicht war es der schlechte Einfluss. Das sind ja nicht alles nette Menschen. Die reichen Leute und ihre gestörten Kinder dort.«

»Hat er die Schule abgeschlossen?«

»Abitur hat er schon gemacht. Volker wollte, dass er Musik studiert. In Berlin. Aber nicht der Marc. Ich glaub, die haben sich oft gestritten.«

»Was ist dann in der Schweiz passiert?«

»Die haben mir gesagt, es war ein Unfall. Beim Bergsteigen. Aber ich glaub das nicht.«

»Und was glaubst du?«

»Er ist selber runter …«

»Selbstmord, also.«

Charlotte sagt nichts dazu. Sie dreht sich zu der Plastiktüte, die neben ihr steht, und reicht sie Emma.

»Eigentlich bin ich nur gekommen, um dir das da zu geben. Der Schwimmanzug vom Volker. Das hat einer gefunden. Weiter unten im Schilf.«

Sie reicht Emma die Plastiktüte, aus der sie einen schwarzen Neoprenanzug zieht und vor sich hält.

»Danke, Charlotte. Wer hat dir das gebracht?«

»Einer aus 'm Dorf.«

»Aha. Vielen Dank. Wir schauen uns das genau an.«

Emma ist jetzt hellwach.

»Auch wenn der Marc selber vom Berg runter ist«, sagt Charlotte noch, »der Volker hätte sich nichts selbst angetan, und der wäre auch nicht einfach ertrunken. Dazu war er viel zu egoistisch. Der wollte ja immer mehr. Also.« Charlotte erhebt sich von der Bank. »Entschuldigung, dass ich dich vollgeheult habe«, sagt sie, »aber das ist halt nicht leicht. Warst du bei der Sandra und der Lisa?«

Emma stellt sich neben sie.

»Ja, das war ich.«

»Und? Hat sie wenigstens so getan, als ob sie traurig ist?«

Emma kann das nicht kommentieren.

»Jetzt kriegt sie das Haus unten. Ich jedenfalls streit mich nicht mit der rum.«

Charlotte beginnt den kleinen Hang hinunterzusteigen, langsam, vorsichtig. Immer wieder bleibt sie kurz stehen. Einmal dreht sie sich zu Emma um, die ihr nachschaut und in Gedanken ist. Charlotte hebt die Hand, nicht sehr hoch. Es ist ein Gruß, der sagt, auf ein nächstes Mal. So empfindet es Emma. Sie würde ihr gerne erneut begegnen und ihr erklären, wie die Toten miteinander verbunden sind, wie sie sich die Hände reichen. Der Sohn, der Vater und seine Geliebte. Aber möglicherweise ist jeder für sich gestorben oder aus Gründen umgebracht worden, die sie noch nicht begreift.

Sie setzt sich erneut auf die Bank. Die Sonne kommt heraus und scheint ihr ins Gesicht. Sie lehnt den Kopf an die alte Wand des Hauses. Charlotte hat einen wunden Punkt angesprochen. Was wird aus dem großen alten Haus und dem Gemüsehof, wenn ihr Vater keine Kraft mehr hat, wenn er krank wird? Sie muss mit ihm reden, sie müssen rechtzeitig eine Nachfolge organisieren, jemanden einarbeiten. Er wird sich dagegen wehren und abwinken. Das wird schon, wird er sagen. Aber irgendwann wird auch er den Weg gehen, den Klara gegangen ist, den wir alle eines Tages gehen müssen. Sie will dann nicht für das Haus, die Felder und die Menschen, die hier arbeiten, verantwortlich sein.

Sie zieht den Schwimmanzug zu sich heran. Der Kautschuk fühlt sich außen rau an, die Innenseite ist weich. Die Schulterpolster sind verstärkt, vorne am Hals gibt es einen kleinen V-Ausschnitt. Am Rücken ist der Reißverschluss eingenäht, eine lange Kordel ermöglicht das Öffnen und Schließen. Am rechten Oberarm sind Temperaturangaben aufgedruckt: 17 bis 25 Grad Celsius. Der gesamte Anzug sieht völlig intakt aus, wirkt aber ausgeleiert, irgendwie alt. Sie wendet ihn hin und her. Warum hat er das Ding während des Schwimmens ausgezogen? Wurde es ihm zu warm? Fühlte er sich beengt? Ist das wirklich sein Anzug? Sie zieht an den kurzen Ärmeln und Beinen, sie riecht, nimmt den

Gummigeruch auf. An einer Stelle am rechten Bein wischt sie über Reste von Seewasser, befühlt erneut das Innere des Anzugs. Ihr fällt ein winziges Loch am linken Beinling auf. Sie taucht mit der Hand hinein und kann von außen ihre Haut sehen. Das Loch ist vielleicht einen Millimeter groß, eine Nadel würde hindurchpassen. Seltsam. Sie beschließt, den Anzug den Kriminaltechnikern zu bringen. Möglicherweise gibt es Spuren, die sie nicht sehen kann, und eine Erklärung dafür, warum sich Volker Schwendner den Anzug während des Schwimmens ausgezogen hat. Aber zunächst braucht sie einen Kaffee.

Heute fährt Emma mit ihrem Smart über den Berg durch den nächsten Ort Öhningen, weiter nach Schienen und hoch durch den Wald. Es folgen eine ganze Reihe von scharfen Kurven und Serpentinen, bis sie wieder unten ist, durch Moos fährt und über die L193 nach Singen kommt. Die Fahrt über den Schienerberg ist vier Kilometer kürzer als am See entlang. Es ist eine gute Strecke für den Tag, sie erfordert mehr Konzentration, hält sie wach. Ihre Gedanken sind bei dem Gespräch mit Charlotte.

Warum fährt ein junger Mann in die Schweizer Berge, um sich dort umzubringen? Wo genau ist das passiert? Was wollte er dort? Sie muss sich mit den Kollegen in der Schweiz in Verbindung setzen.

Die Singener Polizisten von der Tagschicht kennt sie noch nicht, bis jetzt war sie nur mit Anne in der Nacht unterwegs. Aber offenbar hat sich schon herumgesprochen, dass ihre ersten Nächte ereignisreich waren. Ein junger Kollege mit tiefer Stimme, sehr kurzen Haaren, glattem Gesicht und blassen, kräftigen Armen, kommt auf sie zu und stellt sich als »Joris, Kommissaranwärter« vor. Umständlich erklärt er, es fehlten noch zwei Aussagen der fünf Frauen, denen die Elektrofahrräder gestohlen wurden. Ob sie das macht, oder ob er das übernehmen soll. Die vom Junggesellinnenabend?, fragt Emma nach. Ja, sagt er, toll wie ihr denen hinterher seid. Den Frauen?, fragt sie nach. Nein, den Dieben, antwortet er und wird etwas rot.

Sören Matusch unterbricht das kleine Dienstgespräch mit dem jungen Kollegen, indem er sich einfach zu ihnen gesellt und »Guten Morgen« sagt. Heute hat er sich rasiert, sieht nicht mehr ganz so übernächtigt aus wie bei ihrer letzten Begegnung. Aber sie will sich nicht gleich ihm zuwenden.

»Das wäre super, Joris, wenn du das übernehmen kannst. Danke.«

»Ja, klar, Frau Zäringer«, antwortet er.

»Emma«, sagt sie, setzt die Plastiktüte mit dem Schwimmanzug ab und reicht ihm die Hand. Seine ist kühl und kräftig.

»Joris, wir müssen zur Rechtsmedizin. Kannst du uns zeigen, wo das ist? Ich bin ja noch neu, und der Kollege aus Konstanz soll sich nicht verirren.«

Sie lächelt Sören an, der nur tief einatmet. Dann nimmt sie die mitgebrachte Tüte wieder auf, und sie folgen dem jungen Kollegen durch die Gänge des Singener Polizeireviers.

Als sie die Treppe in den Keller hinuntersteigen, fragt Sören, was sie in der Plastiktüte hat. Sie antwortet nicht gleich, weil ein kleiner korpulenter Mann im grünen Medizinerkittel mit kantiger, goldumrahmter Brille, vermutlich um die vierzig, auf sie wartet und sich als Doktor Uhlig vorstellt. Joris steht noch etwas unsicher herum, aber geht wieder, als Emma lächelnd und freundlich »Danke, Joris« zu ihm sagt.

Sören äfft sie nach. »Danke, Joris«, sagt er leise.

Auf zwei Metalltischen liegen unter grünen Tüchern zwei Körper. Der Rechtsmediziner geht zum rechten Tisch und schlägt eines zurück. Vor Emma und Sören Matusch liegt die nackte Paula Bajorath. Immer wenn sie einen toten Körper auf einer dieser Stahlpritschen ansehen muss, fühlt sich Emma von einer heiligen Kälte berührt. Sie steht ruhig da, betrachtet die tote Frau, das ovale Gesicht, den schlanken Hals, ihre vollen Brüste, das schmale Becken, ihre rasierte Scham, die glatten Waden, die lackierten Fußnägel. Sören macht einen kleinen Schritt zurück, als er die Tote vor sich sieht. Deutlich sind mehrere Stichwunden an ihrem Oberkörper zu sehen. Ihre linke Brust wurde zweimal durchstochen, eine Stichwunde ist am Hals zu sehen, es gibt eine Verletzung an den unteren Rippen, eine Prellung. Am rechten Handgelenk sind Druckspuren einer Hand zu sehen. Ruhig erläutert Uhlig, dass die Frau mit einem Messer, das eine Klinge von etwa zwanzig Zentimeter haben muss und vier Zentimeter breit ist, erstochen wurde.

»Die Stiche wurden kräftig ausgeführt, die Wunden sind zwischen fünfzehn und zwanzig Zentimeter tief. Der Winkel, mit dem die Klinge in den Körper gestoßen wurde, beträgt zwanzig Grad. Der Angreifer ist also vermutlich einen Kopf größer als die Verstorbene. Mit diesem Stich in den Hals wurde die Halsschlagader getroffen, mit den beiden Stichen in die Brust das Herz, beides mit letalen Folgen. Todeszeitpunkt zwischen vierundzwanzig und zwei, drei Uhr nachts. Sie hat versucht, sich zur Wehr zu setzen, und zwar mit dem Wasserkocher, den sie in der rechten Hand hielt. Um ihre Gegenwehr zu brechen, hat der Täter sie am Arm festgehalten. Wie man hier sieht. Interessant ist: Sie hat den Wasserkocher nicht losgelassen. Obwohl die Verletzungen sehr schmerzhaft gewesen sein müssen.«

»Der Täter wollte vermutlich etwas von ihr, aber sie wollte es ihm nicht geben«, kommentiert Emma.

»Er zieht das Messer aus dem Messerblock, droht damit, sie nimmt den Wasserkocher, mit dem sie versucht, ihm das Messer aus der Hand zu schlagen. Der Mann wird wütend, sie weicht aus, beschimpft ihn und dann …«, überlegt Emma laut und schaut Sören an, ob er ihre Gedanken teilt.

»Sexualdelikt?«, fragt Matusch.

»Nein, nichts in dieser Richtung«, antwortet der Rechtsmediziner.

»Haben Sie Rauch in der Lunge gefunden? Das Zimmer wurde ja angezündet«, erkundigt sich Emma.

»So weit bin ich noch nicht. Auch noch keine toxikologischen Befunde, also ob Alkohol im Blut ist, kann ich nicht sagen. Geben Sie mir zwei, drei Tage.«

»Klar«, sagt Matusch.

Er dreht sich von Paula Bajorath weg, Emma nickt dem Rechtsmediziner zu, und er deckt sie wieder zu.

Auf dem Nebentisch legt Dr. Uhlig den toten Volker Schwendner frei. Sein Körper ist fast weiß, schwarze Haare auf der Brust, an Beinen und Armen. Sein Schambereich ist rasiert. Es sieht friedlich aus, wie er da so liegt.

»Die äußere Leichenschau«, beginnt Dr. Uhlig erneut, »hat keinerlei Verletzungen ergeben, keine Auffälligkeiten. Nach erstem Augenschein handelt es sich um eine Ertrinkungsleiche. An den Knien und am Kopf kann man sehen, dass die Leiche den Gewässerboden berührt hat. Die Aufdunsung der Hornhautschichten hat begonnen, das geschieht meist schon nach drei Stunden. Typische Schaumpilzbildung an Mund und Nase. Der Schaumpilz entsteht, wenn sich Wasser, Luft und Bronchialspeichel vermischen, um das Lungenversagen zu verhindern. Ein Vitalzeichen, was Ertrinken als Todesursache beweist. Bei Wasserleichen ist die Bestimmung des Todeszeitpunkts nicht so einfach. Ich vermute aber, der Tote trieb etwa vierundzwanzig Stunden im Wasser.«

»Haben Sie eine Idee, warum er ertrunken ist? Herzversagen? Ein Krampf?«, will Emma wissen.

»Wie gesagt, bisher haben wir nur die äußere Leichenschau durchgeführt. Wir wollten ihn eigentlich freigeben. Die Ehefrau war schon hier, hat ihn identifiziert und gefragt, wann sie den Toten beerdigen kann.«

»Also keine Gewalteinwirkung, die zu seinem Tod führte«, meint Matusch. »Und wie sieht es mit Suizid aus?«

»Das ist schwer zu sagen. Vielleicht ist er bewusst zu weit hinausgeschwommen. Allerdings war der Mann kräftig und dem Anschein nach gesund.«

Emma holt ihre Plastiktüte, zieht den Schwimmanzug heraus und hält ihn vor den beiden Männern hoch.

»Das ist ein sogenannter Shorty, ein Schwimmanzug, der dem Toten gehörte. Sagt seine Mutter. Er wurde erst jetzt von einem Anwohner am Seeufer gefunden und seiner Mutter gebracht. Keine Ahnung, warum Schwendner ihn während des Schwimmens auszog. Oder ob jemand ihn, nachdem er am Ufer gefunden wurde, ausgezogen hat und dann wieder ins Wasser warf.«

Sören Matusch nimmt ihr die schwarze Schwimmbekleidung aus der Hand, dreht sie hin und her. »Können Sie rausfinden, ob er sich das selbst ausgezogen hat?«, fragt er den Rechtsmediziner.

Der Angesprochene runzelt die Stirn. »Nicht mit letztlicher Sicherheit. Wir könnten Partikel an den Fingerspitzen suchen. Das ist schwierig …«, meint er.

»Wenn ihr mal hier schaut«, sagt Emma zu den beiden Männern.

Sie nimmt Sören den Schwimmanzug aus der Hand und zeigt auf das kleine Loch, das sie im linken Bein entdeckt hat.

»Hier ist ein kleines Loch, so groß wie eine Stecknadel. Wir könnten mal überprüfen, ob sich auf seinem Schenkel an dieser Stelle ein Einstich befindet.«

Die beiden Männer blicken sie fragend an. Dann greift sich der Arzt den Schwimmanzug, legt ihn auf den toten Volker Schwendner, vergleicht die Stelle mit dem kleinen Loch im schwarzen Kautschuk mit dessen Oberschenkel. Er beugt sich hinunter, dicht an die Haut, dreht sich zu seinen Gerätschaften und kommt mit einer starken Lupe zurück. Er betrachtet die Stelle am Oberschenkel erneut durch die Vergrößerung.

»Interessant«, sagt er, »merkwürdig. Das könnte eine Einstichstelle sein. Oder ein aufgekratzter Mückenstich.«

»Diese Mücke wird ihn ja nicht im Wasser durch die Gummihaut gestochen haben«, poltert Matusch. Emma sieht, wie Sören neben ihr auf einmal seinen Körper anspannt.

»Tschuldigung«, sagt er, nimmt Dr. Uhlig die Lupe aus der Hand und betrachtet die mögliche Einstichstelle. »Gute Arbeit, Zäringer. Da ist was dran. Die Leiche kann nicht freigegeben werden. Bitte nehmen Sie eine Obduktion vor, Doktor. Toxikologie, das ganze Programm«, sagt er dem Rechtsmediziner an und drückt dem Mann die Lupe wieder in die Hand. Uhlig runzelt erneut die Stirn, spitzt den Mund.

»Sie sind der Kriminologe. Wenn Sie meinen. Kann aber ein wenig dauern.«

»Zwei Tage?«, fragt Matusch nach.

»Mindestens drei.«

»Gut. Dann also … Danke.«

Matusch stapft aus dem Raum mit den Leichen, Emma bedankt sich bei Dr. Uhlig und folgt ihrem Kollegen und Ex.

Durch eine der Glastüren treten sie ins Freie, auf den Parkplatz.

»Kann ich mit dir reden? Oder hast du Dienst?«, fragt Matusch.

»Eigentlich habe ich Nachtschicht.«

»Und?«

»Nichts und. Klar können wir reden. Dienstlich«, bescheidet sie ihm.

»Unbedingt.«

»Aber nicht hier auf dem Parkplatz.«

»Dann gehen wir rein.«

Emma geht voraus, zurück ins Polizeirevier. Als sie zurückkommt, taucht Joris wieder neben ihr auf. Sie fragt ihn mit charmantem Lächeln, ob ein Verhörraum frei ist, den sie mit dem Polizeihauptkommissar Matusch für ein dienstliches Gespräch nutzen kann. Eilfertig öffnet der Kommissaranwärter einen Raum.

Sie setzen sich an einen grauen Tisch auf schwarzen Stühlen gegenüber. Es riecht nach Putzmitteln und kaltem Schweiß.

»Ich will dich bei den Ermittlungen dabeihaben«, eröffnet Matusch.

»Du und ich, wir sollen wieder zusammenarbeiten?«

»Was willst du denn hier?«

»Du weißt, warum ich hier bin.«

»Ich brauch dich jetzt.«

»Ich hab hier grad angefangen.«

»Dann hör halt wieder auf.«

»Das ist nicht so einfach, das weißt du«, sagt Emma zu ihm, wird aber nachdenklich.

»Ich frag den Präsidenten und die Staatsanwältin. Du steckst schon in dem Fall drin.«

Emma steht auf, geht hin und her, Sören beobachtet sie. Nicht seinetwegen würde sie wieder einsteigen. Nur wegen Charlotte und auch wegen Volker. Es kann doch kein Zufall sein, dass dieser Mann ausgerechnet an dem Tag, an dem sie in Wangen ist, angespült wurde. Drei Menschen, die sich nah waren oder geliebt haben, sterben einfach so nacheinander? Was verbindet sie? Oder täuscht sie sich?

»Ich bin trocken«, sagt Matusch leise, »seit einem Jahr.«

Emma will ihn nicht beglückwünschen, obwohl es sie freuen würde, wenn er es wirklich geschafft hätte, von seiner Sauferei wegzukommen. Sie stützt sich auf die Tischplatte, senkt den Kopf und zwingt sich zum Pragmatismus. Das war immer ihre Stärke als Frau. Sich auf das zu konzentrieren, auf was es ankommt.

»Was haben wir?«, beginnt Emma.

»Zwei Fälle, die zusammenhängen, wenn es stimmt, dass die Frau die Geliebte von der Wasserleiche war«, antwortet er.

»War sie.«

»Wieso bist du dir da so sicher?«

»Ich war in dem Haus am See, von dem aus er losgeschwommen ist. In seinem Badezimmer waren Kosmetika einer Frau. Genau die gleichen wie in ihrem Badezimmer.«

»Wieso bist du in sein Badezimmer? Du weißt doch ...«

»Ich hatte noch keinen Dienst, das war rein privat. Ich hab seiner Mutter die Todesnachricht überbracht. Ich kenn das Haus von früher, über zwanzig Jahre ist das her. Ich wollt einfach mal schauen, wie es jetzt aussieht ...«

»Und da bist du ins Badezimmer?«

»Und in sein Schlafzimmer. Im Kleiderschrank hängen zwei Kleider, die könnten von ihr sein.«

»Pff. Emma. Du ...«

»Spar dir das!«, fährt sie ihn an. »Während der Mann schwimmt, wird er von irgendetwas gestochen und stirbt. Wer wusste, dass er an diesem Tag zu dieser Uhrzeit schwimmen würde?«

»Vielleicht hat er das immer zur gleichen Uhrzeit gemacht?«, fragt Sören, der auch aufsteht.

»Jedenfalls war das eine geplante Tat. Keine Ahnung, wie man jemandem beim Schwimmen ins Bein stechen kann«, meint Emma.

»Von einem Boot aus?«, fragt Matusch.

»Ja, wie sonst. Aber dann gibt es mit Sicherheit Zeugen«, stimmt Emma zu.

»Die Frau wurde im Affekt angegriffen. Das war nicht geplant.«

»Hat sie Eltern oder Angehörige? Sind sie informiert?«, will Emma wissen.

»Alle Menschen haben Eltern.«

»Aber es soll vorkommen, dass sie den Kindern nicht bekannt sind«, entgegnet ihm Emma scharf. Sören Matusch atmet tief ein. Er weiß um den wunden Punkt von Emma, die ihren Vater nicht kennt. Seine Versuche, sich mit ihr auf die Suche zu machen, hat sie immer abgeblockt.

»Sie leben in Oldenburg. Die dortigen Kollegen haben sie heute Morgen besucht und informiert«, berichtet er ihr.

»Oldenburg. Wollte sie sie besuchen?«

»Nein. Die Eltern wissen nicht, wo sie hinfahren wollte.«

Emma geht erneut auf und ab. »Es gibt noch einen Toten. Der Sohn von Volker Schwendner ist vor Kurzem in der Schweiz verstorben. In den Alpen. Offenbar Selbstmord«, erzählt sie.

»Scheiße!«

»Mit ihm fing es an. Ich weiß nur noch nicht genau, wie und warum. Okay, Sören. Wenn du auch nur einen Tropfen trinkst, während wir zusammenarbeiten, bin ich raus. Und du sagst mir nicht, was ich zu tun hab.«

»Was hast du denn zu tun?«

»Haben wir einen Deal?«

»Den haben wir schon lange«, antwortet er.

Sie stellt sich vor ihn hin, stemmt die Hände in die Hüften. Sie blicken sich an, wie sie es früher oft gemacht haben. Nach einem Waffenstillstand oder bevor sie sich umarmt und geküsst haben. Sie erinnert sich an den ersten Satz, den der seltsame Mann ihr letzte Nacht vorgelesen hat: *Was immer du im Kopf hast, vergiss es*. Um wirklich zu lieben, müsste sie alles, all ihre Vorstellungen von sich und dem Partner aufgeben. Wie soll das gehen, wie soll sie vergessen, was sie und Sören sich angetan haben? Sie müsste ihm verzeihen und er ihr.

»Ich werde mich nie wieder mit dir prügeln«, sagt sie zu ihm, »versuchen wir mal, wie Kollegen miteinander zu arbeiten. Wie Erwachsene.«

Er lächelt sie an, er ist ganz durchsichtig. Eine helle Scherbe, die man am Strand findet, die Kanten sind abgeschabt, und wenn man das Glas in die Hand nimmt, fühlt es sich weich und warm an. Schaut man durch, wirkt alles verschwommen und unwirklich. Aber man kann die Scherbe auch zurück in den See werfen, dann ist sie weg und vergessen.

»Also, Frau Hauptkommissarin Zäringer. Drei Ansätze sehe ich. Erstens: Beziehungstat. Ganz klassisch, eine Ehefrau, Frau Schwendner, ist nicht einverstanden, dass ihr Mann, Herr Schwendner, eine Affäre mit einer anderen hat. Sie hat viele Gründe, die wir noch nicht kennen, aber sie tötet ihn und dann seine Geliebte, Paula Bajorath. Allerdings passen das Muster der ersten und der zweiten Tat nicht zueinander. Zweitens: Frau Schwendner tötet ihren Mann, wegen der Geliebten. Zufälligerweise tötet kurze Zeit später ein verrückter Nachbar die junge Frau, die in der Wohnung über ihm lebt, weil er nicht an sie rankommt. Okay, klingt auch nicht sehr plausibel. Oder drittens: Es gibt etwas, was die Journalisten herausgefunden haben, und ein großer Unbekannter schlägt gnadenlos zu.«

»Du brauchst mich wirklich, Kollege Matusch. In Radolfzell gibt es keine großen Unbekannten«, sagt Emma, »außerdem hast du den Sohn vergessen.«

»Ja, der tote Sohn. Das ist schlimm für eine Familie«, überlegt Matusch.

»Ich spreche mit Sandra Schwendner und ihrer Tochter Lisa. Dann muss ich vermutlich in die Schweiz fahren, wegen des Selbstmords«, sagt sie.

»Ich nehme mir den Nachbarn vor. Und werde mich bei der Redaktion der *Bodenseezeitung* umhören.«

»Ist gut.«

»Wo wollte Paula Bajorath hin?«, fragt sich Matusch.

»Für eine oder zwei Nächte hat sie vermutlich keinen Flug gebucht. Bahn vielleicht? Auto hatte sie keines, oder?«

»Das können Assistenten recherchieren. Wir brauchen die letzten Anrufe und Kontakte.«

»Ich kümmere mich darum.«

»Die vom Polizeiposten Gaienhofen könnten die Anwohner am See befragen, welche Boote und Schiffe unterwegs waren, als Schwendner geschwommen ist«, ergänzt sie. »Vielleicht hat ja einer was beobachtet.«

»Schaffen die das?«

»Ich glaub, die sind gut.«

»Wenn ich die Spuren aus Radolfzell hab, geb ich dir Bescheid. Dann treffen wir uns in Konstanz«, sagt Matusch.

»Du musst das mit den Chefs klären, und wenn möglich gleich. Ich kann heute Nacht nicht hier antreten und weitere tote Männer vom Klo kratzen. Heute Nacht sollte ich mal schlafen.«

Sie wendet sich zur Tür des Verhörzimmers. Sie muss an die Luft, braucht dringend Sauerstoff. Matusch schleicht hinter ihr her. Als sie wieder auf dem Parkplatz sind, zieht er sein Telefon aus der Tasche. Sie winkt ihm zu, setzt sich in ihren Smart und fährt los.

Auf dem Parkplatz vor der Tierarztpraxis stehen mehrere Wagen. Eine Frau mit einem Transportkäfig für Katzen öffnet die Beifahrertür ihres Wagens, redet auf das Tier ein, stellt es auf den Sitz und legt den Sicherheitsgurt über die Box. Nachdem sie weggefahren ist, parkt Emma auf ihrem Parkplatz ein.

Erstaunlicherweise hat die Praxis an einem Samstag geöffnet. Heute riecht es noch strenger nach Tieren, die auf ihre Behandlung warten. Eine ältere Frau mit Pudel, dessen hinterer Lauf verbunden ist, eine junge Frau mit Papagei in einem Vogelkäfig und ein dicker Mann mit einer sehr dicken Katze, die eine Leine um den Hals trägt, flüstern auf ihre Tiere ein. Die Sprechstundenhilfe trägt die Haare rot gefärbt und kurz, ein praktischer Schnitt. Emma stellt sich ihr vor, legt ihr den Polizeiausweis vor die Nase. Sie nimmt ihre Lesebrille hoch, die an einer goldenen Kette auf ihren nächsten Einsatz gewartet hat. Auf keinen Fall kann die Frau Kommissarin jetzt mit der Frau Doktor sprechen. Heute ist Samstag, sie öffnen extra für die Berufstätigen, sie sieht ja, was los sei, erklärt sie ihr streng, doch Emma lässt sich nicht abwimmeln.

»Wo ist das Behandlungszimmer? Hier?«, fragt sie und geht auf eine der Türen zu, auf der »Praxis« steht.

»Sie können da nicht rein!«

»Das ist nicht besonders schwer. Ich bin schon in ganz andere Zimmer rein. Das bringt mein Beruf so mit sich!«

Die Frau mit den roten Haaren stellt sich schützend vor die Tür. Die Wartenden und ihre kranken Tiere richten ihre Aufmerksamkeit nun ganz auf das Duell zwischen Emma und der Sprechstundenhilfe. Emma macht einen Schritt auf sie zu.

»Also wirklich«, protestiert die Frau, geht schnell in das Zimmer und knallt Emma die Tür vor der Nase zu.

Als sie wieder herauskommt, sagt sie, dass die Frau Doktor gleich zu ihr käme.

Emma bedankt sich. Die Tiere und ihre Besitzer schauen sie böse an.

»Dauert nicht lange«, erklärt sie der Runde.

Kurz danach erscheint Frau Dr. Schwendner, die einen Mann mit langen Haaren zusammen mit einem Hund entlässt, dem ebenfalls die Haare ins Gesicht fallen. Sie tätschelt dem Hund den Kopf und sagt zu dem Mann, dass es schon wieder werde.

Sie wendet sich Emma zu. »Kommen Sie.« Sie ist leicht genervt und eilt voraus. Wieder geht es durch den langen Flur mit den heiteren Tierbildern ins Innere des Hauses. Als sie im Wohnzimmer angekommen sind, verschränkt Frau Schwendner ihre Arme über ihrem weißen Kittel.

»Wir können den Leichnam von Volker Schwendner noch nicht freigeben. Es sind Verdachtsmomente aufgetaucht, die eine Obduktion notwendig machen«, erklärt Emma.

»Was denn für Verdachtsmomente?«

»Das kann ich Ihnen nicht sagen.«

»Aha«, macht die Tierärztin. Sie bemüht sich, keine Gefühlsregungen zu zeigen.

»Wo waren Sie am Dienstag?«, fragt Emma, »tagsüber.«

»Ich? Also wirklich!«

»Hatten Sie Sprechstunde?«

»Dienstags mache ich Patientenbesuche.«

»Prima, dann sagen Sie mir einfach, bei wem Sie waren.«

»Fragen Sie meine Sprechstundenhilfe, die kann Ihnen eine Liste geben.«

»Die freundliche Dame mit den roten Haaren«, meint Emma. »Sagen Sie, ich würde gerne Ihre Tochter sprechen.«

»Wollen Sie von Lisa auch wissen, wo sie war? Das kann ich Ihnen sagen, die war in der Schule«, entgegnet Frau Schwendner scharf.

»Heute auch?«

»Was wollen Sie von ihr?«

»Mir schien, sie mochte ihren Vater nicht besonders«, kommt von Emma.

»Was soll das? Verdächtigen Sie sie?«

»Ich versuche nur zu verstehen, was Volker Schwendner für ein Mensch war. Wir kommen aus dem gleichen Ort.«

»Sie kannten ihn?«

»Als ich zur Schule ging, hab ich ihn öfter mal im Strandbad gesehen.«

Eine maue Lüge, aber Sandra Schwendner schluckt sie.

»Lisa finden Sie vermutlich vor dem Rathaus. Sie demonstrieren heute. Ich muss jetzt wirklich wieder zu meinen Patienten.«

»Ja, klar. Nur noch eine Frage. Ihr Sohn Marc, wo ist der eigentlich genau abgestürzt?«

»Lassen Sie Marc aus dem Spiel! Es ist schon schlimm genug.«

»Ihr Mann und Ihr Sohn waren sich nah?«, fragt Emma nach. Frau Schwendner wendet sich ab und tritt erneut vor das große Fenster, das auf den Garten geht. Emma stellt sich neben sie.

»Macht so ein Ziergarten eigentlich viel Mühe? Wissen Sie, mein Vater hat einen Obsthof. Der ist jeden Tag von morgens bis abends am Schaffen.«

»Ich habe einen Gärtner.«

»Verstehe.«

»Am Jungfraujoch«, sagt Sandra Schwendner.

»Da hat er sich umgebracht?«, fragt Emma.

Frau Schwendner starrt weiter ohne sichtbare Regung durch die große Glasscheibe.

»Warum dort? Da sind immer viele Touristen«, staunt Emma.

»Wir waren früher mal da, alle zusammen«, sagt Sandra Schwendner leise.

Die Ärztin sagt nichts mehr, schnell dreht sie sich um. Ihr Arztkittel flattert leicht, die praktischen Schuhe mit den Ledersohlen schleifen über den grauen Granitfußboden. Emma geht ihr hinterher.

Die dicke Katze des dicken Mannes spricht die Tierärztin an, als wäre es ein Kleinkind. »Ja, wen haben wir denn da. Grüß dich, Marlin!«

Die Kommissarin lächelt die Sprechstundenhilfe an und bittet sie um eine Liste der Termine, die die »Frau Doktor« seit Anfang der Woche hatte.

»Aber doch nicht jetzt!«, empört sich die Frau.

»Schicken Sie sie mir zu. Ich schreib Ihnen meine E-Mail-Adresse auf. Haben Sie mal einen Zettel?«

»Haben Sie keine Visitenkarten bei der Polizei?«

»Schon, aber ich hab gerade so viel zu tun, da sind sie mir ausgegangen. Tschuldigung, Frau …?«

»Amann!«

»Frau Amann. Bitte die Liste bis heute Abend! Sonst komm ich wieder.«

Das Rathaus der Stadt Radolfzell steht etwas erhöht über dem Amtsgericht, direkt gegenüber dem mächtigen katholischen Münster, das die ganze Stadt überragt. Eine Dreieinigkeit der Macht. Im Zentrum der Rathausfassade, rechts und links von Rundbogenfenstern eingerahmt, ist ein Glockenspiel angebracht. An der äußersten Ecke des Gebäudes hängt ein Schild an der grauen Wand, dass das Glockenspiel leider defekt sei.

Eine kleine Gruppe von etwa dreißig jungen Menschen, die meisten Schülerinnen und Schüler, hat sich vor dem Rathaus versammelt. Zwei Polizisten vom städtischen Polizeirevier stehen vor der Eingangstür. Sie sehen aus, als ob sie sich unwohl fühlen und nicht genau wissen, was sie tun sollen, würden die Demonstranten sie einfach ignorieren und ins Rathaus stürmen.

Auf den Schildern und Transparenten, die die Demonstranten hochhalten, steht »Stoppt den Bauwahnsinn im Auenwald«, »Kein Bonzenhotel im Naturschutzgebiet«, »Bürgermeister go home«, »Biber statt Bonzen«. Die ganze Gruppe stimmt kräftig in die letzte Parole mit ein.

Emma hat ihr Auto in einer Tiefgarage der Altstadt abgestellt, in der Sinnsprüche von Bertold Brecht, von Ernest Hemingway und Kurt Tucholsky die Wände verzieren. Sie fragt sich, warum sie in dieser Stadt ständig mit Lebensweisheiten belästigt wird. Als sie noch zur Schule ging, fuhren hier Autos auf den Straßen, inzwischen gibt es nur noch Fußgänger, Fahrradfahrer oder Selbstmörder auf Elektrorollern. Weil keine Abgase mehr nach oben entweichen und die Menschen mitten auf der Straße flanieren können, hat man nun den Himmel über den Gassen mit bunten Bildchen oder mit alemannischen Sprüchen überspannt. Hier soll keiner ohne Weisheiten einfach nur umhergehen können.

Sie stellt sich etwas abseits der Gruppe der Protestierenden auf. Die Augen der jungen Leute, die meisten junge Frauen, leuchten. Beseelt und überzeugt kämpfen sie für ihr Anliegen. Als sie Lisa entdeckt, wirkt sie angespannt. Sie schreit die Parole »Biber statt Bonzen« voller Wut. Hinter den Rathausfenstern werden die besorgten Gesichter der städtischen Mitarbeiter und Beamten sichtbar. Lisa hakt sich bei zwei Mitstreiterinnen ein und drängt auf die Rathaustür zu. Emma erkennt eine der beiden Polizistinnen wieder, die vor der Rathaustür stehen. Sie hatte in der letzten Nacht auch vor der Wohnungstür der ermordeten Paula Bajorath gestanden. Sie mischt sich unter die Demonstranten, geht nach vorne und auf die Polizistin zu, die sie jetzt ebenfalls erkennt. Dann dreht sie sich zu Lisa.

»Hallo, Lisa«, spricht Emma sie an.

Lisa ist für einen Moment irritiert, kann die Frau mit den dunklen Haaren nicht sofort einordnen, dann fällt ihr ein, wo sie sich schon einmal begegnet sind. Der Schmerz, der in ihr wühlt, kommt wieder hoch. Sie ist noch zu jung, um eine Fassade lange aufrechtzuhalten. Emma schaut in traurige Augen und empfindet Bewunderung für die Kraft und Wut der jungen Frau vor ihr, die ihre Trauer aus sich hinausschreit. Lisa zieht ihre Mitstreiterinnen weg von den Polizistinnen vor der Rathaustür. Die Gruppe folgt ihr durch die Gassen der Altstadt, wo die kämpferischen Parolen von den alten Fassaden hallen.

»Hatten Sie nicht schon gestern Nacht Dienst?«, fragt Lisa die Kollegin.

»Ach Sie sind das! Ohne Uniform. Vom KDD? Oder?«, antwortet die Frau. Sie ist Anfang fünfzig, kurze, praktische Frisur, rundes Gesicht, müde Augen.

»Emma Zäringer«, stellt Emma sich vor.

»Renate Flügel. Die machen ganz schön Krach. Gut, dass sie weitergezogen sind. Wir zwei hätten die nicht aufhalten können.«

»Es soll ein Hotel für Betuchte entstehen?«, fragt Emma nach.

»Es sollen nicht mehr nur einfache Touristen nach Radolfzell kommen, meint der Bürgermeister.«

»Der jetzige«, kommentiert die andere.

»Ist er nicht auch der zukünftige?«, fragt Emma nach.

»Wer weiß das schon, bald sind Wahlen.«

»Ich hab da so meine Vermutung, wie das ausgeht. Aber wir als Polizei sind neutral. Mir sage nix«, meint die Polizistin mit den kurzen Haaren.

»Mir denke nur«, kommentiert die andere.

»Das war Mord. Oder?«, fragt Renate Flügel.

»Sieht so aus«, meint Emma.

»Weiß man schon mehr?«, will sie wissen.

»Noch nicht. Kannten Sie die Frau?«

»Nein. Das ist schrecklich. Mitten in Radolfzell.«

»Vielen Dank«, verabschiedet sich Emma. Sie ist zu müde, um über Verbrechen in Kleinstädten zu plaudern. Sie hätte über die italienischen Restaurants der Mafia sprechen können, die im Bodenseekreis, auch in Radolfzell, über Jahrzehnte genutzt wurden, um Geld zu waschen und Drogen zu schmuggeln. Ein Verbrechen, das auch ihr Leben nachhaltig veränderte. Der schöne Schein der bürgerlichen heilen Welt wird in der Provinz mit mehr Eifer aufrechterhalten als in der Großstadt. Die Menschen hier glauben, sie könnten den Verbrechen, den Kämpfen und den Kriegen in der Welt nur zuschauen, aber eigentlich sei der Ort, an dem sie lebten, viel zu schön und sie selbst viel zu freundlich, um mit all dem Schmutz behelligt zu werden. Sie nimmt sich selbst von dieser Art zu denken nicht aus. Blöd nur, dass sie Kriminalpolizistin geworden ist und nicht Obstbäuerin. Wie dumm von ihr, überlegt sie, als sie den Demonstranten nachgeht.

Im alten Stadtgraben, hinter dem längst abgerissenen alten Obertor im Osten, liegt der Stadtgarten, prächtig mit Stauden bepflanzt. Der alte Musikpavillon war schon zu Emmas Schulzeit ein beliebter Treffpunkt. Die Demonstranten haben ihre Transparente an die weiße hölzerne Balustrade gelehnt, stehen in kleinen Gruppen und reden darüber, ob ihre Aktion erfolgreich war. Lisa sitzt zusammengesunken auf einer Parkbank und raucht. Neben ihr eine Freundin, die ihr immer wieder über den Rücken streicht. Emma setzt sich neben Lisa, die erschrocken aufspringt.

»Die ist von den Bullen«, zischt sie. Aufmerksam wenden sich die Aktivisten zu Emma.

»Ich will mit dir nur über deinen Vater reden«, sagt Emma sanft.

»Der ist doch tot.«

»Ich hab trotzdem noch 'ne Menge Fragen.«

»Fuck!«

»Können wir nur kurz reden?«

»Er war ein Arsch!«

Die Freundin, die neben Lisa sitzt, ein unscheinbares Mädchen mit blonden Haaren, legt einen Arm um sie. Lisa schüttelt den Arm ab.

»Er ist einer der Bonzen«, ruft sie, »mein Vater war einer von denen.«

Ihr laufen Tränen über das Gesicht, die sie mit der Hand wegwischt, in der sie die Zigarette hält. Emma hat im Moment keine Chance, zu der aufgewühlten Lisa durchzudringen. Sie kann den Schmerz, den die junge Frau empfindet, nur erahnen. Gerne würde sie sie in die Arme nehmen und trösten. Auch sie hat wegen Volker Schwendner einmal geweint, aber da war er noch am Leben, und jetzt muss sie herausfinden, warum er tot ist.

»Tut mir leid, Lisa«, sagt Emma nur, »ich finde toll, was ihr macht.«

Sie geht, viele Augen blicken ihr nach. Lisa wird von Unterstützerinnen umringt, viel neuer Gesprächsstoff liegt in der Luft.

Emma biegt nach links in die Teggingerstraße ein. Sie spürt, Lisa hat ihr einen entscheidenden Hinweis gegeben, auch wenn sie nicht mit ihr sprechen wollte. Wen meinte sie mit *einer von denen*?

Nicht weit von hier liegt die Höllengasse und die Wohnung, in der Paula Bajorath erstochen wurde. Vor einem Weinlokal stehen schon die ersten Gäste und läuten den Samstagabend mit einem Glas Wein ein. Emma geht an ihnen vorbei. Der Mörder muss zu Fuß oder mit einem Fahrrad gekommen und geflüchtet sein.

Schräg gegenüber hat der Irish Pub die Kneipentür geöffnet. Für Gäste scheint es noch zu früh zu sein. Ein großer Tresen, wie ein riesiges Hufeisen, beherrscht den Raum. Dahinter spült eine stark geschminkte junge Frau die großen Gläser. Emma zeigt ihr ihren blauen Dienstausweis und fragt, ob sie gestern Nacht auch gearbeitet hat.

Die Frau nickt und schaut sie mit großen Augen an. »Wegen dem, was gegenüber passiert ist?«, fragt sie.

»Es war gestern Nacht gut besucht hier?«

»Hier ist es eigentlich jede Nacht voll. Gibt sonst nicht mehr viel in der Altstadt. Für junge Leute, mein ich.«

»Bestimmt wurde viel geredet, als Polizei und Feuerwehr auf einmal dort vor dem Haus standen.«

»Schon.«

»Was denn so?«

»Dass es gebrannt haben soll.«

»Ist vielleicht irgendjemandem etwas aufgefallen, bevor die Polizei kam?«

»Glaub nicht, hier wird ziemlich viel getrunken.«

»Ja klar. Vielen Dank«, sagt Emma und wendet sich zum Gehen. Doch dann fällt ihr noch etwas ein, was sie fragen könnte. Auf ihrem Mobiltelefon sucht sie ein Foto von Paula Bajorath und zeigt es der Frau hinter der Theke.

»Ist diese Frau manchmal hier gewesen und hat was getrunken?«

Die Frau nickt gleich. »Ja, die war öfters da, die wohnt gleich gegenüber … O Gott. Hat es bei der gebrannt? Und in dem Sarg …?«

Emma nickt.

»Echt jetzt?«

Emma schaut sie an, lässt ihr Zeit, die Information zu verdauen.

»Kam sie allein oder in Begleitung?«

»Also manchmal war auch ein Mann dabei. Aber oft war sie allein, sie kam spät. Ich glaub, die hat bei der Zeitung g'schafft.«

Emma zeigt ihr das Foto von Volker Schwendner. »War es dieser Mann?«

»Ja, das könnte er sein. Ich glaub schon«, sagt die junge Frau und schluckt. Emma bittet sie noch um ihren Namen, den sie sich aufschreibt, nur für alle Fälle, sagt sie, falls es noch Fragen gebe.

Als sie zurück auf dem Obsthof ist, fühlt sie sich erschlagen. Die Müdigkeit springt sie an, die Augen sind schwer, die Gedanken haben sich bereits schlafen gelegt. Als sie Pulli, Jeans und Socken ausgezogen hat, sieht sie auf ihre Fußnägel. Sie müssen geschnitten werden, und sie sollte sie wieder einmal lackieren. Nur für sich, damit sie sich wieder besser fühlt.

Vielleicht ist morgen Zeit dafür. Bevor sie sich hinlegt, fällt ihr Blick auf die Notenblätter.

Lieber Vater,

ich bin sehr froh, dass du mit mir nach Berlin zu dem Vorspiel gefahren bist. Ich habe mich getraut, so zu spielen, wie ich es wollte. Beethoven in halber Geschwindigkeit, wie ein Tanz, nicht wie ein Schnellzug. Nicht wie ein Virtuose, sondern wie ein Mann, der ein Geschenk macht. John Cage war doch großartig, auch wenn sie dann gleich abgebrochen haben. Vielleicht hätte ich besser Satie spielen sollen und seine lustigen Texte dazu sprechen. Zum Beispiel:

Kleines Präludium an den Tag
(Gemäßigt)
Schön aufstehen
Sich schön gerade halten.
Sich schön kämmen.
Sich schön betrachten.
Sich schön benehmen.
Schön spazieren gehen.
Sich schön aufführen.

Du hättest mich für meinen Mut loben sollen, aber du warst wütend. Du hast gefragt, was wir eigentlich von dir wollen. Ob es nur um dein Geld geht? Ja, klar, Papa, wir wollen dich nur ausnehmen. Was denn sonst? Es geht nie um uns, nur um deinen dicken Geldbeutel.

Dein Sohn

Sie schließt die Augen und döst weg, schläft aber noch nicht lang, dann klingelt und brummt ihr Telefon. Sie hält sich das Gerät ans Ohr, aus dem Sörens Stimme kommt. Er informiert sie, dass sie am Montag in Konstanz antreten kann. Sie bilden ein Ermittlerteam, dem sie angehören wird. Ob sie, wenn der Fall gelöst ist, wieder zurück nach Singen geht, kann sie sich dann immer noch überlegen, meint er gönnerhaft. Er hat bereits mit Anne Koskowick gesprochen und ihr gesagt, was los ist. Sie hätte sich schon so etwas gedacht, meinte ihre Kollegin vom KDD. Emma bedankt sich, aber es ist mehr ein Raunen. Sören fragt nach, wie das Treffen mit Sandra Schwendner und ihrer Tochter Lisa verlief, aber Emma vertröstet ihn auf später. Wieder fallen ihr die Augen zu. Sie träumt von einem brennenden Klavier, als es an ihrer Tür klopft. Es ist Bernhard, der fragt, ob sie zum Abendessen runterkommt.

Auf dem Tisch stehen eine Schüssel mit Spargel und ein Topf mit gekochten Kartoffeln. Pellkartoffeln. Die Spargelstangen sind krumm, die geraden gehen in den Verkauf. Die Kartoffeln muss sie selbst schälen. So ist es Brauch bei ihnen am Tisch. Genüsslich setzt ihr Vater das Bierglas ab.

»Kann ich mir auch ein Bier nehmen?«, fragt sie.

»Gerne. Hast du keinen Dienst?«

Sie steht auf, holt sich ein Bier und setzt sich wieder.

»Ich dachte, du brauchst mal was Richtiges in den Magen. Sind die Ersten.« Er zeigt auf die Schüssel mit den Spargeln.

»Voll lieb von dir. Danke, Papi.«

»Huch.«

»Bernhard. Du bist der beste Vater!«

Bernhard schaut sie skeptisch an, als ob Emma eine seltene Krankheit befallen hätte.

»Ich hab heute keine Nachtschicht. Ich muss Montag wieder nach Konstanz. Sören hat mich angefordert.«

»Der? Hat er sich noch nicht totgesoffen?«

»Er ist trocken. Sagt er.«

»Lass bloß die Finger von dem. Alkoholiker bleibt Alkoholiker. Mit dem wirst du nicht glücklich.«

»Es ist wegen dem Fall«, beruhigt Emma ihren Vater.

»Dem Schwendner. Ich dachte, der ist ersoffen.«

»Sieht nicht so aus. Wir haben eine Obduktion angeordnet.«

»Hab ich ja gleich gesagt.«

»Ja, hast du. Gestern Nacht haben wir seine Freundin in Radolfzell gefunden. In einer halb ausgebrannten Wohnung. Sie wurde erstochen. Ziemlich brutal.«

»Tatwaffe?«

»So ein langes Messer aus dem Messerblock.«

»Ist es noch da?«

»Nein. Ist weg.«

»Beziehungstat.«

»Na ja, ihr Freund oder Liebhaber war ja schon vorher tot.«

»War sie hübsch?«

»Sehr.«

»Dann kann sie doch noch einen anderen gehabt haben. Der war sauer. Kommt, sticht zu, zündet die Bude an. Nimmt das Messer, haut ab. Oder es war die Frau vom Schwendner.«

»Ein Zeuge sagt, er hat einen Mann herumschreien hören.«

»Was denn für ein Zeuge? Ein Nachbar?«

»Ja, aus der Wohnung darunter.«

»Der Nachbar kann sich täuschen. Vielleicht war er selbst in die Frau verliebt und eifersüchtig.«

»Kann sein. Er hat mir ein Liebesgedicht von einem persischen Dichter vorgelesen.«

»Bitte? Dir vorgelesen? Dann war er es nicht.«

»Und warum nicht?«

»Denk doch mal nach. Zuerst steche ich eine Frau ab, in die ich verliebt bin, und dann kommt eine andere schöne Frau herein, und der lese ich dann ein Liebesgedicht vor. Das macht kein Mann.«

»Wenn du das sagst. Der Spargel ist gut dieses Jahr.«

»Was ist jetzt mit dem Jungen? Der sich umgebracht hat?«

»Er war auf dem Jungfraujoch.«

»So hoch ist der? Da muss man mit dem Zug hin, ist nicht ganz billig in der Schweiz. Wobei, wenn man vorhat, sich umzubringen, ist es das letzte Geld, das man ausgibt.«

»Seine Mutter sagt, sie waren früher dort als Familie zusammen.«

»Na und wenn schon. Das ist doch kein Grund.«

»Ich finde schon«, wendet Emma ein.

Aber Bernhard schüttelt den Kopf. Emma lehnt sich zurück, trinkt von ihrem Bier. Hier ist es wirklich ganz großartig, denkt sie sich. Sie könnte mit ihm allerdings auch irgendwo in einer Eckkneipe sitzen und Kriminalfälle lösen. Sie lächelt ihn an. Gleich kommt's, gleich löst er den Fall.

»Erpressung. Es geht um Erpressung. Also: Jemand erpresst Schwendner wegen irgendwas. Der Erpresser kommt aus der Schweiz und fordert Schwendner auf, zum Jungfraujoch zu kommen. Mit dem Geld. Da sind Touristen, aber er kennt sich in den Bergen aus, wo er abhauen kann.«

»Ein Schweizer Bergsteiger als Erpresser.« Sie lacht.

»Warte! Lach nicht! Schwendner schickt seinen Jungen mit dem Geld, sozusagen als Boten, aber beobachtet die Übergabe. Im Koffer hat er einen Sender versteckt. Der Erpresser ist aber auch nicht blöd. Er lockt den Jungen irgendwie auf den Berg und schubst ihn an einer gefährlichen Stelle herunter. Dann fährt er an den Bodensee, schaltet den Schwendner aus und schließlich seine Freundin, der der Schwendner alles erzählt hat.«

»Jetzt muss ich das nur alles noch beweisen.«

»Genau. Dafür haben wir dich ja zur Polizei geschickt. Oder?«

Auch Bernhard lacht, doch leider ist dieser Fall kein lustiges Rätselspiel.

»Sag mal, Bernhard. Was weißt du von diesem Hotelbau im Auenwald am See?«

»Dem Bonzenhotel? Das ist eine große Schweinerei, was die da vorhaben!«

»Wer sind die? Wer will das bauen?«, fragt Emma.

»Investoren. Keine Ahnung. Hotels werden von Schweizern gebaut oder von reichen Scheichs oder von Russen.«

»Scheichs in Radolfzell? Das glaub ich jetzt nicht.«

»Schweizer, Scheichs, Russen. Auf jeden Fall steckt der Radolfzeller Bürgermeister da mit drin.«

»Gerhard Braun?«

»Genau der. Im Rathaus hassen den alle. Er hat es sich mit allen verdorben.«

»Woher weißt du das denn schon wieder?«

»Na, vom Walter, du weißt doch, der Walter aus 'm Hirschen. Der kauft doch immer den Apfelsaft und den Spargel von uns. Frisch vom Erzeuger. Der kennt alle in Radolfzell.«

»Aber wenn den Bürgermeister alle hassen, müssen sie ihn ja nur abwählen.«

»Stimmt. Aber manchmal sind die Leute halt dumm. Du weißt doch, die Menschen hier fürchten Veränderungen mehr als der Teufel das Weihwasser.«

»Aber wir gehören doch auch dazu, zu den Menschen hier.«

»Ja, aber wir sind keine Radolfzeller. Wir dürfen dort nicht wählen.«

»Stimmt auch wieder. Wir sind am Ende der Welt, wo es nur schön ist.«

»Aber der Schwendner, der hat bestimmt gewusst, wer das Hotel baut«, bemerkt Bernhard.

Nachdenklich steht Emma auf und räumt den Tisch ab. Er folgt ihr in die Küche.

»Du hast recht. Der könnte etwas gewusst haben. Da

könnte was dran sein«, sagt sie, während sie die Teller in die Spülmaschine stellt.

»Ich muss morgen früh raus. Gute Nacht«, verabschiedet sich Bernhard.

»Du gehst auf ’n Markt. Nach Radolfzell?«

»Genau. Ich höre mich um.«

Emma umarmt ihn und gibt ihm einen Kuss auf die Wange.

»Schlaf gut.«

Sonntag

Am nächsten Morgen telefoniert sie als Erstes mit Sören und erstattet ihm von ihren Begegnungen mit Sandra und Lisa Schwendner Bericht. Sie wird die Patientenbesuche der Tierärztin überprüfen, sobald ihr die Sprechstundenhilfe eine entsprechende Liste geschickt hat. Was noch nicht geschehen ist. Matusch hat den Nachbarn besucht, der das Feuer gelöscht hat. Er hat ihm Fingerabdrücke abgenommen, wozu er ohne Protest bereit war. Komischer Typ, findet er. Herr Zahar arbeitet als vereidigter Übersetzer für das deutsche Außenministerium, hat Matusch herausgefunden. Er hat offizielle Texte und amtliche Schreiben aus dem Iran übersetzt, allerdings sind seine Aufträge immer weniger geworden. Der Kommissar will die Auswertung der Spuren abwarten, aber er hält den Mann nicht für verdächtig, zu verschroben. Vielleicht hat er sich geirrt, als er von einem Mann sprach, von dem er in der Nacht hörte, meint Emma, es könnte doch auch eine Frau gewesen sein. Matusch glaubt das nicht, Frauen- und Männerstimmen kann man nicht verwechseln. Sie kürzt das Gespräch mit Sören ab, sie muss sich erst mal wieder nach Konstanz orientieren, sagt sie ihm. Sie frühstückt kurz und fährt nach Radolfzell.

Auf dem kleinen Parkplatz an der Zeppelinstraße stellt sie ihr kleines Auto ab. Das Gelände, das sie Auenwald nennen, ist eine recht große verwilderte Fläche, etwa dreißigtausend Hektar. Die Bäume, darunter Birken, Eschen, einige Kirschbäume, tragen schon kräftiges Grün. Die Bäume sind noch nicht so alt, doch einige Stämme sind bereits umgefallen. Kleine Hügel aus altem Schutt sind mit Moos überzogen. Ein kleiner Urwald, direkt am See, besungen von einem Orchester aus vielen Vogelstimmen. Es liegt ein weiches, eigenes Licht über diesem Idyll. Die Wiesen, die sich zwischen den Bäumen erstrecken, sind feucht, hier wohnen Nebel, die tagsüber schlafen. Kleine Trampelpfade ziehen sich Richtung Süden zum Seeufer hin. Es ist sonnig heute, recht warm. Emma geht durch diese eigene Welt voller Neugier, sie bleibt immer wieder stehen und schaut sich um. So sieht es also aus, wenn sich kein Mensch in die Natur einmischt. Sie stellt sich vor, wie Landschaftsarchitekten mit ihren Instrumenten umhergingen, wie sie dieses Land vermessen haben, um den idealen Platz für das Hotel und die Luxus-Apartments zu finden. Sie erreicht das Ufer des Sees, wo ein umgestürzter Baum im Wasser liegt. Der Blick über den Bodensee ist spektakulär. In einem großen Bogen ziehen sich rechts die sanften Hügel der Höri und des Schienerbergs, links ist die Stadt zu sehen, mit dem Kirchturm des Münsters als Blickfang.

Eine Nacktbaderin kommt ihr aus dem Wasser entgegen. Die Frau sieht Emma und hebt leicht die Hand, um zu grüßen. Emma schätzt sie auf Anfang fünfzig, ihr Körper wirkt weich, schlank, ein kleiner, runder Bauch, schöne Brüste. Die dunklen Haare sind nass, hängen ihr auf schmale Schultern. Sie lacht Emma an, heiter, ungezwungen.

»Ah«, sagt sie, »das tut gut. Noch ein wenig kalt. Sollten Sie auch versuchen.«

Sie geht an Emma vorbei zu ihren Kleidungsstücken und einem Handtuch, das sie über einen Ast gehängt hat. Sorgfältig trocknet sie sich ab. Sie streckt Emma ihr Handtuch hin.

»Wollen Sie auch?«

Emma begreift nicht genau, warum sie das tut, aber sie beginnt sich auszuziehen. Wenn sie sich mit dem See verbindet, kann sie möglicherweise besser verstehen, um was es hier geht. Die Luft fühlt sich kühl auf der nackten Haut an, sie fröstelt etwas. Langsam steigt sie in das klare, flache Wasser, in dem kleine Kiesel zu sehen sind. Es ist noch kalt, sie atmet einmal kräftig und eilt dann schnell hinein, bis ihr Bauch bedeckt ist. Mit den Händen spritzt sie sich das Wasser auf die Brust, taucht dann schnell unter und schießt wieder hoch. Sie verharrt einen Moment, blickt über den weiten See und eilt zurück ans Ufer. Die unbekannte Frau hat sich inzwischen einen Slip und ein T-Shirt angezogen und reicht ihr das Handtuch. Es ist sehr flauschig und duftet leicht nach Rosen.

»Tut gut, oder?«, fragt die Fremde.

Emma nickt nur, rubbelt sich ab und steigt ebenfalls wieder in ihre Wäsche.

»Machen Sie das öfters?«, fragt Emma.

»Am Wochenende. Unter der Woche passt es meistens nicht.«

»Das Hotel soll hier gebaut werden?«

»Ja. So sieht es aus. Wenn der Bürgermeister weiter mein Chef bleibt.«

»Sie arbeiten im Rathaus?«

»Ja. Mal schauen.«

»Danke für Ihr Handtuch. Das habe ich schon lang nicht mehr gemacht. So früh im Jahr in den See.«

»Sind Sie von hier?«, fragt die Frau.

»Aus Wangen«, antwortet Emma.

»Ah, da ist es doch auch schön!«

Emma lächelt.

»Aber von hier kann man weiter über den See schauen. Ich bin Emma«, stellt sie sich vor.

»Ursula«, sagt die Frau und streckt Emma die Hand hin.

»Hängt es von der Wahl ab, ob du weiter im Rathaus arbeitest?«

»Nicht wirklich. Ich bin Beamtin. Aber die Arbeitsatmosphäre ist mir schon wichtig. Vielleicht fang ich noch mal was Neues an.«

»Hast du schon eine Idee?«

»Wer weiß. Hier zu arbeiten wäre schön.«

»Du meinst in dem Hotel?«

»Warum nicht?«

»Der Hotelbau ist umstritten. Gestern gab es eine Demonstration.«

»Die paar Schüler. Es gibt immer welche, die dagegen sind.«

Ursula wickelt ihr Handtuch zusammen, schlüpft in ihre offenen Sandalen und wendet sich zum Gehen. Das Thema behagt ihr nicht. Emma folgt ihr.

»Wo arbeitest du im Rathaus, Ursula?«

»Ich leite das Grundstücksamt«, antwortet sie.

»Oh. Wenn das so ist. Dann muss ich dir sagen, ich bin Polizistin.«

Ursula bleibt neben einer Birke stehen. »In Wangen?«, fragt sie.

»Da wohnt mein Vater. Obstbau Zäringer. Meine Dienststelle war die Kripo in Konstanz, jetzt ist sie in Singen.«

Ursula nimmt die Schultern etwas zurück, in ihren Körper kommt Spannung. Aufmerksam mustert sie Emma.

»Man erzählt sich, eine Frau ist erstochen worden«, sagt sie.

»Wie schnell sich immer alles rumspricht. Ja, das stimmt.«

»Furchtbar. Wisst ihr schon mehr?«

»Ich darf dir dazu nichts sagen.«

»Ermittlungen.«

Ursula geht wieder weiter.

»Das alles gehört der Stadt Radolfzell?«, fragt Emma in ihren Rücken.

»Noch ... Und warum bist du heute hier?«, will Ursula wissen. Jetzt klingt sie misstrauisch.

»Weil mir mein Vater von dem Hotelbau erzählt hat. Da wollt ich mal sehen, um was es geht«, antwortet Emma leichthin.

»Als Kommissarin oder privat?«

»Weil ich als Kommissarin mal wieder nackt schwimmen gehen wollte.«

Beide Frauen lachen. Es klingt bemüht.

»Kannst du mir etwas über die Käufer und Investoren sagen?«, fragt Emma nach.

»Also doch als Kommissarin. Das ist kein großes Geheimnis. Der Herr Landi war ja schon ein paar Mal im Bauausschuss, er besitzt ein paar Hotels in der Schweiz. In Zug und in Luzern. Wirklich schöne Häuser. Auf mich wirkt er seriös.«

Es klingt nach einem Statement. Emma fragt sich, ob Ursula je in einem dieser Hotels übernachtet hat.

»Aber das letzte Wort hat Gerhard Braun, der Bürgermeister?«

»Nicht er allein. Wenn er die Wahl gewinnt, dann sind die Radolfzeller offiziell für den Hotelbau. Wenn er verliert, dann bleibt das hier so verwildert. Dann kommt die Frau Wölzner, die Gegenkandidatin, ans Ruder, und dann ist auch der Gemeinderat gegen das Hotel. Die fallen dann alle um.«

Es klingt bitter, wie sie das sagt.

»Aber dann kannst du weiter hier nackt baden.«

»Ich hab auch einen Badeanzug«, sagt Ursula.

»Selbstverständlich«, meint Emma.

Zusammen sind sie am Parkplatz angekommen. Ursula schließt das Schloss an ihrem E-Bike auf, Emma geht zu ihrem Smart und kündigt an, sich noch einmal bei Ursula zu melden.

Sie nimmt die Schnellstraße nach Konstanz, die B 33. Es hat Jahrzehnte gedauert, diese zusätzliche Autoverbindung über die hohe Halbinsel am nordwestlichen Bodensee fertigzustellen, wo es bereits ein gut ausgebautes Wegenetz gibt. Die vielen Autos stauen sich jetzt nicht mehr auf der Landstraße, sondern in Konstanz. Die Insel Reichenau ist bereits in Sichtweite, als plötzlich neben ihr ein schwarzer BMW auftaucht und sie überholt. Sie dreht sich zu dem Auto und den Insassen um und erschrickt. Zwei schwarzhaarige junge Männer sitzen in dem Auto und reden angeregt miteinander. Sie beschleunigt, was nicht einfach ist mit ihrem Wagen, aber setzt dem BMW nach. Mit der rechten Hand tastet sie auf den Beifahrersitz, aber der ist leer, sie fasst hinter sich, doch auch in ihrem Gürtel steckt keine Waffe. Ihr bricht Schweiß aus, sie fährt dicht an den BMW heran, hupt, blendet auf. Sie hat diese beiden Männer schon einmal verfolgt. Es ist noch nicht so lange her, aber auf einmal sind sie wieder da, sitzen in dem Auto vor ihr. Den einen Mann hat sie erschossen, und jetzt ist er wieder lebendig. Er hat seinen Tod nur vorgespielt, nur so getan, als würde er von ihr erschossen worden sein. Das Blut, das aus seinem Kopf quoll, war nicht echt. Er versuchte sie reinzulegen, einer seiner vielen Witze, über die sie damals gelacht hatte. Doch jetzt nicht mehr, sie hat ihn erwischt. Der andere, sein Kumpel, sollte im Gefängnis sitzen, aber offenbar konnte er fliehen. Sie haben einen BMW gestohlen, genau so einen, den sie schon einmal verfolgt hat. Jetzt fährt der Wagen langsamer, wechselt auf die rechte Spur. Sie holt auf, fährt neben das schwarze Auto. Die Männer schauen zu ihr hin, gestikulieren, wollen wissen, warum sie sie so bedrängt. Emma keucht ein Schimpfwort, es ist mehr ein Gurgeln, ihr Kiefer mahlt von rechts nach links. Sie schlägt ihr Lenkrad nach rechts ein, sie will den BMW rammen und abdrängen, doch der Fahrer drückt aufs Gas und beschleunigt. Der Wagen macht einen Satz nach vorne. Warum hat man ihr nur so eine kleine Karre gegeben. Das ist mal wieder typisch! Emma biegt auf die rechte Spur ein, setzt die Verfolgung fort. Sie muss die beiden kriegen, es sind gefährliche Verbrecher. Mafia. 'Ndrangheta. Zuhälter. Drogenschmuggler. Sie riecht das Aftershave von Antonio. Das mag sie, obwohl sie Männer mit Parfumgeruch normalerweise befremdlich findet. Plötzlich erfasst sie ein Schwindel, sie fährt langsamer, mit der Hand wischt sie sich übers Gesicht und den Schweiß ab. Ihr wird übel, als ob sie zu viel getrunken hätte. Die Männer vor ihr reduzieren ebenfalls die Geschwindigkeit, sie machen das Warnlicht an, versuchen sie auszubremsen. Da sieht sie die Abzweigung. Sie wechselt erneut die Spur, zieht nach links. Der Fahrer neben ihr hat sein Fenster runtergedreht, er hat sein Mobiltelefon hochgehoben und macht Fotos von ihr. Sie hört, wie er ihr etwas zuruft, er macht Handzeichen. Aber sie schaut starr geradeaus. Sie muss dringend anhalten. Anstatt der zweispurigen Hauptstraße und dem BMW zu folgen, fährt sie geradeaus auf eine Nebenstraße. Gleich links kommt ein Parkplatz. Sie bremst scharf, kuppelt aus, zieht die Handbremse, springt aus dem Auto. Und erbricht sich. Mit beiden Händen hält sie sich am Autodach fest, ihre Beine zittern, sie versucht ruhiger zu atmen. Dann kann sie sich wieder aufrichten.

»Verdammt!«

Sie fasst sich mit beiden Händen in die Haare, die noch feucht von ihrem Bad im Bodensee sind. Was war das denn? Sie greift neben das Lenkrad und stellt den Motor aus. Gleich neben ihr steht ein Holztisch, wo ein Mann, eine Frau und zwei Kinder sitzen. Die Kinder trinken Cola, die Eltern halten Tassen in den Händen. Auf dem Tisch vor ihnen liegen zwei halbe Brötchen, belegt mit rosa Wurst. Alle vier beobachten Emma. Die Frau fragt in breitem Schwäbisch, ob es ihr nicht gut gehe.

Emma öffnet den Mund, setzt an, um zu antworten. Aber was soll sie ihr schon sagen? Kein Problem, nur eine posttraumatische Störung, weil ich meinen Liebhaber erschossen habe? Geht schon wieder?

»Ist der Bodensee«, sagt sie leise und schaut auf den Tisch, »ein Schluck Cola wär nicht schlecht.«

Sie macht zwei Schritte auf die Kinder zu, aber die zwei Jungs halten ihre Flaschen mit beiden Händen fest. Emma versteht, zuckt mit der Schulter, setzt sich wieder in ihr Auto, startet und fährt langsam los. So ist das also, wenn einen plötzlich die Vergangenheit anspringt. Die Therapeutin hatte sie vor solchen Flashbacks gewarnt, ihr irgendwelche Tabletten verschrieben, als Notfallmedikament, die sie aber nie in der Apotheke abgeholt hat. Die beiden Männer werden sie vermutlich melden, sie anzeigen. Dann wird man sie befragen, sie wird sich rechtfertigen müssen. Es war das Auto, wird sie behaupten, irgendwas mit ihrem Auto hat nicht gestimmt. Es ist gerade in der Werkstatt. Es tut ihr aufrichtig leid, wird sie den Männern schreiben. Eine erneute Therapie kommt nicht infrage. Nicht noch einmal. Sie wird diesen Fall lösen, das ist ihre Therapie. Das war schon immer die Therapie von Polizisten. Ein neuer Mordfall, die Suche nach dem Täter, die Verhöre von Verdächtigen, die Jagd, Nächte mit Schlaftabletten, traumlos, Verdächtige eingesperrt in Zellen, die nach Desinfektionsmittel riechen. Vielleicht sollte sie wieder mit dem Rauchen anfangen. Rauchen und sich schlecht fühlen.

Es war kein Tag für Amtsgeschäfte, aber immer wenn Braun in sein Büro kam, in diesen besonderen Raum, spürte er die Macht, die er in dieser Stadt hatte. Wie die elektrische Ladung, die sein Auto brauchte, tankte er hier die Energie auf, um die letzten Tage bis zur Wahl durchstehen zu können. Das Zimmer war schlicht und praktisch, unspektakulär, nichts Protziges gab es hier. Ein Ort für kühle, kluge Entscheidungen, mit einem ovalen Besprechungstisch, fünf grauen Stühlen, seinem weißen Schreibtisch, mit dem bequemen Schreibtischstuhl aus schwarzem Leder, bei dem man die Lehne weit zurückstellen konnte. An Tagen wie diesen, an dem niemand kam, setzte er sich, lehnte sich zurück und legte die Füße auf den Tisch. An seinen Schuhen klebten noch Reste von Sand und Erde, vom Seeufer, wo er in der Nacht hingeeilt war. Wie er dort hingelangte, daran kann er sich kaum noch erinnern. Er fuhr auf diesen schmalen Weg, der irgendwann endete, dann rannte er durch Gestrüpp, bis er am See angekommen war. Das Wasser lag wie eine schwarze Scheibe vor ihm. Er holte kräftig aus und warf das blutverschmierte Messer in den See. Weit hinaus, wo es niemand finden konnte, wo sich der Schlick, die Algen und die Muscheln mit ihren scharfen Kanten über die blutige Klinge und den schwarzen Schaft legen würden. Der andere, der Profi, hatte ihm das Messer einfach in die Hand gedrückt und ihn beauftragt, es zu entsorgen. Die Vernichtung des Computers und des Mobiltelefons wollte er selbst übernehmen, aber um die Waffe sollte er sich kümmern. Schließlich hatten sie wegen ihm die Frau besucht. Indem er ihm das Messer gab, machte der andere Mann auch ihn zum Täter. Aber das war er nicht, er war doch kein Mörder, er war nur der Bürgermeister.

An der Wand gegenüber hatte er dieses eine Gemälde aufhängen lassen, die Reproduktion eines Bildes von Gerhard Richter, das *Seestück* hieß. Über den grauen bewegten Wellen lagen aufgerissene blau-graue Wolken, nur der Horizont war ein schmutziger weißer Streifen. Keine Menschen, keine Landschaft, nur dieses aufgewühlte Wasser und der bedrohliche Himmel.

Es lagen keine Akten auf seinem Schreibtisch, dafür sorgte Ann-Katrin Eder, wie sie das immer machte, wie sie das auch schon für seine Vorgänger gemacht hatte und weiter für ihn machen würde. Die Frau saß von Montag bis Freitag immer hinter ihrem Schreibtisch, eine kleine, lebendige Kugel, die mit ihren Fingern und ihrem Kopf all die Vorgänge verarbeitete, bis sie zu Dokumenten und Briefen wurden, unter die er dann nur noch seine Unterschrift setzen musste. Wie ein Kind, das einen Klumpen Knete zu seltsamen Figuren formte, die lebendig wurden und ihren eigenen Weg gingen. Er setzte sich auf, nahm die Füße vom Tisch, wischte den Schmutz von der weißen Platte und ging aus dem Raum, durch das Vorzimmer von Frau Eder, trat auf den Flur und atmete den Zitrusduft ein, den die Putzleute neuerdings in ihr Waschwasser schütteten. Vermutlich eine Maßnahme, um einen Geruch von Natur in das Amtsgebäude zu bringen und die neue Frische zu unterstreichen, die bald hier einziehen würde. Er überlegte, ob dieser Zitrusduft gegen ihn gerichtet sein könnte, ein geheimnisvoller, intriganter Schachzug seiner Gegner. Aber vielleicht war es einfach nur der Einfall einer neuen Putzkraft. Er ging den Flur entlang, bog nach links, bis er zur Tür von Raum R 800 kam. Auf Augenhöhe war neben der Eingangstür ein Plastikschild angebracht, auf dem »Grundbuchamt« und darunter »Ursula Rose-Volhard, Amtsleitung« stand. Die Tür war offen, er trat ein, schloss die Tür hinter sich und drehte den Schlüssel um, der von innen steckte. Wenn er diesen Schlüssel drehte, begann sein Herz etwas schneller zu schlagen. Auch hier gab es ein Vorzimmer, von dem zwei Türen abgingen, von denen eine offen stand. Er betrat den großen Raum mit den alten gelben Wänden. Das Deckenlicht war ausgeschaltet, von weit hinten drang durch zwei vergitterte Fenster etwas Tageslicht, das ausreichte, um sich zu orientieren. In den langen Reihen von Metallregalen hingen Akten, in denen festgehalten wurde, wem welches Grundstück und welche Wohnung in der Stadt gehörte. Hier schlug das eigentliche Herz der Stadt. Die Namen und Straßen, die auf diesen Papieren verzeichnet waren, bildeten ihr Fundament. Es gab noch ein paar alte Aktenschränke mit Glastüren, in denen Bücher standen, auf deren Buchrücken vor Hunderten von Jahren mit feiner Feder Zahlen aufgetragen worden waren. Neben diesen Schränken mit den historischen Akten stand ein breiter, dunkler Holztisch, auf dem man Einblick in die Grundbücher nehmen konnte. Neben diesem Tisch standen zwei Stühle, und auf einem davon wartete Ursula auf ihn. Ihre Haare waren noch feucht vom Seewasser, so wie er es liebte. Er fasste sie in den Nacken, beugte die Nase zu ihr und zog den Duft, der von ihr ausging, in sich hinein. Das Wasser des Sees auf ihrer Haut war nach dem Drehen des Schlüssels der zweite Reiz, den er brauchte. Sie redeten nie viel miteinander. Wenn sie sich an diesem geheimnisvollen Ort trafen, dauerte es nicht lange, bis sie ihre Kleidung abgestreift hatten und beide nackt waren. Ursula breitete das Badetuch, mit dem sich zuletzt die Kommissarin abgetrocknet hatte, auf dem alten Tisch aus und legte sich auf den Rücken vor ihn hin. Sie winkelte ein Bein an. Er strich mit einer Hand durch ihre feuchten Schamhaare und roch auch dort das Wasser des Bodensees. Doch obwohl es der vertraute Geruch war, den er liebte, war es heute anders. Es passierte nichts in ihm, es würde nicht gehen, die Erregung war schon wieder vorbei. Sie tastete nach ihm, streichelte ihn, aber es half nichts. Er trat einen Schritt zurück. Sanft fragte sie ihn, was los sei, aber er sagte nur leise »nichts«. Er bückte sich nach seiner Unterwäsche, zog sich wieder an, schlüpfte in seine Schuhe, band sie sich und richtete sich wieder auf. Sie hatte die Knie mit ihren Armen umschlungen, schaute ihm zu, wollte ihm noch von der Polizistin erzählen, die ebenfalls nackt im See gebadet hatte. Mit einem »Entschuldige« eilte er an den Regalen vorbei. Er drehte den Schlüssel wieder in die andere Richtung, trat durch die Tür und ging schnell durch die Flure, die Treppe hinunter und auf den Hof, wo sein graues Auto stand. Er zog das Ladekabel aus der Steckdose und fuhr leise los. Es fühlte sich wie eine Flucht an.

Endlich kommt Emma in ihrer Wohnung in Konstanz-Wollmatingen an. Zwei Zimmer, Küche, Bad und ein Balkon in einem nicht mehr ganz neuen Wohnblock. Der Balkon zieht sich über die ganze Breite des Wohnzimmerfensters, ein großes, rechteckiges Auge in eine kleine, übersichtliche Welt. Manchmal, wenn es warm ist, kann sie sich raussetzen, die Geräusche der Nachbarn hören, manchmal ein Lachen, ein Stöhnen, ein Fluchen. Der Balkon hat ihr schon einige Male über ziemlich dunkle Zeiten hinweggeholfen. Bernhard hatte ein paar Körbe mit Pflanzen vorbereitet, damit es etwas bunter und grüner auf ihrer kleinen Terrasse aussieht. Zwei Jahre hat sie es versucht, aber schließlich sind die Gewächse doch vertrocknet, wurden braun und grau, weil ein wichtiger Fall oder Sören oder irgendetwas anderes mehr Aufmerksamkeit erforderten. Bevor sie die abgestorbenen Pflanzen entsorgte, wartete sie ein paar Monate, doch als sie sich gar nicht mehr regten, beschloss sie, das Projekt Balkonbepflanzung aufzugeben. Die Gegend, in der sie wohnt, ist eine Mischung aus Industriegebiet und Wohnsiedlung mit Einkaufszentren, Fabriken, modernen Büros und gleich schräg gegenüber einem Skatepark. Die Jungs, die sich hier treffen, kommen mit Fahrrädern, die Boards im Rucksack. Ein paar Mal hat sie ihnen zugeschaut, wie sie mit geschickten Bewegungen und Drehungen über die kleinen Betonrampen setzen, Drehungen und Sprünge auf den Boards machen. Aber Getto Feeling kommt hier nicht auf, auch wenn sie Rap spielen. Zwei Straßen weiter liegt der Flughafen von Konstanz, die Start- und Landebahn aus Rasen ist nur für Leichtflugzeuge geeignet. Immer wieder wird in der Stadt diskutiert, ob das Gelände für die Erweiterung des Industriegebietes genutzt werden soll, doch bisher hat sich die kleine Lobby der Besitzer von Segelfliegern und zweimotorigen Freizeitflugzeugen durchgesetzt. Vor hundert Jahren, erzählen sie, gab es von hier aus Linienflüge nach Frankfurt und Berlin. Konstanz zehrt von seiner langen und alten Geschichte.

Sie steckt ihre Wäsche in die Maschine, schaut in den leeren Kühlschrank, entsorgt die letzten verschimmelten Lebensmittel. Sie zieht erneut los. In der Tankstelle in der Nähe besorgt sie sich das Nötigste für die nächsten Tage. Kaffee, Joghurt, Müsli, eine Flasche Saft, zwei Flaschen Rotwein, für alle Fälle.

Für den Nachmittag hat sie sich vorgenommen, die Adresse von Marc Schwendner zu besuchen, an der er zuletzt gemeldet war. Der kleine Ort Litzelstetten, ein Dorf in der Nähe von Konstanz, liegt malerisch am Ufer des Sees mit Blick auf die Blumeninsel Mainau, die sich im Privatbesitz der gräflichen Familie Bernadotte befindet. Eine Straße, die Abendbergweg heißt, führt an den Dorfrand. Das gesuchte Haus ist nicht besonders groß, es ist in die Jahre gekommen und macht einen vernachlässigten Eindruck. Hier wohnte vor vielen Jahren vermutlich einmal eine Familie, die einem Bauern günstig ein Stück Land abkaufte und sich ein eigenes Haus errichten konnte. Ein buntes Schild am Straßenrand verkündet den An- und Verkauf von Secondhandkleidung. Die Haustür steht offen, irgendwo erklingt sphärische Musik. Ein staubiger Geruch, vermischt mit Räucherstäbchen, schlägt Emma entgegen. Was einmal ein Wohnzimmer war, mit einem großen Fenster auf die Äcker vor der Stadt, ist vollgestellt mit Kleiderständern, an denen dicht gedrängt alte Hemden, Mäntel, Kleider und Röcke hängen. Umzugskartons, in denen Nachschub an ausrangierter Kleidung lagert, stehen übereinandergestapelt an einer Wand. In einer Ecke liegt ein Berg Schuhe, die einzelnen Paare zusammengebunden oder in Plastiktüten. Sie hätte sich nicht gewundert, wenn zwischen all den alten Kleidern ein verschlafener Mensch aus einem Schlafsack herausgekrochen wäre, um sie zu begrüßen.

»Hallo?!«, ruft Emma.

Sie geht durch den Flur, der in eine Küche führt, die von einem großen Tisch dominiert wird, auf dem mehrere Schüsseln und Teller seit einigen Tagen auf den Abwasch warten. Eine Tür geht in einen verwilderten Garten. Knorrige Obstbäume, an denen sich die ersten Blüten zeigen, einige Büsche mit verblühten Forsythien laden zu einer unangepassten Landidylle ein. Auf einer der alten Gartenbänke sitzt eine junge Frau mit orangeroten Haaren, auf ihrem Schoß eine Katze, die sie liebevoll streichelt.

»Hallo«, sagt Emma erneut.

Die Frau dreht ihren Kopf zu ihr um. »Oh, ich hab Sie gar nicht gehört.«

»Macht nichts«, erwidert Emma.

»Schauen Sie sich ruhig um. Wenn Sie was gefunden haben, sagen Sie einfach Bescheid. Ich bin da«, informiert die Frau Emma.

»Danke, aber ich wollte gar nichts kaufen. Sie haben auch sonntags geöffnet?«

»Ist heute Sonntag? Macht doch nichts. Sie müssen ja nichts kaufen. Kein Kaufzwang.« Diesmal schenkt ihr die Frau ein kleines Lächeln.

»Hier hat doch auch Marc Schwendner gewohnt. Richtig?«, fragt Emma. Sie setzt sich neben die Frau auf die Bank, wo die Katze schnurrt und sie aus dunklen Augen anschaut. »Ich bin Emma Zäringer von der Polizei.«

»Von der Polizei?«

Die Frau mit den roten Haaren befördert die Katze von ihrem Schoß, die sich beschwert, von ihr wegspringt und zwischen den Büschen verschwindet. Emma kann sehen, wie ein imaginäres Gitter zwischen ihr und der Frau fällt.

»Marc Schwendner hat hier gelebt?«, fragt Emma.

»Der Marc ist tot, was wollen Sie noch von ihm?«

»Herausfinden, warum er gestorben ist.«

Die Frau greift in eine Stofftasche, die neben ihr liegt, nimmt sich Blättchen und dreht sich mit Tabak und einigen grünlichen Krümeln einen Joint. Emma sieht zu, wie sie ihn anzündet. Vor ein paar Jahren hätte sie sie dafür verhaften müssen. Die Frau nimmt ein paar tiefe Züge.

Sie schaut durch den Rauch in die Blüten der Bäume.

»Haben Sie zusammen hier gewohnt?«, erkundigt sich Emma.

Die Frau nickt.

»Waren Sie ein Paar?«

Wieder nickt die Frau.

»Darf ich Ihren Namen erfahren?«

»Es soll doch Selbstmord gewesen sein. Oder gibt es etwas Neues?«

Sie schaut Emma an.

»Marcs Vater ist ebenfalls tot«, sagt Emma zu ihr.

»Echt? Auch Selbstmord?«, fragt die junge Frau nach. Sie scheint von dieser Nachricht nicht sonderlich berührt zu sein.

»Das wissen wir noch nicht.«

»Wegen ihm ist Marc tot.«

»Wegen seines Vaters?«

Carmen zieht an ihrem Joint, sie hat jetzt Tränen in den Augen.

»Ich bin Carmen. Carmen Morgenstein.« Das Gitter zwischen ihnen löst sich auf. »Er wollte aus Marc etwas machen, was er nicht war. Der Mann war ziemlich finster. Eine Zeit lang ließ er Marc in Ruhe, aber dann kam er wieder an. Er wollte unbedingt, dass er irgendwelchen reichen Leuten vorspielt. Wie ein dressierter Zirkusaffe. Marc hat ihm gesagt, er werde nie mehr Klavier spielen. Nie mehr. Vielleicht einmal noch, zu seiner Beerdigung. Es war ziemlich hässlich.«

»Das klingt hart«, stimmt ihr Emma zu.

»Der Typ war gefährlich, richtig krank.«

»Wissen Sie, wem er vorspielen sollte? Sie sagten, irgendwelchen reichen Leuten.«

»Er hat keine Namen genannt. Aber es ging um jemanden in der Schweiz. Keine Ahnung.«

»Volker Schwendner ist hierhergekommen?«

»Mit seinem schicken Auto, so mit Sonnenbrille im Haar, teurem Poloshirt, Lederjacke von Hugo Boss, Brunello Jeans für achthundert Euro, am Arm 'ne fette Uhr. So locker reich. Richtig eklig.«

»Sie kennen sich aus.«

»Ich war mal Fashion Designerin. Bis ich das Kotzen über die Arbeitsbedingungen bekam, mit denen meine Kollektionen in Bangladesch hergestellt wurden. Ich bin ausgestiegen. Es war eine gute Zeit mit Marc.«

Emma lässt auf sich wirken, was die Frau ihr erzählt. Sie würde jetzt gerne auch an dem Joint ziehen, aber das geht natürlich nicht.

»Gibt es inzwischen ein Grab für Marc?«, fragt Carmen.

»Das weiß ich nicht. Haben Sie keinen Kontakt zu seiner Mutter?«

»Nein, nur zu Lisa, gelegentlich.«

»Und?«

»Sie wollte mir sagen, wenn die Beerdigung angesetzt wird. Aber es gab noch keine.«

»Das ist seltsam. Wie lange ist das jetzt her?«

»So um die zwei, drei Wochen. Lisa rief mich an, als sie von seinem Tod erfahren hat.«

Emma ist von dieser Information alarmiert. Wo ist die Leiche von Marc Schwendner? Ist sie noch in der Schweiz? Oder wurde sie schon nach Deutschland überstellt?

»Wussten Sie, wo er sich umgebracht hat?«, fragt sie Carmen.

»Am Jungfraujoch. Das ist auch so krank. Er hat mir mal erzählt, wie schön es da sei. Die ganze Familie war mal dort, zu glücklichen Zeiten. Er wollte mir die Schweizer Berge zeigen. Nichts für mich, die sind mir alle viel zu hoch. Manchmal sieht man sie, ganz weit dahinten, am Horizont. Das sieht schön aus. Wie eine Postkarte. Das reicht mir. Mehr brauch ich nicht.«

»Dann war die Reise vielleicht eine Erinnerung an bessere Zeiten?«

»Kann sein. Ich hab das nicht kommen sehen. Eigentlich wollte er etwas gegen seinen Vater unternehmen, er hat sich ein paarmal mit Lisa getroffen. Aber vielleicht war er ja depressiv oder so. Ich begreife es nicht«, sagt Carmen und schluchzt. Ihre Tränen fließen jetzt stärker. Emma legt einen Arm um sie, Carmen wendet sich zu ihr, legt ihren Kopf an Emmas Schulter. Emma nimmt ihr den Joint aus der Hand, zieht daran und muss husten. Carmen schaut auf, ihre Augen sind feucht, aber sie muss über Emma lachen.

Bevor Emma aus Litzelstetten losfährt, ruft sie ihre Freundin Jennifer an und fragt, ob sie vorbeikommen kann. Eigentlich hat Jennifer, sie ist Pastorin, sonntagabends keine Zeit für sie, denn der ist reserviert für die Familie. Bevor die Woche wieder beginnt, wollen ihr Mann Karsten und die beiden Kinder einen geruhsamen Abend verbringen. Zu Emmas Erstaunen scheint sich Jennifer über ihren Anruf und ihren Besuch zu freuen. An Tagen wie heute sehnt sich Emma nach einer heilen Familie. Für gewöhnlich nennt es Jennifer »inspirierend«, wenn Emma von ihrer Arbeit berichtet und den Rückschlägen, den richtigen Mann zu finden.

Die beiden Frauen haben sich vor einigen Jahren bei einer Todesfallermittlung kennengelernt. Eine alte Frau, ein geschätztes Mitglied der evangelischen Kirchengemeinde, hatte ihrem Leben vor einem offenen Gasherd ein Ende gesetzt. Emma half Jennifer, den verschwundenen Sohn und schließlich auch einen Enkel zu finden, die dann tatsächlich bei der Beerdigung erschienen. Jennifer lud Emma auf ein Glas Wein bei sich zu Hause ein, wo sie ihren gut aussehenden

Mann Karsten, der an der Uni Konstanz Psychologie lehrt, und ihre Kinder Maya und Luis kennenlernte. Emma kam sich wie ein streunender Hund vor, als sie am Tisch dieser freundlichen Familie Platz nahm. Sie, ein adoptiertes Kind einer italienischen Gastarbeiterin, die auf einem entlegenen Obstbauernhof aufwuchs und sich an Mord und Totschlag abmüht, und dort diese aufgeschlossenen Menschen, die versuchen, alles richtig zu machen.

Jennifer und Karsten Keller bewohnen ein kleines Häuschen, das eigentlich gar nicht zu ihnen passt. Es hat den Charme eines Einfamilienhauses aus dem Katalog, entworfen für eine Familie mit Kindern, deren Glück von einem eigenen Haus abhängt, egal wie es aussieht. Doch das Schicksal der Erbauer und Besitzer des Hauses hatte andere Pläne mit ihnen, sie haben sich getrennt, der Mann ist weggezogen, und die Frau lebt mit den Kindern in einem Dorf in der Nähe. Als die Kellers eine Bleibe suchten, weil Jennifer die zweite Pfarrstelle in Wollmatingen bekam, konnten sie das Haus mieten, obwohl sie eigentlich von einem alten Bauernhaus oder einer Altbauwohnung träumten.

Sie fährt noch mal an der Tanke vorbei und besorgt eine Flasche Rotwein, damit sie nicht mit leeren Händen dasteht. Meistens öffnet eines der Kinder oder Karsten die Tür. Heute ist es Jennifer, und ihre Umarmung fällt länger und inniger als sonst aus. Über dem Haus liegt eine eigentümliche Stille. Auf dem Tisch stehen nur zwei Teller anstatt fünf wie sonst, wenn sie zu Besuch kommt, und nur eine kleine Schüssel mit Salat. Die dreizehnjährige Maya kommt die Treppe runter, um den Hals ein dicker Kopfhörer, sie trägt Schlabberpulli, Trainingshose, offene Haare. Emma ist für sie die einzig coole Erwachsene weit und breit. Stolz zeigt sie ihr die beiden Piercings am Ohr, die sie ihren Eltern abgetrotzt hat. Maya bleibt auf der Treppe stehen, würdigt ihre Mutter keines Blickes. Emma fragt, wie es geht, Maya sagt nur: »Läuft.«

Wo denn Luis steckt, will Emma wissen. Der ist mit Karsten bei der Oma in Freiburg, erfährt sie. Lange bleibt Maya nicht bei ihr stehen. »Man sieht sich«, kommt noch von ihr, bevor sie sich wieder in ihr Zimmer zurückzieht. Dann geht Emma in die Küche, wo Jennifer Brot schneidet und Emma einen Korkenzieher in die Hand drückt.

»Wie war der Gottesdienst heute?«, erkundigt sich Emma.

»Ganz okay. Es kamen zehn Leute.«

»Ist das viel oder wenig?«

»Aus christlicher Perspektive ist jede und jeder willkommen. Aber in einem Kirchengebäude dieser Größe verliert sich so ein Häufchen.«

»Kann ich mir vorstellen. Über was hast du gesprochen? Also gepredigt?«, erkundigt sich Emma.

»Über Respekt.«

»Gutes Thema. Warum ist Karsten bei seiner Mutter?«

»Stell einfach zwei Weingläser auf den Tisch und schenk ein.«

Emma macht, um was die Freundin sie bittet. Offenbar findet die Familienidylle heute nicht statt. Emmas Trauma-Bewältigung muss warten.

»Wolltest du nicht in Singen arbeiten und zu deinem Vater ziehen? Nach Wangen?«, fragt Jennifer, zurück im Wohnzimmer, nachdem sie Salat auf die Teller gehäuft hat.

»Ich muss wieder nach Konstanz. Wegen einem Fall. Sören hat mich angefordert.«

»Sören?«

»Es geht um zwei Tote. Den Mann kannte ich, und die Frau war seine Geliebte. Es ist nicht ganz einfach …«

»Da braucht der Sören dich, weil er nicht mehr so viele Gehirnzellen hat«, spottet Jennifer.

Der schöne Mund, die vollen Lippen, Jennifers heitere Falten werden durch zynische Mundwinkel verdrängt.

»Was ist los, Jennifer?«, will Emma wissen.

Sie legt eine metallische Schärfe in ihre Frage, wie sie es bei Verhören gelegentlich macht.

Jennifer nimmt einen Schluck Wein. »Karsten«, sagt sie leise.

»Er hat eine Affäre«, kombiniert Emma.

»Voll das Klischee. Ich hasse das!«

»Sie ist jünger und blond?«

»Nein. Sie ist älter, sieht toll aus, sehr klug. Professorin für Physik. Haut die Forschungsgelder mit vollen Händen raus.«

»Klingt sexy.«

»Jedenfalls sexyer als eine Pastorin mit zwei Kindern in einem spießigen Einfamilienhaus.«

»Scheiße. Aber das passiert.« Doch es ist kein Trost.

»Du meinst, ich soll mich nicht so anstellen und den Kerl einfach mal ein wenig herumvögeln lassen?«

»Nein, Jenny. Er ist ein verdammtes Arschloch.«

»Genau das wollte ich hören. Ein verdammtes Arschloch!«

Die Pastorin gießt sich ihr Glas mit Rotwein voll und trinkt es in einem Zug aus. Dann steckt sie sich Brot in den Mund und kaut finster darauf herum.

»Nachdem wir das auch geklärt haben. Wie konkret ist die Sache? Hat er es dir erzählt? Oder hast du es selbst herausgefunden?«, fragt Emma nach.

»Erst hieß es, die Uni Konstanz wäre durch einen Hackerangriff lahmgelegt worden. Die zentralen Server, die gesamte Cloud, müssten vom Netz genommen und abgeschaltet werden. Böser Virus. Böse, böse …«, erzählt Jennifer.

»Also Homeoffice, wie in der Pandemie.«

»Dachte ich auch, aber dann erzählt er etwas von Recherchen in der Bibliothek und vorgezogener Feldforschung, bis die Computer vom Virus befreit werden. Von wegen, er hat ihre Muschi erforscht!«

Emma nimmt auch einen Schluck Rotwein, versucht zu

begreifen, ob Karsten wirklich eine Affäre hat oder ob Jennifer nur übertrieben eifersüchtig ist.

»Du bist also in die Uni gegangen und hast die beiden in der Bibliothek erwischt«, versucht es Emma.

»Die Banalität hat mal wieder voll zugeschlagen. Frau Professorin Dr. Harris, sie ist Amerikanerin und heißt auch noch wie die amerikanische Vizepräsidentin, ist so dreist, ruft hier an und fragt, wo KK steckt. Sie nennt ihn KK, wegen Karsten Keller! Typisch Amerikaner, oder? Ich bin gerade auf dem Weg zum Kindergottesdienst, als mich unsere Sekretärin wegen dieses Anrufs abfängt. Ich wusste nicht, wo Karsten steckt.«

»Was erforschen denn eine Physikerin und ein Psychologe?«

»Die emotionalen Folgen eines Ehebruchs. Was sonst? Mit den Methoden der Physik sollen die sensorischen und kognitiven Vorgänge im Menschen erforscht werden.«

»Klingt interessant. Da könnten sie bei mir auch so einiges herausfinden«, überlegt Emma.

»Als ich bei Karsten nachfragte, wer diese Professorin Harris ist, die sich nach ihm erkundigte, fing er an rumzudrucksen. So kam die Sache langsam heraus. Er kann nicht gut lügen, der Idiot.«

»Nicht vor einer Frau der Kirche«, meint Emma.

»Kannst du mir mal deine Pistole leihen? Ich würde das gerne so machen wie du. *Dusch!*« Jennifer steht auf und zielt mit einem Finger auf ihren imaginierten Mann.

»Das ist nicht lustig! Du bist betrunken.«

Emma nimmt Jennifer das Glas weg, aber sie hält es fest, und Rotwein schwappt auf den schönen Holztisch. Jennifer geht vorsichtig in die Küche, sie wankt leicht, kommt mit einem Spüllappen zurück und knallt ihn auf den Tisch.

»Sorry für meine Gefühle. Ich wusste nicht, dass ich die habe.«

Jennifer wischt über den Rotwein und wringt den Lappen über den Resten des Salats in der Schüssel aus. Dann setzt sie sich wieder und blickt mit verhangenen Augen Emma an.

»Ich hab noch gar nicht gefragt, wie es dir eigentlich geht. Sag mal«, kommt von Jennifer. Ihre Stimme klingt belegt.

»Nicht gut.« Emma steht auf. »Du solltest dich schlafen legen.«

»Ich sollte mehr trinken. Als Jesus Wasser in Wein verwandelt hat, gab es bestimmt auch ein paar Betrunkene. So billig kam man damals nicht an Wein.«

»Du redest Müll«, weist Emma sie zurecht, »ich melde mich bei dir, okay? Und grüß Maya von mir.«

Jennifer schaut ihrer Freundin mit großen Augen hinterher, die aufrecht durch das Zimmer geht, die Tür öffnet und einfach verschwindet.

Sie ist froh, als sie wieder frische Luft atmen kann. Was für ein Reinfall. Da will sie die heile Kleinfamilie besuchen, im Haus einer evangelischen Pfarrersfrau zu Abend essen, um sich abzulenken, neue Kräfte sammeln, um einfach wieder einmal zu erleben, dass es noch ein anderes Dasein gibt. Sie wollte Antonio vergessen, und dann muss sie sich so eine Geschichte über eine billige Affäre anhören. Warum steht ihre Freundin da nicht drüber und verzeiht, so wie es die Christen predigen? Dass Jennifer ihren Schuss nachgemacht hat, nimmt sie ihr übel. Sie ist richtig sauer geworden. So kann sie doch nicht mit ihren Gefühlen umgehen! Außerdem ist sie nicht satt geworden, von den paar Blättern Salat.

Zwischen Waschstraße, Tankstelle und Baumarkt gibt es einen türkischen Imbiss. Sie hält an und bestellt ein Dürüm mit Dönerfleisch und ein Glas Tee dazu. Dieser emotionale Wahnsinn, der Jennifer ergriffen hat, lässt sie nicht los. Würde sie auch so blind eifersüchtig werden, wenn ein Mann, mit dem sie zusammen ist, eine Affäre hätte? Sie ist bisher noch nicht mit so einer Situation konfrontiert worden. Die Männer, die sie geliebt hat, hatten keine anderen Frauen, soweit sie das weiß, und sie keine anderen Männer. Serielle Monogamie. Entweder sie ist mit jemandem zusammen oder nicht. Aber könnte es sein, dass in solchen emotionalen Ausnahmezuständen das Motiv für die beiden Toten, für die beiden Morde liegt, die sie aufklären muss? Wenn Volker und Sandra Schwendner mit ihren beiden Kindern auch so einen Lebenstraum hatten, vom gemeinsamen Leben, Karriere, einer gesicherten Existenz, mit Kindern, die begabt und gut ausgebildet sind? Dann zerbricht plötzlich alles, weil der Mann mit anderen Frauen ins Bett geht. Nicht nur die Frau ist betrogen, sondern der gesamte Lebensentwurf scheitert. Das soll vorkommen. Aber reicht es in ihrem Fall als Motiv für einen Mord? Die betrogene Frau tötet irgendwie ihren Mann mit einer geheimnisvollen Spritze und anschließend dessen Geliebte mit einem Küchenmesser? Gibt es Frauen, die dazu fähig sind? Die Tierärztin Sandra Schwendner? Der normale Weg wäre doch die Scheidung.

Emma hat Antonio, den sie nicht Freund, sondern nur Liebhaber nennt, nicht aus Rache getötet, sondern weil er auf sie das Feuer eröffnete. Inzwischen hat sie sich klargemacht, dass er mit seinen Schüssen die Polizistin treffen wollte, nicht sie, die Emma, mit der er im Bett war. Trotzdem könnte es sein, dass er sich von ihr verraten gefühlt hatte. Emma erinnert sich, wie er von einer gemeinsamen Italienreise sprach. Er wollte ihr sein Land zeigen, das echte Italien, und war ganz begeistert davon, dass ihre Mutter Italienerin ist. Doch sie hat ein viel größeres Recht, sich von ihm verraten zu fühlen. Er war Teil des organisierten Verbrechens und ging mit ihr ins Bett, weil sie Polizistin ist. Gab ihm vermutlich den besonderen Kick. Damit hat er bei seinen Kumpels geprahlt. Er hatte keine Gefühle für sie und sie nicht respektiert, nicht als Frau und schon gar nicht als Polizistin. Starke

Gefühle hatte sie auch keine für ihn, dazu war er ihr zu oberflächlich. Aber er war nett und zärtlich. Sie hätte von ihm Italienisch lernen und mit ihm in den Süden fahren können … Verdammt, was war das denn? Auf einmal fängt sie an, ihn zu entschuldigen und sich liebevoll an ihn zu erinnern? Sie zahlt und fährt schnell zurück in ihre Wohnung.

Abends beginnt sie eine Online-Recherche in den Social-Media-Kanälen von Volker Schwendner und Paula Bajorath. Volker hat viele Fotos gepostet, die ihn auf Empfängen zeigen. Er nutzt seine Auftritte, um sich als dynamischen Zeitungsmann zu zeigen, der sich mit den Größen aus Politik und Business trifft. Man sieht ihn im Kreis seiner Mitarbeiterinnen und Mitarbeiter in der Redaktion. Besonders breit grinst er auf einem Presseball der *Stuttgarter Allgemeinen*. Mehrere Aufnahmen zeigen ihn neben der Verlegerin, einer blonden, gut aussehenden Frau Anfang fünfzig. Auf weiteren Fotos sieht man ihn neben Männern, die sich locker geben, die sicher sind, dass ihnen die Welt gehört und niemand sie ihnen jemals wieder wegnehmen kann. Einen dieser Männer mit rundem Kopf, etwas untersetzt, glaubt sie zu kennen. Aber ihr fällt nicht ein, wo sie ihn schon einmal gesehen hat. Er scheint sich köstlich zu amüsieren, auch er prostet der Verlegerin zu. Emma klickt sich durch die Portale der *Stuttgarter Allgemeinen*, die diesen pompösen Ball ausgerichtet hat. Die wohlhabende Verlegerin unterstützt mehrere Organisationen für Frauen auf der Flucht, und die Einnahmen aus dem Presseball werden offenbar dafür gespendet. Was gibt es für eine bessere PR als dieses Schaulaufen für einen guten Zweck. Wie der Unternehmensbericht der *Stuttgarter Allgemeinen* ausweist, wurde im Jahr des Presseballs die *Bodenseezeitung* mit einer hundertprozentigen Beteiligung übernommen. Kein Wunder, dass der Herr Chefredakteur Schwendner die neue Verlegerin umschmeichelt. Die *Boden-*

seezeitung war also fest in schwäbischem Besitz und Volker damit in der Hand dieser Frau.

Paula zeigt auf den öffentlich zugänglichen Social-Media-Bereichen mehr private Seiten von sich. Sie inszeniert sich als junge, erfolgreiche Frau, die vor einem Monitor in der Zeitungsredaktion sitzt, die lachend mit Freundinnen eine Kneipe besucht, die Bilder der Radolfzeller Dachgeschoss-Wohnung postet, durch die die Sonne scheint. Im Hintergrund ist die moderne Küche zu sehen, inklusive Messerblock, in dessen Schlitzen jeweils ein Messer steckt. Emma vergrößert dieses Detail der Fotografie und macht einen Screenshot. Das Set ist noch komplett. Alle diese Bilder sagen, ich bin erfolgreich, ich habe es geschafft. Paula zeigt sich auch im Abendkleid, wie sie auf einer Yacht steht und ein Glas Champagner von einem Tablett nimmt, das ein Mann in engem T-Shirt und weißer Hose ihr hinhält. Emma vergrößert das Gesicht des Mannes, es bleibt unscharf, aber über seiner rechten Augenbraue könnte eine Narbe sein. Es scheint das kantige Gesicht eines kräftigen Mannes zu sein, vermutlich gehört er zur Crew. Auf einem weiteren Bild steht Paula, jetzt in Rock und Bluse gekleidet, neben zwei Männern, der eine ein Offizier am Steuer der Yacht, der andere ein etwas älterer Mann mit weißen kurzen Haaren. Er trägt einen hellen Leinenanzug, in der Hand hält er einen Vape, eine E-Zigarette. Um sein Handgelenk liegt ein Lederarmband. Der Mann lächelt gönnerhaft. Ob er der Besitzer ist? Auf der Konsole mit den vielen Instrumenten ist ein Schriftzug zu erkennen, es ist der Name der Yacht, Quantum. Emma versucht, ein Bild der Yacht mit diesem Namen zu finden, aber ohne Erfolg. Sie wird jemanden aus dem Ermittlerteam bitten, dazu weiter zu recherchieren. Wie kommt die Assistentin des Chefredakteurs einer Lokalzeitung auf so eine Luxusyacht? Wer ist dieser Mann im Leinenanzug? Vielleicht kann ihr eine der Freundinnen weiterhelfen, die viele Küsschen und hochgereckte Daumen zu den Posts von Paula geschickt hat. Wer verbirgt sich hinter »Vicky« oder »Nora-Dora«?

Volker auf dem Presseball, Paula auf einer Yacht. Haben sie sich so kennengelernt? Oder waren sie zusammen zu einem dieser Anlässe eingeladen? Sie scheinen es vermieden zu haben, gemeinsame Fotos von sich zu zeigen. Aber beide waren stolz, sich in der Welt einflussreicher Menschen bewegen zu können. Emma hat nicht genügend Geduld, sich länger an ihrem Laptop aufzuhalten. Sie reibt sich die Augen. Vielleicht sollte sie zu einem Optiker gehen und sich eine Brille für die Arbeit am Computer anschaffen. So weit ist es also schon. Keine Kinder, keine Familie und jetzt auch noch eine Brille.

In großen schwarzen Buchstaben steht auf einem der Briefe:

Ein für alle Mal: Komm nie wieder! Lass mich in Ruhe, lass uns in Ruhe. Wenn ich noch einmal Klavier spiele, dann an deinem Grab!

Montag

Am nächsten Morgen betritt Emma Zäringer um halb acht das alte Kasernengebäude, in dem das Konstanzer Polizeipräsidium residiert. Es gab bei der Polizei Baden-Württemberg in den letzten Jahren einige Rochaden, Zuständigkeiten wurden verlagert, Chefs kamen und gingen. Aber ihre Arbeit bei der Aufklärung von schweren Kriminalfällen wurde dadurch nicht weniger und letztlich auch nicht einfacher. Die Anzahl von Mordfällen im Kreis Konstanz hat sich mittlerweile verdoppelt, Verbrechen gegen die sexuelle Selbstbestimmung, also Vergewaltigungen, ebenfalls. Nur die Einbrüche sind während der Corona-Zeit zurückgegangen. Kein Wunder, denn die Menschen hockten vor allem zu Hause.

Das Gebäude ist groß und weitläufig. Das Gefühl, einkaserniert zu sein, konnte auch durch den Einbau moderner Technik nicht gemildert werden. Im Dachgeschoss befindet sich das neue Führungs- und Lagezentrum, ohne Deckenlicht, ohne Fenster, mit dunklem Boden und weißen Wänden. Hier sitzen fleißige Polizisten vor ihren Bildschirmen und tragen Informationen zusammen, die sie für ihre Arbeit bei der Aufklärung von Fällen dringend brauchen.

Doch bevor sie dort ihre Rechercheaufträge loswerden kann, muss Emma sich bei Ingrid Häberlein melden, Chefin und Vorgesetzte, mit der sie eigentlich nicht mehr zusammenarbeiten wollte. Sie waren mehrmals aneinandergeraten, weil Emma sie für eine schreckliche Bürokratin hält, die mehr Wert auf Berichte, auf die genaue Abrechnung ihrer Stunden als auf die eigentliche Polizeiarbeit legt. Die Chefin war aber immer eng mit Matusch, und wegen seiner Beziehung zu ihr unternahm sie nichts gegen Emma. Bis zu der Schießerei in Stuttgart. Emma dachte lange, Ingrid wäre in Matusch verliebt und auf sie eifersüchtig, aber dann begriff sie, dass zwischen den beiden eine alte Verbundenheit besteht. Matusch hatte die Chefin einmal aus einer schwierigen Situation rausgeboxt. So genau hatte er ihr nie erzählt, was geschehen war. Aber offenbar hatte die Chefin vor einigen Jahren einen schweren Ermittlungsfehler begangen, der im Selbstmord eines unschuldig Verdächtigen endete.

Weil Matusch unbedingt mit Emma Zäringer den Tod des Chefredakteurs der *Bodenseezeitung* und seiner Assistentin aufklären will, stimmte Häberlein zu, und Emma bekommt die Möglichkeit, sich zu bewähren. Emma sei durch ihre Vorarbeit beim KDD bereits im Fall drin, habe die Familie des Toten kennengelernt, war als Erste am Tatort und sei eine hervorragende Ermittlerin, argumentierte Sören Matusch. Doch so einfach macht Häberlein es Emma nicht. Ihre Dienststelle würde weiter beim KDD in Singen sein, erklärt sie ihr. Dort hat sie ihre Uniform, dort muss sie ihre Waffe verschließen, und dort wird sie ihre Berichte abgeben. Sie ist an die Kripo Konstanz nur fallbezogen ausgeliehen. Emma lässt sich auf keine Diskussion mit der Chefin ein, sie stimmt zu, nickt die Vorgaben ab. Zu sehr steckt sie inzwischen in dem Fall drin. Irgendwie würde sie es schaffen, die Dienstvorschriften einzuhalten. Die Chefin hat allerdings noch eine Frage. Was es denn mit dieser Anzeige von zwei Männern auf sich habe, will sie wissen. Sie behaupten, Emma habe versucht, sie auf der B33 mit ihrem Smart von der Fahrbahn abzudrängen. Emma muss an sich halten, aber es gelingt ihr zu erklären, mit ihrem Auto sei irgendetwas nicht in Ordnung gewesen. Sie bringt den Wagen heute in die Werkstatt. Warum sollte sie einen BMW mit ihrem kleinen Smart von der Straße abdrängen wollen? Gerne entschuldigt sie sich bei den Fahrern.

Ingrid Häberlein schreibt ihr deren Telefonnummer auf, aber sie bleibt misstrauisch.

Emma findet Sören Matusch und das Ermittlerteam schließlich in einem der weiß gehaltenen Arbeitsräume. Einige Kollegen sind nicht gerade begeistert, sie hier zu sehen. Emma freut sich, Abena Blumenthal wiederzutreffen, eine dunkelhäutige Frau, deren Vater aus Ghana stammt und die von sich behauptet, sie würde vier Sprachen sprechen: Badisch, Deutsch, Englisch und Ewe, eine der ghanaischen Sprachen. Die jungen Männer umschwärmen Abena wie Motten, aber sie steckt sie mit ihrer schnellen Auffassungsgabe alle in die Tasche. Dann betritt auch Ingrid Häberlein den Raum und setzt sich neben Matusch an das Kopfende des Besprechungstisches. Die Bedeutung des Falls ist zu groß, wenn sie hier Fehler machen, dann wird das auf Häberlein zurückfallen, da will sie nichts riskieren. Häberlein erklärt, die Staatsanwältin sei umfassend informiert und werde sich bestimmt selbst ein Bild vom Stand der Ermittlungen machen.

Matusch leitet ihr Treffen; sie beginnen damit, die Fakten zusammenzutragen. Als Erstes halten sie fest, dass es sich bei Paula Bajorath eindeutig um ein Tötungsdelikt handelt, höchstwahrscheinlich Mord. Sie wurde mit mehreren Stichen, vermutlich mit einem Küchenmesser erstochen, dessen Klinge etwa zwanzig Zentimeter lang ist. Allerdings fehlt die Tatwaffe. Emma zeigt das Foto, das sie im Internet von Paula in ihrer Küche gefunden hat, auf dem der komplette Messerblock zu sehen ist. Sie sitzt aufmerksam in der Runde, hat aber trotzdem das Gefühl, am falschen Ort zu sein. Sie ist nur geduldet, weil sie gebraucht wird. Um wieder dazuzugehören, muss sie sich beweisen, hat aber eigentlich keine Energie dafür. Sie fühlt sich müde, kann nachts nicht schlafen. Sie ahnt den dunklen Abgrund dieses Falls. Sie will nicht eintauchen, aber sie muss es tun, um vielleicht irgendwo anzukommen, wo es für sie wieder heller ist.

Christoph Nolder, der Chef der Spurensicherung, ein dünner Mann mit traurigem Blick, trägt vor, was sein Team in der Wohnung gefunden hat. Es gibt tatsächlich mehrere Fingerabdrücke und auch DNA-Spuren, die mit denen des toten Volker Schwendner übereinstimmen. Doch zur Aufklärung des Mordes an Paula Bajorath sind sie für den Moment nicht relevant. Der Mann ist vor dieser Tat verstorben. Sie haben auf der Klingel und an der Wohnungseingangstür Fingerabdrücke gefunden, die sie keiner Person zuordnen konnten, die also keine Matches in der DNA-Datei ergaben. Sie haben versucht, das Geschlecht desjenigen zu bestimmen, der den Abdruck hinterlassen hat. Sehr wahrscheinlich handelt es sich um einen Mann, erklärt Nolder.

»Kannst du das mal erklären, Nolder«, fragt Emma, »wie kann man durch einen Fingerabdruck herausfinden, ob es sich um einen Mann oder eine Frau handelt?«

Das Gesicht des Spurenmannes hellt sich etwas auf. »Die Liniendichte der Papillarleisten auf den Fingerkuppen ist statistisch betrachtet bei Frauen höher als bei Männern. Danach ist es sehr wahrscheinlich, dass das Geschlecht dieses Prints männlich ist«, antwortet er.

Emma bedankt sich für die Antwort, bleibt aber skeptisch.

Auf dem Teppich, unter dem Löschschaum, haben Nolder und sein Team ein paar graue Haare entdeckt. Ihrer Spurenanalytik nach handelt es sich um die Haare eines Mannes. Ob es allerdings die Haare des Mannes sind, der den Fingerabdruck an der Klingel hinterlassen hat, konnten sie nicht herausfinden, aber es wäre denkbar.

»Es könnte also sein, dass ein Mann mit grauen Haaren geklingelt hat, hereingelassen wurde und dann, wie auch immer, bei einem Kampf Haare verloren hat«, überlegt Matusch.

Nolder stimmt zu, das könnte sein, und erläutert weiter seine Ergebnisse. An der Wand neben dem Schreibtisch, der ebenfalls von Löschschaum bedeckt war, befand sich eine Pinnwand aus Kork, auf die Zettel mit bunten Nadeln geheftet waren. Vermutlich wurde eine Person dagegen gestoßen und ist anschließend zu Boden gegangen. An einer der Pinnnadeln fanden sie eine Textilfaser, die zu keinem der Kleidungsstücke der Toten passt.

»Es könnte also sein, dass der Täter gegen diese Wand geknallt ist, weil Paula Bajorath ihn aufhalten wollte?«, fragt Emma.

»Schlussfolgerungen fallen nicht direkt in meinen Zuständigkeitsbereich, Frau Zäringer«, merkt Nolder an, »es sieht allerdings so aus, als ob ein Laptop und ein Mobiltelefon von den Ladekabeln am Schreibtisch getrennt wurden, bevor das Feuer gelegt wurde. Ein Print an einem der Ladekabel stimmt mit dem von der Eingangstür überein.«

Emma macht sich Notizen. Der Kollege schätzt Unterbrechungen bei seinen Vorträgen nicht.

»Fingerabdrücke des Nachbarn, der den Brand in der Wohnung gelöscht hat«, erläutert er, »wurden nur auf dem Feuerlöscher gefunden. Es handelt sich um einen Schaumlöscher der Marke Neuruppin.«

»Fontane«, sagt Abena spontan. Die anderen schauen sie irritiert an.

»Der kam auch aus Neuruppin«, ergänzt sie, »der war so etwas wie ein Journalist. In Brandenburg, im neunzehnten Jahrhundert. Wurde nicht ermordet und war kein Feuerlöscher …«

Ihre Stimme wird leise und verstummt. Häberlein schaut Abena streng an.

»Zu Schwendner kommen wir gleich. Christoph, was hast du noch?«, fragt Matusch.

Nolder räuspert sich. »Noch zwei Auffälligkeiten gibt es. Im Badezimmer fanden wir neben den Haaren der Getöteten und den Haarresten von Herrn Schwendner zusätzlich braune Haare von einem weiteren Mann. Auch dessen DNA konnten wir nicht abgleichen.«

»Wo genau habt ihr diese Haare gefunden?«, erkundigt sich Matusch.

»In den Staubflusen und auch im Abfluss der Dusche.«

»Er hat dort geduscht?«, fragt Emma.

»Das ist anzunehmen«, bestätigt der Spurenermittler.

»Ein zweiter Liebhaber«, überlegt Emma.

»Diese Schlussfolgerung finde ich verfrüht«, kommentiert die Kripochefin.

»Einverstanden. Ihr Bruder oder Vater könnten zu Besuch gekommen sein und sich geduscht haben. Abena, finde doch mal raus, ob die vor Kurzem Paula Bajorath besucht haben?«

Abena macht sich Notizen.

»Was ich außerdem interessant finde«, fährt Nolder fort, »an der Küchenzeile, da wo der Messerblock ist, fanden sich ausschließlich Spuren von Paula Bajorath, keine anderen«, fährt er fort, »wir haben auch die Blutspuren auf dem Teppich ausgewertet. Der Angriff erfolgte von der Seite der Sitzgruppe, nicht von der Küchenzeile aus. Die Frau versuchte sich gegen den Angreifer mit einem Wasserkocher zu wehren, der vermutlich hinter ihr, auf dieser Theke, stand.«

Emma fertigt eine Zeichnung an, auf der sie Pfeile und Fragezeichen einträgt.

»Auf dem Wasserkocher sind nur Blutspritzer der Frau, keine Kratzer eines Messers zu sehen«, ergänzt Christoph Nolder und nickt dem Rechtsmediziner Dr. Uhlig zu.

Der Mann aus Singen führt aus, dass der rechte Arm der Frau eindeutige Druckstellen einer kräftigen Hand aufweist. Mit seiner linken hielt er den rechten Arm der Frau fest, und mit seiner rechten Hand stach er zu und traf sie seiner Meinung nach zielgerichtet in Hals und Brust, fasst er seine Erkenntnisse erneut zusammen.

Emma steht auf und geht an eine große, beschreibbare

weiße Tafel. Sie malt kurz den Grundriss der Wohnung auf. Das Wohnzimmer, mit Küchenzeile an der rechten Wand, davor die Theke, auf der linken Seite des großen Raums die Sitzgruppe und schräg dahinter ihr Schreibtisch mit Pinnwand. Sie zeichnet auch die Figur der Toten ein, die vor der Theke liegt.

»Etwas ist hier seltsam«, beginnt Emma, »Paula Bajorath packt einen kleinen Koffer, weil sie am nächsten Tag verreisen will, wohin, wissen wir noch nicht. Dann klingelt es an ihrer Wohnungstür, sie schaut nach, kennt den Mann und öffnet ihm die Tür. Der Mann, schon etwas älter, mit grauen Haaren, will etwas von ihr. Etwas, was mit ihrem Laptop zu tun hat, vermutlich dort gespeichert ist. Was passiert jetzt? Sie streiten sich. Es wird laut. Wortgefechte. Der Mann sieht den Laptop, links im Raum, auf ihrem Schreibtisch, wo auch ihr Mobiltelefon liegt, beide an Ladekabeln. Das erste Szenario könnte so aussehen: Der Mann geht zum Schreibtisch und nimmt sich die beiden Geräte. Was macht Paula jetzt? Sie geht zu ihm hin, schubst ihn. Es kommt zu einem ersten Kampf in der Nähe der Sitzgruppe. Und dann? Der Mann sieht die Messer in der Küche, rechts, auf der anderen Seite des Raums. Er ist wütend und beschließt, die Frau zu töten. Rennt also auf die andere Seite des großen Raums, zieht ein Messer, geht zu ihr zurück und sticht auf sie ein. Ergibt das einen Sinn?«

»Nein«, sagt Sören, »denn er hat ja schon den Laptop! Warum sie noch töten? Dann hätte er sie erst töten müssen, um dann ganz in Ruhe den Laptop einpacken zu können. Außerdem wurde sie nicht von der Seite der Küche angegriffen, sondern von der anderen Seite?«

»Genau. Danke. Zweites Szenario«, fährt Emma fort. »Paula sieht, wie der Mann sich ihren Laptop schnappt, sie nimmt selbst ein Küchenmesser, geht auf ihn zu und befiehlt ihm, den Laptop zurückzustellen. Was macht der Kerl jetzt?

Er nimmt sie nicht ernst und rennt los, legt die Sachen irgendwo ab, entreißt ihr das Messer und sticht zu? So könnte es auch gewesen sein. Und dann, als er sie erstochen hat, zündet er die Wohnung an und haut ab?«

»Es war noch ein Mann in der Wohnung«, kommt von Abena.

»Genau, Abena. Drittes Szenario. Sie waren möglicherweise zu zweit. Ein grauhaariger Mann, der den Laptop – oder was sich darauf befindet – haben will, sowie ein kräftiger Mann, so eine Art Bodyguard«, erläutert Emma.

»Okay … Der eine Mann nimmt den Laptop, Paula bedroht ihn mit einem Messer. Es kommt zu einer Rangelei, der andere Mann greift ein, nimmt ihr das Messer weg. Sie läuft zur Theke, holt sich den Wasserkocher, um sich gegen den Typen mit dem Messer zu wehren, doch der starke Mann kommt auf sie zu, hält ihre Hand fest und ersticht sie«, folgert Sören Matusch.

»Und als der alte Mann sieht, was passiert ist, gerät er in Panik und zündet die Bude an, der Rauchmelder geht los. Jetzt zieht ihn sein Bodyguard aus der Wohnung, und zusammen flüchten sie. Die Tatwaffe, den Laptop und das Mobiltelefon nehmen sie mit«, fasst Emma zusammen.

Sie setzt sich zurück auf ihren Stuhl. Alle im Raum schweigen und denken darüber nach, was die Theorie von den zwei Männern, die Paula Bajorath besuchten, bedeutet.

»Das heißt, es handelt sich nicht einfach um eine Affekttat, es war also definitiv Mord. Hinter dem Raub des Laptops und des Telefons steckt noch etwas oder jemand anderes. Dieser Jemand wollte sichergehen, dass der Laptop und dessen Inhalt auch wirklich verschwinden. Der Mörder wusste, wie man mit einem Messer tötet. Er hat gezielt und kräftig zugestochen. Die Wohnung anzuzünden, war dilettantisch. Warum auch immer. Der ältere Mann mit den grauen Haaren ist vermutlich kein Profi«, überlegt Emma.

»Ich würde eine Tat im Affekt nicht ausschließen. Vergessen wir nicht die Haare von zwei unterschiedlichen Männern im Bad. Es kann durchaus sein, dass das Motiv im privaten Bereich des Opfers liegt«, meint Frau Häberlein.

»Also doch zwei Liebhaber?«, fragt Emma nach.

»Ich sage nur, wir sollten nichts ausschließen«, antwortet die Chefin bestimmt.

»Dr. Uhlig«, wendet sich Matusch an den Rechtsmediziner, »gibt es etwas Neues zu dem toten Volker Schwendner?«

»Tatsächlich wurde er in den Oberschenkel gestochen, während der Mann im See schwamm. Wie Frau Zäringer richtig entdeckt hat. Wir haben die Leiche obduziert, dabei konnten wir keinen Infarkt feststellen. Aber es kam zu einem Atemstillstand. In der Toxikologie fanden wir jedoch nichts, was die Atemlähmung ausgelöst haben könnte. Es wurde sehr wahrscheinlich etwas gespritzt, was nicht oder nur sehr schwer nachgewiesen werden kann. Was das war, dazu kann es nur Vermutungen geben.«

Er schaut auf, ob er die Aufmerksamkeit seiner Zuhörer hat.

»Vielleicht haben Sie davon gelesen, in England, in Frankreich und dann auch in Berlin gibt es viele Fälle, wo jungen Frauen und Männern beim Besuch eines Clubs oder während eines Konzerts heimlich sogenanntes flüssiges Ecstasy oder kurz Liquid injiziert wurde. Es handelt sich dabei nicht um MDMA, wie beim klassischen Ecstasy, sondern um GHB, in der Szene wird es auch G oder Gina genannt. Die chemische Zusammensetzung ist eine andere. Ich erläutere das jetzt nicht genauer. Sie haben alle schon von K.-o.-Tropfen gehört. Die Betroffenen in den Clubs haben von einem Stich, einer Injektion berichtet, die ihnen am Arm, im Bein oder im Gesäß zugefügt wurde. Sie klagten anschließend über Gedächtnisverlust, Übelkeit und Atemnot. Bei höherer Dosierung führt das Zeug zu Atemstillstand. Es wird relativ schnell abgebaut und kann nur während weniger Stunden nachgewiesen werden – danach nicht mehr. GHB muss allerdings mit viel Flüssigkeit gespritzt werden, es werden also relativ dicke Injektionsnadeln benötigt.«

Dr. Uhlig zeigt auf dem Bildschirm an der Wand die Fotografie der Einstichstelle am Bein von Volker Schwendner.

»Wir haben bei der äußeren Leichenschau diesen Piks hier nicht als Injektionsstich gesehen. Die Nadel, die hier benutzt wurde, muss recht dünn gewesen sein. Wir vermuten also, dass eine andere, unverdünnte Substanz verabreicht wurde. Es könnte sich um Suki handeln, Suxamethonium, auch als Succinylbischolin bekannt. Ein depolarisierendes Muskelrelaxans.«

»Wir sind keine Mediziner, Dr. Uhlig«, merkt Matusch an.

»Wenn zum Beispiel in der Rettungsmedizin, bei einem Notfall, ein Mensch künstlich beatmet werden soll, aber es gelingt nicht, den Beatmungsschlauch durch die Luftröhre einzuführen, weil die Muskulatur verkrampft ist, verwendet man ein Mittel, um die Muskeln zu lähmen. Das Mittel setzt an der Muskelzelle an, weniger an der Nervenzelle. Die Wirkung von Suki tritt schon nach wenigen Sekunden ein und hält nur wenige Minuten an. Es ist weder im Blutplasma noch im Urin nachweisbar. Die Blut-Gehirn-Schranke wird nicht überwunden«, erklärt der Mediziner.

»Du kannst dich nicht mehr bewegen und kriegst alles mit«, bemerkt Abena und schüttelt sich leicht.

»Wie Sie richtig feststellen, findet eine minutenlange Lähmung der Muskulatur bei vollem Bewusstsein statt. Zuerst werden die kleinen Muskeln gelähmt, Augen, Finger, Zehen, Kiefer, dann die Arme und Beine, schließlich das Zwerchfell und die Atemmuskulatur.«

»Das ist ja gruselig«, kommentiert Emma.

»Wir fanden submikroskopische Muskelrisse, wie bei einem Muskelkater, auch der Augeninnendruck durch starke

Kontraktion der Augenmuskeln hat sich offenbar verstärkt. Das sind alles Hinweise auf Suki, aber es ist keine klare Indikation.«

»Die Frage ist, wie ist es dem Täter gelungen, einem Schwimmer auf einem offenen See eine Injektion zu setzen?«, überlegt Emma laut.

»Der Einstichwinkel beträgt etwa zehn Grad im seitlichen Oberschenkel«, erklärt der Rechtsmediziner.

»Es brauchte also ein Boot, eine Drohne, einen Taucher«, meint Matusch. »Hat die Befragung von Zeugen in Ufernähe etwas ergeben?«

»Ich werde bei den Kollegen in Gaienhofen nachfragen«, sagt Emma.

»Auf jeden Fall könnte es sich also auch hier um einen Profi handeln. Damit bekommen diese Fälle eine andere Dimension«, sagt Matusch.

»Du meinst, das Eifersuchtsmotiv scheidet aus und damit auch Sandra Schwendner«, ergänzt Emma.

»Es sei denn, sie steckt mit den Profikillern unter einer Decke«, meint Abena.

»Also bitte! Bevor wir hier von Killern sprechen, die den Chefredakteur der *Bodenseezeitung* und seine Assistentin umgebracht haben, bitte ich um eine sorgfältige Abwägung aller Tatsachen. Wer sollte denn daran ein Interesse haben? Mir klingt das sehr weit hergeholt«, macht sich Häberlein Luft.

»Tatsachen finde ich auch gut«, meldet sich Emma, »dazu sollte sich die Kriminaltechnik die Wohnungen von Volker Schwendner in Konstanz und das Haus in Wangen am See genauer anschauen.«

Matusch stimmt ihr zu. »Auf jeden Fall«, sagt er, dann lässt er seine Hände auf den Tisch klatschen. »Gut. Wir haben die Fakten gehört. Wir haben einiges zu tun. Machen wir uns an die Arbeit.«

Schnell leert sich der Raum.

»Emma?«, fragt Matusch und bittet sie mit einer Geste, ihm zu folgen. Sie benutzen das Treppenhaus statt des Aufzugs, um nach unten zu gelangen. Das haben sie auch früher so gemacht. Hier konnten sie ungestört reden, sich streiten oder, vor langer Zeit, sich auch mal küssen. Diesmal gehen sie schweigend hintereinander her, nur das Auftreten auf den steinernen Stufen ist zu hören.

Emma stellt sich neben Sören auf den Hof des Polizeipräsidiums, wo er sich eine Zigarette anzündet.

»Meine Dienststelle ist weiterhin in Singen«, informiert ihn Emma, »ich bin nur ausgeliehen. Ich bin also nicht jeden Tag hier.«

»Ja, das hat sie mir auch gesagt.«

»Sie fürchtet sich davor, dass die Sache größer ist, als wir zunächst gedacht haben.«

»Es passt nicht zusammen. Den einen mit einer Spritze auf dem See töten und die andere mit einem Küchenmesser. Verstehst du das?«, fragt Matusch.

»Nein, noch nicht.«

»Die haben zusammen gearbeitet und waren ein Paar«, bemerkt Sören Matusch.

»Soll vorkommen.«

»Es geht nicht immer gut aus.«

»Weder bei uns, noch bei den beiden«, meint Emma.

»Aber ist das ein Grund, sie gleich zu töten?«

»Kommt vielleicht auf die gemeinsame Arbeit an«, meint Emma und schaut ihn herausfordernd an.

Sören lächelt, zieht ein letztes Mal an seiner Zigarette und drückt sie in dem Aschenbecher aus, der für die Raucher der Polizei bereitsteht.

Der Rechtsmediziner Dr. Uhlig kommt an ihnen vorbei und verabschiedet sich. Bis zum Abschluss der Ermittlungen bleiben die beiden Toten noch in seinen Kühlfächern. Er wird sich mit den Spezialisten in der Pathologie der Freiburger Universitätsklinik über die Möglichkeiten zum Nachweis von Suxamethonium oder ähnlichen Mitteln in Verbindung setzen.

Als Emma Zäringer und Sören Matusch zurück in den Besprechungsraum kommen, ist nur noch Abena da, die sich über ihren Computer beugt.

»Ich hab die Telefonlisten von Paula Bajorath bei ihrem Provider angefragt. Wir brauchen die Staatsanwaltschaft und einen Richter dazu. Machst du das?«, fragt die Assistentin Sören Matusch.

»Geht klar«, antwortet er ihr.

»Bitte mach Druck bei der Tierarztpraxis Sandra Schwendner. Ich will eine Übersicht aller ihrer Termine und Patienten in den letzten zwei Wochen. Das habe ich dieser Sprechstundenhilfe, einer Frau Amann, schon am Samstag aufgetragen. Die ist ein wenig störrisch«, bittet Emma.

»Yes, please«, sagt Abena und notiert sich: *störrische Frau Amann.*

»Es gibt noch den Sohn von Schwendner, Marc Schwendner, den wir mitdenken müssen. Ich hab gestern mit seiner Freundin gesprochen. Sie haben in Litzelstetten zusammengelebt. Sie glaubt nicht an Selbstmord.«

»Wer hat eigentlich von Selbstmord gesprochen?«, fragt Matusch.

»Zuerst die Oma, dann die Schwester.«

»Wo ist er aufgefunden worden?«

»Am Jungfraujoch, im Kanton Bern«, sagt Emma.

»Und wo ist die Leiche jetzt?«, will Matusch wissen.

»Keine Ahnung. Ich würde gerne nach Bern fahren und mit den Kollegen dort sprechen. Geht das?«, fragt Emma nach.

»Reisekostenerstattung in die Schweiz. Ich kümmere mich drum«, verspricht Abena.

»Mach bitte für morgen einen Termin bei der Kantonspolizei in Bern aus«, bittet Emma, bevor sie sich an Sören wendet. »Dann gehen wir jetzt zur *Bodenseezeitung*?«

Im Industriegebiet, nicht weit von Emmas Wohnung, steht das moderne Gebäude der mächtigen Lokalzeitung und verschiedener anderer Unternehmen, die ihr angeschlossen sind. Am Empfang lächelt sie eine Frau mit Kopftuch an, die mit ihren langen Fingernägeln geschickt eine Tastatur bedient. In ihrem linken Nasenflügel hat sie ein Piercing, einen silbernen Ring, die Lippen sind mit dunkelrotem Lippenstift sehr akkurat geschminkt. Sie werden von ihr in einen unpersönlichen Besprechungsraum geleitet, auf dessen Tisch kleine Saft- und Mineralwasserflaschen stehen.

»Die Herren sind sofort für Sie da. Hätten Sie gerne einen Kaffee?«, fragt die Frau vom Empfang.

Matusch und Emma verneinen, schauen durch die Fenster auf einen trostlosen Hof, auf dem zahlreiche Autos stehen.

Zwei Männer, der eine Mitte dreißig, in Anzug, T-Shirt und Sneakers, das Haar an den Seiten sehr kurz, im Gesicht die üblichen Stoppeln, der andere etwa zehn Jahre älter, in Hemd, Jeans, mit Lederschuhen, glatt rasiert, betreten den Raum.

Der Mann im Anzug stellt sich als »Dr. Böring, ich bin hier der Geschäftsführer« vor, der andere Mann ist der stellvertretende Redaktionsleiter Rufus Landmann.

»Bekommen Sie schon Kaffee? Nein, Sie möchten keinen? Okay. Das ist wirklich tragisch. Ein schwerer Schlag für uns. Wir sind wirklich …«, beginnt Dr. Böring, setzt sich und greift sich eine Flasche Apfelsaft.

»Wir müssen wissen, an was Volker Schwendner und Paula Bajorath gearbeitet haben«, beginnt Matusch ohne Umschweife.

»Sie waren mit der üblichen Redaktionsarbeit betraut. Das,

was Sie täglich in unserer Zeitung lesen«, antwortet Landmann.

»Das haben wir uns schon gedacht. Wir brauchen es allerdings etwas genauer«, hakt Emma nach.

»Schauen Sie, Frau Kommissarin. Es gibt tausend Dinge, die in den Zuständigkeitsbereich eines Chefredakteurs fallen. Das ist wie bei Ihnen vielleicht beim Leiter der Abteilung, sagen wir mal, für Verkehrsdelikte oder so«, sagt Dr. Böring.

»Dann sind Sie, sagen wir mal, so eine Art Polizeipräsident?«, fragt Emma schnippisch. Böring lächelt sie an, der Vergleich scheint ihm zu gefallen.

»Wir vermuten, dass es einen Zusammenhang zwischen den beiden Todesfällen gibt. Die beiden waren doch ein Paar? Und Frau Bajorath war die Assistentin von Volker Schwendner?«, versucht es Matusch weiter.

»Über die persönlichen Beziehungen unserer Mitarbeiter*innen«, antwortet der Geschäftsführer, der das Gendersternchen mitspricht, »können wir selbstverständlich keine Auskunft geben.«

»Wir ermitteln hier in zwei Mordfällen, Herr Polizeipräsident. Wir können auch jede Mitarbeiter*in in Ihrem Laden einzeln verhören. Dann finden wir die Beziehungen ziemlich bald raus«, setzt Emma scharf nach und spürt, wie sich ihr Pulsschlag beschleunigt. Auch sie kann Gendersternchen. Warum, fragt sie sich, fühlt sie sich von diesen arroganten, gut ausgebildeten Leuten, die in so frühen Jahren Machtpositionen besetzen, so provoziert? Ist sie neidisch auf sie? Ist sie in ihrer Position als Beamtin bei der Polizei weniger wert? Fühlt sie sich unterlegen, weil sie so viel weniger Geld verdient als diese Chefs? Es liegt wohl an der ungetrübten Selbstsicherheit, die diese Herren und Damen ausstrahlen. Scheitern und Zweifel atmen sie in ihren Yogakursen einfach weg, während sie sich klein, unfähig und hässlich vorkommt, wenn sie nicht mehr weiterweiß.

»Das würde Ihren Betrieb vermutlich ziemlich viel Zeit kosten«, ergänzt Matusch.

»Die beiden, hm, standen sich nah«, beschwichtigt Landmann.

Dr. Böring schaut seinen Mitarbeiter strafend an.

»Der Klassiker also«, meint Emma.

Der Geschäftsführer macht jetzt ein ernstes Gesicht, fährt mit dem Zeigefinger unter der Nase entlang, so als müsste er sich ein paar Kokainreste wegwischen. »Was auch immer Sie da vermuten. Herr Schwendner war ein geschätzter, beliebter, in der Branche und bei unseren Leser*innen sehr angesehener Journalist. Er hat mit Frau Bajorath professionell zusammengearbeitet«, sagt Dr. Böring mit Nachdruck.

»Na klar. Man kann sehr professionell zusammen arbeiten und trotzdem miteinander vögeln. Darum geht es aber hier nicht. Wir wollen wissen, ob die beiden an etwas dran waren, recherchiert haben, das über die Tagesarbeit und ihre private Beziehung hinausging«, insistiert Emma. Sie hat sich wieder im Griff.

»Vielleicht fühlte sich jemand durch deren journalistische Arbeit bedroht?«, fragt Matusch.

Landmann schüttelt den Kopf. »Nein, das kann ich ausschließen.«

»Dann wissen Sie also, an was sie gearbeitet haben?«, fragt Matusch nach.

»Schauen Sie, wir sind ein Team von Leuten, die die täglichen Nachrichten, Berichte und Informationen verarbeiten«, erklärt Landmann. Er versucht mit Seriosität zu überzeugen.

»Wir müssten uns die Computer der beiden anschauen«, sagt Emma.

»*No way*. Also bitte. Das ist hier eine Zeitung. Ganz klar Quellenschutz«, erklärt der Geschäftsführer und schaut Emma herausfordernd an.

»Sie haben doch bestimmt so etwas wie eine Cloud. Wird

darüber die gesamte Korrespondenz abgewickelt und werden alle Artikel gesammelt?«, will Sören Matusch wissen.

»Wir arbeiten mit einer Cloud. Die ist gut gesichert. Da kommt keiner ran«, antwortet Landmann.

»Zusammen mit der *Stuttgarter Allgemeinen*?«, fragt Emma nach.

»Ich wüsste nicht, was das mit Ihren Ermittlungen zu tun hat«, sagt Dr. Böring.

»Das müssen Sie nicht. Es reicht, wenn wir das wissen. Herr Schwendner war sehr dicke mit der Verlegerin. Stimmt doch? Vielleicht kann die uns weiterhelfen, wenn Sie weiter blocken«, versucht Emma ihn unter Druck zu setzen.

»Lassen Sie unsere Verlegerin aus dem Spiel«, poltert Dr. Böring, der jetzt ziemlich angefasst wirkt. Landmann ist ebenfalls nervös, legt die Hände auf den Tisch und schaut sich die Haare auf seinen Fingern an.

Matusch steht auf.

»Wir werden eine Liste aller Mitarbeiterinnen und Mitarbeiter anfordern. Sie bekommen ein entsprechendes Schreiben der Staatsanwaltschaft. Anschließend werden wir jeden in Ihrem Laden einzeln verhören. Im Polizeipräsidium Konstanz. Ab morgen früh, sieben Uhr«, sagt Matusch barsch. Auch Emma steht auf.

»Bitte Herr, äh, Matusch«, windet sich der Geschäftsführer, »das geht wirklich nicht. Ich hab schon im Vorfeld mit der Verlegerin gesprochen. Selbstverständlich unterstützen wir die Polizei nach Kräften, um diese schreckliche Sache aufzuklären, aber …«

»Es handelt sich um keine Sache, sondern um zwei Mordfälle. Übrigens, der Mord an Paula Bajorath war ziemlich brutal«, unterbricht ihn Emma.

»Ja, nur, unsere journalistische Arbeit unterliegt nun mal einem besonderen Vertrauensschutz«, versucht es Dr. Böring erneut. Er klingt verzweifelt, weinerlich.

»Bis heute Abend die Mitarbeiterliste. Ab morgen früh Befragung im Präsidium. Auf Wiedersehen!«

Matusch ist jetzt ebenfalls sauer. Emma verlässt nach ihm den Besprechungsraum. Der Geschäftsführer und sein Vizeredaktionsleiter bleiben etwas verdattert zurück.

Sie sind schon fast aus dem Verlagsgebäude raus, als Emma eine Eingebung hat. Der Frau vom Empfang zeigt sie auf ihrem Mobiltelefon die Bilder von Paula Bajorath mit ihren Freundinnen auf Social Media.

»Entschuldigung, sagen Sie, kennen Sie Vicky oder Nora-Dora, die waren Freundinnen von Paula Bajorath?«

Die Frau lächelt Emma an, wirft einen Blick auf die Fotos und nickt dann.

»Kenn ich. Ich bin auch Follower von Paula. Das ist die Vicky, die ist Volontärin bei uns. Wer die andere ist, weiß ich nicht.«

»Ah, danke, das ist sehr hilfreich.«

»Wir trauern alle voll, wegen dem Chef und Paula. Das ist so *strange*«, sagt die Frau mit den langen Fingernägeln. In ihren Augen zeigen sich Tränen, sie scheint wirklich berührt.

»Ja, ist es. Mhm, und sagen Sie. Diese Leute hier, auf der Yacht. Kennen Sie die auch?« Emma zeigt ihr andere Bilder, die Paula von sich hochgeladen hat.

»Sie war so schön und voll nett. Echt. Der Chef hat sie überallhin mitgenommen. Nein, die kenne ich nicht«, antwortet die Frau vom Empfang.

»Ja, klar. Verständlich … Wie war noch mal der Nachname von Viktoria?«

»Aigner. Brauchen Sie noch Ihre Telefonnummer? Durchwahl ist drei fünf neun.«

»Super. Danke.« Emma zeigt ihr den hochgereckten Daumen und eilt zu Matusch, der sich über sein Mobiltelefon gebeugt hat.

Matusch setzt sich umgehend mit der Staatsanwaltschaft in Verbindung, doch so einfach ist es nicht, die Zustimmung für die Vernehmung der gesamten Belegschaft zu bekommen. Tatsächlich wehrt sich die Verlegerin erfolgreich gegen die Befragung der Zeitungsleute und schaltet sogar das Justizministerium in Stuttgart ein. Da kein konkreter Tatverdacht gegen einen Mitarbeiter oder eine Mitarbeiterin der Zeitung besteht, darf so eine umfassende Befragung nicht erfolgen, wird dem Polizeipräsidenten in Konstanz erklärt. Matusch verbringt an diesem Tag viel Zeit mit dem Versuch sich durchzusetzen, muss aber einsehen, dass er nicht weiterkommt. Für ihn ist diese Niederlage unangenehm, weil er sich anhören muss, die Vorschriften nicht zu beachten. Er telefoniert mit Emma, die die Entscheidung zur Kenntnis nimmt, ohne emotional darauf zu reagieren. Sie ist gespannt auf Vicky Aigner, mit der sie sich für den frühen Abend verabredet hat.

Emma wartet in dem Döner-Imbiss in der Nähe der Tankstelle auf Vicky und hat sich an einen der einfachen hölzernen Tische gesetzt, die aussehen, als hätte sie der türkische Besitzer einem bayerischen Restaurantbetreiber gebraucht abgekauft. Vicky trägt eine kurze schwarze Lederjacke über einem rosa T-Shirt, ihre braunen Haare fallen ihr offen auf die Schultern, sie ist nicht geschminkt, ihre Augenbrauen sind dicht. Sie entdeckt Emma gleich und setzt sich zu ihr.

»Hi. Das ist ja ganz in der Nähe, hier war ich noch nie.«

»Ist nicht schlecht. Ich kann das Dürüm empfehlen, gibt's auch mit Gemüse. Möchten Sie einen Tee?«

»Okay. Nur ein Tee.«

Emma steht auf und bestellt an der gläsernen Theke, in der die verschiedensten bunten Pasten, Salate und Gemüse ausgestellt sind, eine Kanne Tee und zwei Gläser.

»Sie sind Kommissarin?«, fragt Vicky.

»Ja, Emma Zäringer. Danke, dass Sie sich Zeit nehmen. Ich hab Sie auf einem Bild mit Paula gesehen. Dem hier.«

Emma zeigt ihr den Post von Paula Bajorath. Vicky blickt lange auf das Foto, sie schluckt ein paar Mal, kann aber die Tränen nicht zurückhalten. Sie wischt sie sich mit der Hand ab, greift sich eine der Papierservietten und schnäuzt sich die Nase damit. Sie schaut Emma trotzig an.

»Ich kann Ihnen nicht viel sagen. Außerdem darf ich nicht. Ich krieg 'ne Menge Ärger. Das wissen Sie hoffentlich«, macht Vicky ihren Standpunkt klar.

»Zwei Menschen sind ermordet worden. Das ist schon eine Menge Ärger. Finde ich. Ich würde gerne herausfinden, wer das getan hat«, setzt ihr Emma entgegen. Sie versucht, nicht zu scharf zu klingen, aber ihren Unmut darüber, dass diese Zeitungsleute nicht mit ihr reden wollen, kann sie nicht ganz verbergen.

»Ihr wart befreundet?«, möchte Emma wissen. Sie versucht weicher zu klingen.

»Wir haben uns bei der Zeitung kennengelernt, als ich das Volontariat angefangen hab. Sie hat mich an die Hand genommen. Dann sind wir halt öfter mal zusammen weg. In Konstanz.«

»Sie kommen nicht von hier?«

»Aus 'nem Kaff in Bayern. Es ist nicht ganz einfach, ein Volo bei einer Zeitung zu bekommen. Hier hat es geklappt.«

»Sind Sie gern hier?«, versucht Emma eine Beziehung zu der jungen Frau herzustellen.

»Geht so. Ist halt Provinz. Obwohl sie alle denken, Konstanz wäre etwas Besonderes. Ganz hübsche Fassade, aber es passiert nicht viel, worüber man schreiben könnte.«

»Das sehe ich anders«, meint Emma, »das, was passiert, ist hinter der hübschen Fassade versteckt. Man muss ein wenig tiefer graben.«

»Kann sein«, stimmt Vicky ihr zu.

»Paula war mit Volker Schwendner in einer Beziehung. Hatte jemand ein Problem damit?«

»Na ja, das war so das Chef-und-Assistentin-Ding. Aber alle wussten es. Sie waren viel zusammen unterwegs.«

»Und wie ging es Paula damit?«

»Sie hatte die Haltung, solange ich ihn liebe, ist mir das Gerede egal.«

»Es kümmerte sie nicht, dass er verheiratet war, zwei Kinder hatte?«

»Warum sollte sie das stören? Das war eine offene Beziehung. Sie haben zusammen gearbeitet und hatten Spaß. Sie hatte ihre Distanz, fand das Ganze irgendwie schräg. Sie traf Leute, die du als einfache Lokalreporterin nicht unbedingt triffst. Nicht in dem Alter. Sie hat manchmal ziemlich gelästert. Sie wollte das eben mitnehmen und Karriere machen. Das war ihr Ding.«

»Das hört sich ziemlich pragmatisch an.«

»Sie sah toll aus, war klug, konnte gut schreiben«, meint Vicky.

»Du meinst, sie hat das einfach so mitgenommen, das Verhältnis zu Schwendner, den Job?«

»Sie war keine Bitch oder so. Sie hat schon etwas für ihn empfunden.«

Emma fühlt sich auf eine seltsame Weise berührt, muss an ihr Verhältnis mit Volker denken. Sie war damals auch nicht berechnend, sie war jung und verknallt.

»Du hast von offener Beziehung gesprochen. Gab es noch andere Männer bei Paula?«, will Emma wissen.

»Er war bekannt dafür, dass er immer mit anderen Frauen was am Laufen hatte. Da hat sie auch nicht Nein gesagt. Andere Mütter haben auch schöne Söhne.«

»Kannst du mir da einen Namen nennen?«

Emma kann sehen, wie diese Frage bei Vicky auf Abwehr

stößt. Sie runzelt kurz die Stirn, die Augen werden etwas enger.

»Tut mir leid, das weiß ich nicht«, sagt Vicky.

Emma sieht, dass das nicht stimmt, aber sie fragt nicht weiter nach. Nicht jetzt.

»Wissen Sie, ob sie zuletzt an etwas gemeinsam gearbeitet haben, was über das Tagesgeschäft hinausging?«, fragt sie Vicky.

»Es ging auf einmal viel um Hotels. Sie haben über Hotels recherchiert.«

»Ging es auch um den Hotelbau in Radolfzell?«

»Kann sein, ich bin nur die Volontärin. Paula erzählte von Luxushotels und Yachten. Schon krass, wo sie rumkam.«

Emma zeigt ihr die Fotos, die Paula auf einer Yacht und mit dem Mann im Leinenanzug zeigen.

»Ich weiß nicht, wer das ist. Sorry.«

Ein Tablett mit einer Teekanne und zwei kleinen Gläsern, in denen Blätter mit frischer Minze stecken, wird vor ihnen abgestellt. Emma gießt das hellbraune heiße Getränk ein. Ein Duft von Geborgenheit steigt auf. Vicky bedankt sich. Sie hält ihr heißes Teeglas vorsichtig mit Daumen und Zeigefinger. Pustet. Emma wartet auf Vicky, sie sieht, wie die Erinnerungen an ihre Freundin sie umtreiben.

»Sie wurde verschlossener«, sagt sie, »oft kam sie allein in die Redaktion. Er ließ sich auf einmal tagelang nicht blicken, es lief alles über sie oder über Landmann. Ich weiß nicht, was passiert ist.«

»Wann war das, dass Sie diese Veränderung bei ihr bemerkt haben?«

»Vor etwa zwei, drei Wochen. Also bevor er …«

»… tot aufgefunden wurde.«

Vicky nickt.

»Kann ich … ich würde gerne«, beginnt sie erneut, »darüber schreiben.«

»Weil hier so wenig passiert«, sagt Emma und lacht.

»Ich versteh die Zusammenhänge noch nicht. Logisch. Die tun alle so geheimnisvoll. Chefredakteur tot aufgefunden, weitere Leiche in Radolfzell, Kriminalpolizei ermittelt. Aber niemand will wissen, was da wirklich passiert ist.«

»Wen meinen Sie? Wer sind die?«

»Haben Sie den Böring kennengelernt?«

»Das Vergnügen hatte ich bereits.«

»Der Typ! Das darf ich jetzt alles gar nicht sagen, aber den stört das. Toter Chefredakteur, der ein Verhältnis mit der Assistentin hatte? Das darf nicht rauskommen. Mit wem ging der Chef noch ins Bett? Das ist alles extrem anrüchig. Jetzt muss Böring das der Verlegerin erklären. Er muss sich um Ersatz kümmern. Der Landmann scharrt schon mit den Füßen. Der ist wenigstens ordentlich verheiratet, mit Kindern.«

»Das war Schwendner auch.«

»Stimmt. Jedenfalls, die Kacke ist am Dampfen. Sorry, aber so sieht's aus.«

»Ich kann Ihnen nichts versprechen und ich werde Ihnen keine Ermittlungsergebnisse verraten. Das geht nicht. Wenn wir die Leute geschnappt haben, können wir mal wieder Tee trinken.«

»Cool«, sagt Vicky. Beide Frauen trinken aus den heißen Gläsern. Den Zucker, der neben der Teekanne steht, rühren beide nicht an.

Die Dämmerung hat begonnen, als Emma die Polizeiwache in Gaienhofen betritt. Philipp steht von seinem Schreibtisch auf, der an einem Fenster steht, vor dem in Blumenkästen rote Geranien gepflanzt wurden. Zum ersten Mal sieht sie ihn ohne Uniform. Er trägt hohe Schuhe mit kräftigem Profil, eine nicht zu enge dunkle Jeans, einen grünlichen Kapuzenpulli, darunter ein schwarzes T-Shirt. Hinter seinem Bart lächelt er sie an, wie um zu erfahren, ob sie mit seinem Kleidungsstil einverstanden ist.

Er sieht gut aus, aber sie ist rein beruflich hier.

»Lass uns gehen«, sagt sie nur.

Sie haben vereinbart, noch einmal zusammen das Ufer abzugehen, an dem Schwendner gefunden wurde. Sie fährt und informiert ihn über den Stand der Ermittlungen, vor allem über die Vermutung, Schwendner sei mit einer Spritze betäubt worden, in der sich ein nicht nachweisbares Mittel befand, das zu Muskellähmung und Atemstillstand führte.

Als sie an dem kleinen Strand stehen, wo das Pfahlhaus der Ureinwohner rekonstruiert wurde, berichtet er ihr, wie er und sein Kollege in den letzten Tagen Leute aus dem Dorf, die hier entlanggingen, oft mit Hund oder mit Kinderwagen, befragt haben. Es müsste sich inzwischen im Ort herumgesprochen haben, dass die Polizei Hinweise und Zeugen sucht, denen an dem Tag, an dem Schwendner getötet wurde, etwas aufgefallen ist. Bisher gibt es keinerlei Aussagen, die ihnen weiterhelfen könnten. Sie haben das Personal der Linienschiffe befragt, die zwischen Stein am Rhein, Gaienhofen und Radolfzell verkehren. Es wurden ein paar Segelboote gesehen, ohne dass jemand sagen könnte, wem sie gehören. Sie gehen am Ufer entlang, schauen aufs Wasser, bleiben immer wieder stehen und überlegen, wie der Täter dem Opfer mitten auf dem See eine Spritze setzen konnte, die zu dem tödlichen Atemstillstand führte.

»Ist er einfach nur geschwommen, um sich früh morgens zu erfrischen? So wie er es immer macht, wenn er hier ist«, überlegt Emma.

»Dann müsste der Täter auf ihn gelauert haben und ihm aufs Wasser gefolgt sein«, ergänzt Philipp.

»Die Frage ist auch, wie weit hinaus ist er überhaupt geschwommen?«

»Darüber habe ich auch schon nachgedacht. Wenn jemand

mit einem Betäubungsgewehr den Schuss abgegeben hat, dann muss er ja irgendwo am Ufer gestanden haben. Ein bewegliches Opfer, das im See schwimmt, aus einer großen Entfernung zu treffen, ist nicht so leicht.«

»Du meinst so ein Gewehr, mit dem man ein Tier einschläfert? Wie sie das in Tierfilmen machen, wenn sich eine Giraffe ein Bein gebrochen hat?«, fragt Emma nach.

»Die nehmen auch Blasrohre, damit es nicht knallt und das Tier erschrocken wegrennt.«

»Das ist gut. Ein wichtiger Hinweis. Es war kein Gewehr, weil das viel zu laut gewesen wäre. Nicht wegen dem Opfer, aber man hätte den Schuss lokalisieren können«, meint Emma.

»Und ein Blasrohr ist auch unwahrscheinlich. Wer kann schon damit umgehen?«

»Es gibt bestimmt Betäubungsgewehre mit Schalldämpfer«, überlegt Emma, »jemand könnte eine Drohne gestartet haben. Kann man aus einer Drohne solche Spritzen abschießen?«

»Ich hab das recherchiert. Das sind keine einfachen Geräte. Sie sind relativ groß, man hört sie, sieht sie, und sie haben eine komplizierte Technik, um Spritzen zu schießen.«

»Also bräuchte es ein ziemliches Know-how«, kommentiert Emma.

Sie gehen durch den kleinen Ort, an dem Campingplatz vorbei, wo früher einmal die jüdische Synagoge stand, bis sie wieder am Ufer sind und auf einem kleinen, schmalen Weg, der zum Haus der Schwendners führt. Sie erreichen einen großen Findling, neben dem ein blaues Hinweisschild Auskunft über die jungsteinzeitlichen Pfahlbauten gibt. Vor über dreitausend Jahren, steht da, lebten hier die Pfyner und die Horgener. Es wurden Gegenstände des täglichen Lebens gefunden, Messer, Dolche, Pfeilspitzen und Keramiküberreste. Und ein alter Hut, eines der ältesten Kleidungsstücke Europas. Emma hat sich nie gefragt, warum hier am Ufer so ein großer Stein liegt. Hat ihn ein Riese hierhergeworfen? Vom anderen Ufer aus? Sie muss sich die Frage merken und sie Bernhard stellen.

»Das mit den Pfeilspitzen ist interessant. Die haben damals schon mit Pfeil und Bogen gejagt. Wäre das eine Möglichkeit?«, fragt Emma.

»Ja, aber dann muss er in Ufernähe schwimmen und getroffen werden.«

Sie kommen an eine schmale Bucht, an der ein umgefallener Baum liegt, die Baumkrone liegt fast im Wasser, gleich daneben steht eine Bank. Emma macht vor, wie sie mit der linken Hand einen Bogen hält und mit der Rechten einen Pfeil einlegt und auf einen Gegenstand im Wasser zielt.

»Angenommen, der Täter oder die Täterin standen irgendwo hier und haben einen Pfeil auf den Schwimmer da draußen geschossen. Falls es ihm gelungen wäre, den Mann zu treffen, und hätte die Wirkung des Mittels ein paar Sekunden später eingesetzt. Wo wäre der Körper dann angetrieben worden?«, fragt Philipp.

»Wir müssen wissen, wie die Strömungen im Wasser sind! Sehr gut. Wenn wir die Wasserströmungen vor dem Ufer kennen, verstehen wir, wo er vielleicht angeschossen wurde«, überlegt Emma.

»Ich vermute, das geschah viel weiter draußen auf dem See.«

»Richtig, das glaube ich auch. Wer kann uns sagen, wie die Strömungsverhältnisse auf dem See sind?«

»Vielleicht die Leute von der DLRG? Die veranstalten doch die jährlichen Seeüberquerungen.«

»Gut, frag die bitte. Was wissen wir jetzt?«

»Es stand niemand am Ufer, und es wurde nicht von hier geschossen.«

»Noch dürfen wir das aber nicht ausschließen. Es wurde vermutlich auch kein Gewehr und keine Drohne benutzt.«

»Der Angriff geschah also von einem Boot aus«, meint Philipp.

Emma setzt sich auf die Bank, Philipp setzt sich neben sie. Sie schauen auf das Wasser, das jetzt dunkel ist. Der Himmel färbt sich in ein tiefes Blau, zwei sehr weiße Schwäne schwimmen vorbei, ohne sich um die beiden Menschen zu kümmern. Die vielen Vogelstimmen klingen dringlich, viele sind laut, einige melodiös. Die Vögel singen oder rufen sich zu. Sie zeigen ihre Bereitschaft, sich zu paaren. Es müssen nur noch die passenden Männchen und Weibchen zueinanderfinden.

»Wenn von einem Boot aus geschossen wurde, dann wusste der Täter, wann Volker Schwendner schwimmen geht und auch wie weit er rausschwimmt. Er würde es doch nicht riskieren, in Ufernähe von einem Boot aus zu schießen, wo man sehen kann, was er macht.«

»Es wäre aber auch denkbar, dass jemand sich dem Schwimmer im Wasser nähert.«

»Also von einem Boot aus ins Wasser steigt, zu ihm hinschwimmt oder taucht und dann schießt«, sagt Emma, »so könnte es gewesen sein. Aber wer wusste, wann und wie weit raus er schwimmen würde?«

»Das müssen wir rausfinden«, sagt Philipp nachdenklich.

Emma dreht sich zu ihm hin. »Du bist ein guter Polizist. Ich vermute mal, du hast sonst keine Mordfälle oder schwere Verbrechen zu klären.«

»Nein, zum Glück nicht. Wenn so etwas passiert, kommen die Leute aus Singen vom KDD oder von der Kripo aus Konstanz oder Rottweil und übernehmen. So wie jetzt auch. Ich kläre so aufregende Verbrechen wie den Tathergang zu einem abgefahrenen Außenspiegel eines Autos, den Diebstahl eines teuren Grills, den Zusammenstoß von zwei Radfahrern oder eine Anzeige wegen falsch getrennten Mülls«, erklärt Philipp, und Emma muss lachen.

»Zweifelst du manchmal an deiner Arbeit?«

»Sie muss getan werden. Irgendjemand muss die Ordnung aufrechterhalten. Sonst drehen die Leute durch.«

»Aber ist es die Aufgabe der Polizei, die Menschen vom Durchdrehen abzuhalten?«

»Nein, das können wir nicht. Aber wenn niemand mehr auf die Einhaltung des Rechts und der Regeln achtet, dann zerfällt die Gesellschaft und die Welt, in der wir leben. Dann gibt es nichts mehr, an dem man sich festhalten kann. Man muss doch wissen, was richtig und falsch ist«, findet Philipp. »Siehst du das anders?«

»Es stimmt, was du sagst, aber du vergisst, dass auch die Polizei ein Teil der Gesellschaft ist. Wir sind nicht anders, nicht besser und nicht schlechter als alle anderen. Ich finde es verdammt schwierig zu wissen, was richtig und falsch ist. Bei schweren Verbrechen klappt das noch relativ einfach. Wir haben die Gewaltenteilung und Gesetzbücher, die diese Dinge regeln. Danach ist es verboten, Menschen zu ermorden und Frauen zu vergewaltigen. Aber was ist, wenn die Schwachen sich gegen die Stärkeren zusammentun und zurückschlagen?«

Philipp schaut sie aufmerksam an, überlegt, ob er antworten soll, doch dann spricht er aus, was ihn wirklich bewegt. »Sollte man Kinder in diese Welt setzen?«

Emma ist überrascht von seiner Frage. Was soll sie darauf antworten? »Fragst du dich das oder deine Freundin?«

»Du hast keine Kinder. Hast du dich dagegen entschieden?«

»Ich hab mich überhaupt nicht entschieden. Es kam eben so.«

Mehr als dieses Eingeständnis, dass sie eine Getriebene ist, die sich um Zukunftsfragen meistens gedrückt hat, will sie ihm an diesem Abend nicht von sich erzählen. Sie hat sich schon einmal auf einen Kollegen eingelassen, da war sie etwas älter, als Philipp jetzt ist. Es gab Momente, wo sie dachte, ein Kind könnte den Mann von seiner Alkoholsucht heilen. Aber dann kam ein neuer Fall, eine neue Herausforderung, ein neuer Rausch, der nächste Krach. Sie ist inzwischen sehr froh, kein Kind mit Sören Matusch zu haben.

Emma steht auf und erklärt, sie müsse nach ihrem Vater sehen, der bestimmt schon auf sie wartet. Philipp hat mit seinen Fragen unmerklich eine Grenze bei ihr überschritten. Sie erstaunt es, dass sie das nicht stört, sie könnte sogar mehr von sich preisgeben. Aber nicht jetzt. Sie sind zwei dunkle Schatten geworden, die neben den Bäumen, zwischen dem Schilf und den lärmenden Vögeln zurückgehen. Emma spürt, sie ist der Antwort, wer auf Volker geschossen hat, näher gekommen, aber sie kann es nicht fassen. Etwas schwebt über dem See oder ist darin verborgen, das sich noch nicht zeigen will. Ihre Sinne sind auf eine neue Weise geschärft. Sie ist nicht mehr nur zufällig in diesen Fall reingeschlittert. Eine neue Phase in den Ermittlungen hat begonnen, und sie steht im Zentrum. Aber sie ist auch erschrocken, wie sie plötzlich eine Nähe zu diesem jungen Mann mit dem dichten Bart angesprungen hat. Das kann sie nicht brauchen, sie will nicht über ihn, seine Freundin oder über Kinder nachdenken.

Sie trennen sich, als sie wieder im Ort sind. Philipp verspricht ihr, möglichst bald Informationen zu den Strömungen im See zu liefern.

Als sie die Küche durch die Hoftür betritt, sitzt ihr Vater am Küchentisch. Sein linker Arm ist in einen Gips mit blauem Verband gebettet. Am Herd steht eine Frau, die sie schon öfters gesehen und als eine der Helferinnen aus dem Dorf betrachtet hat. Jetzt scheint sie damit beschäftigt, das Abendessen zuzubereiten.

»Was ist denn hier los?«, bringt Emma hervor.

»Ich hab mir den Arm gebrochen«, informiert sie Bernhard und lächelt.

Die Frau vom Herd kommt auf sie zu. »Ich bin die Mona, ich habe Spaghetti gekocht. Magst du auch einen Teller?«

Emma schaut Mona an, als wäre die Frau eine Außerirdische.

»Spaghetti?«, sagt sie und wendet sich ihrem Vater zu. »Wieso hast du dir den Arm gebrochen? Das ist ja furchtbar. Warum hast du nicht angerufen?«

Sie steht jetzt vor ihm, legt ihm eine Hand auf den unverletzten Arm und zieht sich einen Stuhl heran.

»Nichts Dramatisches, ist blöd gelaufen. Ich bin oben auf der Hebebühne ausgerutscht und runtergefallen. Hab mich noch abgestützt. Aber …« Bernhard macht ein tapferes Gesicht, doch Emma kann sehen, wie ihn dieser Unfall quält.

»Wie kann das passieren? Warst du nicht gesichert? Da gibt es doch so Querverstrebungen?«

»Die gibt es«, sagt er.

»Aber die waren unten«, kommentiert Mona.

»Was? Und dann?« Emma ist alarmiert.

Wenn Bernhard nicht auf sich achtet, wenn er krank wird oder sonst etwas geschieht, was den normalen Alltag durcheinanderbringt, reagiert sie jedes Mal hysterisch.

»Er wollte erst wieder hoch und weitermachen. War ja nur ein gebrochener Arm«, meint Mona sarkastisch.

Emma schaut die Frau irritiert an, die ihren Vater offenbar gut kennt.

»Ich bin dann halt zurück. Es tat schon weh. Die anderen haben weitergemacht«, berichtet er.

»Er hat mich angerufen und gefragt, welche Tabletten er nehmen soll. Ich bin dann gleich gekommen und hab ihn nach Radolfzell ins Krankenhaus gefahren. Oberarmbruch«, erzählt Mona.

»Und warum rufst du mich nicht an?«, fragt Emma.

»Du regst dich immer gleich auf, wenn was ist«, meint er.

»Selbstverständlich rege ich mich auf, wenn du ungesichert auf einer Hebebühne rumturnst und runterfällst!«

»Sag ich doch«, bringt Bernhard vor.

Er sucht den Blick und Unterstützung von Mona gegen seine aufgebrachte Tochter. Emma merkt, dass hier noch etwas vorgeht, von dem sie nicht wusste. Wie steht sein Vater zu Mona? Warum fragt er gerade sie, was für Tabletten er einnehmen soll? Mona sieht, was in Emma vorgeht, stellt sich hinter Bernhard und legt ihm beide Hände auf die Schultern.

»Wir kennen uns gut«, erklärt sie.

»Was? Wie gut?«, will Emma erstaunt wissen.

»Wir mögen uns«, sagt Bernhard und lächelt vorsichtig.

Es ist, als ob er den Diebstahl von Bonbons gestehen müsste. Dabei ist er ein Mann, der auf die siebzig zugeht und dessen Frau schon seit über zehn Jahren tot ist. In Monas Gesicht zeigt sich eine heitere Zustimmung.

»Er wollte es dir schon länger sagen«, erklärt sie.

»Und warum hast du es nicht? Da ist doch schön! Wenn ihr euch mögt«, sagt sie verdattert.

»Finde ich auch«, meint Mona, »also, isst du auch ein paar Nudeln?«

Emma nickt. Sie setzt sich an den Tisch, Mona packt eine Ladung Pasta auf einen Teller, gießt einen Löffel Tomatensoße darauf und stellt ihn vor Emma ab. Auch Bernhard bekommt eine Portion, und Mona nimmt sich ebenfalls einen Teller Nudeln.

»Und jetzt? Wie geht es weiter?«, fragt Emma und starrt ihren Vater an.

»Jetzt kann ich nicht mehr so viel selbst machen, nur noch die Hälfte. Ich hab ja noch eine Hand.«

»Du kannst gar nichts mehr machen«, findet Emma, »du hast jetzt Pause.«

Bernhard schaut Mona an, als hätte sie ihn schon wieder ertappt.

»Das Gleiche habe ich ihm auch schon gesagt. Aber du kennst ihn ja auch gut. Man kann ihn nicht einsperren«, sagt Mona. Alle drei beginnen mit ihren Gabeln, die Nudeln in der Soße zu drehen. Emma nickt anerkennend.

»Gute Sugo«, sagt sie zu Mona.

»Liebe geht durch den Magen«, kommentiert Bernhard.

»Die Tomaten müssen reif sein, und man sollte sie ein paar Stunden köcheln lassen, dann kann man eigentlich nichts falsch machen«, erklärt Mona.

Emma schaut die Frau an, die plötzlich im Leben ihres Vaters aufgetaucht ist und gute Tomatensoße kochen kann. Ob Mona weiß, dass sie eine italienische Mutter hat? Bestimmt hat Bernhard von ihr erzählt.

»Wohnst du hier im Ort? Ich hab dich schon ein paar Mal gesehen.«

»Öhningen. Mein Mann ist vor ein paar Jahren gestorben, ich hab zwei Söhne, der eine ist achtundzwanzig, der andere dreißig, beide aus dem Haus. Seit über einem Jahr helfe ich bei der Ernte und im Verkauf. Ich hab lange im Hörihotel gearbeitet, als Köchin. Was noch?«

»Danke, so genau wollte ich es eigentlich nicht wissen«, antwortet Emma.

»Du bist doch Kommissarin.«

Emma stimmt zu.

»Und wie steht es in dem Fall? Gibt es Fortschritte?«, möchte Bernhard wissen.

»Es tut sich immer was, aber ob es den Ermittlungen hilft, weiß man erst hinterher«, weicht Emma aus.

»Was hat unser Dorfpolizist herausgefunden? Er fragt überall nach, ob jemand etwas gesehen hat.«

»Er macht gute Arbeit.«

»Jetzt komm schon!«

»Ich fahr morgen in die Schweiz. Ich sollte früh schlafen gehen.«

»Es ist wegen Mona! Die redet nicht mit anderen. Das hast du doch gerade selbst gemerkt.«

»Lass sie doch, Bernhard. Wenn sie jetzt nicht will«, mischt sich Mona freundlich ein.

»Aber sie wird den Fall nie lösen, wenn ich ihr nicht helfe«, empört sich Bernhard und lacht.

»Du solltest dich auch ausruhen. Hilfspolizisten, die von der Hebebühne fallen, werden krankgeschrieben und außer Dienst gestellt. Gute Nacht! Danke für die leckere Pasta! Und danke dafür, dass ihr es mir gesagt habt. Wir reden ein anderes Mal mehr. Einverstanden? Wenn der Gips ab ist.«

Emma küsst ihren Vater auf die Wange, eilt aus der Küche und steigt die Treppe hoch. In ihrem Zimmer macht sie die Nachttischlampe an und setzt sich auf ihr Bett. Warum hat sie nie darüber nachgedacht, dass ihr Vater eine Freundin haben könnte? Ihr erster Impuls war der eines Kindes, die Angst, auf einmal allein zu bleiben, weil die Eltern sich trennen wollen. Ihr wird bewusst, wie sehr sie dieses Zuhause braucht, diesen Vater, diesen Hof. Hier soll sich nichts verändern, der Tod ihrer Adoptivmutter war einschneidend genug. Es wäre erwachsen von ihr, sich zu freuen, dass er in seinem Alter jemanden gefunden hat. Das hilft ihm bestimmt, noch länger jung zu bleiben, auch wenn er, wie heute, fahrlässig seine Arbeit verrichtet. Aber so war er schon immer, er machte einfach weiter, auch wenn sich Schwierigkeiten auftaten. Diesen Pragmatismus hat sie von ihm gelernt; es geht immer irgendwie weiter.

Sie ruft Sören Matusch an. Er berichtet von der Blockadehaltung in Stuttgart, einer Anweisung von Ingrid Häberlein, die Pressefreiheit und den Quellenschutz der Journalisten zu beachten. Im Moment würden sie an dieser Front nicht weiterkommen. Sie erzählt ihm von ihrer Begegnung mit der Volontärin Vicky Aigner. Ihrem Hinweis, es habe etwa zwei Wochen vor Schwendners Tod eine Änderung in beider Verhalten gegeben, sollten sie Aufmerksamkeit schenken. Er kam nur noch sehr unregelmäßig zur Arbeit. Paula Bajorath hat ihrer Freundin von teuren Hotels erzählt, in denen sie mit Volker Schwendner genächtigt hat. Emma berichtet ihm auch von dem Gespräch mit Philipp Reiser und ihren Überlegungen, der Angriff auf Schwendner könnte von einem Boot oder von einem anderen Schwimmer erfolgt sein. Der Gaienhofer Polizist wird sich um die Strömungsverhältnisse im Untersee kümmern, vielleicht können sie so den Tatort auf dem See eingrenzen. Matusch bittet sie, am nächsten Tag um sechzehn Uhr bei einer Besprechung der Ermittlergruppe im Polizeipräsidium in Konstanz anwesend zu sein. Emma verspricht es. Sie wird den Zug um sieben Uhr am nächsten Morgen von Singen nach Bern nehmen, die Fahrt dauert etwa zwei Stunden. Die Besprechung mit den Kollegen von der Kantonspolizei sollte ebenfalls in zwei Stunden erledigt sein. Wie es ihrem Vater gehe, möchte Sören Matusch noch wissen. Er hat sich den Arm gebrochen, ansonsten gehe es ihm gut, antwortet Emma knapp und wünscht ihm dann eine gute Nacht. Verärgert drückt sie auf den roten Kreis ihres Mobiltelefons. Wie kommt der Kerl dazu, sich diese Vertraulichkeiten zu erlauben und nach ihrem Vater zu fragen? Sie muss ihm noch einmal klarmachen, dass sie nur professionell miteinander zu tun haben. Sie zieht sich aus, legt sich ins Bett, kann aber nicht schlafen. Der Mann, der mitten auf dem Untersee mit einer Spritze getötet wird, dic junge Frau, die ein kräftiger Mann in ihrer Wohnung ersticht, ein junger Mann, der Selbstmord in den Alpen begeht, ihr Vater, der von der Hebebühne fällt. Hängt dies alles zusammen? Wobei, der Vater und sein Sturz haben mit all dem vermutlich nichts zu tun. Aber wer weiß das schon so genau. Um dieser Grübelei zu entkommen, setzt sich an ihren kleinen Schreibtisch und nimmt sich ihr Notizbuch hervor. Sie trägt die Fakten, die sich bisher angesammelt haben, aber auch ihre Ahnungen und offenen Fragen zusammen. Über Bernhard scheibt sie nichts auf, aber sie denkt weiter darüber nach, was es für ihr Verhältnis zu ihm bedeutet, wenn auf einmal eine neue Frau eine wichtige Rolle in seinem Leben spielt. Muss sie sich dann weniger Sorgen um ihn machen? Wird sie das entlasten? Werden sie sich entfremden, wird er weniger Zeit mit ihr verbringen wollen? Kann sie ihre Fälle und ihre vielen Fragen nicht mehr mit ihm besprechen? Irgendwann breitet sich in ihrem Kopf eine Art Nebel aus, der sie ein paar Stunden schlafen lässt, bis um kurz vor sechs Uhr der Wecker an ihrem Smartphone klingelt.

Am Abend zuvor saß Urs Landi zurückgelehnt in einem bequemen Sessel. Hinter ihm die großen Fenster, die auf die grandiose Landschaft der Berge und auf den in alle Himmelsrichtungen hingestreckten See blickten. Er hatte die Augen geschlossen, den Kopf auf die Sessellehne gelegt, die Klänge des Klavierspiels von Raissa Natroschenko legten sich um sein Herz. Es gab keine Zeit mehr, keine Kriege, nur dieses Schweben in ihren Klängen. Er atmete diese wunderbare Musik, wie die herrliche, warme, würzige Luft, angereichert durch die Zederndüfte, die aus dem Park des Hotels aufstiegen. Als sie ihre schlanke Hand von den Tasten hob und der letzte Ton verklungen war, öffnete er die grauen, etwas wässrigen Augen, sah auf den abendlichen Himmel, der mit rosaroten und hellblauen Streifen durchzogen war. Ihn durchströmte Glück. Raissa kam zu ihm und setzte sich auf die Lehne des Sessels. Sie reichte ihm ihre Hand, und er hielt sie mit beiden Händen fest. Dieser Anflug von Nähe, die sie ihm erlaubte, war die Quelle, die ihm die Kraft gab, den täglichen Kampf, den er führte, zu bestehen. Er bedankte sich bei ihr. Ihre Schönheit und ihre musikalische Virtuosität überwältigten ihn noch immer. Sie lächelte ihn an, aber er sah eine Traurigkeit um ihre Augen und fragte nach. Sie stand auf, ihr Körper spannte sich, sie blickte auf das Idyll aus Landschaft und Stadt zu Füßen des Hotels. Ich würde gerne wieder vor Publikum spielen, sagte sie zu ihm. Ihr russischer Akzent wirkte auf ihn anziehend.

Wann wird es vorbei sein, dass man mich so bestraft, wollte sie wissen. Er stellte sich neben sie, gerne hätte er sie umarmt, sie getröstet und ihr über die Haare gestreichelt. Vielleicht erlaubte sie es ihm eines Tages, vielleicht würde mehr zwischen ihnen entstehen, viel mehr. Das mit ihrem reichen Mann, der irgendwo in Indonesien lebte, könnte sich von selbst erledigen. Der russische Präsident hatte ihn einmal einen Verräter genannt, danach war er mit ihr, seiner berühmten Frau, in die Schweiz geflüchtet. Sergej Natroschenko gehörte nicht nur eine große Villa in Cologny bei Genf, er hatte auch den Hauptanteil an dem Hotel in Luzern gekauft und auf sie übertragen. Ein Luxushotel, das Landi leitete. Natroschenkos Firmenbeteiligungen überall in der Welt hatten ihn zu einem sehr reichen Mann gemacht, die Heirat mit der berühmten Pianistin seinen Aufstieg in die weltweite Kulturelite ermöglicht. Aber er musste vorsichtig sein, sich unauffällig verhalten. Er fühlte sich bedroht, weil er sich mehr um seine Geschäfte als um sein Land kümmerte. Schon einige der Männer, die beim Präsidenten in Ungnade gefallen waren, waren plötzlich tot aufgefunden worden.

Niemand auf der Welt spielt so wie du, so wunderbar, so grandios, sagte Landi, bald werden dir wieder Wien, Berlin und New York zu Füßen liegen. Raissa löste sich von ihm, lächelte. Danke, sagte sie, ich weiß doch, es dauert noch. Raissa ging zu der kleinen Sitzgruppe in dem großen Raum, in dem der Konzertflügel stand. Von dem runden Tischchen nahm sie zwei Gläser, schraubte eine Flasche auf und goss zwei Drinks ein. Er setzte sich neben sie, sie reichte ihm ein Glas. Wann ist mein Konzerthaus am See fertig, wann das Hotel?, fragte sie ihn. Sie war jetzt mehr die kühle Konzernchefin, die sich bei einem ihrer Geschäftsführer über den Stand des Aktienkurses erkundigt. Hast du die neuesten Entwürfe gesehen?, fragte er. Wunderschön! Urs Landi lächelte ergeben. Schöner als Schloss Elmau. Doch das war nicht die Antwort auf ihre Frage. Es gibt da ein Problem, ergänzte er vorsichtig. Erinnerst du dich an den Journalisten? Sie nahm einen Schluck von dem goldenen Getränk. Sie wollte das Wort »Problem« nicht hören, ihre Seele war rein und durfte nicht beschmutzt werden. Die Klänge füllten sie noch aus, wie das klare Wasser aus den Bergen, das in den großen See floss, ungetrübt und heiter. Auch Sergey redete immerfort von Problemen, von seinen Kämpfen, bat sie um Geduld, lobte sie für ihre Zähigkeit. Aber sie wollte nur Klavier spielen und auftreten, sich verneigen vor begeisterten Menschen, vor ihrem Publikum. Nur weil sie mit diesem Mann verheiratet war, hatte man sie mit einem Bann belegt und ihre Auftritte gestrichen. Was hatten Beethoven, Rachmaninow oder Chopin mit diesem Krieg zu tun? Dabei war sie doch Schweizerin, sie hatte den roten Pass, sie war die unantastbare Pianistin und er nur ein reicher Mann. Er stand auf deren Listen, sie nicht. Als sie flüchten mussten, hatte er ihr die Villa, das Hotel und einige Firmenanteile überschrieben. Jetzt sollte dieses Vermögen für sie arbeiten, so wie Landi, der sie anschmachtete.

Beide tranken von der Flüssigkeit, deren Duft nach Rauch und Nüssen sich harmonisch mit dem ausklingenden Tag verband.

Ich kenne keine Journalisten, ich weiß nicht, was das Wort Problem bedeutet, sagte sie ihm. Sie trank aus, schüttelte sich und stand auf, er folgte ihr mit dem Glas in der Hand. Man sollte nicht erfahren, dass es dein Hotel und dein Konzerthaus wird, denn dann werden sie auch wissen, dass das Geld dafür von deinem Mann kommt, sagte er ihr. Bestimmt hat sich Vladimir darum gekümmert, antwortete sie. Lächelnd drehte sie sich zu Landi um, ging langsam auf ihn zu. Die Schultern zurückgenommen, schüttelte sie ihre Haare auf. Ganz dicht stellte sie sich zu ihm, er konnte ihr schweres Parfüm riechen. Sie legte einen Arm auf seine Schulter, presste ihren Körper für einen Moment an seinen und zischte ihm ins Ohr: Bau mir endlich dieses Konzerthaus. Die Flüssigkeit in seinem Glas fror ein und verfärbte sich zu einem eisigen Blau. Landi konnte sich nicht mehr bewegen, so nah waren sie sich noch nie gekommen.

Ein vorsichtiges Klopfen von der Tür. Das wird Vladimir sein, sagte er, ich habe noch etwas mit ihm zu besprechen. Kein Problem, antwortete sie, lass dir Zeit. Es klang leicht, wie ein Seidenschal. Wir schaffen das, versicherte er ihr, irgendwann wird es wieder einfacher. Wenn du das sagst. Das seidene Tuch fiel zu Boden. Sie ging zur Tür und öffnete, begrüßte Vladimir, einen großen, muskulösen Mann im schwarzen engen T-Shirt, über dessen rechte Augenbraue sich eine alte Narbe zog. Du wirst schon erwartet, sagte sie, lass uns morgen um zehn aufbrechen. Der Mann verbeugte sich und versprach, rechtzeitig bereit zu sein, dann verließ sie den Raum.

Der starke Mann trat auf Urs Landi zu, blieb aber in respektvollem Abstand stehen. Also, fragte er, wie lief es? Es ist erledigt, antwortete Vladimir. Wir müssen also keine Veröffentlichungen mehr befürchten? Nein, der Journalist ist ertrunken und die Frau kann uns auch nicht mehr gefährlich werden, berichtete Vladimir. Wir haben alles mitgenommen – Laptop, Telefon – und es entsorgt. Auch das Messer, fügte er hinzu. Landi blickte irritiert. Was für ein Messer? Doch er bekam keine Antwort. Hat euch jemand gesehen, wollte er wissen. Niemand, antwortete Vladimir. Warum musste sie auf einmal gegen uns arbeiten, überlegte Landi, sie war doch klug. Hast du erfahren, warum der Journalist im See ertrunken ist? Nein, antwortete der kräftige Mann, die deutsche Polizei ermittelt. Die müssen wir uns auch vom Hals halten, überlegte der Hoteldirektor. Nach dieser kleinen, beschissenen Wahl geht es hoffentlich ohne Schwierigkeiten weiter. Wir müssen endlich bauen. Wieder nickte Vladimir.

Ein Kontoauszug weist die Summe von 6534,67 EUR aus, die an eine Porsche-Vertragswerkstatt überwiesen wurden.

Für: Ausbesserungsarbeiten am Lack, für Spritzen und Polieren.

Dienstag

Es ist kühl am Morgen, als sie aus der Tür tritt und losfährt. Über dem Wasser des Sees liegt eine dunstige Schicht, die Konturen der Welt sind noch verschwommen. Als sie oben auf dem kleinen Bergrücken ist, wird es klarer, aber sobald sie auf der anderen Seite die Serpentinen erreicht, nehmen die nebligen Schleier, die sich vom Bodensee ausbreiten, wieder zu. So oft ist sie durch diese Kurven gesteuert, und doch muss sie sich jedes Mal erneut konzentrieren, um nicht in eine der Leitplanken oder in ein entgegenkommendes Auto zu krachen.

Sie kommt rechtzeitig am Bahnhof in Singen an und parkt in dem Parkhaus des riesigen Einkaufszentrums, das noch zusätzlich zu all den anderen Kaufhäusern gebaut werden musste. Der alte Bahnhof wirkt verloren und geduckt vor den hochmütigen, glatten Wänden der Konsumtempel.

Wenn sie beruflich in die Schweiz reisen muss, immer wieder hat sie in Zürich zu tun, nimmt sie den Zug. Sie kann sich in den sauberen und offenen Waggons bequem zurücklehnen und die Fahrtzeit nutzen, um sich vorzubereiten. Doch heute gelingt es ihr nicht, sich zu konzentrieren. Vor dem Fenster gleitet die grüne Landschaft vorbei, wo kleinere Orte auftauchen, in der sich glänzende Industriegebäude und Bauernhöfe abwechseln. Immer wieder sind Hügel zu sehen, flache Kegel, die wahllos zwischen den vielen Obstbäumen emporragen. Manchmal werden die kleinen Hänge für den Weinanbau genutzt. Die roten Fahnen mit dem weißen Kreuz bilden Farbtupfer in der unspektakulären Landschaft.

Es ist die Erinnerung an die Tomatensoße, die Mona für ihren Vater gekocht hat, die ihre Gedanken gefangen nimmt. Etwa zehn Jahre ist es her, als sie mit dem gleichen frühen Zug eine Reise nach Neapel antrat. Sie wollte die Strecke mit dem Zug zurücklegen und das Land ihrer Mutter nicht einfach zu überfliegen, sondern sich ihr ebenerdig nähern. Aber es ging trotzdem sehr schnell. Die Fahrt von Zürich nach Mailand und von dort nach Neapel dauerte nur neun Stunden. Der Schnellzug war gekühlt, sie saß meist angenehmen Mitreisenden gegenüber.

Mit einem Mann, der in Mailand zustieg und auf dem reservierten Sitz ihr gegenüber Platz nahm, kam sie ins Gespräch. Er war, wie sie damals, Anfang dreißig, hatte eine bronzene Hautfarbe, schwarze Haare, wache, dunkle Augen. Sein heller Anzug sah elegant aus, er trug braune Lederschuhe, auf denen eine dünne Staubschicht lag. Auf Männer, die schöne Schuhe trugen, traf sie in ihrem Beruf selten. Der Mann sprach sie auf Italienisch an, wie auch die Schaffnerin, die ihre Fahrkarte kontrollierte. Doch sie konnte kein Italienisch. In einem Sprachkurs im Internet hatte sie vor ihrer Reise versucht, sich ein paar Grundlagen beizubringen. Aber viel mehr als ein paar Wörter und Sätze zur Begrüßung und Fragen zur Orientierung kannte sie nicht. Der elegante Mann fragte in Englisch, wo sie herkomme, und sie antwortete vom Bodensee, dem *Lake Constance*. Da schaltete er in ein Deutsch-Schweizerisch um, durchzogen von italienischen Anklängen. Er erzählte, er komme in dritter Generation, *terza generazione*, aus einer italienischen Einwandererfamilie aus Zürich, aber er sei nach der Matura nach Mailand gegangen, wo er jetzt lebe und arbeite. Er arbeite als Stoffhändler für die großen Modehäuser in Mailand und sei auf dem Weg nach Napoli, wo seine Freundin lebe. Durch den Schnellzug, den Frecciarossa, dauere es ja nur etwas mehr als fünf Stunden, aber irgendwann würden sie in einer

Stadt zusammenleben wollen. Für Emma war es schön, mit so einem charmanten, weltgewandtem Mann zu plaudern. Als sie berichtete, sie sei Kommissarin, zeigte er sich interessiert, wollte von ihr wissen, ob sie beruflich nach Napoli reise. Doch sie verneinte, ganz privat sei sie unterwegs, sie würde ihre Mutter dort besuchen, zum ersten Mal. Sie spürte, wie sie Hemmungen hatte, ihre Adoptionsgeschichte zu erzählen, als ob ein Makel an ihr haften würde. Aber weil der Mann aus einer italienischen Einwandererfamilie stammte, fühlte sie sich auf einmal zugehörig, als Teil eines Volkes von Migranten, das es in den unterschiedlichsten ethnischen Zusammensetzungen überall auf der Welt gibt. Es war unser Essen, sagte der elegante Mann, dadurch haben sie uns respektiert, weil wir einfach die beste Küche der Welt haben. Sie kannten nicht einmal Pasta. Und, da lächelte er sie schelmisch an, weil die Männer, die in die Schweiz und nach Deutschland kamen, einfach besser angezogen waren. Mit Geschmack, mit Stil. Das hat die »Kartoffeln« wütend gemacht, wenn die gut aussehenden, lustigen Italiener den jungen Frauen hinterherpfiffen. Aber dafür durften sie die schönsten Frauen der Welt kennenlernen, die Italienerinnen. Sie musste laut lachen über seinen Charme. Sie sagte, ihr Vater sei Deutscher, aber er winkte ab, dessen Gene hätten sich bei ihr nicht durchgesetzt. In dieser Wolke von Heiterkeit und Zuwendung kam sie auf dem Stazione di Napoli Centrale an. Die feuchte Hitze, die ihr auf dem Bahnsteig entgegenschlug, empfand sie als angenehm und einladend, die vielen Menschen, die laut den Ankommenden zuriefen, als aufregend. Sie sah, wie ihr Begleiter aus dem Zug eine schlanke Frau mit langen schwarzen Haaren umarmte und küsste. Er kam noch einmal auf sie zu und nannte zum ersten Mal seinen Namen, Gino, und stellte seine Freundin Isabella vor. Sie nannte ebenfalls ihren Namen, worauf die beiden sie fragten, ob sie nicht zusammen Essen gehen könnten.

Emma gab Gino ihre Telefonnummer, und er versprach, für einen der nächsten Abende einen Vorschlag für ein Treffen in einem Restaurant am Meer zu schicken.

Auch der Taxifahrer hielt sie für eine Italienerin, als sie ihm die Adresse nannte, zu der er sie bringen sollte. Es herrschte dichter Verkehr, durch den sich der Mann am Steuer mit großer Gelassenheit kämpfte. Sie schaute auf die großen alten Gebäude neben den breiten Straßen. Sie fühlte sich fremd und vertraut zugleich. Sie, die in einem Dorf am Bodensee aufgewachsen war, in dieser sonnigen Idylle, sollte eine ihrer familiären Wurzeln in dieser großen alten Stadt am Meer haben?

Sie fuhren zunächst den Corso Umberto entlang, bis sie zur Via Toledo kamen und dann in eine schmale Straße abbogen. Nur eine Straßenseite war befahrbar, an der anderen standen Autos dicht an die Hauswände gequetscht. Es lag ein Geruch von Abgasen und Pizza in der Luft. Das Haus bestand aus mehreren Stockwerken, es war nicht alt und nicht neu. Den Hauseingang bildete eine braune Glastür. Rechts davon befand sich ein Schönheitssalon, links eine Tabaccheria, auf der Hauswand standen ein paar Graffiti, unter anderem ACAB, eine Abkürzung, die sie kannte. *All Cops Are Bastards.* Sie bezahlte das Taxi und klingelte bei Grassi, so wie es ihr Maria, ihre Mutter, geschrieben hatte. Sie kommunizierten, ganz altmodisch, postalisch und hatten sich Briefe geschickt. Klara und Bernhard hatten über die Jahre immer mal wieder einen Brief von Maria erhalten. Zusammen mit Emma hatten sie ihr zurückgeschrieben, meist über belanglose Dinge wie Schulnoten oder Krankheiten. Sie nahmen an, Maria könne Deutsch lesen, aber nicht schreiben. Ihre wenigen italienischen Zeilen, die sie schickte, übersetzten sie mit einem Wörterbuch. So wusste Emma, dass sie zwei Halbbrüder hatte, Francesco, der fünf Jahre jünger war, und Lorenzo, Anfang zwanzig.

Der Türsummer erklang, eine steinerne Treppe führte sie in den dritten Stock, wo Maria auf sie wartete. Die Frau, die im Halbdunkel eines Wohnungsflurs stand, hatte etwas von einem großen, etwas unförmigen Vogel, der in eine dünne Strickjacke gehüllt war. Emma sagte höflich »*Buona serata*, Maria«, so wie sie es sich vorgenommen hatte. Maria antworte mit einem leisen »*Saluti*«, dann schniefte sie, kam zwei Schritte auf sie zu, schaute sie aus tränenreichen, großen Augen an, sie zitterte leicht, als sie die Flügel ausbreitete und Emma an sich drückte. Emma verwirrte die spontane Nähe, sie erstarrte, spürte den warmen Körper der Frau, erwiderte die Umarmung ungeschickt mit einer Hand, weil sie in der anderen Hand ihren kleinen Koffer hielt. Maria roch nach Küche und einem billigen Parfüm. Von ihren Augenwinkeln strahlten kleine, dünne Falten ab, die Augenbrauen bestanden aus zwei dünnen Strichen. Um ihren Hals hing eine Kette mit einem goldenen Kreuz. Sie trug ein praktisches dunkelblaues Kleid, die Füße steckten in Sandaletten, auf deren Riemchen rosa Puschel wackelten. Die Zehen- und Fingernägel glänzten in frisch lackiertem blassen Rosa.

Die Fußbodenbeläge dieser Wohnung bestanden aus Steinfliesen. Jedes Zimmer war anders ausgelegt, im Wohnzimmer betrat man einen fast schwarzen Boden, in der Küche lagen helle Kacheln, mit schwarzen Tupfern, in einem der beiden Schlafzimmer gab es einen grünen, im anderen einen rosafarbenen Bodenbelag. Emma musste auf einer wuchtigen Couch Platz nehmen. An den Fenstern hingen weiße Gardinen, die Wände waren mit gerahmten Bildern mit Motiven des Vesuvs oder einer Kirche gepflastert. Sie blieb nur einen kurzen Moment sitzen, dann folgte sie ihrer leiblichen Mutter in die Küche. Ein intensiver Geruch nach Tomaten, nach Zwiebeln, Knoblauch und Gewürzen stand in der Küche, wo eine Tür zu einem kleinen Balkon geöffnet war. Als Emma zu der Frau trat, ihrer Mutter, zeigte sie auf den Inhalt des Topfes und sprach in einem Italienisch, von dem Emma gar nichts mehr verstand. Vermutlich handelte es sich um Neapolitanisch. An der roten Farbe der leicht blubbernden Soße erkannte sie, dass es sich um *Sugo di pomodoro* handeln musste. Maria drückte ihr einige Exemplare tiefroter Tomaten in die Hand und forderte sie auf, daran zu schnuppern. Emma nahm ihren intensiven, fruchtigen Geschmack in sich auf. Er versetzte sie in eine Welt, nach der sie sich, ohne es zu wissen, schon lange gesehnt hatte. Maria machte eine wedelnde Bewegung mit der Hand durch die Küche, auf ihrem Gesicht erschien ein Ausdruck von Missfallen, offenbar war sie mit der Einrichtung nicht einverstanden. Emma setzte sich auf einen der beiden Stühle an dem kleinen Tisch und sagte, es rieche sehr gut. Letzteres verstand Maria. Ihr Deutsch sei leider schlecht, sagte sie. Es klang, als habe sie diese fremden Worte zuletzt vor über dreißig Jahren ausgesprochen. Maria machte ein trauriges Gesicht, als sie Klara und deren Tod erwähnte. Emma bedankte sich für ihr Beileid, aber sie hätte interessiert, wie Maria über Klara dachte, die sie, ihre Tochter, aufgezogen hatte. Wie sollte Emma nur die vielen Fragen loswerden, wenn sie sich mit Maria gar nicht unterhalten konnte?

Maria tauchte einen Kochlöffel in die Soße, rührte um und probierte. Emma sollte es ihr gleichtun. Sie pustete auf die rote Sugo, die sich ihr auf dem hölzernen Löffel zeigte. Ein warmer, fruchtiger, fast süßlicher Geschmack breitete sich in ihrem Mund aus. Emma staunte, dass sie fast kein Salz schmeckte, auch keine Schärfe. Die Zwiebeln und der Knoblauch waren offenbar verkocht worden. Sie lächelte Maria zu und spürte dem Aroma in ihrem Mund nach, als ob sie leidenschaftlich geküsst worden wäre. So eine Tomatensoße kannte sie nicht. »Ah, si!«, machte Maria. Sie winkte Emma zu sich, sie sollte sich neben sie an den kleinen Küchentisch setzen. Auf einem Zettel notierte sie, wie viele Tomaten, welche Sorte, aus welcher Region zu verwenden wären, auch die Art des Salzes war wichtig, wenige Zwiebeln, wenig Knoblauch, einige Prisen Zucker, etwas schwarzer Pfeffer. Wichtig war auch das Olivenöl. Maria zeigte ihr einen Blechkanister, schraubte ihn auf, und Emma musste riechen. Ein Duft von Sonne und frisch geschnittenem Gras kam ihr entgegen. Wieder sagte Maria: »Ah, *sì!*«, und erklärte weiter, wie das alles in der richtigen Reihenfolge zubereitet werden musste. Den Zettel, auf dem sie das notiert hatte, schob sie zu Emma und machte mit Gesten deutlich, dass sie ihr in der Stadt zeigen werde, wo es die besten Tomaten zu kaufen gäbe. Das kleine Stück Papier, auf dem Maria das Rezept aufschrieb, hat Emma noch immer. Es ist das Einzige, was sie von ihrer Mutter besitzt.

Irgendwann schloss jemand die Wohnungstür auf, und kurz danach stand ein Mann in der Tür, den Maria als Umberto vorstellte, der, wie Emma verstand, Marias Bruder war, also ihr Onkel. Umberto war ein stämmiger Mann, um den Hals trug er eine goldene Kette, seine Uhr hing schwer am Handgelenk, sie war dick, so wie gefälschte Uhren meistens aussehen. Er trug ein kurzärmeliges Hemd, seine braunen Arme waren kräftig und behaart. Er drückte ihr fest die Hand, lächelte sie breit an und sagte: *»Saluti, commissaria tedesca.«* Seine Stimme kam tief aus seinem Inneren, es klang, als ob er schon viele Zigaretten in seinem Leben geraucht hatte und viele laute Befehle geben musste. Maria wies ihn zurecht, sie sagte, er solle Emma zu ihr sagen, dann scheuchte sie ihn aus der Küche. Sein Kommen führte dazu, dass jetzt das Wasser für die Nudeln aufgesetzt wurde. Aus dem Kühlschrank kramte sie nun zahlreiche Teller hervor, auf denen alle möglichen Antipasti vorbereitet worden waren. Emma übernahm es, die wunderbaren Speisen in das große Zimmer zu tragen und auf den Esstisch zu stellen.

Bald klingelte es, und Francesco und Lorenzo erschienen.

Beide hielten einen Helm im Arm. Sie grüßten ihre Mama, dann den Onkel und dann sie, ihre *sorella*. Die beiden jungen Männer strahlten Kraft und Energie aus, sie waren schlank, ausgewählt gekleidet. Francesco, der ältere, trug eine Bundfaltenhose, dazu ein helles Hemd, Lorenzo Jeans, die an den Knien aufgerissen waren, und ein enges schwarzes T-Shirt. Francesco beherrschte ein paar Brocken Englisch, und so erfuhr sie, dass er Architektur studierte, sein Bruder zwar die Schule abgeschlossen habe, aber immer nur Frauen und Geld im Kopf habe. Die Mutter wohnte etwas außerhalb, zusammen mit Lorenzo. Francesco lebte in einer WG mit anderen Studierenden in der Stadt. Emma begriff erst nicht, doch dann wurde ihr klar, dass sie in die Wohnung ihres Onkels eingeladen worden war. Was Umberto machte, verstand sie nicht genau, sie sagten, er sei ein *Capitano*, ein *Commandante*. Jedenfalls hatten sie großen Respekt vor ihm, er setzte sich ans Kopfende des Tisches. Sie sprachen schnell, manchmal laut, lachten immer wieder, redeten auf sie ein, sie verstand fast gar nichts von dem, was sie zu ihr sagten, aber irgendwie gehörte sie trotzdem dazu. Das war also ihre italienische Familie, die sie nicht kannte, mit der sie nicht sprechen konnte und die hier zusammenkam, weil sie, die Kommissarin aus Deutschland, auf einmal aufgetaucht war. Sie gaben für sie offenbar eine Aufführung, spielten italienische Familie, mit wunderbarem Essen, viel und lautem Gerede. Sie schenkten ihr immer wieder Rotwein ein, tranken selbst auch ziemlich viel. Emma fielen die Augen zu, die Reise steckte ihr in den Knochen, die vielen Eindrücke verwirrten sie. Doch es gab noch Pannacotta, anschließend Espresso und Grappa. Zwischendurch verzog sie sich auf die Toilette, um für einen Moment allein zu sein und den intensiven Stimmen zu entkommen. Als sie zurückkam, hatte eine Auseinandersetzung zwischen Francesco und Umberto begonnen. Umberto sprach offenbar abfällig über Francescos und Lorenzos Vater, er sagte immer wieder voller Widerwillen *»vostro padre«*. Maria versuchte zu vermitteln, doch irgendwann sprang Francesco auf und schimpfte auf seinen Onkel ein. Lorenzo fing an zu lachen, er amüsierte sich köstlich über den Familienzwist. Maria wurde auch laut und zeigte auf Emma. Was sollte sie von ihnen denken? Sie beruhigten sich wieder, schenkten sich Wein ein und prosteten Emma zu.

Dann verabschiedeten sich Lorenzo und Francesco, der zu ihr sagte, *»was nice meeting you«* und *»difficult family«*. Maria schob sie in eines der Schlafzimmer, wo ein Bett für sie vorbereitet war. Emma bot sich an, ihr beim Abwasch zu helfen, aber Maria lehnte strikt ab. Sie hörte noch den Stimmen der beiden Geschwister zu, die ihre Auseinandersetzung in der Küche fortsetzten, aber bald schlief sie erschöpft und angetrunken ein.

Der Zug verlässt den unterirdischen Bahnhof des Flughafens Zürich, als Emma durch ein Brummen ihres Mobiltelefons aus ihren Erinnerungen gerissen wird. Es ist Abena, die ihr einen guten Morgen wünscht und fragt, wo sie sich befindet.

»Gleich in Zürich, dort steige ich um«, berichtet Emma ihr.

»Cool. Ich habe die Telefonlisten von Paula Bajorath bekommen und die Nummern recherchiert.«

»Großartig. Und?«

»Sie hat am Tag, also vor der Tatnacht, mit ihren Eltern in Oldenburg telefoniert. Zweimal mit dem Rathaus in Radolfzell. Mit wem sie dort gesprochen hat, muss ich noch rausbekommen. Und, das ist jetzt interessant, mit jemandem aus Berlin«, berichtet Abena. »Einem Journalisten, Daniel Wilkening. Matusch spricht nachher mit ihm.«

»Sehr gut. Dann wollte sie vermutlich nach Berlin?«

»Das wird Matusch bestimmt erfahren.«

»Gut, halte mich auf dem Laufenden. Ich steig jetzt gleich aus.«

Emma kommt gerne auf dem Bahnhof in Zürich an, diesem riesigen Knotenpunkt mit seinen unzähligen Gleisen. Sie steigt auf einem oberirdischen Bahnsteig aus, muss dann zu einem der unterirdischen Gleise des Bahnhofs, wo ihr Anschlusszug einrollt. Sobald sie einen Platz gefunden hat, holt sie die Erinnerung an Neapel wieder ein. Nur vage berührt sie der Gedanke, dass ihnen mit der Information, Paula sei in Kontakt mit einem Berliner Journalisten gewesen, ein wichtiger Ermittlungsschritt gelungen sein könnte. Sie muss etwas Wichtiges mit ihm zu besprechen gehabt haben, das sie nicht schreiben und nicht am Telefon sagen wollte. Oder hatte sie sich bei einer Berliner Zeitung beworben, wollte sie weg aus Konstanz, nachdem ihr Chef und Liebhaber tot war?

Es war schon neun Uhr, als Emma am nächsten Tag in der Wohnung in Neapel aufwachte, den Rollladen hochzog, das Fenster öffnete und auf die Straße hinunterschaute, auf der sich knatternde Motorroller an Autos vorbeischlängelten. Einige Frauen unterhielten sich vor der Tabaccheria. In der Wohnung war es sehr still, sie ging ins Bad, stellte sich unter die Dusche. Das Wasser tat gut, ihr Kopf fühlte sich matt an, sie war nicht verkatert, aber die Reise und der Abend lasteten schwer in ihrem Körper. Als sie sich abtrocknete, hörte sie, wie die Wohnungstür zugezogen wurde. War jemand weggegangen? Zurück in ihrem Zimmer kleidete sie sich an, schaute in das Wohnzimmer, dann in die Küche. Die Zimmertür, wo der Onkel schlief, war geschlossen. Maria hatte offenbar nicht hier übernachtet. Wann sie wohl kommen würde? Eine Uhrzeit für ein weiteres Treffen hatten sie nicht ausgemacht. Emma fand in der Küche das Kaffeepulver und eine Mokkakanne, die sie befüllte und auf den Herd stellte. Sie ging mit ihrem Espresso auf den Balkon vor der Küche, auf den die Sonne knallte. Man hatte eine gute Sicht auf den Innenhof und auf die anderen Balkone in der Nachbarschaft. Fast alle Balkone sahen verwaist aus, sie dienten vor allem als Abstellfläche für Kinderfahrräder, für Kochtöpfe oder Wäscheständer. Sie nahm sich einen Stuhl aus der Küche, setzte sich in die Sonne und tankte Wärme auf.

Es blieb weiter ruhig in der Wohnung. Emma betrat erneut das Wohnzimmer, betrachtete die nichtssagenden Bilder an der Wand, die Vitrine mit den Gläsern und einigen Flaschen, den Esstisch mit den sechs Stühlen, die grünliche Couch und die beiden Sessel davor. Es kam ihr vor, als ob sie in einer möblierten Wohnung gelandet war, in der ältliche, geschmacklose Möbel standen, aber keine persönlichen Dinge. Hatten sie sich gestern um diesen Tisch versammelt, hatte sie hier das wunderbare Essen verschlungen und zu viel Wein getrunken? Sie ging zurück in ihr Schlafzimmer, wählte die Telefonnummer von Maria, aber es ging niemand ran. Da es im Zimmer des Onkels weiter ruhig blieb, nahm sie an, dass er weggegangen war oder vielleicht noch schlafen würde. Sie klopfte leise an seine Zimmertür, drückte die Klinke herunter, aber die Tür ließ sich nicht öffnen. Sie war verschlossen. War er es, der gegangen war, als sie unter der Dusche gestanden hatte? Es beschlich sie das merkwürdige Gefühl, einfach vergessen oder zurückgelassen worden zu sein. Man hatte sie begrüßt, bekocht, ihr italienische Familie vorgespielt, und dann waren alle wieder verschwunden. Hatte das damit zu tun, dass sie eine Kommissarin war, wie immer bedeutungsvoll wiederholt wurde? *Commissaria tedesca.* Gab es etwas zu verbergen? Wer war dieser Onkel, und warum hatte Maria sie nicht in ihre eigene Wohnung eingeladen? Schämte sie sich etwa vor ihr? Der Einzige, mit dem sie sich verständigen konnte, war ihr Halbbruder Francesco, der nicht wollte, dass schlecht über seinen Vater gesprochen wurde. Was war mit dem Vater der Brüder? Als eine weitere Stunde vergangen war, beschloss Emma die Wohnung zu verlassen. Wenn

Maria sie treffen wollte, konnte sie ja anrufen, die Nummer hatte sie. Sie packte ihre wenigen Sachen zusammen und verließ die Wohnung, zog die Tür hinter sich zu und trat auf die enge, quirlige Straße. Sie ging durch die Altstadt, durch viele enge Gassen, vorbei an zahlreichen Eisdielen, an Geschäften für Keramik, für Schuhe und Kleidung. Lange betrachtete sie die Auslagen in den Salumerias und überlegte, was sie Bernhard mitbringen könnte. Es fühlte sich seltsam an, allein durch diese Stadt zu wandern, mit der sie verbunden war, die sie aber im Stich ließ. Hatte ihre Mutter sie ein zweites Mal einfach zurückgelassen? Durfte sie so empfinden oder war das ungerecht? Vielleicht gab es gute Gründe, dass sie heute nicht gekommen war und sich nicht meldete. Sie wusste so gut wie nichts von dieser Frau. Aus einem Hotel, das neben ihr auftauchte, hörte sie amerikanische Gesprächsfetzen, betrat den Eingangsbereich und stellte sich an die Rezeption. Wieder wurde sie auf Italienisch angesprochen, sie antwortete in schlechtem Englisch, was Stirnrunzeln bei der jungen Frau hinter der Theke hervorrief. Als ob sie sich verstellen würde, um nicht für eine Italienerin gehalten zu werden. Sie legte ihren Pass auf den Tresen und bekam ein Zimmer im ersten Stockwerk. Zwei tiefe Fenster, vor denen sich hölzerne Läden befanden, gingen auf einen tristen Hinterhof. Es gab ein schmales Bett, einen wackligen Schrank, ein Tischchen und einen Stuhl, an der Wand steckte ein Fernsehgerät in einer metallenen Halterung, zum Schutz vor räuberischen Gästen. Sie blieb zwei Nächte in diesem Hotel. Tagsüber erkundete sie die Stadt, besuchte die zahlreichen Kirchen, ging am Meer entlang, sah den großen Schiffen zu, die den Hafen verließen, aß hervorragende Pizza und Gelato. In diesen Tagen verlor sie sich in einer Stadt, die vielleicht ihre hätten sein können. Gab es etwas, das die Mutter, als sie von hier weggegangen war, mitnahm und in ihren Genen der ungeplanten Tochter weitervererbte? War etwas von Neapel in ihr? Sie lauschte dem Klang der Sprache, ließ die Bewegungen der Körper auf sich wirken. Hatte Neapel einen besonderen Geruch, der ganz tief in ihr eine Erinnerung auslöste? Sie sammelte Eindrücke und lagerte sie irgendwo in ihrer Seele.

Am letzten Abend traf sie sich mit Gino und Isabella in einem Restaurant in der Nähe des Castel dell'Ovo. Der Abend war warm und mild, der Vesuv gut zu sehen. Gino kam in gut sitzenden Jeans, einem hellen Hemd und einem leichten Jackett, Isabella trug ein enges Sommerkleid, das ihre Figur betonte. Neben diesen beiden schönen Menschen kam sich Emma wie eine graue Maus vor, obwohl sie sich geschminkt hatte. Auf die Frage, wie das Treffen mit ihrer Mutter war, antwortete sie ausweichend. Aber Isabella sah ihr an, dass sie etwas belastete und fragte nach. Emma versuchte ihren Bericht lustig klingen zu lassen, wie sie einfach in einer leeren Wohnung zurückgelassen wurde, in der sich die ganze Familie am Abend zuvor versammelt hatte. Aber sie schaffte es nicht, ihre Fassade aufrecht- und ihre Tränen zurückzuhalten. In dieser seltsamen Mischung aus Englisch, Deutsch, Schweizer-Deutsch und Italienisch begannen sie dann über ihre Familien zu sprechen. Vor allem Isabella berichtete über heftige Zerwürfnisse, Lügen, Trennungen und zahlreiche uneheliche Kinder in ihrer weitverzweigten Familie. Gino versuchte sie zu bremsen. Aber Isabella nutzte die Anwesenheit von Emma, um eine Generalabrechnung mit ihrer eigenen Familie zu präsentieren. Große Teile ihrer Erzählung, die sich zu einer Wutrede steigerte, lieferte sie in Neapolitanisch ab. Gino übersetzte nicht mehr, er wurde ganz unruhig, geradezu hilflos. Schließlich umarmten sich Emma und Isabella. Sie entschuldigte sich für ihren Ausbruch, zeigte auf ihren Partner und erklärte, jetzt habe er vielleicht endlich verstanden, warum sie ihn nicht einfach bedingungslos heiraten wolle.

»Family sucks«, sagte sie, *»but I love him and want to have kids. So what can I do? Eh?«*

Es war ein wunderbarer Abend, Emma fühlte sich angenommen und irgendwie befreit. Die beiden begleiteten sie noch zu ihrem Hotel. Alle drei versicherten sich, auf jeden Fall in Kontakt zu bleiben.

Ihre Mutter rief nicht mehr an. Nach ihrer Rückkehr schrieb Emma ihr einen Brief, in dem sie sich für den schönen Abend und das Rezept für die Tomatensoße bedankte. Sie bat, Lorenzo und Francesco von ihr zu grüßen. Ihre Enttäuschung erwähnte sie nicht. Ein paar Jahre später erfuhr Emma, dass Isabella ein Kind von Gino bekommen hatte, aber nicht mehr mit ihm zusammen war.

Es ist nicht weit vom Bahnhof zur Berner Kantonspolizei am Waisenhausplatz. Bevor man den Vorhof des dreigeschossigen ehemaligen Kasernengebäudes betritt, kommt man am Oppenheimbrunnen vorbei, einer seltsamen Säule, an der spiralförmig Wasser hinunterfließt. Die ständige Feuchtigkeit hat über die Jahre dichte Moose und große Brocken von Tuffstein an der Säule wachsen lassen, was ihr eine fremde, fast monströse Anmutung gibt, als ob sich aus einem für Menschen unzugänglichen Ort, aus der tiefsten Erde, eine Art schleimiger Finger herausgebohrt hat.

Die Kantonspolizei macht den Eindruck eines freundlichen Amtsgebäudes, wo geräuschlos die vielfältigen Anliegen der Polizeiadministration des Kantons erledigt werden. Als Emma von einer uniformierten Kollegin zu ihrem Gesprächspartner durch die Gänge geführt wird, begrüßt sie jede vorbeikommende Polizistin und jeder Polizist höflich. Niemand wirkt gestresst oder hat es eilig. Emma wünscht sich, sofort hierher versetzt zu werden. Sie kommen in ein freundliches Besprechungszimmer, in das ihr ein guter Kaffee gebracht wird. Mit Schümli. Rolf Wyss ist ein gut aussehender, schlanker Mann Anfang fünfzig. Er hat schon graue Haare, wirkt dynamisch und ist von der Gelassenheit eines

Menschen umgeben, der gerne und gut lebt. Als er in den Raum kommt, begrüßt er sie freundlich und bedankt sich dafür, dass sie den Weg nach Bern auf sich genommen hat. Sie berichtet von ihren Ermittlungen zu zwei Mordfällen, vom Vater des toten Marc Schwendner und der getöteten Freundin des Vaters. Sie will verstehen, wie und ob der Tod des jungen Mannes mit den beiden Mordfällen in Verbindung steht, ob es einen Berührungspunkt gibt, den sie noch nicht sehen kann. Der Kollege aus Bern nickt und schlägt eine kleine Akte auf, die vor ihm liegt. Vor vier Wochen gab es mehrere Anrufe von Touristen über einen möglichen Absturz auf dem Weg vom Jungfraujoch zur Mönchjochhütte. Der breite Weg führt über den Gletscher, er wird jeden Tag mit einem Pistenfahrzeug präpariert. Alles ist gut markiert. Die Anrufer berichteten von einem jungen Mann, der den Weg verlassen hat. Die Strecke sei nicht gefährlich, nicht »absturzfähig«, wie Rolf Wyss betont, aber wenn man nicht aufpasst, geht es runter, schließlich ist es ein hoher Berg, dreieinhalbtausend Meter, da sind Gletscherspalten und Felswände. Emma fragt nach, wer angerufen hat, wurden die Telefonnummern verfolgt? Wyss berichtet, es wären gewöhnliche Tagestouristen gewesen, die sich fragten, warum der Mann den markierten Weg verließ. Ein Mann, der öfters aufs Jungfraujoch fährt, hat ihm mit einem Fernglas nachgeschaut und gesehen, wie er abgerutscht sei. Da habe er die Polizei verständigt. Die Gebirgsspezialisten, Polizisten aus Interlaken, haben sich sofort auf den Weg gemacht. Sie wissen, wenn sie nicht sofort eingreifen, gibt es keine Spuren mehr, und der Abgestürzte ist nur sehr schwer zu bergen. Die Auskunftspersonen wurden kontaktiert und einvernommen, wie Wyss sagt.

»War der Marc Schwendner allein dort oben?«

»Es sieht ganz danach aus. Es hat sich keine Begleitung bei uns gemeldet. Offenbar ist er bewusst vom Weg ab und hat den Tod gesucht.«

»Gibt es das oft? Selbstmörder da oben?«

»Es kommt schon vor, aber normalerweise suchen diese Personen sich einsamere Orte, steilere Wände. Wenn man an einem Gletscher abgeht, das kann sehr unschön enden. Man stirbt nicht unbedingt gleich, kann verletzt in einer Gletscherspalte hängen bleiben.«

»Verstehe. Da oben sind viele Menschen unterwegs?«

»Hunderte jeden Tag, je nach Wetterlage«, sagt Rolf Wyss.

»Es hat also was Theatralisches, wenn man dort vom Weg abweicht. Alle schauen zu.«

»So kann man es sehen. Die Bergung war dann nicht so schwierig. Er ging nicht ganz so tief runter. Da, wo er aufschlug, ist er wohl gleich gestorben«, erklärt Wyss und blättert in der Akte. »Schädelfraktur, Brüche an Brustkorb und Beinen. Vermutlich war er sofort tot«, erläutert er.

»Wie war er gekleidet?«

»Angemessen. Feste Schuhe, Jeans, Pulli, dicker Wollmantel, Mütze, Handschuhe. Sein Mobiltelefon war nicht ganz zerstört, wir konnten es knacken. Seine letzten beiden Anrufe gingen an Volker Schwendner, seinen Vater. Den riefen wir an, und er kam dann auch sofort.«

»Er hat zuletzt seinen Vater angerufen?«

»Ja, so sieht es aus.«

»Merkwürdig«, sagt Emma. Sie holt ihr Mobiltelefon heraus und zeigt dem Berner Kollegen ein Bild von Volker Schwendner.

»Ja, das ist er. Schwendner hat seinen Sohn identifiziert und die Kremierung angeordnet.«

»Hier in der Schweiz?«

»Ja, warten Sie«, sagt er und blättert erneut, »bei einem Beerdigungsunternehmer im Thurgau. Der hat die Leiche abgeholt und alles Weitere veranlasst.«

Emma ist seltsam berührt von dem, was sie hört. Offenbar hat Schwendner der Mutter und der Schwester des Jungen keine Gelegenheit gegeben, sich von dem Sohn und Bruder zu verabschieden. Sie notiert sich Namen, Telefon und Adresse des Bestattungsunternehmens.

»Wie wirkte der Mann auf Sie?«, fragt Emma.

»Sehr gefasst. Er betrachtete seinen Sohn, identifizierte ihn, fragte gleich nach, wie das mit der Kremierung funktioniert, rief den Bestatter an und erteilte den Auftrag.«

»Aber ist das denn normal? Ein Vater sieht seinen toten Sohn und lässt ihn sofort einäschern?«

Rolf Wyss lehnt sich zurück. »Jetzt, wo Sie es sagen. Es ging schon etwas schnell.«

»Er hatte die Nummer des Bestatters parat?«

»Ich denke schon. Er wusste ja, was ihn erwartet.«

»Stimmt, aber es gibt noch eine Mutter und eine Schwester«, sagt Emma.

»Die waren vielleicht auch einverstanden. Es ist ja kein schöner Anblick, wenn jemand aus großer Höhe abstürzt.«

»Kann sein, dass er das den Angehörigen ersparen wollte. Oder er hat es eigenmächtig so entschieden.«

»Dann hatten sie vielleicht einen nicht so guten Familienzusammenhalt«, meint der Schweizer Polizist vorsichtig.

»Das kann man so sagen. Der Sohn hasste seinen Vater, genauso wie die Schwester, die Frau lebte getrennt von ihm.«

»Das ist natürlich nicht schön. Aber warum hat er dann den Vater als Letzten angerufen, wenn es so schlimm stand, wie Sie sagen?«

»Genau das frage ich mich auch«, meint Emma. Sie spürt, dieser Zusammenhang, dieser letzte Anruf von Marc, ist wichtig, aber sie kann nicht sagen, was das für den Fall bedeutet. Noch nicht.

»Konnten Sie den Zeitpunkt des Anrufs feststellen? Also wie viel Zeit zwischen Anruf und Absturz verging?«

»So wie ich das hier sehe, erfolgte der letzte Anruf etwa eine Stunde vor dem Ereignis.«

»Ob er sich verabschiedet hat? Macht das Sinn?«

Rolf Wyss kann ihr die Frage nicht beantworten. »Es ist seltsam, das stimmt. Es sei denn, er wollte ihm noch etwas Bestimmtes sagen«, meint Wyss.

»Hallo, Papa, ich bin jetzt hier auf der Jungfrau und stürz mich gleich runter.«

»Das wäre für den Vater ziemlich schrecklich.«

»Genau. Möglicherweise wollte er genau das erreichen. Dem Vater einen Schrecken einjagen«, überlegt Emma.

»Aber zwischen Erschrecken und der Tat ist ein großer Unterschied.«

Emma stimmt ihm zu. Warum hat er seinen Vater angerufen, was hat er ihm gesagt? Oder ging es um etwas anderes? Sie kann noch nicht verstehen, was da geschehen ist. Jedenfalls war der Anruf und der anschließende Selbstmord eine Art Schlusspunkt der Beziehung von Sohn und Vater.

»Noch eine Frage«, sagt sie, »der Augenzeuge, der mit dem Fernglas, kann ich mit dem sprechen?«

»Ich denke schon, warum nicht.« Er schaut erneut in seine dünne Akte. »Hier, die Auskunftsperson ist ein gewisser Hansjörg Staubinger. Vielleicht wäre es gut, wenn ich ihn anrufe und dann an Sie weitergebe? Wenn eine Polizistin aus Deutschland anruft, könnte es vielleicht zu einer gewissen Zurückhaltung führen«, überlegt Wyss.

»Ja, natürlich, sehr gerne.«

Er zieht ein schwarzes dreieckiges Gerät, das auf dem Besprechungstisch steht, zu sich her und tippt eine Nummer ein. Es meldet sich die Stimme einer Frau, die in breitem Schweizerdeutsch den Anrufer begrüßt. Der Polizist stellt sich vor, erklärt, um was es geht, und fragt, ob er ihren Mann sprechen könne. Die Frau antwortet nicht gleich, einen Moment ist es still in der Leitung, dann fragt sie nach. Er wolle also ihren Mann sprechen, den Hansjörg, wegen dem Mann, der den Berg runter ist. Rolf Wyss bestätigt und fragt, ob ihr Mann da ist. Ja, bestätigt die Frau, sie hole ihn. Es dauert wieder eine ganze Weile, man hört Stimmen im Hintergrund, bis sich Hansjörg Staubinger meldet. Erneut erklärt Wyss, wer er ist und warum er anruft und nickt dann Emma Zäringer zu. Sie beugt sich zum Tischtelefon, stellt sich vor und sagt, sie hätte noch ein paar Fragen zu dem Unfalltod des Marc Schwendner.

»Das war kein Unfall«, sagt der Mann sehr bestimmt, »der ist da einfach vom Weg ab, nach links und dann gerade den Hang runter. Ich war nicht weit hinter ihm.«

»Waren Sie privat unterwegs?«

»Ja, ich wollte den Wieler Peter besuchen, einen Freund, der kümmert sich in der Mönchhütte um die Technik. Das mache ich jedes Jahr einmal. Ich kann mit seinem Ticket fahren. Es ist ja nicht gerade billig da hoch.«

»Sie sind also vom Bahnhof Jungfraujoch über den Gletscher gegangen.«

»Ja.«

»Und was ist dann passiert?«

»Erst mal war es wie immer, kalter Wind, man muss sich schon warm anziehen. Aber dann ist einer im schwarzen Mantel von der Piste einfach nach links gegangen. Ich habe ihm noch nachgerufen. Aber er ging einfach weiter.«

»Waren noch andere Wanderer unterwegs?«

»Schon, einige. Da sind immer viele unterwegs. Manche gingen einfach weiter, aber einige blieben auch stehen und riefen. Ich unterhielt mich noch, manche sagten, dass das doch Wahnsinn ist, was der macht. Ich hab ihm mit dem Glas nachgeschaut. Er ist einfach weggerutscht. Da habe ich die Polizei angerufen.«

»Ist Ihnen jemand aufgefallen? Könnte er begleitet worden sein? Oder war der Mann ganz allein?«

»Es hat ihn jedenfalls niemand aufgehalten oder ihm nachgerufen: ›Halt, bleib stehen!‹ Außer mir. Ich hab schon sehr über das gegrübelt. Der wollte nicht mehr leben. Aber warum er das vor aller Augen gemacht hat, verstehe ich nicht.«

»Das frage ich mich auch«, sagt Emma Zäringer zu ihm. »Wenn Sie kurz hinter ihm gegangen sind, könnte es sein, dass Sie im gleichen Zug fuhren? Ist er Ihnen vielleicht da schon aufgefallen?«

»Die Züge sind oft ziemlich voll, da kann man sich nicht jeden merken.«

»Vielen Dank, Herr Staubinger. Sie haben mir sehr geholfen. Wenn Ihnen noch etwas einfällt, dann rufen Sie bitte meinen Kollegen Wyss bei der Polizei in Bern an.«

Emma bleibt noch einen Moment sitzen, ihr Berner Kollege schaut sie an, wartet, ob sie vielleicht noch eine Frage an ihn hat, aber ihr fällt nichts mehr ein. Es gibt etwas, was nicht stimmt. Der Mann mit dem Fernglas hat ihr Gefühl bestätigt, dass der Absturz, der Selbstmord von Marc Schwendner, etwas von einer Inszenierung hatte.

Sie bedankt sich bei dem Berner Kollegen, sie gehen aus dem Raum, durch die Flure. Emma sagt, sie hätte den Eindruck, er und seine Kolleginnen und Kollegen würden gerne hier arbeiten. Wyss bestätigt, diesen Eindruck könne man haben. Aber als Polizistin, sagt er, wisse sie doch, wie sehr der Eindruck täuschen könne. Emma lacht, stimmt ihm zu. Dann fällt ihr doch noch etwas ein.

»Gibt es eigentlich Kameras in der Zahnradbahn oder in den Bahnhöfen, dort am Berg?«

»Die gibt es schon. Aber ich weiß nicht, wie lange die Aufnahmen gespeichert werden.«

»Könnten Sie gleich mal nachfragen?«

»Sie wollen sehen, ob es vielleicht doch einen Begleiter oder eine Begleiterin gab?«

»Könnte doch sein«, meint Emma.

»Ich kümmere mich und melde mich bei Ihnen. Also, wir können uns auch Du sagen. Ich bin der Rolf.«

Sie geben sich die Hand. Emma mag diesen Mann, seine klare, freundliche und offene Art.

»Emma«, sagt sie und lächelt ihn an. »Danke, Rolf! Melde dich, wenn du Aufnahmen aus der Zahnradbahn bekommen solltest.«

Sie hat noch etwas Zeit, bis der Zug fährt, also geht sie durch das beschauliche Bern. Es wirkt alles friedlich hier, seit Jahrhunderten geordnet. Menschen sitzen vor den kleinen Lokalen, bestellen ihr Mittagessen, die meisten trinken ein kleines Glas Wein dazu. Emma steht vor den Speisekarten der Restaurants, staunt wieder einmal über die Preise in der Schweiz, hat aber nicht die Ruhe, nicht die Zeit, um irgendwo einzukehren. An einem Straßenstand kauft sie sich eine einfache Bratwurst im Brötchen, die hier so teuer ist wie in Konstanz ein gesamtes Abendessen. Während sie isst, denkt sie über das Bestattungsunternehmen nach, welches die Kremierung der Leiche Marc Schwendners veranlasst hat. Was geschah mit der Urne? Hat Volker Schwendner sie abgeholt? Wenn ja, wo ist die Urne jetzt? Gab es bereits eine Bestattung, oder steht die Urne irgendwo auf einem Regal? Carmen, Marcs Freundin, hatte ihr berichtet, sie wäre noch nicht über die Beerdigung informiert worden. Hatten Marcs Eltern einfach vergessen, es ihr zu sagen? Da Emma weiß, dass ein Schweizer Beerdigungsinstitut ihr nicht mitteilen wird, was mit der Urne passiert ist, ruft sie Rolf Wyss an. Er verspricht ihr, diese Information zu beschaffen, und bedankt sich erneut für das gute Gespräch. Ob sie schon im Zug sitzt, möchte er noch wissen. Sie antwortet, sie stehe am Bahnhof, habe gerade eine Bratwurst verzehrt und steige gleich ein. Er wünscht ihr eine gute Reise, und er werde sich bald wieder bei ihr melden. Als sie das Gespräch beendet hat, überlegt sie, ob die Männer hier alle so nett und höflich sind oder ob Rolf Wyss begonnen hat, mit ihr zu flirten.

Im Waggon liest sich Emma noch einmal ihre Notizen durch. Für sie beginnt die Reihenfolge der Todesfälle, die sie aufklären muss, mit Marc Schwendner, der auf einem Schweizer Berg Selbstmord begangen hat. Er wählte einen ausgefallenen Ort, wo dennoch möglichst viele Menschen sehen konnten, was er beabsichtigt. Wollte er die Zuschauer schockieren? Von Carmen hat Emma erfahren, dass die Fahrt zum Jungfraujoch mit glücklicheren Familienzeiten verbunden war. Sein Tod am Gletscher bedeutet vor allem ein starkes Zeichen an die zerrüttete Familie. Seht her, das habt ihr mit mir gemacht. Da, wo wir einmal glücklich zusammen waren, bin ich nun allein und gehe in den Tod. Vicky, die Volontärin, berichtete, dass sich zwei Wochen vor Volkers Tod sein Verhalten änderte, er war kaum noch in der Redaktion erschienen. Emma vermutet einen Zusammenhang zwischen dem Selbstmord Marcs und der Veränderung bei seinem Vater. Marcs Tod muss für Volker Schwendner ein brutaler Schock gewesen sein. In den Briefen des Sohnes ist deutlich geworden, wie sehr sich der Sohn am Vater aufgerieben hat. Schwendner betrachtete Marc als eine Art musikalisches Genie, das sich weigerte, von ihm gefördert zu werden, und sich schließlich ganz von der Musik abwandte, aus Hass auf seinen Vater. Warum ist Marc nicht weiter weggezogen? Warum hat er nicht eine größere Distanz zu seinem Vater gesucht? Warum blieb er in der Gegend? Seiner Schwester wegen oder seiner Mutter? Was hat es mit dem letzten Anruf Marcs auf sich? Hat er sich von seinem Vater verabschiedet? Emma überlegt, wie dieses Gespräch verlaufen sein könnte, und zweifelt. Viele Selbstmörder hinterlassen einen Brief, gerade weil sie sich nicht einem Gespräch aussetzen wollen, in dessen Verlauf sie ihre Entscheidung revidieren könnten. Sie versucht, das Gegenteil zu denken. Könnte es sein, dass Marc sich nicht verabschiedet, sondern mit seinem Vater verabredet hat? Ihr ist bewusst, wie vage dieser Verdacht ist, und doch besteht die Möglichkeit, dass der Sohn seinen Vater zu einer Reise auf den Berg gelockt hat. Wollte er den Vater ganz bewusst schockieren? Sollte er mitansehen müssen, wie der Sohn sich vor seinen Augen das Leben nimmt? Eine Art letzter Auftritt? Wenn ich für dich bei irgendwelchen reichen Leuten Klavier spielen soll, dann triff mich auf dem Jungfraujoch, wo wir bessere Zeiten erlebt haben, könnte er ihm gesagt haben. Der Vater lässt sich darauf ein, weil er glaubt, der Sohn sei endlich zur Vernunft gekommen. Doch hätte der Vater seinen Sohn nicht zurückgehalten, wenn er hätte mitansehen müssen, wie er sich buchstäblich ins Unglück stürzt? Wäre er ihm nicht nachgegangen, wenn er gesehen hätte, was sein Sohn vorhat? Und hätte er nicht sofort die Polizei angerufen? Emma denkt über Volker Schwendner nach, über einen Mann, dem es so wichtig war, erfolgreich und wohlhabend zu sein. Sie erinnert sich an ihn als jemanden, der unkonventionell leben wollte, der seinen eigenen Weg suchte. Dafür hat sie ihn bewundert und auch geliebt. Er hatte es geschafft, ein angesehener Journalist zu werden, heiratete eine Tierärztin, bekam zwei gesunde, talentierte Kinder. War die Gründung der Familie nur der Beweis für den eigenen Erfolg? Seht her, ich kann auch Familie. Wieso konnte er nicht zufrieden sein mit dem, was er hatte? Warum setzt so ein Mann seinen Erfolg über alles? Oder ist der Gedanke, zufrieden zu sein mit dem, was man erreicht hat, spießig und armselig? Wer definiert die Grenze der Zufriedenheit? Sie wäre glücklich, wenn sie einen Partner hätte, der mit ihr leben will. In was für einer Welt lebten sie, in der diese Karrieristen den Ton angaben? Diese Männer und ihre Hybris zerstören sich selbst, ihre Familien und die Gesellschaft. Das ist die einzige Nachhaltigkeit, die sie hinbekommen, die nachhaltige Zerstörung. Sie teilen die Menschen in Verlierer und Gewinner ein, sie glauben an teure

Autos, an Villen am See, an Yachten und an Affären mit möglichst vielen Frauen. Sie halten sich für Genies, werden Milliardäre und Präsidenten, überfallen andere Länder. All diese Berlusconis, Trumps und Putins. All die Ratgeber, in denen beschrieben wird, wie man es schaffen kann, an die Spitze zu kommen, wenn man es nur wirklich will. Am Ende wählen die Kinder in den Bergen den Freitod, verenden Menschen, die vermutlich ein Leben lang gearbeitet haben, allein auf dem Klo. Und Polizistinnen und Polizisten wie sie dürfen sich dann um die Folgen kümmern, sie räumen die Toten weg und sorgen dafür, dass der Betrieb wieder läuft. Emma überfällt eine große Müdigkeit, dieses Gefühl stellt sich immer dann ein, wenn die Frustration über die Ausweglosigkeit ihrer Arbeit sie anspringt. Sie legt ihren Kopf an die kalte Fensterscheibe des Waggons, lässt das gedämpfte Rattern und Vibrieren des Zugs in sich eindringen. Wieso war sie so bescheuert, Polizistin zu werden, warum nicht Gemüsebäuerin? Auf diese Frage gibt es keine wirkliche Antwort. Das ist ihr Leben und ihre Aufgabe. Sie setzt sich wieder aufrecht und lässt die Landschaft an sich vorbeiziehen wie einen langweiligen Dokumentarfilm.

Wo ist eigentlich der Laptop von Schwendner abgeblieben?, fragt sie sich. Wenn Paulas Rechner gestohlen und sie sogar dafür ermordet wurde – wo ist Volkers Rechner, und was ist darauf zu finden?

Sie ruft Philipp Reiser an.

»Sag mal, war die Spurensicherung schon in Schwendners Haus in Wangen?«

»Ich treffe die Kollegen dort in einer halben Stunde.«

»Hast du den Schlüssel?«

»Noch nicht, ich gehe bei der alten Frau Schwendner vorbei und besorge ihn mir.«

»Schaut bitte nach, ob es Einbruchspuren gibt. Wichtig ist, den Computer von Volker Schwendner zu finden, einen schwarzen Laptop. Der war oben im Schlafzimmer. Ich hab ihn gesehen, als wir das erste Mal dort waren.«

»Mit Frau Schwendner? Nachdem wir seine Leiche fanden?«

»Genau.«

»Kann ich der Kriminaltechnik sagen, dass du nach seinem Tod im Haus warst?«

Sie zögert, sie müsste zugeben, dass sie die Briefe mitgenommen hat.

»Das mache ich selbst«, antwortet sie, »danke.«

Sie will schon auflegen, da fragt er schnell nach.

»Wo bist du? Hört sich an wie im Zug.«

»Richtig gehört. Ich war in Bern.«

Dann legt sie auf, ohne einen persönlichen Gruß.

Sie kommt rechtzeitig im Polizeipräsidium Konstanz an, geht durch die Gänge, spürt, um wie viel Grad kühler es sich hier anfühlt als in Bern. Aber Polizeigebäude sind keine Orte, um sich wohlzufühlen, es sind öffentlich finanzierte Arbeitsplätze, um das Verbrechen zu bekämpfen und den Rechtsstaat zu verteidigen, inklusive der Aufrechterhaltung der Straßenverkehrsordnung.

Sören Matusch, Abena Blumenthal, Ingrid Häberlein und die Staatsanwältin Antje Strewig sitzen bereits auf ihren Stühlen. Emma begrüßt die Staatsanwältin, die sie länger nicht mehr gesehen hat. Sie versteht sich ganz gut mit ihr, einer Frau Mitte fünfzig, die sich ein strenges Äußeres gibt, aber gerne über ihre Kinder und die ersten Enkelkinder spricht. Strewig hat sie immer beschützt, auch zuletzt, nach der Sache in Stuttgart, stellte sie sich auf ihre Seite; denn es ist auch Emma zu verdanken, dass der Konstanzer Polizei dieser Schlag gegen die Mafia gelungen ist.

Emma setzt sich auf den freien Platz neben Sören. Matusch beginnt, über den Stand der Ermittlungen zu referieren. Für die Staatsanwältin fasst er noch einmal die Todesursachen bei Volker Schwendner und Paula Bajorath zusammen, bei beiden handelt es sich nach ihren Erkenntnissen um Mord. Es gibt noch kein konkretes Motiv, um den oder die Täter einzugrenzen. Im Moment verfolgen sie zwei Ermittlungsansätze. Da beide Journalisten waren, in der gleichen Zeitungsredaktion gearbeitet haben und der Laptop von Paula Bajorath gestohlen wurde, könnte es sein, dass die Täter die Veröffentlichung eines Artikels verhindern wollten. Deswegen, erklärt Matusch, haben sie gestern versucht, eine Genehmigung zu bekommen, um die Mitarbeiterinnen und Mitarbeiter der *Bodenseezeitung* zu verhören. Was abgelehnt wurde. Antje Strewig möchte sich dazu äußern, bittet aber Matusch zunächst, seinen zweiten Ermittlungsansatz vorzustellen.

Da die beiden auch ein Liebespaar waren, fährt Sören Matusch fort, könnte es sein, dass das Motiv im privaten Bereich liegt. Für diesen Ansatz spricht der Fund von Haaren und DNA-Spuren eines bisher unbekannten Mannes in der Wohnung von Paula Bajorath.

»Also Eifersucht?«, fragt die Staatsanwältin.

»Möglicherweise«, antwortet Matusch. Er klingt nicht sehr überzeugt.

»Der Mann wird mitten auf dem See mit einer Spritze getötet und die Frau mit drei gezielten Messerstichen. Klingt nach einem Profi. Wie sehen Sie das, Frau Häberlein?«

Frau Strewig achtet darauf, keine privaten Beziehungen zwischen ihr und den ermittelnden Polizisten aufkommen zu lassen. Wenn sie dienstlich miteinander zu tun haben, spricht sie jeden formell an und vermeidet das Du.

»Es sieht ganz danach aus. Was aber nicht bedeutet, dass es keine privaten Gründe waren, die zu den Taten führten«, sagt die Chefin nachdrücklich.

»Sie meinen, der Täter oder die Täterin könnte einen Profi engagiert haben? Es gibt ja noch die Ehefrau des Redakteurs.

Kommt sie für diese Spur in Betracht? Könnte sie einen Profikiller engagiert haben? Frau Zäringer, Sie haben sie schon getroffen.«

»Ja, zweimal. Mein Eindruck ist, die Familie war zerrüttet, die Kinder hassten den Vater geradezu, die Eltern lebten getrennt. Frau Schwendner wusste von den Affären ihres Mannes und auch von der Beziehung zu seiner Assistentin Paula Bajorath. Ob dies ausreichende Motive für diese Morde sind, kann ich Ihnen nicht sagen. Ich glaube es allerdings nicht. Diese kaputten, dysfunktionalen Familien sind ja nicht gerade selten. Wenn wir Eifersucht und Betrug als Mordmotiv annehmen, müssten gefühlt die Hälfte der Frauen ihre Männer ermorden. Was sie ja seltsamerweise nicht tun. Sehr selten heuern rachsüchtige Ehefrauen einen Profikiller an. Wie sollten sie den auftreiben?«, meint Emma.

Strewig lächelt gütig, Häberlein verzieht das Gesicht, als hätte sie an einem Stein geleckt, Abena sperrt die Augen weit auf, nur Matusch nickt und bleibt cool.

»Wo wir über die Familie sprechen. Was hat deine kleine Reise nach Bern gebracht?«

»Marc Schwendner, der Sohn von Volker Schwendner, hat am Jungfraujoch, auf einem Wanderweg über den Gletscher, der den Bahnhof mit einer Berghütte verbindet, Selbstmord begangen. Für mich interessant ist die Erkenntnis, dass er diesen Ort bewusst gewählt hat und vor den Augen vieler anderer Touristen vom Weg abwich und in den Tod ging. Die Freundin von Marc, Carmen Morgenstein, erzählte mir, er habe eine glückliche Erinnerung an eine Fahrt mit der Familie auf das Jungfraujoch gehabt. Sein Selbstmord dort oben ist also ganz klar ein Zeichen an die Familie.«

»Gab es einen Brief oder Ähnliches, was er hinterlassen hat?«, fragt die Staatsanwältin.

»Nein. Doch von seinem Handy, das die Schweizer Kollegen auslesen konnten, ging der letzte Anruf an den Vater.«

»Also besteht doch ein Zusammenhang zwischen dem Tod des Sohnes und dem Mord am Vater und dessen Freundin?«, möchte Häberlein wissen.

»Den Zusammenhang zwischen den drei Toten gibt es meiner Meinung nach, auch wenn ich noch nicht sagen kann, wie der aussieht«, antwortet Emma.

»Der zweite Ermittlungsansatz, von dem Sie gesprochen haben, Herr Matusch, bedeutet also die Suche nach dem Täter im eher privaten Umfeld?«, hakt Staatsanwältin Strewig nach.

»Wir können das nicht völlig ausschließen, auch wenn noch nicht viel dafür spricht«, meint Matusch.

»Das kann ja sein«, sagt Häberlein, »für die Annahme, dass die beiden irgendwelche kritischen Artikel geschrieben haben sollen, spricht auch nicht gerade viel. Wenn man sich anschaut, was Schwendner bisher veröffentlicht hat. Da kann man nicht gerade von investigativem Journalismus sprechen. Die *Bodenseezeitung* ist weder die *Süddeutsche* noch die *New York Times*. Wegen eines möglichen kritischen Artikels in der *Bodenseezeitung* zwei Morde zu beauftragen, dafür spricht bisher auch noch nichts.«

»Da hast du so was von recht, Ingrid. Das ist, glaube ich, aber genau der Punkt. Abena, du bist doch die Telefonliste von Paula Bajorath durchgegangen. Berichte uns doch, wen sie zuletzt angerufen hat«, bittet Emma.

»Zweimal Gerhard Braun, den Bürgermeister von Radolfzell. Da die Wahlen zum Bürgermeisteramt am nächsten Wochenende anstehen, vermute ich, sie wollte ihn deswegen sprechen«, berichtet Abena.

»Sie hatte seine Mobilfunknummer, was ich ungewöhnlich finde. Wie lange haben sie gesprochen?«, fragt Emma nach.

»Einmal vier Minuten dreißig Sekunden und einmal zehn Minuten.«

»Das ist ziemlich lang!«

»Na ja, der Mann steht unter Druck. Vielleicht wollte er einen positiven Artikel, also hat er sie bequatscht«, vermutet Häberlein.

»Mit wem hatte sie noch alles Kontakt?«, möchte Emma wissen.

»Mit einem Journalisten. Daniel Wilkening in Berlin. Hast du ihn inzwischen erreicht?«

Abena stellt ihre Frage an Sören Matusch.

»Ich habe mit ihm gesprochen. Er und Paula waren tatsächlich am letzten Freitag in Berlin verabredet. Er war ganz erschüttert, als er vom Tod Schwendners erfahren hat. Wilkening und Schwendner kannten sich schon lange. Sie waren zusammen Kriegsberichterstatter im Irak, sie haben für die Agentur Reuters berichtet. Wilkening arbeitet inzwischen als freier Journalist, schreibt für große Blätter, arbeitet in Recherchepools. Aber was Paula von ihm wollte, konnte er mir nicht sagen«, berichtet Matusch.

»Oder er wollte es dir nicht sagen, weil du Polizist bist«, meint Emma.

»Also ich weiß nicht, das klingt mir alles sehr konstruiert«, hakt Häberlein ein, »nach dem Tod ihres Chefs nutzt sie ihre Kontakte, um ein neues Arbeitsumfeld zu finden. So könnte es doch auch sein.«

»Aber genau einen Abend vor ihrer Reise nach Berlin und dem Treffen mit ihm wird sie ermordet und ihr Laptop gestohlen«, stellt Matusch klar.

»Darf ich mal kurz dazwischen?«, fragt Antje Strewig. »Die Befragung einer ganzen Zeitungsredaktion würde ziemlich viel Wirbel auslösen. Schon die Anfrage hat einige Leute in Stuttgart aufgeschreckt. Die *Bodenseezeitung* gehört, wie Sie wissen, zum Verlag der *Stuttgarter Allgemeine*, und dort gibt es gute Beziehungen in alle Richtungen der Landespolitik. Nur damit Sie das verstehen, ich bin nicht gegen die Befragung der *Bodenseezeitung*, aber es braucht ein wenig mehr als einen gestohlenen Laptop und ein Handy. Man könnte sagen, beim jetzigen Stand der Ermittlungen haben wir noch keine klare Spur, es gibt Indizien in beide Richtungen, und ich würde es gut finden, wenn Sie zunächst so weiterarbeiten«, ergänzt die Staatsanwältin. Sie steht auf, als zur gleichen Zeit Emmas Telefon vibriert. Sie sieht, dass es eine Schweizer Nummer ist und entschuldigt sich mit dem Hinweis, es sei die Kantonspolizei in Bern. Zusammen mit Antje Strewig verlässt sie den Raum.

Als sie zurückkommt, berichtet Matusch von der Durchsuchung der Konstanzer Wohnung von Volker Schwendner. Die Kriminaltechniker werten noch die Spuren aus. Es wurde weder ein Computer noch ein Mobiltelefon gefunden, aber ansonsten gab es in seiner Wohnung nichts Auffälliges. Es gibt alte Briefe und Notizbücher, die noch durchgesehen werden müssen, aber zunächst sieht alles ziemlich normal aus, erklärt Matusch. »Der Mann hatte Geld, teure Möbel und teures Geschirr, gute Weine und Spirituosen, neueste Technik, alles gut in Schuss und sauber. Vermutlich hatte er eine Putze«, meint Matusch.

»Du meinst eine Haushaltshilfe«, verbessert ihn Abena.

Matusch nickt unwirsch.

»Gab es irgendwelche Einbruchspuren?«, fragt Emma. »Wie seid ihr in die Wohnung reingekommen?«

»Hausverwaltung. Das Schloss sah okay aus, nichts Besonderes. Du würdest es auch aufbekommen«, sagt Matusch.

»Also ein Profi könnte reingekommen sein«, überlegt sie.

»Der große Unbekannte«, meint Ingrid Häberle.

»Der Berner Kollege hat mir eine interessante Information gegeben«, unterbricht Emma die missmutige Chefin. »Volker Schwendner hat die Leiche seines Sohnes in Bern einäschern lassen. Er hat einen Schweizer Bestattungsunternehmer gebeten, ihm die Urne am Bodenseeufer bei Mammern zu übergeben. Der Mann von dem Beerdigungsinstitut war, wen wundert's, ziemlich überrascht, als sein Kunde aus dem See stieg, die Papiere unterschrieb und mit der Urne zurückschwamm.«

»Sehr ungewöhnlich«, findet Häberlein.

»Hammer«, meint Abena.

»Das bedeutet, jemand wusste, wann er über den See schwimmen wird, um die Urne in Empfang zu nehmen. Der Mörder hat auf ihn gewartet und dann zugeschlagen«, kombiniert Matusch.

»Genau so muss es gewesen sein«, stimmt ihm Emma zu.

»Wer wusste also von der Aktion? Wem hat er davon erzählt? Seiner Mutter, seiner Frau, der Tochter? Oder hat er seiner Freundin davon berichtet? Wusste Paula, er würde über den See schwimmen und die Asche seines Sohnes abholen? Diese Seeüberquerung war vermutlich genauso eine … Erinnerungsaktion wie die des Sohnes auf dem Jungfraujoch«, ergänzt Emma.

»Dann müssen wir von den Familienangehörigen wissen, wo sie an diesem Tag waren. Wir müssen ihre Alibis überprüfen«, meint Häberlein. Diese neue Information hat sie offenbar aufgemuntert, weil sie ihre Haltung bestärkt, im privaten Umfeld der Familie ermitteln zu müssen.

»Hat sich Frau Amann, die Sprechstundenhilfe der Tierarztpraxis, endlich gemeldet?«, fragt Emma Abena.

»Hat sie. Ich hab die Patientenliste, drei Hunde, zwei Katzen, einige Pferde, eine Kuh und die entsprechenden Halter. Schick ich dir«, sagt Abena.

»Kannst du mir das ausdrucken?«, bittet Emma. »Entscheidend sind selbstverständlich der Todestag von Volker Schwendner, also der letzte Dienstag und die Nacht von Mittwoch auf Donnerstag. Aber es kann auch interessant sein, ob und zu welcher Uhrzeit die Patientenbesuche von der Tierärztin stattgefunden haben.«

Matusch und Abena machen sich Notizen.

»Ich fahr gleich nach Wangen und frage Charlotte

Schwendner«, fährt Emma fort, »ob und was sie von dieser Urnenaktion wusste. Vielleicht hat sie mir doch nicht alles erzählt. Können wir uns die Patientenliste aufteilen, Sören? Wie wäre es, wenn du und Abena die Adressen, die zwischen Radolfzell und Konstanz liegen, abklappern und ich die anderen, die auf der Höri und in Radolfzell? Weil ich eh schon dort bin«, schlägt Emma vor.

Matusch schaut etwas überrascht, dass sie die Initiative so an sich zieht, aber Abena freut sich und Häberlein nickt nur. Emma sagt ihnen nicht, dass sie den Kollegen Philipp Reiser bitten wird, sie zu begleiten.

»Wir müssen auch mit Lisa Schwendner erneut sprechen, was nicht einfach ist. Ich habe es bereits versucht, aber sie ist sehr wütend und frustriert. Vielleicht spricht sie lieber mit Abena?«

»Klar, gute Idee. Ich finde heraus, wann sie morgen Schule aus hat, und pass sie ab«, sagt Abena.

»Hat sich die Kriminaltechnik aus Wangen bereits gemeldet? Die sind doch heute Nachmittag im Haus von Schwendner?«, will Häberlein wissen.

»Noch nicht. Schaust du bei denen vorbei, wenn du hinfährst?«, fragt Matusch.

»Auf jeden Fall. Und dann muss ich noch aufs Revier nach Singen und mich melden. Bei meiner Dienststelle.«

»Dann treffen wir uns morgen wieder«, bestimmt Häberlein abschließend.

Emma verlässt eilig den Raum. Diese gemeinsamen Besprechungen sind sinnvoll, weil Informationen ausgetauscht und die Arbeit abgestimmt werden kann. Aber sie rauben auch viel Zeit, die sie für die Ermittlungen braucht. Manchmal zweifelt Emma an ihrer Teamfähigkeit.

Auf dem Weg von Konstanz nach Radolfzell ruft sie Philipp an und fragt ihn, ob es schon irgendwelche Erkenntnisse bei der Spurensuche in Schwendners Haus gibt. Er verneint. Der Computer, den Emma gesehen hat, konnte nicht gefunden werden, auch das Mobiltelefon war nicht in diesem Haus. Obwohl Emma so etwas schon erwartet hat, macht es sie nervös. Gerade will sie ein gemächlich vor ihr fahrendes Auto überholen, als sie sich zurückhält. Sie muss ihre Emotionen in den Griff bekommen, nicht jedem Impuls nachgeben, sondern einen Schritt zurückmachen, das Gefühl wahrnehmen und dann handeln. So in etwa hat es ihr die Psychologin erläutert. Also schleicht sie hinter dem langsamen Opel vor ihr her, in dem sich zwei Menschen angeregt unterhalten. Sie fragt Philipp noch nach Charlotte Schwendner, wie sie auf ihn gewirkt hat, als er den Schlüssel abholte. Sie sei etwas verstimmt gewesen, was sie denn noch in dem Haus wollten, habe sie gefragt. Emma beendet das Gespräch, drückt auf das Gaspedal, blinkt und passiert zügig das Auto, in dem ein Mann und eine Frau miteinander lachen.

Frau Schwendner macht ein mürrisches Gesicht, als sie Emma die Wohnungstür öffnet. Ob sie mit der Durchsuchung endlich fertig sind, will sie wissen. Emma hat darauf keine Antwort, sie hat mit den Kollegen noch nicht gesprochen.

»Kann ich kurz reinkommen, Charlotte?«

Die alte Frau Schwendner zögert, aber öffnet dann ihre Wohnungstür. Emma betritt eine aufgeräumte Zweizimmerwohnung, in der es nach Kaffee, verbranntem Brot und Hautcreme riecht. In einem großen Raum stehen ein ovaler Esstisch mit vier Stühlen, ein ausladendes Sofa, auf dem eine Großfamilie Platz hat, ein beigefarbener, elektronisch verstellbarer Sessel, der vor einem großen Bildschirm steht. Im Fernsehen läuft eine Verkaufsschau. Gerade erklärt eine Frau, um deren Hals eine Kette mit dicken grünen Steinen hängt, das Sternzeichen Stier. Ihre Augen funkeln, als sie einen Stier aus dunklem Holz in die Hand nimmt und ihn mit einem Finger zwischen den Hörnern und am Bauch krault. Neben dem Sessel steht ein Tischchen mit einer Kaffeetasse. Charlotte setzt sich auf einen der Stühle am Esstisch. Auf der gehäkelten Tischdecke liegen mehrere Hefte mit Kreuzworträtseln. Der Alltag von Charlotte Schwendner spielt sich zwischen Fernsehen, Kreuzworträtseln und Gartenarbeit ab, denkt Emma. Verglichen mit ihrem Vater und ihrer verstorbenen Mutter Klara ein ruhiges, vielleicht sogar ein etwas langweiliges Leben, ohne große alltägliche Herausforderungen.

»Wie geht es dir, Charlotte?«, fragt Emma.

»Es muss«, gibt die Frau zur Antwort.

»Du bist aber gesund. Oder?«

»Für mein Alter geht es gut.«

»Du bist Anfang siebzig?«

»Was soll das, Emma? Ich dachte, du bist Polizistin. Immer kommen Leute und wollen was von mir.«

»Wer will denn etwas von dir?«

»Seit der Volker tot ist, gibt es eben alle möglichen Fragen.«

»Zum Beispiel?«

»Na, wie heute Mittag, wegen der Durchsuchung, da wollten sie die Hausschlüssel«, antwortet Frau Schwendner.

»War Sandra hier? Wollte deine Schwiegertochter ins Haus?«

»Die lass ich nicht rein.«

»Und deine Enkelin? Lisa?«

»Die hat sich noch nicht gemeldet.«

»Warst du noch mal im Haus? Seit letzter Woche?«

»Kann sein, ich kümmere mich um den Garten. Das weißt du doch.«

»Der Schwimmanzug, den du mir gebracht hast, der war sehr wichtig für uns.«

»Gut. Na denn.«

Emma merkt, dass Charlotte sie loswerden und nicht weiter mit ihr sprechen will. Es muss etwas geschehen sein, das zu diesem Umschwung geführt hat. Ist es die Trauer um den Sohn? Verbitterung?

»Charlotte, es tut mir sehr leid, was passiert ist. Das ist wirklich schrecklich. Drei Tote, erst der Marc, dann Volker und auch noch seine Freundin Paula. Kanntest du sie?«

Charlotte nickt, zieht eines der Heftchen zu sich her, wischt darauf herum, als ob sie so eines ihrer Lebensrätsel lösen könnte. Emma schaut auf die Hände der einsamen Frau. Sie sind gepflegt, obwohl sie damit tief in der Erde wühlt, aber vermutlich benutzt sie Handschuhe, anders als Bernhard und seine Helfer auf dem Hof.

»Das war eine Nette. Die Paula. Die kam öfter vorbei. Zusammen mit Volker. Die haben zusammen geschafft.«

»Hattest du den Eindruck, das es zwischen den beiden mal gekracht hat?«, fragt Emma nach.

»Warum denn auch noch dieses junge Mädel?« Charlotte kommen die Tränen, sie nimmt ein Taschentuch, das im rechten Ärmel ihrer Bluse steckt, und schnäuzt sich.

»Das würde ich auch gerne wissen«, antwortet Emma. »Hat dir der Volker gesagt, dass er die Urne von Marc abholen will? Drüben am Schweizer Ufer?«

Charlotte schaut auf, ihre Augen sind weit, sie schluckt. Sie antwortet nicht sofort, sie blinzelt, nur ganz kurz, dann hat sie sich wieder im Griff. Emma sieht, sie wird ihr nicht die Wahrheit sagen. Sie wusste von der Verabredung ihres Sohnes mit dem Bestatter und dem Vorhaben, über den See zu schwimmen, um die Urne abzuholen.

»Davon weiß ich nichts«, sagt die Frau.

Es hört sich an, als würde ein trockenes Stück Holz zerbrechen. Emma wartet, ob sie ihre Lüge zurücknimmt. Aber es kommt nichts mehr. Warum hat Charlotte nichts von Volkers Plan erzählt? Vor wem wollten er und sie es geheim halten? Es gibt nur eine Antwort, denkt Emma. Sandra Schwendner sollte es nicht erfahren. Wo ist die Urne abgeblieben? Ist sie einfach nach Volker Schwendners Tod abgetrieben, den Rhein hinunter und irgendwo an den Klippen des Wasserfalls bei Schaffhausen zerschellt? Die Asche des Selbstmörders hat sich im Wasser des Rheins verteilt. Inzwischen ist sie in der Nordsee angekommen.

»Wer war noch in dem Haus, Charlotte?«

Emma versucht es mit einer direkten Frage, sie spürt, wie die Frau am Tisch ihren Widerwillen nicht mehr aufrechterhalten kann. Ihre Abwehrhaltung bröckelt. Auf einmal ist das Gesicht von Charlotte von vielen Furchen durchzogen. Die gab es dort vor ein paar Minuten noch nicht, auch vor ein paar Tagen nicht. Emma muss an die braunen Papiertüten denken, die sie auf dem Hof für Äpfel und Kartoffeln verwenden. Hat man sie einmal benutzt und streicht sie glatt, sind sie voller Falten, aber noch gut zu gebrauchen.

»Ein großer Mann. Ich weiß doch auch nicht, wer das war«, gesteht sie leise.

»Der kam bei dir hier vorbei?«

Sie nickt.

»Wann war das? Letzte Woche?«

»Donnerstag. Ich war schon im Bett.«

»Wann genau?«

»Ich glaub so um eins oder zwei rum.«

»Hat er geklingelt?«

»Es hat geklingelt und er steht da. Mit Maske im Gesicht, so eine Corona-Maske, und einer Mütze auf. Großer Kerl im Anzug. Er hat irgendwie mit Akzent geredet, Schweizer oder Russe oder Pole oder alles zusammen. Was weiß denn ich.«

»Ist dir etwas an ihm aufgefallen?«

»Ich glaube, der hat hier eine Narbe.« Sie zeigt auf ihre rechte Augenbraue.

»Was wollte er?«

Charlotte muss schwer atmen. Hoffentlich ist sie wirklich gesund, denkt Emma.

»Er wollte wissen, ob Volker hier wohnt. Ich sag, nein, der wohnt hier nicht. Dann sagt er, ich muss nachschauen, in deiner Wohnung. Ich hab gesagt, das geht doch nicht. Aber er kommt einfach rein. Ich bin ihm nach, da hat er mich am Arm genommen und auf meinen Sessel gezeigt. Setz dich, sagt er, ich tu dir nichts, alte Frau, du kannst einen Film schauen, aber ich muss dich festbinden, und du darfst auch nicht schreien.«

Charlotte dreht den Kopf zu ihrem geliebten Sessel. Was sie erlebt hat, spielt sich erneut vor ihren Augen ab.

»Er hätte mich gar nicht anbinden müssen, ich war sowieso gelähmt.«

»Er hat dich gefesselt?«

»Mit dem Gürtel vom Morgenmantel. Die Arme nach hinten, hinter den Sessel. Er hatte ein silbernes Klebeband dabei, das pappte er mir auf den Mund. Dann schaltete er den Fernseher ein. Er machte alle Schränke auf, schaute überall rein, auch im Bad. Dann fand er meine Schlüssel, hielt sie mir vors Gesicht und fragte, welcher für das Haus von Volker ist.«

»Das ist furchtbar, Charlotte. Dann ist er einfach so gegangen?«

»Er sagte, er kommt wieder, ich müsse keine Angst haben, er würde einer Frau, die seine Mutter sein könnte, nichts tun. Er ging weg und kam tatsächlich nach ungefähr einer Dreiviertelstunde wieder. Dann band er mich los. Wenn ich die Polizei rufe, dann bekommst du große Schmerzen, hat er mir noch gedroht.«

Sie macht den Akzent des Mannes nach, es wirkt ungewollt komisch.

Emma umgreift die Hände der Frau, streichelt sie vorsichtig, während ihre Gedanken rasen. Es gibt ihn also, den großen Unbekannten. Wer könnte das sein und für wen arbeitet er?

»Hat er dir etwas gestohlen?«, fragt sie Charlotte Schwendner.

»Mein Telefon. Klar, damit ich nicht die Polizei anrufen kann.«

»Du hast doch bestimmt unten im Haus am See nachgeschaut. Was hat er von dort mitgenommen?«

»Das kann ich dir nicht sagen. Es war ein wenig viel für mich. Aber alle Schränke standen offen, die habe ich wieder zugemacht. Am nächsten Tag.«

»Verstehe. Danke, Charlotte, dass du mir das alles erzählt hast. Wir werden versuchen, diesen Mann zu kriegen.«

»Hoffentlich. Bevor er wieder hierherkommt.«

»Guten Abend noch.«

Emma steht auf, aber da sind noch die Fragen zur Urne, für die sie noch Antworten braucht.

»Die Urne ist nicht wieder aufgetaucht?«

Charlotte schüttelt den Kopf.

»Volker hat deiner Schwiegertochter nichts davon gesagt? Nur dir?«

»Sandra bestimmt nicht. Die wollte eine richtige Beerdigung, Volker wollte die Asche in den See streuen. Deswegen die Einäscherung in der Schweiz. Hier darfst du das ja nicht.«

»Hat er es Lisa gesagt?«

»Das weiß ich nicht. Du musst jetzt gehen, ich muss mich hinlegen und eine Schlaftablette nehmen. Den Schlüssel vom Haus könnt ihr in den Briefkasten werfen.«

»Danke, Charlotte.«

Emma verlässt die Mutter ihres toten ersten Geliebten. Obwohl sie viele neue Informationen hat, die ihren Ermittlungen weiterhelfen können, fühlt sie sich schwer und müde. Mit wem haben sie es hier zu tun? Wer überfällt eine alte Frau und fixiert sie auf ihrem Fernsehsessel?

Sie fährt an das Haus am See, vor dem die Kriminaltechniker ihre Gerätschaften einladen. Christoph Nolder kommt auf sie zu und berichtet, dass sie fertig sind. Einen Computer oder ein Mobiltelefon haben sie in dem Haus nicht gefunden. Sie werden die Spuren auswerten und mit denen von der Wohnung in Konstanz und mit dem, was sie in Paula Bajoraths Wohnung gefunden haben, vergleichen. Emma bedankt sich bei ihm. Philipp kommt auf sie zu und schaut sie erwartungsvoll an. Sie informiert ihn von ihrem Besuch bei Charlotte Schwendner, möchte aber heute Abend nicht berichten, was die Frau ihr erzählt hat. Sie fragt, ob er morgen Vormittag Zeit hat, um sie bei einigen Routinebefragungen zu begleiten. Gerne kommt er mit ihr mit. Er bietet ihr an, sie abzuholen, was sie gerne annimmt. Sie bittet ihn, den Hausschlüssel einfach in den Briefkasten von Frau Schwendner zu werfen.

Endlich kann sie zurück zum Obsthof fahren. Es war ein langer Tag, sie ist müde, aber die Gedanken kommen nicht zur Ruhe. Vielleicht ist Bernhard noch wach und trinkt mit ihr ein Bier vor dem Haus. Es sei denn, er liegt mit seiner Freundin im Bett. Aber wie sie erleichtert feststellt, liegt er auf dem Sofa, den Kopf auf einem Kissen hört er Musik. Der Gips im blauen Verband stört das harmonische Bild, ein Hinweis, dass die Irritationen und Verwirrungen des Lebens niemals aufhören. Die großen Räder drehen sich immer weiter. Sie führen zu gebrochenen Armen, zu gebrochenen Herzen, sie nähren die Liebe und den Hass, sie töten und schaffen neues Leben.

Bernhard öffnet die Augen, als sie das Zimmer betritt, und lächelt sie an.

»Ich hab gedacht, dass du kommst. Unten am See waren Polizeiwagen zu sehen. Da dachte ich, du bist bestimmt nicht weit.«

»Danke, Papa. Setzt du dich mit mir vors Haus? Ich bin sehr müde, aber ein letztes Bier mit dir wäre schön.«

Er müht sich hoch und setzt sich auf. »Rachmaninow«, sagt er mit einer Geste zum Radio, »gut, dass sie das noch spielen.«

»Heute kein Jazz?«

»Mir war eher nach Dramatik. Passend zum alten Obstbauern, der abgestürzt ist.«

Emma kommentiert das nicht. Es ist Selbstmitleid, das ihr Vater empfindet. Runterfallen gehört eben dazu, Aufstehen auch. Sie holt zwei Flaschen Bier aus dem Kühlschrank und setzt sich auf die Bank vor dem Haus, er kommt dazu, im Hintergrund läuft weiter Klassikradio. Nur weil keiner mehr zuhört, muss die Musik nicht aufhören. Auch so eine Marotte von Bernhard.

»Heute keine Mona?«, fragt sie, vielleicht eine Spur zu schnippisch.

»Und was macht Sören so?«, gibt er ihr zurück.

Sie muss lachen. »Eins zu null für dich. Sie ist eine nette Frau. Ich finde es toll, dass ihr euch gefunden habt. Ehrlich. Ich muss mich nur noch daran gewöhnen, ich bin eben altmodisch, und eifersüchtig bin ich auch. Schon immer gewesen.«

Er trinkt von seinem Bier. Lächelt vor sich hin, nimmt mit der linken Hand ihre rechte Hand.

»Es ist alles so seltsam. Als Gärtner setzt man eine Pflanze und wartet, ob sie Wurzeln schlägt, freut sich auf den Regen und den Wind, und dann erntet man irgendwann. Mit der Liebe ist es anders. Die ist wie ein umherfliegender Samen, der sich einfach irgendwo niederlässt, in die Erde fällt und anfängt zu wachsen. Zuerst merkst du gar nicht, was da kommt. Aber dann siehst du: Da wächst ein Unkraut, was sich zu etwas sehr Schönem entwickeln kann, zu einer neuen Sorte in deinem Garten. Oder du reißt es aus.«

»Mona als Unkraut?«

Bernhard lacht. »Ja, das ist sie. Sie ist süß und sauer. Ich lass sie wachsen und sie mich.«

»Anders geht es nicht.«

Sie trinken aus ihren Bierflaschen und schauen auf den dunklen See, auf die Lichter im Dorf, auf die schwarze Hügelkette auf der Schweizer Seite.

»Da unten, dieser Findling am Weg, wo die ersten Pfahlbauten im Wasser lagen. Lag dieser Stein schon immer da?«

»Ich denke schon.«

»Sieht aus wie von einem Riesen hingeworfen.«

Bernhard denkt nach. »Es gab mal einen Riesen, drüben im Thurgau. Der zog für den Kaiser in den Krieg gegen seine Feinde im Osten. Er war so groß, der Riese, der brauchte keine Schiffe, er konnte so durch den See waten. Wenn er wütend war, warf er mit Steinen.«

»So könnte es gewesen sein«, stimmt sie ihm zu, »ich suche auch nach einem Riesen, einem großen Kerl, der für einen Kaiser, den ich noch nicht kenne, in den Krieg zieht.«

»Ah, du hast eine Spur.«

»Es sieht so aus. Aber es ist noch kein Bild. Es ist ein Gefühl. Es geht um mehr. Wer ist der Kaiser und welchen Krieg führt er? Wenn ich darauf eine Antwort habe, kann ich den Riesen fangen.«

»Vielleicht führt der, den du suchst, gar keinen Krieg«, überlegt Bernhard.

»Aber warum schickt er sonst seinen Profi aus, der für ihn tötet?«

»Nicht jeder Gangster führt einen Krieg. Das ist das falsche Wort. Es ist sein Leben, Gangster zu sein, so wie du Polizistin bist. Dafür kann es viele Gründe geben. Die Familie, Armut, Eitelkeit. Oder Rache. Oder eben Liebe.«

»Wer wurde wegen der Liebe zum Verbrecher?«

»Das fragst du mich? Die meisten Verbrechen geschehen doch aus Liebe oder wegen einer Frau.«

»Nein, nein. Die meisten Verbrechen geschehen aus anderen Gründen, aus Habsucht, aus Gier, aus Egoismus«, widerspricht Emma.

»Vermutlich ist beides richtig«, meint Bernhard und trinkt sein Bier aus. Er steht auf, küsst seine Tochter auf die Stirn und wünscht ihr eine gute Nacht.

Emma bleibt noch einen Moment sitzen und lässt das Gespräch auf sich wirken. Sie ist schließlich das beste Beispiel dafür, wie Liebe und Verbrechen sich gefunden haben. Sie muss an Antonio denken. Gerne würde sie sich bei ihm entschuldigen, ihn erschossen zu haben. Das geht natürlich nicht, aber vielleicht kann sie sich irgendwann einmal seiner Mutter erklären.

Mittwoch

Am nächsten Morgen, Emma nimmt die Milch aus dem Kühlschrank, Bernhard sitzt vor einer Tasse Kaffee, vor sich die *Bodenseezeitung*, betritt Mona mit einer Tüte Brötchen die Küche. Sie lächelt breit, wünscht einen guten Morgen und fragt, wie es dem Invaliden geht. Mona trägt einen engen blauen Pullover, eine Jeans, auf der Blumen aufgestickt sind, die Füße stecken in weißen Sneakers mit dicken Sohlen. Ihr Auftritt wirkt dynamisch, als ob frische Luft hereinweht. Bernhard grummelt, Emma antwortet für ihn, es gehe ihm gut, sagt sie. Sie hört ein Auto vor dem Haus und blickt aus dem Fenster, wo Philipp Reiser vorgefahren ist. Er steigt aus dem Polizeiwagen, Emma winkt ihm zu, er soll hereinkommen.

Philipp betritt die Küche. Jetzt sind es zwei Paare in der Küche. Philipp grüßt Emmas Vater.

»Das sieht nicht gut aus«, sagt Philipp und deutet auf den Gips.

»Ich hoffe, ich werde nicht verhaftet deswegen«, meint Bernhard.

Philipp lacht und gibt Mona die Hand.

»Mona König«, sagt sie.

»Reiser«, antwortet er.

»Willst du einen Kaffee, bevor wir losfahren?«, fragt Emma.

»Gerne«, antwortet er.

»Milch?«

»Schwarz, bitte.«

Sie reicht ihm den Kaffee, er trinkt. Die anderen sehen ihm dabei zu.

»Ich hab frische Brötchen, wollen Sie eines?«

Mona lächelt den jungen Mann an, hält ihm die Tüte mit den Brötchen hin.

»Vom Bäcker Leins in Öhningen.«

Philipp blickt Emma unsicher an. Es war eine spontane Geste, ihn in die Küche zu locken, um Bernhard und Mona zu demonstrieren, dass auch sie so früh am Morgen Besuch bekommen kann.

»Danke, aber ich hab schon gefrühstückt«, antwortet Philipp.

Emma lächelt, das war die richtige Antwort, denkt sie sich. Sie nimmt einen letzten Schluck.

»Wollen wir?«

Philipp trinkt ebenfalls, stellt die Tasse ab und bedankt sich.

»Die Kavallerie zieht in die Schlacht«, bemerkt Bernhard, »viel Erfolg.«

»Tschüss«, verabschiedet sich Mona.

Als sie nebeneinander im Auto sitzen und Philipp den Wagen anlässt, wirft er ihr einen fragenden Blick zu. *Was sollte das denn?*, besagt er.

»Ich wollte höflich sein«, meint Emma und freut sich insgeheim, ihn irritiert zu haben.

»Seit gestern weiß ich, dass mein Vater eine Freundin hat, und heute Morgen bringt sie Brötchen vorbei.«

»Hat er sich den Arm gebrochen?«

»Ja. Idiotisch. Wahrscheinlich war er mit den Gedanken woanders.«

»Passiert. Das mit den Brötchen ist doch nett von ihr.«

»Vermutlich. Vor zehn Jahren ist meine Mutter gestorben, seither ist er allein. Und kaum bin ich mal da, kommt eine Frau, die gute Pasta kochen kann und Brötchen vorbeibringt.«

Emma schaut aus dem Fenster, auf die grüne Pracht, auf

die blühenden Obstbäume, die ersten Boote auf dem See. Der Himmel ist grau, irgendwann wird es heute regnen.

Philipp grinst, streicht mit einer Hand über seinen dichten schwarzen Bart. Mit einem Seitenblick sieht sie diese Geste und ertappt sich erneut, wie sie ihm gerne in den Bart fassen würde. Was ist das nur, sie mag doch eigentlich keine Männer mit Bärten. Oder doch?

»Wohin?«, fragt Philipp.

»Also, als Erstes fahren wir nach Böhringen. Zu dem Gestüt von Malchow. Kennst du das?«

»Ja, kenne ich.«

»Laut der Liste von Sandra Schwendners Sprechstundenhilfe hatte sie dort letzten Dienstag um acht einen Termin, ein Pferd brauchte Physiotherapie. Ich wusste gar nicht, dass die das auch bekommen.«

Emma erinnert sich an Beatrix von Malchow, mit der sie in die gleiche Klasse ging. Beatrix war das typische Mädchen mit den langen blonden Haaren, das sich immer mit einer Clique von Anhängerinnen umgab. Emma gehörte nicht dazu, sie fand Beatrix oberflächlich, auch ein wenig dumm. Emmas Freunde galten als Kiffer und Außenseiter. Keine aus Beatrix' Umfeld sagte es offen, aber Emma war die Adoptierte, das Italiener-Mädchen von der Höri. Sie begriff eigentlich nie, warum Beatrix und ihre Freundinnen diese Unterschiede machten, was sie dazu bewog, diese Klischees aus amerikanischen Teenie-Serien zu imitieren. Sie hat Beatrix seit über zwanzig Jahren nicht mehr gesehen. In der Zeitung gab es vor ein paar Jahren einen Bericht über den Unfalltod ihres Vaters, Gregor von Malchow. Er fuhr betrunken frontal auf ein Auto, in dem ein junges Paar mit seinem kleinen Sohn saß. Alle vier fanden den Tod.

Als ob er ihre Gedanken erraten könnte, sagt Philipp in dem Moment: »Ich war damals an der Unfallstelle, einer meiner ersten Einsätze. Vier Tote. Es war richtig hart ...«

»Kann ich mir vorstellen. Ich war mit Beatrix, seiner Tochter, in der gleichen Klasse.«

»Dann kennst du sie?«

»Kann man so nicht sagen. Aber für sie und ihre Mutter muss dieser Unfall brutal gewesen sein. Sie hielten sich immer für etwas Besonderes.«

»Schlimmer war es für die junge Familie und das Kind. Sie starben, weil dieser Idiot besoffen Auto fuhr.«

Sie biegen auf eine lange gerade Straße ein, die zu dem Gehöft führt. Sie rollen unter einem Torbogen durch wie auf einer amerikanischen Ranch. Auf dem großen Hof stehen PS-starke, teure Fahrzeuge und zwei Anhänger für Pferde; rechts das alte Gutshaus, links die Stallungen. Es riecht stark nach Tier, Vögel sitzen auf den Dächern und kommentieren das Geschehen. Eine Frau in einem blauen Arbeitsoverall schaut aus einer Stalltür. Als sie den Polizisten und Emma auf sich zukommen sieht, zieht sie sich wieder zurück. Sie hat vermutlich jemand anderen erwartet. Emma geht ihr nach, ruft ihr nach und fragt, wo sie Beatrix von Malchow finden kann.

»In der Halle«, antwortet ihr die Frau und sticht mit ihrer Heugabel in einen Strohballen.

Emma und Philipp gehen an den Pferdeställen vorbei, bis sie zur Reithalle kommen; drinnen steht eine Frau, auf dem Kopf einen Helm, die Beine in einer dieser beigefarbenen Reiterleggings und in Reitstiefeln, in jeder Hand hält sie eine Peitsche. Ein dunkelbraunes Pferd macht auf die Befehle der Frau seltsame Hüpfbewegungen, den Kopf hoch erhoben, die Nüstern gebläht. Emma und Philipp stellen sich an eine der seitlichen Begrenzungen, wo es Sitzgelegenheiten für Zuschauer gibt. Dann erfasst Beatrix von Malchow die Besucher, sie lässt ihre Peitschen sinken, geht auf das Pferd zu, redet mit ihm, gibt ihm etwas zu knabbern und fasst es am Geschirr, bevor sie es zu einem Holm führt und dort anbindet.

»Ja?«, fragt sie. Dann erkennt sie Emma, die frühere Klassenkameradin. »Emma? Lang her. Was gibt's? Ich hab zu tun.«

»Hallo, Bea. Mein Kollege Reiser«, eröffnet Emma.

»Du bist von der Kripo. Oder?«

»Richtig, Kripo Konstanz. Wir haben ein paar Fragen zu Sandra Schwendner, der Tierärztin.«

»Wegen ihrem Mann, der ertrunken ist?«

»Es handelt sich um eine Mordermittlung«, erklärt Philipp Reiser.

»Echt jetzt? Und was hat das mit mir zu tun?«, fragt Beatrix von Malchow.

»War Frau Dr. Schwendner letzte Woche bei Ihnen hier auf dem Hof?«, fragt der Polizist.

»Die Sandra? Die macht die Physio mit einem unserer Zuchtpferde. Ja, das ist immer dienstags.«

»Wann genau war Frau Schwendner hier, und wann ist wieder gegangen?«, fragt Emma.

Beatrix hat sich sehr verändert. Aus dem zierlichen Mädchen von damals ist eine stämmige Frau geworden, die blonden Haare sind einer praktischen Kurzhaarfrisur gewichen, im Gesicht zeigen sich erste scharfe Falten neben dem Mund.

»Das weiß ich nicht mehr, ich hab die Termine nicht im Kopf. Frag die Renate, die macht vorne die Ställe. Habt ihr die Sandra im Verdacht?«

»Das sind laufende Ermittlungen und Routinefragen«, erklärt ihr Emma.

»Du bist Polizistin geworden. Wahnsinn.«

»Hättest du mir nicht zugetraut.«

»Du warst schon immer etwas schlauer als wir dummen Mädchen. Ich bin hier hängen geblieben. Als einsame Witwe, aber mit vielen Pferden.«

Die Frau klingt melancholisch, Emma überlegt, ob das

eine verspätete Entschuldigung für ihr damaliges Verhalten ist oder ein selbstsüchtiger Versuch, bedauert zu werden. Sie merkt, sie hat keine Gefühle für diese reiche Frau, ob sie nun Witwe ist oder nicht.

»Danke, Bea.« Emma nickt ihr knapp zu und geht aus der Halle.

»Auf Wiedersehen«, wirft Philipp hin und folgt Emma. Beatrix von Malchow schaut ihnen nach, dann macht sie das Pferd los und hebt die beiden Peitschen wieder in die Luft.

Sie finden Renate in einem der Ställe, wo sie Pferdemist aus einer Box schaufelt. Die Frau im blauen Overall schaut sie misstrauisch an.

»Wir haben eine Frage zu der Tierärztin Dr. Schwendner. Frau von Malchow sagte uns, sie könnten uns die beantworten. Wann kam letzte Woche Dienstag Frau Dr. Schwendner zu Ihnen auf den Hof?«, fragt Philipp ohne Umschweife.

»Keine Ahnung«, meint die Frau, stochert im Pferdemist und lädt eine Ladung vor die Füße der beiden Polizisten.

»Frau Schwendner hatte hier angeblich eine Physiostunde für eines der Zuchtpferde«, versucht Philipp nachzuhelfen.

»Kann schon sein«, sagt Renate und schiebt den Hintern des Pferdes zur Seite, um weiter hinten in der Pferdebox arbeiten zu können.

»Kommen Sie her. Sofort!«, befiehlt Emma streng. Das Pferd macht große Augen und wiehert. Die Frau spricht beruhigend zu dem Pferd. Sie blickt irritiert über die laute Ansage der Polizistin. Diesen Ton versteht sie offenbar.

»Ich nehme Sie jetzt gleich mit aufs Präsidium und führe dort eine Zeugeneinvernahme durch, wenn Sie meinem Kollegen nicht sofort antworten!«, macht Emma klar.

Philipp zieht ein paar Handschellen hinter seinem Rücken hervor und reicht sie Emma.

»Ist ja gut«, brummt die Frau.

»Also?«, fragt Emma laut.

»Sie sollte eigentlich um acht kommen, aber sie ist erst um elf aufgetaucht. Sie war richtig scheiße drauf. Keine Ahnung, warum. Amando hatte auch keine Lust, wir haben dann verschoben. Da war alles wieder normal.«

Emma und Philipp Reiser schauen sie aufmerksam an, ob sie noch etwas zu sagen hat.

»Amando ist unser Zuchthengst, er hat sich beim Turnier eine Zerrung zugezogen.«

»Geht doch«, meint Philipp und schaut zu Emma, die nickt.

»Könnte sein, dass Sie diese Aussage noch einmal wiederholen müssen. In Konstanz. Wir würden Ihnen dann einen Termin schicken.«

Damit dreht sich Emma um, gefolgt von Philipp.

Als sie den Pferdehof verlassen, grinsen beide.

»Das nennt man wohl toxisch«, kommentiert Emma.

»Du kannst ganz schön scharf sein«, meint Philipp.

Sie blickt zu ihm. Er streicht sich seinen Bart. Offenbar macht er das, wenn er verlegen ist.

»Also, deine Ansagen.«

»Wo war Sandra Schwendner an dem Morgen, als ihrem Mann Volker auf dem Untersee eine Spritze verabreicht wurde? Hast du schon die Strömungsprofile im See?«

»Bekommt ihr heute von der Landesanstalt für Umwelt.«

»Die Wasserschutzpolizei sollte sich auch mit Strömungen auskennen?«

»Die kriegen ihre Daten vom Land. Man kann die Strömungen übrigens auch online anschauen.«

»Tatsächlich? Das heißt, wer auf den See geht, kann sich vorher informieren?«

»Genau.«

Den zweiten Termin für einen Hausbesuch am Dienstag vor einer Woche hatte Sandra Schwendner mit dem Katzenhalter Ottfried Branoner. In einem Mehrfamilienhaus steigen sie bis zum Dachgeschoss hoch, und als sie die Klingel drücken, hören sie bereits das Miauen von Katzen. Ein Mann fragt, wer sie sind, und als sie sagen, sie kommen von der Polizei, ist zunächst einmal Stille, gefolgt von Türenklappern. Es öffnet ein Mann mit Dreitagebart, hoher Stirn, dicker Brille, in Jeans und T-Shirt. Er habe erst die Katzen wegsperren müssen, entschuldigt er die Verzögerung. Philipp erklärt ihren Besuch. Herr Branoner bittet sie herein, fragt, ob sie Allergien gegen Katzen hätten, wenn nicht, dann würde er die Wohnzimmertür wieder öffnen. Weder Emma noch Philipp haben dagegen Einwände. Sie werden in einen großen, offenen Raum geführt, mit einem Sofa, auf dem Decken ausgebreitet sind, wo ein Esstisch mit Stühlen und ein großer Kratzbaum stehen.

»Das ist Gabi und das ist Fritz«, stellt der Mann die grauhaarige Katze und den schwarzhaarigen Kater vor. Die beiden Tiere beäugen die beiden Besucher, und als die Katze um ein Bein von Emma herumstreicht, macht der Kater es ihr bei Philipp nach. Philipp fragt nach dem Besuch von Sandra Schwendner vor einer Woche, was der Grund ihres Besuchs war und wann sie kam. Es seien Routinefragen bei Ermittlungen.

»Ich hab es gelesen, ihr Mann von der Zeitung ist ertrunken«, sagt Branoner, »schrecklich.« Er zeigt auf die Stühle am Esstisch, wo sie sich setzen. »Frau Dr. Schwendner kam über zwei Stunden zu spät. Das hat uns gar nicht gepasst. Mein Mann und ich sind beide im Job und müssen das koordinieren, wegen unserer beiden Süßen hier, die wir nicht lange alleine lassen wollen.«

»Wie viel später kam sie genau?«, fragt Philipp.

»Über zwei Stunden. Ich rief dann in der Praxis an, da sagte man mir, die Frau Doktor sei aufgehalten worden. Das könne eben bei Hausbesuchen vorkommen. Es wurde stressig.«

»Sie haben mit der Sprechstundenhilfe gesprochen?«, will Emma von ihm wissen.

»Ja, das habe ich. Nicht sehr kommunikativ, die Dame. Ich meine, wir sind dort Stammkunden, da hätte sie einen von uns auch anrufen können, wenn es später wird. Das gehört sich so. Oder?«

»Und warum gingen Sie mit Ihren Tieren nicht in die Sprechstunde?«

»Also. Zwei Katzen in Transportboxen, dann dahin fahren. Auf dem Fahrrad oder im Bus, der nur selten fährt. Wir haben bewusst kein Auto. Ist nicht leicht. Georg, also mein Gatte, hat extra vorher Gaba aus der Praxis geholt. Das ist so Zeug, um die Süßen ruhigzustellen, wenn sie untersucht werden. Die Wirkung lässt ja irgendwann wieder nach. Gabi verträgt das Zeug nicht gut und erbricht sich nach dreißig Minuten.«

Der Mann wedelt mit der Hand vor seinem Gesicht, als ob er den Geruch des von der Katze Erbrochenem noch immer in der Nase hat.

»Beide hatten Verdauungsprobleme. Bei Gabi war es schlimmer als bei Fritz, wir wollten das eben genauer wissen. Man mag seine Liebsten nicht leiden lassen. Wenn man schon zwei Katzen hat, dann muss man sich auch kümmern. Beide hatten offenbar Zahnschmerzen. Wir haben das gar nicht gemerkt und uns schwere Vorwürfe gemacht.«

»Wie lange blieb Frau Schwendner?«, fragt Philipp nach.

»Eine halbe Stunde würde ich sagen. Fritz mussten wir festhalten, weil das Gaba nicht mehr wirkte.«

»Was ist das für ein Mittel, von dem Sie sprechen?«, interessiert sich Emma.

»Gabapentin – das gibt man Menschen mit Epilepsie, um sie ruhigzustellen. Ist üblich in der Tiermedizin. Macht nicht süchtig oder so. Wir geben das aber sonst nie.«

Herr Branoner blickt sehr ernsthaft zu den beiden Polizisten. Philipp macht sich ein paar Notizen, schaut Emma an, ob sie noch Fragen hat. Sie dreht den Kopf und schaut zu den Katzen, die sich auf dem Sofa niedergelassen haben, jede auf einer eigenen Decke. Der Mann hat gerade etwas gesagt, was vermutlich wichtig ist. Sie steht auf, Philipp Reiser schließt sich ihr an. Sie bedanken sich bei dem Katzenmann und steigen das Treppenhaus hinunter. Bevor sie die Autotür öffnet, kann Emma den Gedanken, den sie gerade hatte, genauer fassen. Man gibt den Tieren Mittel, die man auch bei Menschen einsetzt. Darüber hat sie bisher noch nicht nachgedacht.

Sie setzt sich neben Philipp, der fragt, wen sie jetzt befragen wollen. Die nächsten auf der Liste?

»Moment noch. Wie hieß das Zeug, was die Katzen bekommen haben?«

»Gaba, Gabapentin«, sagt Philipp, nach einem Blick auf seine Notizen. Sie tippt den Namen des Medikaments in ihr Mobiltelefon. Dann sucht sie eine Nummer und ruft an.

»Abena? Kannst du mal rausbekommen, was es mit Gaba oder Gabapentin auf sich hat? Du kannst auch bei Dr. Uhlig nachfragen. Mich interessiert, ob man das spritzen kann und welche Wirkung es hat.«

Sie hört Abena zu.

»Stimmt, du wolltest Lisa Schwendner sprechen. Bist du schon unterwegs? Gut. Mach das allein. Wann und wo ist diese Wahlkampfveranstaltung? Milchwerk, um neunzehn Uhr. Danke.«

Emma klickt ihre Kollegin weg und schaut zu Philipp. »Sie haben uns also angelogen, die feine Frau Doktor und die Frau Amann. An dem Tag, an dem Volker Schwendner ermordet wurde, fehlen für ihr Alibi mindestens drei Stunden.«

»Was bedeutet das? Könnte sie die Täterin sein?«

»Nicht so schnell. Es bedeutet zunächst nur, dass sie lügt. Aber warum?«

»Wir könnten sie fragen.«

»Könnten wir, aber das bringt uns nichts. Sie wird es uns nicht sagen. Sie hat von Anfang an geblockt, genauso wie die Tochter.«

»Also gibt es einen Zusammenhang mit seinem Tod«, folgert Philipp.

»Wenn das Katzenmedikament, dieses Gaba, im Körper von Schwendner wäre, hätten wir ein Indiz. Aber die Pathologen haben nichts gefunden.«

»Vielleicht gibt es noch andere Mittel, die bei Tieren und Menschen verwendet werden?«

»Das denke ich auch. Aber solange wir das nicht nachweisen können, sind wir keinen Schritt weiter.«

»Also müssen wir rausfinden, wo sie an diesem Vormittag war.«

Emma schaut wieder zu Philipp. »Streng genommen bist du nicht Teil der Mordkommission. Ich missbrauche dich. Ist dir das klar? Weil ich an dem Fall nicht mit Matusch arbeiten will.«

Philipp lächelt und streicht sich über den Bart. »Du willst also lieber mit mir arbeiten«, antwortet ihr Philipp.

»Fahr endlich. Zurück. Ich brauch mein eigenes Auto, muss nach Singen zu meiner Dienststelle«, sagt sie zu ihm. Es klingt ungewollt ruppig, aber sein leichtes Lächeln bleibt.

Als sie in Singen auftaucht und sich in dem offenen Büroraum an ihren verwaisten Schreibtisch setzt, schauen sie die Kollegen neugierig an. Sie grüßt mit einem freundlichen »Hallo« und fährt den Computer hoch, der ein Passwort von ihr fordert. Sie tippt einige Buchstaben und Zeichen ein, aber der Computer verweigert ihr den Zugang. Als sie die drei Polizisten nach einem Passwort fragt, zucken die nur mit den Schultern und tippen auf ihren Tastaturen herum.

»Hallo!«, ruft sie laut, »Was soll das? Ich brauch ein Passwort. Wo bekomme ich das!?«

Jetzt erhebt sich der Kollege vom nächsten Schreibtisch, steht langsam auf, er knatscht provozierend auf seinem Kaugummi und kommt langsam zu ihr. Er beugt sich über ihre Tastatur und tippt darauf herum. Sie riecht sein Deodorant, das seinen Schweißgeruch nicht übertünchen kann. Der Bildschirm leuchtet auf, und die Hoheitszeichen der Polizei Baden-Württemberg tauchen auf.

»Wieso weißt du das und ich nicht?«, fragt ihn Emma.

»Das kann ich dir nicht sagen. Hat dich niemand eingewiesen?«

»Nein, sonst hätte ich nicht gefragt.«

Der Mann geht wieder zu seinem Platz zurück. Emma steht auf und stellt sich mitten in den Raum.

»Hört zu! Das hier ist auch meine Dienststelle. Ich wurde nach Konstanz ausgeliehen, um in zwei Mordfällen zu ermitteln.«

»Woher sollen wir das wissen?«, fragt der Mann, der ihr behilflich war.

»Du könntest mich einfach fragen, anstatt mich zu ignorieren«, gibt ihm Emma zurück.

»Normalerweise stellen sich die neuen Kolleginnen und Kollegen vor, sie sagen ihren Namen, ihren Dienstgrad und geben einen aus, als Einstand«, bekommt sie zurück.

Emma ist für einen Moment irritiert, dann stimmt sie dem Kollegen zu. »Du hast recht.«

Sie geht aus dem Raum, dreht sich vor der Eingangstür um und kommt wieder herein. Sie spricht betont heiter:

»Hallo, liebe drei Fragezeichen. Mein Name ist Emma Zäringer, Polizeihauptkommissarin, ich bin zweiundvierzig Jahre alt, unverheiratet, Konfektionsgröße achtunddreißig. Ich überlege, ob ich mir meine ersten grauen Haarsträhnen färben lasse, bin aber noch unentschieden. Ich war viele Jahre bei der Kripo in Konstanz tätig, wurde mehrere Monate vom Dienst freigestellt, weil ich einen Mafioso bei einem Schusswechsel getötet habe. Mir wurde nahegelegt mich beim KDD Singen zu bewerben. Das habe ich gemacht, beginne aber gerade, meine Entscheidung zu bereuen, weil die Kollegen zu anspruchsvoll sind und ich offenbar viel zu arrogant. Wenn ich die zwei Mordfälle aufgeklärt habe, für die ich nach Konstanz ausgeliehen wurde, stelle ich euch verdammten Schnöseln einen Kasten Bier auf den Tisch.«

Die drei Männer lachen und klatschen laut. Emma hat offenbar den richtigen Ton getroffen und setzt sich vor ihren Computer. Der Kollege, der ihr das Passwort eingegeben hat, steht von seinem Platz auf, streckt ihr die Hand hin, die sie drückt.

»Sandro Schmidt«, sagt er, »du musst dein eigenes Passwort einrichten. Das hast du in Konstanz doch auch gemacht.«

»Vermutlich haben die mir den Zugang gesperrt, weil ich weg war.«

Sie tippt erneut, durchläuft die Anmeldungsprozedur, auf ihrem Mobiltelefon erscheint eine Zahlenkombination, die sie ebenfalls eingibt. Dann kann sie den Computer nutzen und hat Zugang zu den polizeilichen Informationssystemen.

Das gestrige Gespräch mit Charlotte Schwendner geht ihr nach. Wer könnte der Unbekannte sein, der es auf den Computer von Volker Schwendner abgesehen hatte und der vermutlich ebenfalls bei Paula Bajorath war? An was haben die beiden gearbeitet? Was war so wichtig, um dafür zu töten?

Zunächst meldet sie sich für einen Online-Zugang bei der *Bodenseezeitung* an, der für vier Wochen kostenlos ist. Aber ihre Kontonummer muss sie trotzdem hinterlegen. Hoffentlich vergisst sie nicht, sich wieder abzumelden. Sie klickt sich durch Artikel, die Volker als Chefredakteur veröffentlicht hat. Offenbar scheint es seiner Funktion zu entsprechen, zu allem und jedem eine Meinung zu haben. Er kommentierte den Rückzug von Markus Söder als Kanzlerkandidat der CDU, er gab Achim Laschet Ratschläge, was er mit seinem

Leben anfangen könnte, er fand Olaf Scholz langweilig, er verglich den Geisteszustand von Putin, Trump und Johnson. Aber er las auch Bücher, schrieb in einer Rezension zu Julie Zeh über die Gemütslage der Ostdeutschen. Emma kommt es vor, als ob Volker Schwendner den Leserinnen und Lesern der *Bodenseezeitung* die große weite Welt erklärte, in der er sich offenbar bestens auskannte. Er führte Interviews mit mächtigen Leuten wie dem Ministerpräsidenten und dem Innenminister des Landes, er traf eine berühmte Sängerin und eine russische Pianistin, Raissa Natroschenko, die es ihm offenbar besonders angetan hatte. Er schrieb drei Konzertkritiken, für die er nach Berlin, nach Wien und nach Schloss Elmau gereist war. Er nannte die Frau ein musikalisches Genie, einzigartig, ihr Glanz habe alles überstrahlt und die Zuschauer überwältigt.

In mehreren Kommentaren machte er sich über die Kritiker der Bebauung des Radolfzeller Auenwaldes her. Er bezeichnete sie als kleingeistig und rückwärtsgewandt, denn ohne Investitionen wie die des Schweizer Hoteliers würde die Stadt sich nicht entwickeln. Dabei würden alle Ökostandards streng berücksichtigt. In Konstanz hätte man es verstanden, Investoren zu gewinnen, dort würde überall gebaut, die Stadt geradezu aufblühen. Auch der Radolfzeller Oberbürgermeister hätte die Zeichen der Zeit erkannt und eine große Vision entwickelt. Aber romantische junge Leute verweigerten sich, wollten nicht begreifen, dass die Zeitenwende auch ihre kleine Stadt ergreife.

Emma kann sich gut vorstellen, wie so ein Artikel bei Lisa Schwendner angekommen ist. Über den Hotelier Urs Landi sind nicht nur in der *Bodenseezeitung*, sondern auch in Schweizer Blättern Berichte erschienen. Eine dieser Reportagen stammt von Volker Schwendner, der begeistert über den behutsamen Umbau von zwei Traditionshäusern berichtet, Hotels, die Eleganz und Schweizer Gastfreundschaft aufs Angenehmste verbinden würden. Sie schiebt ihre missgünstigen Gedanken zur Seite, die Volker mit seiner Redaktionsassistentin Paula in den Betten dieser Hotels sehen und wie sie es sich in den feinen Restaurants schmecken lassen. Ihr Bild des Chefredakteurs Schwendner wird schärfer. Er war ein Zeitungsmann, der Einfluss nahm, der die Mächtigen nicht infrage stellte, weil sie ihm Vorteile verschafften. Offenbar genoss er es, es zu einem Provinzfürsten gebracht zu haben. Es gefiel ihm, ganz oben mitzuspielen, auch wenn der Horizont hier nicht besonders weit war. Und es gab diese musische Seite in ihm, für die sein Sohn eine Echokammer sein sollte, der sich aber seinem Vater verweigerte. Mit den Talenten seines Sohns wollte er sein Gefieder noch mehr spreizen und seine Bedeutung steigern.

Sie macht sich eine Notiz über den Schweizer, der ausgerechnet am Bodensee in Radolfzell ein Luxushotel bauen will. Was verband Landi mit Schwendner?

Ohne große Erwartungen gibt sie den Namen Volker Schwendner auch in die polizeiliche Suchmaske ein. Es tauchen drei gelöschte Ordnungswidrigkeiten auf, Straßenverkehrsdelikte, vermutlich wegen Fahrens mit zu hoher Geschwindigkeit. Alles harmlos und nicht relevant für ihre Ermittlungen.

Doch in einem Verfahren zur Beweissicherung wird sein Name genannt. Vor etwa zehn Jahren soll ein Mann aus Steißlingen, einem Dorf in der Nähe von Singen, ein junges Paar nachts in seinem Auto mitgenommen haben. Die beiden wurden auf einer Landstraße bei Meßkirch erschlagen aufgefunden. Es sah nach einem Raubmord aus. Der Tatverdächtige, der Besitzer des Wagens, wurde verhaftet, kam aber bald wieder auf freien Fuß. Die Mordermittlung der Staatsanwaltschaft Konstanz wurde eingestellt, weil dem Mann nichts nachgewiesen werden konnte. Es gab keine Spuren, keine Zeugen. Er bestritt, den Wagen in der Tatnacht gefahren zu haben, er habe den Autoschlüssel aus Versehen stecken lassen – was vermutlich glatt gelogen war, weshalb man ihn zum Führen eines Fahrtenbuchs verdonnerte –, und lieferte ein Alibi. Emma erinnert sich dunkel an den Fall. Zu dieser Zeit hatte sie sich mehrmals beurlauben lassen, weil ihre Mutter so schwer krank war und dann verstarb. Nach einer Beschwerde der Angehörigen und einem Artikel in einer überregionalen Wochenzeitung zog die Staatsanwaltschaft in Rottweil den Fall an sich. Wie in dem Artikel berichtet wurde, forderte die Rottweiler Staatsanwaltschaft die Akten aus Konstanz an, aber seltsamerweise konnte die Ermittlungsakte nicht mehr aufgefunden werden, und auch DNA-Spuren waren aus der Asservatenkammer verschwunden. In der *Bodenseezeitung* wurde mit keiner Zeile von dem Vorfall berichtet. Was Schwendner, der offenbar in Rottweil einvernommen wurde, mit dem Fall zu tun hatte, kann Emma aus den wenigen polizeilichen Informationen nicht herausfinden. Sie ruft sofort Sören Matusch an, der damals der ermittelnde Kommissar war.

»Ja? Wo bist du?«

Hat er schlechte Laune, oder warum grüßt er sie nicht wenigstens?

»Ich grüße dich auch, Sören! Ich bin in meiner Dienststelle in Singen. Der Name Volker Schwendner taucht in einem Beweissicherungsverfahren der Staatsanwaltschaft Rottweil auf. Sie haben den Fall von zwei Toten auf einer Landstraße bei Meßkirch an sich gezogen. Was war da los?«

»Ist das jetzt so wichtig?«

»Natürlich! Was hatte Schwendner damit zu tun? Warum ist die Ermittlungsakte verschwunden? Du warst damals der Ermittler!«

Er antwortet nicht gleich.

»Rottweil hat Konstanz den Fall weggenommen«, kommt es schließlich von ihm.

»Warum?«

»Es sah wohl so aus, als ob der damalige Konstanzer Staatsanwalt Creutzfeld eine Beziehung zu einer Zeugin hatte.«

»Was für einer Zeugin?«

»Einer Nutte«, antwortet Matusch.

»Einer Nutte«, wiederholt sie trocken. Sie klingt, als ob sie einen Ball an die Wand werfen würde.

Die drei Kollegen im Raum werden auf ihr Telefonat aufmerksam und stellen die Arbeit an ihren Berichten ein.

»Und Schwendner?«

»Traf sie wohl auch.«

»Was heißt das? Wann hat er sie getroffen? In der Tatnacht? Zusammen mit dem Staatsanwalt?«

»Das kann ich dir alles nicht sagen, weil Rottweil übernommen hat. Ich war raus.«

»Nur damit ich die Sache verstehe. Diese Frau hatte eine Beziehung, wie du das nennst, zu dem Tatverdächtigen in einem Mordfall, zu einem Staatsanwalt und zu einem Chefredakteur.«

»Wenn du das sagst, klingt es wie ausgedacht«, sagt er.

»Was ist da dran, Sören? Kannst du Antje Strewig fragen, ob sie in Rottweil anrufen kann? Das ist wichtig!«

»Kommst du zu unserem Treffen?«

»Jetzt komme ich auf jeden Fall!«

Sie legt auf und schaut in die erstaunten Gesichter der Singener Kollegen.

»Ihr habt nichts gehört. Klar?«

Sie nicken wie Schulbuben, doch dann wird es hektisch. Die Polizisten von der Tagschicht werden zu einem Einsatz gerufen. Ein Raubüberfall auf ein Spielwarengeschäft in Singen. Sie fragen, ob Emma mitkommen möchte, aber sie lehnt dankend ab. Sie fährt den Computer runter, löst sich vom Schreibtisch und geht zu ihrem Spind. Für einen Moment denkt sie darüber nach, ihre Uniform und ihre Dienstwaffe mitzunehmen, aber dann entscheidet sie sich dagegen. Sie ist zu angefasst, besser sie ist ohne Pistole unterwegs.

Der Besprechungsraum im Polizeipräsidium strahlt diese nüchterne Helligkeit aus, von der die Beamten hier glauben, sie wäre ihrer Arbeit zuträglich. Emma empfindet das nackte Licht als den hilflosen Versuch, all die Schatten zum Schweigen zu bringen, mit denen sie täglich kämpft. Neben der Kripochefin, die das Treffen der Ermittler leitet, sitzen Sören Matusch, Abena Blumenthal und Emma um die grauen Tische. Ingrid Häberlein fragt jeden der Anwesenden nach dem Stand der Ermittlungen ab. Abena beginnt. Sie berichtet von ihren Recherchen zu den Kontakten der beiden Getöteten, nachdem deren Telefonlisten eingetroffen sind. Paula sprach am Tag, an dem sie getötet wurde, mit Mitarbeitern der *Bodenseezeitung*, mit dem stellvertretenden Redaktionsleiter Rufus Landmann, dem Geschäftsführer Dr. Böring und der Volontärin Viktoria Aigner. Sie telefonierte mit dem Berliner Journalisten Daniel Wilkening und mit ihrer Mutter in Oldenburg. Ihr erzählte Paula vom Tod ihres Chefredakteurs und von ihrem Vorhaben, nach Berlin zu fahren. Die Mutter berichtete, Paula sei sehr aufgewühlt gewesen, aber was sie in Berlin wollte, habe sie ihr nicht gesagt, nur dass es wichtig sei. Sie wollte sich nach der Reise melden und eventuell in Oldenburg vorbeikommen. Was es mit ihrem Anruf beim Radolfzeller Bürgermeister, den sie zweimal kontaktierte, auf sich hatte, konnte Abena noch nicht herausfinden, weil der Mann wegen seines Wahlkampfs ständig unterwegs ist. Von der Familie war in den letzten Monaten niemand bei Paula zu Besuch gewesen. Die Überprüfung der DNA des weiteren männlichen Besuchers in ihrer Wohnung ist immer noch negativ. Die Überprüfung der Termine von Dr. Sandra Schwendner außer Haus an den Tagen nach dem Tod ihres Mannes, die sie mit Sören Matusch durchgeführt hat, führte zu keinen besonderen Erkenntnissen. Am Abend, als Paula Bajorath ermordet wurde, hat sie einen Hausbesuch bei einem Hundehalter gemacht, weil dessen Tier eine Kolik hatte. Auf telefonische Nachfrage hat sie angegeben, sie habe die Nacht zu Hause in ihrem Bett verbracht.

Abena schaut auf, um zu hören, ob es Meldungen zu ihrem Vortrag gibt. Als keine kommen, macht Matusch weiter.

Die Überprüfung der Telefonate von Volker Schwendner war nicht besonders ergiebig, meint Matusch. Tatsächlich hat er sich nach dem Selbstmord seines Sohnes, als ihn die Berner Polizei entsprechend informierte, zurückgezogen und wesentlich weniger telefoniert. Er sprach einige Male mit Paula Bajorath, und kurz vor seinem Tod mit seiner Tochter Lisa und seiner Frau Sandra. Täglich mit Rufus Landmann. Zwei Anrufe gingen in die Schweiz zu einem Schweizer Hotel, das Urs Landi gehört, dem Investor, der in Radolfzell am See bauen will. Drei Nummern konnten sie nicht verfolgen, weil sie nicht registriert sind.

Emma fragt nach, wann die Telefonate mit Landi stattfanden und wie lange sie dauerten, und macht sich Notizen dazu.

Matusch berichtet weiter von der Durchsuchung von Schwendners Haus in Wangen. Auch dort haben die Kriminaltechniker Haare gefunden, deren DNA eindeutig Paula Bajorath zugeordnet werden konnte. Selbstverständlich auch Spuren seiner Mutter, die dort regelmäßig im Haus und Garten ist. Kein Computer, kein Mobiltelefon. Im Prinzip das gleiche Ergebnis wie nach der Durchsuchung seiner Wohnung in Konstanz.

Und doch war noch jemand da, bemerkt Emma. Doch zunächst erzählt sie von den Treffen mit der Reitstallfrau sowie dem Katzenhalter. Sandra Schwendner hat an dem Tag, als ihr Mann ermordet wurde, zumindest für den Vormittag teilweise kein Alibi. Außerdem erwähnt Emma ihre Überlegung, das Mittel, welches dem Getöteten gespritzt wurde, könnte auch aus einer Tierarztpraxis stammen. Sie berichtet über den Besuch bei Charlotte Schwendner am Abend zuvor. Sie wollte von ihr wissen, wer alles von der Abholung der Urne am Schweizer Ufer des Untersees wusste. Die Frau war von dem Vorhaben ihres Sohnes informiert. Genau wie Sandra und Lisa Schwendner, was die beiden aber bisher nicht zugegeben haben. Alle drei Frauen warteten möglicherweise auf ihn. Doch weil sich Lisa und Sandra mit Charlotte Schwendner zerstritten haben, könnte es sein, dass sich die Frauen vor Ort gar nicht begegnet sind.

Emma wendet sich an Abena und fragt sie, ob Lisa an diesem Tag in der Schule war. Sie war nicht in der Schule, bestätigt Abena, Lisa habe sich wegen Menstruationsschmerzen entschuldigt.

Emma nickt, macht eine kleine Pause, um sich zu sammeln. Charlotte Schwendner, sagt sie, wurde in der Nacht, als Paula Bajorath getötet wurde, von einem Unbekannten überfallen. Er fesselte die alte Frau in ihrer Wohnung, die er anschließend durchsuchte. Dann griff er sich den Schlüssel von Schwendners Haus und nahm dort, so vermutet es Emma, Laptop und Mobiltelefon mit. Er schloss wieder ab, befreite die Frau von ihren Fesseln, drohte ihr, sie zu töten, falls sie von seinem Besuch erzählen würde, und verschwand wieder. Charlotte Schwendner beschrieb den Mann als groß und kräftig, mit Maske und Mütze bekleidet. Möglicherweise hat er eine Narbe über der rechten Augenbraue. Sie vermutet, er spricht mit einem osteuropäischen Akzent.

Emmas Ausführungen führen zu einigen Kommentaren rund um den Tisch, doch sie bittet um weitere Aufmerksamkeit. Sie versucht in dem kalten Licht des Raumes und vor den grauen Gesichtern, die die Farbe der Tische haben, weiter so sachlich wie möglich zu bleiben.

»Die entscheidende Frage lautet: Wer hat so großes

Interesse an den Laptops von Paula Bajorath und Volker Schwendner, dass er dafür mordet und eine alte Frau überfällt? Es gibt ihn offenbar, den großen Unbekannten, den Profi. Wer ist sein Auftraggeber?«

Emma macht eine weitere Pause, um zu sehen, ob diese wichtige Erkenntnis, die ihre Ermittlungstätigkeit klar fokussiert, auch bei ihrem Kollegen und den Kolleginnen ankommt. Die Kripochefin fährt mit den Händen über den Tisch, so als müsse sie dort Staub wischen, Matusch schnaubt, weil er schon ahnt, was gleich kommen wird. Abena nickt ihr zu.

»Vorhin habe ich herausgefunden, dass der Name Volker Schwendner vor zehn Jahren in einem Beweissicherungsverfahren auftauchte. Und zwar bei der Staatsanwaltschaft Rottweil, die der Konstanzer Staatsanwaltschaft ein Verfahren entzogen hat. Sören und Ingrid erinnern sich. Es ging um ein Paar, einen Mann und eine Frau, die auf einer Landstraße bei Meßkirch getötet wurden.«

Matusch und Häberlein runzeln die Stirn.

»Möchtest du erzählen, Kollege Matusch?«, fragt ihn Emma spitz.

Er schüttelt leicht den Kopf.

»Hast du die Staatsanwältin erreicht?«, setzt sie nach.

»Sie kommt vorbei«, antwortet er.

»Was soll das?«, empört sich Häberlein.

»Das liegt doch auf der Hand! Wie mir der damals ermittelnde Kommissar Matusch mitteilte, wurden sowohl Schwendner als auch der in den Ruhestand versetzte Staatsanwalt Creutzfeld als Zeugen von einer Prostituierten benannt, die auch den möglichen Täter entlastete.«

»Fuck!«, kommt von Abena.

»Genau. Darum ging es«, ätzt Emma.

Wie gerufen, betritt Antje Strewig, die Nachfolgerin von Creutzfeld, den Besprechungsraum.

»Danke, Herr Matusch, dass Sie mich verständigt haben. Das ist natürlich ein spannender Zusammenhang. Haben Sie sich schon damit befasst?«

Sie schaut die Polizisten aufmerksam an.

»Wir sind gerade eingestiegen«, meint Emma.

»Gut. Also, ich habe in Rottweil angerufen. Die lange verschollene Ermittlungsakte ist auf wundersame Weise wieder aufgetaucht. Ebenfalls die DNA-Proben, die aus unserer Asservatenkammer verschwunden waren. Allerdings wurde zwischen dem Verdächtigen und den Spuren keine Übereinstimmung festgestellt, weswegen die Rottweiler das Verfahren eingestellt haben«, führt die Staatsanwältin aus.

»Gibt es irgendeinen Hinweis, wo die Akte und die Proben waren?«, fragt die Kripochefin.

»Nein. Alles sehr mysteriös.«

»Das finde ich auch«, meint Emma, »vor allem, wenn man bedenkt, dass Ihr Vorgänger, ein damals angesehener Staatsanwalt, und der Chefredakteur der *Bodenseezeitung* offenbar bei ein und derselben Prostituierten verkehrten. Das wirft ein scharfes Schlaglicht auf die Konstanzer High Society. Findet ihr nicht?«

»Wow«, sagt Abena, diesmal sehr leise. In der Runde ist es still.

»Ich versuch mal, den Stand unserer Ermittlungen zusammenzufassen«, beginnt Emma. »Marc, der Sohn von Schwendner, hat sich am Jungfraujoch umgebracht. Er und sein Vater haben kurz davor noch miteinander telefoniert. Anschließend zieht sich der Vater zurück und wird im Untersee, nachdem er die Urne des Jungen abgeholt hat, mit einer Spritze ermordet. Zwischen dem Selbstmord des Sohnes und dem Mord am Vater vergehen etwa zwei Wochen. Was macht Schwendner in der Zwischenzeit? Ich vermute, er ist zutiefst deprimiert und macht, was er am besten kann: Er schreibt. Nur seine Freundin Paula weiß davon. Aber es gibt jemanden, der eine Veröffentlichung, von was auch immer, verhindern will. Wer wusste von Schwendners Absicht, etwas zu publizieren? Zwei Tage später ersticht ein Unbekannter seine Freundin, ihr Laptop und Telefon werden entwendet. Der vermutlich gleiche Täter überfällt die Mutter von Schwendner, durchsucht deren Wohnung und sein Haus am See, nimmt auch seine Kommunikationstechnik mit.«

Emma hält inne, schaut jeden am Tisch einzeln an. Aber allen ist klar, worauf sie hinauswill.

»Ich frage mich, ob der Selbstmord seines Sohnes bei Volker Schwendner eine Art Katharsis auslöste und er endlich begann, seine schmutzige Wäsche zu waschen«, fährt sie fort.

»Klingt möglich und plausibel«, meint die Staatsanwältin Strewig.

»Wissen wir, wo Creutzfeld steckt?«, fragt Häberlein ziemlich missmutig. Sie bekommt keine Antwort.

»Mich interessiert, warum du diesen möglichen Zusammenhang nicht gleich gesehen hast, Kollege?«

Emma wendet sich direkt an Sören Matusch.

»Könnte es sein, dass du die Frau, bei der die beiden Herren verkehrten, auch gut kanntest? Hast du deswegen nichts gesagt?«, fragt Emma ihren ehemaligen Liebhaber.

Matusch haut auf den Tisch und springt auf. »Das reicht jetzt, Emma!«

»Ist das deine Antwort?«, fragt sie nach. Leise.

»Ich habe diese Frau verhört. Sie war eine Zeugin. Aber unterstell mir hier nichts!«, kommt von ihm.

Er setzt sich wieder. Die Frauen um den Tisch schauen ihn betroffen an.

»Was genau hat sie eigentlich bezeugt?«, fragt Emma.

»Nun ja, in der Tatnacht habe sie den Verdächtigen getroffen und eben auch Creutzfeld und Schwendner.«

»Was heißt denn ›getroffen‹? Alle drei zusammen oder einen nach dem anderen?«, fragt Emma nach.

»Es gibt ein Protokoll dazu, die Details erinnere ich jetzt nicht mehr«, sagt Matusch. Es klingt unsicher, kleinlaut.

»Das wirft jetzt schon Fragen auf, Herr Matusch«, sagt Frau Strewig, »wie sehen Sie das, Frau Häberlein?«

»Wir müssen dem nachgehen, ganz klar.«

»Das denke ich auch«, meint Emma.

»Wo lebt Creutzfeld jetzt? Ich versuche das rauszubekommen«, erklärt Häberlein. Sie ist jetzt ganz Chefin. »Wir müssen reden, Sören. Am besten jetzt gleich«, fügt sie hinzu und steht auf.

»Was ist mit der Wahlkampfveranstaltung in Radolfzell?«, fragt Abena.

»Da fahren wir jetzt hin. Komm«, nickt Emma ihrer Kollegin zu und verlässt mit ihr eilig den Besprechungsraum.

»Gute Arbeit, Emma«, kommentiert die Staatsanwältin, als Emma an ihr vorbeigeht.

Auf der Fahrt zurück nach Radolfzell fragt Emma Abena, wie ihr Treffen mit Lisa Schwendner verlief. Abena hat sich bei der Direktion nach dem Stundenplan erkundigt und dann, nach der Schule, auf Lisa gewartet. Aber sie war sehr abweisend, wollte nicht mit Abena sprechen und wurde dann von einer Gruppe anderer Schülerinnen geschützt.

»Sie wirkte auf mich sehr hart und irgendwie durch den Wind. Eine junge Frau ohne Haare. Mutig.«

»Was meinst du damit?«

»Du hast sie doch auch schon getroffen?«, fragt Abena zurück.

»Ja, da hatte sie lange Haare«, antwortet Emma.

»Dann hat sie jetzt in den Kampfmodus geschaltet. Jetzt trägt sie Glatze.«

»Offenbar. Aber was ist ihr Kampf? Geht es ihr um das Klima, oder führt sie einen Feldzug gegen ihren Vater und Männer wie ihn?«, überlegt Emma.

»Das kann man vermutlich nicht voneinander trennen.«

»Da hast du natürlich recht. Dieser Wettlauf nach Besitz und Macht, diese Hybris, über allem stehen zu wollen, haben uns in diese Katastrophe geführt.«

Abena stimmt ihr zu. »Aber in unserer Familie ist das anders«, sagt Abena, »ich bewundere meinen Vater, wie er das alles so geschafft hat. Ich möchte, dass es ihm gut geht, weil auch er möchte, dass es allen gut geht.«

»Das ist schön, bei meinem Vater ist es auch so.«

»Glaubst du, das mit diesem Creutzfeld ist eine Spur?«, fragt Abena.

»Kann sein. Aber vielleicht ist es auch nur ...«

Emma spricht nicht weiter. Sie kann Matusch nicht vor der jungen Kollegin bezichtigen, schlampig gearbeitet zu haben, und sie will nicht über seine Alkoholsucht sprechen. Das würde zu persönlich werden. Abena schaut sie an, möchte mehr hören.

»Ich war an den Ermittlungen damals nicht beteiligt. Meine Mutter war krank und starb dann. Ich hatte anderes zu tun.«

»Verstehe«, meint Abena.

Emma steuert den roten modernen Klotz an, das Radolfzeller Milchwerk, ein ehemaliges Fabrikgebäude, den zentralen Veranstaltungsort für die Stadt, wo Konzerte und Fasnachtsbälle stattfinden, Hochzeiten gefeiert werden, wo sich der Gemeinderat trifft und Räume für Tagungen gebucht werden können. Gleich daneben wurde ein alter Wasserturm zu einem futuristisch anmutenden Gebilde umgewandelt, ein markanter architektonischer Kontrast zur mittelalterlichen Altstadt. Er ragt in einen dunklen Himmel, über den Wolken stürmen, als wollten sie fliehen oder sich gegenseitig einfangen. Zuletzt war Emma mit ihrem Vater vor über acht Jahren im Milchwerk. Sie hatte ihm zum Geburtstag Eintrittskarten für das Konzert einer Jazzband geschenkt. Der Abend war heiter gewesen, die Musik hatte ihnen eine Leichtigkeit zurückgegeben, die sie längst verloren glaubten.

Mit Abena verabredet sie, sich zunächst etwas abseits zu halten und zu beobachten. Sie möchte besser verstehen, um was es in diesem Wahlkampf geht, warum die Bebauung des Seegrundstücks so umkämpft ist, welche Rolle Volker Schwendner und seine Beziehungen zu dem Schweizer Investor dabei spielten. Abena und Emma schließen sich den Bewohnern der Stadt an, die zahlreich gekommen sind. In vier Tagen wird gewählt. Der Posten eines Bürgermeisters in Baden-Württemberg, dessen Amtszeit acht Jahre beträgt, ist einflussreich und mit viel Prestige verbunden. Die Stadt ist nicht groß, da möchte man sehen, wer die Geschicke lenken wird. Die beiden Polizistinnen vom Radolfzeller Polizeiposten stehen in der Nähe des Eingangs. Emma erkennt Renate Flügel wieder, die sie zuletzt vor dem Rathaus getroffen hatte. Sie geht zu den beiden Polizistinnen und stellt Abena vor.

»Ermittelt ihr hier heute Abend, oder seid ihr aus Radolfzell?«, wundert sich Renate Flügel. Emma lächelt nur.

»Die sind schon drin«, sagt die Polizistin, »die Aktivistinnen. Ich hab ihnen gesagt, dass sie rausfliegen, wenn sie Rabatz machen. Das ist eine Informationsveranstaltung.«

Die Polizistin macht einen entschlossenen Eindruck. Sie begrüßt knapp eine Frau, die sich zu Emma umdreht. Es ist Ursula, mit der sie ein frühmorgendliches Bad im Bodensee genommen hat. Sie trägt einen Hosenanzug mit breiten schwarz-weißen Streifen und ist stark geschminkt. Die Farbe ihres Lippenstifts ist knallig Rot.

»So sieht man sich wieder«, meint Ursula.

»Diesmal bekleidet«, entgegnet Emma.

Ursula lacht etwas angestrengt und wünscht einen unterhaltsamen Abend, so als ob sie zusammen ein Konzert besuchen würden. Über ihre Badegewohnheiten möchte sie hier nicht sprechen.

»Warst du mit ihr im See?«, fragt Renate Flügel.

»Ja, zufällig. Sie kam mir entgegen, und ich bin dann auch rein«, antwortet Emma.

»Unbekleidet«, stellt Abena fest.

»Ist sie bekannt dafür, dass sie im See am Auenwald nackt badet?«

Die Radolfzeller Polizistin nickt.

»Nicht nur dafür«, sagt Renate Flügel. »Wir sind beide in der Narizella, im Fasnachtsverein. Wie der Bürgermeister auch.«

»Sie arbeitet im Grundstücksamt.«

»Auch das«, fügt Renate Flügel an.

»Und hat was mit dem Bürgermeister«, platzt Abena heraus.

Emma schaut ihre Kollegin überrascht an.

»Ich hab nichts gesagt«, meint Renate Flügel.

»Also Volltreffer.« Abena grinst breit. Emma braucht einen Moment, um diese neue Information zu verdauen. Sie nickt Abena zu, und zusammen betreten sie den großen Saal, einen nüchternen, funktionellen Raum, der mit einem hellen Holzparkett ausgelegt ist. Graue und rote Stühle sind ordentlich aufgereiht und auf die Bühne ausgerichtet. Auf der einen halben Meter erhöhten Fläche stehen vier Sessel, daneben kleine Tische mit Getränken und Gläsern. Die Anordnung erinnert an Talkshows in Fernsehstudios. Abena zeigt Emma den kahlen Kopf von Lisa, die sich mit ihrer Gruppe am Rand des vordersten Sitzblocks positioniert hat. Sie setzen sich in eine der hinteren Reihe, langsam füllt sich der Saal.

Dann kommen drei Männer und eine Frau auf die Bühne. Den Anführer des Quartetts kennt Emma schon. Er ist der stellvertretende Chefredakteur der *Bodenseezeitung*, Rufus Landmann, der als Moderator durch den Abend leitet, offenbar als Ersatz für den verstorbenen Volker Schwendner. Seine Schultern in dem braunen Cord-Jackett sind schon jetzt gebeugt, aber er macht einen entschlossenen Eindruck, bittet den amtierenden Oberbürgermeister Gerhard Braun, rechts neben sich Platz zu nehmen, die Frau, Ruth Wölzner, setzt sich links neben ihn. Ein weiterer Kandidat, Sascha Zander, kommt am anderen Ende zum Sitzen. Gerhard Braun schaut durch den Lichtkranz des Scheinwerfers, hält sich eine Hand über die Augen und winkt verschiedenen Gästen in den Zuschauerreihen zu. Emma hält nach Ursula Ausschau, aber kann sie nicht entdecken. Gerhard Brauns blaues Sakko mit großen Karos über hellblauem Hemd, dunkelblauer Krawatte und grauer Hose ist ein Statement für Seriosität. Er lächelt selbstsicher und ist anscheinend bereit, seine letzte Schlacht zu schlagen. Graue Schatten liegen um seine Augen. Ruth Wölzner, Anfang vierzig, sitzt aufrecht, wie gut vorbereitet. Sie hat eine achteckige Brille, hinter der ihre Augen kaum zu sehen sind. Ihre dünnen, halblangen hellen Haare umwehen sie wie ein heiterer Kommentar zu ihrer strengen Haltung. Sie trägt ein englisch anmutendes Kleid, das mit kleinen Blumen gemustert ist. Auch sie lächelt zuversichtlich, aber ist merklich angespannt. Der dritte Bewerber ist in ausgewaschenen Jeans gekommen, sein dunkles Hemd und sein hellblaues Leinenjackett verstärken den unkonventionellen Eindruck, den er machen möchte. Obwohl er noch recht jung aussieht, hat er kaum Haare auf dem Kopf. Breitbeinig sitzt er da, offensichtlich stolz, es überhaupt in diese letzte Runde geschafft zu haben. Wie sich später herausstellt, ist er ein Polizist aus Tübingen, der ein Studium zum Verwaltungswirt absolviert hat und jetzt in die Politik einsteigen will.

Der Mann von der *Bodenseezeitung* ergreift das Mikrophon, tippt ein paar Mal darauf, fragt, ob man ihn hören kann. Er ruckelt sich nervös auf seinem Sessel zurecht. Zustimmung kommt aus dem gut gefüllten Saal. Rufus Landmann stellt sich kurz vor, es klingt steif und auswendig gelernt, dann schaut er auf seine Sprechkarten und begrüßt die Gäste. Er beginnt mit dem amtierenden Bürgermeister, anschließend bezeichnet er Ruth Wölzner und Sascha Zander als dessen Gegenkandidaten. Zunächst fragt er launig, ob sie mit einem Wort beschreiben könnten, wie der Wahlkampf gelaufen sei. Von Gerhard Braun bekommt er ein »großartig«, Ruth Wölzner meint, die Radolfzeller wünschten »Veränderung«, und Sascha Zander sagt »einseitig«. Es folgen Statements der Kandidaten zur Zukunft der Stadt, was sie anpacken wollen, wo sie Schwerpunkte setzen werden. Vor allem Ruth Wölzner klingt klar und energisch, sie zerpflückt die Amtszeit Brauns, nennt seinen Einsatz für ökologische Belange verlogen, was sich am Vorhaben zur Errichtung eines Luxushotels im Auenwald zeigen würde. Sie hat eigens eine Präsentation vorbereitet, die jetzt auf der Leinwand erscheint. Wölzner zeigt Bilder der geplanten Bebauung. Endlich wird es lebendig im Saal, sie bekommt großen Beifall. Die Architekten haben sich Mühe gegeben, die Vision eines naturnahen Ortes zu entwerfen, wo Menschen zwanglos an alten Bäumen und hohen Gräsern vorbeigehen, um in ihre runden Pavillons zu gelangen, Gästehäuser, die in einem tropischen Garten zu stehen scheinen. Das zentrale Gebäude öffnet sich zum See hin, von oben sieht es aus wie eine vierblättrige Blume. Es macht alles einen harmonischen, idyllischen Eindruck. Ein weiteres Bild zeigt eine architektonische Konstruktionszeichnung mit harten Linien und Maßen, die einen hohen Innenraum darstellen, der wie eine Kathedrale aussieht. In einem Kästchen wird der Plan als »Raissa Concert Hall« bezeichnet.

»Die Gäste dieses Hotels, die für eine Nacht in diesem paradiesischen Garten Eden am Bodensee schon mal zweitausend Euro hinblättern müssen, können exklusive Konzerte in einer eigens in das Hotel hineingebauten Konzerthalle besuchen«, erläutert Ruth Wölzner die Bilder, die sie den Besuchern zeigt. »Ich frage Sie, Herr Bürgermeister, was soll das? Sollen die vermögenden Besucher dieses Luxushotels ihre eigene Konzerthalle bekommen? Oder wollen Sie Konstanz Konkurrenz machen? Dort gibt es auch einen größenwahnsinnigen Bürgermeister, der unbedingt eine Konzerthalle bauen will.«

Gejohle aus dem Saal, Gerhard Braun rutscht auf seinem Sessel herum und winkt einfach ab.

»Das sind doch alles alte Kamellen aus der Planungsphase, Ideen ...«

»Falsch, das ist Teil des Bauantrags«, fährt sie ihm in die Parade.

»Der ist noch im Prüfstadium. Das ist gar nicht öffentlich, das ist ...«

»Genau. Die Katze ist aus dem Sack. Es ist nicht öffentlich! Sie wollten es durchmauscheln.«

»Das verbitte ich mir, Frau Wölzner«, zischt Gerhard Braun.

Lisa und ihre Gruppe sind aufgestanden und skandieren: »Kein Bonzenhotel im Naturschutzgebiet!«, »Braun go home!« und »Biber statt Bonzen!« Rufus Landmann bittet um Ruhe, es handele sich hier um eine Informationsveranstaltung, sagt er nervös, bei der nach der Vorstellung der Kandidatin und der Kandidaten auch Wortbeiträge aus dem Publikum erlaubt sind.

Sascha Zander schnappt sich sein Mikrophon und widerspricht dem Moderator. Man sollte die Diskussion nicht abwürgen, findet er. Als Polizist habe er gelernt, an einer Sache dranzubleiben, es würde helfen, die Dinge klarer zu sehen. Seiner Meinung nach ist die Bebauung des Seegrundstücks für sehr wenige zahlkräftige Besucher das zentrale Thema der Stadt. Ruth Wölzner stimmt ihm sofort zu. Mit ihr werde es dieses Hotel nicht geben, sagt sie. Lisa eilt in die Mitte des Saals, wo ein Saalmikrophon auf einem Ständer bereitgestellt wurde. Sie greift es mit beiden Händen, holt tief Luft und beginnt zu sprechen. Mit ihrem kahlen Kopf und in ihrer schwarzen Kleidung sieht sie aus wie eine Rächerin, die gekommen ist, die Stadt und ihre Bewohner zu verdammen.

»Mit der Bebauung dieses Seegrundstücks zerstört ihr auch unsere Zukunft. Es hängt alles zusammen! Was muss noch passieren, damit ihr versteht, dass wir am Abgrund stehen? Ihr müsst sofort damit aufhören, obwohl das eigentlich gar nicht möglich ist!«

Sie spricht nicht laut. Was sie sagt, klingt wie die sanfte Bitte eines hilflosen Mädchens um Einsicht.

Im Saal wird geraunt, der Moderator versucht sich einzumischen.

»Junge Frau, ich bitte Sie, sich zu Wort zu melden, wenn Sie …«, beginnt Landmann.

In diesem Moment geschieht etwas Unerwartetes. Im ganzen Saal geht das Licht aus. Für ein paar Sekunden ist es tief dunkel, nur die Leuchten über den Türen, die den Fluchtweg anzeigen, werfen ein dämmriges grünes Licht. Ein Luftanhalten, gefolgt von einem gemeinsamen Atmen ist zu hören. In die nervöse Ruhe des Raums spricht Lisa weiter, ihre Stimme schwillt jetzt an. Sie spricht laut, immer lauter, sie schreit in den Saal und die Dunkelheit.

»Ihr opfert die letzten Grundstücke, die Wälder, die Tiere für eure Geltungssucht, für euren Profit. Ihr seid habgierig! Schämt euch!«

Vereinzelt stehen die Menschen im Saal auf und schauen auf ihre Mobiltelefone, die nach und nach aufleuchten. Einige gehen durch die Saaltüren, aber auch dort ist es dunkel. Vereinzelt taucht ein Wort auf, das weitergegeben wird: »Stromausfall.« Zum Glück gibt es eine Erklärung.

»Bitte bewahren Sie Ruhe!«, donnert der Bürgermeister in den Saal hinein.

»Nein«, schreit Lisa ihm entgegen, »es ist dunkel, weil ihr

alles zerstört habt. Wir sind nicht mehr da! Es ist Nacht geworden!«

Die Schatten der Freundinnen huschen zu ihr und halten sie fest.

»Hört damit auf! Hört damit auf!«, schreit Lisa heiser in den Saal.

»Hier spricht die Polizei«, lässt sich jetzt die kräftige Stimme von Renate Flügel vernehmen. »Es gab einen Stromausfall, melden die Stadtwerke. Kein Grund zur Panik. Die Techniker arbeiten bereits daran, aber es kann ein paar Minuten dauern, bis der Schaden behoben ist. Gehen Sie ruhig und ohne Drängeln nach draußen.«

Emma und Abena haben sich ganz dicht an die Wand gestellt. Die Abendgäste aus dem Saal ziehen an ihnen vorbei, sprechen aufgeregt, aber auch belustigt miteinander. Ein Lichtermeer aus den Leuchten der Mobiltelefone ist entstanden. Es hat etwas von einem Festival, bei dem die Besucher ihre Mobiltelefone aufscheinen lassen. Emma hat aufmerksam den Auftritt von Lisa verfolgt, sie ergreift spontan Abenas Hand, um sie in dem dunklen Gedränge nicht zu verlieren. Lisa und ihre Gruppe sind durch einen der Seitenausgänge ins Freie gekommen. Der Himmel vor dem Milchwerk ist grau geworden, die Wolken haben sich zu einer dichten Decke zusammengefunden, Wind kommt auf, Staub wirbelt durch die Luft. Die Stadt liegt da, als wäre sie ausgestorben und würde schlafen. Die Straßenlaternen dunkel, keine Lichter in den Häusern. Vereinzelt sind die Scheinwerfer von Autos zu sehen, die langsam und vorsichtig fahren, als ob sie sich auf unbekanntem Terrain bewegen. Die Menschen stehen in engen Gruppen zusammen, nur ihre Mobiltelefone leuchten. Kleine digitale Lagerfeuer. Emma hat in einer der Gruppen den gestreiften Hosenanzug von Ursula entdeckt, die auf Gerhard Braun einredet, der kurze laute Sätze ausstößt. Emma schlägt Abena vor, getrennt vorzugehen. Sie will sich den Bürgermeister vorknöpfen, Abena soll Lisa befragen.

Emma geht auf die Gruppe um den Bürgermeister und Ursula zu. Die anbrechende Nacht macht auch Emma zu einem Schatten, der sich unbemerkt nähern kann. Sie hört, wie der Bürgermeister die Leiterin des Grundstücksamts scharf fragt: »Woher hat sie das?«, Ursula schüttelt den Kopf über diese Frage. »Jetzt beruhigen wir uns mal wieder, Gerhard.«

Als sich Emma neben sie stellt, wird sie unwirsch.

»Was willst du, hm?«, fragt Ursula.

»Guten Abend, Ursula, hallo, Herr Braun. Mein Name ist Emma Zäringer, ich bin von der Kripo in Konstanz. Mordkommission. Wir versuchen Sie schon seit Tagen zu erreichen, Herr Braun. Sie haben selbstverständlich viele Termine.«

Gerhard Braun starrt Emma an, er fährt sich mit einer Hand übers Gesicht, als könnte er wegwischen, was er gerade sieht und hört.

»Na los, rede mit ihr«, drängt Ursula.

»Was soll das? Was wollen Sie von mir?«, reagiert Braun unwirsch. Obwohl es kühl ist und Wind weht, treten ihm Schweißperlen auf die Stirn.

»Ich wollte Ihnen nur ein paar Fragen zu Paula Bajorath stellen. Mehr nicht.«

»Was? Wer soll das sein? Das hat doch noch bis morgen Zeit. Wann kommt denn der Strom wieder?«

Nervös schaut er auf sein Mobiltelefon und tippt darauf herum. Die Menschen neben ihm machen kleine Schritte zur Seite. Der Name der ermordeten Journalistin macht sie unsicher. »Gerhard! Du musst das klären«, fordert Ursula.

»Sie müssen Paula Bajorath gut gekannt haben. Sie hatte sogar ihre Mobilnummer. Kommen Sie, gehen wir ein paar Schritte, nutzen wir die kleine Pause, die uns der Stromausfall schenkt«, versucht es Emma freundlich. Braun tut so, als habe er sie nicht gehört und müsse sich ganz auf seinen kleinen Bildschirm konzentrieren.

»Herr Braun?!« Emma spricht ihn laut an.

»Du machst doch alles nur noch schlimmer. Warst du an dem Abend bei deiner Frau oder bei einer anderen?«, fragt Ursula und stupst ihn an. Er atmet genervt aus, dreht sich, stapft zwischen zwei Autos, schafft Distanz zu Ursula und seiner Gruppe. Emma geht ihm nach. Schließlich dreht er sich um.

»Sie wollte ein Interview, aber ich hatte keine Zeit«, zischt er Emma an.

»Kannten Sie Paula Bajorath schon länger?«

»Sie war Journalistin. Selbstverständlich kannte ich sie.«

»So wie Volker Schwendner auch?«

»Logisch. Was soll das? Er war der Chefredakteur.«

»Wann gaben Sie Frau Bajorath Ihre Mobilnummer?«

»Weiß ich nicht mehr.«

Emma nickt, wartet. Ein leichter Windstoß trifft den Mann vor ihr in den Rücken, geht über ihn hinweg und wirbelt ihre Haare durcheinander. Sie hält sie sich mit einer Hand aus dem Gesicht. Braun legt eine Hand auf das Autodach neben sich.

»Sie waren einer der letzten, mit denen sie telefoniert hat, zehn Minuten lang. Was haben Sie da besprochen?«

»Mein Gott! Über den Wahlkampf, über diese Verrückten, keine Ahnung.«

»Diese Verrückten, damit meinen Sie Volker Schwendners Tochter Lisa und ihre Aktivistinnen, die Hotelgegner?«

Er antwortet mit einer unwilligen Geste.

»Wer ist eigentlich diese Raissa, nach der der Konzertsaal benannt werden soll? Klingt russisch.«

Der Mann vor ihr schlägt mit der Hand auf das Autodach, an dem er sich abstützt. »Das ist Sache des Bauherrn. Keine Ahnung.«

Emma sieht, wie er sich windet und lügt.

»Wo waren Sie am Abend und in der Nacht vom letzten Donnerstag auf Freitag, Herr Bürgermeister?«

Er atmet tief ein. Schlägt wieder auf das Autodach. »Das reicht mir jetzt. Wollen Sie mir hier irgendetwas unterstellen? Das läuft nicht. Weitere Gespräche nur mit meinem Anwalt. Ich spreche mit der Staatsanwältin!«

»Tun Sie das. Und ich frage Ihre Frau, wann Sie am Donnerstag nach Hause gekommen sind. Oder soll ich Ursula fragen?«

Braun richtet sich auf, macht bedrohlich einen Schritt auf Emma zu. Sie kann seinen Schweiß und seine Angst riechen. Er drängt sie zur Seite und stampft wütend an ihr vorbei. Emma schließt die Augen und genießt es, im Wind zu stehen.

Emma wendet sich den Gruppen grauer Menschen zu, als plötzlich die Straßenlaternen aufleuchten, die Außenbeleuchtung des Milchwerks angeht und nach und nach die Fenster in den Häusern ihre orangefarbenen Lichter zurückbekommen. Ein erleichtertes Stöhnen geht durch die Besucher, die sich fragen, ob die Veranstaltung weitergeht oder als abgebrochen gilt. Nur wenige schauen zurück in den Saal, die meisten wenden sich der Altstadt zu oder gehen zu ihren Autos. Emma entdeckt Abena und sieht gerade noch, wie Lisa sich von ihr abwendet. Am Rand des Parkplatzes schließt sie ein Fahrrad auf, setzt sich einen Helm auf und fährt zügig davon.

Emma und Abena schauen ihr nach. Die beiden Polizistinnen gehen zu ihrem Auto. Emma reiht sich in den Pulk von Fahrzeugen ein, bald sind sie auf dem kurzen Stück Autobahn nach Konstanz. Abena berichtet von ihrer Begegnung mit Lisa.

Als sie Lisa ansprach, blieb sie ganz ruhig und wehrte ihre Freundinnen ab, die sie abschirmen wollten. Die jungen Frauen wirkten aufgedreht angesichts dessen, was gerade vorgefallen war. Sie beglückwünschten Lisa zu ihrem mutigen Auftritt, wirkten aber dennoch verwirrt von dem Stromausfall und der plötzlichen Dunkelheit. Sie schienen nicht zu verstehen, warum die Katastrophe, die sie vorausgesehen, sie so unerwartet plötzlich ereilt hatte. Lisa sprach Abena mit *»Sister«* an, so als ob sie befreundete Kämpferinnen wären. Abena hält kurz inne, schüttelt den Kopf und wiederholt den Begriff. Sie und ihre dunkelhäutigen Freundinnen sprechen sich so an, erklärt sie Emma. Lisa, vermutet Abena, habe irgendwie den Kontakt zur Wirklichkeit verloren. Sie habe sich für den Stromausfall bei ihr entschuldigt. Manchmal bräuchte es eben drastische Maßnahmen, um die Menschen aufzurütteln, erklärte ihr Lisa. Auf Abenas Nachfrage, was sie unternommen habe, um das Radolfzeller Stromnetz lahmzulegen, sagte Lisa mit eigentümlich dunkler Stimme, sie habe gar nichts gemacht. *»This is bigger than us«*, habe sie gesagt und ihr eine Hand auf die Schulter gelegt. Abena ahmt Lisa nach und legt Emma eine Hand auf die Schulter.

»Das hat sie gesagt?«, fragt Emma.

»*Yes, Mam.*«

»Hm. Hast du sie gefragt, wo sie letzten Dienstag war?«

»Selbstverständlich. Sie schaute mich an, als würde ich eine überflüssige Frage stellen, eine Frage, deren Antwort ich doch kennen müsste. Sie sei am See gewesen, berichtete sie, in Wangen. Zusammen mit ihrer Mutter. Dort hätten sie auf ihren Vater gewartet. Ihr Vater wollte die Urne von Marc bringen, um ihn beerdigen zu können. Als er nicht erschien, fuhren sie wieder zurück.«

»Sie waren also dort.«

»Das hat sie gesagt. Ich habe gefragt, ob ihr irgendetwas aufgefallen sei, ein Mensch am Ufer, ob sie ein Boot, ein Schiff oder eine Drohne beobachtet hätten. Sie antwortete, Nein, nichts dergleichen.«

»Dann haben sie also die alte Frau Schwendner nicht getroffen.«

»Offenbar nicht«, meint Abena. »Ich habe noch gefragt, wann sie zuletzt etwas von ihrem Vater gehört habe. Da fragte sie: ›Welcher Vater? Der ist doch tot. Ein Ungeheuer hat ihn gefressen.‹«

»Vielleicht berührt sie sein Tod mehr, als wir ahnen.«

»Ich hab noch nachgefragt, ob ihr Vater sie von dem Treffen am See informiert hat. Sie sagte Nein, sie habe jeglichen Kontakt zu ihm abgebrochen, seit ihr Bruder ›ins Eis gegangen‹ sei. Dann hat sie mich umarmt. Plötzlich ging der Strom wieder an. Sie nickte, als ob es gar nicht anders hätte kommen können, und dann ging sie.«

»Sie hat dich umarmt?«

»Die ist neben der Spur, sage ich dir.«

Emma schaut konzentriert auf die Fahrbahn, achtet auf die Geschwindigkeit, denkt über den Abend nach.

»Und bei dir? Was sagt der Bürgermeister?«

»Er hat geblockt. Aber er hat Angst.«

»Weil er verliert?«

»Nein, nicht deswegen. Ich glaube, diese Sache mit der Konzerthalle im Hotel hat ihn kalt erwischt.«

»Weil das nicht rauskommen sollte?«

»Ja. Er war wütend und bekam Angst.«

»Da stand Raissa Concert Hall auf der Zeichnung. Wer ist Raissa?«, fragt Abena.

»Genau. Das ist die Frage. Ich habe mir alte Artikel von Schwendner durchgelesen, ein paar Konzertkritiken handeln von einer Pianistin, einer Raissa Natroschenko. Er war ganz begeistert von ihr.«

»Echt?«

Abena tippt den Namen der Frau in ihr Mobiltelefon. Es erscheinen viele Eintragungen und Bilder zu ihr.

»Sie sieht toll aus. Die ist richtig berühmt«, sagt sie.

»Aber das muss ja nichts heißen. Raissa ist ein bekannter Vorname in Russland. Gorbatschows Frau hieß auch Raissa.«

»Gorbatschow?«

Emma schaut skeptisch zu Abena. Kann es sein, dass sie diesen Namen nicht kennt?

»Ich weiß, wer Gorbi ist. Ehemaliger Präsident und Generalsekretär der sowjetischen Kommunisten. Aber warum soll für dessen verstorbene Frau ein Konzerthaus in Radolfzell gebaut werden? Raissa Gorbatschowa«, sagt Abena bestimmt, »kann es nicht sein.«

»Vermutlich nicht. Soll ich dich nach Hause bringen?«

»Setz mich am Präsidium ab. Dort steht noch mein Fahrrad.«

Abenas Mobiltelefon meldet sich, eine Nachricht kommt rein. »Umgestürzte Bäume haben einen Hangrutsch in einem Wald bei Bodman verursacht und ein Stromkabel mitgerissen«, liest sie vor.

»Aber es gab doch noch gar kein Unwetter, nur ein wenig Wind«, wundert sich Emma.

»Die Bäume stehen nicht mehr so stabil. Die Böden sind ausgetrocknet. Da reicht ein Lüftchen, und sie fallen um«, sagt Abena.

Sie verabschieden sich vor dem Polizeipräsidium, wo Abena ihr Fahrrad aufschließt. Emma bleibt noch einen Moment im Auto sitzen. Ihre Freundin Jennifer hat ihr über WhatsApp eine Sprachnachricht geschickt. Sie fragt, wie es Emma geht, ob sie in ihrem Fall weiterkommt und entschuldigt sich für ihr Verhalten am letzten Wochenende. Aber es sei eben nicht einfach für sie. Wegen Karsten. Emma überlegt, ob sie gleich zurückrufen soll, aber entscheidet sich dagegen. Sie kann Jennifer jetzt nicht zuhören, will keine Geschichten über den untreuen Gatten hören. Gerade taugt sie nicht als Freundin. Sie schreibt ihr, sie werde sich am Wochenende bei ihr melden, sie könne im Moment nicht sprechen. Jennifer kennt das von ihr, wenn sie in einer Ermittlung steckt, ist sie schwer zu erreichen.

Sie überlegt, ob sie auch in ihre Wohnung fahren soll, doch dann entscheidet sie sich dagegen, steigt aus und verriegelt den Wagen. Über den Radweg, der am Archäologischen Landesmuseum vorbei und zur Rheinbrücke führt, geht sie ein paar Schritte, das wird ihr helfen, ihre Gedanken zu ordnen. So ereignisreich der Abend war, so zweifelt sie doch, ob sie wirklich mit der Aufklärung des Falls weitergekommen ist. Gerhard Braun wird nicht einfach preisgeben, welche dunklen Geschäfte er betreibt. Sie müssen allerdings herausfinden, wer diese Raissa ist, für die eine Konzerthalle gebaut werden soll. Könnte der Bau so wichtig sein, dass dafür getötet wird? Für die Nacht, als Bajorath ermordet wurde, wird Braun vermutlich ein Alibi haben, das ihm seine Frau oder seine Geliebte verschafft. Aber der Mann hatte Angst, und Emma nimmt sich vor herauszubekommen, vor wem er sich fürchtet. Sie will ihn erneut befragen.

Sollte die Aussage stimmen, waren Lisa und ihre Mutter in Wangen an dem Tag, als Volker Schwendner auf dem See getötet wurde. Warum hat Sandra Schwendner ihr das nicht gleich gesagt? Was verbirgt sie? Geht es um das Haus am See? Oder um den Konflikt mit Schwendners Mutter Charlotte? Können sie sich einfach nicht leiden, wie es oft zwischen Schwiegermutter und Schwiegertochter der Fall ist? Wo sollte eigentlich Marcs Urne beigesetzt werden? In Wangen?

Sie wird Philipp bitten, bei den Friedhöfen nachzufragen, ob irgendwo Vorkehrungen für die Beerdigung von Marc Schwendner getroffen wurden. Allerdings: Da die Urne aus der Schweiz eingeführt wurde, könnte sie auch auf einem Kaminsims oder in einem Garten verbleiben, ohne dass es jemand bemerkt. Sie sieht Philipp vor sich, sie ist gerne mit diesem Mann zusammen, sie spricht gerne mit ihm, er ist klug und er gefällt ihr. Sie schiebt die Gedanken an ihn zur Seite. Was soll sie mit diesem Burschen, der eine feste Freundin hat? *No way!* Sie erblickt ein Restaurant am Rheinufer, in dem sie schon oft war. Das bringt sie auf die Idee, Sören Matusch anzurufen.

Aufgebracht fährt er an den See, auf den Weg, auf dem er schon letzte Woche war. Er steht neben seinem Wagen und schaut auf das Wasser, das heute keine glatte schwarze Fläche ist. Auf dem See zeigen sich weiße Schaumkronen. Bald wird er so rau sein wie auf dem Gemälde in seinem Amtszimmer. Das war ein beschissener Abend, und er begreift nicht, warum sich schon wieder alle auf dieses verdammte Hotel stürzten. Acht Jahre hat er für diese Stadt geackert, alles Mögliche bewirkt, und jetzt, wo er sein segensreiches Wirken krönen kann, schlagen ihm Missgunst und Mäkelei entgegen. Ein paar reiche Leute würden der Stadt guttun, würden den kleinstädtischen Mief vertreiben. Er stellte sich eine gut bestückte Bar vor, wo eine Band leise spielt, mit schönen Kellnerinnen, die gut gemixte Drinks servieren. So wie er es in den vergangenen Jahren in den schicken Hotels kennengelernt hatte. An herrlichen Orten in der Schweiz, an der französischen Küste oder auf dieser Yacht. Er zog sein Telefon aus der Tasche und wählte die Schweizer Nummer. Ein weiches »Ja?« bekam er zu hören. Er wollte professionell klingen, als er die Wahlkampfveranstaltung kurz beschrieb, doch vermutlich klang er müde. Sein Gesprächspartner sagte ihm, er wirke angeschlagen, ob er Hilfe brauche. Eine Polizistin habe ihn nach einem Alibi für die Nacht, als das *mit der Frau* geschah, befragt. Er spürte, wie er ihren Namen nicht aussprechen konnte. Das sei alles kein Problem, bekam er zu hören, bestimmt würde seine Frau oder eine Freundin bezeugen, dass er die Nacht bei ihr verbrachte. Er habe doch eine Freundin? Dann lachte der andere schmutzig. Wichtig sei jetzt nur, dass es keine weiteren Probleme beim Hotelbau gebe und er wiedergewählt werde. Die Wiederwahl sei doch nicht gefährdet, nachdem sie diese Probleme mit den Journalisten gelöst hätten?, fragte der Mann am anderen Telefon. Nein, natürlich nicht, betonte er, die Menschen hier lieben ihn. Aber einige junge Leute würden Ärger wegen dem Hotelbau machen. Das gehört dazu, sagte der andere, das müsse er als Politiker aushalten. Ja natürlich, versicherte er. Allerdings habe die Polizistin gefragt, warum die Konzerthalle nach Raissa benannt werden solle, sie wollte wissen, wer das sei. Er hörte den Gesprächspartner lachen und sagen, er solle ihr erklären, es handele sich um ein Andenken an eine kluge Frau, an die Frau von Gorbatschow, als in Russland noch Frieden herrschte. Spontan gefiel ihm dieser Vorschlag, und er lachte sogar ein wenig mit. Dann beendete der andere Mann das Gespräch und wünschte ihm noch viel Kraft »auf den letzten Metern«, wie er sich ausdrückte. Dann stand er wieder da, allein mit seinem Elektroauto, das Schilf neben ihm war schon grau, Wasservögel bereiteten sich für die Nacht vor, suchten Schutz vor dem Wind. Er hatte das Gefühl, aus dem dunklen See würde ein rotes Messer blinken, wie ein Licht, das abgesoffen ist und nicht ausgehen will. Wieder wischte er sich über sein Gesicht. Er war es nicht, sagte er sich, er war nur dabei und hatte getan, was notwendig war. Noch die letzten Meter.

Nach ein paar Mal Klingeln meldet sich Sören Matusch.

»Wie lief es mit Ingrid?«, fragt sie ihn.

»Schlecht.«

»Was heißt das?«

»Sie warf mir vor, die Sache mit Schwendner und Creutzfeld verschwiegen zu haben. Aber das habe ich nicht.«

»Du hast dich nur nicht daran erinnert.«

»Könnte man so sagen. Es ist ja nicht raus, ob es da einen Zusammenhang gibt.«

»Ist es nicht. Wo bist du?«, fragt Emma spontan.

»Zu Hause, wo sonst.«

»Ich stehe gerade vor dem Wirtshaus am Seerhein. Kannst du herkommen?«

»Im Ernst? Jetzt?«

»Auf einen Kaffee. Draußen.«

»Okay.«

Schon immer war das Wirtshaus im ehemaligen Offizierscasino, direkt am Seerhein gelegen, ein beliebter Treffpunkt, um nach Dienstschluss noch ein Bier zu trinken. Vom Polizeipräsidium und vom Landratsamt ist es nur ein Katzensprung. Emma empfindet die Sicht auf das andere Ufer mit dem Rheintorturm, dem Pulverturm, auf die große Brücke und den Schiffsverkehr als großartig. Ein idealer Ort, um gesehen zu werden oder sich außerhalb der Dienstgebäude abzusprechen. Aber als sie vor Jahren begriff, dass für Matusch dieses Gasthaus zum Auftakt für seine Kneipentouren wurde, vermied sie es, sich dort zu verabreden. Ihr Vorschlag, sich heute hier zu treffen, ist eine feine Spitze gegen Sören Matusch. Sie will sehen, was er trinkt, ob er wirklich trocken ist.

Es dauert nicht lange, dann taucht er auf. In der Hand hält er einen Fahrradhelm. Er trägt eine schlichte Jeans, eine Lederjacke über einem hellen Hemd und sieht müde aus.

Er setzt sich schwerfällig ihr gegenüber. Tatsächlich bestellt er ein Mineralwasser, fordert sie aber auf, sich keinen Zwang anzutun und ein Bier zu trinken, wenn sie das wolle, es sei kein Problem für ihn. Aber Emma hat bereits einen Kaffee vor sich stehen.

»Hast du kein Auto mehr?«

»Schon, aber ich habe das Fahrradfahren entdeckt.«

Emma schaut ihn kühl an. Er war schon immer geschickt

darin, sich zu verstellen. Vielleicht ist sein Fahrradfahren nur eine Maske, vielleicht hat er gar kein Fahrrad, sondern nur einen Helm. Oder es war wirklich der schnellste Weg, um sich mit ihr zu treffen.

»Hat sie dich kaltgestellt?«, beginnt Emma.

»Sie hat mich ermahnt.«

»Und was heißt das konkret?«

»Sie will die Creutzfeld-Sache nicht alleine aufrollen. Wenn da tatsächlich etwas Fragwürdiges auftaucht, wird sie es mir in die Schuhe schieben«, überlegt Matusch laut.

»Verstehe. Und was könnte da auftauchen?«

»Ich finde nicht, dass dies der richtige Ort ist, um solche fallrelevanten Dinge zu besprechen.«

»Früher hat dich das nicht gestört.«

»Früher war früher«, meint er.

»Offenbar nicht, wie sich gerade wieder zeigt. Das Vergangene ist nicht tot …«

Matusch schaut sie aus müden Augen an. »Ich war damals Alkoholiker. Du warst mit den Gedanken bei deiner kranken Mutter und hattest nichts mit dem Fall zu tun. Ja, ich hab nicht gut gearbeitet.«

»Du meinst, wenn ich mehr da gewesen wäre, hättest du weniger geschlampt? Und ich hätte dich mal wieder aus der Scheiße gezogen?«, fragt sie nach.

»Musst du eigentlich immer so direkt sein?«

»Sorry.«

Es gibt gute Gründe, warum Polizisten keine persönlichen Beziehungen eingehen sollten, denn wenn die große oder kleine Liebe aus ist, wird jede weitere Zusammenarbeit von Gefühlen vergiftet. Sie schweigen, nippen an ihren Getränken und schauen auf den Fluss. Ein kleines Motorboot, das gegen heftige Wellen kämpft, tuckert vorbei. Die Möwen steigen steil in den dunklen Himmel und lassen sich vom Wind wegtragen. Er hat recht, überlegt sie, eigentlich müssten sie jetzt die paar Schritte ins Präsidium gehen und sich in einen nüchternen Arbeitsraum setzen. Aber die Nähe zum Wasser als auch seine und ihre Dünnhäutigkeit führen vermutlich schneller zu neuen Erkenntnissen. Manchmal hilft der Wind, um den Kopf von störenden Gedanken zu befreien, die sich hartnäckig in engen Räumen halten.

»Hast du schon rausgefunden, wo er steckt? Creutzfeld?«, fragt sie sachlich.

Er schüttelt den Kopf. »Aber ich habe die Frau aufgetrieben.«

»Die Zeugin, die …?«

»Genau die. Sie kommt morgen früh um neun ins Präsidium«, sagt er, »sie arbeitet nicht mehr in ihrem Gewerbe, ist verheiratet, hat ein Kind.«

»Verstehe, da will man keine Polizei auf dem Sofa.«

»Genau. Bist du dabei?«

»Gerne. Aber du musst mir vorher noch ein paar Fragen beantworten.«

»Klar. Können wir bitte bezahlen?«

Er winkt der Bedienung, die gleich kommt, und bezahlt sein Mineralwasser und ihren Kaffee. Sie verlassen das Lokal und gehen auf dem Radweg entlang, der unter der großen Rheinbrücke durch zum sogenannten Konstanzer Trichter führt, zur Seeseite, wo der Rhein wieder aus dem Bodensee tritt.

»Also. Zwei Menschen, ein Pärchen, werden in einem Auto eines Mannes mitgenommen und in der Nähe einer Landstraße bei Meßkirch ermordet. Der Besitzer des Fahrzeugs sagt aus, er sei nicht gefahren. Aber das Auto wurde von ihm nicht als gestohlen gemeldet, und er hat es auch nicht ausgeliehen. Ihm konnte nichts nachgewiesen werden, es gab keine Spuren von ihm am Tatort, und er kommt frei. Als Alibi gibt er an, die Nacht bei einer Prostituierten verbracht zu haben. Wie heißt die Frau?«

»Angela Brinkmann.«

»In der gleichen Nacht, sagt sie aus, hatte sie auch Besuch von Schwendner und Creutzfeld.«

Matusch nickt und geht weiter neben Emma her. An der Hand baumelt sein Fahrradhelm wie eine Handtasche.

»Was ist der Besitzer des Fahrzeugs für ein Typ? Wer ist der Fahrer? Warum verschwanden die Akte und die Spuren?«

»Eins nach dem anderen bitte. Der Besitzer des Fahrzeugs war der Chef einer Rockergruppe, Edgar Günther. Eddie.«

»Bitte? Ein Rocker?«

»Ja. Es gab den Verdacht auf Mädchenhandel, Rauschgifthandel. Es waren mehrere Dienststellen dran, aber niemand konnte ihnen etwas nachweisen. Der Fahrer des Wagens war vermutlich aus der Rockerclique. Er könnte die Morde verübt haben. Dann wurde er am Tatort von einem anderen abgeholt.«

»Auf dem Motorrad. Auf dem Sozius.«

»Wir wissen es nicht.«

»Oder der Boss ist selbst gefahren, hat das Pärchen getötet, aber keine Spuren hinterlassen. Und wurde dann am Tatort abgeholt«, überlegt Emma.

»Auch das wissen wir nicht.«

»Und wer waren die Toten?«, fragt sie nach.

»Zwei Rumänen, vermutlich waren sie an dem Mädchenhandel beteiligt. Auch das haben wir nicht herausbekommen.«

»Das ist nicht viel. Weil ihr nicht tief genug gebohrt habt.«

»Bitte, Emma. Willst du hören, wie der Stand ist, oder weiter ätzen?«

»Mach weiter.«

»Als Angela Brinkmann ihre Aussage machte und den Rockerboss entlastete, haben wir versucht herauszubekommen, ob sie etwas von dem Mädchenhandel wusste.«

»Oder ob sie daran beteiligt war.«

»Ganz genau. Aber sie sagte, sie würde auf eigene Rechnung arbeiten, sich in Hotels treffen oder Kundenbesuche machen. So eine Art Edelhure.«

»Hast du ihr geglaubt?«

»Es sah aus, als ob es stimmt. Ich hatte nichts gegen sie in der Hand.«

»Ausgerechnet diese Frau nennt Creutzfeld und Schwendner als Kunden in jener Nacht, in der sie angeblich auch mit dem Rockerboss zusammen war. Sehr schlau. Vermutlich wussten der Staatsanwalt und der Chefredakteur von dem Mädchenhandel.«

»Das glaube ich nicht. Erst durch die Ermittlungen, als der Verdacht aufkam, haben sie kalte Füße bekommen und gemerkt, mit wem sie sich eingelassen haben.«

»Plötzlich verschwanden die Ermittlungsakte und die Spuren aus der Asservatenkammer«, ergänzt Emma.

»Genau«, bestätigt Matusch.

»Da musst du dir doch so richtig verarscht vorgekommen sein. Was hast du gemacht?«

»Ich habe mich betrunken«, sagt er leise.

»Scheiße, Sören. Wenn das alles rauskommen würde? Stell dir das mal vor!«

Sie sind unter der Rheinbrücke durchgegangen und am Seeufer angekommen. Eine großartige Sicht auf die Stadt tut sich auf, auf die vielen hellen Fenster des Inselhotels, das am Ufer steht, auf vereinzelte Schiffe, die sich in den Hafen flüchten, auf hohe Masten mit langsam blinkenden Leuchtfeuern, die vor hohem Seegang oder Sturm warnen. Im Wasser zwischen den Wellen schwimmen grüne und rote Bojen, die den Wasserfahrzeugen die Fahrrinne in den Rhein anzeigen.

»Wäre Creutzfeld fähig, Schwendner und seine Freundin zu töten, weil der reinen Tisch machen wollte und ihm drohte, Artikel zu veröffentlichen?«, fragt sie Matusch.

»Ich weiß es nicht. Aber wer, wenn nicht Creutzfeld hat damals die Akten verschwinden lassen? Es scheint ihm schon wichtig zu sein.«

»Er würde seine Pension verlieren, wenn das alles rauskäme«, überlegt Emma.

»Na ja, das ist vielleicht gar nicht so entscheidend. Schlimmer wäre es vermutlich, wenn die Rockerbande auffliegen würde.«

»Du hast recht. Er hat Angst vor den Rockern! Wenn sie zwei rumänische Mädchenhändler umlegen, warum nicht auch zwei Journalisten?«

»Ich habe es wirklich bereut, dass das wegen meiner Sauferei mit uns nicht geklappt hat, Emma.« Er nimmt den Helm in beide Hände.

»Sören. Stopp! Lass uns das nicht noch mal aufkochen. Es ist eben damals so gewesen. Wir konzentrieren uns jetzt auf diesen Fall und finden heraus, wer Schwendner und Bajorath umgebracht hat. Und wer weiß, vielleicht lösen wir auch noch diesen Cold Case.«

»Ich trinke wirklich nichts mehr.«

»Das freut mich für dich. Aber mehr ist nicht. Okay?«

»Na klar.«

Er gibt sich Mühe, sachlich und engagiert zu klingen.

»Wir müssen Creutzfeld finden«, sagt sie. Von seinen Entschuldigungen fühlt sie sich peinlich berührt.

»Das werden wir«, stimmt er ihr zu.

Als sie in ihre Wohnung zurückkommt, ist sie ein wenig optimistischer. Vielleicht ist diese Creutzfeld-Spur ertragreicher. Allerdings geben ihr der Bürgermeister und seine seltsamen Verstrickungen in die Bebauung des Auenwalds weiter große Rätsel auf. Der Auftritt von Lisa hallt in ihr nach. Eine junge Frau mit Glatzkopf, die in einer dunklen Halle Schmerzensschreie ausstößt. Sie öffnet die Flasche Rotwein, die sie am letzten Wochenende gekauft hat, und schenkt sich ein Glas ein. Dann beginnt sie, in den Briefen auf Notenblättern zu lesen.

Hallo Vater,

keine Ahnung, warum ich dir erneut schreibe. Vielleicht wegen Lisa und Mama. Du hast es vermutlich schon bemerkt. Lisa hasst dich regelrecht. Sie hat mir erzählt, wie sie dir das Auto zerkratzt hat und wie du ausgeflippt bist. Sie neigt wirklich zu großen Gefühlen, ich bewundere sie dafür. Bei mir ist das nicht mehr der Fall. Ich hasse dich nicht, du bist mir egal geworden. Seltsam. Oder? Dabei habe ich dich einmal wirklich bewundert und war stolz darauf, wie du mich unterstützt hast. Aber dann habe ich gemerkt, dass es dir nur um dich ging, nicht um mich. Du wolltest einen Pianisten vorzeigen, mich dressieren, auf die Bühne bringen, mich ausstellen. Das habe ich abgestellt. Die Musik ist tot, du bist tot, ich bin irgendwie auch tot. Noch nicht ganz, sonst würde ich dir nicht schreiben. Mama und du, eigentlich habt ihr ganz gut zusammengepasst, beide ziemlich egoistisch unterwegs. Dir hat eine Frau nicht gereicht, du brauchtest auch die Bewunderung anderer Frauen. Eine Sammlung. In diesem Haus, in dem jeden Abend von toten Tieren erzählt wird, wo es nach Tierfutter und Hundekacke riecht, konnte ich auch nicht weiterleben. Ich hoffe für Lisa, dass sie dort auch bald rauskommt. Immer wenn ich mal bei Mama und Lisa vorbeischaue und wir über dich abkotzen, nimmt sie dich in Schutz. Wusstest du das? Vermutlich liebt sie dich immer noch. Wie machst du das? Diejenigen, die dich einmal geliebt haben und jetzt hassen, können dich nicht loslassen. Du hast uns alle krank gemacht. Dein Psychoding ist auf uns übergesprungen. Wie eine böse Spinne. Das soll es geben. Böse Spring-

spinnen. Was ich dir sagen will: Mach Lisa nicht auch noch kaputt. Hör auf das, was sie sagt, und verstehe, wie sie es meint.

Tschüss
Marc

Donnerstag

Angela Brinkmann, die am nächsten Morgen in einem der Vernehmungsräume sitzt, ist etwa so alt wie Emma. Sie hat sich rausgeputzt, sie trägt eine enge helle Dreiviertelhose, Schnürschuhe mit harter Sohle, eine rosa Bluse, darüber eine schwarze Kostümjacke mit feinen weißen Streifen. Die runden Lippen dezent geschminkt, hohe Stirn, die blonden Haare von einer Haarspange, auf der Steinchen glitzern, zurückgehalten. Vor den Augen eine große dunkle Brille. Sören Matusch und Ingrid Häberlein sitzen ihr gegenüber, in einer Ecke hat Emma Platz genommen. Das Gespräch leitet Häberlein. Sie fragt sie nach der Nacht vor zehn Jahren, als Herr Edgar Günther bei ihr war und auch die Herren Schwendner und Creutzfeld. Angela Brinkmann spricht mit schwäbischem Akzent und möchte wissen, warum das denn alles wieder aufgerollt wird. Sie hat damals alles gesagt, es müsste doch ein Protokoll geben. Der Kommissar, sie deutet auf Matusch, hat sie verhört, und sie hat alles gesagt, was sie wusste. Häberlein bedankt sich für ihre Mühe vorbeizukommen, aber es gäbe eben neue Fragen zu dem Fall, der noch nicht abgeschlossen wurde. Womit sie denn heute ihren Lebensunterhalt verdiene?, fragt Häberlein.

»Was geht Sie das an? Ich bin eine verheiratete Frau und betreibe zusammen mit meinem Mann eine Versicherungsagentur. Das haben Sie doch bestimmt schon herausgefunden. Oder nicht?«

Häberlein lächelt eisig und stimmt ihr zu, ja, das hätten sie bereits überprüft. Sie klappt eine Akte auf, liest.

»Mich interessiert die Nacht vom dreiundzwanzigsten

auf den vierundzwanzigsten Mai 2013. Da hatten Sie Herrn Schwendner und Herrn Creutzfeld zu Besuch und anschließend noch Herrn Günther. Alle hintereinander, zu bestimmten Uhrzeiten. Oder wie muss ich mir das vorstellen?«

»Sie müssen sich gar nichts vorstellen. Ich sag es Ihnen, wie es war. Okay?«

»Bitte«, sagt Häberlein.

Matusch sitzt unbeweglich neben Häberlein, hat die Arme vor der Brust verschränkt und schaut die Frau auf der anderen Seite des Tisches ruhig an. Emma sitzt aufrecht in ihrem Stuhl und betrachtet die Befragung, als würde sie einer Theatervorführung beiwohnen.

»Wir hatten ein Penthouse in Wollmatingen. Ich weiß das nicht mehr ganz genau, aber die beiden kamen am Abend. Es war gerade dunkel. Man konnte von da oben immer so schön in den Himmel sehen«, beginnt Angela Brinkmann ihre Erzählung.

»Wer ist wir? Sie sagten, *wir* hatten ein Penthouse?«, fragt Häberlein nach.

»Na Eddie, es war Eddies Wohnung, ziemlich groß, sechs Zimmer, Balkon ringsum, toller Blick. Wir waren damals zusammen, deswegen habe ich *wir* gesagt.«

»Herr Günther besaß die Wohnung, die Sie für Ihre Kundenbesuche nutzten. Aber er war an jenem Abend nicht anwesend.«

»Natürlich nicht. Das war mein Job. Ihn wollte niemand ficken. Wenn ich Besuch hatte, war er weg.«

»Sie sagten laut Protokoll, die beiden Männer kamen so gegen neun Uhr und verließen Ihre Wohnung um elf Uhr wieder. Wann kam Herr Günther zurück? Wissen Sie das noch?«

»Ziemlich direkt danach. Das war so ausgemacht. Damit nichts schiefgeht.«

»Könnte man sagen, Herr Günther war Ihr Zuhälter?«

»Das kann man nicht sagen! Er war mein Partner, mein Freund. Er hat mich nicht anschaffen geschickt, wenn das Ihre Frage war. Niemals. Ich war gefragt in den besseren Kreisen, hab mein eigenes Geld verdient. Und immer selbst entschieden, mit wem und mit wem nicht. Escort, wenn Ihnen das etwas sagt, Frau Kommissarin.«

Ihre Stimme hat an Schärfe zugelegt, doch ihre Körperhaltung bleibt locker und beherrscht.

»Warum kamen eigentlich die beiden Männer zusammen? Von wem ging die Initiative für den Besuch bei Ihnen aus?«

»Vom Staatsanwalt, er kam öfter mal. Vielleicht wollte er dem anderen, der war, glaube ich, von der Zeitung, einen Gefallen tun.«

»Und was geschah dann während des Besuchs?«

»Das wollen Sie jetzt doch ganz genau wissen? Wie ich es mit den beiden getrieben habe? Wer zuerst drankam? Das bleibt jetzt leider Ihrer Phantasie überlassen, denn ich weiß es wirklich nicht mehr. Wissen Sie noch genau, wie Sie gefickt wurden, wenn Sie gefickt wurden? Ich vergess so was sofort wieder. Entweder es war schön oder nicht schön. Ich kann mir nur Gefühle merken, keine Schwänze«, antwortet sie höflich und leichthin. Fast hätte Emma gelacht, aber sie bleibt die aufmerksame Zuschauerin. Die Frau steigt in ihrer Achtung.

»Aber Sie wussten, dass Sie es mit einem Staatsanwalt zu tun hatten?«

»Na klar, Creutzfeld war doch bekannt. Was ist aus dem eigentlich geworden?«

»Das wollten wir Sie auch fragen«, mischt sich jetzt Matusch ein.

»Mich? Sie sind doch die Polizei«, sagt sie.

»Hatten Sie nach dieser Nacht noch mal Kontakt mit ihm?«, fragt er nach.

»Nein, überhaupt nicht. Nachdem das dann mit den beiden Toten war, hörte ich nichts mehr von ihm.«

»Und von Herrn Schwendner?«

»Auch nicht.«

»Haben Sie mit irgendjemandem über die Begegnung gesprochen, davon erzählt?«, will Häberlein wissen.

»Schauen Sie, das ist wie bei einem Anwalt. Wenn der ausplaudert, was er von seinen Klienten so hört, dann kann er seinen Laden zumachen. So war das bei mir auch. Ich quatsche doch nicht, wenn mich ein Mann zum Essen, zur Oper nach Zürich oder auf sein Boot einlädt.«

»Sie haben also schon einiges gehört«, versucht es Häberlein.

Angela Brinkmann lächelt, bleibt entspannt.

Häberlein schaut Matusch an, dem auch keine Frage mehr einfällt.

»Dann bedanke ich mich für Ihren Besuch, Frau Brinkmann«, sagt Häberlein.

»Ich bring Sie runter«, sagt Emma schnell, steht auf und öffnet die Tür.

Angela Brinkmann geht vor ihr her, ihre Schritte klacken über den Flur der alten Kaserne, die auf freundliches Polizeigebäude getrimmt wurde. Es kommen ihnen zwei uniformierte Polizisten entgegen, die ihr heiteres Gespräch einstellen, als Emma und die Frau auf sie zukommen. Zwei Frauen im gleichen Alter, die eine blond, wie aus einer Modezeitschrift gefallen, die andere schwarzhaarig, im Streetstyle einer Großstadt. Sie nicken Emma zu. Als sie an der Pforte vorbei sind und auf den Hof treten, dreht sich Angela Brinkmann nach Emma um und reicht ihr die Hand.

»Sind Sie die Assistentin von den beiden da?«

Emma lacht auf. »Irgendwie schon«, antwortet sie, »ich bin Emma Zäringer.«

»Aha. Muss man Sie kennen?«

»Nein. Sagen Sie, Eddie wusste schon, wer bei Ihnen zu Besuch war? Dass Creutzfeld kam«, will Emma wissen.

»Die sind sich sogar noch begegnet. Unten am Aufzug. Die kennen sich. Logisch«, antwortet Angela Brinkmann.

»Logisch. Vielen Dank für Ihren Besuch, Frau Brinkmann. Ich komm mal für eine Versicherung vorbei.«

»Machen Sie das! Schönen Tag noch.«

Selbstbewusst schreitet sie zu ihrem silbernen Mercedes Cabrio, ein Modell, das schon einige Jahre älter ist. Emma schaut ihr nach, sie muss diesen Eddie kennenlernen.

Die Ermittlungsgruppe trifft sich kurz danach im Besprechungsraum. Wieder werden die Ergebnisse zusammengefasst. Emma und Abena berichten von Radolfzell, von den Begegnungen mit dem Bürgermeister und mit Lisa. Vom Stromausfall. Die Kommissare wollen heute über Naturereignisse und deren Folgen für das Alltagsleben nicht diskutieren, zu häufig ist auch ihre Gegend in den vergangenen Jahren von starken Regenfällen und Hitzewellen getroffen worden. Sie schauen dann lieber auf andere Regionen, wo es noch schlimmer ist, auf Überschwemmungen in Nordrhein-Westfalen oder Waldbrände in Brandenburg. Im Vergleich dazu ist es am Bodensee viel schöner, denken sie, aber sie sprechen es nicht aus. Emma äußert ihre noch ungeklärten Fragen zu dem umstrittenen Grundstück am See, zu dem aggressiven Bürgermeister und zu dem merkwürdigen Verhalten von Lisa. Aber einen konkreten Tatverdacht kann sie nicht formulieren. Die bisherige Spurenlage gibt nicht viel her, gesteht sie ein.

Auch das Gespräch mit Angela Brinkmann hat keine wirklich neuen Erkenntnisse gebracht. Emma weist allerdings darauf hin, dass der ehemalige Staatsanwalt und dieser Rockerboss miteinander bekannt waren. Edgar Günther wusste, wer bei Brinkmann in der Mordnacht im Mai 2013 zu Besuch war. Das perfekte Alibi. Staatsanwalt Creutzfeld würde ihn nicht beschuldigen, denn er hatte etwas gegen ihn in der Hand. Der Besuch bei Angela Brinkmann, einer bekannten Prostituierten, zusammen mit dem Chefredakteur. Der Mord an den beiden Rumänen wurde erst zwei Stunden später verübt, wenn die Aussage von Brinkmann zum Zeitpunkt des Besuchs der beiden Herren stimmt. Trotzdem hätte Günther genügend Zeit gehabt, noch einmal loszufahren und die Tat zu begehen. Matusch stimmt ihr zu, aber sie waren damals machtlos. Es gab keine verwertbaren Spuren, auch wenn Creutzfeld selbst es war, der dafür gesorgt hat, dass Beweise verschwunden sind. Sogar in der *Bodenseezeitung* erschien kein einziger Artikel über den Mord an den Rumänen. Auf einmal schien es, als ob nichts geschehen wäre.

»Daran warst du nicht ganz unschuldig«, sagt Häberlein hart zu Sören Matusch. Er schaut auf seine Hände, die vor ihm auf der Tischplatte liegen.

Abena kommt dazu und berichtet von ihren Recherchen zu Creutzfeld. Seine Ex-Frau lebt in Hamburg, sie sind seit neun Jahren geschieden, sie hatte keinerlei Kontakt mehr zu ihm, bis sie eine Todesnachricht aus Thailand erhalten hat. Er soll dort vor einem Jahr verstorben sein, in Chiang Mai. Seine thailändische Frau hat ihr geschrieben.

»Er ist wirklich tot?«, unterbricht Emma sie.

»Sieht so aus. Ja, seit einem Jahr, sagt die Frau.«

»Gibt es einen Totenschein aus Thailand?«, fragt Häberlein.

»Ich versuch das rauszubekommen«, verspricht Abena.

»Dann kann sich Creutzfeld nicht vor irgendwelchen Veröffentlichungen von Schwendner gefürchtet haben«, stellt Matusch fest.

»Aber jetzt kommt's«, sagt Abena, »es gibt einen gemeinsamen Sohn, und dessen aktueller Aufenthaltsort ist das Konstanzer Gefängnis.«

Großes Erstaunen bei den anderen drei.

»Es ist seine dritte Gefängnisstrafe, jedes Mal wegen Verstoß gegen das Betäubungsmittelgesetz. Wegen Cannabisbesitz, was früher strafbar war«, beginnt Abena die Aufzählung. »Diesmal hat man ihn geschnappt wegen Übertretung der Höchstgeschwindigkeit. Anstatt dreißig fuhr er achtzig Sachen innerhalb einer geschlossenen Ortschaft, aber er hatte keinen Führerschein. Vermutlich war er als Drogenkurier unterwegs, man fand einige Päckchen Kokain in seinem Auto. Dann gab es noch eine Anzeige wegen Ladendiebstahl. Er hat in einer Thalia-Buchhandlung *Dein Weg, dein Heil* geklaut. Kennt jemand von euch das Buch?«

Sie schaut in erstaunte Gesichter. Emma will den Mann so schnell wie möglich sprechen.

»Das dachte ich mir«, sagt Abena, »ich habe für den Nachmittag einen Termin in der Schottenstraße vereinbart. Soll schick sein, der Neubau.«

»Sehr gut«, lobt Emma, »kommst du mit?«, fragt sie Matusch, der nickt. »Wir müssen auch diesen Edgar Günther befragen«, fügt sie hinzu.

»Der wird wohl nicht hierherkommen«, meint Häberlein. »Du hast ihn damals verhört, Sören. Kann man mit ihm reden? Bringt das was?«, fragt sie den Kollegen.

»Er wird bestimmt mit uns sprechen. Aber es wird nicht viel dabei herauskommen«, meint Matusch.

»Mir geht es im Moment weniger um die Aufklärung der Morde damals«, sagt Emma. »Es könnte doch sein, dass er in irgendeiner Weise befürchtet, durch einen Artikel von Schwendner könnte etwas auffliegen.«

»Und wie willst du das herausfinden?«, fragt Matusch.

»Na ja, ihn einfach fragen, ob sich Schwendner bei ihm gemeldet hat, um über einen Artikel zu recherchieren. Wir besuchen ihn und provozieren ihn ein wenig«, schlägt Emma vor.

»Vielleicht funktioniert es ja«, sagt Häberlein.

»Ich möchte auch mit Antje Strewig sprechen. Sie kann

uns bestimmt sagen, was damals zur Entlassung von Creutzfeld geführt hat«, meint Emma.

»Der ist nicht entlassen worden, er hat sich dauerhaft krankschreiben lassen«, berichtet Matusch.

»Das geht?«, fragt Abena.

»Wenn du dem Staat lange gedient hast und ein Arzt dir eine schwere Erkrankung bescheinigt, dann geht das«, sagt Emma.

»So wie Lehrer mit Burn-out?«

»Genauso.«

»Der arme Mann«, lästert Abena.

Das Gefängnis in Konstanz wurde im Stadtteil Paradies erbaut. Keiner der Bauherren der finsteren Architektur aus dem neunzehnten Jahrhundert hat auf den schönen Stadtteilnamen geachtet. Das Paradies mit seinen Äckern und Gärten lag vor den Toren der Stadt, jetzt liegt es in dessen Zentrum. Vor zehn Jahren erhielt das Gefängnisgebäude eine neue Torwache und ein neues Verwaltungsgebäude. Man betritt jetzt nicht mehr einen alten Knast, sondern geöltes Eichenparkett zwischen spiegelnden Glasflächen. Das kräftige Rot, Blau und Gelb an den Wänden gibt den Verwaltungsangestellten das Gefühl, in einem modernen Dienstleistungsgebäude zu arbeiten.

Bevor Sören Matusch und Emma Zäringer den Gefangenen Bruno Creutzfeld treffen, sprechen sie mit der Gefängnisleiterin Maren Weinhold. Sie berichtet von Creutzfeld als einem nachdenklichen Mann, Ende dreißig, der seinen Weg noch nicht gefunden hat. Aber er würde sich bemühen, nähme an Gesprächskreisen teil und wolle eine Ausbildung zum Friseur machen. Emma möchte wissen, ob der Gefangene in den vergangenen Wochen Kontakte zu Menschen von außerhalb hatte. Zu seiner Mutter, zu Bekannten, einer Freundin? Frau Weinhold blättert in ihren Unterlagen. Es gebe eine Freundin, die sich immer mal wieder meldet, und einen Besuch gab es auch. Ein Herr Schwendner hatte ein Gespräch mit Bruno Creutzfeld. Emma und Matusch sind überrascht. Sie notieren sich Uhrzeit und Tag des Treffens mit Schwendner.

Auf ihrem Gang zum Verhörraum schließen sich hinter Matusch und Zäringer immer wieder die schweren Metalltüren.

Emma springt für einen Moment die Vorstellung an, als Gefangene hier leben zu müssen und von Gefängniswärtern herumgeführt zu werden. Vielleicht wäre es nicht hier in Konstanz, wo nur Haftstrafen bis fünfzehn Monate abgesessen werden. Für Totschlag müsste sie in den geschlossenen Vollzug, in ein Frauengefängnis etwas weiter weg, irgendwo bei Stuttgart, wo sie Antonio erschossen hat.

In dem Raum sitzt ein jung aussehender Mann, der sie ruhig betrachtet. Seine dunklen Haare sind lockig, gepflegt, schulterlang, um seine braunen Augen liegen Schatten, die Bartstoppeln sind etwa eine Woche alt. Um den Hals, über einem etwas zu großen grauen T-Shirt, baumelt ein Kreuz an einer silbernen Kette. Die Arme sind kunstvoll tätowiert. Die ineinander verschränkten Hände ruhen locker auf dem Tisch, der zwischen ihnen steht. Aus seiner Haltung und in seinem Gesicht zeigt sich Vorsicht gegenüber dem Besuch der Polizisten. Emma stellt sich und Sören Matusch vor. Matusch öffnet sein Notizbuch und liest ab.

»Bruno Creutzfeld. Sie haben Drogen transportiert. Das ist Ihre dritte Haftstrafe.«

Creutzfeld nickt kaum merklich.

»Sie arbeiten für Edgar Günther?«, fragt der Kommissar nach.

»Ich arbeite für niemanden«, kommt von Creutzfeld, ruhig und bestimmt.

»Woher hatten Sie die Ware?«

»Das ist doch schon einmal alles durchgekaut worden.«

»Stimmt, aber wer Ihre Zulieferer sind, haben Sie nicht offengelegt.«

»Aus Holland.«

Emma schaut Matusch an, der nickt ihr leicht zu.

»Was ist das für ein Buch, das Sie geklaut haben, *Dein Weg, dein Heil*?«

»Na ja, so Ratgeberkitsch. Es geht um Selbstliebe. Erst wenn man beginnt, sich selbst zu lieben, kann man glücklich leben. Wenn wir das Gute in uns annehmen, kommt das Glück«, sagt er.

»Sie durften das Buch behalten?«

»Leider nicht, ich musste es mir kaufen. Ich hab es mir hierher liefern lassen.«

»Was ist Ihr Glück?«, will Emma wissen.

»Ich bin gut, wenn ich etwas Neues beginne.«

»Ist Edgar Günther damit einverstanden?«, fragt Matusch nach.

Bruno Creutzfeld zuckt ganz leicht mit der Schulter, blickt auf den Tisch, dann wieder zu Emma. Sie hat sein Dilemma offenbar erkannt.

»Ich hoffe, Sie schaffen es. Wir sind wegen Ihres Vaters hier.«

Der Gefangene schaut jetzt überrascht.

»Als Sohn eines bekannten Staatsanwalts hat man vermutlich gute Karten bei einem wie Eddie Günther«, meint Matusch.

Matusch und Zäringer blicken Bruno Creutzfeld fragend an.

»Mein Vater ist tot. Das wissen Sie bestimmt.«

»Hatte Sie Günther wegen Ihres Vaters in der Hand?«

Bruno Creutzfeld rutscht etwas auf seinem Stuhl hin und her, streicht sich die Haare zurück. »Ich verdanke meinem Vater viel«, sagt er zynisch, »wegen ihm durfte ich diese Räumlichkeiten hier zum ersten Mal kennenlernen. Er wollte mich nicht schonen, sondern mir die ganze Härte des Gesetzes aufzeigen. Eine ›Erziehungsmaßnahme‹, wie er sich ausdrückte.«

»Wann war das?«, fragt Emma nach.

»Vor etwa zehn Jahren. Da bin ich zum ersten Mal eingefahren.«

»Haben Sie damals schon für Günther gedealt?«, will Matusch wissen.

Wieder das leichte Zucken der Schulter. Emma wartet, ob er antwortet, aber es kommt nichts.

»Angenommen, Eddie Günther sagte dem Staatsanwalt: ›Creutzfeld, dein Sohn dealt für mich, aber das bleibt unter uns, wenn du in einer anderen Sache die Füße stillhältst.‹«

Bruno Creutzfeld schaut sie aufmerksam an.

»Doch Ihr Vater wollte sich nicht so einfach erpressen lassen. Er hat dafür gesorgt, dass Sie eingesperrt werden. Könnte es so gewesen sein?«

»Das kann ich Ihnen nicht sagen. Ich war nicht dabei.«

»Nein, natürlich nicht. Aber es gab vermutlich noch andere Dinge, mit denen Eddie Günther Ihren Vater erpressen konnte.«

»Davon weiß ich nichts.«

»Warum hat sich Volker Schwendner für Sie interessiert?«

Der Mann macht ein unwilliges Gesicht. »Irgendwelche alten Geschichten. Fragen Sie ihn doch selbst!«

»Würden wir machen, aber er ist tot. Deswegen sind wir hier, wir sind von der Mordkommission.«

Bruno Creutzfeld räuspert sich. »Er wollte wissen, warum mein Vater nach Thailand gegangen ist.«

»Und, was haben Sie ihm gesagt?«, fragt Emma nach.

Jetzt fährt der Mann sich mit beiden Händen durch die gepflegten Haare.

»Schauen Sie, ich will neu anfangen. Es ist nicht gut, wenn ich hier mit euch Bullen plaudere.«

»Es wäre bestimmt einfacher für Sie, wenn wir Günther aus dem Verkehr ziehen würden«, kommentiert Matusch.

»Schon.«

Er denkt nach, die Polizisten warten, es ist ruhig in dem Verhörraum.

»Ich will nach Thailand, wenn ich hier rauskomme. Vaters Grab besuchen, es sollen dort zwei Halbschwestern von mir leben.«

»Schöne Idee«, sagt Emma, »aber irgendwann kommen Sie zurück, und dann geht es von vorne los.«

»Ich mach eine Ausbildung und fang irgendwo anders noch mal an.«

»Wir könnten Ihnen ein Ticket nach Thailand bezahlen.«

Bruno Creutzfeld lacht ungläubig auf. Matusch runzelt die Stirn, blickt zu seiner Kollegin. Bruno Creutzfeld beugt sich über den Tisch zu Emma.

»Eddie hat ihm Geld gegeben. Danach ist er weg«, sagt er sehr leise.

»Wie viel?«

»Hunderttausend.«

»Woher wissen Sie das?«, fragt Sören Matusch.

Creutzfeld lehnt sich wieder zurück. »Weil ich es ihm übergeben habe. Zusammen mit Eddie.«

»Und wo und wann war das?«

»Ein paar Jahre her, in einem Zelt auf einem Campingplatz.«

»Auf einem Campingplatz?«

»Eddie hat einen Campingplatz.«

»Nicht schlecht. So hatte Eddie Günther beide, Sie und Ihren Vater, in der Hand«, fasst Emma zusammen.

Wieder das leichte Zucken mit der Schulter.

»Würden Sie das aussagen? Vor einer Kamera?«, will der Kommissar wissen.

Creutzfeld blickt die beiden unsicher an.

»Haben Sie Schwendner das auch erzählt?«, fragt Emma.

»Er schien das bereits zu wissen.«

»Um welche alten Geschichten genau ging es Schwendner?«

»Er hat nichts Konkretes gesagt, nur dass er meinen Vater und Eddie kannte, und weil Vater nach Thailand ging und jetzt tot ist, wollte er etwas über ihn schreiben. Welche Beziehung ich zu meinem Vater hatte, der Vater Staatsanwalt, der Sohn Drogenhändler und so.«

»Und wieso wusste er das mit dem Geld? Haben Sie ihm von Eddie erzählt?«

»Natürlich nicht, ich bin ja nicht lebensmüde! Er sagte: Bestimmt hat der Herr Günther deinem Vater was rübergeschoben, damit er nach Thailand geht.«

»Also so eine Art Vermutung.«

Bruno Creutzfeld nickt. Emma blickt ihn an, dann gibt sie Matusch ein Zeichen.

»Können wir die Aussage von Ihnen bekommen?«, fragt Matusch noch einmal.

»Im Gegenzug für das Ticket.«

Alle drei stehen auf.

»Wir kümmern uns drum«, sagt ihm Emma zu.

»Sie sollten damit beginnen, etwas Tönung in die Haare zu machen. Wenn sie erst mal grau sind, ist der Kontrast zu stark«, meint Bruno Creutzfeld.

»Ah ja, Sie wollen Friseur werden.«

»Yep.«

Er lächelt jetzt zum ersten Mal und schaut Emma aufmerksam an. Matusch blickt irritiert auf die Haare seiner Kollegin, die eine unwillkürliche Bewegung mit der Hand zu ihrem Kopf macht.

»Vielen Dank, Herr Creutzfeld. Wir melden uns«, kommt von Matusch. Er klopft an die Metalltür, der Schlüssel wird gedreht.

Ihr nächster Termin ist bei der Staatsanwältin, die in der Abteilung I arbeitet, im Dienstgebäude »Bezirksamt«. Sie gehen die Wallgutstraße hoch, biegen nach rechts in die Untere Laube ein und bleiben beim Laubebrunnen stehen. Vor über dreißig Jahren durfte der Bildhauer Peter Lenk hier ein Figurenensemble schaffen, das den Autoverkehr und die selbstzufriedenen Bürger der Stadt persifliert. Wild gewordene Raser, von Abgasen angewiderte Engel, fette Alte im Badebecken, Säuglinge am Lenkrad, eine kniende, nackte Frau, die Fischerin vom Bodensee, und weitere historische Figuren werden von zwei Triumphbögen zusammengehalten.

»Warum will Bruno Creutzfeld das Grab seines Vaters besuchen? Würdest du nicht deinen Vater hassen, wenn er dich ins Gefängnis werfen lässt?«, fragt Emma Zäringer.

Sie betrachtet die beiden alten Männer in Badehosen, die im Wasserbecken sitzen. Der eine ist dick, in seinem Mund steckt eine Zigarre, er hat sich zurückgelehnt und die Arme rechts und links auf der Brüstung abgelegt. Über den Augen eine blinde Sonnenbrille, der Kopf ist leicht nach oben gebeugt, als würde er die Sonne genießen. Der andere Mann beugt sich vor, die Arme verschränkt, die Füße stehen im Wasser. Außerhalb des Beckens sitzt eine Frau, die ihren voluminösen Bauch nach vorne schiebt, ihr Becken ist breit. Ihr Bikini verdeckt nur notdürftig ihre Brüste und die Scham. Neben ihr liegt ein Schäferhund. Die steinernen Figuren, die alle Badekappen tragen, hocken hier seit Jahrzehnten, inzwischen sind sie von einer gelblich-braunen Patina überzogen.

»Staatsanwalt Creutzfeld hat seinen Sohn über die Klinge springen lassen, um seine eigene Unbestechlichkeit zu beweisen. Er hat sich als harter Hund inszeniert, weil Günther ihn erpresst hat«, stellt Matusch fest.

»Das ist so kaputt. Anstatt dem Sohn beizustehen, steckt er ihn ins Gefängnis.«

»Aber Eddie hatte offenbar noch mehr gegen den sauberen Staatsanwalt in der Hand.«

»Davon muss Schwendner gewusst haben. Als er anfing zu recherchieren und erfuhr, dass Creutzfeld nach Thailand gegangen war, hat er vermutet, dass Eddie ihm Geld gegeben hatte«, überlegt Emma.

»Creutzfeld ließ nicht einfach mal so Beweismaterial und Akten verschwinden«, sagt Matusch.

»Jetzt haben wir eine eindeutige Aussage von seinem Sohn, der ihm das Geld überreichte. Für den Journalisten Schwendner eine schöne Story.«

»Aber nicht für Eddie Günther.«

»Genau! Doch wie hat Günther von den Recherchen Schwendners erfahren?«, sagt Emma.

»Er wird ihn einfach angerufen haben.«

Emma nickt. »Er oder Paula.«

Sie gehen weiter, bis sie zur Staatsanwaltschaft Konstanz kommen.

Antje Strewig empfängt sie in ihrem schmucklosen Büro mit der Begrüßung, dass sie nicht viel Zeit habe. Es riecht nach altem Papier und Putzmitteln. Ein Fenster ist gekippt, man hört den Durchgangsverkehr auf der Konstanzer Laube. Matusch und Emma berichten ihr von den Gesprächen mit Angela Brinkmann und mit Creutzfelds Sohn im Konstanzer Gefängnis. Von Bruno Creutzfeld hatte Strewig bisher nichts gewusst. Seinen eigenen Sohn anzuklagen, passt für sie aber gut in das Bild, das sie sich von dessen Vater gemacht hat. Immer wieder schaut sie auf die Uhr, steht auf. Ihre Ansichten zu diesem Mann möchte sie aber noch loswerden. Sie habe als Rechtsreferendarin eine Zeit lang mit Creutzfeld gearbeitet und ihn als Mann erlebt, der ganz von sich eingenommen war, berichtet sie. Er glaubte, er habe eine große Wirkung auf Frauen, sie jedoch fand ihn abstoßend. Die

Strafverfahren, mit denen er es zu tun hatte, ging er mit großer Geste an. Es geht alles vor die Hunde, war einer seiner Standardsätze, sagt sie, und dem Untergang des Rechtsstaats wollte er durch hohe Anklageforderungen entgegenwirken.

Emma unterbricht sie. »Wir haben heute erfahren, dass Creutzfeld tot ist. Er lebte bis zuletzt in Thailand.«

Antje Strewig ist erstaunt, das wusste sie nicht. Sie schließt das Fenster, es kehrt eine gewisse Stille in den Raum mit den vielen Akten ein. Sie wurde nach ihrem Referendariat nach Freiburg versetzt, erzählt sie, und kam nach dem zweiten Staatsexamen wieder nach Konstanz zurück. Da hatte sich Creutzfeld schon krankschreiben lassen. Der Mord an den Rumänen und die Gefahr, damit in Zusammenhang gebracht zu werden, machten ihm offenbar Angst. Sie glaubt, dass er es war, der die Akte und die Beweise verschwinden ließ. Später fanden sich die Akte, die unter einer falschen Registernummer eingetragen war, und auch die Beweise, die in der Asservatenkammer in eine andere Kiste gelegt worden waren. Als die Angehörigen der beiden Toten Druck machten und die Sache bekannt wurde, übernahm die Staatsanwaltschaft Rottweil den Fall. Man durchpflügte die Archive und wurde fündig. Es wurden auch die DNA-Spuren am Tatort mit dem Beschuldigten Edgar Günther verglichen, aber es gab keine Übereinstimmung. Gegen Günther liegt nichts Verwertbares vor, und irgendwann hat Rottweil das Verfahren eingestellt.

»Wenn Sie den Kerl wegen irgendetwas drankriegen können, Frau Zäringer, haben Sie meine volle Unterstützung«, sagt die Staatsanwältin.

»Creutzfelds Sohn Bruno hat ausgesagt, er habe seinem Vater im Auftrag Günthers hunderttausend Euro gegeben«, berichtet Emma.

»Tatsächlich?! Hm. Bestechung eines Staatsanwalts. Der inzwischen tot ist. Nicht schlecht, aber schwer zu beweisen«, meint die Staatsanwältin.

»Aber nicht gut für Günther, wenn die Gründe für die Bestechung herauskommen und zum Beispiel in einer Zeitung stehen«, überlegt Emma.

»Sie glauben, Günther hat die Morde an Schwendner und Bajorath beauftragt, damit dessen Morde an den Rumänen und die ganze Vertuschungsaktion durch Creutzfeld nicht hochkommen.«

»Könnte sein«, stimmt Emma ihr zu, »wir würden gerne Eddie ein wenig Feuer unterm Hintern machen.«

»Im Moment haben wir noch nichts gegen ihn in der Hand«, warnt Strewig sie.

»Ich würde mich einfach gerne mit ihm unterhalten und hören, was er von Artikeln hält, die möglicherweise über ihn und seine Beziehung zu Creutzfeld veröffentlicht werden.«

»Sie sind die Ermittlerin, Frau Zäringer, machen Sie das, sprechen Sie mit ihm. Ich gehe davon aus, dass Sie sich an die Vorschriften halten?« Antje Strewig lächelt sie an.

»Selbstverständlich, wie immer«, sagt Emma.

Strewig steht auf, das Gespräch ist zu Ende.

Doch bevor Matusch und Zäringer aus der Tür sind, fällt Antje Strewig noch etwas ein.

»Frau Zäringer. Die Staatsanwaltschaft Stuttgart hat den Verhandlungstermin zum Tod von Antonio Ballestri jetzt festgesetzt, er ist in drei Wochen. Sie bekommen dann noch eine Vorladung. Ich wollte es Ihnen nur schon mal sagen.«

»Ich dachte, das Verfahren wird eingestellt?«

»Das kann natürlich auch noch passieren. Das entscheidet die Staatsanwaltschaft in Stuttgart.«

Sie nickt Emma freundlich zu, als wäre es eine Einladung zu einem Frühstück mit Freunden. Doch als Emma mit Sören Matusch den Flur entlanggeht, rauscht es in ihrem Kopf. Sie wird die schwarz gekleidete Mutter von Antonio treffen, die ihr ins Gesicht spucken wird. Wie kann sie sich auf das Treffen mit ihr vorbereiten? Wie ihr Respekt erweisen?

Zurück im Präsidium setzt sie sich zu Abena, die nachfragt, wie es im Gefängnis gelaufen ist.

»Er hat mir vorgeschlagen, meine ersten grauen Haare zu färben«, erzählt Emma.

»Was? Nein. Das machst du nicht! Du siehst so toll aus. Ich wünschte, ich hätte ein paar graue Haare.«

Emma lacht, aber der Gedanke, Antonios Mutter zu treffen, liegt ihr wie ein Klotz im Magen.

»Danke, Abena.«

Es ist wohltuend, mit dieser Frau arbeiten zu können, der sie sich verbunden fühlt, die um einiges jünger ist und einen ganz anderen familiären Hintergrund hat. Aber es sind gerade die Unterschiede zwischen ihnen, die sie wohltuend findet, weil sie selbst ihre eigene Identität und Herkunft immer wieder hinterfragt.

Bruno Creutzfeld verdankt seinen ersten Gefängnisaufenthalt seinem Vater, berichtet sie Abena. Noch so eine verkorkste Vater-Sohn-Beziehung, kommentiert Emma. Der eine Sohn begeht Selbstmord, weil er den Ansprüchen des Vaters nicht genügt, der andere Sohn ist Drogenhändler und wird von seinem Vater ins Gefängnis gesteckt.

»Tja, Strafe Gottes für schlechte Väter. Beide sind tot«, meint Abena leichthin.

Emma ist irritiert über diese Schlussfolgerung, wechselt aber das Thema. »Hast du zu dieser Raissa noch mal recherchiert?«

Abena ruft ein paar Seiten auf. »Hier. Ihr Mann, Sergey Natroschenko, ist ein russischer Oligarch. Sehr reich. Sie ist *very famous*, hat überall auf der Welt Klavier gespielt, wurde aber gecancelt, wegen ihrem Mann.«

»Beide wohnen in der Schweiz?«, möchte Emma wissen.

»Sie schon, irgendwo bei Genf, in Cologny. Da wohnen die wirklichen Bonzen.«

»Wohlhabende«, korrigiert Emma.

Abena runzelt die Stirn. »Ah ja, wir sind politisch korrekt bei der deutschen Polizei«, spottet Abena. »Er hockt irgendwo in Indonesien, hat vermutlich den russischen Präsidenten kritisiert und hat Angst um sein Geld und sein Leben«, fährt Abena fort.

»Ist sie Schweizerin oder Russin?«

»Es sieht aus, als ob sie Schweizerin ist. Und er hat vermutlich einen europäischen Pass aus Zypern oder Malta. Die konnte man bis vor dem Krieg dort erhalten. Wenn man für ein paar Millionen eine Villa gekauft hat oder die entsprechende Summe in eine Firma investierte, bekam man die EU-Bürgerschaft gratis dazu. Doch mit den Sanktionen wurde das Vermögen der reichen Russen eingezogen«, berichtet Abena von ihren Erkenntnissen.

»Er hat vermutlich einen Teil seines Geldes an sie überschrieben. Dann kann man ihr nichts anhaben.«

»Es gibt noch so ein paar Inseln, wo man seine Kohle parken kann.«

»Wir jagen nicht dem Vermögen von russischen Oligarchen nach. Wir wollen zunächst nur wissen, warum eine Konzerthalle in Radolfzell nach einer gewissen Raissa benannt werden soll. Und ob sie die Raissa Natroschenko ist, über die Volker Schwendner so hymnische Artikel schrieb.«

Emma nimmt ihr Telefon zur Hand und ruft Rolf Wyss an. Er ist erfreut über ihren Anruf. Emma erklärt kurz ihr Anliegen. Sie möchte wissen, ob Raissa Natroschenko eine Schweizer Staatsbürgerin ist, die wahrscheinlich ihren Wohnsitz in Cologny bei Genf hat. Wyss bittet einen Moment um Geduld. Emma hört, wie er an seinem Rechner tippt, und kurze Zeit bestätigt er ihre Anfrage. Raissa Natroschenko und ihr Sohn Clément Natroschenko sind beide Schweizer.

»Steht in euren schlauen Computern auch, in welchen Schweizer Unternehmen die Natroschenkos ihr Geld haben?«

Rolf Wyss lacht. »Selbstverständlich nicht. Für Schweizer ist es nicht anzeigepflichtig zu investieren.«

»Richtig. Das war eine blöde Frage … Und sag mal, seid ihr bei der Auswertung der Überwachungsvideos der Jungfraubahn schon weitergekommen?«

»Jungfraujoch … Da oben wohnten mal Nonnen. Ähm, es tut mir sehr leid, aber noch nicht. Wir haben gerade viel um die Ohren. Ich kümmere mich gleich darum. Geht es dir ansonsten gut, Emma?«

»Danke, Rolf, mir geht es so weit gut. Wir stecken mit beiden Beinen tief in unseren Ermittlungen. Es ist nicht ganz leicht.«

»Vielleicht hast du mal wieder Zeit auf einen Kaffee oder einen Wein?«

»Gerne, Rolf. Ich melde mich.«

Hat er sie gerade auf ein Date eingeladen? Sie schaut in den Raum, dann zu Abena, die sie etwas spöttisch anblickt.

»Du hast recht, sie ist Schweizerin. Sag mal, du hast doch den Kontakt zu dem Berliner Journalisten, mit dem Paula Bajorath verabredet war. Treib den bitte mal auf und frage ihn, ob er etwas zu Raissa Natroschenko und ihrem Mann hat.«

»Matusch hat mit ihm gesprochen«, sagt Abena.

»Ist das ein Grund, den Mann nicht anzurufen?«

Emma steht auf und sucht Matusch, den sie im Büroraum von Ingrid Häberlein findet. Matusch steht vor ihrem Schreibtisch, die Arme verschränkt, sie sitzt dahinter. Emma stellt sich neben ihn. Zwei Angestellte, die der Chefin berichten, die ständig Akten auf Vollständigkeit prüfen muss, dem Polizeipräsidenten vom Fortgang der Ermittlungen berichtet, Anweisungen der Staatsanwaltschaft empfängt, den vor ihr stehenden Angestellten erklären muss, wie sie ihre Aufgaben zu erledigen haben. Emma überlegt, ob sie sich einfach hinsetzen sollte, aber sie bleibt stehen.

»Ich spreche mit der Anstaltsleiterin wegen der Überwachung von Bruno Creutzfeld, glaub aber nicht, dass da viel rauskommt«, erklärt Häberlein.

»Wir wollen nur wissen, ob er weiter Kontakt zu Günthers Leuten hat«, erläutert Matusch.

»Wann wollt ihr euch Edgar Günther vorknöpfen?«

Häberlein sieht Emma an.

»Morgen Vormittag?«, Emma schaut zu Matusch auf, der ihr zustimmt.

»Strewig muss aber Rottweil informieren. Sonst bekomme ich Ärger«, grummelt die Chefin.

»Ich sag es ihr«, meint Matusch.

»Lass mal, das mach ich. Dienstweg.«

Matusch zuckt mit der linken Schulter.

Emma wendet sich zur Tür. »Kommst du?«, fragt sie Matusch.

Häberlein nickt ihnen zu, dann nimmt sie den Telefonhörer auf. Die beiden Kommissare verlassen ihr Büro.

»Morgen um neun?«, fragt sie ihn.

Ihr Telefon gibt einen Ton von sich. Sie bleibt stehen, während Matusch weitergeht. Abena hat ihr nur einen Satz geschrieben, *du musst kommen*. Emma blickt ihrem Kollegen hinterher, dessen Schultern leicht gekrümmt sind. Ein unglücklicher Mensch, der über einen grau gestrichenen Flur schleicht. Er will von ihr gefragt werden, wie es ihm geht, überlegt sie, aber sie interessiert sich nicht für seinen Seelenzustand. Auf eine seltsame Art motiviert sie die traurige Gestalt von Sören Matusch. Sie wird nicht so werden wie er, sie wird keine Alkoholikerin, sie wird auch keine Bürokratin wie Häberlein. Was ihr Weg ist, weiß sie auch nicht so genau. Sie wird weiter Verbrecher jagen, ohne den hehren Anspruch, dadurch die Welt zu verbessern. Eine muss es ja machen, ist ihre Haltung.

Als sie zurück bei Abena ist, zeigt ihr die Kollegin auf ihrem Bildschirm zwei Fotografien, die ihr der Journalist Daniel Wilkening gerade geschickt hat.

Der Radolfzeller Oberbürgermeister trägt ein schwarzes T-Shirt, das eng anliegt, in seine Oberarme schnürt und über dem Bauch spannt. Sein Kopf leuchtet rot wie nach zu viel Sonne und Alkohol. Gerhard Braun lacht zufrieden, als ob er gerade einen Witz gehört hat. In der Hand hält er ein Glas, in dem ein Strohhalm steckt. Neben ihm steht ein Mann in einem hellen Leinenanzug. Er ist braun gebrannt, glatt rasiert, die weißen Haare kurz, er macht einen gepflegten, sicheren Eindruck. Es sieht aus, als hätte er Gerhard Braun zum Lachen gebracht, um seinen Mund spielt ein spöttisches Grinsen. Neben dem selbstbewussten Mann im Anzug wirkt Braun wie ein feister Tölpel und bereit dazu, über alles zu lachen, was der Mann neben ihm lustig findet. Undeutlich im Hintergrund steht eine Frau, die Rock und Bluse trägt. Man sieht nur ihr Profil, den Haaransatz, die Nasenspitze und die Schulter. Vermutlich ist es Nacht, denn die Köpfe der drei Personen werden von gelblichen Deckenlichtern erhellt.

Auf dem zweiten Foto drückt der Mann im Leinenanzug, der eine Sonnenbrille trägt, dem Radolfzeller Bürgermeister die Hand, wie um ihn zu begrüßen. Man erkennt am rechten Handgelenk des Mannes ein braunes Lederarmband. Braun steckt in einem Jackett mit Nadelstreifen. Er trägt ebenfalls eine Sonnenbrille. Im Hintergrund glitzert das blaue Meer, am Horizont die Silhouette einer Stadt. Es ist vermutlich ein Foto, das die Begrüßung der Gäste auf einer Yacht zeigt.

»Woher hat er das?«

Es ist die erste Frage, die Emma herausbekommt.

»Hammer. Oder?«, meint Abena. »Keine Ahnung, wo er das herhat. Er war sehr kurz angebunden, er sagte nur, er schickt mir was.«

»Der Mann im Leinenanzug ist Sergey Natroschenko?«, fragt Emma nach.

»Er sieht gut aus.«

»Den haben wir doch schon einmal gesehen. Auf den Fotos von Paula Bajorath. Hast du die?«

Abena klickt ein paar Mal, dann sieht man die junge Journalistin neben einem Schiffsoffizier und dem Mann im Leinenanzug.

»Gerhard Braun, Paula Bajorath und vermutlich auch Schwendner haben Sergey Natroschenko auf seiner Yacht getroffen«, überlegt Emma.

Emma steht kurz auf, Abena sieht ihr dabei zu, dann setzt sich Emma wieder.

»Es ist ja nicht verboten, einen russischen Oligarchen auf seiner Yacht zu besuchen«, überlegt Emma, »kannst du mir die zwei Fotos ausdrucken?«

»Soll ich Matusch und Häberlein holen?«, will Abena wissen.

»Warte, nicht so schnell. Wir wollen uns morgen diesen Rockerboss vorknöpfen. Die müssen das vorbereiten …«

»Aha«, sagt Abena nur und erteilt den Druckbefehl, »läuft.« Sie nickt zu der Ecke, wo der Drucker steht. Emma eilt hin, nimmt die beiden Fotos in Empfang und steckt sie in eine Klarsichthülle. Sie macht Abena mit dem Daumen ein Zeichen, dann wendet sie sich dem Ausgang zu. Abena hat selbstverständlich recht, sie müsste es Matusch und Häberlein sagen, was da gerade reinkam. Emma möchte aber zunächst über die Konsequenzen und Zusammenhänge nachdenken. Allein, ohne sich die Bedenken von Häberlein anzuhören oder Matusch antreiben zu müssen. Als sie auf den Parkplatz kommt und ihr Auto aufschließt, ruft ihr Vater sie an. Er will wissen, wo sie steckt, ob sie vorbeikommt. Sie ist von seinem Anruf überrascht und fragt, was los sei. Er sagt nur, er brauche ihre Hilfe, nichts Schlimmes. Ob denn Mona nicht da ist, fragt sie. Nein, sie war da, jetzt sei ist wieder weg, bekommt sie als Antwort. Als sie sich auf den Weg von Konstanz nach Radolfzell macht, fällt ihr Blick auf die Klarsichthülle. Sie entscheidet sich, den Besuch bei Gerhard Braun auf den nächsten Vormittag zu verschieben.

Musik erklingt, als sie das Haus betritt. Zu ihrer Verwunderung ist es heute erneut kein Jazz, diesmal ist es Walzer, den sie noch nie in diesem Haus gehört hat.

Bernhard hat sein Mobiltelefon auf der Kommode aufrecht hingestellt. Auf dem kleinen Bildschirm bewegt sich eine kleine Figur, die Tanzschritte vorführt, winzige Schuhsohlen bewegen sich, dazu ertönen übersteuerte, penetrante Walzerklänge. Bernhards linker, eingegipster Arm ist gehoben, mit der rechten Hand führt er eine imaginäre Frau. Durch seinen Körper bewegen sich Wellen, denen die Beine mühsam und vorsichtig folgen. Emma durchströmt ein Gefühl von Fürsorge und Irritation. Es sieht sehr komisch aus, was ihr Vater da vor ihr aufführt. Aber sie lacht nicht, als er sich zu ihr umdreht.

»Ah, da bist du ja endlich. Ich kann es nicht mehr richtig. Komm.«

Sie kann gar nicht fragen, was er Seltsames treibt, sie geht zu ihm hin, blickt ihm ins Gesicht, sieht Schweißperlen auf seiner Stirn. Was geht in ihm vor? Es ist schön zu sehen, wie viel Energie in ihm steckt. Aber warum muss ausgerechnet er, ein Jazzfan, sich im Walzer üben?

»Auf den Takt. Eins, zwei und drei. Ü-ber-gang«, sagt die kleine Frau auf dem Bildschirm.

»Wir haben dich doch in einen Tanzkurs geschickt«, sagt Bernhard. Bilder aus einem der Räume im Milchwerk kommen zu Emma zurück. Das hatte sie fast vergessen, wie sie sich damals zum Tanzkurs anmeldete. Ein seltsam dünner Mann im schwarzen Anzug, mit dickem Schnauzbart, ein Tanzlehrer, der im Alltag Bestatter war, führte das Kommando. Auch er wies sie an: »Ü-ber-gang.« Sie blieb schon nach dem zweiten Besuch weg und traf sich lieber mit einem Jungen auf der Mole am See. Sie saßen auf einer der Bänke und knutschten, er fummelte an ihr herum und sie an ihm. Dann rauchten sie zusammen eine Zigarette, schließlich kam der letzte Bus, und sie fuhr zurück in ihr Dorf. Er war der erste Junge, dessen Penis sie in die Hand genommen hatte.

Bernhard legt seinen Gipsarm auf ihre Schulter und fasst sie mit der rechten Hand an der Hüfte. In seinem Gesicht erscheint ein breites Lächeln.

»Und eins und zwei und drei«, macht er und schiebt sie vor sich her. Sie ist überrascht, stolpert irgendwie rückwärts, er tritt ihr auf den Fuß.

»Du musst nach hinten mit dem Bein, wenn ich nach vorne gehe. Noch mal«, sagt er und blickt sie konzentriert an.

Er hebt seinen linken, angewinkelten Arm im Gips wieder an.

»Ich kann nicht Walzer tanzen!«

Sie dreht sich zu der Kommode, nimmt das Telefon und schaltet den Ton aus. Mit der Geschwindigkeit einer langsamen Ausblende in einem alten Schwarz-Weiß-Film senkt sich der gebrochene Arm ihres Vaters. Sie stehen sich gegenüber, beide in ihren Bewegungen erstarrt. Bernhards Brustkorb hebt und senkt sich in schnellem Rhythmus. Er setzt sich auf einen der Sessel, die er zur Seite geschoben hat. Erschöpft atmet er laut aus, erst jetzt merkt er die Anstrengung seiner Tanzversuche. In seinem Gesicht kann sie die Schmerzen sehen, die der gebrochene Knochen ihm bereitet.

»Hast du mich deswegen angerufen?« Sie kann ihren Ärger nicht verbergen.

»Mona will mit mir tanzen gehen.«

»Warum übst du dann nicht mit ihr?«

»Ich wollte nicht so … unvorbereitet sein …«

»Du spinnst doch! Du hast einen gebrochenen Arm!«

»Ich sitze schon den halben Tag rum! Das macht mich wahnsinnig.«

»Das sieht man. Also wirklich!«

»Wieso kannst du keinen Walzer tanzen?«

»Ich hab damals den Kurs geschwänzt«, antwortet sie und atmet tief durch.

»Warum?«

»Das weiß ich nicht mehr so genau.«

»Aber du musst doch tanzen können!«

Trotzig macht sie ein paar lockere Bewegungen, schüttelt die Arme durch die Luft, schwingt ihr Haar hin und her. »Ich kann tanzen. Lass uns draußen ein Bier trinken. Feierabend.«

Bernhard stemmt sich hoch, wischt sich über die Stirn und wundert sich über den Schweiß, den er auf seiner Hand sieht.

Emma geht in die Küche, öffnet den Kühlschrank. Anders als sonst ist er gut gefüllt. Sie nimmt zwei Flaschen Bier heraus und öffnet sie.

Draußen ist es noch nicht dunkel, doch das Wasser ist schon schwarz. Über einen halben Mond schieben sich immer wieder ein paar dicke Wolken. Die Fische steigen aus der Tiefe des Sees auf und schnappen sich lebensmüde Insekten.

Bernhard hält sich die kühle Bierflasche an die Schläfen. »Das ist anstrengend.«

»Wann wollt ihr tanzen gehen?«

»Irgendwann halt mal. Sie sagt, sie tanzt gerne.«

»Aber warum Walzer?«

»Ich dachte, das ist Standard.«

»Würde Tango nicht besser zu dir passen?«

»Zu mir passt im Sessel sitzen, Jazz hören und mit dem Fuß tippen. Aber ich muss meinen Arsch ja mal hochkriegen.«

»Geht doch zusammen in einen Kurs.«

»Ach, dann kommt sie mit so einem alten Knacker an, der sich bewegt wie ein Stock. Das wird nur peinlich.«

»Dann tanzt halt zu Hause, ohne Vorgaben.«

»Ja, wir machen Party.«

Sie schaut ihren Vater irritiert an. Offenbar hat es ihn ganz schön erwischt. Sie trinkt einen Schluck Bier, schließt die Augen und lehnt sich zurück. Bevor die Pflanzen sich schlafen legen, atmen sie noch einmal aus und verströmen einen betörenden Duft, der allen anderen Lebewesen signalisiert, dass es Zeit ist, sich für die Nacht vorzubereiten. Nur die Fledermäuse machen es anders, sie starten ihre nächtliche Jagd. Selbst die Mücken verziehen sich in die Dämmerung, das Surren in der Luft wird weniger.

»War hier auch so starker Wind?«

»Gestern Abend?«

»Ja. In Radolfzell war Stromausfall.«

»Das habe ich gehört. Hier war es nicht so schlimm.«

»Der Bürgermeister will in dem Hotel am See eine Konzerthalle bauen lassen. Die Raissa Concert Hall.«

»Echt?«

Bernhard trinkt von seinem Bier, wendet Emma den Kopf zu und wartet darauf, dass sie weiterspricht.

»Er hat einen reichen Russen besucht. Auf dessen Yacht.«

»Da hat er sich bestimmt bedankt.«

»Wer? Der Russe oder der Bürgermeister?«, fragt Emma.

»Eher der Herr Oberbürgermeister.«

»Für das Geld, das der reiche Mann ihm bezahlt hat, damit er das Hotel im Naturschutzgebiet bauen kann.«

»Es gehört sich doch so, dass man sich bedankt. Oder?«

Emma lacht und meint: »Seine Frau ist eine bekannte Pianistin.«

»Vom Bürgermeister? Das wusste ich noch gar nicht.«

Beide grinsen über seinen schlechten Witz.

»Der wird nicht mehr gewählt«, betont Bernhard, »dann gibt es auch kein Hotel und keine Konzerthalle.«

»Ich frag mich trotzdem, ob er schlechte Presse vermeiden wollte.«

»Und deswegen Leute umbringt?« Bernhard klopft auf seinen Gips. »Das juckt ganz schön hier drin.«

»Weil auch der Arm schwitzt.«

»Gerhard Braun ist zwar ein Wichtigtuer, den alle im Rathaus hassen …«

»… fast alle. Er hat ein Verhältnis mit dem Grundstücksamt.«

»Tatsächlich?«

»Sie badet gern nackt im See.«

»Was du alles weißt! Das nenn ich mal Polizeiarbeit«, staunt Bernhard. Es klingt spöttisch. Sie boxt ihn leicht in die Seite.

»Du hast natürlich recht. Es geht nicht um Gerhard Braun, sondern um die Leute dahinter.«

»Sag ich doch. Aber war es nicht ein Schweizer, der da bauen will?«

»Ein Schweizer Investor«, antwortet sie.

»Mit russischem Geld.«

Emma nickt, trinkt und stellt mit einem Knall die Bierflasche auf den Tisch. »Der Russe will keine Presse.«

»Auf keinen Fall!«

»Und wie passt das zu dem Rocker und dem Ex-Staatsanwalt in Thailand?«

»Bitte?«

»Morgen besuchen wir Eddie Günther, Präsident von einem Motorradclub.«

Bernhard trinkt sein Bier aus und wartet, ob seine Tochter ihm noch mehr erzählt. Aber es kommt nichts mehr von ihr.

»Rocker wollen auch keine schlechte Presse«, sagt er in die Stille.

Emma ist ganz bei sich, lässt das Gesagte auf sich wirken. Könnte es sein, dass Bernhard wieder einmal ein paar Antworten aus dem Himmel gepflückt hat?

Gerne würde sie mit ihm über die ihr bevorstehende Verhandlung zum Tod von Antonio Ballestri sprechen und ihre Angst, mit dessen Mutter konfrontiert zu werden. Früher, als Kind und Jugendliche, wollte sie kleine Wunden oder Verletzungen, die sie sich bei einem Sturz oder einer Rauferei zugezogen hatte, nie ihrer Mutter zeigen. Wenn Klara sie entdeckte, wollte sie immer genau wissen, was geschehen war, aber Emma hatte keine Lust, davon zu erzählen. Dann fragte Klara beim Abendessen, in Gegenwart von Bernhard, erneut nach, bis sie schließlich berichtete. Bernhard fand es immer gut, wenn sie sich wehrte, aber er ermahnte sie, nicht selbst Streit anzufangen. So begann sie, aus jeder ihrer Auseinandersetzungen eine Art Heldentat zu konstruieren, wie sie in äußerster Bedrängnis eine Idiotin oder einen Jungen abgewehrt hatte. Selbst wenn sie sich gedankenverloren in den Finger schnitt, war das blöde Messer schuld. Die Therapeutin hatte versucht ihr näherzubringen, sie müsse sich selbst akzeptieren, dazu gehörten auch ihre Wut und ihre Ängste. Aber gerade ist keine Zeit für ihre Ängste, sie hat einen Fall zu lösen. Eins nach dem anderen. Das ist auch so eine Weisheit von Bernhard, die sie versucht zu beherzigen.

Sie trinkt aus und steht auf. Mit den beiden leeren Flaschen in der Hand geht sie in die Küche. Sie weiß noch nicht wie, aber sie hat das Gefühl, bei ihren Ermittlungen einen Schritt weiter zu sein.

»Kann ich dir noch irgendwie helfen?«, ruft sie ihm zu.

»Passt schon. Schlaf gut.«

Sie hört, wie er die Walzermelodie vor sich hin summt. Dann schließt sich seine Schlafzimmertür.

Freitag

Emma bricht früh auf. In der Nacht haben sich die Wolken zu einer grauen Decke zusammengeschoben. Es ist kühl, als sie in den Smart steigt und über den Schienerberg nach Singen fährt. Als Erstes wird sie sich ihre Pistole aus ihrem Schließfach holen. Sollte der Rockerboss tatsächlich einer der Täter sein, will sie ihm nicht unbewaffnet gegenübertreten. Auch für ihren geplanten Besuch beim Radolfzeller Bürgermeister wird es ihr Stärke verleihen, wenn sie eine Waffe trägt. Sie schaut kurz bei den Kollegen vom Kriminaldauerdienst vorbei und grüßt in den offenen Raum, wo drei Polizisten und eine Polizistin sitzen, die sie, bis auf den jungen Joris, noch nicht kennt. Die bleichen Gesichter blicken sie aus müden Augen kurz an. Dann wenden sie sich wieder ihren Bildschirmen zu. Joris steht auf, um sie zu begrüßen, fragt, ob sie heute wieder zum Dienst kommt. Sie verneint, sie wolle nur ihre Waffe holen. Seine Augen vergrößern sich, sie fragt ihn, ob sie eine anstrengende Nacht hatten. Er winkt ab, sie seien die Frühschicht, sie bearbeiten gerade die Berichte der Kolleg*innen. Er spricht den Genderstern mit einem lustigen Klicker aus, der nach verdrehter Zunge klingt. Emma beschließt, den Kollegen Joris zu mögen.

Es ist acht Uhr vormittags, das Rathaus hat gerade seine gläsernen Schiebetüren entriegelt. Die Pförtnerin möchte sie abweisen, weil sie keinen Online-Termin vereinbart hat, aber ein Blick auf den Polizeiausweis ermöglicht ihr den Zugang. Die Flure sind noch leer, bisher sind nur vereinzelte Mitarbeiter erschienen, in einer Hand eine Akte, in der anderen einen Becher mit Kaffee. Auch Emma hat einen grünlichen

Aktendeckel in der Hand. Sie betritt das Vorzimmer des Oberbürgermeisters, wo sie seine Sekretärin über eine Lesebrille, die an einer goldenen Kette hängt, streng anblickt.

Emma zeigt ihr ihren Ausweis.

»Ich muss kurz zu Ihrem Chef, dauert nicht lang«, sagt Emma und steuert auf die Bürotür von Gerhard Braun zu.

»Halt! Das geht nicht!«

Die Frau steht schnell von ihrem Bürostuhl auf. Emma drückt die Türklinke, schiebt die Tür auf und betritt das Arbeitszimmer des Bürgermeisters. Braun sitzt gebeugt über irgendwelche Dokumente und blickt von seinem weißen Schreibtisch auf.

»Hallo, Herr Braun«, grüßt Emma, so leichthin wie möglich.

»So geht das aber nicht«, hört sie seine Sekretärin in ihrem Rücken.

Braun erkennt die Polizistin, die ihn schon einmal bedrängt hat. »Hat das nicht Zeit bis nächste Woche?«

»Nein, hat es nicht. Wer weiß schon, was nächste Woche ist? Nicht wahr?«

Emma dreht sich zu der Sekretärin um und legt ihre Hand, als wäre das eine Gewohnheit, auf ihre Waffe.

»Also wirklich«, empört sich die Frau.

»Ist schon gut, Frau Eder«, sagt Braun, und damit geht sie und zieht die Tür hinter sich zu.

Emma tritt zu dem Mann am Schreibtisch und legt ihm ihren Aktendeckel, auf dem ›Polizei Baden-Württemberg‹ steht, auf den Tisch.

»Schauen Sie mal kurz rein. Wir haben Fotos gefunden.«

Doch Braun reagiert gelassen und schiebt den Aktendeckel zur Seite. »Ich hab jetzt wirklich keine Zeit, Frau Kommissarin«, sagt er ruppig.

Emma langt über den Tisch, bugsiert die Akte zurück vor Gerhard Braun und schlägt sie auf. Unter dem grünlichen

Karton kommt die rosa Plastikhülle zum Vorschein, unter der man verschwommen den Mann sehen kann, der vor Emma auf dem Schreibtischstuhl sitzt und den sie mit ihrem Blick fixiert. Durch das gefärbte Plastik leuchtet sein Kopf auf dem Foto besonders rot. Er senkt die Augen, nimmt die Plastikhülle in die Hand und zieht die Ausdrucke heraus. Dann lehnt er sich zurück, betrachtet die Bilder, befördert sie wieder in die rosa Hülle und legt sie auf den Aktendeckel.

»Was soll das?«, fragt Braun.

»Die Frage ist, wann war das und wo war das?«, will Emma von ihm wissen.

»Vor ein paar Jahren. Eine Einladung. Auf irgendeiner Yacht vermutlich«, bekommt sie als Antwort.

Emma staunt, wie geschickt er seine Gefühle verbirgt. »Sie haben Sergey Natroschenko getroffen.«

»Wer soll das sein?«

»Der reiche Ehemann von Raissa Natroschenko, der Pianistin, für die Sie eine Konzerthalle in Ihrem Luxushotel bauen lassen.«

»Ich weiß nicht, von wem Sie da reden.«

Brauns Stimme ist fest, aber rau.

»Der Mann, dem Sie auf der Yacht die Hand geben.«

»Wissen Sie, wie vielen Leuten ich tagtäglich die Hand schüttle? Das ist Teil meines Jobs. Ich merke mir nicht alle Namen.« Er wird jetzt pampig.

»Und warum wird dann das Konzerthaus nach seiner Frau benannt?«

Emma versucht es erneut, obwohl sie keinerlei Beweise für ihre Behauptung hat. Aber manchmal führen auch Schüsse ins Blaue zu einem Treffer.

»Ich kenne weder diesen Mann noch seine Frau! Und was auf den Plänen der Architekten steht, habe ich auch nicht zu verantworten. Keine Ahnung, vielleicht war der Architekt in eine Raissa verliebt, oder er wollte Raissa Gorbatschowa ehren«, versucht er, seine Überlegenheit mit Humor zu demonstrieren.

Emma nimmt die Akte wieder von seinem Tisch.

»Dann muss ich Ihren Schweizer Investor, einen gewissen Herrn Landi, nach den Zusammenhängen zwischen ihm, der Pianistin, dem russischen Oligarchen und dem Radolfzeller Oberbürgermeister befragen.«

Gerhard Braun versucht es mit einem Lachen, aber es gelingt ihm nicht, es wird ein trockenes Husten.

»Tun Sie das«, sagt er, »verschonen Sie mich mit Ihren Verdächtigungen und lassen Sie mich meine Arbeit machen.«

Emma blickt sich in Brauns Büro um, als wäre sie eingeladen worden, hier eine Besichtigung zu machen. Für einen Moment bleiben ihre Augen an den aufgewühlten Wellen der Reproduktion eines Richter-Gemäldes hängen.

»Was würden die Radolfzeller Bürger von einem Oberbürgermeister denken, der es sich mit einem russischen Oligarchen auf dessen Yacht gut gehen lässt? Stellen Sie sich vor, das würde morgen in der Zeitung stehen?«, provoziert ihn Emma.

»Raus!«, brüllt der Mann.

Emma dreht sich um. Ein Grinsen erscheint in ihrem Gesicht, sie hat es doch noch geschafft, den Mann aus der Fassung zu bringen.

Sie lässt die Tür hinter sich offen stehen, wünscht Frau Eder höflich noch einen schönen Arbeitstag und ein schönes Wochenende. Ihre Akte klemmt sie sich fest unter den Arm, sie hat bekommen, was sie eigentlich wollte: Seine Fingerabdrücke sind auf der Plastikhülle und den Fotos.

Sobald sie wieder zurück in Singen ist, wird sie die Kriminaltechnik bitten, die Abdrücke zu sichern und mit dem Radolfzeller Tatort abzugleichen. Vielleicht hat sie Glück, und es gelingt ihr, eine verwertbare Spur zu finden. Bisher haben sie nichts, nur Vermutungen. Sie hat keine konkreten Spuren, keine Beweise, nicht einmal die Idee eines Täters. Die spürbare Angst Gerhard Brauns, seine Arroganz, seine undurchsichtigen Geschäfte mit Landi und Natroschenko, die Nähe zu der ermordeten Paula Bajorath und zu Volker Schwendner haben ihn zu einem Verdächtigen gemacht. Aber ihr ist sehr bewusst, dass ihre Abscheu ihm gegenüber ihn noch lange nicht zum Mörder macht. Es gibt den unbekannten großen Mann, der bei Charlotte Schwendner aufgetaucht ist, der vermutlich die Computer der beiden Journalisten gestohlen hat. Aber ist dieser Unbekannte der Täter oder nur ein Handlanger? Vor allem, wessen Handlanger? Vielleicht kommen sie weiter, wenn sie der anderen Spur, der Verbindung von Creutzfeld, Edgar Günther und Schwendner folgen.

Als sie endlich sein Büro verlassen hatte, zog er das Mobiltelefon aus der Hosentasche. Urs Landi hörte sich erneut seine Beschwerden über die impertinente Kommissarin an. Sie habe ihm Fotos einer Begegnung mit Natroschenko gezeigt und mit möglichen Veröffentlichungen gedroht, empörte er sich. Vielleicht sei doch etwas an die Presse durchgesickert. Er werde gleich mit Rufus Landmann von der *Bodenseezeitung* sprechen, aber es gebe schließlich auch andere Zeitungen. Jedenfalls sei diese Polizistin zum Problem geworden, ob er nun gewählt werde oder nicht. Landi lerne sie vermutlich bald kennen, denn sie habe ihren Besuch bei Landi angekündigt. Der Hotelier hörte sich an, was der Herr Bürgermeister ihm zu sagen hatte. Er bedankte sich eisig, verabschiedete sich knapp und legte auf.

Landi gelang es, Natroschenko zu erreichen, was nicht so leicht war, denn man konnte ihn nicht einfach anrufen. Er schickte eine Nachricht auf Telegram, dann erhielt er einen Rückruf von einem Kryptohandy. Der Schweizer berichtete in die rauschende Stille an seinem Ohr. Er sprach Englisch. Offenbar gäbe es Fotos davon, wie sie auf der Yacht in Cannes diesen Bürgermeister, den Architekten, den Chefredakteur aus Konstanz und dessen Freundin empfingen, berichtete Landi. In Cannes hingen immer und überall irgendwelche Fotografen rum, Paparazzi und Schmierenschreiber. Eine Pest, aber so sei das eben in Cannes, auch wenn gerade keine Filmfestspiele stattfinden. Natroschenko hörte sich an, was der Hotelier zu sagen hatte, und stieß einen russischen Fluch aus, mehr nicht. Dann hörte das Rauschen auf.

Die Kaskade der Telefonate setzte sich fort. Sergey Natroschenko kontaktierte seinen treuen Vladimir, den Bodyguard und Aufpasser von Raissa und Clément. Er berichtete ihm von der Befürchtung Landis, eine Polizistin aus Deutschland werde auftauchen. Sie habe offenbar Fotos von ihm und diesem Bürgermeister, vielleicht noch mehr. Möglicherweise hätten deutsche Journalisten etwas ausgegraben, vielleicht wissen sie von seinen Beteiligungen. Wenn es da wieder undichte Stellen geben sollte, wie schon einmal in Panama, dann habe Natroschenko bald wieder Vladimirs ehemalige Kollegen von der Tscheka am Hals. Er soll sich die Polizistin vorknöpfen, nicht zu grob und nicht zu laut. Wenn sie nicht redet oder es Schwierigkeiten gäbe, dann soll er sie beseitigen, aber diesmal unauffällig.

Emma trifft Matusch auf einem Autobahnparkplatz, wo sie ihren Smart abstellt. Den Aktendeckel mit den Fotos lässt sie im Wagen liegen. Sie setzt sich zu ihm in das Polizeifahrzeug, es riecht abgestanden, nach Männerschweiß und Tomatensoße. Er mustert sie, sieht ihre Bewaffnung, kommentiert es aber nicht. Matusch trägt seine alte Lederjacke, ein Sweatshirt und eine helle Cargohose. Sie fragt, ob die Zuständigkeiten geklärt seien. Er bejaht, der Polizeiposten in Meßkirch habe Überstunden gemacht und seit gestern Abend das Wohnhaus von Edgar Günther observiert. Der Mann sei zu Hause. Emma blickt skeptisch zu Matusch und fragt, ob Eddie folglich wissen könne, dass sie kommen. Doch Sören Matusch verneint, er hoffe es nicht. Nach nur wenigen Kilometern verlassen sie die Autobahn, fahren auf der Landstraße 313 weiter, die seltsamerweise Fantastische Straße heißt, und kommen an Feldern vorbei, auf denen sich die ersten Getreidehalme zeigen, sowie durch einige dichte Tannenwälder.

»Warst du schon einmal in Meßkirch?«, erkundigt sich Emma.

»Nein. Du?«

»Auch nicht.«

»Gibt es etwas, das man über diese Stadt wissen muss?«, fragt Matusch.

»Martin Heidegger kommt da her.«

Matusch kennt den Namen nicht.

»Ein Philosoph, der bei den Nazis mitgemacht und der den Menschen als Gast auf der Erde gesehen hat. Er hat die Kunst der Technik gegenübergestellt.«

»Hast du das in deinem Philosophiestudium gelernt?«

»Du hast dir gemerkt, dass ich Philosophie studiert habe?«

»In Berlin. Ja.«

»Otto Dix und Heidegger kannten sich.«

»War das auch ein Philosoph?«

»Also wirklich, Sören. Der Maler Otto Dix, der in Gaienhofen, bei uns am Untersee, im Exil war. Von ihm gibt es ein großes Bild im Rathaussaal in Singen.«

Emma blickt erstaunt zu Matusch. Wie kann man Otto Dix nicht kennen? Und warum hat dieser Alkoholiker sich gemerkt, was sie studiert hat?

»Muss ich das kennen? Hängt das mit unseren Ermittlungen zusammen?«

»Das Bild heißt *Krieg und Frieden*. Keine Ahnung, wie die Dinge zusammenhängen. Aber irgendwie tun sie das ja immer. Zusammenhänge zeigen sich nur nicht immer gleich.«

Emma überlegt, Matusch von ihrer Begegnung mit Gerhard Braun zu berichten. Doch sie hält sich zurück. Er hatte schon nicht verstanden, warum sie mit Abena die Wahlkampfveranstaltung in Radolfzell besuchte. Doch nach ihrem Verständnis von Polizeiarbeit müssen auch die sozialen, ökonomischen und politischen Zusammenhänge betrachtet, manchmal auch schwer fassbare Schwingungen wahrgenommen werden, um zu Ermittlungsergebnissen zu kommen. Die Angst und die Arroganz, die sie bei Gerhard Braun spürte, hatten etwas mit seinen Machenschaften um diesen Hotelbau und seiner Beziehung zu Schwendner zu tun, da ist sie sich sicher. Ob das ein Mordmotiv ergibt, weiß sie nicht. Sie nimmt sich vor, weiter in dieser Richtung zu graben. Sie sollte diesen Urs Landi wirklich besuchen, nicht nur damit drohen. Doch vielleicht kommt etwas bei der Begegnung mit diesem Rockertypen heraus, möglicherweise ist das die bessere Spur. Matusch hatte damals die Ermittlungen vergeigt und deshalb einen Nachteil gegenüber Eddie Günther. Der fühlt sich sicher, weil er es offenbar geschafft hat, vor zehn Jahren zwei Morde zu begehen, ohne dafür angeklagt zu werden. Oder er deckt den Mörder, vermutlich jemand aus seiner Rockerbande.

»Wie gehen wir es an?«, möchte Emma wissen, »wir haben nichts gegen ihn in der Hand.«

»Schon klar. Wir fragen ihn nach Creutzfeld aus und sehen, was dabei rausspringt.«

»Es kann sein, dass er sich ahnungslos gibt und uns an der Nase herumführt.«

»Deswegen bist ja du dabei. Du wirst ihn festnageln«, meint Matusch spöttisch.

»Lass das. Das Einzige, was ihm Angst machen könnte, ist

die Drohung, dass die Bestechung von Creutzfeld veröffentlicht wird.«

»Dann ist das unsere Strategie? Wir werfen ein paar Nebelkerzen und schauen, wohin der Hase läuft.«

Vor Emmas Autofenster gleiten die hellgrünen Blätter und die frischen Nadeln der dichten Wälder vorbei. Sie erinnert sich an Spaziergänge durch die Wälder am Schienerberg mit einem Jungen, in den sie einmal verliebt war. Aber ihr fällt nicht mehr ein, wie er hieß. Es war auf jeden Fall nicht Volker Schwendner, der hielt nichts vom Spazierengehen.

Nach etwa dreißig Minuten erreichen sie die kleine Stadt und fahren in einen Stadtteil mit Straßen, die nach Blumen benannt wurden. Hier stehen die typischen deutschen Einfamilienhäuser in parallel angelegten Straßen. Sie biegen in den Rosenweg ein, wo sie ein Polizeifahrzeug stehen sehen.

»Tolle Observation. Wirklich sehr unauffällig«, bemerkt Emma.

Sie halten vor einem Haus, das von einem dichten, hohen Holzzaun umgeben ist. Steht man vor der Eingangstür, ist nur ein blaues Dach zu sehen. Sie klingeln neben dem Namensschild GÜNTHER. Ein Kameraauge blickt auf sie, dann erklingt der Summer, und sie betreten das Grundstück. Das strahlend weiße Haus mit dem blauen Dach steht etwas zurückgesetzt, der Eingang wird von zwei weißen Säulen eingerahmt, rechts vom Haus sind zwei Garagen. Eines der Tore steht offen und zeigt ein schweres Motorrad. Links vom Hauseingang wurde ein Springbrunnen mit einem aufgerichteten Fisch angelegt, aus dessen Maul Wasser in die Luft spritzt. Die Anlage erinnert an amerikanische Protzbauten, nur einige Nummern kleiner. Eine Frau, etwa fünfzig Jahre alt, öffnet die Haustür. Ihre Haare sind tiefschwarz gefärbt und mit einem Haarband hinter dem Kopf zusammengehalten. Sie trägt ein enges schwarzes Top und dazu schwarze, glänzende Leggings. Der rechte Arm ist bunt tätowiert. Sören Matusch und Emma Zäringer haben sich noch nicht vorgestellt, da sagt die Frau einfach: »Hallo, Sie wollen bestimmt zum Eddie. Er ist hinten im Atelier.«

Die beiden Kommissare zeigen ihre Dienstausweise vor und nennen ihre Namen, aber die Frau nickt nur und winkt sie hinter sich her. Sie durchqueren eine große Eingangshalle, von der mehrere Türen abgehen und eine breite Treppe zum Obergeschoß führt. Die Sandalen der Frau, auf deren Riemchen goldene Bommel wackeln, klackern auf dem hellen Steinfußboden. Eine Tür öffnet sich zum Garten des Hauses, wo mehrere Liegestühle, Bänke, Tische und ein großer Grill stehen. Rechts und links davon wurden Blumenrabatten angelegt. Die ersten Fliederbüsche haben angefangen zu blühen und verströmen ihren eigenen, kräftigen Duft. Sie gehen auf Steinplatten über einen gepflegten grünen Rasen auf eine breite Holzhütte zu, die einer bayerischen Berghütte nachempfunden ist.

»Eddie! Besuch! Zwei Herrschaften von der Polizei«, flötet die Frau.

Die Tür der Hütte geht auf, und vor sie tritt ein großer Mann mit langem weißem Haar, das in einen Zopf geflochten ist. Neben ihm steht ein kräftiger schwarzer Bullterrier, der sie aus seinen kalten Augen anblickt. Eddie Günther zeigt sich in einem weißen Malerkittel, darunter ein mit Farbe bekleckertes T-Shirt und Jeans. Er ist barfuß, in der rechten Hand hält er einen dünnen Pinsel. Sein Mund ist von einem weißen, sorgsam ausrasierten Bart eingerahmt. Von der Unterlippe über das Kinn verläuft ebenfalls ein schmaler Streifen Bartstoppeln. Die dunklen Augen blicken belustigt auf die beiden Polizisten.

»Ja bitte?«, fragt Edgar Günther.

Matusch und Emma stellen sich erneut vor und bitten um ein kurzes Gespräch.

Das Klackern der Sandaletten entfernt sich.

»Hat Ihnen meine Frau schon etwas angeboten? Wollen Sie einen Kaffee?«, fragt er freundlich, und als sie ablehnen, bittet er sie mit großer Geste in sein Atelier.

»Das ist Fritz«, sagt er und zeigt zu seinem Hund, »der tut nichts, der sieht nur so gefährlich aus.«

An die Wände sind große und kleine Landschaftsaquarelle gelehnt. Auf einer Staffelei steht ein angefangenes Bild. Grob skizzierte Kühe sind auf einer grünen Wiese zu sehen.

»Meine Leidenschaft«, sagt Eddie Günther, »ich vermute mal, ihr seid nicht gekommen, um eines meiner Bilder zu kaufen? Wir kennen uns, Herr Matusch?«

»Ja. Es ging damals um die Morde an den beiden Rumänen, hier in der Nähe«, antwortet Matusch.

»Genau«, dröhnt Eddie, »haben Sie inzwischen den Mörder geschnappt?«

Emma muss sich zusammennehmen. Sie findet die Bilder hässlich und kitschig. Die Inszenierung, die sie hier vorgeführt bekommen, ist lächerlich, durchsichtig und abstoßend. Der Rockerboss, der hier den Landschaftsmaler gibt, beobachtet sie aufmerksam.

»Wir interessieren uns für Ihre Beziehung zu Staatsanwalt Creutzfeld«, informiert Matusch.

»Ist der nicht verstorben? Er konnte seinen Ruhestand nicht mehr genießen.«

»Können wir aufhören mit dem Bullshit?!«, platzt es aus Emma heraus.

Günther blickt sie an und lächelt.

»Sie sind Creutzfeld und dem Chefredakteur der *Bodenseezeitung*, Volker Schwendner, begegnet, nachdem die beiden ihre damalige Freundin Angela Brinkmann besucht hatten«, sagt Emma.

»In der Nacht, als die Opfer, die in Ihrem Auto fuhren, ermordet wurden«, ergänzt Matusch.

»Wenn Sie das sagen, dann war das vermutlich so. Sie sind die Polizei.« Er legt den Pinsel auf die Staffelei und stemmt die Arme in die Hüften.

»Wie gut kannten Sie Creutzfeld?«

»Wir sind uns ein paar Mal begegnet«, antwortet er.

»Er hat für sie Spuren und Akten verschwinden lassen. Dafür haben Sie ihn bezahlt.«

Günther lacht. »Schöne Frau. Man kann doch einen deutschen Staatsanwalt nicht bestechen. Das gibt es nur im Film. Nicht bei uns hier.«

Er mustert Emma, seinen Blick empfindet sie als anzüglich.

»Wir haben eine Zeugenaussage von der Übergabe des Geldes«, stellt Sören Matusch fest.

»Wirklich? Das ist natürlich gelogen«, kommentiert Günther abschätzig. Ein erster Riss in seiner Fassade ist zu spüren. Emma macht einen Schritt auf ihn zu, was dem Hund ein leichtes Knurren entlockt.

»Mal schauen. Vielleicht finden sich ja noch ein paar mehr Zeugen auf Ihrem Campingplatz?«

Emma wendet sich ab, schlendert durch den Raum und betrachtet die Gemälde, verzieht das Gesicht, dreht sich wieder zu Eddie Günther.

»Sie haben doch bestimmt davon gehört, dass der Chefredakteur der *Bodenseezeitung* ertrunken ist. Wir gehen von Mord aus. Jedenfalls hat er einige Artikel hinterlassen, die er veröffentlichen wollte. In einem davon deckt er die Beziehung des Präsidenten eines Rockerclubs und eines Konstanzer Staatsanwalts auf. Es geht um Frauenhandel und Drogenschmuggel. Schwendner behauptet, Sie hätten Creutzfeld bestochen.«

Das Gesicht des starken Mannes wird zu einer Grimasse, doch dann erscheint das spöttische Lächeln wieder.

»Über mich ist schon viel geschrieben worden. Neulich war einer da, ein Regisseur, der wollte einen Dokumentarfilm über mich machen. Ich hab ihm gesagt, weißt du Junge, ich bin nur noch Landschaftsmaler, manchmal fahre ich mit den Jungs auf den Motorrädern durch die Gegend. Ansonsten habe ich eine Frau und einen Hund und führe ein zurückgezogenes Leben. Das ist stinklangweilig.«

»Und an Weihnachten singen das Jesuskind und die Englein im Chor«, lässt sich jetzt sogar Matusch zu einem Spruch hinreißen.

Eddie Günther lacht anerkennend und zeigt auf Matusch.

»Wo waren Sie in der Nacht von Donnerstag auf Freitag in der vergangenen Woche?«, fragt Matusch streng.

»Wie immer hier im Bett mit meiner Frau. Fragen Sie sie.«

Emma nickt, gibt Matusch ein Zeichen. »Danke, Herr Günther. Sie geben sich viel Mühe. Aber Ihre Vorstellung ist geschmacklos wie diese Bilder. Wir hören uns mal ein wenig auf Ihrem Campingplatz um. Wir sehen uns bestimmt bald wieder«, droht sie dem Mann im weißen Kittel.

»Verpiss dich!«, zischt der Rockerboss sie an.

»Na endlich sind die Verhältnisse geklärt!«

Jetzt lächelt Emma und verlässt mit Matusch die Malerhütte.

»Er hat geahnt, dass wir kommen. Seine Frau hat uns erwartet, und er hat sich in Pose geworfen. Es ist alles so durchsichtig«, meint Emma, als sie wieder im Wagen sitzen. Sie ist wütend.

»Du meinst, Bruno Creutzfeld hat ihm was gesteckt?«, überlegt Sören Matusch.

»Vielleicht. Wenn Günther hinter den Morden steckt, wenn Schwendner sich bei ihm gemeldet hat, dann war ihm klar, dass wir irgendwann auftauchen würden. Dann die unauffällige Observation dort drüben. Er hat sich vorbereitet. Gerade ruft er seine Leute auf dem Campingplatz an.«

»Und was bringt es uns, jetzt dort hinzufahren?«

»Wir wirbeln weiter Staub auf, lassen uns die Gästebücher zeigen, fragen beim Finanzamt nach.«

»Das wird ihm nicht gefallen. Und er wird versuchen, es zu verhindern.«

Emma blickt ihren Kollegen entschlossen an, sie lässt sich von so einem Typen nicht einschüchtern. Matusch versteht, dreht den Zündschlüssel um und fährt los.

Sie kommen in ein Waldstück, die Straße wird schmaler und geht in einen unbefestigten Weg über. Rechts und links steht dichter Wald, Tannen und hohe Buchen mit jungen Blättern. Ein tiefes Grün, das aus schwarzen Schatten grüßt. Alles sehr idyllisch. Sie kommen an eine Abzweigung und an einen Wegweiser, der sie in Richtung Campingplatz schickt. Emma schaut auf den Navigationsbildschirm, auf dem zwei Pfeile auftauchen. Der eine rote Pfeil zeigt geradeaus, der andere, er ist blau, nach rechts. Matusch folgt dem blauen Pfeil, fährt langsamer, der Untergrund ist holprig. Nach ein paar Minuten muss er anhalten. Vor ihnen liegt ein Baum quer über dem Weg. Emma sitzt kerzengerade und fordert Matusch auf, sofort umzukehren. Er legt den Rückwärtsgang ein und dreht sich nach hinten um.

Dann wird es plötzlich richtig laut. Mehrere Salven, aus Maschinenpistolen abgefeuert, prasseln auf das Blech des Fahrzeugs. Das Feuer wird von zwei Seiten des Waldes auf sie eröffnet. Sören Matusch gibt kräftig Gas, der Wagen macht einen Satz rückwärts. Die Schüsse durchsieben den rechten und den linken Kotflügel des Autos, die Scheinwerfer splittern. Dann zielen die Angreifer tiefer, schießen auf die Reifen, zwei platzen mit einem lauten Knall. Instinktiv kauert sich Emma in den Fußraum und reißt die Sprechmuschel des Funkgeräts aus der Halterung.

»Wir werden beschossen, irgendwo im Wald bei Meßkirch!«, schreit sie.

Matusch zieht seine Pistole, er lässt die Fensterscheiben

runter, hebt die Pistole und beginnt ziellos nach draußen zu schießen. Die Gewehrsalven schlagen jetzt über dem Autodach in die Baumstämme ein, es regnet Blätter und zerschossene Äste. Ein Klackern und Poltern wie bei starkem Sturm.

»Wir müssen raus hier. Los!«, ruft er Emma zu.

Matusch drückt die Autotür auf und wirft sich flach auf den Boden, kriecht auf einen Baumstamm zu. Auch Emma öffnet die Tür und hechtet nach draußen auf den Waldboden. Sie hat die Pistole in die Hand genommen, den Finger am Abzug, die eine Hand hält die andere Hand, die Arme sind ausgestreckt. So liegt sie flach auf dem Bauch. Ihr Gesicht ist in die Erde gepresst, aber sie kann sich nicht bewegen, sie ist gelähmt, ein Zittern durchläuft ihren Körper. Durch den Angriff völlig überrascht, hat sie die Kontrolle über sich verloren. Sie versucht ihren flatternden Atem zu beruhigen, sich zu konzentrieren, um sich wehren zu können. Sie müsste wegrobben, zu einem Baum, aber es geht nicht. Die Angst, von dem unbekannten Feind getroffen zu werden, der irgendwo zwischen den Bäumen lauert, lähmt sie völlig. Zwei weitere Stöße aus dem Maschinengewehr schlagen in die Baumstämme über ihnen ein. Blätter und Holz fallen ihr auf den Rücken, ein Ast landet auf ihrem Kopf. Emma schreit erschrocken auf. Jetzt hebt sie den Kopf hoch, sie sieht den Schemen eines Mannes, ganz in Schwarz, ein glänzender Helm auf dem Kopf. Er steht breitbeinig da, hält mit beiden Händen eine Maschinenpistole auf sie gerichtet. Sie müsste jetzt abdrücken, aber es geht nicht. Sie liegt einfach nur auf dem Waldboden. Einige Sekunden ist es sehr still, auch die Vögel sind vor der Gewaltexplosion geflüchtet. Im Funkgerät des Polizeiautos rauscht es. »Hallo?«, fragt jemand, »was ist denn da los?«

Als hätten die Attentäter die Frage gehört, antworten sie mit einem weiteren Rattern aus ihren Gewehrläufen. Sie zielen weiter auf das Auto und in die Baumkronen. Dann hört

Emma weitere Schüsse aus der Pistole von Matusch. Noch einmal schießen die Männer zurück, und Matusch schreit laut auf. Emma hebt den Kopf aus dem Dreck, noch immer hat sie keinen einzigen Schuss abgegeben.

»Sören!«

Sie hört ein Stöhnen.

»Sören!«

Aus beiden Richtungen, aus denen auf sie gefeuert wurde, jaulen die Motoren von schweren Maschinen auf, die sich schnell entfernen. Emma steht vorsichtig auf. Gebückt eilt sie um das zerstörte Auto herum, zur anderen Seite, wo Matusch auf dem Rücken liegt. Mit der rechten Hand drückt er unter der Lederjacke auf seine linke Schulter. Emma kann sehen, wie dort Blut austritt. Seine Pistole liegt neben ihm.

»Es hat dich erwischt.«

»Querschläger«, stöhnt Sören.

»Ich glaub, sie sind weg. Ich hol Hilfe.«

Durch die offene Fahrertür kriecht sie in den Wagen und fischt ihr Mobiltelefon aus dem Fußraum.

»Wir brauchen sofort einen Rettungswagen, ein Polizist ist verletzt. Schuss in die Schulter. Von Meßkirch Richtung Campingplatz in einem Waldstück. Moment, ich schick Ihnen den Standort. Schnell!«

Dann reißt sie an der Sprechermuschel des Funkgeräts.

»Konstanz für Meßkirch. Emma Zäringer. Mein Kollege Sören Matusch ist verletzt. Wo seid ihr!? Wir hocken hier auf einem Waldweg bei Meßkirch und wurden von mehreren Männern mit Maschinenpistolen beschossen. Die Täter sind auf Motorrädern geflüchtet. Sofortige Verfolgung aufnehmen. Unser Einsatzwagen ist komplett im Arsch!«

»Hier Polizeiposten Meßkirch. Was ist denn da los, Kollegin?«

»Scheiße ist los! Ich muss mich um den Kollegen kümmern! Wir brauchen einen Rettungswagen, verdammt!«

Sie kniet sich neben Matusch. Sein Gesicht ist schmerzverzerrt, mit seiner rechten Hand drückt er weiter auf seine getroffene Schulter. Das Blut sickert durch seine Finger.

»Ich mach dir einen Druckverband«, sagt sie.

Emma holt den Erste-Hilfe-Kasten aus dem durchlöcherten Auto, klappt ihn auf und nimmt zwei weiße Verbandrollen in die Hand. Eine schiebt sie ihm in die rechte Hand. Sie entrollt einen Verband.

»Das muss jetzt da drauf, du kannst nicht mehr lange selbst drücken.«

Emma beugt sich über ihn, schiebt seine blutverschmierte Hand weg und presst die Mullbinde auf die Wunde. Wieder wimmert Matusch unter ihr. Dann rollt sie die Binde über seine Schulter, zieht sie zwischen seiner Achsel durch, drückt und zieht. Schließlich öffnet sie eine Rolle mit Pflaster und wickelt auch das um den Verband.

»Du musst durchhalten, Sören.«

Er blickt sie aus müden Augen an. »Hast du einen von denen getroffen?«, fragt er leise.

»Nein … ich lag nur im Dreck«, flüstert sie, »du hattest recht, er ist gefährlich.«

»Das klären wir ein anderes Mal.«

»Wir haben nie was geklärt.«

Sie setzt sich hinter ihn, hebt vorsichtig seinen Kopf hoch, damit er ihn auf ihrem Oberschenkel ablegen kann. Sie schaut auf den Verband, der sich langsam immer stärker rot einfärbt. Mit den Fingern streichelt sie ihm über die Stirn, über seine ergrauten Haare. Tief atmet sie ein, langsam beruhigt sich ihr Atem. Sie spürt, wie sich ihre Augen mit Tränen füllen und sie über die Wangen fließen. Sie wischt sie sich mit dem Handrücken weg. Die Salven aus den Maschinenpistolen hallen in ihr nach. Hilflos und leer lehnt sie an den Baum, kann nicht denken, überwältigt von ihren Gefühlen. Sie hatte Angst, Angst um ihr Leben und auch um das von

Sören. Wieder wurde einer ihrer Liebhaber getroffen. Aber Matusch lebt wenigstens noch. Er muss durchkommen.

»Ruf Ingrid an«, sagt er leise.

Sie greift ihr Telefon, rutscht mit ihren schmutzigen, blutigen Fingern immer wieder von der Oberfläche ab, aber dann gelingt es ihr, auf den Namen zu tippen. Sie schildert der Konstanzer Kripochefin, was ihnen zugestoßen ist, wie sie beschossen wurden, von der Verletzung Sörens, dass sie in einem Wald hocken und auf den Rettungswagen warten. Häberlein verspricht, sich zu kümmern und die Fahndung nach den Motorradfahrern zu veranlassen.

»Ihr müsst Edgar Günther verhaften«, fordert Emma.

»Das mache ich nicht ohne MEK«, überlegt die Kripofrau.

»Gut. Kannst du auch eine Durchsuchung bei ihm hinkriegen?«

»Wenn er wusste, dass ihr kommt, hat er vorher alles zur Seite geschafft.«

»Stimmt. Aber er soll merken, mit wem er es zu tun hat.«

»Du hast recht. Ich komme. Pass auf Sören auf!«

Emma schickt auch Ingrid Häberlein ihren Standort.

»Sie kommt«, berichtet sie Matusch. Seine Antwort ist ein Stöhnen.

»Die wollten uns einschüchtern. Das war vor allem eine Warnung. Sie wussten, wir kommen, und haben uns eine Falle gestellt.« Sie spricht vor sich hin, während sie weiter über Sörens Stirn streichelt. Sie schaut auf ihn hinunter, aber er reagiert nicht. Emma klatscht ihm leicht auf die Wange.

»Du musst dableiben! Was denkst du? Ich frag das doch nur, damit du wach bleibst! Ich will eigentlich gar kein Dienstgespräch führen. Bitte!«

»Mordversuch«, raunt er mit einem leisen Stöhnen.

Sie schaut auf den Verband, der inzwischen von Blut durchtränkt ist.

»Matusch! Komm, bitte!«

Sie hält ihm zwei Finger an die Halsschlagader und spürt, wie schwach der Puls ist.

»Von einem Schuss in die Schulter stirbt man nicht! Es kann sein, dass du wegen Blutverlust ohnmächtig wirst. Hörst du!?«

Er antwortet ihr nicht, sein Atem ist schwach.

Endlich hört sie das langsam anschwellende Geräusch von Sirenen. Der Rettungswagen kommt näher, doch dann entfernen sich die Sirenen wieder.

»Verdammt! Matusch, du musst mal kurz allein hierbleiben. Ich lauf denen entgegen.«

Sie hebt vorsichtig seinen Kopf von ihrem Bein und legt ihn auf dem Boden ab. Mühsam richtet sie sich auf, beginnt den Waldweg entlangzulaufen. Die Sirenen werden wieder lauter, bleiben auf einer Stelle stehen. Emma ruft laut, rennt schneller. Ihr Telefon klingelt.

»Hallo?«

»Ihr müsst in den Waldweg rechts reinfahren!«, schreit sie.

Dann sieht sie den Rettungswagen auf sich zukommen. Sie zeigt in die Richtung, wo das zerschossene Polizeiauto steht.

»Er liegt da. Schnell.«

Der Wagen nimmt wieder Fahrt auf, sie eilt hinterher.

Die beiden Rettungssanitäter nehmen das Equipment mit, laufen zu Matusch und sehen sich die Verletzung an.

»Haben Sie den Verband gelegt?«, fragt er die atemlose Emma. Sie nickt.

»Gut. Was ist genau passiert?«

»Na siehst du doch! Schießerei. Ihn hat es an der Schulter erwischt. Sören Matusch, Polizeikommissar. Ich bin Emma Zäringer, seine Kollegin.«

Der Kollege holt die Trage, und zusammen heben die Sanitäter Matusch hoch, der wieder einen Laut von sich gibt. Sie heben ihn mitsamt Trage an und schleppen ihn in den Rettungswagen.

»Kommen Sie mit?«

»Nein, ich bleib hier. Wo bringt ihr ihn hin?«

»Stockach.«

»Okay.«

Als sie rückwärts rangieren und den Wagen drehen, hört Emma die nächste Sirene. Eine Funkstreife kommt den Feldweg entlang und blockiert die Weiterfahrt des Rettungswagens; um den Weg freizumachen, muss das Polizeiauto zurücksetzen.

Emma steht für einige Minuten allein neben dem Baum, wo gerade noch Sören Matusch lag. Es riecht nach Nadelholz und aufgewühlter Erde. Überall liegen die hingemetzelten Äste und Blätter herum. Sie fühlt sich benommen, doch langsam stellt sich Erleichterung ein, das Zittern in ihrem Innern lässt nach. Er wurde rechtzeitig geborgen, er wird die Schusswunde überleben, da ist sie sich sicher. Was bedeutet dieser Überfall? Warum wurde dieses Spektakel veranstaltet? Wollten die sie töten? Sie kann wieder etwas klarer denken, als hinter ihr die Funkstreife hält. Zwei Polizisten steigen aus, die sie nicht kennt. Sie dreht sich zu ihnen, doch der junge Mann und die etwas ältere Frau stehen einfach nur da und schauen sich den Schlamassel an. Sie staunen, als wären sie plötzlich auf einen fremden Planeten strafversetzt worden. Emma geht auf sie zu, stellt sich vor und gibt ihnen die Hand, denkt nicht daran, dass sie blutverschmiert ist. Die zwei bilden den Polizeiposten Meßkirch, sie nennen ebenfalls ihre Namen.

»Eddie Günther wusste, dass wir heute bei ihm vorbeikommen«, beginnt Emma, »wart ihr diejenigen, die da demonstrativ in seiner Straße rumstanden?«

Die Frau, etwa fünfzig Jahre alt, kurze blonde Haare, der die Uniformjacke etwas zu klein geworden ist, runzelt die Stirn. »Also erst mal: Wie geht es Ihrem Kollegen? Was ist denn überhaupt hier passiert?«

»Eine Falle. Wir wurden von beiden Seiten beschossen. Mein Kollege Matusch hat einen Schuss in die linke Schulter abbekommen.«

»Aber wo wolltet ihr denn hin?«

»Zu einem Campingplatz.«

»Aber zum Campingplatz geht es doch geradeaus, nicht hier durch.«

»Überraschung.«

»Wir hatten Anweisung, Eddie Günther zu überwachen, also zu schauen, ob er wegfährt«, sagt der junge Kollege. Er hat dunkles Haar, braune Haut, kurz rasierte Haare.

»Hatte er Besuch?«, fragt Emma.

»Na ja, zwei Typen von seiner Motorradclique kamen gestern Abend vorbei«, antwortet der Polizist.

»Ihr habt bestimmt ihre Nummernschilder aufgeschrieben. Ich will wissen, wer die sind. Dann brauchen wir eine breite Fahndung nach den Typen, die hier rumgeballert haben. Die fahren vermutlich irgendwelche Motocrossräder, sie waren schwarz gekleidet.«

Die beiden Polizisten blicken sich an, es ist deutlich, dass eine groß angelegte Fahndung ihre Kompetenzen übersteigt. Emma sieht ihnen ihre Unsicherheit sofort an.

»Okay, okay. Die Kripochefin aus Konstanz kümmert sich drum. Was hat es mit diesem Campingplatz auf sich?«

»Gehört dem Herrn Günther. Da hängen immer ein paar Rocker rum. Wir haben die im Auge«, ergänzt die Polizistin.

»Das hört sich doch toll an! Wir kommen gerade von Günther. Ich möchte wissen, ob er immer noch dort ist.«

Emma formuliert diese Aufgabe als deutlichen Befehl. Die beiden schauen sich an und überlegen, wie sie die Aufgabe angehen sollen.

»Hasan, steig ein.«

»Ich möchte wissen, wo er ist, und wenn er abhaut, wohin er fährt.«

Emma stemmt ihre Hände in die Hüften und diktiert ihre Telefonnummer. Die Polizisten aus Meßkirch springen in ihr Auto und setzen zurück. Einige Zeit später biegt ein weiteres Polizeifahrzeug in den Feldweg ein. Diesmal sind es die Kollegen von der Tagschicht des Kommissariats aus Singen, denen sich Anne Koskowick angeschlossen hat.

»Dich kann man auch nicht allein lassen«, ist das Erste, was Anne in breitem badischen Dialekt raushaut, als sie Emma sieht. Emma verzieht den Mund. Normalerweise wäre dies ein Grinsen geworden. Aber noch ist ihr Gesicht eine harte Maske, die nur langsam bröckelt. Neben Anne steigt auch Joris aus dem Polizeiwagen. Ein weiteres Auto der Kriminaltechnik kommt ebenfalls angefahren.

»Was für eine Scheiße ist das denn«, kommentiert einer der Spurensicherer, als er das Wrack erblickt.

Emma gibt ihnen eine Kurzfassung über die Geschehnisse, in die sie und Matusch verwickelt wurden. Emma weist in die beiden Richtungen, aus denen geschossen wurde, zeigt auf die Bäume, in denen Kugeln stecken.

»Wollten die euch umbringen oder erschrecken?«, fragt Anne verwundert.

»Das mit dem Erschrecken hat geklappt.«

»Und warum das?«

»Es hängt mit unseren Ermittlungen zusammen.«

»Wärst du mal in Singen geblieben, Frau Zäringer. Also Leute, das ist eine Menge Arbeit«, meint Anne Koskowick. Sie breitet die Arme aus wie ein großer Vogel, der sich entschieden hat, vom Boden abzuheben.

Einer der Spurensicherer hat sich zu den Geschossen gebeugt, die reichlich herumliegen, und hebt eine Kugel mit seinen weißen Gummihandschuhen hoch. Emma tritt zu ihm.

»Sieht nach fünf sechsundfünfzig mal fünfundvierzig aus. NATO-Munition, ziemlich gebräuchlich.«

»Und welche Waffe? Können Sie das sehen?«

Der Mann wiegt den Kopf.

»Könnte Heckler & Koch sein. Vielleicht ein G36.«

»Wurden die nicht ausgemustert?«

»Na ja, die sind vermutlich in die Ukraine geschickt worden«, meint der Kollege und schaut Emma fragend an.

»Das finden Sie bestimmt heraus«, sagt sie.

»Nur den Waffentyp. Nicht, woher es kommt.«

»Schon klar.«

Joris hat sich seiner Chefin Anne angeschlossen, die durch das Unterholz steigt.

»He Joris«, ruft Emma ihm nach, »Moment mal bitte.«

Sie geht zu ihm, er schaut sie mit seinen großen Augen an. Warum findet sie diese jungen Männer auf einmal so interessant? Das war doch früher nicht so.

»Auf dem Autobahnrastplatz, vor der Abfahrt zur B 313, steht mein Smart. Könntest du das Auto nach Singen bringen und bei euch auf den Parkplatz stellen? Hinterleg den Schlüssel bei der Pforte. Vorne im Fußraum liegt ein Aktendeckel mit einer Plastikhülle und Fotos drin. Von diesem rosa Plastikumschlag und von den Fotos müssen dringend Fingerabdrücke gesichert werden. Und diese Fingerprints sollen mit den Spuren vom Tatort in Radolfzell verglichen werden. Kannst du das für mich machen? Wenn ihr zurückfahrt?«

Joris freut sich über das Vertrauen von Emma und verspricht, sich darum zu kümmern. Emma drückt ihm ihre Autoschlüssel in die warme Hand.

»Danke, Joris.« Sie lächelt ihn an.

»Na, bei der hast du einen Stein im Brett«, kommentiert Anne.

Als Nächstes trifft Ingrid Häberlein am Tatort im Wald ein. Zum ersten Mal, seit sie zusammen arbeiten, sind ihre Haare nicht ordentlich frisiert. Einzelne Strähnen stehen ab, ihre Lippen sind schmale Linien. Erneut erläutert Emma, was geschehen ist. Ingrid Häberlein hört sich alles ruhig an. Jeder Satz, den Emma ausspricht, drückt auf sie wie eine zusätzliche Last. Sie legt Emma eine Hand auf die Schulter, als würde sie sie beglückwünschen, noch zu leben. Auch diese Geste ist neu für Emma. Häberlein betrachtet Emma aufmerksam, sieht die Spuren der Tränen in ihrem Gesicht, die Erde auf ihrer Kleidung, das Blut an den Händen. Ob sie nach Hause möchte, fragt sie Emma. »Auf keinen Fall«, lautet ihre Antwort. Sie möchte das Arschloch Edgar Günther verhaften, ihn verprügeln und sein Haus anzünden. Sie sagt es nicht ganz so drastisch, aber Ingrid versteht, dass sie ihre Kollegin nicht von diesem Einsatz abziehen kann. Wie eine Feldherrin an der Front begrüßt sie kurz die Kriminaltechniker und Anne Koskowick, lässt sich berichten und verteilt dann die Aufgaben. Schließlich reicht sie Emma ein paar feuchte Reinigungstücher, die unpassend nach Lavendel riechen. Sie wischt sich das Gesicht und die Hände sauber und klopft den Waldboden aus ihrer Kleidung. Sie zerknüllt die schmutzigen Reste; ihre Entschlossenheit kehrt zurück.

Sie verständigen sich mit den beiden Kollegen vom Polizeiposten Meßkirch. Sie berichten, dass sie am Campingplatz vorbeigefahren sind, Günthers Motorrad steht nicht dort, aber einige Harleys. Häberlein stimmt sich mit Emma ab, sie bitten den Polizeiposten, sich vor Günthers Haus zu positionieren, es zu beobachten und auf weitere Befehle zu warten.

Ingrid Häberlein telefoniert mit dem Einsatzleiter eines MEK-Kommandos und berichtet ihm von den Vorfällen im Wald. Sie erfährt, wann er mit seinem Kommando in Meßkirch am Haus von Edgar Günther sein kann.

»Lass uns mal diesen Campingplatz und die Typen da ansehen«, schlägt Emma vor.

Sie fahren den Waldweg zurück. Emma bittet, an dem Wegweiser zum Campingplatz anzuhalten. Sie steigt aus und schaut sich das Schild genauer an. Es ist eindeutig, es wurde manipuliert und in die andere Richtung gedreht.

»Es ist so peinlich, dass wir auf diesen alten Trick reingefallen sind.«

»Sie hätten euch auch auf dem normalen Weg aufhalten und beschießen können.«

»Hätten sie, aber sie haben mit unserer Blödheit gerechnet. Das ärgert mich!«

Nach wenigen Kilometern halten sie bei einem Parkplatz. Neben den Autos der Urlauber und Bewohner des Campingplatzes stehen vier Harley Davidsons, die alle vier auf Hochglanz poliert sind. Die beiden Polizistinnen machen Fotos und geben die Kennzeichen durch, um die Namen der Halter zu bekommen.

Emma und Ingrid streifen sich knallgelbe Einsatzwesten über, auf denen POLIZEI steht.

Die beiden Polizistinnen wirken etwas derangiert, vor allem Emma mit ihren Blut- und Schmutzspuren. Aus der Pforte des Campingplatzes tritt ihnen eine junge Frau entgegen. Sie trägt einen grauen Trainingsanzug, aus dunklen Augen blickt sie die zwei Frauen missmutig an. Häberlein klappt ihren Polizeiausweis auf, hält ihn ihr unter die Nase. Sie würden sich mal ein wenig umschauen, erklärt Häberlein. Die junge Frau nimmt das zur Kenntnis, als ob sie der Besuch der Polizistinnen nicht tangiere, und kehrt zurück in ihr Häuschen. Emma und Ingrid gehen langsam den Hauptweg entlang, sie fühlen sich wie Outlaws, die sich in praller Sonne auf einem staubigen Weg zeigen, während sie von allen Seiten beäugt werden. Ein Flüstern ist zu hören. Die Polizei ist hier. Stämmige Männer in kurzen Hosen, runde Frauen in sommerlichen Kleidern, Kinder in Badehosen, kleine und große Hunde stehen neugierig vor ihren Behausungen und blicken der Staatsmacht entgegen. Ein Mädchen setzt ihre Kopfhörer ab und unterbricht ihren Chat mit der besten Freundin. Ein kleines Kind fängt an zu schreien. Ein feister Mann vor einem silbern glänzenden Wohnwagen beginnt über die Belästigung friedlicher Bürger zu schimpfen.

Auf rechtwinkligen Flächen, die mit Nummern bezeichnet sind, stehen Häuschen auf Rädern oder voluminöse Wohnzelte. Es ist das Abbild einer Einfamilienhaussiedlung auf einer Wiese, die an einem kleinen See liegt. Emma hat noch nie verstanden, warum sich Menschen das antun. Warum Familien sich in ihrer freien Zeit so nah neben andere Familien pflanzen, nur getrennt durch dünne Wände aus Blech oder Zeltstoff. Der Austausch von Geräuschen zwischen den Nachbarn, egal welcher Art, erfolgt ohne Einschränkung. Ob sich gestritten oder geliebt, geschnarcht oder gefurzt wird, nichts bleibt intim. Die mobilen Urlaubshäuser, an denen sie vorbeikommen, sehen meist teuer aus, finanzielle Gründe für diese besondere Art von Freizeitgestaltung kann es nicht geben. Es muss dieses Bedürfnis sein, in einer übersichtlichen Welt, in einem kleinen Dorf unter freiem Himmel anderen Menschen unentrinnbar nahekommen zu können. In einer Zeit, in der sich alles rasant verändert, in der plötzlich Pandemien und Kriege ausbrechen, scheint die Ordnung aus rechteckigen Parzellen Trost zu geben. Wenn allerdings selbst hier die Polizei auftaucht, dann ist klar, auch in diesem abgelegen Wald, in der Nähe des Bodensees, ist die Idylle schwer bedroht. Die Wege sind weich, das Gras gestutzt, der See erstreckt sich vor ihnen, umstanden von grünem Gewächs und Bäumen. Das Wasser glitzert grau, zwei rote Ruderboote sind zu sehen.

Das achteckige Clubhaus steht in der Nähe des Ufers. Hier schlägt offenbar das Herz des Platzes. Eine breite Tür öffnet sich zum Wasser und zu einer Terrasse mit Tischen und Stühlen. Die Leuchtreklame der Rothaus Brauerei lädt ein. Zäringer und Häberlein betreten die hölzerne Terrasse, ihre Schritte sind zu hören. Eine Gruppe Neugieriger in T-Shirts, kurzen Hosen und Badelatschen hat sich in einigem Abstand gesammelt, sie glotzen gespannt.

Auf den Barhockern vor dem Schanktresen lümmeln sich kräftige Männer in schwarzem Lederoutfit. Sie tragen Bärte, die starken Arme voller Tattoos, die Lederjacken sehen teuer aus und sind mit Totenköpfen verziert. Rocker müssen so aussehen. Das Auftauchen der Polizei haben sie erwartet, unbeeindruckt blicken sie kurz zu den beiden Frauen, dann wenden sie sich wieder ihren Getränken oder Mobiltelefonen zu. Der Mann, der hinter dem Tresen steht, hat einen kantigen Kopf, kurze Haare, von seinem Kinn steht ein weißer Zopf aus Barthaaren ab. Vom Hals bis über die Arme sind auch bei ihm Tattoos zu sehen. Er trägt eine Lederweste über einem hellen T-Shirt. Aus seinen grauen Augen betrachtet er das Erscheinen der zwei Frauen in seinem Lokal und trocknet dabei weiter ein Bierglas ab.

»Was kann ich für Sie tun?«, fragt er gepresst. Emma zeigt ihm ihren Polizeiausweis.

»Ausweise, Fahrzeugpapiere!«, fordert Häberlein.

Die Männer bewegen sich nur ganz leicht, als ob sie nicht gehört hätten.

»Sie betreiben den Platz hier? Für Edgar Günther?«, spricht Häberlein den Mann hinter der Theke an.

Der Wirt setzt vorsichtig das abgetrocknete Bierglas ab. Die Männer nuscheln jetzt vor sich hin. Einer von ihnen dreht sich zu Emma, was sie denn wollen, sie trinken hier friedlich am Freitagnachmittag ein Bier, mehr nicht.

Emma zeigt auf drei Buchstaben, die von einem Kranz umgeben sind, MCM, ein Akronym, das jeder der Männer auf seiner Jacke trägt.

»Was bedeutet das?«, möchte sie wissen.

»Motorradclub Meßkirch«, bekommt sie zur Antwort.

»Und Eddie gehört auch dazu?«

»Er ist der Präsident«, rutscht einem der Männer raus. Seine Pupillen scheinen die Gläser der dicken Brille fast zu berühren. Unter der Nase wächst ein feuchter Schnauzer.

»Es gab vorhin eine Schießerei hier im Wald, ein Polizist wurde verletzt. Aber das wissen Sie ja vermutlich schon. Männer auf Motorrädern waren beteiligt«, sagt Emma trocken. Sie schaut in die Gesichter der Männer. Noch gerät ihre männliche Selbstsicherheit nicht ins Wanken.

»Was soll die Scheiße!«, zischt jetzt der Mann hinter der Theke, »wir sitzen hier seit mindestens zwei Stunden.«

»Genau! Dafür gibt es Zeugen.«

Der Motorradfahrer mit der dicken Brille zeigt zu den Urlaubern, die vor dem Clubhaus glotzen.

»Es könnten trotzdem Ihre Motorräder an dem Überfall beteiligt gewesen sein«, provoziert Häberlein.

»Quatsch«, mault ein Mann, der schon graue Haare und eine ziemliche Wampe hat. Empört steigen die Männer von den Barhockern und machen einen Schritt auf die Kripochefin zu. Ihre Maschinen sind liebevoll gepflegte Heiligtümer, die niemand außer ihnen anfassen darf.

»Falls sich herausstellen sollte, dass eins eurer Motorräder oder einer von eurem Chapter an der Schießerei beteiligt waren, werden wir diesen Club als kriminelle Vereinigung einstufen und ihn auflösen«, erklärt Häberlein.

»Schwachsinn, ich ruf den Anwalt an. Das könnt ihr mit uns nicht machen!«

»Aber ihr könnt uns in den Wald locken und auf uns ballern?«, schreit Emma die Motorradfahrer an und haut wütend auf den Tresen. Für einen Augenblick ist es still, die Männer blicken sie erstaunt an. Frauen, die sie anschreien, sind sie nicht gewohnt.

»Das waren wir nicht!«, sagt der Dünne mit der Glatze, es soll vermittelnd klingen.

»Der Anwalt soll herkommen, die drohen damit, unsere Bikes zu beschlagnahmen«, schnauzt der Campingchef in sein Telefon. Unzufrieden hört er sich an, was sein Gesprächsteilnehmer ihm mitzuteilen hat. Es scheinen Anweisungen zu sein, wie sie sich zu verhalten haben. Verärgert und ohne zu antworten, klickt er das Gespräch weg.

»Die Ausweise!«, bellt Häberlein.

Sie schauen den Wirt an, der ihnen zunickt. Verärgert kramen die Rocker in ihren Taschen und knallen ihre Plastikkarten auf den Tresen. Emma sammelt sie ein und fotografiert sie nacheinander.

Häberlein bekommt eine Nachricht, sie schaut auf ihren kleinen Bildschirm und zeigt ihn Emma. Es ist der unterzeichnete Durchsuchungsbefehl des zuständigen Richters.

Häberlein geht als Erste aus dem Lokal, dann folgt Emma.

Die meisten Münder der wartenden Campingplatzbewohner stehen offen, sie tuscheln miteinander, aber trauen sich nicht, die Polizistinnen anzusprechen. Emma wendet sich an eine Frau, die in ihrem Alter zu sein scheint und die ein Kind auf dem Arm trägt. Die Frau hat einen konzentrierten Blick, ihre Haare sind in einem Dutt zusammengebunden, der hoch über ihr aufragt.

»Sagen Sie, wie lange sind die Herren da schon im Clubhaus?«, fragt Emma sie.

Die Angesprochene setzt ihr Kind ab, aber hält seine Hand fest. Hilfe suchend schaut sie sich um.

»Die Rocker?«, fragt sie. Man kann ihr ansehen, dass sie diese Typen nicht mag.

Emma nickt. »Genau die.«

»Die hocken hier ständig rum«, sagt ein Mann, der hinter der Frau auftaucht. Er nimmt das Kind auf.

»Wann sind die heute gekommen?«, fragt Emma.

»Weiß nicht«, sagt die Frau.

»Das ist schon eine Weile her. Vor dem Mittagessen, denk ich mal, oder?«, lässt sich ein Mann vernehmen, der einen Tischtennisschläger in der Hand hält.

»Denk schon«, sagt ein Mädchen neben ihm, das ebenfalls einen Schläger zwischen den Fingern dreht. Wahrscheinlich Vater und Tochter, die ihr Spiel unterbrochen haben, um die Sensation, die sich gerade ereignet, besser mitzubekommen.

Als sie zurück bei ihrem Fahrzeug sind, überlegen Zäringer und Häberlein, ob sie wirklich die Motorräder konfiszieren sollen, um sie auf Spuren zu untersuchen. Doch Emma winkt ab, die Täter waren auf Motocrossrädern unterwegs, das waren bestimmt keine dieser Harleys.

Kurz bevor sie losfahren, sieht Emma die Frau mit dem Dutt und den Mann mit Kind zu einem alten VW Bus gehen, es ist ihr Campingfahrzeug. Beide reden intensiv miteinander. Emma eilt zurück auf das Gelände zu der kleinen Familie.

»Sie mögen die Typen nicht besonders«, spricht Emma die Frau erneut an. Sie blickt auf den Boden und dann verunsichert zu ihrem Mann.

»Unser Kind muss jetzt Mittagsschlaf machen«, sagt er ausweichend.

»Auf jeden Fall«, antwortet Emma. Sie beugt sich zu der Frau und steckt ihr schnell ihre Visitenkarte zu.

»Danke, falls Ihnen noch was einfällt, rufen Sie mich bitte an.«

Schon sitzt sie bei Ingrid im Auto, und sie fahren los, um sich Edgar Günther vorzuknöpfen.

Die Kollegen aus Meßkirch halten brav ihre Stellung vor dem Haus in der Rosenstraße. Die Dimension, die der Fall bekam, der mit der Observation von Edgar Günther begann, hat sie erschüttert. Hasan, der junge Kollege im Polizeidienst Meßkirch, macht einen zerknirschten Eindruck, als er Emma Bericht erstattet. Der Herr Günther, sagt er, habe sich nicht wegbewegt. Aber ein Mann, der dem schwarzen Bentley dort entstiegen ist, sei im Haus verschwunden. Hasans Kollegin, die Polizistin, ist zu ihnen getreten und stimmt dem Gesagten zu.

»Doktor Kellinghaus, der Anwalt«, bestätigt sie.

Zusammen betrachten sie das moderne schwarze Auto, das vor dem hohen Bretterzaun parkt. In dieser Umgebung von Einfamilienhäusern, die vermutlich noch nicht abbezahlt sind, strahlt so ein teurer Wagen eine eigene Magie aus, die Beschwörung von Macht.

Ein Mannschaftswagen der Polizei mit dunklen Scheiben kommt zügig näher, ein kerniger Mann in schwarzer Kampfuniform steigt aus.

»Andermatt«, stellt er sich vor.

»Häberlein.«

»Zäringer.«

»Er hat bereits seinen Anwalt kommen lassen«, informiert Emma den Mann.

»Wir haben einen Beschluss, also gehen wir rein«, meint Häberlein.

»Nach was suchen wir?«, fragt der Mann.

»Rauschgift, Waffen sowie Computer und Akten, in denen geschäftliche Vorgänge zu finden sein könnten«, meint Häberlein, »Fingerabdrücke und DNA-Spuren sind ebenfalls zu sichern.«

»Wir sollten auch Edgar Günthers Motorrad kriminaltechnisch untersuchen«, schlägt Emma vor.

»Gut«, sagt der Mann, klopft dreimal auf die Karosserie des Transporters, worauf die hintere Tür aufgeht, und sechs schwer bewaffnete Polizisten rausspringen.

Sie klingeln an dem hohen Zaun, wieder bewegt sich das Kameraauge und der Summer ertönt. Häberlein geht voraus, gefolgt von Emma. Die sechs Männer des MEK, angeführt von Andermatt, bleiben in der Nähe des Eingangs stehen. Wieder öffnet Edgar Günthers Frau. Sie hat sich umgezogen, jetzt trägt sie ein enges Top mit Tigermuster, eine weiße weite Hose, ihre Füße stecken in Sandaletten mit Goldriemchen. An den Armen rechts und links hängen zahlreiche dünne goldene Armreife. Neben ihr steht ein jugendlicher Mann im dunklen Anzug, mit hellblau-weiß gestreiftem Button-Down-Hemd, die Anzugärmel sind so geschneidert, dass seine Manschettenknöpfe zu sehen sind. Die gepflegte Erscheinung endet in polierten braunen Schuhen. Seine Haut macht einen gebräunten Eindruck, er ist glatt rasiert, seine vollen dunklen Haaren mit weißen Strähnen sind ordentlich gescheitelt.

»Kripo Konstanz, Häberlein, meine Kollegin Zäringer. Wir haben einen Durchsuchungsbeschluss für dieses Haus. Lassen Sie uns rein!«

Häberlein hat inzwischen auch schlechte Laune bekommen, macht einen Schritt auf den Anwalt zu, der sich jetzt vorstellt.

»Dr. Andreas Kellinghaus von der Sozietät Weiß & Schuder. Ich vertrete Herrn Günther.«

»Schön für Sie. Wo ist er?«, will Emma wissen.

»Bitte?«

»Hören Sie, Herr Anwalt. Wir machen diese Spielchen nicht mit. Ihr Mandant kann jetzt sofort mit uns reden, oder ich nehme ihn fest, und wir sprechen auf dem Polizeipräsidium in Konstanz weiter. Wir werfen ihm vor, einen Anschlag auf Polizeibeamte geplant und herbeigeführt zu haben. Wir werfen ihm außerdem vor, für die gefährliche Verletzung eines Polizeibeamten durch Schusswaffen verantwortlich zu sein«, fährt Emma fort und legt ihre Hand auf die Pistole in ihrem Halfter.

»Wir verdächtigen ihn weiterer Straftaten, die zur Ermordung von zwei Journalisten geführt haben. Das ist nicht wenig, und deswegen werden wir jetzt dieses Haus durchsuchen. Treten Sie zur Seite, damit die Kollegen ihre Arbeit machen können.«

Häberlein ist jetzt ganz Chefin, sie spricht laut, sie kümmert sich nicht mehr um ihren schwäbischen Dialekt und winkt dem Kommandanten des MEKs. Als die bewaffneten Männer auf ihn zukommen, tritt der Anwalt zur Seite. Er fährt sich nervös mit der Hand durch sein dichtes Haar, macht Frau Günther ein Zeichen und bittet sie, »Eddie« zu holen.

Sie treffen den Präsidenten des MCM auf der Terrasse neben seinem riesigen Grill, in dem vermutlich ein ganzes Schwein geröstet werden kann. Es riecht nach verbranntem Fleisch, Kohleresten, schalem Bier. Seine Überheblichkeit ist einer deutlichen Anspannung gewichen. Seine Frau, die offenbar Kim heißt, beschwert sich weinerlich, dass »die Bullen schon wieder das ganze Haus umdrehen«. Er raunzt sie an, sie soll sich nicht so anstellen. Neben ihm sitzt aufmerksam sein schwarzer Hund, der hechelt und dem Speichel aus dem Maul tropft.

Emma und Ingrid lassen sich auf Holzbänken nieder, gegenüber von Edgar Günther und seinem Anwalt, an einem Biertisch, an dem vermutlich seine Gang sitzt, säuft, grillt und ihre Heldentaten feiert.

»Sie wussten schon heute Morgen, dass wir kommen. Wer hat Ihnen das geflüstert?«

Emma spricht drohend. Er soll merken, wie sauer sie ist, und sie möchte ihn nicht davonkommen lassen. Ob ihnen das gelingt, ist noch nicht raus. Es fühlt sich gut an, die Entschlossenheit ihrer Chefin neben sich zu spüren.

»Ich weiß nicht, was Sie mir vorwerfen«, versucht er harmlos zu klingen. Doch er schafft es nicht, sein breites Grinsen zu verstecken. Der Triumph leuchtet aus seinen Augen, er genießt seine Macht, doch er ist nicht abgebrüht genug, um einfach nur zu lächeln.

»Sie haben meine Kollegen in eine Falle gelockt. Sie wurden mit automatischen Schnellfeuerwaffen beschossen«, wirft Häberlein ihm vor.

»Was? Das ist reine Behauptung, das können Sie nicht beweisen«, empört sich Dr. Kellinghaus.

»Er wusste, dass wir zu seinem Campingplatz fahren. Im Wald wurde das Feuer auf uns eröffnet.«

»Was auch immer da passiert ist, tut mir sehr leid. Aber Sie können das doch nicht ernsthaft meinem Mandanten anhängen.«

»Ständig werden mir und meinen Männern die schlimmsten Verbrechen unterstellt. Dabei wollen wir nur Motorrad fahren, und ich möchte meine Bilder malen. Ich bin ein Künstler.«

Eddie versucht, unschuldig dreinzuschauen, dabei ist offensichtlich, wie viel Spaß ihm dieses Spiel macht. Emma muss an sich halten, um ihm nicht einfach ins Gesicht zu schlagen.

»Nimmst du eigentlich Testosteron-Pillen? Habt ihr überall Putin-Bilder im Schlafzimmer hängen? Steht er euch dann besser? Geilt ihr Typen euch daran auf, wenn ihr das Gefühl habt, über allem zu stehen? Ihr könnt auf Bullen ballern, und ihr kommt damit durch? So wie mit den Morden an den beiden Rumänen vor zehn Jahren? So wie mit dem Drogen- und Frauenhandel?«

Wut durchzuckt den Rocker, sein Lächeln verschwindet, und seine harte Fassade erscheint. Er lehnt sich über den Tisch, der Tisch verschiebt sich in Richtung der Polizistinnen, seine Hände sind zu Fäusten geballt. Er atmet tief durch, beherrscht sich wieder, setzt sich gerade und verschränkt seine Arme. Dann lässt er rechts und links seine Bizepse tanzen.

Emma muss über diese lächerliche Demonstration von

Männlichkeit lachen, schüttelt den Kopf, doch ihre Augen sind kalt.

»Sie will nur provozieren. Lassen Sie das, Frau Kommissarin …«, nölt der Anwalt.

»Hauptkommissarin Zäringer, Herr Anwalt. Klar, ich will dieses Arschloch im Knast sehen. Ganz einfach.«

Ingrid Häberlein legt Emma eine Hand auf den Arm und gibt ihr ein Zeichen aufzustehen.

»Wir bleiben dran, Herr Günther. Diesmal sind Sie zu weit gegangen. Wir werden die Spuren aus Ihrem Haus auswerten. Auch auf Ihrer Harley«, macht Häberlein klar.

»Was hat mein Motorrad damit zu tun?«

»Das werden wir sehen.«

»Mach was, Andreas. Das geht nicht«, befiehlt Eddie seinem Anwalt.

»Sie überschreiten Ihre Kompetenzen, Frau Häberlein. Das hat Folgen.«

Der Rockerboss und sein Anwalt sind aufgestanden. Getrennt durch einen Biertisch und zwei Holzbänke stehen sich die Kontrahenten gegenüber.

»Beschweren Sie sich bei der Richterin oder bei der Staatsanwältin, die bestimmt keine Akten mehr verschwinden lässt«, meint Häberlein ruhig.

Sie dreht sich um und geht voraus. Kellinghaus zieht sein Telefon heraus und beginnt eifrig zu telefonieren. Eddie stemmt eine der Holzbänke mit beiden Händen hoch, hält sie sich über den Kopf, überlegt, ob er sie den beiden Polizistinnen nachwerfen soll, atmet noch einmal tief ein und stellt die Bank krachend zurück auf den Terrassenboden. Emma schüttelt den Kopf und folgt ihrer Chefin.

Sie will sich den MEK-Männern anschließen und mit ihnen die Wohnung und Schränke durchsuchen, doch Häberlein hält sie davon ab. Sie soll die Männer die Arbeit machen lassen, es seien schon genügend Emotionen im Spiel. Sie treten zusammen vor das Haus, auf die Straße, zu dem Mannschaftswagen. Einige Fenster in der Nachbarschaft stehen offen, um die Ereignisse besser verfolgen zu können. Die Bewohner des Blumenviertels sind Polizeieinsätze bei den Günthers gewohnt, aber eigentlich schauen sie sich die Verfolgung von Verbrechern lieber im Fernsehen an. Die Realität so nah vor ihrer Haustür ist unangenehm, beängstigend. Am Himmel schieben sich graue Wolken zusammen.

»Warum hat er das angezettelt? Wollte er uns wirklich umbringen?«, fragt sich Emma.

Wie hängen die Ereignisse im Wald, die Konfrontation mit Edgar Günther, mit den Ermittlungen, in denen sie stecken, zusammen?

»Ich glaube, er wollte euch einfach drohen. Er wusste offenbar, dass Matusch kommt. Weil der ihn damals nicht gekriegt hat, denkt er, Matusch ist schwach. Matusch taucht heute mit einer jungen Kommissarin auf, die sich nach Creutzfeld erkundigt. Frauen nimmt er sowieso nicht ernst. Da hat er eine kleine Show veranstaltet, um zu zeigen: Er ist der Big Boss«, erklärt sich Häberlein das Verhalten des Rockers.

»Du hast recht. Er nimmt uns nicht ernst. Selbstverständlich hat er belastendes Material verschwinden lassen. Wir werden nichts finden.«

»Wir brauchen seine Telefonliste, vielleicht kriegen wir so die beiden Typen, die auf euch geschossen haben.« Häberlein wirkt entschlossen.

Sie stehen vor dem Einsatzfahrzeug des MEK, blicken auf den Zaun, auf die Funkstreife, in dem die beiden Polizisten sitzen und auf neue Befehle warten.

»Angenommen«, nimmt Emma wieder ihre Überlegungen auf, »Schwendner hatte vor, die Beziehungen zwischen Creutzfeld und Günther aufzudecken. Was würde passieren, wenn so ein Artikel erscheint?«

»Günther würde gestört werden.«

»Aber bei was? Er hat uns gezeigt, was er draufhat. Geht es um Rauschgift? Betreibt er weiter Frauenhandel wie vor zehn Jahren? Oder geht es um etwas anderes? Die Fassade, die er sich hier aufgebaut hat, ist doch bizarr. Landschaftsmaler! Vielleicht sollten wir seine Gemälde beschlagnahmen und auf Rauschgiftspuren durchsuchen …«

Emma stellt sich vor, wie sie mit einer scharfen Klinge all die minderwertig bemalten Leinwände von den Rahmen löst.

»Vergiss den Campingplatz nicht. Sie geben sich große Mühe, als harmlose Bürger zu erscheinen«, fährt Häberlein fort, »ihr wurdet überfallen, als ihr auf dem Weg dorthin wart.«

Emma stimmt ihr zu.

»Das mit den Waffen interessiert mich. Wenn es wirklich ausgemusterte Maschinenpistolen aus Beständen der Bundeswehr sind. Wo kommen die her? Sind die möglicherweise aus der Ukraine?«, überlegt Emma weiter.

»Vorsicht mit solchen Behauptungen. Das spielt bestimmten Leuten in die Karten«, mahnt die Chefin. »Ich frag mal nach, was die Fahndung nach den Motorradfahrern macht.« Häberlein geht zu dem Streifenwagen. Der Polizist überlässt ihr den Platz auf dem Beifahrersitz, sie nimmt die Sprechmuschel auf und stellt ihre Fragen.

Andermatt kommt durch die Eingangspforte im Zaun auf Emma zu. Er schüttelt leicht den Kopf. Da sei nichts zu holen, meint er, bis auf einen alten Computer, auf dem vermutlich alles gelöscht wurde. Nicht mal irgendwelche Ordner oder geschäftlichen Unterlagen gibt es im Haus. Sauber wie ein frisch gewischter Kinderarsch, meint der Mann. Den Computer könnten sie mitnehmen, aber ansonsten hätten die gut aufgeräumt.

»Nehmt seine Harley mit. Dann ärgert er sich wenigstens.«

»Wir sollten besser mal den Campingplatz umgraben«, meint der MEK-Mann.

Emma stimmt ihm zu und schaut ihm nachdenklich hinterher, als er zurückgeht und den Männern seine Befehle erteilt. Einer von ihnen hat einen alten Computer unter den Arm geklemmt, den er im Einsatzwagen abstellt. Häberlein kommt zurück und berichtet. Ein Motocrossfahrer, auf den die Beschreibung passt, sei in der Nähe des Waldes in östlicher Richtung gesichtet worden, aber er ist verschwunden. Alle Polizeidienststellen halten Ausschau, aber bisher gibt es keine weiteren Hinweise oder Zugriffe.

»Wir haben auf ein Wespennest gehauen, und wir sind gestochen worden. Viel weiter sind wir heute nicht gekommen. Verdammt!«, fasst Emma die Ergebnisse ihrer Aktion zusammen.

»Lass uns mal den Gestochenen besuchen. Die Kollegen fahren uns nach Stockach zu Matusch ins Krankenhaus«, schlägt Ingrid Häberlein vor.

Die Männer vom MEK kommen nacheinander aus dem Haus, gefolgt von Günthers Anwalt. Er macht einen zufriedenen Eindruck, stellt sich breitbeinig auf, die Hände in den Hosentaschen. Ob er sich immer so hinstellt, wenn er sich überlegen fühlt? In der Haustür lungert Kim Günther; der Hund hechelt. Edgar Günther zeigt sich nicht. Vielleicht lässt er seine Wut an den Holzmöbeln aus.

Die beiden Frauen von der Kripo Konstanz verabschieden sich vom MEK und dessen Chef.

Sie sitzen auf der Rückbank des Streifenwagens. Emma lehnt den Kopf an die kalte Fensterscheibe, schaut auf Häuser, erste Blüten von rosa Geranien, helle Blätter an freundlichen Bäumen, die ihr zuwinken, aber sie sieht sie nicht. Eine tiefe Müdigkeit ergreift sie, die Augen fallen ihr zu. Die Schüsse aus den Maschinenpistolen rattern durch ihren Kopf, das Splittern der Autoscheinwerfer, das Platzen der Reifen, das empörte Knirschen der Äste. Der Geruch der Erde, auf der sie lag und die ihr nicht erlaubte, darin zu versinken. Sie sieht die Augen von Matusch, die sie anflehen, als könnte sie ihm den Schmerz nehmen; sie sieht den Schweiß auf seiner Stirn, riecht seine Angst. Als sie ihn einmal betrunken in der Toilette einer Kneipe fand, hatte er sie auch so angeschaut. Damals stank er nach Urin und Erbrochenem. Es fällt ihr schwer, die Bilder von Matusch in ihr in die passenden emotionalen Ablagen zu sortieren. Ihr Telefon summt in ihrer Hosentasche, sie zieht es raus, sie kennt die Nummer nicht, doch sie geht ran. Es ist die Frau mit dem Dutt vom Campingplatz, die sich meldet. Emma ist sofort hellwach, setzt sich auf und stellt den Lautsprecher laut. Die Frau spricht umständlich, leise, sie berichtet, sie könne nachts nicht gut schlafen, das Kind sei oft so unruhig und spreche im Schlaf. Sie würden mit ihrem Bus ein wenig kreuz und quer durch die Gegend fahren, bald komme die Kleine in die Schule, da wollten sie die Zeit nutzen. Seit vier Tagen wären sie auf diesem Campingplatz, der ihnen eigentlich ganz gut gefallen würde. Jedenfalls gehe sie nachts ein paar Mal nach draußen, weil sie eben nicht schlafen kann. Vorgestern Nacht hat sie gesehen, wie Lastwagen angekommen sind, die von den Männern, den Rockern, entladen wurden. Große und kleine Kisten hätten sie ausgeladen. Es gebe da so einen Container am Waldrand. Sie würden heute Abend abreisen, obwohl sie noch länger bleiben wollten. Aber das heute, mit der Polizei, das würde sie beunruhigen, *bad vibrations*. Das sind keine guten Menschen dort, sagt sie. Vielleicht fahren sie nach Bayern weiter. Emma will den Namen der Frau wissen, aber den möchte sie nicht sagen. Die Kommissarin bedankt sich, schnell legt die Anruferin auf. Sie hat sich etwas von der Seele geredet, vielleicht wird sie mit besserem Schlaf belohnt.

Häberlein und Zäringer blicken sich an. Das war ein konkreter Hinweis, der sie sofort aktiv werden lässt. Emma schickt die Telefonnummer der Anruferin ins Präsidium nach Konstanz und bittet darum, Namen und Anschrift herauszufinden.

»Also Kollegen, ich vermute mal, heute Nacht habt ihr einen weiteren Einsatz auf dem Campingplatz«, sagt Häberlein zu den beiden Polizisten. Hasan dreht sich zu Häberlein um. Er sieht bekümmert aus, als ob er heute Abend bei seiner Schwiegermutter zum Essen eingeladen sei und jetzt nicht hingehen kann. Sie telefoniert mit Konstanz, mit Staatsanwältin Antje Strewig und mit dem MEK-Chef, von dem sie sich gerade verabschiedet haben.

Bis sie im Krankenhaus in Stockach ankommen, hat Häberlein alles Notwendige für eine Razzia auf dem Campingplatz von Eddie Günther und bei den Haltern der Harleys organisiert.

Die Fenster in der Fassade unter dem spitzwinkligen Dach des Krankenhauses haben die Anmutung eines kummervollen Gesichts. Je drei graue Säulen rechts und links des Eingangs begrüßen die Besucher. Der Empfangsbereich in dem städtischen Krankenhaus ist freundlich, die Flure sind hell. Die Wände des Aufwachraums, in dem Sören Matusch liegt, wurden hellgelb gestrichen, die Vorhänge mit breiten, matten Streifen gestaltet. Die Heilung der Patienten soll mit einem Gefühl warmer Geborgenheit unterstützt werden. Das Kopfteil seines Krankenbettes wurde um fünfundvierzig Grad angehoben. Matusch schaut den beiden Besucherinnen aus einem grauen Gesicht entgegen. Sein Oberkörper steckt in einem hellblauen Krankenhaushemd. Die linke Schulter und sein linker Arm sind bandagiert, der Arm liegt rechtwinklig vor ihm auf der Bettdecke. Es riecht nach Pfefferminztee und Seife. Ingrid Häberlein geht mit einem Lächeln auf Matusch zu, macht einen Spruch, jetzt habe es ihn auch mal erwischt, und erkundigt sich nach seinem Befinden. Matusch nickt nur und wendet sich zu Emma, die missmutig auf den Patienten blickt. Einen Krankenhausbesuch empfindet sie als Zumutung, auch wenn es um den Kollegen geht, mit dem sie gerade eine Schießerei erlebt hat. Seit ihre Mutter Klara in Radolfzell lag, wo sie auch verstarb, hat Emma kein Krankenhaus mehr betreten.

»Sie sind entkommen. Wir haben uns auf dem Campingplatz umgesehen und das Haus von dem Arschloch durchsucht«, kommt es von ihr.

»Mit MEK-Unterstützung«, ergänzt Häberlein.

»Gut. MEK«, sagt Matusch. Seine Stimme ist schwach, aber klar.

»Hast du irgendetwas gesehen? Ist dir noch was eingefallen?«, fragt Emma ruppig.

»Sag doch mal, wie geht es dir?«, geht Häberlein dazwischen, sie ist einfühlsamer.

»Schon okay. Steckschuss. Das Schulterblatt ist noch heil.«

»Gut zu hören«, meint die Chefin.

»Ich hab nachgedacht. Den ich gesehen hab, der war schwarz angezogen, ein kleiner Mann mit Bauch. Über dem Kopf und dem Gesicht Helm und Visier. Was hatten die für Waffen?«

»Könnten G35 sein. Aber das ist nur eine Vermutung«, meint Emma.

»Ja, das Ding war grau, mit dem der Typ geschossen hat. Und? Habt ihr was im Haus von Eddie gefunden?«

»Natürlich nicht. Das war vorher geplant, er hatte alles rechtzeitig weggeschafft, und wir Idioten sind darauf reingefallen. Tut mir leid, Sören. Das ist scheiße gelaufen«, ringt sich Emma zu einer Gefühlsregung durch.

»Ich hätte auf dich hören sollen. Du hast ja so was geahnt.«

Emma setzt sich auf das leere Bett neben Sören Matusch, stellt die Ellbogen auf die Oberschenkel und stützt ihren Kopf auf die Hände.

»Wir haben nichts. Wir sind immer noch ganz am Anfang«, schimpft sie.

Häberlein hat sich an das Fensterbrett gelehnt. »Vielleicht kommen wir heute Nacht weiter«, versucht sie den Kollegen Mut zu machen. Häberlein erzählt Matusch von der Anruferin und der geplanten Razzia in der folgenden Nacht.

»Da wäre ich gerne dabei«, meint Matusch.

»Du bleibst noch ein, zwei Tage hier!«, macht Häberlein ihm klar.

»War es einer von diesen Kerlen, der in der Wohnung von Paula Bajorath war? Und bei Charlotte Schwendner, bei Volker Schwendner im Haus? Haben sie Schwendner im See mit irgendeinem Giftpfeil erledigt? Wegen möglichen Zeitungsartikeln? Die sind doch zu so was gar nicht fähig! Die ballern rum und finden es geil, wenn wir Angst haben.« Emma springt auf, unzufrieden streicht sie sich die Haare aus dem Gesicht. Ein paar Blattreste rieseln neben ihr auf den sauberen Krankenhausboden. Sie schaut an sich runter. An den Knien ihrer hellen Jeans sind noch Reste von Erde, als komme sie gerade von der Gartenarbeit.

»Ich muss mich waschen und umziehen«, murmelt sie vor sich hin, »das wird schon wieder, Sören.«

Sie macht einen Schritt auf ihn zu, tätschelt seinen rechten Arm, wie bei einem Kumpel. Emma betrachtet den traurigen Kommissar im Bett, der sich von ihr Nähe erhofft, und die Kripochefin, die es mit Optimismus versucht. Warum diese graue Stimmung nicht mit einem Streiflicht aufhellen?

»Es gibt ein Foto von dem Radolfzeller Bürgermeister mit Natroschenko, einem russischen Oligarchen auf einer Yacht. Das hat gestern der Journalist aus Berlin geschickt, mit dem Paula Bajorath verabredet war.«

Häberlein und Matusch runzeln sie Stirn.

»Die Konzerthalle, die da in Radolfzell auf dem Hotelgrundstück geplant ist, soll Raissa Concert Hall heißen. Raissa Natroschenko, diese berühmte russische Pianistin, ist die Frau des Oligarchen.«

»Das wäre natürlich nicht gut, wenn das rauskommt«, überlegt Matusch.

»Die Frage ist, für wen nicht gut?«, stimmt Emma ihm zu.

»Für den Bürgermeister und für Radolfzell.«

Emma nickt. Soll sie ihnen erzählen, dass sie am frühen Morgen kurz bei Gerhard Braun war? Ihr Gefühl sagt ihr, noch abzuwarten, bis die Fingerabdrücke ausgewertet wurden.

»Da gibt es doch diesen Investor aus der Schweiz? Wie hieß der noch?«, fragt Häberlein.

»Urs Landi.«

»Okay«, überlegt Häberlein, »du warst doch schon in Bern. Könntest du da nicht noch mal nachhaken?«

»Gute Idee, Ingrid«, kommt von Emma etwas zu schnell, »dann rück ich diesem Landi auf den Pelz.«

»Und heute Nacht?«, will Häberlein wissen.

»Ohne mich bitte. Nicht noch mal in diesen Wald. Trauma, Trauma. Du machst das mit den Jungs vom MEK und den beiden aus Meßkirch. Nimm Abena mit.« Emma hebt die Hände auf Brusthöhe, um sich vor weiteren Anfragen zu schützen.

Die zwei Frauen verabschieden sich von Sören Matusch, der missmutig in seinem Krankenhausbett zurückbleibt.

Zum Bahnhof Stockach ist es nicht weit. Sie gehen zu Fuß, kommen unterwegs an einem Thai-Imbiss vorbei. Emma bestellt sich ein Curry-Gericht, Ingrid Häberlein Glasnudeln mit Gemüse. Zum ersten Mal gehen die beiden Frauen zusammen essen, sie hatten privat bisher nicht viel Kontakt, doch die aufwühlenden Geschehnisse von heute bringen sie einander näher.

»Zwischen dir und Sören?«, tastet sich Häberlein vor.

Emma winkt ab, schüttelt unwillig den Kopf. »Das ist längst vorbei. Er ist Alkoholiker!«

»Jetzt ist er trocken.«

»Hoffentlich. Gab es eigentlich mal was zwischen euch beiden?« Endlich kann Emma diese Frage loswerden.

»Sören und ich? Nein, nie. Er ist Alkoholiker!«

Die beiden Frauen lachen.

»Aber ein guter Ermittler«, ergänzt Häberlein.

Emma stimmt ihr zu, auch wenn sie viel Nachteiliges über seine Fähigkeiten als Kriminalist sagen könnte.

Das Essen hat ihnen gutgetan. Sie gehen weiter zum Bahnhof, einem renovierten alten Gebäude, in dem ein Modemarkt untergebracht ist. Modemarkt mit Gleisanschluss. Ingrid Häberlein will noch nach Konstanz, bevor sie am Abend wieder zurück nach Meßkirch fährt. Emma wird in Singen ihren Wagen abholen und den Bericht schreiben. Diese Bemerkung kann sie sich nicht verkneifen. Ingrid verspricht, nach diesen Ermittlungen ein Gespräch über Emmas berufliche Zukunft zu führen. Sie steigen in die Hohenzollerische Landesbahn nach Radolfzell.

Die Kripochefin nimmt dort direkt einen Anschlusszug, Emma muss auf den Zug nach Singen noch etwas warten. Vom Radolfzeller Bahnsteig aus kann sie auf den See und die Uferpromenade blicken, auf der sie als Schülerin viel Zeit verbracht hat. Wie oft stand sie dort, schaute auf den Bahnhof anstatt auf den See und kämpfte gegen das Gefühl an, unbedingt wegzumüssen, in einen Zug nach Norden zu steigen oder nach Zürich und von da weiter, irgendwo in den Süden. Einfach abhauen, die Provinz verlassen. Ihre Liebesbeziehungen haben nie lange genug gehalten, Kinder hat sie keine bekommen. Was wäre, dachte sie oft, wenn sie sich in einen Mann verlieben würde, der sie mitnimmt? Nach England oder nach Amerika? Nein, nicht Amerika, auch nicht

Argentinien oder Brasilien, nicht Südafrika. Sie hat einige Länder gesehen, als Urlauberin, aber es gab nie einen Grund dortzubleiben. Immer wieder hat sie dieses seltsame klebrige Netz aus Nähe zu Bernhard und Klara, aus mildem Licht, dem großen See und aus heiterer Landschaft hier festgehalten. Ihr Versuch, nach Berlin zu gehen, ist gescheitert. Durch die Schießereien in Stuttgart und heute im Wald, auch wegen des aktuellen Falls, empfindet sie sich im Moment am richtigen Platz. Die Tentakel des Verbrechens haben auch dieses schöne Fleckchen Erde für sich entdeckt. Sie wachsen und werden stärker. Vielleicht sollte sie sich ihrer Aufgabe, ihrem Schicksal stellen und hier bei der Kriminalpolizei einfach ihre Arbeit tun.

An der Pforte im Polizeirevier Singen bekommt sie ihren Autoschlüssel zurück und geht dann zur Abteilung für Kriminaltechnik, wo noch nicht alle Kollegen aus Meßkirch zurück sind. Als sie nach den Fingerabdrücken auf der Plastikhülle fragt, bekommt sie eine genervte Antwort. Zuerst müssten sie sich um den Tatort im Wald kümmern, der sehr kompliziert sei. Das Präsidium habe ihnen schon Druck gemacht. Auf Emmas Einwand, die Ermittlungen gehörten zum gleichen Fall, erhält sie das Versprechen, spätestens Montagvormittag Ergebnisse geliefert zu bekommen. Doch damit gibt sie sich nicht zufrieden. Sollte der Bürgermeister von Radolfzell die Wahl gewinnen, überlegt sie, müsste sie ihn nach seinem Sieg verhören oder gar verhaften. Das will sie sich und den Bewohnern der Stadt nicht antun. Sie muss spätestens am Sonntagnachmittag wissen, ob es einen Treffer gibt, drängt sie die Kollegen.

Als sie in das Büro kommt, tippen eine Polizistin von der Tagschicht und Joris eifrig in ihre Computer. Joris schaut sie mit großen Augen an. Emma blickt an sich herab. Sie kommt aus einer Schlacht und sieht entsprechend aus.

»Was machen Sie denn hier?«, platzt es aus Joris heraus.

»Nenn mich Emma, Joris. Vielen Dank für das Auto. Ich habe noch eine Bitte. Die Auswertung der Spuren auf dieser Plastikhülle brauche ich unbedingt am Sonntag. Ich habe es den Kollegen von der Technik gesagt, aber die sind selbstverständlich sehr beschäftigt. Könnt ihr da ein Auge drauf haben? Das wäre echt super. Danke!«

Ihre Stimme ist ein paar Töne tiefer, und sie steht vermutlich etwas breitbeiniger als sonst da, als Joris fragt, ob er ihr einen Kaffee bringen soll. Emma lacht auf und bedankt sich. So nett war schon lang kein Kollege mehr zu ihr.

Das Zeug schmeckt scheußlich, doch sie genießt seine freundliche Geste.

Sie setzt sich an ihren Schreibtisch und beginnt zu recherchieren, wo sich das Hotel dieses Urs Landi befindet und wie sie da am besten hinkommt. Dann ruft sie Rolf Wyss an, der sich freut von ihr zu hören. Emma informiert ihn, sie würde morgen nach Luzern fahren, um dort Urs Landi in seinem Luxushotel aufzusuchen. Vielleicht hätte er ja Lust, ihr Gesellschaft zu leisten? Wyss druckst etwas herum. Luzern sei nicht sein Kanton, falle nicht in seine Zuständigkeit.

»Mein Kanton ist das auch nicht, lieber Rolf, es ist nicht mal mein Land.«

Sie hört beinahe, wie Rolf nachdenkt.

»Als deutsche Polizistin kann ich nicht einfach einen Schweizer Hoteldirektor befragen. Die Sache ist allerdings dringend. Es geht um Landis Beziehungen zu dem russischen Oligarchen Natroschenko, dessen Frau das Hotel in Luzern offenbar gehört. Nun haben sich Verbindungen zum Radolfzeller Oberbürgermeister und Natroschenko gezeigt … Und dieser Bürgermeister möchte am Sonntag wiedergewählt werden, und Landi will ein Hotel in Radolfzell bauen.«

»Oh … Da wäre eigentlich … das ist schwierig, Emma. Ich kann da nicht einfach mit dir auftauchen.«

»Nicht offiziell.«

»Aha. Was hast du dir vorgestellt?«

»Wir könnten Herrn Landi fragen, ob es Möglichkeiten gibt, in das Hotelprojekt in Radolfzell zu investieren.«

»Du und ich als Investorenpaar?« Emma spürt, wie es im Büroraum leiser geworden ist und sich die Aufmerksamkeit der Kollegen auf sie richtet. »Warte mal kurz.« Sie steht auf und verlässt den Raum. »Da bin ich wieder. Ich kann dir nicht alle Zusammenhänge am Telefon erläutern. Aber im Kern geht es um Volker Schwendner, den Vater des Jungen, der sich am Jungfraujoch in den Tod gestürzt hat.«

»Die Mordermittlung, von der du berichtet hast.«

»Genau.«

»Wenn wir da inkognito den Herrn Landi befragen, kannst du keine seiner Aussagen verwenden.«

»Das ist mir klar.«

Wieder ist es still am Telefon.

»Wann bist du am Hotel?«

»Ich werde vermutlich um acht Uhr aufbrechen, mit meinem Privatwagen. Ich bin also so um gegen halb zehn in Luzern.«

»Verstehe. Ich kann dir das noch nicht zusagen, Emma. Das ist heikel.«

»Du kommst also nicht?«

»Lass mich nachdenken.«

»Gut. Ich fahr in Luzern in ein Parkhaus am Bahnhof und nehme von dort ein Taxi. Ich warte am Taxistand. Ich würde mich freuen, dich morgen zu sehen. Tschüss, Rolf.«

»Ja, einen schönen Abend dir, Emma.«

Emma flucht leise vor sich hin. Warum sollte sich Wyss Ärger einhandeln, nur um ihre Ermittlungen zu unterstützen? Vielleicht ist es eine schwachsinnige Idee, in diesem

Hotel aufzukreuzen, aber sie muss es versuchen. Ob mit oder ohne den Schweizer Kollegen aus Bern. Sie will ein Gefühl dafür bekommen, wie nah sich Schwendner und Landi standen und wie wichtig dieser Hotelbau in Radolfzell für ihn und diese Russin ist.

Sie wählt die Nummer des Hotels und hat die Rezeption am Apparat. Emma nennt ihren Namen und bittet um ein Gespräch mit Urs Landi für den nächsten Tag. Sie wird weiterverbunden zu einer Assistentin, die nachfragt, um was es gehe, denn eigentlich ist Herr Landi am nächsten Tag nicht im Haus. Emma sagt, sie vertrete eine Gruppe von Investoren aus Deutschland, die sich für den Hotelbau in Radolfzell interessieren. Morgen sei sie in Zürich und könnte nach Luzern kommen, für ein Vorgespräch, ein erstes Kennenlernen. Die Assistentin bittet um einen Moment Geduld. Dann meldet sie sich wieder und schlägt elf Uhr vor. Emma bedankt sich.

Sie beschließt, nach Konstanz zu fahren. Der Tag war ereignisreich genug, sie ist müde, dreckig und verschwitzt. Den Abend wird sie mit einem Glas Wein auf dem Balkon verbringen, früh schlafen gehen, sich am nächsten Tag schick machen und als Investorin nach Luzern fahren. Vielleicht führt die Razzia in dieser Nacht zu Ergebnissen, zu neuen Erkenntnissen, zu den Hintermännern der Morde auf Schwendner und Bajorath, obwohl sie nicht daran glaubt. Sie nimmt sich vor, Vertrauen zu Häberlein, zu Abena und zu den MEK-Kollegen zu haben. Sie muss nicht überall dabei sein, es wurde heute schon genug geballert, sie sollte mehr auf sich selbst achten.

Irgendwann biegt sie auf die Zufahrtstraße zur Autobahn ein, lässt den Hohentwiel links neben sich liegen, diesen ausgehärteten Vulkankegel, dessen Bergspitze von einer alten Ritterburg gekrönt wird. Im abendlichen Licht zeichnen sich andere alte Vulkanreste in der Region Hegau ab, die einmal von umherschweifenden Dinosauriern bevölkert war. Bei der Abfahrt Richtung Allensbach, der Bodensee ist schon in Sichtweite, biegt sie nach rechts, fährt unter der Autobahn hindurch und auf der anderen Seite wieder in die entgegengesetzte Richtung. Sie muss nach Meßkirch zurück. Schon die Vorstellung, allein in ihrer Wohnung zu sitzen und auf die Anrufe von den Kolleginnen zu warten, lässt Hitzewellen durch den Körper laufen. Sie war es, die die Beziehung von Schwendner und Creutzfeld zu Günther entdeckt hat, auf sie wurde geschossen. Da kann sie sich nicht einfach ins Bett legen und warten, was die geschätzten Kolleginnen herausfinden.

Als sie auf den befestigten Feldweg einbiegt, der zu dem Campingplatz führt, wird es schon dunkel. Ein graues Licht schwebt über den Baumspitzen, langsam versinken der Wald und die schwarzen Baumstämme hinter einem dämmrigen Schleier.

Auf dem Parkplatz vor dem Campingplatz stehen eine ganze Reihe von Polizeifahrzeugen. Emma parkt, steigt aus und geht auf einen der kräftigen Männer mit Gewehr und Sturmmaske zu. Sie zeigt ihren Ausweis vor und wird durchgelassen, an Polizisten vorbei, die offenbar fündig geworden sind. Sie tragen größere und kleinere Kisten aus Plastik mit sich, in denen sie beschlagnahmte Gegenstände eingelagert haben. Wieder viel Arbeit für die Kriminaltechnik. Die Bewohner des Campingplatzes haben inzwischen feste Kleidung angezogen und scharen sich nicht mehr ganz so dicht um das Geschehen. Dieser Campingaufenthalt wird ihnen in Erinnerung bleiben. Über dem Ort liegt eine Aura von Auflösung, eine Ahnung vom sprichwörtlichen Abbrechen der Zelte. Emma betritt das zentral gelegene Restaurant am See. Dort sitzen Edgar Günther und die Rockerclique auf Stühlen, die Hände hinter den Stuhllehnen mit Handfesseln fixiert. Zwei Polizisten mit Maschinenpistolen bewachen sie. Abena taucht auf, freut sich, Emma zu sehen.

»Hey. Überraschung! Das ist 'ne Goldgrube hier.«

Emma lächelt sie an und schaut zu Edgar Günther, der eisig zurückblickt.

»Hallo Eddie, so schnell sieht man sich wieder«, ätzt Emma. Günther spuckt in ihre Richtung, trifft sie nicht, und sagt etwas, was nach »Fotze!« klingt.

»Wie hast du mich gerade genannt? Kannst du das bitte wiederholen?«

Sie geht nah zu ihm hin, schaut ihm in die Augen. Er starrt sie an, schwört ihr innerlich Rache, aber er bleibt stumm, grinst nur. Es ist nicht das erste Mal, dass er festgenommen wird, er weiß, er muss sich ruhig verhalten, sonst wird es nur schlimmer. Bald wird ihn sein hoch bezahlter Anwalt wieder raushauen, ist sich Günther sicher.

»Geh mal nach da vorne Richtung Wald, dort ist die Chefin«, schlägt Abena vor. »Ich hab die Jungs hier im Griff. Wir räumen ein wenig auf. Nicht wahr, Eddie?«

Abena ist sichtlich angetan von dem Einsatz und der Möglichkeit, an einem entscheidenden Schlag gegen organisierte Kriminelle beteiligt zu sein.

Emma tritt zu ihr hin und sagt leise: »Du weißt, was wir suchen, Abena. Bevor das alles in die Kisten wandert, schau es dir vorher an.«

Abena nickt. »*Yes Mam!* Schwendner, Creutzfeld und Co.«, entgegnet sie.

Emma verlässt das Restaurant, wendet sich Richtung Waldrand, wo einige Scheinwerfer aufgebaut sind. Hier wurden stärkere Polizeikräfte zusammengezogen. Sie bewachen einen Container, einen metallischen, grün gestrichenen Klotz, der wie ein behäbiges Monster zwischen Bäumen liegt. Die Scheinwerfer der Polizei beleuchten die Äste der Bäume, die auf den Container ragen. Ein leichter Wind geht, die Äste tippen immer wieder auf die metallene Oberfläche des Monstrums, wie um anzuzeigen, dass dieses Ding nicht zu ihnen gehört.

»Campingplatz Günther« wurde in weißer Farbe aufgemalt. Die Türen des Containers sind weit geöffnet. Rechts und links wurden Stapel von weißen Plastikstühlen, Tischchen, Liegestühlen und Kajaks ausgeräumt. Im Schlund des Containers stehen zahlreiche Kisten aus Holz und Metall aufeinander. Häberlein und der MEK-Kommandant stehen vor einigen der geöffneten Kisten. Graue Maschinenpistolen, Munition, Raketenwerfer sind darin verstaut. Als Häberlein Emma sieht, winkt sie sie zu sich. Sie macht einen entsetzten Eindruck, schüttelt den Kopf.

»Schau dir das mal an. Damit kannst du ’ne Armee ausrüsten. LKA und BKA übernehmen jetzt.«

»Irgendeine Idee, woher das kommt?«

»Vermutlich aus der Ukraine«, meint Andermatt.

Häberlein macht ein unwilliges Gesicht. Der Kommandant winkt seinen Männern zu und weist sie an, die Kisten in einen Polizeitransporter zu verladen.

»Wenn das so wäre, wie haben die das hierher gebracht?«, fragt sich Emma, die den Polizisten zuschaut, wie sie die schweren Kisten aus dem Container schleppen.

»Na ja. Hilfslieferungen hin, Waffen zurück. Easy«, sagt Andermatt.

»Verstehe, dann verkaufen sie sie weiter an Nazis und Reichsbürger«, überlegt Emma.

»Da gibt es bestimmt noch viele andere Abnehmer, die mehr Geld haben«, glaubt Häberlein.

»Habt ihr schon einen Hinweis auf Creutzfeld und Schwendner entdeckt?«

»Bis jetzt nicht, dafür ein Kilo Kokain im Clubhaus«, antwortet Häberlein.

Sie gehen zusammen aus dem Container, um den Polizisten nicht im Weg zu stehen. Zwischen den Polizeifahrzeugen kommt ihnen ein Mann in Zivil entgegen. Er ist stämmig, großer Bauch, Anfang fünfzig, Glatzkopf, runde Brille, unrasiert; er trägt eine weite Hose, gehalten von Hosenträgern über einem hellblauen Hemd, an den Füßen Lederschuhe.

»Häberlein!«, sagt er nur, als er auf die beiden Kriminalistinnen aus Konstanz trifft.

»Schmidt«, antwortet Häberlein. Die beiden geben sich die Hand.

»Das ist Polizeihauptkommissarin Emma Täringer.«

»Tag, Frau Täringer, Werner Schmidt, LKA«, stellt er sich vor, »wir übernehmen.«

Emma und Häberlein schauen sich an.

»Im Rahmen einer Mordermittlung sind wir auf dieses Waffenlager gestoßen«, beginnt Häberlein.

»Du kannst dir das alles sparen, Häberlein. Wir haben Eddie Günther und seine Gang schon länger im Auge. Nicht nur wir, auch das BKA. Da kommt nachher auch noch einer.«

»Was heißt denn im Auge?«, fragt Emma. Die Selbstgefälligkeit des LKA-Manns macht ihr schlechte Laune.

»Waffenschmuggel aus der Ukraine ist kein neuer Tatbestand. Seit wir die Armee dort aufrüsten, wird ein erheblicher Teil an Waffen weiterverkauft. Klar, die Jungs haben nicht viel Geld, also machen sie schmutzige Geschäfte.«

»Sie wussten von dem hier?«, fragt Emma.

»Haben Sie das hier aufgedeckt, Täringer?«

»Ja, Schmidt, hat sie, weil sie eine gute Kommissarin ist«, meint Ingrid Häberlein.

»Ist ja schön. Danke für die Zuarbeit.«

Emma atmet tief ein.

»Werner! Lass den Scheiß!«, ermahnt Häberlein ihren LKA-Kollegen.

Er hält die Hände hoch. »Ist ja gut, ist ja gut. Also, wir sind an Günther schon länger dran. Er denkt, er ist Mister

Unberührbar, macht seine Drogendeals, ist in den Waffenschmuggel eingestiegen. Wir haben begonnen, die Routen zu überwachen, aber sie sind nicht dumm. Wer vermutet schon, dass sie einen Campingplatz als Zwischenlager nutzen.«

»Wenn wir euch so schön zuarbeiten, dann will ich auch eure Unterstützung, Schmidt«, sagt Emma ohne Freundlichkeit in der Stimme.

Der dicke LKA-Mann nickt ihr zu.

»Habt ihre eine Verbindung zu dem verstorbenen Staatsanwalt Creutzfeld entdeckt?«

»Der in Thailand verstorben ist? Eddie und er waren mal dicke. Nö, aber da ist nichts mehr. Creutzfelds Sohn Bruno hat für Eddie gedealt.«

»Könnte ein Journalist Eddie auf die Schliche gekommen sein?«

»Meinen Sie Volker Schwendner? Das ist Ihr Fall, oder? Sie glauben, die haben den umgelegt, weil er rausbekommen hat, was Eddie so treibt?«

»Könnte doch sein«, meint Emma.

»Da müsste er ziemlich lang und intensiv verdeckt recherchiert haben und besser sein als wir und das BKA zusammen. Der war doch Chefredakteur bei der *Bodenseezeitung*.«

»Was heißt das denn?«, mischt sich Häberlein ein.

»Das heißt, dass es nicht *Süddeutsche* oder *Spiegel* ist. Und die nicht gerade für investigativen Journalismus bekannt sind.«

Emma schaut den arroganten Mann an. Sie muss ihm recht geben. Wie soll Volker Schwendner den Waffenhandel des Rockerpräsidenten aufgedeckt haben? Vielleicht hat er Günther gedroht, er würde die alten Verbindungen auffliegen lassen. Aber mehr war wohl nicht.

»Wir haben einfach in ein Wespennest gestochen«, gibt Emma zu.

»Genau. Gute Arbeit. Die Wespen haben zurückgestochen,

weil sie ziemlich dumm sind. Wir haben die Fahndung nach den beiden Typen aufgenommen, die auf euch im Wald geballert haben. Wir kriegen die schon. Keine Sorge«, glaubt Schmidt und spricht so, als wäre das keine große Sache. »Dann sag ich mal Eddie und seinen Jungs guten Tag. Wir nehmen die mit und den ganzen Krempel hier auch. Irgendjemand muss die Campingleutchen informieren, dass der Platz geschlossen wird.«

»Das LKA hat übernommen«, meint Häberlein ironisch, »ihr macht das schon.«

Schmidt lacht. Er gibt Emma Zäringer und Ingrid Häberlein die Hand und geht in Richtung Restaurant.

Ein Brief auf weißem Papier, der nicht abgeschickt wurde. Von Volker an Sandra Schwendner, datiert an seinem Todestag.

Mir ist endlich klar geworden, was ich alles falsch gemacht habe in unserer Ehe. Ich habe mich nur noch um mich und meine Arbeit gekümmert. Nicht mehr um dich, Sandra, nicht mehr um unsere Kinder. Wie ein Strudel hat mich das alles mitgerissen. Auf einmal hatte ich Erfolg, und ich fand es großartig. Die Familie wurde unwichtig, lästig. Du wurdest mir auch lästig. Ich hatte keine Lust mehr auf dich, du warst wie deine kranken Tiere, unappetitlich. Entschuldige, Sandra. Ich habe geglaubt, ich könnte wenigstens Marc an meinem Erfolg teilhaben lassen, ihn mitnehmen, etwas aus ihm machen. Aber er wollte das nicht. Es ging ihm nicht um Erfolg. So schade. Lisa hasst mich. Sie hat diese Wut in sich, wie ich sie auch hatte, als ich losgezogen bin. Vielleicht wird einmal etwas Großes aus ihr.

Paula ist ein wunderbarer Mensch, auch wenn sie mich und meine Kontakte ausnutzt. Soll sie doch. Ich war nicht anders. Hauptsache nach oben kommen, Geld machen.

Was war ich stolz, als ich mir den Porsche kaufen konnte. Mit meinem eigenen Geld. Egal, woher das kam. Es war einfach scheißegal. Und geil, mit zweihundert Sachen auf der A81 nach Stuttgart zu brettern. Aber ich merke, es ist nicht mehr wichtig. Ich werde das Auto verkaufen, ich brauche das alles nicht mehr. Es wird anders werden. Ich werde anders werden und ich weiß auch schon, wie … Ob ich meine zwei verlorenen Kinder wiederbekomme? Lass uns reden, Sandra!

Samstag

Nach einem Glas Wein war sie im Bett, aber sie konnte nicht gut schlafen, der Wald bei Meßkirch ging ihr nicht aus dem Kopf. Der Krieg in der Ukraine hat nicht nur den Alltag in diesem Land verändert und alles teurer gemacht. Vermutlich hat die Dreistigkeit des Überfalls von Russland auf das Nachbarland die Kriminellen nicht nur in Deutschland ermutigt, in gleicher Weise vorzugehen. Schwer bewaffnet einfach zuschlagen, ohne sich groß Gedanken über die Konsequenzen zu machen. Das Recht des Stärkeren durchsetzen, das männliche Prinzip der Überlegenheit beweisen. Darum geht es ihnen, auch wenn sie es so nicht aussprechen würden; diese Kerle ziehen es einfach durch, weil die zivilisatorischen und moralischen Grenzen eingerissen sind. Sie fordern den Rechtsstaat heraus und haben vermutlich Spaß am Kräftemessen. Emma konnte sich den Angriff auf sie und Matusch und das, was die Rocker da aufgeführt haben, nicht anders erklären. Hier schien der Zusammenhang zwischen ihren Ermittlungen und den Vorfällen in Meßkirch zu liegen. In Radolfzell versuchen Männer, sich mit viel Geld und Einfluss einzunisten, während in der anderen kleinen Stadt, in Meßkirch, Gangster auf Motorrädern ihren Claim abstecken. Wie den Russen in der Ukraine geht es auch hier darum, Grenzen zu verschieben. Zwei Menschen, Paula Bajorath und Volker Schwendner, mussten sterben, weil die beiden begonnen hatten, die Zusammenhänge zu verstehen, auch wenn Volkers Motive im privaten Bereich lagen.

Sie fühlt sich nicht besonders frisch, als sie am Morgen ins Bad geht, duscht und sich vor den Spiegel stellt. In dem kleinen grauen Plastikradio wird *My Baby Just Cares for Me* von Nina Simone gespielt. Für ihren Auftritt im Luxushotel wird sie sich schminken und schick machen. Als sie die Stoppeln unter ihren Achseln sieht, beschließt sie, sie noch schnell wegzurasieren. Stell dir vor, hatte ihre Mutter sie einst gewarnt, du hast einen Unfall, der Krankenwagen kommt und es wuchert unter deinen Armen und aus deinem Slip heraus. Diese Bedenken hat sie zwar nicht mehr, sollen die Sanitäter und die Ärzte doch denken, was sie wollen.

Das Kleid aus dunkelblauer Seide hat sie schon länger nicht mehr angehabt. Sie probiert es, doch entscheidet sich dagegen. Overdressed, unpassend für die Begegnung mit einem Hotelier. In ihrem Schrank hängt noch ein grünes schlichtes Baumwollkleid, das eng anliegt und ihre Figur betont. Wenn sie dazu die Perlenkette umlegt, die sie geerbt hat, und die schwarzen Pumps anzieht, wird sie angemessen angezogen sein und vielleicht als Investorin durchgehen. Den dünnen schwarzen Pullover legt sie sich um die Arme. Ob Rolf Wyss kommen wird und sich ebenfalls entsprechend kleidet? Der Plan, sich als Investoren auszugeben, mag vermessen sein, aber einfach als Polizisten aufzutauchen, würde auch nicht funktionieren. Ihre unkonventionellen Aktionen wurden von ihren Vorgesetzten schon öfter gerügt. Aber sich als Polizistin ein Kleid zur Tarnung anzuziehen, verstößt vermutlich nicht gegen die Vorschriften.

Auf der Autobahn nach Luzern hält sie an einer Raststätte, bestellt sich den guten Schweizer Schümli und ein Nussgipfeli, das köstlich schmeckt.

Sie stellt ihr Auto im Bahnhofparking P1 unter dem Luzerner Bahnhofplatz ab. Als sie im Aufzug des Parkhauses steht, sieht sie Rolf Wyss winken und auf sie zueilen, gerade als sich die Türen schließen. Sie hält den Fuß dazwischen und tritt wieder aus dem Aufzug. Er sieht gut aus, hat sich seriös gekleidet, mit grauem Anzug, hellem Hemd und dunkler Krawatte. Zum Glück hat er sich nicht rasiert, sonst würde er wie ein Bankangestellter wirken, weniger wie ein Geschäftsmann. Zum Anzug trägt er braune Slipper, was sein Erscheinen ebenfalls auflockert. Emma freut sich, ihn zu sehen, und lächelt ihn an.

»Hoi«, sagt Rolf und haucht ihr rechts und links ein Begrüßungsküsschen auf die Wange. Er riecht gut, findet Emma, etwas herb, wie nach frischem Gras.

»Danke, dass du gekommen bist.«

Er mustert sie vorsichtig. »Du siehst gut aus«, sagt er leise.

»Danke, du auch.«

»Ich weiß ja nicht …«, beginnt er.

»Ich auch nicht, Rolf. Mir ist nichts Besseres eingefallen«, antwortet Emma.

»Wir haben nicht mal Visitenkarten.«

»Das habe ich mir auch schon überlegt. Wir sagen, wir drucken keine mehr, aus ökologischen Gründen.«

Rolf muss lachen, macht aber keinen anderen Vorschlag.

»Er wird uns sowieso gleich durchschauen, dann erzählen wir ihm, wer wir sind. Ich zeige ihm meine Visitenkarte von der Kripo Konstanz und du deine aus Bern. Amtshilfe.«

Rolf schaut sie skeptisch an, aber dann nehmen sie sich ein Taxi, wie ein Paar ohne Gepäck, das sich zu einem Stelldichein in ein Hotel kutschieren lässt.

»Ich habe gestern noch die Videoauswertung aus der Bahn zum Jungfraujoch gesehen«, beginnt Wyss, als sie über die Reuss fahren, den großen Fluss, der in den Vierwaldstättersee mündet. Emma schaut ihn gespannt an.

»Der Vater saß eine halbe Stunde später, nach seinem Sohn, in einem Zug.«

Emma dreht den Kopf, blickt aus dem Fenster. Das ist mal

eine Nachricht. »Dann haben sie sich da oben verabredet«, sagt sie leise.

»Vermutlich.«

»Er hat gesehen, wie sein Sohn … und hat ihn nicht aufgehalten.«

»Vielleicht war er zu weit von ihm entfernt?«

»Aber würdest du da nicht schreien oder irgendwas machen, versuchen ihn daran zu hindern?«

»Ich schon.«

»Hast du Kinder?«

»Eine Tochter. Sie ist fünfzehn, lebt bei ihrer Mutter.«

Der Taxifahrer schaut durch den Rückspiegel zu dem Paar, und ohne sie genau zu verstehen, spürt er die Spannung, die da auf der Rückbank entsteht.

Emma sitzt da wie versteinert, obwohl sie geahnt hat, dass Schwendner seinem Sohn Marc auf dem Gletscher begegnet ist. Aber die Bestätigung fühlt sich brutal an. Eine Kälte kriecht in ihr hoch, als ob das Eis nach ihr greifen würde. Möglicherweise war auch Volker Schwendner einfach nur schockiert, als er seinen talentierten Sohn in den Tod gehen sah. Er war hilflos, so hilflos wie bei seinen Versuchen, etwas Bedeutendes aus Marc zu machen.

Das Hotel steht auf einer Anhöhe über der Stadt, es wirkt wie ein verspieltes, kitschiges Statement; der Architekt hat seinen Geschmack offenbar an Schloss Neuschwanstein geschult. Der Blick aus den Zimmern auf den lang gestreckten Vierwaldstädtersee und die Alpen muss grandios sein. Auf einer der weißen Hauswände begrüßt die Besucher eine in Harnisch gekleidete Frau, die einen Drachen tötet. Sie betreten diese andere Welt ohne Selbstverständlichkeit, sie sind nicht eingeschüchtert, aber das Gefühl, hier hineinzupassen, stellt sich nicht ein. Bei der Aufklärung von Verbrechen, beim Betreten eines Tatorts ist es gleichgültig, wie sie gekleidet sind, wenn sie mit den Abgründen des Lebens konfrontiert werden.

Diese Mauern dienen den reichen Bewohnern dazu, all den Schmutz der Welt, an dem sie verdienen, abzuwehren.

An der Rezeption lächelt ihnen ein netter junger Mann mit ordentlich gescheitelten Haaren in einem schicken schwarzen Anzug entgegen. Emma stellt sich vor, erklärt, sie und Herr Wyss hätten einen Termin mit Urs Landi. Der junge Mann zwinkert mehrmals mit seinen hübschen Augen und telefoniert kurz. Sie mögen doch bitte Platz nehmen, sie werden abgeholt, wird ihnen ausgerichtet. Rolf Wyss setzt sich auf einen der plüschig blau-grünen Sessel, während Emma in der Lobby umhergeht und helle moderne und dunkle klassische Ölgemälde betrachtet. Auf einem dieser Bilder kämpfen Schweizer mit Hellebarden gegen die deutschen Besatzer auf ihren Pferden. Große Blumengestecke ragen aus riesigen Vasen, es riecht geheimnisvoll wie in einem tropischen Wald. Doch die Kälte, die sie beschlichen hat, geht nicht wieder weg.

Eine junge Frau im engen Kostüm spricht sie an, sie stellt sich als Rebecca Ellenwanger vor und geleitet sie ins Erdgeschoss. Zusammen passieren sie raue weiße Mauern, die gelegentlich bläulich schimmern. Die historische Anmutung soll die Gäste an das Alter des Gebäudes erinnern. Sie kommen in einen Flur, der auf der einen Seite durch große Glastüren begrenzt ist, die den Blick auf eine weite Terrasse ermöglichen. Das Panorama der Stadt, mit ihrem Fluss und ihren Brücken, dem See und den blau glänzenden Bergen, ist beeindruckend. Die Schweizer Flagge weht im Wind, wie es sich gehört. Emma bleibt für einen Moment stehen, ist gefangen von dem Bild. Hinter ihnen reihen sich mehrere Türen mit Nummern. Frau Ellenwanger klopft an Tür Nummer 101. Es folgt ein »Herein«, sie betritt den Raum, die Tür fällt zu. Dann öffnet sie sich wieder, und ein kleinerer, etwas runder Mann um die fünfzig tritt heraus. Seine wenigen Haare liegen glatt auf seinem Kopf. Unter seinem Anzug trägt er ein rot-weiß kariertes Hemd, zwei Hemdknöpfe stehen offen und zeigen eine kahle Brust. Hinter ihm huscht die junge Frau vorbei. Landi mustert Emma Zäringer und Rolf Wyss, macht ein kleines Mündchen, hält die Fingerspitzen zu einem Dreieck zusammen, wie es die deutsche Ex-Kanzlerin immer gemacht hat, und sagt mit einer hellen Stimme, er dachte, sie käme allein.

»Herr Landi?«, fragt Emma.

Er antwortet nicht, kräuselt nur affektiert die Stirn. Wer denn sonst?

»Emma Zäringer und mein Kollege Rolf Wyss aus Bern von der Investmentgruppe von Wangen …«

Landi hält die Tür auf, sie betreten das Wohnzimmer einer geräumigen Suite. Vor den Fenstern hängen weiße Gardinen, die durch einen sanften Wind bewegt werden. Geschmackvolle beigefarbene Polster dominieren den Raum. Auf dem niedrigen Tisch stehen benutzte und frische Tassen, Wassergläser, eine silberne Kaffeekanne. An einem der Wände ein Sekretär aus poliertem Mahagoniholz, auf dem mehrere Akten neben einem Laptop ausgebreitet sind.

»Kaffee? Bitte setzen Sie sich.«

Er zeigt auf die Sessel und schenkt ihnen ein, ohne die Antwort abzuwarten. Landi nimmt ihnen gegenüber Platz, lehnt sich zurück. Er ist es gewohnt, die Menschen, denen er begegnet, schnell einzuschätzen. Wie sich ein Gast in diesem Haus bewegt, ob er so ein Hotel als eine gewohnte Umgebung empfindet, als Erweiterung seines sonstigen Lebens, oder ob der Gast von dem Hotel und der Ausstattung beeindruckt ist, erzählt ihm, mit wem er es zu tun hat. Er kann sehen, was das Kleid einer Frau gekostet hat und ob ihre Perlen echt sind oder nicht, ob ein Anzug von einem Schneider gefertigt wurde oder von der Stange kommt. Der Frau aus Konstanz und dem Mann aus Bern sieht er an, dass sie sich nach ihren Möglichkeiten herausgeputzt haben, um mit ihm zu sprechen. Emma spürt, wie der Mann sie taxiert, wie er im Kopf den Ladenpreis ihrer Kleidung zusammenrechnet, wie er sie abschätzt und sie bei einer herkömmlichen Modekette einsortiert.

»Wie wäre es, Sie lassen die Spielchen und sagen, wer Sie wirklich sind?«, eröffnet Landi.

Emma schluckt, sie blickt zu Rolf Wyss und nickt ihm zu. Sie öffnet ihre kleine Handtasche, zieht eine Visitenkarte heraus, legt sie vor Landi auf den Tisch. Wyss macht es ebenso. Landi beugt sich nicht einmal vor, schaut nur abschätzig auf die beiden Karten aus Papier.

»Polizei also.«

»Kripo Konstanz.«

»Kantonspolizei Bern. Amtshilfe.«

»Beeindruckend. Warum haben Sie das nicht gleich gesagt?«

»Hätten wir dann so schnell einen Termin bekommen?«

»Nun ja, ich treffe viele Leute.«

»Es geht um den Mord an zwei Menschen, die Sie kannten, um Volker Schwendner, den Chefredakteur der *Bodenseezeitung*, und seine Assistentin Paula Bajorath. Wir ermitteln, ob Ihre Verbindungen zu dem Radolfzeller Bürgermeister Gerhard Braun und zu dem russischen Oligarchen Natroschenko mit diesen Morden in Zusammenhang stehen.«

Der Mann hat sich ihre Ansage ruhig angehört. Seine Augen haben sie ein wenig fester ins Visier genommen, seine Gesichtszüge bewegen sich nicht. Er ist weder beeindruckt noch überrascht. Sie hätte auch von den ungewöhnlichen Balzlauten des Wiedehopfs erzählen können. Vielleicht würde ihn das sogar mehr interessieren.

»Wie genau kann ich Ihnen da weiterhelfen?«

»Sie kannten Herrn Schwendner?«, fragt Rolf Wyss.

»Es hat mich schmerzlich berührt zu erfahren, was ihm zugestoßen ist. Ein sehr angenehmer Mensch, genau wie seine Partnerin. Gute Manieren, offen, herzlich. Wir wissen Gäste mit Geschmack und Bildung zu schätzen, wissen Sie?«

Landi beugt sich etwas zu ihnen vor. Sein Schweizer Dialekt ist kaum zu hören.

»Wir bauen ein Hotel in Radolfzell, verehrte Dame, investieren viel Geld. Herr Braun und seine kleine Stadt haben sich redlich um dieses Projekt bemüht. Was er mit Herrn Natroschenko zu tun hat, kann ich Ihnen nicht sagen. Wirklich nicht. Unsere Partner sind ausschließlich Schweizer Staatsbürger. Geld ausgeben ist in diesem Land nicht verboten. Nicht wahr, Major Wyss?«

»Oberstleutnant«, berichtigt ihn Rolf Wyss.

Landi zuckt nur mit der Schulter. Ihm sind die Dienstgrade der Polizei völlig egal.

»Raissa Natroschenko gehört dieses Hotel hier?«, fragt Wyss.

»Wir sind Geschäftspartner. Sie ist Schweizerin, ich bin Schweizer. Wo ist das Problem?«

Landi sagt das, als wäre es eine Lappalie, mit der Familie Natroschenko Geschäfte zu machen.

»Man könnte also sagen, Sie bauen das Hotel in Radolfzell zusammen?« Emma schaut den Hotelier herausfordernd an.

»Sie ist eine hochgeschätzte Künstlerin. Überragend! Haben Sie sie einmal spielen hören? Sie sollten sich das wenigstens einmal in Ihrem Leben leisten. Manchmal, wenn sie bei uns absteigt, weil sie drüben im Konzerthaus auftritt, spielt sie abends hier. Nur für diese heiligen Momente habe ich einen Bösendorfer angeschafft. Nur sie darf auf dem Flügel spielen.«

Landi scheint von heiligem Ernst ergriffen zu sein.

»Auch Volker Schwendner war ein großer Bewunderer von ihr.«

»Sage ich doch. Ein Mann mit Geschmack und Bildung.«

»Er wusste also über die Besitzverhältnisse und die Investments der Natroschenkos Bescheid«, kommentiert Emma.

»Ich glaube, Sie insinuieren hier Zusammenhänge, die es nicht gibt, Frau Kommissarin. Wie Luther schon sagte: Landstraße ist sicher, Holzweg ist gefährlich.«

»Gottes Wort führet zum Leben, aber Selbstgefälligkeit zum Tode«, ergänzt Wyss.

Urs Landi lacht. »Nicht schlecht. Sie sind Protestant?«

»Es würde Sie nicht stören, wenn es Zeitungsartikel geben würde, in denen über das Geld des russischen Oligarchen Natroschenko und seiner Frau in einem Luxushotel in Radolfzell oder in diesem schönen Haus berichtet wird? Das könnte den Wählern in Radolfzell oder ihren Gästen nicht gefallen. Möglicherweise hätten sogar die berühmte Pianistin und ihr Mann etwas dagegen.«

Emma versucht Landi zu Aussagen zu provozieren, doch der Hotelmann schaut sie ungerührt an und reagiert nicht.

»Schwendner hat vor seinem Tod mehrmals mit Ihnen telefoniert. Um was ging es da? Um solche Holzwege?«, hakt sie nach.

Anstatt zu antworten, fasst Landi in seine Hosentasche und zieht ein Mobiltelefon heraus. »Entschuldigen Sie mich für einen kurzen Moment«, sagt er und verlässt die Suite.

Mit einem satten Ton fällt die Tür hinter ihm zu. Wyss schüttelt frustriert den Kopf, Emma steht auf. Der leichte Wind, der sie aus den offenen Fenstern hinter den Vorhängen berührt, lässt sie frösteln.

»Komm«, sagt sie, »lass uns gehen. Wir haben nichts gegen ihn in der Hand. Da kommt nichts mehr.«

Sie treten in den Flur, als Landi aus Zimmer 102 kommt. Landis Stimme und die eines weiteren Mannes sind zu hören. Dann schließt sich hinter Landi die Tür des angrenzenden Hotelzimmers; er sieht die beiden Polizisten und geht auf sie zu. Es ist, als ob sich ihr die kalte Gletscherzunge nähert.

»Sie wollen schon gehen? Soll ich Ihnen das Haus zeigen? So oft kommen Sie bestimmt nicht wieder?«

»Wer weiß? Mit einem Haftbefehl?« Emma lächelt ihn an.

»Ach«, sagt Landi, ohne im Geringsten beeindruckt zu sein, »das glaube ich nicht. Grüßen Sie den Herrn Braun von mir.«

»Und wenn er morgen verliert?«

»Wir sind es gewohnt, auch mit abschlägigen Volksentscheiden zu leben. Nicht wahr, Herr Major?«, wiederholt er in Schweizerdeutsch und kumpelhaft den falschen Dienstgrad.

»Dann wird Ihr Hotel nicht gebaut«, bemerkt Emma.

»Das wäre schade für den Ort. Für Radolfzell meine ich. Wir wollen das Niveau dort heben. Es ist doch ein sehr provinzielles Kaff. Finden Sie nicht auch? Wenn die Stadt uns nicht will, bauen wir eben woanders. Unternehmerisches Risiko.«

Wie gerufen, erscheint die Assistentin.

»Frau Kommissarin, danke für Ihren Besuch, Herr Major Wyss, grüßen Sie Bern. Frau Ellenwanger geleitet Sie hinaus.«

Damit verschwindet er wieder in seiner Suite.

Als sie Landis Assistentin folgen, öffnet sich die Tür 102 erneut, und ein großer, kräftiger Mann betritt den Flur. Er trägt ein Basecap, die sein Gesicht verschattet. Wenn er sich bewegt, macht er keine Geräusche.

Zäringer und Wyss gehen wieder an den hellen Wänden mit den blauen Lichtern entlang. Emma spürt, wie ihr eine kalte Welle folgt. Sie sieht Marc vor sich, wie er über einem Abgrund steht. Er dreht sich noch einmal um, sucht den Blick des Vaters, der weit hinten zwischen den Wanderern auf der gefrorenen Fläche des Gletschers auf ihn zugeht. Der Vater macht zwei weitere Schritte, aber da springt er schon. Vielleicht hat das Ganze hier begonnen, vielleicht kamen Schwendner und Bajorath auch an diesen Wänden vorbei.

Der Vater hatte sich gewünscht, dass sein Sohn hier Raissa Natroschenko trifft, um ihr vorzuspielen. Die große Pianistin wäre entzückt gewesen. Sie hätten ihn alle beneidet, weil er so einen großartigen Sohn hat.

»Frau Ellenwanger, würden Sie uns noch den Konzertsaal zeigen?«, fragt Rolf Wyss.

Sie zögert kurz, doch dann folgen sie der Frau im Kostüm, steigen eine breite Treppe ins erste Obergeschoss.

Der Konzertsaal des Hauses ist von einer Front von Glastüren begrenzt, die mit Vorhängen verhängt sind. Frau Ellenwanger öffnet mit ihrer Universalkarte, und sie treten ein. Vor den Fenstern hängen ebenfalls Vorhänge, die auf Knopfdruck zur Seite gefahren werden. Es ergießt sich warmes Licht auf das glänzende Parkett, es riecht frisch gebohnert. Der Flügel ist etwas zur Seite gerückt und mit einer großen dunklen Schutzhülle abgedeckt. In einer Ecke stehen zwei Sesselchen und ein kleiner Tisch, darauf ein Flakon, befüllt mit einer bernsteinfarbenen Flüssigkeit, sowie zwei Kristallgläser. Die Decke ist geschmackvoll mit Blumenmustern bemalt und verziert. An der Stirnseite, neben dem Flügel, hängt ein großes Plakat, das ein Konzert von Raissa Natroschenko mit einem Foto von ihr bewirbt. Sie hat den rechten Arm auf einen geöffneten Konzertflügel gelegt, die linke Hand liegt auf ihrem Schoß. Ihr dunkelblaues Kleid ist weit ausgeschnitten, betont ihre Figur. Die braunen Augen strahlen freundlich, den Mund umspielt ein leichtes, einladendes Lächeln. An den Ohren hängen funkelnde Steine, die die langen, dunklen Haare kontrastieren. Gleich wird sie sich umdrehen und mit ihren schönen Händen das Piano Concerto No. 3, Opus 30 von Rachmaninow beginnen.

»Hier spielt sie also, wenn sie hier ist?«

»Ja, nur für sie ist der Flügel.«

»Eine ungewöhnliche Chefin«, bemerkt Emma.

Rebecca Ellenwanger verzieht keine Miene in ihrem freundlichen Gesicht.

Während Emma Zäringer sich von der Fotografie verzaubern lässt, schaut Rolf Wyss durch die Fenster auf die Stadt und den See. Dann werden die Vorhänge wieder zugezogen, und sie verlassen den Raum.

»Kommt sie oft, um hier zu spielen?«, möchte Emma wissen, als sie zurück zur Rezeption gehen.

»Leider nicht. Sie ist sehr beschäftigt.«

»Und wann war sie zuletzt da?«, fragt Wyss nach.

»Also ich kann über die Besuche unserer Gäste keine Auskunft geben.«

»Sie ist ja kein Gast, sondern die Besitzerin des Hauses.«

Wyss zeigt ihr seinen Polizeiausweis, Frau Ellenwangers Augen weiten sich kaum merklich. Sie räuspert sich.

»Das müsste letzte Woche gewesen sein.«

»Wie schön für Sie«, kommentiert Emma.

Als sie wieder vor dem Hotel stehen, zieht Emma sich ihren Pullover über. »Mir ist kalt.«

»Sollen wir einen Kaffee trinken? Möchtest du etwas essen?«

Rolf schlägt vor, anstatt mit dem Taxi mit der Zahnradbahn in die Stadt hinunter zu fahren, wegen der schönen Aussicht. Sie könnten dann unten in ein Restaurant gehen. Emma wiederspricht nicht, folgt dem Mann, als ob sie sich mit ihm auf einem Ausflug befindet und er ihr die Schönheit eines ihr unbekannten Ortes zeigt. Aber sie sieht nur immer wieder diesen breiten Streifen schmutzigen Eises, auf dem dick eingepackte Menschen entlanggehen wie auf einer riesigen Autobahn. Ein junger Mann im schwarzen Mantel schert aus, weicht von der Route ab und springt in den Tod.

»Tut mir leid, Rolf, aber das hat nicht viel gebracht.«

»Das würde ich nicht sagen. Er hat die Verbindungen, nach denen du gesucht hast, zugegeben.«

»Noch so ein Typ, der denkt, unberührbar zu sein.«

»Es ist ihm überhaupt nicht egal, wenn der Hotelbau nicht zustande kommt. Er will nicht, dass seine Verbindungen mit den Natroschenkos an die große Glocke gehängt werden.«

Emma schaut Rolf Wyss aufmerksam an. »Das hast du gesehen? Dieser Konzertsaal, dieser Bösendorfer, das Foto und wie er von ihr spricht …«

»Er vergöttert sie«, meint Rolf Wyss.

»Du hast recht. Könnte das ein Motiv sein? Er baut aus großer Bewunderung ein Hotel mit einem Raissa-Konzertsaal für sie? Aber das darf nicht herauskommen.«

»Allerdings war es dumm, einen Journalisten und seine Freundin einzuladen.«

»Das war vor dem Krieg. Da brauchte er Schwendner und Braun, um die Baugenehmigung zu bekommen«, fasst Emma zusammen.

»Und dann wurden sie zu bösen Oligarchen, und Raissa durfte nicht mehr auftreten.«

Emma blickt Rolf an, stimmt ihm zu. Der Besuch im Luxushotel hat sich doch gelohnt, einige Zusammenhänge sind greifbarer geworden.

Sie steigen aus der gläsernen Gondel, ohne sich die fernen Berge und den blauen See genauer angesehen zu haben. Emma ist ihrem Begleiter dankbar, dass er nicht auf die umliegenden Gipfel gezeigt und sie benannt hat.

»Vielleicht war es sogar Schwendner selbst, der Landi und sein russisches Geld nach Radolfzell gelockt hat. Auf einmal war er nicht mehr nur der Schreiberling vom Bodensee, sondern verkehrte in den besseren Kreisen und baute an einem Luxushotel mit. Dafür hat er bestimmt eine Menge Geld bekommen«, überlegt Emma.

»Ich kenne den Fall nicht, aber es hört sich plausibel an.«

»Wenn der Chefredakteur dann plötzlich seine Meinung ändert und auspacken will, weil sein Sohn Selbstmord begangen hat, wird er zum Problem.«

»Aber würde Landi einen Mord in Auftrag geben? Das müsstest du natürlich beweisen.«

»Vielleicht war es der ominöse Natroschenko. Oder wer weiß, sogar die schöne Pianistin? Das ist mein Problem, Rolf. Ich habe bisher nur Vermutungen.«

Sie gehen einige Schritte durch Luzern, dann bleibt Emma stehen.

»Ich kann nicht mit dir essen gehen, nicht heute. Können wir zurück zum Bahnhof, bitte?«

Wyss hat Verständnis, sie nehmen die Buslinie 12, die sie zum Bahnhof bringt.

Sie achten nicht auf das Motorrad, auf dem ein Mann mit schwarzem Helm und schwarzer Kleidung sitzt, der dem Bus folgt. Geschickt schlängelt er sich durch den Verkehr.

Emma bedankt sich bei ihrem Kollegen aus Bern für sein Kommen, sie verspricht ihm, das gemeinsame Essen bald nachzuholen. Eilig setzt sie sich in ihr Auto, folgt den Wegweisern zur Autobahn und lässt Luzern hinter sich.

Das Motorrad bleibt in einiger Entfernung an ihr dran. Das eisige Gefühl hat Emma nicht verlassen. Eine Mischung aus Wut und Angst befällt sie. Dieser Hoteldirektor und seine Hintermänner dürfen mit ihren Plänen nicht durchkommen, aber ihr fällt nichts mehr ein, wie sie sie stoppen kann. Wenn morgen Gerhard Braun wieder zum Oberbürgermeister gewählt wird, kann Landi sein Hotel im Radolfzeller Auenwald bauen. Selbst Zeitungsartikel werden sie kaum aufhalten, wenn sie ihnen die Morde an Schwendner und Bajorath nicht nachweisen kann. Diese Leute machen ihr Angst, weil sie so effektiv vorgehen und über Geld und Macht verfügen und weil sie, eine Kommissarin aus Konstanz, ihnen nichts entgegensetzen kann.

Sie wählt die Nummer von Philipp Reiser.

»Was machst du?«, fragt Emma. Philipp lacht und erkundigt sich, ob das eine dienstliche Frage sei. Als Emma nichts darauf antwortet, erzählt er, er sortiere seine Wäsche, die er anschließend in die Waschmaschine stecken werde.

»Schwarz oder weiß?«

»Schwarz.«

»Wenn die Freundin zu Besuch kommt, muss es sauber sein«, neckt sie ihn. Er gibt nur einen Laut von sich, es hört sich wie ein »Pff« an, und Emma entschuldigt sich für ihre Neugier.

»Gibt es was Neues von den Strömungen im Untersee?«

»Die können heftig sein«, antwortet er.

»Und gefährlich«, sagt sie nüchtern.

So könnte ein Flirt anfangen.

»Es wäre möglich, dass der Mann, also Schwendner, von der Schweizer Seite angegriffen wurde. Bisher haben wir uns nur am deutschen Ufer umgehört. Ich glaube, wir sollten uns auf der anderen Seite auch umschauen. Es gibt da einen Tauchclub, bei dem Clubmitglieder, aber auch Besucherinnen und Besucher Luft in ihre Tauchflaschen füllen und Leihausrüstung mieten können«, berichtet Philipp.

»Wirklich? Das ist gut.«

Plötzlich fühlt sie einen warmen Sonnenstrahl, der ihr ins Gesicht fällt. Sie fährt langsamer.

»Wann kommst du?«, erkundigt sich Reiser.

»Ich bin gerade noch unterwegs. Ich muss erst mal in meine Wohnung.«

»Musst du auch waschen?«

»Du wirst frech, Philipp Reiser. Ich melde mich.«

Das kleine Gespräch mit ihm hat sie froh gestimmt. Sie hat schon lange mit keinem Mann mehr über Wäsche geredet. Tatsächlich hat sie das dringende Bedürfnis, sich umzuziehen, bevor sie die nächsten Schritte plant.

Bald ist sie wieder in Konstanz, parkt vor ihrem Haus, geht in ihre Wohnung, schält sich aus dem grünen Kleid, zieht Jeans und Pulli an. Sie könnte nach Gaienhofen fahren, mit Philipp den Tauchclub auf der Schweizer Seite des Untersees besuchen und vielleicht den Abend mit ihrem Vater verbringen. Zur Not im Beisein von Mona.

Das Telefon klingelt, und ihre Freundin Jennifer meldet sich. Als Emma berichtet, sie sei in ihrer Wohnung, bittet Jennifer Emma kurz vorbeizukommen, sie habe ein Geschenk für sie.

»Das ist sehr lieb. Aber ich wollte gerade los.«

»Nur kurz.«

»Na gut, also bis gleich.«

Als sie vor Jennifers Haustür steht, sind dort mehrere Balkonkästen aufgereiht, in denen grüne Pflanzen stecken. Noch bevor sie klingelt, öffnet Maya gefolgt von ihrer Mutter die Tür.

»Hi!« Maya strahlt sie an.

»Hallo, Emma.«

Jennifer und Maya stehen etwas erhöht auf der Stufe des Hauseingangs, Jennifer legt den Arm leicht auf die Schulter ihrer Tochter.

»Wir dachten …«, beginnt Maya, »also, im Biounterricht haben wir Tomaten und Kräuter angepflanzt.« Sie zeigt auf die Balkonkästen.

»Weil du doch keine Zeit für deinen Balkon hast. Die kannst du einfach so, wie sie sind, hinstellen«, ergänzt Jennifer. »Willst du kurz reinkommen?«

Emma zögert, was soll sie mit Balkonblumen oder irgendwelchen Pflanzen, aber ein guter Kaffee würde ihr guttun und sie vielleicht etwas aufwärmen. »Wenn ihr einen Kaffee für mich habt?«

Maya geht voraus, Jennifer umarmt Emma.

»Musstest du heute arbeiten?«, erkundigt sich Jennifer.

Emma will nicht antworten. Maya wartet auf die beiden Frauen und folgt ihnen in die Küche, wo Jennifer die schicke Espressomaschine bedient. Maya beginnt Emma engagiert von ihren neuen Erkenntnissen zu berichten. Wenn die Menschen mehr selbst anpflanzen würden, in ihren Gärten und auf den Balkonen, wenn man Wohnhäuser begrünen würde, wenn man die Autos aus den Städten verbannte, dann wäre das ein großer Schritt zur ökologischen Wende. Die Abhängigkeit von fossilen Brennstoffen würde sich verringern, man könnte durch solche Maßnahmen auch der Erderwärmung begegnen. Es würde wieder kühler werden. Emma blickt das Mädchen aufmerksam an. Sie versteht erst gar nicht genau, was sie ihr sagen will, aber ihr gefällt Mayas Verve.

»Du meinst, wir sollten alle mehr anpflanzen?«, fragt Emma nach.

Maya strahlt, weil sie sich von Emma verstanden fühlt. Jennifer hantiert weiter an der Maschine, presst Espressopulver fest, schäumt Milch auf. Emma merkt, wie sehr sie in ihren Ermittlungen steckt, wie die Angst, diesen Fall nicht lösen zu können, ihr Denken gefangen hält. Sie umarmt Maya einfach, weil ihr nichts einfällt, was sie ihr sagen könnte. Mit Grünzeug werden sie diese Männer, die Kriege führen, die sich Waffen beschaffen, die morden, um in Naturschutzgebieten Luxushotels bauen zu können, nicht aufhalten. Könnte sie sagen. Aber vielleicht hat Maya die besseren Argumente, genau wie die wütende Lisa.

»Willst du mal mit auf unseren Obsthof kommen? Mein Vater freut sich immer über Helferinnen. Du könntest eine Menge lernen, wie man Gemüse und Obst richtig anpflanzt«, schlägt Emma ihr vor.

Mayas Augen beginnen zu leuchten.

»In den Sommerferien würde das gehen«, sagt die Mutter. Jennifer drückt einen Knopf, und das leise Knattern der

Espressomaschine ertönt. Sofort riecht es ganz wundervoll nach gutem Kaffee.

»Ja, das wäre geil!«

Emma hält ihre offene Hand hoch, in die Maya einschlägt. »Deal.«

Jennifer reicht Emma eine Tasse, und tatsächlich wird ihr von der heiteren Gelassenheit in dieser Küche auf einmal warm. Emma blickt Jennifer an, will fragen, wie es mit Karsten steht. Doch Jennifer schüttelt ganz leicht den Kopf. Jetzt nicht.

»Was machst du heute noch?«, erkundigt sich Maya.

»Ich muss nach Wangen zu meinem Vater und ihm berichten, dass er im Sommer eine weitere Helferin bekommt.«

Sei plaudern noch ein wenig, bis Emma ausgetrunken hat, dann begleiten Jennifer und Maya sie zu ihrem Auto. Sie nimmt einen der Blumenkästen auf.

»Dann lade ich das hier einfach mal ein.«

Maya trägt einen weiteren Kasten, Jennifer ebenso, sie passen gerade so in den kleinen Kofferraum von Emmas Auto. Schließlich umarmt sie Mutter und Tochter.

»Vielen Dank, dass ihr an mich gedacht habt.«

Als sie ihren Wagen wieder vor dem Wohnhaus abstellt, nimmt sie das schwarze Motorrad, das ebenfalls dort steht, nicht wahr.

Es ist noch nicht Abend, aber schon dunkler geworden. Vielleicht regnet es bald. Sie stapelt die Kästen in den schmalen Aufzug, den sie gewöhnlich nur ein- oder zweimal pro Jahr benutzt. Sie schließt die Wohnungstür auf, schiebt die Kästen in den Flur. Ein Luftzug kommt ihr entgegen, sie wird wieder einmal vergessen haben, die Balkontür richtig zu schließen, denkt sie sich. Ohne das Flurlicht anzumachen, nimmt sie den ersten der Kästen auf und geht durch die Wohnung zum Balkon. Tatsächlich ist die Tür nur angelehnt, sie stellt den grauen Kasten so hin, dass die Tür nicht zuschlägt, geht zurück und holt den nächsten. Maya ist ein tolles Mädchen und Jennifer eine wunderbare Mutter. Es tut gut, sie als Freundin zu haben. Vielleicht hätte sie noch zum Essen bleiben sollen, aber dann wäre das Gespräch auf ihre Ermittlungen gekommen oder auf die Affäre von Karsten. Beides sind gerade keine Gesprächsthemen für sie. Als sie durch das dunkle Zimmer geht, regt sich etwas in ihr, eine Ahnung, eine erhöhte Aufmerksamkeit. Da lauert etwas Unsichtbares, wie eine Mücke, die ihr Blut gerochen hat. Mitten im Raum setzt sie leise den Kasten ab. Sie fasst sich an die Hüfte, aber da ist keine Pistole. Die hat sie gestern Abend vorschriftsmäßig im Kommissariat in Singen eingeschlossen. Die Kriminaltechnik wird sie überprüfen, ob sie damit geschossen hat. Sie zieht ihr Mobiltelefon aus der Hosentasche, falls sie Hilfe holen muss, soll es griffbereit sein. Leise bewegt sie sich zum Lichtschalter. Ein warmes gelbes Licht geht an, nicht grell, aber ausreichend, um ihre Wohnung auszuleuchten. Ist es ihre Paranoia oder ist tatsächlich jemand hier? Sie schaut ins Schlafzimmer, ins Bad, zurück ins Wohnzimmer mit der Küchenzeile. Es ist niemand da. Ihre Sinne müssen sie getrogen haben, aber die Ahnung, etwas könnte nicht stimmen, bleibt. Sie legt das Telefon aus der Hand, hebt erneut den Kasten voller Erde und den grünen Stängeln hoch und geht durch die Balkontür.

Von der rechten Wand, die den Balkon begrenzt, löst sich ein Schatten, ein dunkler Fleck. Ein matter Glanz geht von seiner Lederjacke aus. Auf dem Kopf trägt er eine schwarze Baseballmütze, vor Mund und Nase eine schwarze FFP2-Maske. Der Mann bewegt sich blitzartig auf sie zu. Emma reagiert genauso schnell. Intuitiv schleudert sie das schmale Ende der Kiste in Richtung Kopf des Mannes. Seine Waffe bleibt auf sie gerichtet, aber er weicht dem grauen Geschoss aus. Er beugt sich etwas über das Geländer, die Kiste streift sein rechtes Ohr, etwas Erde und eine Pflanze lösen sich, bröseln auf seine Schulter, bevor der Behälter auf den Boden kracht. Emma nutzt das Überraschungsmoment und tritt dem Mann kräftig zwischen die Beine. Er knickt stöhnend in der Körpermitte ein, gibt einen Schuss auf Emma ab, der ihren linken Arm streift und danach in die Decke über dem Balkon geht. Mit einer Hand hält er sich am Geländer fest, Emma machte einen Satz hin zu ihm, greift sein Bein und stemmt es hoch. Jetzt hängt der Angreifer mit seinem Körper über dem Balkongeländer. Er versucht, das Bein, das Emma festhält, anzuwinkeln und sie wegzutreten, doch sie hält dagegen. Er federt zurück, und wenige Sekunden später hört sie seinen Aufschlag auf dem Boden des Hofs. Lichter gehen an, Fenster gehen auf, Nachbarn treten auf den Balkon. Emma schaut über die Brüstung nach unten auf den Hof zu der dunklen Silhouette, die sich nicht bewegt.

»Bleiben Sie zurück. Polizei! Weg von den Balkonen. Rein mit Ihnen!«

Sie rennt aus der Wohnung, stürzt das Treppenhaus hinunter, eilt auf den Hof, wo der Mann ausgestreckt liegt. Sie kickt ihm die Pistole aus der Hand, aber er bewegt sich nicht. Sie nimmt seine Waffe auf, zielt damit auf ihn und nähert sich vorsichtig. Ein Bein ist merkwürdig verdreht, aus dem Schädel sickert Blut. Unter der Narbe an der rechten Braue öffnet sich ein Auge. Der Mann stöhnt und versucht sich umzudrehen, aber er hat zu große Schmerzen.

»Liegen bleiben!«

Ein Zittern geht durch seinen Körper, er atmet heftig und schnell.

»Rufen Sie einen Krankenwagen und die Polizei. Los!«, schreit Emma den glotzenden Nachbarn zu. Erst jetzt spürt sie den Schmerz im linken Arm, der stark blutet.

Zuerst taucht die Besatzung eines Streifenwagens auf, die beiden Kollegen erkennen Emma Zäringer, die Kommissarin der Mordkommission.

»Er hat mir in meiner Wohnung aufgelauert. Der Mann ist gefährlich. Auch wenn er sich jetzt nicht bewegt, er muss bewacht werden. Holt ihr bitte auch die Spurensicherung? Die sollen in meine Wohnung kommen. Das ist übrigens seine Waffe.«

Sie übergibt die Pistole dem Polizisten in Uniform, der sie in einer Spurentüte verwahrt.

Zurück in der Wohnung geht sie ins Bad und säubert ihre Wunde. Die Kugel hat die Haut und Muskulatur verletzt, aber nicht den Knochen. Sie wickelt sich einen Verband um den Arm und nimmt zwei Ibuprofen. Dann ruft sie Häberlein an und berichtet ihr, was geschehen ist. Die Chefin schlägt vor, sich gleich im Kommissariat zu treffen, sie wird auch Abena dazubitten. Emma schaut sich in der Wohnung um, tritt erneut auf den Balkon, blickt auf die Wand über ihr, wo Putz abgebröckelt ist und in der eine Kugel steckt. Auf dem Boden sieht sie Blutspuren, die von ihr sein müssen. Da liegt der umgekippte Blumenkasten, den Maya so liebevoll für sie vorbereitet hat. Schon seltsam, wie schnell daraus eine Waffe geworden ist. Hier kann sie nicht viel ausrichten, gleich wird die Spurensicherung kommen und ihre Wohnung und den Balkon durchkämmen, kleine Spurenmarker mit Zahlen aufstellen und Fotos machen. Sie geht in ihr Zimmer, packt etwas Kleidung in ihren kleinen Rucksack und verlässt die Wohnung wieder. Im Hof angekommen, beugt sie sich über den Körper des großen Mannes. Seine Hände stecken in schwarzen Lederhandschuhen, die die Form von kleinen Pfannen haben. Die Füße, in schwarzen Lederstiefeln, haben vermutlich Größe 46. Sein Hals ist muskulös und fast so breit wie der runde Schädel darüber. Emma zückt ihr Smartphone, fotografiert ihn mit Mütze und Maske und zieht sie ihm dann ab. Der Mann bewegt unwillig seinen Kopf, aber er ist zu schwer verletzt, um sich gegen die Entblößung seines Gesichts wehren zu können. Er hat eine hohe Stirn, kurze schwarze Haare, die Nase hat schon einige Schläge einstecken müssen, über der rechten Augenbraue trägt er eine Narbe. Er ist glatt rasiert, der Mund seltsam schmal und dünn. Wo hat sie den Mann schon einmal gesehen? Emma macht mehrere Fotos von ihm. Sie zieht den Reißverschluss seiner Lederjacke auf, tastet mit der intakten rechten Hand den Gürtel und die Hosentasche ab, findet ein Klappmesser. Aus der linken Innentasche zieht sie eine Brieftasche, in der rechten Tasche steckt ein Mobiltelefon, das zerdrückt wurde, als der Mann vom Himmel fiel. Auch das nimmt sie an sich. Mittlerweile ist auch ein Krankenwagen eingetroffen. Der Mann mit der Narbe wird auf eine Trage gewuchtet. Die beiden Sanitäter haben Mühe, das schwere Exemplar von Mann anzuheben. Seine breiten Schultern ragen auf beiden Seiten über die grauen Stangen der Trage hinaus. Jetzt kommt auch der Notarzt dazu. Er untersucht den gestürzten Mann und gibt den Sanitätern Anweisungen. Dann besieht er sich Emmas Verletzung am linken Arm und bittet sie, mit zum Rettungswagen zu kommen.

Die beiden Männer in ihren knallroten Anzügen wuchten die Trage hoch, schieben sie aus dem Hof und in den Krankenwagen; ein Polizist in Uniform, die entsicherte Waffe in der Hand, nimmt neben dem Verletzten Platz.

Der Notarzt entfernt Emmas Verband und betrachtet die Wunde am Arm.

»Streifschuss«, erklärt Emma.

Der Mann blickt sie skeptisch an. Solche Verletzungen sieht er wahrscheinlich selten. »Ich spritze Ihnen ein Antibiotikum. Sie sollten das nähen lassen und den Arm fixieren.«

»Können Sie das irgendwie flicken und verbinden?«

»Gehen Sie besser in ein Krankenhaus. Wir müssen als Erstes den Mann hier versorgen.«

Emma will ihm etwas erwidern, doch dann setzt er ihr die Spritze, legt einen Wundschutz auf und verbindet sie erneut. Mit aufheulender Sirene startet der Rettungswagen. Weitere Polizeikräfte treffen ein. Jetzt entdeckt Emma auch das schwarze Motorrad mit Schweizer Kennzeichen, das sie zuvor nicht bemerkt hatte. Sie macht ein Bild vom Nummernschild und weist ihre Kollegen an, das Zweirad auf Spuren zu untersuchen und zu sichern. Als Nächstes schickt sie das Bild an Rolf Wyss mit der Bitte, den Halter des Motorrads ausfindig zu machen. Er meldet sich sofort bei ihr.

»Emma, was ist los?«

»Ich hatte einen Schatten. Jemand ist mir gefolgt, vermutlich war er schon in Luzern an mir dran. An uns dran. Du hast auch nichts gemerkt?«

»Bitte? Jemand ist uns gefolgt? Auf diesem Motorrad?«

»Bevor ich in die Wohnung ging, hatte ich noch etwas zu erledigen. Irgendwie ist er reingekommen und hat auf mich gewartet.«

»Verdammt. Und dann?«

»Hab ich ihn vom Balkon geworfen.«

Rolf Wyss sagt nichts mehr, muss erst mal verdauen, was seine deutsche Kollegin berichtet, mit der er den Vormittag in Luzern verbracht hat.

»Ist er tot?«

»Nein, aber verletzt.«

»Du glaubst, er ist uns vom Hotel aus gefolgt?«

»Vermutlich. Anders kann es nicht sein.«

»Also wusste er, dass wir kommen.«

»Landi wusste es. Er ging doch in das Zimmer nebenan, als ich ihn wegen schlechter Presse ansprach.«

»Genau, da war noch jemand, mit dem er geredet hat«, erinnert sich Rolf Wyss.

»Das könnte der Mann gewesen sein. Moment.«

Sie öffnet die Brieftasche, in der mehrere bunte Schweizer Geldscheine stecken. Ein weinroter EU-Reisepass der Republik Malta kommt zum Vorschein, ausgestellt auf Vladimir Sokolow. Die Kreditkarte einer Schweizer Bank lautet auf den gleichen Namen, ebenso das rosarote Plastikkärtchen einer Malta Driving Licence.

»Es handelt sich um Vladimir Sokolow, mit einem Pass aus Malta. Warte.«

Sie fotografiert den Pass und die Kreditkarte und schickt die Bilder ebenfalls an den Schweizer Kollegen.

»Könnte er Russe sein?«, fragt Wyss.

»Keine Ahnung. Der Pass könnte gefälscht sein, oder seine Auftraggeber haben ihm die maltesische Staatsbürgerschaft gekauft.«

»Das werdet ihr bestimmt herausfinden. Ich schaue nach, wem das Motorrad gehört. Hast du ihn fotografiert?«

Emma schickt ihm auch die Fotos.

»Sehr gut. Er sieht finster aus.«

»Ist ein ziemlicher Brocken, Typ Türsteher.«

Wieder ist es still am anderen Ende.

»Ich kümmere mich um Landi. Wenn dieser Mann in seinem Hotel war, wird ihn irgendjemand gesehen haben.«

»Danke, Rolf.«

»Und du erzählst mir bei Gelegenheit, wie du den Mann vom Balkon geworfen hast. Das klingt ja unglaublich.«

»Das mache ich gerne. Hier wartet die Kriminaltechnik, ich muss los.«

Sie legt auf. Eine Kollegin von der Spurensicherung begrüßt Emma, ihr drückt sie den Wohnungsschlüssel in die Hand und erläutert kurz, was geschehen ist. Sie zeigt auf ihre Wunde am Arm und erklärt, das Blut auf dem Boden stamme von ihr.

Dann setzt sie sich wieder ins Auto. Sie atmet tief ein, erst jetzt realisiert sie, was gerade geschehen ist. Der Unbekannte hat versucht, sie zu töten. In ihrer eigenen Wohnung. Sie starrt aus dem Autofenster, sieht die blauen Lichter blinken, die Kollegen mit den Gerätschaften in ihr Wohnhaus gehen, beobachtet von den Nachbarn, die sich die Münder zerreißen über die Kommissarin, die hier im Haus wohnt und die einen Mann vom Balkon gestoßen hat. Vermutlich wird auch bald jemand von der *Bodenseezeitung* auftauchen, Fotos machen und Fragen stellen. Mit zitternden Händen dreht sie den Autoschlüssel, schiebt vorsichtig den Schalthebel auf D und fährt langsam vom Parkplatz. Der linke Arm ruht dicht an ihrem Körper, die schmerzende Stelle beginnt zu pulsieren.

Im Polizeipräsidium schleppt sie sich zum Aufzug, die Beine fühlen sich schwer an, als ob sie einen Marathon gelaufen wäre. An einem Samstagabend ist in dem Gebäude nicht viel los, die meisten Kolleginnen und Kollegen sind irgendwo im Einsatz. In dem offenen Gemeinschaftsbüro, in dem nur eine Sparbeleuchtung angeschaltet ist, setzt sie sich auf den Bürostuhl von Abena, macht die Schreibtischlampe an, lehnt sich zurück und legt die Füße auf den Tisch. So findet sie Ingrid Häberlein, die sich einen Bürostuhl heranzieht. Emma nimmt die Füße vom Tisch.

»Ich glaub, ich geh doch lieber nach Singen und fange Fahrraddiebe. Das ist nicht gesund, wenn an zwei Tagen hintereinander auf mich geschossen wird. Aber hey, ich lebe noch!«

Häberlein sieht erst jetzt die Verletzung an Emmas Arm. »Was ist passiert?«

»Er hat auf mich geschossen, aber nicht richtig getroffen.«

»Du musst zum Arzt.«

»Der Notarzt hat mich versorgt.« Emma sieht an sich herunter und entdeckt die Blutflecke auf ihrem T-Shirt. »Ich sollte mich umziehen.«

In diesem Moment taucht auch Abena auf, die gleich den Verband sieht.

»Was ist das denn?«

»Nicht so schlimm.«

Auch Abena holt sich einen Stuhl; sie sitzen im Dämmerlicht des Büros in einem kleinen Kreis. Die Schreibtischlampe zeichnet einen hellen Fleck auf die Tischplatte. Abena und Ingrid Häberlein blicken Emma aufmerksam an.

Emma berichtet von ihrer Fahrt nach Luzern, der Begleitung durch den Berner Polizisten Rolf Wyss und der Begegnung mit dem arroganten Urs Landi. Sie erzählt genau, was dann in ihrer Wohnung geschah und wie der Mann auf sie geschossen und sie ihn über das Balkongeländer befördert hat.

»Du hast einen Balkonkasten nach ihm geworfen? Das ist die Erfindung der Ökowaffe!« Abena ist begeistert.

Emma legt die Brieftasche des Mannes und deren Inhalt in das Licht der Schreibtischlampe.

»Ich schätze, das ist der Mann, der auch bei Charlotte Schwendner war und sie gefesselt hat. Ich weiß jetzt, wo ich ihn gesehen habe: auf den Bildern, die Paula Bajorath auf ihren Instagram-Kanal stellte. Ein Mann mit einer Narbe auf der rechten Augenbraue.«

»Der Unbekannte. Könnte er der Mörder sein?«, fragt Abena nach.

»Nicht so schnell, bitte!«, mischt sich Häberlein ein. »Zunächst bin ich sehr froh, dass er dich nicht schwerer verletzt hat. Das hätte auch anders ausgehen können.« Häberlein nimmt den Reisepass in die Hand, blättert darin, schaut sich die Kreditkarte und den Führerschein an.

»Vladimir Sokolow also.«

»Das ist vermutlich so ein Allerweltsname wie Hans Müller«, kommentiert Emma.

»Du glaubst, der Ausweis ist gefälscht?«

»Vermutlich. Wenn er Natroschenkos Mann fürs Grobe ist, dann gibt er keine Millionen aus, um ihm einen echten Pass in Malta zu besorgen.«

»Dann check ich das mit LKA und BKA?«, fragt Abena.

»Ja, mach das.«

»Und das Motorrad?«

»Darum kümmert sich Wyss.«

»Gut«, sagt Häberlein, »aber wir haben immer noch keine Beweise, keine Spuren, keine Aussagen. Außer von der Mutter Volker Schwendners, die von einem großen Mann mit schwarzer Mütze und schwarzer Maske überfallen wurde. Wir können ihn festsetzen, weil er dich überfallen und auf dich geschossen hat. Wir können ihn verhören. Aber dass er der Mörder von Paula Bajorath und Volker Schwendner ist, können wir nicht beweisen.«

»Das weiß ich auch, Ingrid. Und vielleicht schicken Natroschenko oder Landi oder wer auch immer noch andere Killer. Ich denke, wir sind uns einig, dass er nicht einer von Eddie Günthers Männern ist. Damit ist auch klar geworden, dass Günther nicht für die Morde an Schwendner und Bajorath verantwortlich ist. Die Gefahr kommt aus der Schweiz ...«

»Das ist mir jetzt ein bisschen zu allgemein, aber gut. Emma, ich denke, du solltest zum Arzt.« Die Chefin will das Gespräch über den Fall beenden.

»Okay. Eigentlich wollte ich nach Wangen zu meinem Vater. Er hat jetzt eine Freundin, die war Köchin. Vielleicht machen sie mir etwas zu essen.«

»Du kannst nicht allein nach Wangen fahren«, findet Häberlein.

»Kann ich sie bringen? Brauchst du dein Auto morgen?«, fragt Abena.

»Morgen bin ich mit dem Revierposten aus Gaienhofen unterwegs. Auf der Schweizer Seite des Untersees gibt es einen Tauchclub. Vielleicht haben die ja etwas gesehen?«

»Einverstanden, fahr sie nach Wangen. Aber morgen gehst du zum Arzt!«, befiehlt ihr Häberlein. »Ich ruf Sören an. Er ist wieder zu Hause und will arbeiten.«

»Wie geht es ihm?«

»Er klang ganz gut.«

»Wir kümmern uns um diesen Sokolow. Ich informiere die Staatsanwältin.«

»Und Meßkirch?«

»Volltreffer, Schmidt ist begeistert, auch das BKA. Erzähl ich dir morgen. Geh du mal zu deinem Vater.«

Abena rät Emma, sich erst umzuziehen, bevor sie ihren Vater trifft. Sie hilft ihr, das alte Shirt aus- und etwas Frisches anzuziehen.

Sie sind schon fast aus Konstanz raus, als Emma plötzlich aufschreit. »Scheiße! Verdammt! Mein Vater hat heute Geburtstag. Das habe ich völlig vergessen. Ich muss irgendetwas mitbringen. Kannst du bitte noch mal umdrehen und bei der Tankstelle halten?« Sie zückt ihr Mobiltelefon. »Papa! … Herzlichen Glückwunsch zum Geburtstag. Entschuldige, dass ich mich erst jetzt melde, aber es war wirklich viel los. Ich wollte jetzt noch vorbeikommen.«

Sie hört ihrem Vater zu, der sich auf sie freut.

An der Tankstelle besorgt sie zwei Flaschen Rotwein. Bevor sie wieder zu Abena ins Auto steigt, schaut sie sich um, ob ihnen möglicherweise ein verdächtiges Auto oder ein Motorrad folgt. Emma bittet Abena zweimal, auf einem Parkplatz anzuhalten, um sicherzugehen, dass sie allein unterwegs sind. Sie schaut in die Dunkelheit und auf die Lichter der Autos. Im Rückspiegel beobachtet sie die Fahrzeuge hinter ihnen. Der gestrige Tag im Wald in Meßkirch ist schon weit weg, überlagert von den Ereignissen heute Abend. Seit sie in diesen Fall hineingezogen wurde, seit sie wieder in der Mordkommission arbeitet, lebt sie mit einem

Gefühl der Bedrohung. Ihre Verwundung am Arm hätte sie sich schon bei der Schießerei in Stuttgart einfangen können. Es wäre eigentlich passender gewesen, dass Antonio Ballestri sie verletzt hätte, bevor ihre Kugel ihn traf. Sie hatte Glück in Stuttgart, gestern im Wald und auch heute auf ihrem Balkon. Aber irgendwann wird es sie erwischen, denkt sie. Ist das der Preis dafür, Polizistin zu sein? Ist es das wert? Vielleicht wird sich ihre Einstellung wieder ändern, wenn sie die Mörder von Schwendner und Bajorath gefasst haben. Auch wird sie sich der Mutter von Antonio, oder wer immer die Familie repräsentiert, stellen. Nur wenn es ihr gelingt, dieses dunkle Kapitel abzuschließen, wird sie frei sein, um die richtigen Entscheidungen für ihre Zukunft zu treffen.

»Wie kommen wir an diejenigen hinter diesem Typen ran?« Emma spricht ihre Gedanken aus.

»Nicht einfach. Vielleicht unmöglich«, meint Abena, »die Reichen kommen immer irgendwie davon.«

»Aber vielleicht gelingt es uns, zu Ende zu bringen, was Schwendner und Bajorath angefangen haben?«

»Den Hotelbau verhindern?«

»Sein Sohn hat sich vor seinen Augen umgebracht. Mit diesem Schock fing es an. Er wollte wieder ein guter Journalist werden. Es war ihm wichtig, sein Wissen zu veröffentlichen. Ihm war klar, wie gefährlich das ist, und er hat Paula eingeweiht. Als er umgebracht wurde, wusste sie, was zu tun ist.«

»Und wurde auch getötet.«

»Weil ich Landi besucht und diesen Gerhard Braun unter Druck gesetzt habe, wollen sie auch mich loswerden.«

»Hat nicht geklappt.«

»Noch nicht.«

»Ich pass auf dich auf, Emma!«

Abena zeigt auf ihre Pistole, die unter ihrer linken Schulter steckt. Emma sieht die Bewegung ihrer dunklen Hände, auf denen die korallenroten Fingernägel glänzen.

»Wie schaffst du es, solche Fingernägel zu haben?«

»Das leiste ich mir. Ich geh in ein Nagelstudio.«

»Wirklich? Da war ich noch nie.«

»Was? Du hast dir noch nie die Nägel machen lassen?«

»Nein, noch nie.«

»Das nächste Mal nehme ich dich mit. Den linken Arm kannst du eine Zeit lang eh nicht richtig bewegen. Es ist total entspannend. Du kannst dir auch die Füße machen lassen.«

»Bitte nicht so viel Veränderung auf einmal.«

Abena lacht.

In der Küche treffen die beiden auf Bernhard und Mona, die am Herd steht. Ein wunderbarer warmer Essensduft strömt durch den Raum, auf dem Tisch sind drei Gedecke aufgelegt. Aus dem Radio ist ein wildes Saxofonsolo zu hören. Emma stellt die beiden Rotweinflaschen auf den Tisch und geht auf ihren Vater mit seinem Gips zu. Vorsichtig umarmt sie ihn, gratuliert ihm zum Geburtstag, wünscht ihm Glück, Gesundheit ... sie kann ihre Liste der Wünsche nicht beenden, denn er unterbricht sie und zeigt auf ihren Verband am linken Arm.

»Was ist passiert?«

Bevor Emma antworten kann, kommt Mona auf Abena zu und heißt sie willkommen. Emma stellt sie als ihre Kollegin vor, die so freundlich war, sie hierher zu fahren.

Bernhard lädt sie sofort zum Essen ein.

»Sind Sie auch Kommissarin? Bei der Mordkommission?«, will er wissen.

»Ich bin Anwärterin und ja, ich arbeite mit Emma zusammen.«

»Zu viert werden wir den Fall lösen. Zwei Kommissarinnen, ein Obstbauer und eine Köchin. Ein unschlagbares Team! Kann mal eine von euch so eine Flasche aufmachen? Meine Tochter und ich sind linksseitig beeinträchtigt.«

Mona reicht Abena einen Korkenzieher.

»Also?«, fragt Bernhard, »was ist das da?«

»Vladimir Sokolow hat mich auf meinem Balkon besucht und auf mich geschossen.«

»Wer?«

»Oh, Gott«, kommt von Mona, die sich jetzt Emmas Verband genauer anschaut, »warst du beim Arzt?«

»Hast du ihn erledigt?«, Bernhard beugt sich zu Emma vor, er ist ganz aufgeregt.

»Ich hab ihn vom Balkon geworfen. Er lebt noch.«

»Auch gut, dann kannst du ihn verhören.«

»Das ist vermutlich ein Auftragskiller. Der wird nichts sagen«, überlegt Abena.

»Könnt ihr mal aufhören! Hast du Schmerztabletten und Antibiotika bekommen?«, mischt sich Mona erneut ein.

»Der Notarzt hat mir was gespritzt.«

»Tut es sehr weh?«

»Es geht.«

»Bernhard hat genug Ibuprofen, der kann dir was abgeben. Aber die Wunde muss bestimmt genäht werden! Was ist mit Dr. Schwarz? Du kennst den doch gut. Ruf ihn an, er soll herkommen.«

»Ich?«

»Ja, wer denn sonst. Er ist dein Hausarzt.«

»Es ist Samstag Abend.«

»Na und? Köche, Polizei und Feuerwehr haben auch am Wochenende Dienst.«

Sie holt Bernhards Telefon und legt es vor ihn auf den Tisch.

»Vorher gibt es nichts zu essen«, sagt sie streng und lacht. Abena und Emma schauen gebannt zu, wie das frisch verliebte Paar miteinander umgeht. Bernhard tippt auf seinem Smartphone. Er stellt auf laut. Nach einigem Klingeln meldet sich eine Stimme.

»Ja, Bernhard?«

»Du musst herkommen. Schusswunde.«

»Hör auf mit dem Mist. Bist du wieder hingefallen?«

»Nicht bei mir, bei Emma.«

»Deiner Tochter? Der Polizistin?«

Emma zieht das Telefon zu sich her.

»Hier ist Emma Zäringer. Guten Abend, Dr. Schwarz. Es stimmt, ich habe mir eine Schusswunde am linken Arm eingefangen. In Konstanz. Aber jetzt bin ich bei meinem Vater, weil er doch heute Geburtstag hat.«

»Aha. Wenn es so ist: Kann ich noch zu Ende essen?«

»Selbstverständlich.«

Mona beginnt Schüsseln und Töpfe auf den Tisch zu stellen.

»Hier bei uns gibt es jetzt nur noch Gemüse. Mona kocht ausschließlich vegetarisch. Es schmeckt großartig«, verkündet Bernhard.

»Es gibt Caponata, Gemüse auf sizilianische Art, gebackenen Blumenkohl, mit Schafskäse gefüllte Zucchini, Artischockenherzen, verschiedene Soßen und Reis. Lasst es euch schmecken!«

»Wahnsinn.« Abena strahlt.

Mona schenkt Wein in die Gläser ein.

»Ich muss noch fahren«, protestiert Abena.

»Du kannst auch hier schlafen und auf mich aufpassen.«

»Ja, bleiben Sie hier! Wir haben genug Platz!«

»Das ist sehr großzügig, aber ich werde in Konstanz gebraucht.«

Sie stoßen auf Bernhard an und fangen an zu essen. Emma nimmt ein paar Bissen zu sich, langsam beginnt sie sich zu entspannen, doch das schmerzhafte Pochen im Arm nimmt zu.

»Wo hast du die Schmerztabletten?«

»Drüben im Bad.«

Emma geht ins Bad und erschrickt über ihr bleiches Gesicht im Spiegel und die Ränder unter den Augen. Sie findet die Tabletten und nimmt zwei davon ein. Zurück am Tisch blicken sie die anderen erwartungsvoll an. Sie sagt, es werde schon gehen, und isst weiter.

»Wenn dieser Typ es auch auf dich abgesehen hat, wenn er Schwendner und seine Freundin getötet hat, dann geht es um mehr als um den Hotelbau in Radolfzell, würde ich mal sagen«, beginnt Bernhard erneut, »diese Caponata ist phantastisch.«

»Sie war eine Nacht im Kühlschrank. Wenn das Gemüse ruht, entwickeln sich die Aromen besser«, erklärt Mona.

»Genau! Das ist der Schlüssel zu deinem Fall. Die Dinge müssen sich miteinander entwickeln. Das ist auf den Feldern mit dem Obst und Gemüse so, beim Kochen und bei der Lösung von Kriminalfällen.«

»Das kannst du doch nicht vergleichen«, protestiert Mona.

»Doch, doch, lass ihn mal, mir hilft das.« Emma ermuntert ihren Vater weiterzureden.

»Was passiert jetzt als Nächstes?«, überlegt Bernhard. »Was machen die Hintermänner, wenn sie merken, dass ihr wichtigstes Werkzeug aus dem Verkehr gezogen wurde? Schicken sie den nächsten? Nein. Zu gefährlich, sie werden annehmen, dass du gut bewacht wirst.«

»Meinst du? Sokolow habe ich auch nicht bemerkt.«

»Aber noch wissen sie nicht, dass er im Krankenhaus liegt.«

»Ich glaube auch nicht, dass du hier in Gefahr bist«, meint Abena.

Emma betrachtet den Teller vor sich. Sie mögen recht haben, aber das Gefühl, verfolgt zu werden, bleibt trotzdem.

»Wie kommen wir an sie ran?«, fragt sie erneut.

»Wir müssen sie provozieren und rauslocken.«

»Was soll denn dieses *wir* bedeuten?« Mona schaut ihren Lebensgefährten missmutig an.

»Du hast recht, Bernhard. Aber zunächst brauchen wir Spuren oder Aussagen. Vielleicht ist Sokolow der Täter. Noch können wir das nicht beweisen«, erklärt Emma den Stand der Ermittlungen.

»Du wirst sehen. Er wird die Spuren selbst liefern, weil ihr ihn habt. Eine Nacht im Kühlschrank, dann entfalten sich die Aromen.«

»Ich hoffe, du hast recht.«

Bernhard trinkt von seinem Rotwein und prostet seiner Freundin zu.

»Auf die beste Köchin vom Bodensee!«

Es klopft an der Haustür, und Dr. Schwarz erscheint mit seinem Arztkoffer. Er gratuliert Bernhard zum Geburtstag, erkundigt sich nach seinem Arm, aber der winkt ab. Emma und der Arzt gehen aus der Küche nach nebenan. Er wickelt den Verband ab und besieht sich die Wunde. »Aber ich werde nicht nähen. Dazu müssen Sie ins Krankenhaus«, kommentiert er die Verletzung. Emma erklärt ihm, dafür keine Zeit zu haben. »Wie Sie meinen«, brummelt er unwillig. Dann bringt er drei Wundklebepflaster auf, die die verletzte Haut zusammenhalten, und legt ihr einen neuen Verband an. Sie soll am Montag oder Dienstag in seine Sprechstunde kommen oder einen Arzt in Konstanz konsultieren. Emma verspricht es.

Nachdem der Arzt gegangen ist, steht Abena auf, bedankt sich herzlich für das tolle Essen und entschuldigt sich. Emma bringt sie nach draußen.

»Du hast eine tolle Familie, Emma.«

»Danke fürs Bringen.«

»Vielleicht sollte ich doch bei dir bleiben.«

»Du hast doch bestimmt noch eine Verabredung.«

»Stimmt.«

»Mit deinem Freund?«

»Er heißt Jimmy.«

»Pass auf dich auf, Abena.«

»Don't worry, sister.«

Abena übergibt Emma ihre Pistole, die sie sich hinten in ihren Gürtel steckt.

»Danke dafür!«

»Na dann, gute Besserung.«

Nachdem Abena weggefahren ist, geht Emma zurück in die Küche.

»Ihr habt mich heute Abend gerettet. Aber jetzt kann ich nicht mehr.«

Bernhard steht auf, gibt Emma einen Kuss auf die Wange und wünscht ihr Gute Nacht. Auch Mona geht auf sie zu, umarmt sie vorsichtig und wünscht ihr einen guten Schlaf. Wenn sie in der Nacht etwas braucht, soll sie sie wecken und es ihr sagen. Emma ist gerührt von der Anteilnahme und Warmherzigkeit Monas. Ihr Vater scheint in guten Händen zu sein.

Sonntag

Schnell schläft sie ein, aber schon nach ein paar Stunden schreckt sie aus einem Traum auf. Mit dem rechten Arm drückt sie sich hoch, die Augen noch geschlossen, krümmt sie sich vor Ekel und versucht sich zu erinnern.

Am Ufer des Untersees, in der Nähe des Pfahlbaus, schwammen drei nackte Leichen und ein paar tote Fische. Die Toten trieben auf dem Bauch, die Arme weit ausgebreitet. Es ging nichts Bedrohliches von ihnen aus, es schien ganz natürlich zu sein, wie sie in der leichten Dünung dümpelten. Drei Frauen standen mit nackten Füßen auf den Kieseln am Strand und schauten auf den See und die Leichen. Emma erkannte ihre Stiefmutter Klara, ihre leibliche Mutter Maria und Mona, die auf den See blickten, ihre Gesichter wie Masken. Ein Windstoß wirbelte ihre Haare durcheinander, aber das kümmerte sie nicht, sie blieben unbeweglich wie Statuen. Auf einen inneren Impuls hin drehten sie langsam ihre Köpfe nach links, dann nach rechts, schließlich schauten sie wieder geradeaus über das Wasser. Aber die Leichen und die Fische waren nicht mehr da. Sie bewegten die Köpfe, ihre Blicke richteten sich auf den Grund des Sees, auf Algen und Schlick. Dann griffen sie hinter sich, hinter ihren Rücken, zogen Pistolen aus den Gürteln. In einer gemeinsamen Choreographie zielten sie mit den Waffen auf das Wasser und gaben mehrere Schüsse ab. Aus dem See sprühten kleine Fontänen, als die Kugeln die Wasseroberfläche durchdrangen. Langsam steckten sie die Pistolen wieder zurück. Plötzlich begannen ihre drei Körper zu zerrieseln und in sich zusammenzufallen. Sie wurden auf den Kieseln zu einer glitschigen grau-grünen Masse, die pulsierte und sich in den See schob.

Emma öffnet die Augen, das Dunkel des Zimmers umgibt sie. Durch die Vorhänge schimmert das matte Licht des Mondes. Der Ekel vor der grauen, sich bewegenden Substanz hallt in ihr nach. Eine müde Verwirrung hat sich ihres Gehirns bemächtigt. Sie fasst sich an die heiße Stirn. Hat sie Fieber? Der linke Arm meldet sich wieder. Sie bewegt ihn vorsichtig, legt die rechte Hand auf die Wunde. Behutsam steht sie auf, guckt nach draußen und sucht nach Anzeichen eines Verfolgers. Alles liegt dunkel und still da. Sie nimmt die Pistole und verlässt das Zimmer, geht ins Bad, schaltet das Licht an, legt die Pistole auf dem Rand des Waschbeckens ab, setzt sich auf die Toilette, erleichtert sich, spült. Sie nimmt eine weitere Tablette mit etwas Wasser ein und macht das Licht wieder aus. Vor dem Badezimmer wartet sie einen Moment, bis sich die Augen an die Dunkelheit gewöhnt haben, dann schleicht sie den Flur entlang, geht die Treppe nach unten. Geräusche lassen sich in diesem alten Haus nicht vermeiden, auch wenn sie genau weiß, wo die Dielen knarren. Sie tastet sich durch die Wohnräume im Erdgeschoss und geht in die Küche. Sie überprüft, ob alle Eingangstüren fest verschlossen sind, bleibt immer wieder stehen und hört in die Schatten hinein. Schließlich tastet sie sich zurück in ihr Zimmer und legt sich wieder unter die noch warme Decke, die Waffe in Reichweite. Emma spürt den Impuls, tatsächlich Mona zu wecken und ihr, wie einer Mutter, von dem Albtraum zu erzählen. Sie würde sie fragen, warum sie neben ihren beiden Müttern, die sie doch gar nicht kennt, am See stand. Aber Emma bleibt liegen, die Bilder des Abendessens, Gesprächsfetzen über ihre Ermittlungen, die sorgenden Nachfragen Monas stellen sich ein. Sie sieht Abenas strahlende dunkle Augen, ihre grellen Fingernägel, sie schleudert dem großen Mann den Blumenkasten entgegen, der sich auf ihrem Balkon auf sie stürzt. Sie hört die Maschinenpistolen, sie sitzt an einen Baumstamm gelehnt und hält den Kopf von Sören.

Irgendwann ist sie wieder eingeschlafen.

Emma wacht auf, als jemand an ihre Tür klopft, sie öffnet, und Monas Gesicht erscheint.

»Du hast Besuch. Ein junger Mann wartet unten auf dich.«

»Oje. Guten Morgen. Ich komme gleich.«

»Soll ich euch einen Kaffee machen?«

»Das wäre großartig. Danke.«

Sie setzt sich auf, hört in sich hinein. Der Kopf ist klar, der Arm schmerzt noch, aber nicht zu sehr. Offenbar haben die Träume und der lange Schlaf all die finsteren Bilder und Erinnerungen zur Seite geräumt, in einen Raum, dessen Tür zugefallen ist. Sie zieht den Vorhang zur Seite, schaut in den Himmel, der seltsam zweigeteilt ist. Während über dem See eine graue Wolkendecke liegt, sind weit hinten am Horizont die Alpen zu sehen. Die Bergrücken glänzen in einem unwirklichen Licht von Blau und Orange.

Wieder nimmt sie die Pistole mit ins Bad. Mit dem Duschkopf in der rechten Hand wäscht sie sich. Eigentlich wären auch die Haare mal wieder fällig, aber das dauert jetzt zu lange. Eine Haarspange tut es heute auch. Sie tuscht sich die Wimpern, pudert sich leicht über die Wangen, putzt die Zähne. Viel Auswahl an Kleidung hat sie nicht, aber ein Pulli und die Jeans sind noch sauber. Die Pistole klemmt sie wieder hinten in den Gürtel.

Philipp sitzt ganz selbstverständlich am Küchentisch, da wo gestern Abend noch Abena saß. Vor ihm steht der dampfende Kaffee. Als Emma die Küche betritt, gießt Mona auch ihr eine Tasse ein und stellt sie auf den Tisch. Philipps Augen lächeln, als er Emma sieht. Es ist ein leichtes Aufblitzen, aber sie hat es gesehen und freut sich. Doch die frische Kraft, die sonst von ihm ausgeht, fehlt ihm heute. Er ist in Schwarz gekleidet, an den Füßen weiße Sneakers.

»Guten Morgen, sorry, aber die letzten Tage waren etwas wild.«

»Mona sagt, du bist verletzt?«

»Ihr zwei seid jetzt beim Du?«

»Wir haben das abgekürzt«, kommt von Mona, die Brot schneidet und vor die beiden zwei Teller hinstellt.

»Ich bin eben hier Dorfpolizist.«

Es klingt, als wäre er nicht glücklich mit seiner Rolle und nicht bereit, sein Schicksal anzunehmen.

»Ich erzähl dir im Auto, was passiert ist. Danke, Mona.«

Die beiden streichen Butter auf ihre Brotscheiben, häufen Marmelade auf und beißen zu. Mona will ihnen noch mehr anbieten, aber sie lehnen die Rühreier, die Tomaten und die zweite Tasse Kaffee ab. Die beiden brechen auf, sie wollen ohne Zeugin sein, und fahren durch Wangen auf die Landstraße nach Öhningen.

»Die schwarze Wäsche ist schon trocken?«

»Nein, das hier war noch sauber. Wir werden hoffentlich nicht über Wäsche reden. Also?«

Sein Blick zu ihr ist ernst. Sie erzählt ihm von ihrer Fahrt nach Luzern, ihrer Begegnung mit dem arroganten Hotelbesitzer, wie sie offenbar verfolgt wurde, sie es aber nicht bemerkte. Wie der Mann sie auf dem Balkon angriff, auf sie schoss und es ihr gelang, ihn über das Balkongeländer zu befördern. Sie sind schon fast aus Öhningen raus, als Philipp den Wagen auf einen Feldweg steuert und anhält. Er dreht sich zu ihr um, sein Gesicht ist voller Sorge.

»Was? Warum hältst du an?«

»Er hätte dich erschießen können.«

»Berufsrisiko.«

»Bist du immer so cool?«

Emma ist irritiert von seiner Anteilnahme. »Nein«, antwortet sie ihm leise, »das ist mein Schutzschild. Ich habe Albträume, das ist ein Fall, der mir richtig nahegeht. Wir sind schon am Freitag in eine Schießerei geraten, in einem Wald in Meßkirch. Ist gerade ein bisschen viel.«

Philipp blickt sie an, er legt seine Hand auf ihre Hand. Die Hand ist nicht zu kalt und nicht zu warm. Die Nähe tut gut.

»Und der Typ, ist er der Täter? Hat er Schwendner und seine Freundin getötet?«

»Ich vermute es. Aber wir haben keine Beweise, keine konkreten Spuren. Bisher kommen wir auch nicht an die Auftraggeber ran. In Meßkirch konnten wir das Waffenlager einer Rockerbande ausheben. Ein reiner Zufallstreffer.«

»Ich glaube nicht an Zufälle.«

»Du denkst, alles ist Schicksal? Liest du Horoskope?«

»Ja, ich finde das lustig, vor allem wenn sie stimmen.«

»Echt jetzt? Und wie sieht das deine Freundin, die Physikerin?«

Philipp streicht sich über den Bart, atmet hörbar aus und startet den Wagen.

»Falsches Thema?«

»Sie ist Wissenschaftlerin. Und nur das. Sie schreibt an ihrem Master, dann will sie promovieren. Das ist ihr am wichtigsten.«

»Ihr habt Stress.«

»Ich hab Stress, sie hat ihre Forschungen und Gleichungen.«

»Und um was geht es da?«

»Um Haftkräfte von Staubkörnern. Sie untersucht Staub.«

»Oh, klingt sexy.«

Zum ersten Mal an diesem Morgen muss Philipp lächeln, als sie jetzt den verlassenen Grenzposten bei Stein am Rhein überqueren. Die Häuschen und Unterstände auf beiden Seiten der Grenze, in denen früher einmal Zollbeamte die

Pässe der Autofahrer und Fußgänger überprüften, gibt es noch, aber sie haben Patina angesetzt. Seit Jahrhunderten liegt das kleine Städtchen Stein am Rhein an einer wichtigen Brücke, die den Bewohnern großen Reichtum gebracht hat. Hier entlässt der Bodensee den Rhein, der wieder die Breite eines normalen Flusses annimmt und schnell davoneilt. Nur ein paar Kilometer weiter, bei Schaffhausen, stürzt sich der Strom unter großem Getöse einen gewaltigen Hang hinunter. Ein Schauspiel für viele Touristen aus der ganzen Welt. Die wohlhabenden Bewohner von Stein am Rhein, benannt nach einem Kalkfelsen, der kurz vor der Stadt aus dem Wasser ragt, haben die Fassaden ihrer Häuser reich verziert. Die Altstadt ist eine riesige Gemäldegalerie, in der die Ereignisse in und um die Stadt festgehalten wurden.

Die enge Straße, die zur Rheinbrücke führt, streift die Altstadt und einige der bunten Fassaden. Emma erinnert sich an ihre Besuche mit Vater und Mutter in diesem idyllischen Kleinod, wo man auf der Terrasse am Rhein sitzen und der Strömung des klaren Flusses zuschauen kann. Seit Klaras Tod war sie nicht mehr da. Man überquert die Rheinbrücke, als ob man durch einen Vorhang tritt und drüben von der Schweiz begrüßt wird. Hier wehen die stolzen roten Fahnen mit dem weißen Kreuz, die Wegweiser für die Autofahrer sind nicht mehr gelb, sondern blau unterlegt. Die Landschaft sieht nicht sehr viel anders aus als auf der deutschen Seite; vielleicht grasen mehr Kühe auf den Weiden. Sie fahren nur wenige Kilometer am Untersee entlang, bis sie in den kleinen Ort Eschenz kommen, wo sich der Tauchclub befindet, den Philipp Reiser ausgemacht hat.

Sie werden von einem kräftigen Mann ohne Haare begrüßt, der skeptisch dreinblickt, als Reiser und Zäringer sich als deutsche Polizisten vorstellen und ihm ihre Ausweise zeigen.

»Dürfen deutsche Polizisten überhaupt in der Schweiz herumfahren und Fragen stellen?«, möchte der Mann wissen.

»Wir haben uns vorgestellt. Wenn Sie uns sagen, mit wem wir sprechen, erläutere ich Ihnen gerne den Deutsch-Schweizerischen Polizeivertrag aus dem Jahre 1999.« Emma blickt den Mann direkt an.

»Hansjörg Grünenberg.«

»Geht doch«, kommentiert Philipp Reiser, »auch schweizerische Polizisten ermitteln grenzüberschreitend und dürfen mit ihren Streifenwagen deutsches Gebiet befahren, wenn sie es zur Abwehr von Straftaten als notwendig erachten.«

Emma staunt, wie gewählt sich ihr Kollege ausdrücken kann. »Nachdem wir die Formalitäten geklärt haben …«, sagt sie. »Wir wollen wissen, ob Sie und Ihre Vereinskolleginnen und -kollegen möglicherweise einen großen Mann mit einer Narbe über der rechten Augenbraue gesehen haben, der vor Kurzem hier in der Nähe tauchen ging.«

»Da fragen Sie mich was! Wie sollen wir das denn wissen?«

»Könnte doch sein, dass er seine Flaschen hier auffüllen ließ?«

»Wann soll das gewesen sein?«

»Vor etwa zwei Wochen.«

Emma zückt ihr Mobiltelefon und zeigt ihm das Gesicht von Vladimir Sokolow.

»Was ist denn mit dem passiert? Noch nie gesehen. Nein.«

»Ich bin noch nie getaucht. Was gibt es hier im See zu sehen?« Philipp lächelt den Mann an.

»Welse, Forellen, Barben. Fische eben.«

»Sogar Welse! Kann man bei Ihnen auch Tauchkurse belegen?«

»Ja klar, wir haben verschiedene Tauchgänge. Sie müssen allerdings einen Schein haben.«

»Selbstverständlich. Den kann man bestimmt bei Ihnen machen.«

Emma hält sich zurück, während Philipp seine Charmeoffensive fortsetzt.

»Ich würde gerne mal einen Wels tief im Wasser sehen. Sagen Sie, könnten Sie das Bild von dem Mann an Ihre Vereinsmitglieder schicken?«

Der Mann runzelt sie Stirn. »Eigentlich ist heute Sonntag. Aber gut, kommen Sie kurz rein.«

Sie betreten eine Art Garage, in der in Regalen und an Wandhaken allerlei Taucherausrüstung aufbewahrt wird. Mehrere Luftdruckflaschen stehen aufgereiht nebeneinander. Die Mitte des Raumes dominiert ein stabiler Tisch ohne Stühle. Es sieht alles sehr aufgeräumt und ordentlich aus. An eine der Wände ist ein kleiner Schreibtisch herangerückt, darauf ein aufgeklappter Laptop, daneben liegen allerlei Papiere.

»Hier«, sagt der Mann, »ich muss heute Buchhaltung machen.«

»Immer diese Sonntagsarbeit«, kommt von Philipp.

»Frau Zäringer, schicken Sie doch bitte das Bild des Herrn an die E-Mail-Adresse des Tauchclubs.«

Emma nickt nur und staunt immer noch, wie souverän Philipp das Gespräch mit dem unwilligen Taucher angeht.

Kurz danach hören sie das typische *»Pling«* auf dessen Computer. Er tippt herum, ruft die Adressliste der Vereinsmitglieder auf. Neugierig schauen ihm Emma und Philipp über die Schulter. Den Namen, den sie plötzlich in einer der Adresszeilen sehen, lässt sie beide laut »Stopp!« rufen.

»Lisa Schwendner?!«

Hansjörg Grünenberg dreht sich zu ihr um. »Wir haben auch Deutsche in unserem Verein.«

»Lisa Schwendner ist Vereinsmitglied?«

»Ja, schon seit ein paar Jahren. Eine tolle Taucherin, wirklich talentiert. Meistens bringt sie ihre Mutter her. Kennen Sie sie?«

Emma richtet sich auf. Den Namen von Lisa hier zu lesen, ist elektrisierend. Es sind diese plötzlichen Momente, die eine ganze Ermittlung drehen können.

»War Lisa am Montag vor zwei Wochen hier?«

»Moment.« Der Mann ruft eine weitere Liste auf. »Ich mache ja gerade Buchhaltung.« Er blättert in seinen Papieren. »Stimmt, hier ist eine Rechnung. An dem Tag hat sie ihre Flasche aufgefüllt.«

»Darf ich diese Rechnung abfotografieren?«, bittet Philipp.

»Was? Warum? Was ist mit Lisa?«

»Nichts. Sie könnte eine wichtige Zeugin sein. Wir behandeln das streng vertraulich.«

»Um was geht es denn hier überhaupt?«

Grünenberg ist jetzt misstrauisch.

»Der Mann, dessen Foto die Kollegin Ihnen geschickt hat, ist in ein Gewaltverbrechen verwickelt. Wir vermuten, er könnte irgendwo am See getaucht sein. Jetzt suchen wir nach möglichen Zeugen, die ihn an diesem fraglichen Tag gesehen haben könnten.«

Emma hat ein paar Schritte zur Seite gemacht, damit der Mann nicht sieht, was in ihr vorgeht. Sie erinnert sich, dass Volker Schwendner einen Tauchlehrgang in Ägypten für seine Tochter bezahlt hat.

»Damit sich Lisa Schwendner an den Tag erinnert, wäre es gut, wenn wir ihr diese Rechnung zeigen könnten. Das würde uns helfen.«

Noch zögert Grünenberg, doch dann stimmt er zu. Philipp Reiser macht ein Foto.

»Vielen Dank! Bitte nicht wegwerfen. Das brauchen wir vielleicht noch. Es würden sich dann die Kollegen vom Kanton Thurgau melden.«

Emma dreht sich wieder um. »Sagen Sie, haben Sie auch Frau Schwendner gesehen? Ist sie mit Lisa gekommen?«

»Also, ich denk schon. Es war ziemlich früh am Tag. Ich habe mich noch gewundert, dass sie nicht zur Arbeit musste und Lisa nicht in die Schule. Aber das geht mich ja nichts an.«

»Sie haben uns sehr geholfen, Herr Grünenberg.« Philipp schüttelt ihm die Hand.

»Soll ich jetzt dieses Foto noch an die Vereinsmitglieder schicken?«

»Auf jeden Fall!«

»Okay. Und wenn jemand was weiß, dann wendet er sich an Sie? An diese E-Mail-Adresse?«

»Ja bitte!«

Philipp steuert den Wagen aus dem Ort hinaus und fährt weiter nach Mammern, in das Dorf, das Wangen gegenüberliegt.

»Sie haben uns angelogen … Wo fährst du eigentlich hin?«

»Ich möchte herausfinden, wo der Beerdigungsunternehmer Volker Schwendner die Urne übergeben hat. Vielleicht hat das jemand gesehen? Ist ja ungewöhnlich.«

»Warum haben wir das nicht vorher überprüft?«

Philipp blickt zu ihr. Ist er der Mordermittler oder sie?

Sie unterqueren die Bahnlinie neben der Hauptstraße 13, kommen auf die Guldifussstraße, fahren an einem Campingplatz vorbei. Philipp schaut auf sein Mobiltelefon.

»Der Schweizer Bestatter hatte von Schwendner genaue Anweisungen, wo er hinkommen soll. Es muss ganz am Ende dieser Straße sein.«

»Hast du ihn angerufen?«

»Na klar. Ich fahr mit dir nicht einfach ins Blaue.«

»Ja«, sagt sie leichthin.

Am Ende der schmalen Straße geht es nach links, eine große offene Wiese erstreckt sich zum Ufer hin, auf der anderen Seite des Sees ist Wangen zu sehen. Am Ende des Wegs steht ein älteres Bauernhaus. Sie halten davor und steigen aus. Die Wände sind aus Fachwerk, die Holzbalken noch immer dunkelrot, der Putz dazwischen war einmal weiß; jetzt ist er abgeblättert. Eine verrostete Fahnenstange erhebt sich in

Nähe des Seeufers, aber die Nationalfahne ist nicht aufgezogen. Die Fenster machen einen trüben Eindruck. Hinter dem Haus ist ein Verschlag für Hühner, die in der Erde scharren.

Philipp klopft an die verwitterte Eingangstür und ruft laut: »Hallo?« Er drückt die Türklinke, die Haustür ist unverschlossen, blickt in den Flur, ein modriger Geruch kommt ihm entgegen, er ruft erneut, aber er betritt das Haus nicht. Emma geht Richtung Ufer. Dort steht eine alte Holzbank unter einer Trauerweide. Auf der Bank sitzt eine alte Frau, ihre wirren weißen Haare werden von einem Kopftuch zusammengehalten. Sie trägt einen grauen schmutzigen Mantel. Auf ihrem Schoß hält sie ein Fernglas mit beiden Händen fest. Emma setzt sich neben sie.

»Hallo«, begrüßt Emma sie.

Wortlos reicht ihr die Frau das Fernglas und weist auf eine Stelle im Schilf. Emma schaut durch das Glas auf die bezeichnete Stelle. Sie sieht Enten zwischen Schilfgräsern.

»Er hat ihr Seegras hochgeholt. Das geben die Männchen als Brautgeschenk. Haben Sie ihn gesehen?«

Emma betrachtet weiter das Geschehen im Schilf. »Die Ente mit rotem Schnabel und roten Augen?«

»Kolbenente.«

»Toll.«

Emma setzt das Fernglas ab, gibt es der Frau zurück. Philipp Reiser setzt sich neben sie.

»Wir kommen von da drüben, aus Wangen. Mein Vater hat dort einen Obsthof. Da am Hang.«

Die alte Frau nimmt das Glas wieder auf. »Haben Sie schon die Balz der Haubentaucher gesehen?« Die Tiere im Wasser scheinen sie mehr zu interessieren.

»Nein. Wir sind Polizisten. Ich bin Emma Zäringer, und das ist mein Kollege Philipp Reiser vom Polizeiposten Gaienhofen da gegenüber.«

»Schön, Sie kommen mal vorbei. Hier brüten mehr Vögel.«

Die Frau hat ein zerfurchtes offenes Gesicht, aus dem helle Augen blicken.

»Wenn sie sich gefunden haben, brüten die Weibchen so bis in den Juni hinein. Manchmal kommt der Fuchs oder ein Wels und holt die Küken.«

»Sie sitzen oft hier?«

»Aber ja. Ich schau meinen Hühnern zu und den Vögeln am See.«

»Sagen Sie, vor etwa zwei Wochen ... Haben Sie da einen Mann gesehen, der über den See geschwommen kam? Mit einer gelben Schwimmkappe auf dem Kopf.«

Die Frau erinnert sich. »Erst kam der Bestattungswagen. Ich dachte noch. Was will der denn? Ich lebe doch noch. Ich bin nicht raus.«

»Und was haben Sie gesehen?«

»Er gibt dem Mann aus dem See eine Urne. Der steckt sie in so einen komischen Sack und schwimmt wieder los. Verrückt!«

»Und der Mann vom Bestattungsunternehmen?«

»Fährt zum Glück wieder weg. Ich hoffe, ich hab noch ein wenig.«

Emma und Philipp blicken die Frau aufmerksam an. Sie nimmt das Fernglas wieder hoch und schaut hindurch, dreht an den Rädchen.

»Das Glas ist nicht so stark. Haben Sie auch Fachwerk?«

»Haben wir, ja.«

Sie setzt das Glas wieder ab. »Ich bin dann runter. Ich bin schon neugierig. Er hat die Urne mitten auf dem See geöffnet. Die Asche hat sich verteilt. Eigentlich sehr schön, so eine Bestattung im See. Aber dann hat er sich nicht mehr bewegt. Wie eingefroren. Ein schwarzer Kopf mit Taucherbrille kam aus dem See und eine Hand. Die hat ihn geschüttelt. Nur kurz. Und wissen Sie was?! Ein Kaiseradler hat sich gezeigt. Sehr selten.«

»War es eine Frau oder ein Mann, der da aufgetaucht ist?«

»Na, eine Frau, die ist am Langhorn wieder an Land.«

Sie zeigt auf die Seite des Ufers, wo eine Landzunge in den See ragt.

»War sie allein?«

»Eine andere Frau hat ihr geholfen, die Flaschen vom Rücken zu nehmen.«

»Die haben Sie auch gesehen?«

»Der Kaiseradler hat Ausschau gehalten. Nach den Enten. Wenn die zuschlagen, ist es schrecklich. Aber sie haben sich rechtzeitig versteckt. Heute haben sie geheiratet.«

Zufrieden lächelt die Frau Emma Zäringer und Philipp Reiser an. Aufmunternd nickt sie ihnen zu, als würde sie die beiden auffordern, sich ebenfalls ein Versprechen zu geben.

»Dürfen wir Ihren Namen erfahren?«, erkundigt sich Philipp Reiser.

»Natürlich. Ich bin Annalena, die Vogel-Lena. Ich hab keinen Vogel, aber eben, ich mag sie. Die stammen ja von den Dinosauriern ab.«

»Annalena und wie noch?«

»Von Neuburg.«

Sie zeigt mit dem Daumen hinter sich.

»Die Burg da hinten hat irgendwann mal meinen Ururur… Na, wie dem auch sei: Ich bin die letzte von Neuburg.«

»Alteingesessener Adel«, meint Reiser.

»Einundneunzig.«

»Frau von Neuburg. Vielen Dank. Es könnte sein, dass noch einmal jemand vorbeikommt. Sie müssten dann erneut erzählen, was sie uns berichtet haben. Wären Sie damit einverstanden?«

»Der sollte aber noch vor dem Bestatter kommen.« Die Frau schaut in den Himmel. »Gleich wird es nass.«

Die beiden deutschen Polizisten blicken ebenfalls nach oben. Dunkle Wolken schieben sich zusammen. Sie stehen auf, schauen über den See zur anderen Seite. Der Wind bläst, erste Wellen kräuseln sich, das Wasser wird schwarz, die Möwen fliegen tief. Dann verabschieden sie sich.

Sie fahren schweigend zurück nach Deutschland, sie sprechen nicht, die Gedanken sind bei ihren Ermittlungen und den furchtbaren Konsequenzen, die der heutige Wendepunkt nach sich ziehen wird. Der Regen hat begonnen, erst fallen leichte Tropfen, doch allmählich wird der Regen kräftiger.

Emma bittet Philipp, an das lang gezogene Seeufer in Wangen zu fahren, wo das Pfahlhaus steht und sie die Leiche von Volker Schwendner fanden. Dort stellt er den Motor aus, der Regen prasselt auf das Dach. Sie blicken durch die Schlieren über den Untersee zur Schweizer Seite, wo sie gerade noch mit Vogel-Lena von Neuburg saßen.

»Jetzt müsste ich die Staatsanwältin anrufen und zwei Haftbefehle anfordern«, spricht Emma ihre Gedanken aus.

»Müsstest du.«

»Ob sie das wirklich so geplant haben?«, fragt sie sich. Sie würde gerne aussteigen und Steine in den See werfen, aber es regnet zu stark.

»Also Mord. Die Tochter tötet den Vater.« Philipp spricht es aus.

Emma kann ihm nicht antworten, zu schmerzlich ist seine Aussage.

»Hast du Geschwister?«, fragt sie.

»Einen großen Bruder, drei Jahre älter.«

»Was macht er?«

»Goldschmied.«

»Echt? Er macht Schmuck. Wo?«

»Pforzheim.«

»Gefällt dir, was er macht? Eheringe und so etwas?«

»Was soll das jetzt? Lenk nicht ab.« Philipp wird unwirsch.

»Mach ich nicht. Würdest du deinen Vater töten, wenn dein Bruder sich seinetwegen umbringt?«

»Ich bin Polizist.«

»Du verhaftest deinen Bruder, auch wenn du verstehen kannst, warum er es getan hat, und dein Vater ein verdammtes Arschloch war?«

»Vielleicht würde ich es der Kommissarin von der Mordkommission überlassen.«

»Gute Antwort.«

»Hast du Geschwister?«, fragt Philipp nach.

»Soweit ich weiß, habe ich zwei Halbbrüder in Neapel. Der eine studiert. Nein, inzwischen ist er bestimmt ein erfolgreicher Architekt, und der andere, keine Ahnung, fährt auf seinem Moped herum und klaut den Frauen ihre Handtaschen. Und um deine nächste Frage auch gleich zu beantworten: Ich habe keine Ahnung, wer deren Vater ist, und ich habe auch keine Ahnung, wer mein leiblicher Vater ist.«

»Aber ...«

»Bernhard ist mein Adoptivvater, Klara war meine Adoptivmutter, meine leibliche Mutter lebt in Neapel. Und ich würde ihren Mörder nicht verhaften, ich würde es machen wie du und es den italienischen Kollegen überlassen.«

»Das wusste ich nicht.«

»Das ist der Punkt. Man sieht es den Menschen nicht an.«

Er dreht sich mit dem ganzen Oberkörper zu ihr um. Sie blickt ihn an, schaut in sein Gesicht, seine offenen dunklen Augen, die Nase ist gerade, die Nasenflügel etwas breit, der Mund ist weich, etwas überwuchert vom Bart.

»Darf ich mal in deinen Bart fassen?«

Überrumpelt stimmt er zu. Sie streckt beide Hände aus, greift in das schwarze Dickicht, drückt die Haare, lässt sie durch die Finger gleiten. Nur wenige Sekunden.

In diesem Moment brummt ihr Mobiltelefon. Sie sieht,

dass es ihre Dienststelle in Singen ist, und geht ran. Philipp setzt sich zurück, bringt die Barthaare wieder in Form.

»Ja? Joris?«

Sie hört ihm zu, wird immer gespannter, konzentrierter.

»Kannst du das alles zu Ingrid Häberlein schicken? Kripo Konstanz. Und auch an Abena Blumenthal? Ich danke dir. Vielen Dank!« Sie schaut Philipp an, die Augen weit geöffnet. »Du musst deine Uniform anziehen. Steck Handschellen ein. Die volle Montur.«

Bevor er antworten kann, tippt sie auf die Telefonnummer der Kripochefin.

»Ingrid. Aus Singen kommt gleich Material von der Kriminaltechnik. Die Fingerabdrücke, die in der Wohnung der ermordeten Paula Bajorath gefunden wurden, stimmen mit Prints von Gerhard Braun überein. Eine Spur, ein eindeutiger Beweis. Ich brauche einen Haftbefehl gegen ihn.«

Sie hört zu, was Häberlein dazu sagt.

»Ja, das gibt einen ziemlichen Wirbel. Die einzige Frage ist, ob wir ihn verhaften, bevor oder nachdem die Stimmen ausgezählt wurden ... Eigentlich ist es egal, er wird so oder so diesen Sokolow belasten. Trotzdem wird es mindestens Beihilfe zum Mord sein ... Okay, dann soll die Staatsanwältin entscheiden«, Emma schaut zu ihrem Kollegen, »ich bin mit Philipp Reiser unterwegs, dem Revierleiter in Gaienhofen ... Der ist ziemlich kräftig, den nehme ich mit ... Ja, schreib ich alles in den Bericht.«

»Der Radolfzeller Oberbürgermeister?«, fragt Philipp nach.

»Ja. Wir können nicht gleich zuschlagen. Die Staatsanwältin muss erst den Richter überzeugen.«

»Gehen wir etwas essen?«

Emma schaut weiter aus dem Fenster auf den verregneten Strand, wo die Wellen auf die Kiesel klatschen. Warum wollen Männer immer essen gehen?

»Ich will jetzt in kein Restaurant. Kannst du irgendwo etwas für dich bestellen und abholen?«

»Musst du nichts essen?«

Sie könnte jetzt einfach den Kopf schütteln. Aber warum sollte sie ablehnen, wenn jemand freundlich zu ihr ist und weiche Barthaare hat. »Einverstanden. Bestell etwas für mich mit. Kann wieder spät werden heute.«

Philipp wählt und spricht in sein Telefon.

»Ja, hi, kannst du mir zwei Sandwiches machen? Moment kurz. Willst du Schinken oder Käse oder Fisch?«

»Käse.«

»Zweimal mit Käse, und mach uns zwei Kaffee fertig. Ich bin gleich da.«

Philipp startet den Wagen. Sie fahren aus dem Ort auf die Landstraße nach Gaienhofen und dort zum Hafen, wo es seit einiger Zeit ein neues Restaurant gibt. Philipp steigt aus und hüpft durch den Regen. Emma wählt die Nummer der Staatsanwältin. Sie kann die eingepackten Segelboote und die kleinen Motorboote sehen, die an der Hafenmole mit starken Seilen befestigt sind. Die Möwen halten sich an den Eindeckungen fest, trotzen dem Wetter. Ein Zerren und Schaukeln, eine andauernde unruhige Bewegung geht von den Booten aus. Warum hat sie eigentlich nie segeln gelernt?, fragt sich Emma, als sich Antje Strewig meldet.

»Hallo Frau Zäringer.«

»Tut mir leid, aber …«

»Das Verbrechen schläft nicht.«

»Ich fasse Ihnen den Hintergrund für den Haftbefehl zusammen. Gerhard Braun hatte enge Beziehungen zu Sergey Natroschenko und seiner Frau Raissa Natroschenko. Das beweisen Fotos, die ihn auf einer Yacht mit dem Oligarchen zeigen. Sie bekommen die Fotos gleich aus Singen. Ich habe Gerhard Braun damit konfrontiert, deswegen haben wir seine Fingerabdrücke. Raissa Natroschenko ist die Besitzerin eines Luxushotels in Luzern, dessen Hoteldirektor, Urs Landi, den Hotelbau in Radolfzell betreibt. Braun sah seine Wiederwahl und damit auch das Bauvorhaben in Gefahr, sollten nach dem Tod von Volker Schwendner Veröffentlichungen über seine Beziehungen zu einem russischen Oligarchen bekannt werden. Meine Vermutung ist, dass dieser Vladimir Sokolow, der mich gestern Abend in meiner Wohnung überfallen hat, ein Auftragskiller des Oligarchen und Landis ist. Am Abend, bevor Paula Bajorath ermordet wurde, haben sie und Gerhard Braun telefoniert. Vermutlich hat sie ihm mit der Veröffentlichung gedroht, denn am nächsten Tag hatte sie eine Verabredung mit einem bekannten Berliner Journalisten. Er hat mir übrigens die Fotos geschickt. Braun und Sokolov besuchen also Paula Bajorath, wollen irgendwelche Artikel verhindern, es kommt zum Streit, in dessen Folge die junge Frau erstochen wird. Die Täter legen Feuer und flüchten. Am Tatort gab es Fingerabdrücke von Braun, ich vermute, auch die Haare, die dort gefunden wurden, stammen von ihm.«

»In groben Zügen waren mir diese Zusammenhänge schon bekannt, danke, dass Sie sie noch einmal zusammengefasst haben. Ich denke, wir bekommen den Haftbefehl wegen des Verdachts auf Beteiligung an einem Schwerverbrechen. Sie glauben, Braun wird Sokolow belasten?«

»Er wird versuchen, alle Schuld auf diesen Mann zu schieben.«

»Wollen Sie ihn verhören?«

»Gerne.«

»Aber wer hat Schwendner getötet? War das auch dieser Sokolow? Und warum hat er ihn im See getötet?«

»Das ist die entscheidende Frage. Es gibt noch eine andere Spur ... Moment bitte.«

Sie beugt sich über den Sitz und öffnet die Verriegelung der Fahrertür, stößt sie auf. Philipp reicht ihr zwei Becher mit Kaffee, die sie auf der Mittelkonsole abstellt. Er setzt sich, zieht eine Tüte unter seiner Jacke hervor, wischt sich das Wasser vom Kopf und vom Bart.

Emma setzt das Gespräch fort. »Ich bin mit meinem Kollegen Philipp Reiser unterwegs. Wir haben uns heute auf der Schweizer Seite des Untersees umgehört. Diese andere Spur ist noch nicht konkret genug … Ja, gut, wir warten auf den Haftbefehl. Danke.« Sie beendet das Telefonat. »Das war die Staatsanwältin«, erklärt sie Philipp.

»Welche andere Spur ist nicht konkret genug? Die von Lisa und Sandra Schwendner?«

»Danke für den Kaffee.«

Sie nimmt einen Schluck, schaut in die Tüte mit dem Sandwich. »Ich muss erst mit Sandra Schwendner und mit Lisa reden. Lass uns hinfahren.«

»Und was ist mit der Verhaftung von Gerhard Braun?«

»Stimmt, es wäre gut, wenn du die Uniform anziehst.«

»Dann fahren wir erst zu mir.«

Sie wartet erneut im Auto, während er als Zivilist in seine Wohnung geht und als Polizist wieder zurückkommt. Auf dem Weg nach Radolfzell regnet es weiter gleichmäßig. Bei der Tierarztpraxis angekommen, eilen sie unter das Vordach der Eingangstür. Nach mehrmaligem Klingeln öffnet Sandra Schwendner. Sie ist barfuß, ungeschminkt, trägt einen grauen Trainingsanzug, ihre Haare sind mit einer Spange zusammengehalten, sie grüßt nicht.

Für einen Moment stehen sich die beiden Polizisten und die Frau wortlos gegenüber.

»Na gut, Sie gehen ja doch nicht wieder«, sagt sie mürrisch und lässt die beiden eintreten. In ihrem Wohnzimmer sind die gläsernen Türen zum Garten geöffnet, der feuchte Wind weht leicht in den Raum. Sie schauen auf den sanft wiegenden Bambus und die wie Schmetterlingsflügel geformten

Blätter des Ginkgos, die zufrieden das strömende Wasser aufnehmen. Die graue, kalte Zinkfarbe des Himmels hat sich auch in dem Haus ausgebreitet. Wie ein Pinselstrich wirkt die rosa Yogamatte auf dem Boden.

»Ist Lisa auch da?«, ist Emmas erste Frage.

Sandra Schwendner setzt sich aufrecht im Schneidersitz auf einen Sessel und verneint. Sie fasst ihre nackten Füße mit beiden Händen. Philipp stellt sich neben die breite Couch, Emma nimmt im anderen Sessel Platz. Sie betrachtet den gespannten Körper der Frau ihr gegenüber.

»Ich bin irgendwann einmal Polizistin geworden, weil ich glaube, durch meine Arbeit die Wahrheit hinter all den Dramen und Lügen dieser Welt herauszufinden und zu verstehen«, beginnt Emma, »ich bin da ganz altmodisch. Wir sind hier, weil ich Ihre Wahrheit erfahren möchte, Sandra Schwendner.«

Emma sucht den Blick ihres Gegenübers. Aber es ist, als ob sie auf eine Statue blickt. Wie kann sie Risse in dieser harten Oberfläche erzeugen?

»Wissen Sie, dass ich Volker auch einmal geliebt habe? Er war mein erster Freund, mein erster Mann. Vielleicht wissen Sie das ja, ich komme vom Obsthof Zäringer, oben an der Straße. Ich ging noch zur Schule, und Volker war der tolle Typ mit einem Auto, gut aussehend, verwegen, er kannte sich mit Musik aus, wir fuhren zusammen nach Zürich, besuchten besetzte Häuser. Aber dann, wie das so ist, in diesem Alter … Er ließ den Bodensee hinter sich, zog zu einem anderen Mädchen nach Frankfurt. Er wollte sich nicht festlegen, machte nie mit mir Schluss, er war einfach weg. Sie können sich vorstellen, wie enttäuscht ich war. Er war meine erste Liebe. Ich hielt ihn für ein verdammtes Arschloch und verstand die Welt nicht mehr. War das bei Ihnen auch so, als er sich von Ihnen trennte?«

Die Frau im grauen Trainingsanzug löst ihre Haltung, sie

setzt die Füße auf den Boden, umschließt ihren Körper mit den Armen, als ob sie Magenschmerzen hätte. Philipp setzt sich auf die Kante des Polsters, staunt Emma an, die Frau, die ihm in den Bart gefasst hat.

»Charlotte war immer sehr freundlich zu mir. Ich musste ihr die Nachricht vom Tod ihres Sohnes überbringen. Da habe ich sie nach all den Jahren zum ersten Mal wiedergesehen. Sie hat Volker sehr geliebt. Aber Sie sind wohl nicht mit ihr warm geworden? Sie sind zerstritten?«

Emma wartet, ob die andere ihr antwortet, aber sie bleibt weiter verschlossen. Die drei hören dem Regen zu, die Temperatur fällt, ein Frösteln zieht in das Zimmer ein.

»Sie haben mit dem attraktiven, aufstrebenden Journalisten Volker Schwendner eine Familie gegründet, haben zwei gesunde, kluge und begabte Kinder zur Welt gebracht. Sie haben sich eine eigene Existenz mit einer gut gehenden Tierarztpraxis aufgebaut. Und dann verlässt er Sie, hat Affären, wird Chefredakteur …«

»Erzählen Sie mir nicht mein Leben. Darin kenne ich mich besser aus«, zischt Sandra Schwendner sie an.

Emma gelingt es nicht, sie emotional zu erreichen, also schlägt sie einen anderen Ton an. Sie wird zur Kommissarin. »Mein Kollege Reiser und ich waren heute in Mammern, drüben in der Schweiz. Dort haben wir erfahren, dass Sie und Lisa an dem Tag, als Volker Schwendner die Urne von Ihrem Sohn Marc Schwendner in Empfang nahm, ebenfalls am Schweizer Ufer des Untersees waren und Ihre Tochter Lisa in Tauchmontur in den See stieg. Sie und Lisa haben uns angelogen. Charlotte war die Einzige, die an diesem Tag in Wangen auf Volker wartete. Aber er kam nicht, weil Lisa ihn im See abgepasst und getötet hat.«

Emma wartet erneut, ob ihre Rede Eindruck auf die Frau macht. Sandra Schwendner steht auf, schließt die Tür zum Garten und zieht sich die Socken an, die neben der Yogamatte liegen. Es ist jetzt sehr still im Raum. Die Frau stellt sich vor die Fenster, schaut hinaus, so wie das erste Mal, als sie und Philipp Reiser sie besuchten.

»Volker dachte immer nur an sich, an seine Karriere, an seinen Schwanz, an sein Geld. Er glaubte, es wären allein seine Kinder, obwohl ich sie auf die Welt gebracht habe. Vor allem dachte er, Marc würde ihm gehören, weil der Junge so eine wunderbare musikalische Begabung hatte. Er wollte mit ihm angeben. Marc war ein zerbrechliches Kind, empfindsam, offen, immer ein wenig krank. Anders als Lisa. Sie kommt nach ihrem Vater, sie ist wütend und wild. Aber sie liebte ihren älteren Bruder wirklich sehr. Je mehr Volker versuchte, Marc zu vereinnahmen, desto mehr kämpfte Lisa gegen ihren Vater. Sie verstand nicht, warum er sie überhaupt nicht beachtete, sondern nur Augen und Ohren für Marc hatte. Er fand keinen Draht zu ihr. Sie war wie eine Fremde für ihn. Manchmal fragte sie mich, ob er wirklich ihr Vater sei. Ich konnte diese Leere nicht auffangen, weil ich selbst so verletzt war, so enttäuscht.«

Sie macht eine Pause. Emma und Philipp warten, blicken auf ihren Rücken und auf die innere Bewegung ihres Körpers. Sie ist eine schöne, schlanke Frau, die auf sich und ihr Aussehen achtet. Emma erwischt sich bei dem Gedanken, wie sie und Volker sich wohl kennengelernt haben. Ob sie sich einmal wirklich geliebt haben?

»Können Sie sich vorstellen …«, beginnt sie erneut, zögert und setzt wieder an. »Als er allein verfügte, die Leiche von Marc in der Schweiz einzuäschern, die Urne selbst abzuholen und seine Asche im See zu verstreuen, weil sie doch immer so einträchtig die Seequerung geschwommen sind … Was überhaupt nicht stimmt, Marc machte nur ihm zuliebe mit. Selbst über seinen Tod hinaus wollte er bestimmen. Er allein.«

Emma steht auf und stellt sich neben Sandra Schwendner,

deren harte Schale gerissen ist. Sie wirft einen kurzen Blick zu ihr, sieht ihre Tränen, schaut ebenfalls durch das Fenster auf die exotischen nassen Pflanzen.

»Wollten Sie ihn töten oder ihm die Urne abnehmen?«, fragt Emma leise.

Sandra Schwendner antwortet ihr nicht, wendet sich aber Emma zu.

»Sie sollten nach Lisa suchen«, sagt sie bestimmt.

Philipp Reiser ist zu ihnen getreten. »Sagen Sie, haben Sie den Taucheranzug von Lisa hier im Haus? Und das Betäubungsgewehr würden wir auch gerne mitnehmen«, sagt er mit klarer, tiefer Stimme. Es ist, als ob die Frau jetzt zum ersten Mal den Polizisten in Uniform wahrnimmt. Sie überlegt, ob sie sich sträuben soll, dann nickt sie und geht voran. In einem Kellerraum hängt an der Wand, wie ein Anzug auf einem Bügel, die schwarze Gummihaut. Die Kopfbedeckung ist ein leerer gebeugter Kopf. Die Flossen liegen nebeneinander auf dem Boden, zwei Metallflaschen für die Atemluft stehen daneben. Aus einem Regal nimmt Sandra Schwendner einen langen schwarzen Koffer. Sie klappt ihn auf, und zwei metallene Stäbe kommen zum Vorschein.

»Kein Gewehr. Injektionsstab mit Verlängerungsgriff«, sagt sie und schließt den Koffer wieder. »Damit kann man Kühe und Pferde betäuben.«

Sie händigt ihnen auch einen weiteren kleinen Behälter aus, in dem Nylonspritzen untergebracht sind.

»Die benutzen wir zur Immobilisation von Großtieren.«

Philipp Reiser nimmt die beiden Koffer an sich.

»Was haben Sie Volker Schwendner gespritzt?«, fragt Emma.

Die Frau schaut sie herausfordernd an. Auch wenn sie sich in das Unbestreitbare, Unvermeidliche fügt, so ist ihr Instinkt, sich zu verteidigen, doch weiter lebendig. »Wer sagt denn, dass ich ihm was gespritzt habe?«

»Dann war es Ihre Tochter?«

»Ich werde doch nicht meine Tochter belasten!«

Emma nickt nur. »Kann ich Lisas Zimmer sehen?«

Sandra Schwendners Gesicht wird wieder zur Maske, in dem hellen Licht der Neonröhren des Kellers nimmt ihre Haut einen Grünton an. Abrupt dreht sie sich um.

»Packst du das hier ein, bitte.«

Philipp zieht sich blaue Gummihandschuhe an, nimmt den Taucheranzug vom Bügel und rollt ihn zusammen, während Emma Sandra Schwendner folgt.

Sie gehen hintereinander in das obere Stockwerk, wo Lisas Mutter die Tür zum Zimmer ihrer Tochter öffnet. Die Wände des großen Raums sind rosarot gestrichen; ein schwarzes Poster mit einer weißen Faust, unter der *Black Lives Matter* steht, ein großer Spiegel, auf dem Boden davor Kerzen, ein breites Bett mit bunter Bettwäsche, ein knallroter Schrank, ein Schreibtisch mit allerlei Papieren und einem Laptop. Auf dem Boden verstreute Wäsche.

»Warum hat sie sich die Haare abrasiert?«, fragt Emma. Doch sie bekommt keine Antwort, also geht sie zum Schreibtisch, nimmt den Laptop und klemmt ihn sich unter den rechten Arm.

»Sie bekommen für alle Gegenstände, die wir heute beschlagnahmt haben, eine Quittung.« Emma gibt sich große Mühe, die Frau nicht schärfer anzugehen. Sandra Schwendner blickt Emma stoisch an, verzieht keine Miene.

»Sagen Sie mir, wo ich Lisa finden kann? Freundinnen? Ein Freund?«

»Sie wird vermutlich bei ihren Leuten sein. Heute Abend werden die Wahlresultate bekannt gegeben.«

»Würden Sie mir freundlicherweise die Telefonnummer einer Freundin geben?«

Zurück im Erdgeschoss zeigt ihr die Frau auf ihrem Mobiltelefon mehrere Kontakte, Namen und Telefonnummern, die sich Emma notiert. Philipp Reiser kommt ins Haus zurück, in dessen Flur mit den heiteren Tierfotos Emma und Sandra Schwendner stehen. Emma wird jetzt ganz Staatsgewalt.

»Sandra Schwendner, Sie werden verdächtigt, an einem Gewaltverbrechen beteiligt gewesen zu sein. Händigen Sie mir bitte Ihren Personalausweis und Ihren Reisepass aus. Sie dürfen den Kreis Konstanz bis auf Weiteres nicht verlassen. Halten Sie sich für weitere Ermittlungen bereit.«

Wortlos nimmt die Tierärztin ihre Handtasche, öffnet sie und händigt den Polizisten die geforderten Dokumente aus.

Emma legt den Laptop in eine Spurentüte neben den Taucheranzug und die Waffe aus dem Keller. Sie telefoniert mit dem KDD in Singen und bittet um die Adressen, die zu den Telefonnummern gehören. Dann fahren sie wieder los, für einen Sonntagnachmittag, ist die kleine Stadt belebt. Die Menschen in Radolfzell sind zu ihren Wahllokalen unterwegs.

An den Haustüren, die sich für die beiden Polizisten öffnen, haben sie keinen Erfolg. Nur Katharina, das blonde Mädchen, das schützend einen Arm um Lisa gelegt hatte, scheint sich Sorgen um sie zu machen. Sie wollten an diesem Nachmittag eigentlich für die letzte mündliche Prüfung zusammen lernen, aber Lisa ist nicht gekommen. Emma fragt die junge Frau, ob sie wisse, warum sich Emma die Haare abrasiert hat. Katharina zögert nicht mit ihrer Antwort.

»Weil wir keine Zukunft haben«, antwortet sie. »Lisa sieht das klarer als wir alle zusammen.«

Sie haben sich für den Abend am Rathaus verabredet, um nach der Bekanntgabe der Wahlresultate entweder zu feiern, falls der alte Oberbürgermeister abgewählt wurde, oder erneut zu protestieren, wenn die Bewohner der Stadt ihm die Mehrheit ihrer Stimmen gegeben haben.

Es ist schon später Nachmittag, als sich Emmas Mobiltelefon meldet. Die Staatsanwältin teilt ihr mit, dass der Haftbefehl gegen Gerhard Braun ausgestellt wurde. Antje Strewig wird das Dokument an das Polizeirevier in Radolfzell schicken, dort soll sie es ausdrucken und sich Verstärkung holen, falls nötig. Philipp Reiser fährt mit ihr zu dem modernen Zweckgebäude an der Güttinger Straße. Sein Polizeiposten in Gaienhofen ist organisatorisch mit dem Radolfzeller Revier verbunden, er kennt die Kolleginnen und Kollegen dort gut. Sorgenvolle Gesichter begrüßen die beiden. Die Nachricht, der OB solle verhaftet werden, sorgt für einige Nervosität. Sie fragen sich, warum ihr Mann aus Gaienhofen mit der Kommissarin aus Konstanz unterwegs ist. Emma Zäringer trifft erneut auf Renate Flügel, die immer dann im Dienst zu sein scheint, wenn sie in Radolfzell ermittelt. Die Kollegin Flügel ruft den Ersten Hauptkommissar Otmar Rubenacker an, den Leiter des Polizeireviers, und informiert ihn über das Ansinnen der Kommissarin aus Konstanz. Kurze Zeit später ist Rubenacker zur Stelle. Der kräftige Mann, in dessen glattem Gesicht ein grauer Schnauzbart hervorsticht, ist seit vierzig Jahren im Dienst. Er sieht aus, als ob er bei seinem Mittagsschlaf gestört wurde und jeden, der ihm über den Weg läuft, dafür zur Rechenschaft ziehen wird.

»Hallo Emma«, brummt er los, »Reiser, Flügel, mitkommen.«

Sein Büro ist schlicht eingerichtet, die Patina zeigt sich durch viele alte Ordner, seltsame Pokale, auf die Männer mit Angelruten graviert sind, und schräg aufgestellte Fotos, die den Revierchef auf Booten mit großen Fischen zeigen. Sie setzen sich an einen grauen Besprechungstisch, wie sie auch im Polizeipräsidium stehen. Emma fragt sich, wie viele Stunden sie schon an solchen Tischen verbracht hat. Rubenacker klatscht den ausgedruckten Haftbefehl auf den Tisch.

»Also, was soll das?«

Emma berichtet ihm von ihren Ermittlungen zu den Todesumständen von Volker Schwendner und Paula Bajorath, die Zusammenhänge mit dem geplanten Hotelbau im Auenwald am See, dem russischen Oligarchen, dessen Frau, der berühmten Pianistin und dem Schweizer Hoteldirektor. Sie erzählt von Vladimir Sokolow und seinem Überfall auf sie am vergangenen Abend.

»Ich habe nur einen Streifschuss abbekommen. Der Mann ist verletzt, er liegt bewacht im Konstanzer Krankenhaus. Ich möchte Braun mit dem Mann konfrontieren. Wenn er sieht, dass wir Sokolow haben, wird er reden. Er kennt den Mann auf jeden Fall.«

»Also geht es mehr um eine Art Haftprüfungstermin?« Rubenacker ist nachdenklicher geworden, nachdem er Emmas Schilderungen gehört hat.

»Braun war am Tatort, das ist eindeutig. Wenn Sokolow dabei war, wird er den Mord vermutlich auf ihn schieben.«

»Dann geht er wegen Beihilfe in den Bau«, sagt Flügel.

»Sollten wir nicht die Wahl abwarten?«, überlegt der Polizeichef.

»Ich denke nicht«, entgegnet Reiser, »wir müssten dann den neu gewählten OB verhaften. Das kommt nicht gut. Oder, Emma?«

Ihr gefällt der Moment, wie er ihre Zustimmung einholt. »Genau. Besser jetzt. Wenn sich mein Verdacht bestätigt und er aussagt, ist es weniger spektakulär. Dann sitzt er schon.«

»Also gut, ich komm mit.«

Sie stehen auf, und während sie hinausgehen, erkundigt sich Rubenacker, wie es ihrem Vater Bernhard geht. Emma berichtet, er habe sich den Arm gebrochen.

»Der kann auch nicht aufhören«, meint der Mann, »ich komm mal wieder vorbei und deck mich mit Kartoffeln ein. Grüß ihn mal.«

Die zwei Polizeiautos fahren hintereinander die kurze

Strecke zur Halbinsel Mettnau, die Scheffelstraße entlang, wo sie vor einer der Villen halten. Sie haben verabredet, dass Rubenacker als Erstes mit dem Bürgermeister sprechen wird, er will ihn überzeugen, ohne Aufhebens mit ihnen mitzukommen. Rubenacker, noch immer in Jeans und Outdoorjacke, klingelt an einer Sprechanlage mit nur zwei Klingelknöpfen.

»Gerhard, ich bin's, Oswald.« Gleich darauf ist der Summer zu hören. Es dauert nicht lange, dann erscheinen die zwei Männer, Gerhard Braun im grauen Anzug und Krawatte, augenscheinlich dazu bereit, den erhofften Sieg bei der Bürgermeisterwahl anzunehmen.

Als er plötzlich Emma Zäringer gegenübersteht, ist er kurz wie eingefroren, blickt zu dem Revierleiter, mit dem er schon lange per Du ist. Sie waren schon mehrmals zusammen angeln. Hat er ihn an diese unberechenbare Frau verraten? Nachbarn schauen herüber, Sonntagsspaziergänger bleiben stehen, grüßen den Bürgermeister, lächeln, wünschen ihm viel Glück. Er lässt sich nichts anmerken, grüßt zurück, steigt hinter Emma in das Polizeiauto ein, als hätten sie ihn zu einer wichtigen Dienstfahrt abgeholt, wie ein Politiker mit Eskorte. Die beiden Wagen überqueren die Neurohrbrücke, benannt nach einem ehemaligen Oberbürgermeister, danach trennen sich ihre Wege. Rubenacker und Renate Flügel kehren zurück ins Polizeigebäude von Radolfzell, Reiser steuert den Streifenwagen nach Konstanz. Im Fond informiert Braun seinen Anwalt über seine Verhaftung und bittet ihn, schnellstens zum Polizeipräsidium nach Konstanz zu kommen. Emma telefoniert mit Häberlein. Die beiden Frauen entscheiden, Braun sofort dem verletzten Sokolow gegenüberzustellen.

Ingrid Häberlein erwartet sie vor dem Krankenhaus, stellt sich Gerhard Braun vor, der sich noch immer wie ein Amtsträger verhält, als ob er ein Gebäude einweihen müsste. Sie eskortieren ihn über mehrere lange Flure, deren Ordnungssystem, Zahlen, Buchstaben und Farben nur Eingeweihte verstehen, bis sie an einem Krankenzimmer ankommen, vor dem Sören Matusch wartet. Neben ihm sitzt ein Schutzpolizist in Uniform. Matuschs Schulter ist bandagiert, sein Gesicht noch blasser als sonst, aber er macht einen stabilen Eindruck.

Emma freut sich, ihn zu sehen, stellt aber keine Fragen. Braun wird pampig, will endlich wissen, was hier gespielt wird, und kündigt an, nichts ohne seinen Anwalt auszusagen.

»Wir möchten Sie nur einem Mann gegenüberstellen, den Sie unseres Wissens kennen. Leider ist er verletzt, deswegen haben wir Sie hierher gebracht, Herr Braun.«

Emma gibt sich Mühe, verbindlich zu sein, kann aber einen ironischen Unterton nicht vermeiden.

Braun, Häberlein, Emma und Matusch betreten das Krankenzimmer, wo im Dämmerlicht der Mann liegt, den Emma auf den Hinterhof ihres Wohnhauses befördert hat. Neben ihm sind die typischen Überwachungsgeräte aufgebaut, die die Vitalfunktionen des Schwerverletzten anzeigen. Auf den Monitoren wandern bunte Linien von links nach rechts, Zahlen pulsieren. Der Kopf des Mannes ist verbunden, aber das Gesicht liegt frei. In seiner Nase steckt ein Schlauch, eine röchelnde Maschine pumpt Atemluft in seine Lungen. Rote und blaue Flecken weisen auf die Prellungen seiner rechten Gesichtshälfte hin. In seinem rechten Arm, der bandagiert ist und auf einer Schiene liegt, steckt eine Kanüle, aus einem Tropf fließt Flüssigkeit in seinen Körper. Das rechte Bein liegt erhöht, ebenfalls in einem Verband.

Emma blickt mit einer gewissen Genugtuung auf die Verletzungen des Angreifers. Braun wird von Häberlein und Matusch vor das Bett von Sokolow bugsiert. Emma stellt sich an dessen Seite, um die Reaktionen von Gerhard Braun gut sehen zu können. Er ist für einen Moment sichtlich überrascht, die Augen sind aufgerissen, er schluckt, dann versucht er, sich wieder in den Griff zu bekommen und die eingeübte Fassade hochzuziehen.

»Kennen Sie diesen Mann, Herr Braun?«, fragt Emma.

»Also wirklich …«, beginnt Braun.

Aber er redet nicht weiter. Die Zahlenwerte auf den Monitoren steigen plötzlich an, als der verletzte Mann langsam die Augen öffnet. Vielleicht sind es die vier Menschen, die auf einmal an seinem Bett stehen, vielleicht ist es die Stimme von Braun, die etwas in seinem Innern angestoßen hat. Für eine magische Sekunde sehen sich Vladimir Sokolow und Gerhard Braun an. Dann schließen sich die Augen langsam wieder.

»Herr Braun«, sagt er noch.

Der Familienname des Radolfzeller Oberbürgermeisters schlüpft leise krächzend aus dem Mund des Verletzten. Er spricht den Namen mit einem osteuropäischen Akzent aus. Wie ein verirrter Vogel schwebt dieses »Herr Braun« um die Köpfe der Anwesenden. Emma und die beiden anderen Polizisten verstehen sofort, was hier gerade geschehen ist. Gerhard Braun braucht etwas länger, um zu begreifen, dass er entlarvt wurde. Alles, was er unternommen hat, um sich an der Macht zu halten, um ein Hotel für reiche Menschen in der kleinen Stadt am Bodensee zu bauen, beginnt zu zerfallen. Noch weiß er nicht, was die Kommissare wissen, sein Respekt vor der Konstanzer Mordkommission ist nicht gering, aber er nimmt sich vor zu kämpfen.

»Das ist doch infam.«

Er schiebt sich vom Bett des Mannes vor ihm weg, Ingrid Häberlein öffnet die Tür des Krankenzimmers, Gerhard Braun geht hinaus, Sören Matusch und Emma folgen.

»Kommen Sie mit«, herrscht Häberlein den OB an.

Er gibt sich störrisch. »Nicht ohne meinen Anwalt!«

»Ihren Anwalt können Sie im Präsidium treffen«, macht Matusch klar.

»Gib mir doch mal deine Handfesseln, Kollege Reiser.« Sie klimpert ein wenig damit, als wären es Spielzeuge. Böse schaut Braun sie an und geht voraus.

Diesmal wird der OB von Häberlein und Matusch mitgenommen, Emma steigt wieder zu Reiser in den Wagen. Die Kommissare müssen sich nicht absprechen, sie spüren den neuen Wind in den Ermittlungen. Für die Entschlossenheit und Dynamik, die sich in solchen Momenten bei ihnen einstellt, lieben sie ihren Beruf.

Emma ruft sofort Abena an, informiert sie über die Verhaftung des Radolfzeller Bürgermeisters und das folgende Verhör. Sie bittet sie, nach Radolfzell zu fahren, wenn möglich mit ihrem Smart, und nach Lisa Schwendner Ausschau zu halten. Am Abend soll das Wahlergebnis vor dem Rathaus bekannt gegeben werden, dort wird Lisa mit ihren Mitstreiterinnen auftauchen. Abena soll dicht bei Lisa bleiben und sie nicht aus den Augen lassen, bis Emma bei ihr sein wird.

Gerhard Braun sitzt den drei Kommissaren gegenüber, Emma eröffnet das Gespräch, das aufgezeichnet wird. Braun verschränkt die Arme, lehnt sich zurück, erklärt, er wird nichts sagen, bis sein rechtlicher Beistand eingetroffen ist. Emma ruft die Namen der Anwesenden auf, erklärt den Grund des Verhörs.

»Gerhard Braun, Sie werden in einer Mordermittlung vernommen und verdächtigt, Paula Bajorath zusammen mit Vladimir Sokolow ermordet zu haben.«

Sie zählt die Spuren auf, die von Braun in der Wohnung der Getöteten gefunden wurden. Aus einer Akte legt sie ihm die Ausdrucke seiner Fingerabdrücke vor, sie zeigt ihm Bilder der Ermordeten, ihre aufgerissenen Augen, das Blut auf dem hellen Teppichboden, ihre Wunden in der Brust, die durch den Brand zerstörte Wohnung. Auch Abbildungen der gefundenen Haare, die nach Einschätzung der Kriminaltechniker von den Tätern stammen, legt sie ihm vor.

Durch die erfolgte Gegenüberstellung der Verdächtigen wurde außerdem festgestellt, dass sich Sokolow und Braun kennen. Emma macht eine kleine Pause und wartet, ob sich Gerhard Braun zu den Vorwürfen äußert.

Häberlein räuspert sich und ergreift das Wort.

»Herr Braun, egal wie die Wahl ausgeht heute Abend, Sie genießen keine Immunität. Wir werden Sie auf jeden Fall in Haft behalten. Es wird morgen Vormittag einen Haftprüfungstermin durch einen Richter geben. Aber die Indizien und Spuren gegen Sie sind erdrückend. Angenommen, Sie werden wiedergewählt, wollen Sie wirklich als Mordverdächtiger im Gefängnis Ihren Prozess abwarten? Wollen Sie das Ihrer Stadt antun?«

»Wir werden außerdem beweisen, dass Sokolow mit Urs Landi bekannt ist, dem Bauherrn des Luxushotels. Sokolow hat einen Mordanschlag auf mich verübt. Ich bin mit einem Streifschuss davongekommen. Auch ihm wird der Prozess gemacht.«

Braun ändert seine Körperhaltung, er senkt den Kopf, stützt seine Hände auf die Knie. Dann schaut er auf.

»Ich hab der Paula nichts getan. Ehrlich.«

Aus seiner Stimme ist alle Großspurigkeit gewichen.

»Sie bestreiten, Paula Bajorath ermordet zu haben?«, fragt Emma nach.

»Das war er, dieser Wahnsinnige. Ich doch nicht. Ich bring doch niemanden in meiner Stadt um. Ich bin der Oberbürgermeister.«

Emma wartet wieder ab, ob er weiterredet. Aber sein Kopf bleibt gesenkt, Braun schweigt.

»Ich halte fest, Sie geben zu, in der fraglichen Nacht am Tatort in der Höllengasse in Radolfzell zusammen mit Vladimir Sokolow gewesen zu sein. Sie haben ausgesagt, dass nicht Sie, sondern Herr Sokolow Paula Bajorath erstochen hat. Ist das richtig zusammengefasst, Herr Braun?«

Emma Zäringer schaut ihn aufmerksam an. Gerhard Braun nickt.

»Ich halte fest, Herr Braun stimmt zu.«

Jetzt lehnen sich die Polizisten zurück, ihre Erleichterung ist spürbar.

»Bis Ihr Anwalt eingetroffen ist und für die weitere Befragung würde ich mich gerne mit meinen Kollegen besprechen, Herr Braun. Können wir Ihnen einen Kaffee oder Wasser bringen?« Emma bleibt bei ihrer Freundlichkeit, möchte ihm kein Gefühl von Verachtung oder Triumph zeigen.

»Ein Kaffee wäre gut. Danke.«

Emma steht auf, Häberlein und Matusch ebenfalls. Doch dann setzt sich Emma noch einmal. »Sagen Sie, wie haben Sie von dem Mord an Volker Schwendner erfahren?«

»Stand doch in der Zeitung, und dann rief die Paula an.«

»Geht der Mord an Schwendner auch auf das Konto von Sokolow, Natroschenko und Landi?«

»Was? Der ist doch ertrunken. Was reden Sie denn da?«

»Sie wollten vor Ihrer Wahl Veröffentlichungen verhindern, in denen Sie, Landi, Natroschenko und der Hotelbau genannt werden. Deswegen mussten Schwendner und Bajorath sterben.«

»Unsinn, ich wollte nur mit ihr reden! Damit sie keine Falschmeldungen in die Welt setzt.«

»Zusammen mit einem Killer!?«

Wieder senkt sich der Kopf von Gerhard Braun. »Das wollte ich doch alles nicht.«

Anstatt arrogant klingt seine Stimme jetzt weinerlich. Emma führt ihre Kollegen aus dem Verhörzimmer.

In dem Raum nebenan, durch die dunkle, schalldichte Scheibe getrennt, hat Antje Strewig das Verhör verfolgt. Sie begrüßt die Mordermittler und gratuliert dem Team zu dem

Erfolg. Den genauen Tatverlauf, da ist sie sich sicher, werden die weiteren Befragungen ergeben. Emma stimmt ihr zu, aber sie ist unruhig. Sie möchte das Verhör an die Kollegen abgeben und zurück nach Radolfzell fahren. Sie wendet sich an Ingrid Häberlein.

»Du hast zu Beginn unserer Ermittlungen vermutet, das Motiv für den Mord an Schwendner könnte im privaten Bereich liegen. Möglicherweise hast du recht.«

»Was meinst du damit?«, fragt Häberlein erstaunt nach.

»Sie glauben nicht, dass es dieser Typ im Krankenhaus war?«, wundert sich die Staatsanwältin.

»Es gibt da noch einen Verdacht, dem ich nachgehen will. Mehr kann ich im Moment nicht dazu sagen. Wäre das okay, wenn ich mich jetzt ausklinke? Ihr braucht mich hier nicht mehr.«

»Wenn es nicht wieder eine Schießerei gibt, kein Problem«, entscheidet Häberlein, »Sie müssen auf sich aufpassen, Frau Zäringer. Sie leisten gute Arbeit.«

Philipp Reiser fragt, was er mit dem beschlagnahmten Material von Sandra Schwendner machen soll. Ob es hier an die Kriminaltechnik geht oder nach Singen.

»Nach Singen«, bekommt er sofort als Antwort.

Er blickt Emma an, die ernst und nachdenklich ist. »Bleibt er in Haft?«, fragt er nach.

»Ich denk schon«, antwortet sie zögerlich.

»Hat er es zugegeben? War er es?«

»Er war dabei … Wir müssen Lisa finden.«

»Radolfzell?«

»Danke, dass du mich bringst.«

Er schaltet die Scheinwerfer ein, es ist dunkel geworden. Erneut ruft sie Abena an. Diesmal stellt sie den Lautsprecher laut, damit auch Philipp Reiser mithören kann.

»Hier beginnt Party«, ist das Erste, was Abena berichtet.

Sie spricht laut, aufgeregte Stimmen und Geklatsche sind im Hintergrund zu hören.

»Aber ist das Ergebnis schon raus? Es ist doch noch nicht mal acht Uhr.«

»Vorläufiges Wahlergebnis. Sie hat achtzig Prozent der Stimmen bekommen.«

Wieder Johlen und Rufe.

»Was? Wer?«

»Wie heißt sie? Die Frau. Wölzner. Braun ist draußen, er hat's verkackt, haushoch verloren.«

»Echt? Hast du Lisa schon gesehen?«

»Nein. Ein paar von ihren Freundinnen und den Hotelgegnern sind schon da, alle ganz happy und aufgeregt. Das ist der Hammer. Keine Lisa bisher.«

»Wir sind unterwegs.«

»Das glaub ich noch nicht.« Philipp ist konsterniert. »Das kann doch nicht sein. In Radolfzell?«

Emmas Unruhe ist noch nicht verflogen, trotz der guten Nachrichten. Sie wählt erneut, diesmal ruft sie ihren Vater an.

»Bist du zu Hause? Allein?«

»Leider.«

»Kannst du etwas für mich machen?«

»Nur wenn es nicht gegen Recht und Gesetz verstößt.«

»Mal schauen. Könntest du ins Dorf runter und bei Charlotte Schwendner vorbeischauen? Ich suche ihre Enkelin, die Lisa.«

»Und wenn sie da ist?«

»Dann spielt ihr zusammen *Mensch, ärgere dich nicht*, bis ich komme.«

»Zu Befehl. Und wenn sie nicht da ist?«

»Dann geh bitte runter an den See zu deren Haus und schau, ob sie dort ist.«

»Mit Charlotte?«

»Am besten.«

»Und was sag ich Mona?«

»Keine Ahnung. Aber lass Lisa nicht entwischen, wenn du sie findest, sondern bleib bei ihr. Unbedingt.«

»Ist das jetzt ein Auftrag der Polizei?«

»Nein, von mir. Mensch, Papa! Geh schon los.«

Sie sind bis Allensbach gekommen, als Philipp fragt:

»Planänderung?«

»Nein, noch nicht. Aber ich hab ein komisches Gefühl.«

Sie parken in zweiter Reihe in der Nähe des Bahnhofs. Emma zögert, sich den Gruppen von Menschen anzuschließen, die in die gepflasterte Fußgängerpassage zum Münster und Rathaus strömen. Viele lachende offene Gesichter sind zu sehen. Der unerwartete Ausgang der Wahl scheint die Bewohner der Stadt fröhlich zu stimmen. Emma nimmt Kontakt zu Abena auf, fragt nach Lisa. Abena hat sie immer noch nicht gesehen, ihre Mitstreiterinnen wissen nicht, wo sie ist. Emma bittet die Kollegin, zum Bahnhof zu kommen, zu ihrem Streifenwagen, um das weitere Vorgehen zu besprechen. Danach ruft sie Sandra Schwendner an, die ihr seltsam verzögerte Antworten gibt, als ob sie betrunken ist. Sie versichert ihr, Lisa sei nicht zu Hause, ihr Fahrrad nicht da.

Zwischen all den Leuten, die zur Siegesparty der neuen Oberbürgermeisterin pilgern, bleibt ein Mann stehen, der zu Emma und Philipp blickt. Um ihn herum ist es einsam, als ob er nicht dazugehört, wie ein von Pilzbefall heimgesuchter Baum, den niemand berühren mag. Er löst sich aus der Menge, geht konzentriert auf Emma zu. Der Mann hat einen zerknitterten grauen Hut auf, ist mit einem förmlichen altmodischen Anzug bekleidet, trägt eine dünne dunkle Krawatte über einem bunten Hemd, in der Hand hält er einen zusammengerollten Regenschirm. Philipp Reiser blickt ihm irritiert entgegen, Emma erkennt ihn erst, als er vor ihnen steht.

»Ach Sie sind das, Sie haben das Feuer in der Wohnung von Paula Bajorath gelöscht.«

»Bahram Zahar«, stellt er sich erneut vor. Er nimmt seinen Hut ab und hält ihn in der Hand mit dem Regenschirm.

»Gehen Sie auch zu der Wahlparty?«, fragt ihn Emma.

»Ich wusste nicht, was hier heute gefeiert wird. Ich darf nicht wählen, obwohl ich schon so lange in diesem Land lebe und Steuern bezahle. Nun ja ... Haben Sie die Schurken gefunden, die meine schöne Nachbarin gemeuchelt haben?«

»Dazu darf ich Ihnen nichts sagen, Herr Zahar.«

Als ob er einen Scheinwerfer dreht, wendet der Mann seine Aufmerksamkeit Philipp Reiser zu.

»Sie kommen auch aus einem fernen Land«, sagt er zu ihm.

»Nun ja«, lacht Philipp, »Gaienhofen ist nicht so weit weg.«

»Aber Ihre Seele hat eine lange Wanderung hinter sich.«

Er lächelt Philipp Reiser aufmunternd an. Der kann ihn nur verwundert anschauen, zu seltsam ist die Aussage dieses Mannes.

»Herr Zahar, warum haben Sie *Schurken* gesagt? Plural.«

Er wendet sich wieder an Emma. »Ah, Sie haben aufmerksame Sinne. Natürlich, Sie sind Polizistin. Sie werden das vermutlich nicht verwerten können, aber in einem Traum habe ich erneut die Schritte und Stimmen aus jener Nacht gehört. Es könnten zwei Männer gewesen sein. Der eine war schwer, der andere leichter, nur einer von ihnen hat laut gesprochen.«

Emma blickt zu Philipp. »Das könnte durchaus relevant sein. Was meinst du?«

»Ich denke auch. Könnten Sie das zu Protokoll geben? Auf dem Revier?«

»Meinen Traum zur Aussage bringen. Sehr gerne.«

Wieder dieser interessierte Blick auf Philipp.

»Wissen Sie, es gibt eine seltsame Theorie, wonach alle Menschen über sechs Ecken miteinander bekannt sind. *Six Degrees of Separation* oder das Kleine-Welt-Phänomen. Haben Sie davon gehört? Es gab in den sechziger Jahren sogar wissenschaftliche Untersuchungen dazu. Entschuldigen Sie bitte meine direkte Art. Aber es könnte sein, dass es diese Verbindung zwischen uns gibt.«

»Darf ich fragen, welches Ihr Herkunftsland ist?«

»Iran.«

Philipp glotzt den Mann an. Er ist verwirrt, er hat, soweit er weiß, keinerlei Verbindungen zu diesem Land und seinen Bewohnern. Bevor er eine Nachfrage loswerden kann, kommt Abena auf die drei zu. Sie hat ihre Kollegen im Gespräch mit dem Mann im Anzug entdeckt. Herr Zahar verabschiedet sich, setzt den Hut auf und geht wieder. Philipp glotzt ihm nach, er braucht einen Moment, dann begrüßt er ebenfalls Abena. Sie erkundigt sich nach dem Mann mit dem Hut.

»Ein Zeuge. Er wohnt unter der Wohnung von Paula Bajorath. Und er kennt Philipp über sechs Ecken.«

Abena und Emma schauen den Mann mit dem Bart an, doch sein Blick verrät Ratlosigkeit. Seine Gedanken sind bei den geheimnisvollen Andeutungen des Mannes aus Iran hängen geblieben.

»Abena Blumenthal.«

»Philipp Reiser, Polizeiposten Gaienhofen.«

»Emmas Schatten«, meint Abena spöttisch.

»Lasst uns bitte auf Lisa fokussieren«, mahnt Emma die beiden, »vielleicht ist sie in Wangen.«

Abena soll zur Wohnung von Charlotte Schwendner fahren, Emma und Philipp werden beim Haus am See nachsehen. Falls Lisa auch dort nicht sein sollte, wollen sie zusammen das Seeufer in Wangen absuchen.

»Du glaubst, sie tut sich etwas an?«, fragt Abena besorgt.

»Lass uns losfahren«, ist Emmas Antwort.

Unterwegs versucht sie, ihren Vater zu erreichen, aber der geht nicht an sein Telefon.

»Soll ich den Kollegen David mobilisieren?«

»Lass mal, noch nicht.«

Sie nehmen die Strecke über Iznang und Gaienhofen und erreichen zwanzig Minuten später das Haus von Volker Schwendner am See. Das Haus liegt dunkel, keines der Fenster ist erleuchtet. Sie eilen in den Garten, auf die Wiese, wo ihre gemeinsame Arbeit vor zehn Tagen begann.

»Hallo?! Lisa!«

Philipp schaltet eine Taschenlampe an und versucht zu entdecken, ob da bei den Bäumen und Büschen jemand sein könnte. Emma hört konzentriert in die Stille, entfernt und leise plätschern die Wellen des Sees. Irgendetwas ist da.

»Mach mal bitte aus.«

Nachdem sich ihre Augen an die Dunkelheit gewöhnt haben, sehen sie zwischen Gebüsch kleine Lichtkegel aufscheinen. Jemand könnte mit der Taschenlampe am Uferweg entlanggehen, oder es ist ein Boot mit aufgesetztem Positionslicht unterwegs. Emma zeigt in die Richtung, Philipp schaltet erneut die Taschenlampe an, damit sie nicht stolpern, wenn sie über das Gras eilen.

Sie erreichen das Ufer, und an der Stelle, wo der große Findling liegt, steht ein Mann am Wasser. Er hält mit der rechten Hand ein Mobiltelefon in die Höhe, dessen Lichtfunktion eingeschaltet ist. Sein linker Arm ist angewinkelt und ungewöhnlich dick.

»Bernhard!«

Der Lichtkegel seines Telefons wird nun von Philipps Lampe verstärkt. Sie sehen einige Meter entfernt den kahlen Kopf eines Menschen im See.

»Jetzt komm endlich raus, Mädle!«, ruft Bernhard.

»Lisa!«

Philipp drückt Emma die Taschenlampe in die Hand, zieht sich schnell bis auf die Unterhose aus und steigt ins Wasser.

»Mit diesem blöden Gips kann ich nicht in den See«, erklärt Bernhard.

»Wie lang ist sie schon da drin?«

»Noch nicht so lang. Ich hab auf sie eingeredet, aber sie ist einfach losgeschwommen. Dann hat sie aufgehört. Das dumme Kind!«

Sie sehen zu, wie Philipp mit kräftigen Kraulbewegungen zu dem Mädchen im Wasser schwimmt. Dann hat er sie erreicht, legt einen Arm um ihren Körper, bringt sie in die Rückenlage und zieht sie so mit sich, bis sie am Ufer sind, wo er sie in den Sand ablegt. Lisa bewegt sich nicht, ihr schwarzer Schwimmanzug glänzt, ihre Arme und Beine schimmern weiß. Emma legt ihr zwei Finger an den Hals und unter die Nase.

»Sie hat Puls, sie atmet.«

Sie klatscht ihr mit der flachen Hand auf die Wangen, Lisas Augenlider flattern, aber sie bleibt bewusstlos.

Philipp geht in die Knie, nimmt sie hoch, Emma sammelt seine Kleidung ein, und Bernhard leuchtet durch das Gebüsch, zurück auf das Grundstück der Schwendners.

Sie werden von dem Licht einer anderen Taschenlampe in Empfang genommen. Abena kommt auf sie zu. Im Haus gehen die Lichter an. Jetzt eilt auch Charlotte zu ihnen.

»Jesses Gott! Was ist mit ihr!?«

»Sie lebt, Charlotte. Hol bitte Handtücher und Decken.«

»Gott sei Dank.«

Zusammen mit Abena geht die alte Frau schnell in das Haus zurück, gefolgt von dem pitschnassen Philipp, der Lisa trägt. Er legt die junge Frau auf der Couch ab, richtet sich auf, atmet schwer. Bernhard telefoniert mit Doktor Schwarz.

»Du musst schnell kommen. Zum Schwendner am See. Wir haben seine Tochter aus dem See gezogen. Sie lebt, aber sie ist bewusstlos«, er wendet sich an Emma. »Er kommt gleich. Er hat viel zu tun mit uns.«

Charlotte Schwendner trocknet ihre Enkelin ab, legt eine Decke über sie, schält sie aus dem feuchten Schwimmzeug. Auch Philipp bekommt ein Handtuch und eine Decke. Emma zieht ein Augenlid von Lisa hoch.

»Die hat was genommen.«

»Ich mach uns Tee.«

Charlotte füllt Wasser in einen Kessel und stellt ihn auf den Herd, dann macht sie sich auf die Suche nach Tassen und Teebeutel.

Philipp zieht sich an und geht wieder hinaus, um Lisas Kleidung und Fahrrad zu suchen.

Abena und Emma betrachten Lisa mit dem rasierten Kopf, die scheinbar friedlich auf der Couch ihres toten Vaters schläft. Bernhard telefoniert mit Mona, berichtet ihr, wo er ist, am Telefon kann er nicht alles erklären, sie soll auf ihn warten.

»Das wird ja jetzt wie bei Agatha Christie. Alle sind im Haus des Opfers versammelt«, scherzt er.

Emma hört ihn nur halb, sie spricht in ihr Telefon.

»Frau Schwendner. Wir haben Lisa gefunden. Sie war im See, in Wangen, beim großen Findling. Ja, sie lebt. Ich vermute, sie hat irgendetwas genommen. Wir haben Dr. Schwarz verständigt. Sie haben uns einiges zu erklären«, ergänzt Emma noch, dann legt sie wieder auf.

Dr. Schwarz erscheint, und das Teewasser kocht. Als er Emma und Bernhard sieht, schüttelt er nur den Kopf. Eigentlich ist er doch nur ein Landarzt am Untersee.

»Ist das deine Enkelin, Charlotte?«

»Ja.«

Er nimmt ein Stethoskop aus seinem Arztkoffer, hört Herzschlag und Atemfunktion ab, legt einen elektronischen Pulsoxymeter an, wartet, schaut auf die Zahlen, die erscheinen. Dann verstaut er wieder alles.

»Die wird wieder. Sie war im See?«

»War sie«, sagt Bernhard.

»Was hast du damit zu tun?«

»Ich hab sie entdeckt.«

»Du sollst dich doch schonen, Bernhard.«

»Sie wäre fast ertrunken.«

Philipp Reiser kommt mit einem Knäuel Kleidung zurück. »Ich hab ihre Sachen gefunden. Unten am See.«

Emma durchsucht die Hosentaschen und die Jacke. Zum Vorschein kommen das Mobiltelefon, ein paar Zettel, ein Fahrschein und ein Blister.

»Gabapentin. Das war das Zeug für die Katze. Zur Beruhigung«, sagt Philipp mit einem Blick auf das Medikament.

Dr. Schwarz nimmt den Blister in die Hand, schüttelt erneut den Kopf. »Ja, es hat sedierende Wirkung, beim Menschen wird es zur Therapie von epileptischen Anfällen eingesetzt. Der Wirkstoff kommt auch im menschlichen Körper vor.«

»Aus der Apotheke der Tierärztin, ihrer Mutter. Wollte sie im Wasser einschlafen? Wie ihr Vater?«, überlegt Emma.

»Haben Sie sie rausgeholt?«, fragt der Arzt Philipp Reiser.

»Hab ich.«

»Gut, gerade rechtzeitig.«

»Jesses.« Charlotte spricht leise, erschüttert.

»Und jetzt?«, fragt Emma den Arzt.

»Sie können warten, bis die Wirkung nachlässt. Seien Sie nett zu ihr.«

»Kann man das beschleunigen? Können Sie ihr etwas geben? Eine Gegenmedikation? Damit sie schneller zurückkommt?«

»Gestern Schießerei, heute Selbstmord. Aufregendes Leben, das Sie da führen.«

»Danke für nichts, ich hätte es gerne ruhiger«, raunzt Emma Dr. Schwarz an. »Also? Können Sie was machen?«

Missmutig schaut er in seinen schwarzen Koffer und holt eine weiße Plastikdose heraus.

»Hier, Stimmungsaufheller. Habe ich jetzt immer dabei. Die Leute sind ja nur noch depressiv und wollen sich umbringen. Komische Zeit, in der wir leben.«

»Da sagst du was.« Charlotte stimmt ihm zu.

Dann schüttelt der Arzt den Kopf und steckt das Pillendöschen wieder in den Koffer zurück. »Nein, das ist mir zu gefährlich. Geben Sie ihr starken Kaffee, wenn sie bei Bewusstsein ist.«

Dr. Schwarz steht auf, ächzt. Gerne hätte er einen ruhigen Abend vor dem Fernseher verbracht.

»Jetzt weiß ich nicht, wer der Mörder ist«, grummelt er, als er die Hand hebt und den Raum verlässt.

»Er meint den *Tatort*. Er schaut Sonntag Abend Fernsehen«, erläutert Bernhard Zäringer.

Emma bringt Lisa in eine aufrechte Position, reicht ihr ein Glas Wasser, Lisa trinkt, schluckt. Sie atmet tief ein, sie öffnet für einen Augenblick schwer die Augen, versteht nicht, wo sie ist, schließt die Augen wieder, dämmert weiter.

»Wir brauchen starken Kaffee«, befiehlt Emma.

Charlotte eilt zum Herd. Emma geht ihr nach, zeigt ihr auf dem Mobiltelefon das Foto von Vladimir Sokolow mit Maske und schwarzer Kappe, nachdem er auf die Krankenbahre verladen wurde.

»Ja, das war der Typ! Habt ihr ihn? Der sieht schlimm aus.«

»Danke Charlotte. Ja, wir haben ihn.«

»Hat er … Hat er Volker …? Mir ist schon klar, dass er nicht einfach ertrunken ist, sondern jemand nachgeholfen hat.«

»*Keiner* von uns kann dazu irgendetwas sagen.«

Emma spricht deutlich, um zu verhindern, dass irgendjemand im Raum sich verplappert. Sie bedankt sich bei ihrem Vater für seine Hilfe, aber er kann jetzt zurück nach Hause gehen, zum Obsthof. Emma will später bei ihm vorbeikommen, und vielleicht wird Abena heute bei ihnen übernachten. Abena lächelt.

Nach einer halben Stunde und zwei Tassen Kaffee ist Lisa Schwendner wach und ansprechbar. Sie blickt sich um, wundert sich, wie sie in das Wohnzimmer ihres Vaters gekommen ist.

»Hallo, Oma.«

Charlotte hat Tränen in den Augen, umarmt sie herzlich.

In die Decke eingewickelt, bringen Emma und Abena das Mädchen ins obere Stockwerk.

»Wo war früher dein Zimmer?«

Lisa stößt die Tür zu Volkers ehemaligem Jugendzimmer auf, das Zimmer mit dem Giebelfenster. Müde legt sie sich auf das Bett, zieht die Decke eng um sich.

»Ihr habt gewonnen, Lisa«, beginnt Emma.

»In Radolfzell ist Party. Echt«, ergänzt Abena.

Lisa begreift nicht gleich die Bedeutung dessen, was die beiden Frauen ihr da erzählen.

»Die neue Oberbürgermeisterin heißt Ruth Wölzner. Achtzig Prozent haben sie gewählt.«

Abena scrollt auf ihrem Bildschirm, zeigt ihr die Bilder und die Filmclips der fröhlichen Radolfzeller vor dem Rathaus. Lisa setzt sich auf, betrachtet erstaunt die ungewöhnlichen Nachrichten.

»Das ist geil.«

»Du hast geglaubt, Gerhard Braun wird wiedergewählt.«

Lisa nickt. »Der korrupte Arsch.«

Emma und Abena verständigen sich mit einem Blick.

»Wir haben ihn festgenommen«, informiert Emma. Diese zusätzliche, erstaunliche Nachricht mag Lisa nicht recht glauben.

»Echt jetzt?«

Beide Frauen nicken. Ein sanftes Lächeln zaubert sich in das blasse Gesicht der kahl geschorenen Frau, das gleich wieder von Traurigkeit abgelöst wird.

»Lisa, ich war heute auf der anderen Seeseite, bei deinem Tauchclub in Eschenz und in Mammern. Du bist deinem Vater hinterhergetaucht, als er die Urne von Mark abgeholt hat.«

Lisa schaut auf, zieht sich die Decke fester um ihre Schultern, fixiert einen Punkt an der Wand hinter Emma. Abena wendet sich erstaunt zu ihrer Kollegin. Das ist eine neue Information für sie.

»Ich wollte ihn nicht töten. Echt nicht.«

Emma und Abena warten, ob Lisa weiterredet. Emma spürt dem Klang von Lisas letztem Satz nach. Kann sie ihr glauben? Wollte sie ihren Vater wirklich nicht töten? War sie wirklich so naiv? Vielleicht war sie einfach nur die Handlangerin ihrer Mutter, die genau wusste, welche Wirkung das Gabapentin auf Schwendner haben würde. Lisa hat jetzt Tränen in den Augen, die langsam über ihr Gesicht rollen.

»Erst habe ich gedacht, es würde mir nichts ausmachen. Der Kampf um den Auenwald ... ich war voll wütend. Auf ihn, auf alle. Aber in den letzten Tagen und Nächten habe ich ihn gesehen, so von unten, durch die Taucherbrille, seinen Körper, erstarrt, leblos, wie er über mir treibt.«

»Was hattet du und deine Mutter vor?«

»Mama hatte nichts vor. Die ist dauerfrustriert.«

»Dein Vater hat euch darüber informiert, dass er über den See schwimmen und die Urne holen wird?«

»Er hat das groß angekündigt, eine letzte Seequerung mit Marc. Dann sollten wir alle die Asche in den See streuen. Mama war total sauer. Sie hat ihn angeschrien, das ist auch ihr Sohn, er soll richtig beerdigt werden. Marc hatte auch eine Freundin und Freunde. Die wollten auch Abschied nehmen. Es war wieder voll sein Egoding. Ich hab dann vorgeschlagen, ihm die Urne abzunehmen. Im See. Angriff von unten.«

»Deine Mutter gab dir den Injektionsstab?«

»Das Ding kenn ich schon. Ich hab schon oft dabei zugesehen, wie meine Mutter damit Pferde eingeschläfert hat.«

»Aber das Narkosemittel brachte sie bei?«

»Das schon.«

»Weißt du, was das war?«

»Irgendwas für Tiere, was man nicht nachweisen kann. Er sollte ein paar Sekunden weg sein, ich klau ihm die Urne, verschwinde wieder, und er wacht auf. Das war der Plan. Scheißplan.«

»Du hast deiner Mutter geglaubt? Sie wollte ihn nicht töten?«

»Mama? Nein! Sie liebt ihn doch immer noch.«

Emma überlegt, sie hat noch mehr Fragen.

»Abena, bleib kurz bei ihr, ich muss etwas aus dem Auto holen.«

Emma eilt die Treppe hinunter. Sie bittet Philipp, aus dem Auto den Laptop von Lisa zu bringen. Als er ihnen den weißen Computer ins Zimmer reicht, ist Lisa wieder angekleidet. Emma setzt sich vor sie hin, legt sich den Laptop auf die Knie. Die Situation und der Raum, in dem sie sich mit Lisa befindet, springen sie merkwürdig an. Sie war vermutlich im gleichen Alter wie Volkers Tochter heute, als sie damals auf diesem Bett saß.

»Wir haben den heute in deinem Zimmer beschlagnahmt.«

»Aber …«

»Du bekommst ihn zurück, keine Sorge. Nach dem Selbstmord von Marc, hattest du da Kontakt zu deinem Vater?«

»Nein!« Lisa ist empört. »Ich wollte nichts mehr mit ihm zu tun haben. Marc hat sich wegen ihm umgebracht! Er hat es nicht mehr ausgehalten. Dieses ständige *dein Talent, du musst wieder spielen.* Marc hat sich geschworen, sich nie wieder an ein Klavier zu setzen. Wegen diesem Arsch!«

»Du hast den Kontakt komplett abgebrochen?«

»Ja, völlig.«

»Das habe ich mir schon gedacht. Lisa, ich möchte dich um etwas bitten. Du weißt, dass Paula auch tot ist. Sie wurde getötet, weil sie vermutlich vorhatte, etwas von deinem Vater zu veröffentlichen. Einen oder mehrere Artikel. Nach Marcs Tod ist etwas mit ihm passiert …«

Lisa gibt einen unwilligen Zischlaut von sich.

»Paulas Mörder traten auf den Plan, weil sie eine Veröffentlichung verhindern wollten. Es ging sehr wahrscheinlich um den Hotelbau am See. Sie haben Volkers Wohnung in Konstanz und auch die deiner Oma durchsucht, sie waren in diesem Haus, wo er zuletzt lebte, und haben hier seinen Laptop mitgehen lassen.«

»Wieso sagen Sie Volker? Kannten Sie ihn persönlich?«

»Ich bin in Wangen aufgewachsen, oben im Obsthof Zäringer.« Emma überlegt, ob sie ihr mehr erzählen soll. »Als ich so alt war wie du, kannte ich ihn.«

»Du und mein Vater?«

Lisa schaut Emma ungläubig an.

»Ich glaube, er wollte etwas wiedergutmachen. Es könnte sein, dass er dir etwas geschickt hat. Damit du siehst, dass er bereit ist, sich zu ändern.«

Sie gibt Lisa den Computer, die ihn aufklappt und ihr Passwort eintippt. Abena setzt sich neben sie.

»Schau bitte in deinen Spam-Ordner, in deinen Papierkorb, ob du etwas findest, was dir dein Vater in den letzten Wochen geschickt hat.«

Abena sieht Lisa zu, wie sie auf ihrem Gerät herumtippt. Tatsächlich fördert sie ein paar E-Mails mit ihm als Absender zutage, die auch Anhänge enthalten. Abena zieht den Computer zu sich, liest vor.

Liebe Lisa, es tut mir leid, sehr leid, was passiert ist. Ich bin unendlich traurig. Marcs Tod ist ein Schock, für mich, für dich und Sandra. Du wirst mich jetzt noch mehr hassen. Ich habe sehr viel falsch gemacht. Aber du bist meine Tochter, die ich liebe und bewundere. Du hast so viel Kraft. Ich hoffe, wir finden wieder zueinander, auch wenn es dafür viel Zeit braucht. Damit du siehst, dass ich mich ändern werde, schicke ich dir einige Artikel, die ich gerade geschrieben habe. Sie sollen dich und euren Kampf unterstützen. Es ist für mich ein erster Schritt, meine schmutzige Wäsche zu waschen. Diese Artikel gehen auch an Paula. Die Leute, mit denen ich zu tun hatte, sind gefährlich. Wenn mir etwas zustoßen sollte, wird sich Paula um die Veröffentlichung kümmern. Alles Liebe, dein Papi.

Abena klickt auf die erste PDF-Datei im Anhang.

»Das ist der erste Artikel, die Überschrift lautet: *Die Pianistin und ihr Hotel.*«

Lisa blickt gebannt auf den Bildschirm neben sich, wieder laufen ihr Tränen über die Wangen. Emma setzt sich auf ihre andere Seite und legt einen Arm um sie.

Abena klickt weiter, findet noch zwei Artikel.

»Der Rocker und der Staatsanwalt«, liest sie vor, »und: *Pizza essen bei der Mafia.* Wow, da hat einer richtig in die Scheiße gefasst.«

Lisa schluchzt, weint, sie weint immer heftiger. Emma hält sie fest im Arm, bis sie sich etwas beruhigt hat.

»Wir werden diese Artikel lesen, aber wir dürfen sie nicht weitergeben. Sollten sie posthum doch noch erscheinen, würde das bestimmt viel Aufsehen erregen. Einige der gefährlichen Leute, von denen er schreibt, sind bereits verhaftet. Vielleicht helfen uns seine Informationen, ihnen den Prozess zu machen. Andere könnten aufgeschreckt werden, Fehler machen.«

»Also, was soll ich tun?«, fragt Lisa. Sie reibt sich die Tränen aus dem Gesicht, ihr Trotz kommt zurück.

»Du könntest Marcs Freundin schreiben.«

»Carmen?«

Emma nickt. »Ich spreche mit ihr. Sie freut sich bestimmt, von dir zu hören.«

Lisa macht, was die beiden Frauen ihr vorschlagen.

»Jetzt lösch den Kontakt zu Carmen und alle Korrespondenz mit ihr«, weist Abena sie an.

»Aber …«

»Mach einfach.«

Lisa tut, was sie ihr sagt.

»Jetzt kannst du den Kontakt wieder einrichten.«

Lisa schaut die beiden Polizistinnen wie ein kleines Mädchen an, hilflos und traurig.

»Sprich noch nicht mit deiner Großmutter über das, was im See passiert ist, was du und deine Mutter getan habt. Aber wir sollten nach unten gehen, einen Tee trinken. Dann bringen wir dich nach Radolfzell.«

»Komme ich jetzt ins Gefängnis?«

»Es wird keine leichte Zeit für dich, Lisa. Aber du wirst deine Schule abschließen. Was mit dir und deiner Mutter geschieht, entscheidet der Richter. Es ist gut, dass du uns alles ehrlich erzählt hast. Das wirst du noch öfter tun müssen. Ich kann dir noch nicht sagen, wie das alles ausgeht. Aber du schaffst das!«

Lisa schnieft. Zusammen gehen sie die Treppe hinunter, ins Wohnzimmer, wo Charlotte ihre Enkelin in die Arme nimmt.

Wenige Wochen später

Es ist Mai geworden, einige Tage sind jetzt schon richtig warm, die Kirschbäume blühen rosarot, ein betörender Duft liegt in der Luft, die Vögel zwitschern laut und suchen Partner, im Schilf am See wird gebrütet. Heute ist für Emma ein Brief angekommen, von ihrer leiblichen Mutter Maria aus Neapel. Sie kündigt an, Emma und Bernhard in Radolfzell zu besuchen. Nachdem Emma in die Abgründe der Familie Schwendner geblickt hatte und die Verhandlung zum Tod von Antonio Ballestri durchgestanden war, schrieb sie ihrer Mutter Maria einen Brief. Ein zaghafter Versuch, wieder an ihre familiären Beziehungen anzuknüpfen. Und Maria antwortete ihr tatsächlich.

Eine melancholische Ruhe breitet sich in Emma aus. Vielleicht kann sie durch den Besuch dieser Frau, aus deren Bauch sie einst schlüpfte, besser verstehen, was sie selbst in sich trägt, und sich endlich annehmen. Bisher hat sie nie länger darüber nachgedacht, was die Fälle, mit denen sie zu tun hatte, in ihr bewirken. Sie war ein Instrument des Staates, das die Wahrheit ans Licht beförderte, die Täter zur Rechenschaft zog und den Rechtsstaat aufrechterhielt. Diesmal war es anders. Der tote Antonio, der junge Marc, der ins Eis sprang, der im Untersee ertrunkene Volker, die erstochene Paula hatten sie herausgefordert, sich Fragen an sich selbst zu stellen. Fragen, die auch mit Maria zu tun haben. Hatte sie den Mann, der ihr Vater ist, geliebt? Emma will ihn nicht suchen, aber sie will verstehen, wer sie eigentlich ist. Was hat es mit der Familie in Neapel auf sich, mit dem Onkel, ihren Halbbrüdern? Was bedeuten Emma und ihre beiden

Halbbrüder ihrer Mutter? Vielleicht würde sie keine Antworten für sie haben, aber sie hofft wenigstens, die Fragen loszuwerden.

Emmas Intermezzo beim KDD in Singen fand schon wenige Tage nach der Verhaftung von Gerhard Braun ein Ende. Der Polizeipräsident in Konstanz bat sie wieder zurückzukommen, sie wurde belobigt für ihre gute Arbeit. Die Wunde am Arm verheilte langsam, aber sie quälte sich weiter damit herum, ob sie nicht doch noch etwas anderes mit ihrem Leben anfangen sollte, an einem anderen Ort, in einem anderen Land. Doch zunächst mussten die Ermittlungen abgeschlossen werden. Die Kriminalisten setzten die letzten Puzzlesteine zusammen, die die Fälle verbanden. Emma traf sich mit Sandra Schwendner und befragte sie nach dem Betäubungsmittel, mit dem Volker Schwendner bewegungsunfähig gemacht worden war. Es war tatsächlich Suki, Suxamethonium, gab die Tierärztin zu. Die Dosis war falsch, sie wusste nicht exakt, welche Wirkung es bei einem Menschen haben würde. Das Medikament käme manchmal bei Hunden zum Einsatz, die sich nicht beatmen lassen wollen. Es war dumm und fahrlässig von ihr, sagte sie. Emma übergab ihr die Briefe von Marc an seinen Vater, sie habe keine ermittlungsrelevanten Fakten darin gefunden, aber es habe ihr ein gutes Bild vom Verhältnis von Volker Schwendner zu seinen Kindern vermittelt. Sie blätterte in den Briefen und las ein paar Sätze.

»Er hat Marc bis zuletzt nicht verstanden. Und auch nicht Lisa«, kommentierte Sandra Schwendner.

Gerhard Braun kam in Untersuchungshaft ins Konstanzer Gefängnis. Vladimir Sokolow wurde, sobald er transportfähig war, in das Justizvollzugskrankenhaus nach Hohenasperg bei Stuttgart verlegt. Lisa konnte ihr Abitur machen, und auch Sandra Schwendner durfte zunächst ihre Tierarztpraxis weiterführen. Eine Fluchtgefahr wurde nicht gesehen. Mutter und Tochter bekamen die Auflage, sich einmal in der Woche auf dem Polizeirevier in Radolfzell zu melden. Antje Strewig bewertete den Fall der beiden Frauen als Totschlag, nicht als Mord. Möglicherweise würde das Gericht strafmildernde Umstände erkennen, sodass die Haftstrafe niedriger ausfiele.

Bei der Beerdigung von Volker Schwendner auf dem Friedhof in Wangen am See kamen neben den Frauen aus seiner Familie auch einige Mitarbeiterinnen und Mitarbeiter der *Bodenseezeitung*, darunter auch Vicky Aigner, die Volontärin. Vicky fragte, aber Emma konnte ihr keine Auskunft zu den laufenden Ermittlungen geben, denn das war Sache der Pressestelle des Polizeipräsidiums. Aber sie gab ihr den Tipp, sich doch einmal mit der Freundin von Marc Schwendner, Carmen Morgenstein in Litzelstetten, in Verbindung zu setzen. Nachdem Emma ihre Fragen an den Journalisten Daniel Wilkening über die Herkunft der Fotos losgeworden war und der sie mit einem Hinweis auf einen Paparazzo in Cannes abspeiste, schlug sie auch ihm vor, bei Carmen Morgenstein anzurufen.

So erschien posthum der Artikel Volker Schwendners *Die Pianistin und ihr Hotel* in einer überregionalen, wöchentlichen Zeitung, aber auch in der *Bodenseezeitung*. Volker Schwendner ging in seinem Artikel mit sich selbst hart ins Gericht, er schrieb offen und selbstkritisch, hinterfragte seine Position als Chefredakteur, zeigte die Verbindungen zu Gerhard Braun, zu Urs Landi und den Natroschenkos auf. Er legte dar, wie aus Bewunderung für die Pianistin Raissa die verrückte Idee entstand, eine Konzerthalle und ein Luxushotel in Radolfzell im Auenwald zu bauen. Volker Schwendner zeigte sich gerührt über die naive Liebe des

Hoteldirektors Landi, der eigens für sie einen Konzertflügel in seinem Hotel aufstellen ließ. Für den Oberbürgermeister Braun war es eine Möglichkeit, sich im Glanz reicher Leute zu sonnen.

Der Artikel löste ein Beben aus, insbesondere wurden Fragen zu den Beziehungen von Sergej und Raissa Natroschenko zu dem russischen Präsidenten gestellt. Es kamen Fragen zu ihrer Schweizer Staatsbürgerschaft auf. Ermittlungen wegen Geldwäsche wurden aufgenommen. Durch die Enthüllungen war der Hotelbau in Radolfzell endgültig vom Tisch.

Vicky Aigner durfte in einem begleitenden Beitrag darüber schreiben, wie sie durch eigene Recherchen die Freundin von Marc Schwendner getroffen hatte. Sie berichtete von einem Treffen mit Lisa Schwendner, besuchte das Haus am See in Wangen und verfasste einen berührenden Artikel über die Verwerfungen in der Familie ihres ehemaligen Chefs.

Rolf Wyss setzte seine Kollegen im Kanton Luzern auf die Spur. Urs Landi und Angestellte des Luxushotels wurden ausgiebig zu Vladimir Sokolow vernommen. Die Regionalzeitungen in der Schweiz berichteten von den Anschuldigungen gegen Landi, vor allem Erscheinen des Artikels von Schwendner in Deutschland. Doch es konnte ihm nicht nachgewiesen werden, dass er sich mit Sokolow verschworen hatte, um Paula Bajorath und Emma Zäringer zu töten. Allerdings musste er zugeben, Sokolow beherbergt zu haben. Er versicherte, keine Ahnung von den schlimmen Machenschaften dieses Mannes gehabt zu haben. Immer wieder hob er seine Freundschaft zu der weltberühmten Raissa Natroschenko hervor, der Eigentümerin des Hotels, dessen Direktor er war.

Sergej Natroschenko ereilte ein mysteriöser Tod in einer Privatklinik auf der indonesischen Insel Bali. Eine Presseagentur berichtete, dass er aus einem Fenster gefallen sei und sich den Hals gebrochen habe. Möglicherweise unter Alkoholeinfluss.

David Wilkening kündigte an, weitere brisante Artikel aus dem Nachlass von Volker Schwendner zu veröffentlichen. Er bat Vicky Aigner um Unterstützung, die noch einige Details aus der Region beisteuerte. Aber bald konnte sie die *Bodenseezeitung* und Konstanz verlassen.

Emmas Wunsch, nähere Bekanntschaft mit dem dichten Bart von Philipp Reiser zu machen, erfüllte sich. Sie trafen sich an einem der ersten warmen Abende im Mai auf der Hornspitze bei Gaienhofen, wo der Blick auf die nahe Insel Reichenau besonders schön ist. Am sandigen Ufer standen Bäume und Büsche in früher Blüte. Emma brachte eine Flasche Crémant und die ersten Erdbeeren vom Obsthof mit, Philipp Käse und frisches Brot. Sie breiteten eine Decke aus, genossen das prickelnde Getränk, bissen von dem milden Käse und dem duftenden Brot ab, redeten über die Geschehnisse der letzten Tage. Auch die Mücken freuten sich über den Besuch. Die beiden rieben sich mit Insektenschutzmittel ein, aber in der Dämmerung, als die Biester immer zudringlicher wurden, half nur ein Sprung ins kühle Nass. Sie liebten sich zum ersten Mal gleich dort im dunklen Untersee. Sie schwang die Beine um seine Hüften und bewegte sich auf ihm im Gleichklang zu den Wellen. Die Vereinigung war von beiden ersehnt worden; dass es hier geschah, passte ihrer Meinung nach gut zu dem Fall, zu dessen Aufklärung sie beide beigetragen hatten. Emma vermied es, Philipp über seine Beziehung zu der Physikerin auszufragen, und auch er wollte nicht wissen, ob es noch andere Männer in ihrem Leben gab. Die Körper harmonierten, ihre Gespräche waren offen und heiter, Philipp wurde auf dem Obsthof zu einem gern gesehenen Gast. Wenn er dort bei Emma übernachtete, frühstückten das junge und das ältere Paar öfter zusammen, bevor sich Emma nach Konstanz verabschiedete. Bernhard weihte den jungen Mann immer mehr in die Geheimnisse des Gemüse- und Obstanbaus ein. Philipp begann ernsthaft zu überlegen, den Polizistenberuf an den Nagel zu hängen und Obstbauer zu werden. Er traf sich auch mit dem seltsamen Herrn Zahar, mit dem er überlegte, woher sie sich kannten. Es war eine Art Spiel. Sie fanden keine direkten verwandtschaftlichen Beziehungen heraus. Doch Philipp wurde mit den Weisheiten des persischen Mystikers Abū Saʿīd und dessen Gedanken zur Liebe vertraut gemacht. Ihm erschloss sich eine neue spirituelle Welt, die er nur zu gern betrat.

Die größte Herausforderung für Emma bestand in einem Treffen mit der Mutter von Antonio Ballestri. Anders als von der Staatsanwältin Strewig angekündigt, gab es keine Verhandlung zur Schießerei in Stuttgart. Die Staatsanwaltschaft Stuttgart hatte das Verfahren eingestellt, da es für sie inzwischen feststand, dass Emma Zäringer in Notwehr geschossen hatte. Ihre Erfolge bei der Aufklärung der Todesfälle in Radolfzell und der Schlag gegen die Waffenschmuggler in Meßkirch hatten sicher einen guten Einfluss auf die Entscheidung der Staatsanwälte der Landeshauptstadt. Doch Frau Ballestri wollte trotzdem nach Konstanz kommen. Sie setzte sich mit Antje Strewig in Verbindung und bat sie, ein Treffen mit der »*Commissaria tedesca*« zu arrangieren. Emma willigte ein. Später musste sie zugeben, dass sie eine andere Frau erwartet hatte. Sie glaubte, sie würde eine weißhaarige Frau in schwarzem Kleid und Kopftuch treffen, die sie mit hartem Gesicht und Tränen in den Augen zur Verantwortung ziehen würde. Doch Signora Aurora Ballestri war eine dynamische, sportliche Frau Mitte fünfzig, mit offenen, interessierten Augen. Sie trug einen grünen Blouson über einer hellen Bluse, blaue Vierfünftel-Chinos, schwarze Sneakers, ihre Haare waren rötlich gefärbt und kurz geschnitten. Die drei Frauen trafen sich im engen Bürozimmer der Konstanzer Staatsanwältin. Frau Ballestri sprach kein Deutsch, aber recht gut Englisch mit starkem italienischen Akzent. So konnten sich die Frauen gut verständigen. Antje Strewig erläuterte, warum die Staatsanwaltschaft Stuttgart das Verfahren gegen Emma Zäringer eingestellt hatte. Die Mutter des Getöteten hörte konzentriert zu und hatte Verständnis für die Ausführungen von Antje Strewig. Emma wollte etwas ergänzen, aber Frau Ballestri hob die Hand und brachte sie zum Schweigen. Sie sei nicht gekommen, um sie anzuklagen, sagte sie, sie habe nichts anderes erwartet. Ihr war klar, Antonio würde eines Tages genau so sterben. Sie, die *Commissaria*, habe nur ihre Pflicht getan. Emma staunte sie an und beteuerte, ihr tue es leid, es sei bestimmt sehr schmerzhaft, was sie als Mutter ertragen müsse. Aurora Ballestri machte eine erneute Bewegung mit der Hand, mit der sie Emmas Worte wegwischte. Sie habe ihren Sohn seit fünfzehn Jahren nicht mehr gesehen und gesprochen. Sie wusste, er war ein Mafioso, ein Verbrecher, die entweder im Gefängnis landeten oder erschossen wurden. Im Gefängnis hätte sie ihn nicht besucht, jetzt würde es einen Grabstein mit seinem Namen geben, das sei nicht schön. Aber es war seine Entscheidung, sein Leben. Sie habe nichts falsch gemacht, zumindest nicht mehr als jede andere Mutter auch.

»Basta«, sagte sie mit Entschiedenheit.

Ob Emma ihr Konstanz zeigen könnte? Sie berichtete, sie sei Archäologin und *Constantia* sei von den Römern gegründet worden, nachdem diese die Kelten und Alemannen vertrieben hatten. Nur zu gerne machte sich Emma mit der Mutter von Antonio auf und ging mit ihr zum Münsterhügel, wo vor über zehn Jahren die Reste eines römischen Kastells ausgegraben worden waren. Die Frau erzählte von ihrer Arbeit auf einem Grabungsfeld südlich von Salerno, wo sie einen Tempel der Athene erforschten. Die griechischen Siedler der Stadt Alalia kamen ursprünglich aus der heutigen Türkei. Es waren Migranten, die sich im Süden Italiens ansiedelten und sich in einer Seeschlacht gegen die Etrusker und Punier aus dem Norden zur Wehr setzten. Hier am Bodensee setzten sich die Römer fest, die die ursprünglichen Bewohner vertrieben. So war das schon immer in der Geschichte, das besser bewaffnete Volk vertrieb das unterlegene Volk, siedelte sich an und drückte seine Kultur durch. Schon nach dieser Erzählung von Aurora Ballestri war es Emma, als müsste sie von ihrer Herkunftsgeschichte sprechen. Doch noch hielt sie sich zurück.

Sie spazierten durch die Altstadt wie gute Bekannte, setzten sich in ein Kaffee und begannen ein Gespräch, das für Emma eine Befreiung war. Aurora berichtete von anderen Müttern, deren Kinder Mafiosi waren. Diese Frauen würden sich regelmäßig treffen, eine Art Selbsthilfegruppe. Sie suchten bei sich selbst die Schuld für die kriminellen Wege ihrer Söhne, glaubten, sie hätten in der Erziehung versagt, die Kinder nicht genug geliebt, ihnen nicht genug gegeben. Aber das stimmte nicht. Die Gründe seien in dem patriarchalischen System zu finden, in der kapitalistischen Gesellschaft und der Unfähigkeit der Männer, jahrzehntelange Traditionen zu brechen. Weil sie im Süden immer arm gewesen seien, weil es die Großgrundbesitzer und die Adligen gegeben habe und so weiter – deswegen sei die Mafia entstanden. Ihre Väter und Mütter seien vor einigen Jahrzehnten nach *Germania* ausgewandert, sagte sie, weil sie sich ein besseres Leben erhofften.

»*Like my mother*«, sagte Emma.

Es entstand eine Pause, in der Frau Ballestri Emma aufmerksam musterte, um zu überprüfen, ob diese Behauptung durch das Aussehen Emmas belegbar war. Emma fasste Mut und erzählte von Maria, die aus Neapel wegging, um hier in Radolfzell in einer Fabrik zu arbeiten. Frau Ballestri lachte und staunte. Emma berichtete von ihrer Reise nach Neapel und wie sie bei einem Abendessen ihre Geschwister, die leibliche Mutter Maria und den Onkel Umberto kennenlernte. Nach nur einer Nacht in der Wohnung von Umberto, in der es ein verschlossenes Zimmer gab, waren alle wieder weg, und sie blieb allein. An dem Abend nannten sie sie immer nur die *Commissaria tedesca*. Die Mutter von Antonio fragte nach, und Emma beschrieb Aussehen und Verhalten von Umberto und Maria. Es sei doch völlig klar, warum sie alle verschwunden wären: Weil Umberto das so wollte, stellte Ballestri fest. Er sei ganz bestimmt Teil der 'Ndrangheta oder einer der anderen Organisationen, und seine Angehörigen müssen sich ihm unterordnen. Sie leide vermutlich sehr unter diesem Umberto, und es könnte gut sein, dass die Brüder von Emma ebenfalls Teil des Systems wären. Die Mafia beschäftige übrigens auch Architekten. Aurora Ballestri schlug Emma vor, ihre Mutter einzuladen und sich mit ihr ohne den Familienanhang zu besprechen.

So kam es, dass Emma ihrer Mutter einen Brief geschrieben hatte. Aurora Ballestri versprach, den Brief persönlich in Neapel Emmas Mutter zu überbringen und sie davon zu überzeugen, eine Reise nach Deutschland anzutreten. Allein und ohne ihren Bruder und ihre Söhne. Vielleicht würde sie sie sogar begleiten und erneut hierher kommen, nach Konstanz und an den Bodensee.

Es sei doch eigentlich ganz schön hier …

Dank

Meinen herzlichen Dank an Corinna Kaiser und Samuel Benke für die kritische Begleitung und äußerst hilfreichen Kommentare während der Entstehung dieses Romans.

Ebenfalls herzlichen Dank an Marion Schmidt, die diese Geschichte mit wichtigen Details aus Radolfzell bereichert hat.

Herzlichen Dank an René Stein, meinem wichtigen und kritischen Lektor für seine Unterstützung.

Danke auch an Meike Stegkemper vom Kampa Verlag für das konstruktive Feedback.

Danke an Daniel Kampa, den unermüdlichen Verleger, der diesen Roman anregte und möglich machte.

Herzlichen Dank an Conny Kaiser vom Polizeipräsidium Konstanz, die mich mit wertvollen und wichtigen Informationen versorgt hat.

KAMPA VERLAG

Jürgen Seidler
Schmutziges Licht
Kriminalroman

Ein schwarzes Mädchen wird entführt.
Ihr Vater fürchtet die Geister der Vergangenheit.

Weil er ein guter Polizist war, musste Peter Ebuk aus Uganda fliehen. Seit drei Jahren lebt er mit seiner Tochter in einem brandenburgischen Dorf in der Nähe von Rheinsberg und hofft auf Asyl. In seiner Heimat hat der ranghohe Polizist mächtige Männer hinter Gitter gebracht – und das wurde ihm zum Verhängnis. Auf der Flucht wurde seine Frau erschossen. An einem völlig fremden Ort trägt er jetzt allein die Verantwortung für seine Tochter. Die Schuld am Tod seiner Frau lastet weiter schwer auf ihm, als seine dreizehnjährige Tochter Viktoria während des Osterfeuers verschwindet. Bei Jugendlichen in Viktorias Alter komme es nicht selten vor, dass sie sich verspäteten, erklärt ihm die örtliche Polizei, doch Ebuk befürchtet das Schlimmste: Ist ihm der ugandische Geheimdienst bis nach Deutschland gefolgt? Haben die Männer, deren schmutzige Geschäfte er aufdeckte, nun seine Tochter entführt? Die brandenburgische Polizei prüft währenddessen eine Verbindung zu dem mysteriösen Verschwinden eines anderen Mädchens fünf Jahre zuvor. Eine weitere Spur führt in die rechtsradikale Szene, zu den Bewohnern eines Gutshofs, die sich als »völkische Siedler« bezeichnen …